김우창 金禹昌

1936년 전라남도 함평 출생. 서울대학교 문리과대학 정치학과에 입학해 영문학과로 전과했다. 미국 오하이오 웨슬리언대학교를 거쳐 코넬대학교에서 영문학 석사 학위를, 하버드대학교에서 미국 문명사 박사 학위를 취득했다. 서울대학교 영문학과 전임강사, 고려대학교 영문학과 교수와 이화여자대학교 학술원 석좌교수를 지냈으며《세계의 문학》편집위원,《비평》발행인이었다. 현재 고려대학교 명예교수, 대한민국예술원 회원으로 있다.

저서로『궁핍한 시대의 시인』(1977),『지상의 척도』(1981),『심미적 이성의 탐구』(1992),『풍경과 마음』(2002),『자유와 인간적인 삶』(2007),『정의와 정의의 조건』(2008),『깊은 마음의 생태학』(2014) 등이 있으며, 역서『가을에 부처』(1976),『미메시스』(공역, 1987),『나, 후안 데 파레하』(2008) 등과 대담집『세 개의 동그라미』(2008) 등이 있다. 서울문화예술평론상, 팔봉비평문학상, 대산문학상, 금호학술상, 고려대학술상, 한국백상출판문화상 저작상, 인촌상, 경암학술상을 수상했고, 2003년 녹조근정훈장을 받았다.

지상의 척도

지상의 척도

현대 문학과
사회에 관한
에세이

김우창 전집

2

민음사

한 가지는 변함없다. 대낮이든
아니면 깊어 가는 밤이든, 모두가 함께 갖는 척도가 있어,
허나 각자는 또한 제가끔의 가늠을 가지고,
제가끔 갈 수 있는 곳으로 가며 오느니.

— 횔덜린, 「빵과 포도주」

Fest bleibt Eins; es sei um Mittag oder es gehe
　　Bis in die Mitternacht, immer bestehet ein Maß,
Allen gemein, doch jeglichem auch ist eignes beschieden,
　　Dahin gehet und kommt jeder, wohin er es kann.

— Hölderlin, "Brot und Wein"

땅 위에 척도가 있느냐? 그러한 것은 없다. 천둥의 길을
창조자의 세계는 막지 않는 것이 아니냐. 햇빛 아래 피어난
한 떨기 꽃 또한 아름답다. 눈은 삶 가운데 때로는 꽃보다
아름답다 이름할 것들을 본다.

— 횔덜린, 「땅 위에 척도가 있느냐」

Gibt es auf Erden ein Maß? Es gibt keines. Nämlich es
hemmen den Donnergang nie die Welten des Schöpfers.
Auch eine Blume ist schön, weil sie blühet unter der Sonne.
Es findet des Aug' oft im Leben Wesen, die viel schöner
noch zu nennen wären als die Blumen.

— Hölderlin, "Gibt es auf Erden ein Maß?"

간행의 말

　1960년대부터 글을 발표하기 시작한 김우창은 문학 평론가이자 영문학자로 글쓰기를 시작하여 2015년 현재까지 50년에 걸쳐 활동해 온 한국의 인문학자이다. 서양 문학과 서구 이론에 대한 광범위한 천착을 한국 문학에 대한 깊은 관심과 현실 진단으로 연결시킨 김우창의 평론은 한국 현대 문학사의 고전으로 읽히고 있다. 우리 사회의 대표적 지성으로서 세계의 석학들과 소통해 온 그의 이력은 개인의 실존적 체험을 사상하지 않은 채, 개인과 사회 정치적 현실을 매개할 지평을 찾아 나간 곤핍한 역정이었다. 전통의 원형은 역사의 파란 속에 흩어지고, 사회는 크고 작은 이념 논쟁으로 흔들리며, 개인은 정보 과잉 속에서 자신을 잃고 부유하는 오늘날, 전체적 비전을 잃지 않으면서 오늘의 구체로부터 삶의 더 넓고 깊은 가능성을 모색하는 김우창의 학문은 우리가 믿고 의지할 수 있는 소중한 자산의 하나가 아닌가 한다. 그리하여 간행 위원들은 그 모든 고민이 담긴 글을 잠정적이나마 하나의 완결된 형태로 묶어 선보여야 할 필요성을 절감했다. 이것이 바로 이번 김우창 전집이 기획된 이유이다.

김우창의 원고는 그 분량에 있어 실로 방대하고, 그 주제에 있어 가히 전면적(全面的)이다. 글의 전체 분량은 새로 선보이는 전집 19권을 기준으로 약 원고지 5만 5000매에 이른다. 새 전집의 각 권은 평균 700~800쪽 가량인데, 300쪽 내외로 책을 내는 요즘 기준으로 보면 실제로는 40권에 달한다고 봐야 할 것이다. 이 막대한 분량은 그 자체로 일제 시대와 해방 전후, 6·25 전쟁과 군부 독재기 그리고 세계화 시대에 이르기까지 한국 현대사를 따라온 흔적이다. 김우창의 저작은, 그의 책 제목을 빗대어 말하면, '정치와 삶의 세계'를 성찰하고 '정의와 정의의 조건'을 탐색하면서 '이성적 사회를 향하여' 나아가고자 애쓰는 가운데 '자유와 인간적인 삶'을 갈구해 온 어떤 정신의 행로를 보여 준다. 그것은 '궁핍한 시대'에 한 인간이 '기이한 생각의 바다'를 항해하면서 '보편 이념과 나날의 삶'이 조화되는 '지상의 척도'를 모색한 자취로 요약해도 좋을 것이다.

2014년 1월에 민음사와 전집을 내기로 결정한 후 5월부터 실무진이 구성되어 본격적인 활동을 시작했다. 방대한 원고에 대한 책임 있는 편집 작업은 일관된 원칙 아래 서너 분야, 곧 자료 조사와 기록 그리고 입력, 원문 대조와 교정 교열, 재검토와 확인 등으로 세분화되었고, 각 분야의 성과는 편집 회의에서 끊임없이 확인, 보충을 거쳐 재통합되었다.

편집 회의는 대개 2주마다 한 번씩 열렸고, 2015년 12월 현재까지 35차례 진행되었다. 이 회의에는 김우창 선생을 비롯하여 문광훈 간행 위원, 류한형 간사, 민음사 박향우 차장, 신새벽 사원이 거의 빠짐없이 참석했고, 박향우 차장이 지난 10월 퇴사한 뒤로 신동해 부장이 같이했다. 이 회의에서는 그간의 작업에서 진척된 내용과 보충되어야 할 사항에 대해 서로 의견을 교환했고, 다음 회의까지 무엇을 해야 할지를 결정했다. 일관된 원칙과 유기적인 협업 아래 진행된 편집 회의는 매번 많은 물음과 제안을 낳았고, 이것들은 그때그때 상호 확인 속에서 계속 보완되었다. 그것은 개별 사

안에 대한 고도의 집중과 전체 지형에 대한 포괄적 조감 그리고 짜임새 있는 편성력을 요구하는 일이었다. 이렇게 19권의 전체 목록은 점차 뚜렷한 윤곽을 잡아 갔다.

자료의 수집과 입력 그리고 원문 대조는 류한형 간사를 중심으로 서울대학교 국어국문학과 대학원의 천춘화 박사, 김경은, 허선애, 허윤, 노민혜, 김은하 선생이 해 주셨다. 최근 자료는 스캔했지만, 세로쓰기로 된 1970년대 이전 자료는 직접 타자해야 했다. 원문 대조가 끝난 원고의 1차 교정은 조판 후 민음사 편집부의 박향우 차장과 신새벽 사원이 맡았다. 문광훈 위원은 1차로 교정된 이 원고를 그동안 단행본으로 묶이지 않은 글과 함께 모두 검토했다. 단어나 문장의 뜻이 불분명한 경우에는 하나도 남김 없이 김우창 선생의 확인을 받고 고쳤다. 이 원고는 다시 편집부로 전해져 박향우 차장의 책임 아래 신새벽 사원과 파주 편집팀의 남선영 차장, 이남숙 과장, 김남희 과장, 박상미 대리, 김정미 대리가 교정 교열을 보았다.

최선을 다했으나 여러 미비가 있을 것이다. 독자 여러분들의 관심과 질정을 기대한다.

2015년 12월
김우창 전집 간행 위원회

일러두기

편집상의 큰 원칙은 아래와 같다.

1 민음사판『김우창 전집』은 1964년부터 2014년까지 한국어로 발표된 김우창의 모든 글을 모은 것이다. 외국어 원고는 제외하였다.

2 이미 출간된 단행본인 경우에는 원래의 형태를 존중하였다. 그에 따라 기존『김우창 전집』(전 5권, 민음사)이 이번 전집의 1~5권을 이룬다. 그 외의 단행본은 분량과 주제를 고려하여 서로 관련되는 것끼리 묶었다.(12~16권)

3 단행본으로 나온 적이 없는 새로운 원고는 6~11권, 17~19권으로 묶었다.

4 각 권은 모두 발표 연도를 기준으로 배열하였고, 이렇게 배열한 한 권의 분량 안에서 다시 주제별로 묶었다. 훗날 수정, 보충한 글은 마지막 고친 연도에 작성된 것으로 간주하여 실었다. 한 가지 예외는 10권 5장 '추억 몇 가지'인데, 자전적인 글을 따로 묶은 것이다.

5 각 권은 대부분 시, 소설에 대한 비평 등 문학에 대한 논의 이외에 사회, 정치 분석과 철학, 인문 과학론 그리고 문화론을 포함한다.(6~7권, 10~11권) 주제적으로 아주 다른 글들, 예를 들어 도시론과 건축론 그리고 미학은『도시, 주거, 예술』(8권)에 따로 모았고, 미술론은『사물의 상상력』(9권)으로 묶었다. 여기에는 대담/인터뷰(18~19권)도 포함된다.

6 기존의 원고는 발표된 상태 그대로 싣는 것을 원칙으로 삼아 탈오자나 인명, 지명이 오래된 표기일 때만 고쳤다. 단어나 문장의 의미가 불분명한 경우에는 저자의 확인을 받은 후 수정하였다. 단락 구분이 잘못되어 있거나 문장이 너무 긴 경우에는 가독성을 위해 행 조절을 했다.

7 각주는 원문의 저자 주이다. 출전에 관해 설명을 덧붙인 경우에는 '편집자 주'로 표시하였다.

8 맞춤법과 외래어 표기는 국립국어원 규정에 따르되, 띄어쓰기는 민음사 자체 규정을 따랐다. 한자어는 처음 1회 병기하는 것을 원칙으로 하고, 문맥상 필요하다고 판단되는 경우 여러 번 병기하였다.

본문에서 쓰인 기호는 다음과 같다.

　책명, 전집, 단행본, 총서(문고) 이름:『 』

　개별 작품, 논문, 기사:「 」

　신문, 잡지:《 》

4부 오늘의 문화적·사회적 상황

1부

꽃과
고향과
땅

산업 시대의 욕망과 미학과 인간

1. 미학과 인간

오늘날의 우리 사회가 급격한 변화를 겪고 있는 것은 새삼스럽게 말할 필요도 없다. 경제가 변화하고 사회 구조가 변화하고 문화가 변화한다. 정치는 얼핏 보기에 고정된 상태에 있는 것 같지만, 모든 것이 변화하는 마당에 그것만 남달리 고정되어 있을 수는 없을 것이다. 정치는 경제 변화 이전에 이미 그에 대비한 변화를 이루었던 것이라고 할 수도 있으나 지금도 보이지 않는 깊은 곳에서 변하고 있거나 적어도 변화를 가져올 수 있는 세력들을 준비하고 있다고 생각해 볼 수가 있다.

그런데 이러한 변화는 우리에게 어떠한 것으로 체험되는 것일까? 사회 변화를 이야기할 때 쉽게 이야기할 수 있는 것은 큰 규모의 외부적인 변화이고, 이야기하기 어려운 것은 이러한 변화가 사람이 생각하고 뜻하는 것에 미치는 영향이다. 내면적인 영향을 이야기할 때에도 쉽게 가늠될 수 있는 의견이나 가치관보다는 생각이나 느낌의 근본적인 틀에 일어난 변화가 헤아리기 어렵고 또 지각 자체의 미묘한 변화는 더욱더 가려내기 어렵다. 그러나 많은 경우에 이러한 내면적인 변화는 쉽게 가려내기 어려우면서도 가장 직접적으로 체험되는 것이라고 할 수가 있다. 정치나 경제에서의 큰 규모의 변화는 중요한 것임에는 틀림이 없으면서 다분히 보통 사람의 직접적인 체험 범위를 넘어서기가 쉽다. 대부분의 것은 일상생활의 한 삽화가 될 때에 비로소 체험의 대상이 된다. 사회의 큰 변화는 어떤 경우에 갑자기 일상생활의 잔잔한 리듬을 중단시키는 뜻밖의 재난으로 또는 어떤 예기치 않았던 행운으로 체험된다. 적극적으로는 그것은 재난과 행운의 교묘한 파장을 정탐해 보려는 도박꾼의 과열된 활동으로 체험되기도 한다. 그러나 흔히 사람들은 새로운 일을 하며 새로운 사람을 만나고 새로운 종류의 임금을 받는 사이에 조금씩 달라져 가는 체험의 체계와 결에 적응하는 과정을 통하여 이것을 체험하게 된다. 그러는 사이에 그 자신도 다른 느낌을 가진 다른 사람이 되어 간다.

이러한 일반적인 느낌의 방식 또는 더 기본적인 감각 경험의 방식에 산업화는 어떠한 변화를 일으키는 것일까? 이것은 부질없는 질문이라는 인상을 준다. 중요한 것은 큰 틀의 변화이고 그 밖의 것은 독립 변수가 아니다. 그러나 다시 생각해 보면 사람이 가진 바깥세상으로 열리는 창은 사람의 오관이다. 사람의 오관의 느낌에 호소함이 없이는 큰 틀의 변화가 지속적인 것이 될 수 없다는 이유에서 이 느낌은 삶의 큰 틀을 규정한다. 오관의 느낌 곧 지각 작용은 사람의 행복의 한 요소이며, 미적인 감각의 뿌리이고 사회 상황의 징후이다.

콘라트 로렌츠(Konrad Lorenz)와 같은 학자의 저작들을 통하여 동물의 행동에 대한 연구는 대중적인 인정을 받게 된 셈인데, 이러한 연구는 그것 나름으로 흥미로운 것일 뿐만이 아니라 사람 자신의 행동을 이해하는 데에도 중요한 뜻을 지닌다. 그것은 대체로 동물의 행동이 얼마나 정해진 양식에 따라서 조건 지어져 있는지를 느끼게 하고 사람의 경우에도 진화의 밑바닥으로부터 나오는 여러 양식이 그 행동을 다스리고 있을 것이라는 것을 깨닫게 한다.

이것은 복잡하고 차원 높은 행동에서도 그러하지만 가장 간단한 지각 작용에서도 그러하다. 알고 보면 지각 작용이 간단하다는 것은 한순간의 인상에 불과하다. 어떠한 지각 작용도 완전히 수동적인 상태에서 마치 바깥세상을 그대로 베껴 내듯이 사물을 받아들이지는 않는다. 그것은 지각하는 자의 필요에서 나오는 체계를 통하여 외부의 자극을 변형하여 수용하는 과정이다.(여기에서 지각하는 자의 필요는 개인의식에서 결정된 것이 아니라 종족의 진화론적인 예지로써 결정된 무의식이나 생리 작용이라는 점에 주의하여야 한다.) 개나 고양이나 다른 많은 야행성 포유동물의 경우에 그들이 사람이 알고 있는 여러 가지 빛깔의 세계를 알아보지 못한다는 발견은 흔히 듣는 이야기이다.

이것은, 이러한 동물들이 주로 밤에 활동하는 동물로서 빛깔의 식별이 그 생존에 큰 의미를 가지지 못한다는 사실과 관련되어 있다. 그 대신에 이들의 세계는 미묘하고 풍부한 냄새로 가득 차 있다. 사람의 세계가 시각적으로 조직화된다면 이들 야행성 포유동물의 세계는 냄새에 따라서 조직화된다. 또 다른 재미있는 경우는 곤충의 경우이다. 벌은 풍부한 색채 감각을 가지고 있다. 그러면서도 그것은 사람의 감각과 다르다. 이를테면 벌은 강렬하게 조명되지 아니한 빨간색을 보지 못한다. 그 대신 사람이 못 보는 자외선의 빛을 알아낸다. 이러한 선택적인 감각 현상은 형태의 경우에도 적용된다. 니콜라스 틴베르헌(Nikolaas Tinbergen)의 실험에 따르면 참채라는 물고기의 수놈이 다른 수놈을 알아보는 것은 순전히 붉은 빛깔을 통하여서이다. 그놈은 다른 수놈의 모양이 어떻게 생겼든지 거기에는 아랑곳하지 않는다. 그리하여 붉은색을 칠한 잘못 만든 모형에도 흥분하고 심지어는 붉은색의 트럭만 지나가도 흥분한다고 한다.

사람의 지각 체계는 어떤 것일까? 세상의 모든 것을 자신을 저울로 하여 재어 보는 데에 익숙해 온 사람이 자신을 객관적으로 이해하는 것은 매우 어려운 일이다. 사람에게도 바깥세상을 기호로 바꾸는 고유한 방법이 있을 것이므로 그의 감각이 모든 것을 있는 그대로 기록할 만큼 폭넓고 객관적인 것이라고 생각할 수는 없는 일이다. 미술 이론가 곰브리치는 그림에서의 사실주의의 발달을, 있는 그대로의 사물을 기록하는 기호법의 발달로 보는 것이 옳다는 내용의 말을 한 일이 있다. 그림이 아니라 현실의 세계를 볼 때에도, 우리는 있는 그대로의 세계를 본다기보다는 내적인 기호법의 체계가 볼 수 있게 해 주는 것만을 본다고 할 것이다.

다시 말하여 사람의 지각이 상당한 제약 아래서만 작용하는 것은 사실일 것이다. 그리고 이 제약은 마침내 사람의 본능이나 생존의 구조 자체에서 나오는 것일 것이다. 그렇긴 하나 틴베르헌의 물고기나 야행성 포유동물에 견주어 볼 적에 사람의 지각은 한없이 열려 있다. 지식과 문화적인 발전에서 보여 준 사람의 놀라운 업적은 그의 지각 작용의 개방성 가운데에 이미 암시되어 있다. 그런데 이렇게 말하는 것은, 곰브리치가 사실주의적인 수법의 발달을 말할 때처럼, 사람의 지각 작용은 본능적인 구조의 제약을 덜 받는 대신에 사회적이고 역사적인 조건에 따라서 더욱 크게 영향을 받고 제약된다는 것을 말하는 것이 된다. 동물의 경우에 개체의 의식을 초월하는 종족적인 예지로서의 생리 작용이 그 지각 작용을 규정한다는 점을 말하여 본 것은, 그것이 사람의 경우에도 사회적이고 역사적인 틀과 지각 작용과의 사이에 비슷한 추측을 가능하게 해 주는 것이기 때문이었다. 아무튼 우선 사람의 지각 작용의 조건이 사회의 영향으로 형성되고 변화하는 것이라고 생각한다면, 오늘날의 급격한 사회 속에서 우리의 지각 작용의 동기와 결과는 어떻게 변하며 또 그러한 변화는 사람의 행복의 가능성에 비추어 보아 바람직한 것일까?

얼른 받는 인상으로는 산업화가 가져오는 것은 감각 생활의 다양화이다. 불어나는 산업 제품들은 갈수록 다양하게 우리의 눈과 코와 입과 귀와 촉각을 자극하고 제품 시장의 확대와 병행하는 교통과 통신의 발달은 우리의 체험 범위를 넓히고 그 속도를 빠르게 한다. 또 도시화는 다양한 성격의 인물들을 한곳에 모이게 하며 이러한 인물들과의 교섭을 통하여 우리 자신의 숨어 있던 여러 모습을 발견하고 발달시킬 수 있게 한다. 이러한 발견은 비단 우리 사회에서만 한정되는 것이 아니라 외국의 문물이나 인간에게도 확대된다. 남태평양의 주민들이 처음으로 백인과 접촉하게 되었을 때에, 그들은 백인들의 작은 보트들은 쉽게 알아보았지만, 그들이 일찍이 가지지 못했던 큰 배는 그것이 무엇인지를 알지 못하였을 뿐만이 아니라 눈앞에 보면서도 그것이 거기 있다는 것조차 보지 못했다는 이야기가 있다. 이것은 지각이 문화적으로 규정된다는 우화적인 의미를 가진 이야기인데, 산업화와 더불어 가능해지는 물건의 다양화와 세계의 확대는 문화의 제약을 넓혀 준다. 그리하여 우리는 좀 더 많은 것을 보게 되고 좀 더 세밀하게 보게 된다.

그러나 이러한 다양화가 참다운 의미에서의 풍부화나 또는 심화와 같은 것일까? 오히려 산업화가 우리 눈에 보이게 해 준 것이 많다면 보지 못하게 한 것은 더욱더 많다고 할 수도 있지 않을까? 또는 산업화에 따라서 일어나는 지각 혁명의 한 특징은 거기에서 보이지 않는 것을 아주 사라져 버리게 했다는 데에 있을지도 모른다.

물건이 많아지고 다양해지고 또 우리가 그것들을 탐내어 미친 듯이 쫓아가게 된 한쪽으로 그러한 물건의 추구는 물건과의 깊고 오랜 사귐을 불가능하게 한다. 이러한 사귐은 곧 눈에 보이지는 않을망정 그것을 받쳐 주는 여러 여건 속에서만 가능하다. 물건이 그 자체로 있으면서 또 동시에 그것을 둘러싸고 있는 시간과 공간, 그리고 보는 사람의 내면생활에 깊이 이어져 있는, 보이지 않는 기운 — 이것을 발터 벤야민은 '분위기'라고 불렀다. 그는 분위기를 다음과 같이 설명했다.

그것은 공간과 시간이 교묘하게 얽혀 짜내는 특이한 거미줄이다. 먼 곳이 문득 가까운 곳이 되는, 일회적인 사건이 분위기이다. 여름 한낮에 고요한 휴식 속에서, 지평선의 산맥이나 작은 나뭇가지가 보는 이의 눈에 비치고 있는 그러한 순간에, 그러한 것들의 이미지를 바라보고 있노라면, 그때의 순간은 이러한 현상들과 하나로 엉키는 듯한 느낌을 주는 수가 있다. 이때에 말하자면 이 산, 이 작은 가지의 분위기가 숨 쉬고 있는 것이다.

벤야민이 분위기라고 부르는 현상은 단순히 기분의 문제 곧 일시적으로 생기는 심미적인 환상의 문제가 아니다. 그것은 사람의 행복한 삶에서 사물과 사람이 떼어 놓을 수 없는 상호 삼투 관계에 있는 것을 말하는 이름 밖의 다른 것이 아니다. 그러한 삼투 관계가 물건과 사람, 사람과 사람, 사람과 또 그 자신과를 하나로 묶어 놓고 이 모든 것들에 '일회적인', 곧 다른 것과 바꾸어 놓을 수 없는 가치를 부여한다. 이러한 삼투 작용이 사라짐으로써, 우리의 지각에서는 그것으로 하여금 잊을 수 없는 것이 되게 하는 강력한 인상(분위기에서 오는 강한 힘)을 잃어버린다. 그리고 물건과 사람은 쉽게 바꿔 칠 수 있는 부속품의 조각, 벤야민의 말로는 "복제할 수 있는" 것이 된다. 이러한 삼투 작용, 이러한 의미 있는 체험의 가능성이 상실된 것이 오늘날의 현실이다. 이러한 가능성은 개인적으로나 사회적으로나 특정한 조건 아래서만 실현된다.

물건의 지각이 우리의 삶의 내면에 깊이 맺어져 있으며, 또 그것이 지속되려면 어떤 특정한 조건이 필요하다는 것은 다른 보기에서도 쉽게 찾아볼 수가 있다. 요즘에 여러 가지 이유로 해서 외국에 남편을 보내고 혼자 있는 여자들이 많다. 나는 그러한 여자가, 남편이 가고 난 지 얼마 안 되어, 떠나간 남편이 벌써 희미하게 느껴진다고 하는 말을 들었다. 도덕가들은 한심한 부부 윤리의 현상을 개탄할지도 모른다. 조금 관대하게 보면 눈에 안 보이고 몸으로 느끼지 않으면 잊히기 마련인 게 예사 인정이다. 또 오늘날처럼 바삐 돌아가는 도시 생활에서 옛날보다 사람이 쉽게 잊히는 것도 어쩔 수 없는 일이다. 어디 요즘의 생활에서 한 가지 것을 실감을 가지고 기억할 여유가 있는가? 이러한 여러 이유밖에 또 그것에 관련해서 사물과 사람과의 관계에서 우러나오는 진실이 여기에 작용하고 있다고 나는 생각한다. 앞에서 말한 부인은 매우 좁은 단칸 셋방에서 살고 있다. 아무렇게나 만들어진 가구 몇 조각을 이끌고 이 방에서 저 방으로 옮겨 다니는 셋방살이는 기억을 길게 하는 데에 별 도움을 주지 못한다. 정이 가는 물건과 그 물건들이 놓여 있는 공간 없이 기억이 무엇에 의지할까? 기억은 물건과 공간에 의해서만 보관된다. 우리는 일상적으로도 어떤 사람이나 말이나 물건을 잊어버렸을 때에 그런 것들과 관련되었던 장소에 되돌아가거나 적어도 그때의 장소나 정황을 돌이켜 봄으로써 잊은 것을 기억해 보려고 애쓰는 때가 있지 않은가? 기억이 서려 있는 물건과 공간이 있는 곳에서만 우리는 과거를 쉽게 잊을 수 없다.

앞에서 말한 부인이 남편의 현실감을 붙잡아 두는 데에 어려움을 겪는다면 그것은 그가 사물과 장소에서 뿌리 뽑힌 생활을 강요당해 온 데에도 그 원인의 일부가 있다. 그것이 그의 개인적인 사정이 아닌 것은 말할 것도 없다. 또 그가 좀 더 행복한 환경 속에 살았다면, 그의 과거는 조금 더 지속적인 것이었을 것이나, 그렇더라도 그것이 그렇게 만족할 만한 것은 아니었을 것이다. 우리의 기억은 우리의 집, 우리의 물건, 또 우리 자신에 의해서만이 아니라 사회적인 공간과 다른 사람에 의하여 지탱되는 것이다. 벤야민이 분위기를 생각할 때에도, 그것은 여름날의 휴식 속에 일어나는 시적인 지각 작용만을 의미하는 것이 아니고 구극적으로는 공동체 전체의 삶에 연결되어 있는 어떤 종류의 체험을 의미하는 것이었다. 기능적으로 단순화된 관계 속에 스쳐 가는 익명의 인간들이 아니라 개성 있는 인간으로서 서로 알아볼 수 있는 사람들로 이루어지며 이러한 사람들이 어울려 벌이는 명절이나 축제와 같은 집단의식에 의해서 그 공동체적인 기억을 새롭혀 가는 곳──이러한 공동체에서 분위기는 발생한다. 또 이러한 곳에서 우리는 과거를 기억한다. 어떠한 체험은 어떤 축제로부터 얼마 뒤에 일어났다는 식으로 기억되며──아무런 기억할 만한 일이 없었던 때의 일은 달력과 기록 없이는 얼마나 기억하기 어려운가!──또 구체적인 장소를 통하여 공간적으로 현존한다.

　다시 말하면, 현대 생활이 잃어 가는 것은 이런 종류의 개인적인 삶과 공동체적인 삶의 유기적인 기억이다. 기억이 상실되는 것은 우리 생활의 어떤 아름다운 면이 사라지는 것만 뜻하지 않는다. 여기에서 말하는 기억은 다만 과거의 기계적인 보존이 아니다. 그것은 현재를 풍부하게 하며 개인으로나 사회로나 주체적인 지속을 보장해 주고 미래를 생각할 수 있게 하는 바탕이다. 또 앞에서도 말한 것처럼 이것은 삶의 개인적인 또는 공동체적인 공간을 포함한다. 여기에서의 기억은 한마디로 인간 존재의 시간적이고 공간적인 전개의 가장 중요한 계기이다. 여기에서부터 사물의 의미가 나오고 아름다움이 나온다.(아름다움은 사물이 그 공간적이고 시간적인 환경 속에 존재함으로써 발생하는 분위기이다.) 또는 사물의 의미와 아름다움이 존재함으로써 비로소 의미 있는 지속으로서의 사람의 삶이 가능하다고 하는 것이 옳을지도 모른다.

변화는 그것만으로도 사람의 삶의 시간적이고 공간적인 조화를 흔들어 놓는다고 말할 수가 있다. 그러나 변화 없는 삶을 생각할 수는 없다. 그렇게 볼 때에 시간적이고 공간적인 조화의 이념이 변화의 현실에 대하여 모순 관계에 있는 것은 아닐 것이다. 앞에서 우리는 조화의 계기로서의 기억을 이야기하였지만 기억은 사건에 대한 기억력이다. 문제는 이 사건에 우리가 의미 있게 참여할 수 있었느냐, 그렇지 못하였느냐에 있다. 공동체적인 기억의 경우도 마찬가지이다. 역사란 무엇일까? 그것은 변화해 간 사건의 기록이다. 그러한 사건이 없는 곳에서 역사가는 별로 기억할 것을 찾지 못한다. 다만 어떠한 사실이 산 역사가 되는 것은 우리의 주체적인 참여, 또는 적어도 그 의미의 주체적인 소유를 통하여서이다. 오늘날의 변화에 문제가 있다면 그것이, 또 그 속도가 사람의 의미 있는 참여를 허용하지 않는 것이기 때문이다. 이것은 변화라는 사실 그 자체보다도 물건이 우리 생활에 관계되는 방법으로 인하여 필연적인 사정이 되는 것으로 보인다.

오늘날에도 분위기의 미학이 없는 것은 아니다. 경제 발전의 증거는 날마다 시장과 백화점에 쌓이는 현란하고 아기자기한 물건들로써 나타난다. 이러한 물건들의 특징은 단순히 쓰기에 편리하다는 데에 있지 않다. 그것들은 그 나름대로 높은 심미적인 가치를 발산한다. 작은 일용품이나 큰 기계의 미끈한 아름다움은 우리를 유혹하기에 충분하다. 또 건축의 발달은 이러한 물건들을 전시하여 일정한 분위기를 조정할 수 있는 공간을 만들어 낸다. 다방과 요릿집, 개인 집과 공공건물의 어디에서나 우리는 우아하고 은은한 실내 장식의 아름다움을 쉽게 살펴볼 수가 있다. 현대식 고층 건물이 즐비하고 채색한 보도를 깐 도시의 거리나 '서구식 농촌 풍경'을 닮아 간다는 농촌의 모습에서도 그것은 느낄 수가 있다.

어떻게 보면, 아름다움과 분위기는 산업 사회에서 더욱 두드러지기 마련인 것으로도 생각된다. 오늘날의 물건들은 쓰기 위해서가 아니라 팔기 위해서 만들어진다. 물론 파는 물건도 마침내는 쓰임새가 있기 때문에 만들어지는 것이지만 과열된 교환 가치의 체계에서 이 관계는 반드시 바른 균형을 유지하지 못한다. 근본적인 목적이 파는 데에 있고 이윤을 남기는 데에 있다는 사실이 모든 것을 결정한다. 미끈한 거죽을 한 물건을 샀다가 미끈함이 거죽뿐이라는 것을 발견하는 것은 흔한 경험이지만 이러한 경험은, 장난감이나 주택이나 시장의 상품들이 쓰기 위해서보다는 팔기 위해서 만들어졌음을 단적으로 드러내 주는 것이다. 사실로 아름다운 의장 자체가 중요한 것은 물건이 팔리기 위하여 만들어지기 때문이다. 판매야말로 아름다움의 어머니가 되는 것이다. 아름다움은 다른 이유에서도 조장된다. 사는 사람의 경우에도 반드시 어떤 필요나 용도에 닿기 때문에 물건을 사는 것이 아니다. 소비문화의 번창과 더불어 사람들은 물건의 외모나 광고나 그 밖에 사회적으로 자극되는 욕구의 충족을 위하여 물건을 산다. 이 욕구의 배경에는 아름다움과 새로움과 행복에 대한 갈망이 숨어 있다. 상품의 아름다운 표면은 이러한 욕구와 갈망에 대응하는 것이다. 이렇게 소비문화와 판매자의 동기와 구매자의 동기가 조화를 이루면서 독특한 아름다움의 영역을 만들어 낸다.

그러나 이러한 아름다움은 유기체적인 조화를 이룬 삶에서의 아름다움과는 전혀 다른 것이다. 그것은 여러 가지로 하나의 거죽이요 환상에 그치는 아름다움이다. 아름다움은 원래 표면의 문제이기가 쉽다. 그러나 소비 사회에서 그것은 더욱 거죽만의 것이고 덧없는 것이다. 소비 상품의 아름다움은 그 쓰임새에서 분리되어 있다. 그런 만큼 그것은 우리 자신의 삶의 필요에 깊이 뿌리박혀 있는 것이 아니다. 우리의 욕구는 이미 광고와 의장(儀裝)과 사회적인 경쟁의 변덕스러운 암시에 의하여 단순화되고 자극된 욕구가 되어 있다. 그것은 소비를 위한 소비를 추구할 뿐이다. 물건 자체도 그 가상의 아름다움의 소비를 위해서만 존재한다. 여기에 통일된 조화가 있다면,

자본의 빠른 순환을 재촉하고자 하는 의지이다. 이 의지가 분위기를 만들어 낸다. 실체가 아니기 때문에 구체적인 인간의 어떤 것도 만족시킬 수 없는 돈의 갈증이 한없이 소모적이고 덧없는 아름다움을 만들어 내는 것이다. 유기체적인 조화 속에서도 분위기는 일회적으로만 존재한다. 그러나 그것이 나타나는 바탕은 지속적이다. 그것이 일회적인 것은 삶이 지속되는 가운데에 있으면서도 시간 속을 흘러가는 현상 곧 나타남이기 때문이다. 소비 사회에서 존재하는 것은 단순한 현상이요, 거죽일 뿐이다. 그것의 차이는 한편으로 오래된 수공품의 모양이나 자신의 촌락에서 늙어 가는 사람, 다른 한편으로 페인트가 벗겨진 상품이나 유행이 지나간 옷이나 광고 규격의 젊은 나이를 지닌 현대 도시의 노인과의 거리에서 느낄 수 있는 것이다.

이렇게 하여 의장을 한껏 가꾸고 갖춘 산업 사회의 상품에서는 물건 자체도, 사람의 구체적이고 주체적인 욕구도, 또 그 시간적이고 공간적인 조화도 사라져 버리고 만다. 밖으로부터 오는 욕구와 만족에 휘둘려서 물건은 화폐 가치의 대리자가 되고 끊임없이 사라지는 소모품이 되고 사람의 시간과 공간은 단편적이고 변덕스러운 것이 된다. 이러한 변화는 산업 사회의 삶의 다른 면에 연결되어 있다. 곧 그것은 사람이 창조적인 생산자로서 스스로의 삶을 만들어 낼 수 없게 된 데에 이어져 있다. 이러한 창조적인 삶으로부터의 소외는 사회의 밑바닥에 있는 사람의 경우에 특히 혹독한 것이지만 (그들의 생존에 대한 욕구는 이미 상품의 미학 속에서 경시되고 있거나 또는 값비싼 것으로 전환되어 있다.) 소비 상품의 미학에 좀 더 직접적으로 관여하는 중산 계급의 회사원의 경우에도 소외는 피할 수 없다. 이것은 대학을 나온 지 얼마 되지 않은 젊은 사원들의 경우에 특히 심각한 문제가 된다. 대학을 졸업한 젊은 사원들은 이른 아침부터 저녁 늦게까지 계속되는 일과에서 얼마나 의의와 보람을 느끼는 것일까? 1960년대의 서부 유럽에서 일어났던 학생 소요를 설명하면서, 서구 사회가 학생들이 공부한 인문 교육과 사회 교육의 이상을 실현할 수 있는 기회를 제공할 수 없게 된 데에 그 일부 원인이 있다고 하는 학자가 있지만, 이러한 설명은 산업화 단계의 차이에도 불구하고 우리나라에도 해당되는 것으로 생각된다. 학교에서 배운 것이 실제 사회에서 쓸모없는 것이라는 이야기는 이미 오래전부터 들어 온 이야기가 아닌가.

이러한 상황에서 인간적인 소외의 유일한 대가는 소비품의 소유이다. 창조자로서의 좌절이 소비품에 대한 욕구에 부채질을 하는 것이다. 그리고 이 욕구는 화폐 경제 속에서 일면적으로 단순화된 것이기 때문에 걷잡을 수 없이 강력한 것이 된다. 물론 일 자체에서 찾아지는 창의와 긍지가 없는 것은 아니다. 적어도 개발 도상국에서 성장의 에너지는 순전한 소비 사회의 양상을 띠고 있는 선진 산업국에서와는 달리 사회적인 삶을 목적 지향적인 것이 되게 한다. 이러한 에너지가 경제 발전의 이데올로기를 성립하게 하는 것이다. 물론 이러한 에너지나 이데올로기가 개인의 일상적인 작업에 얼마만큼의 뜻을 매길 수 있느냐 하는 것은 문제일 수밖에 없다.

1977년 가을 학기에 내가 맡았던 영작문 시간에 한 학생은 사우디아라비아의 기후를 말하면서 다음과 같은 내용의 문장을 영어로 썼다. 곧 "더위에도 불구하고 우리 기술자와 노동자는 외화 획득을 위하여 피나는 노력을 하고 있다." 이것은 우리말로는 별 이상이 없는 문장일지 모르겠으나 영어로 번역하면 어색한 문장이 되는 것을 나는 설명하지 않을 수가 없었다. 그것은 문법의 잘못이 아니라 문화적인 차이 때문이다. 영어 사용 국민에게 보통의 기술자나 노동자가 외화 획득을 위하여 — 여기서 외화가 정부의 외화 보유고의 일부를 이루는 외국 통화를 말한다면 — 일하는 것은 생각하기 어렵다. 아마 그들의 상식에 맞는 문장을 만들려면 "그들은 더위에도 불구하고 열심히 일하여 돈을 번다. 이렇게 번 돈은 그들 자신과 가족의 수입을 높이고 국가적으로도 외화를 벌어들이는 일이 될 것이다."로 써야 할 것이다. 이러한 표현의 차이는 여러 가지를 암시하여 준다. 한편으로 그것은 우리의 사고에 얼마나 비현실적이고 거짓된 요소가 개입되는지를 말하여 준다. 그러나 다른 한편으로 우리가 아직도 순전히 개인적인 목적을 위하여 돈을 벌고 일하고 하는 것을 삶의 근본 의의로 받아들이기를 주저하고 있다는 것을 말하여 준다. 또 나는 같은 작문 시간에 '나의 일생의 계획'이라는 제목의 작문을 시켜 본 일이 있는데, 대부분의 학생이 학교를 졸업한 뒤에 회사에 취직하고 나중에 가능하면 독립된 사업체를 가진 기업가가 되어 보겠다는 내용의 글을 썼다. 그런데 흥미 있는 것은 그다음의 이야기이다. 기업가로서 돈을 모은 다음에는 사회에 유익한 사업을 벌임으로써 그 돈을 다시 사회로 돌려주겠다는 이야기이다. 이것은 학생들의 사고가 사회에 유행하는 상투적인 관념에 지배된다는 것을 나타내면서 다른 한쪽으로는 소비 생활로 보장되는 생활과 사회에의 창조적인 기여를 통한 자기실현과의 이상을 조화해 보고자 하는 어색한 노력을 나타내는 것으로 볼 수도 있을 것이다. 그러나 현실이 이것을 허용할지는 의문스럽다. 또 경제 성장이 성장 과정에서 어느 정도 전진적인 에너지를 방출한다고 해도 우리의 목표가 '소비가 미덕'인 사회 이상을 추구하는 물량주의에 그칠 뿐이면, 구극적으로도 생산 과정이나 소비 과정에서의 소외의 극복을 약속해 줄 수 있을지도 의문스럽다.

어쨌든지 오늘의 단계에서도 어떠한 이데올로기나 정치적인 정당화에도 불구하고 오늘의 작업 조직이 창조적인 자기실현을 보장해 줄 가능성은 적다. 중산 계급의 사무 직원들은 상대적으로 말하여 어느 정도의 외연적인 풍요를 얻을 수는 있을지 모르나 그들의 깊은 내면적인 욕구의 좌절이라는 면에서 어느 사회학자가 말하고 있듯이 그들도 새로운 노동자 계급을 형성해 간다고 말할 수밖에 없을 것이다. 다만 옛날부터의 노동자 계급에 비하여 그들은 좀 더 많은 소비재 소유의 기회를 부여받고 이러한 소유에서 창조적인 삶의 대상물을 찾을 수 있다는 차이가 있을 뿐이다. 상품의 미학은 이러한 연관에서 나온다.

산업화 과정에서 인간의 지각 작용은 현란한 자극제에 접하게 된다. 그러나 그 자극제 뒤에 보이지 않게 자리해 있는 것은 맹목적인 물량 추구와 이윤 추구이다. 이것은 새로운 미학을 탄생하게 하면서 예로부터 사람의 지각 작용을 규정했던 공동체적인 전제를 바꿔 놓는다. 그러는 사이에 인간의 유기적인 욕구에서 유리된 산업 사회의 미학은 본디부터의 생물학적인 욕구도 보이지 않게 하거나 변형시켜 놓는다. 다시 말하여 모든 사람의 소박한 의식주와 놀이와 어울림과 자연 속의 삶은, 적어도 우리의 고차원적인 추구 — 정치적이고 경제적이고 문화적인 추구 — 에서 보이지 않게 되고 격하된다. 그리고 사회적으로는 사람과 사람 사이를 어느 해보다도 더 넓고 깊게 갈라놓는 재편성 작업이 진행된다.

물론 이렇게 부정적인 결과를 주목한다고 해서, 경제 성장을 통째로 부정할 필요는 없을 것이다. 사실, 철학적인 근본주의의 처지에 서면 경제 성장의 이념도 꼼꼼하게 따져질 필요가 있는 것이겠으나 그러한 검토는 경제 성장의 현실에 부딪쳐 무력하고 우스꽝스러운 것이 되기 쉽다. 그러나 적어도 경제 성장의 인간적인 의미에 대한 강력한 의식은 되풀이하여 새롭게 할 필요가 있다. 어떤 물건이 우리를 자극하고 우리가 어떻게 느끼는지 하는 것을 생각해 보는 것은 그러한 의식의 강화에 도움이 될 수 있을지 모른다. 경제의 물량적인 발전에도 불구하고 우리 사회에 불안한 느낌이 편재해 있는 것을 우리는 부인할 수 없다. 우리는 산업화의 수레바퀴에 깔리는 사람들의 고통의 소리를 듣는다. 또 우리 내면과 외면과의 불균형에서 오는 신경병 증세를 본다. 우리는 이런 것에 눈을 돌릴 것을 잊지 말아야 한다. 어떤 이데올로기적으로 고양된 움직임이 커지면 커질수록 그 그늘에서 일어나는 일들은 잊히고 보이지 않게 되기가 쉬운 법이다.

2. 물건과 욕망

세상 어디를 보아도 물건이 없는 곳이 없다. 사람이 둘러보는 세계에서 물건은 세계를 이루는 가장 두드러진 이정표의 하나이다. 특히 산업 사회에서 물건은 두드러진 존재가 된다. 여기에서 사회의 모든 노력은 날이 갈수록 더 많은 물건을 만들어 내는 데에 바쳐지고 사람들의 삶은 날이 갈수록 더 많아지는 물건들을 더욱 많이 내 것으로 확보하는 것을 주된 경영으로 삼는다. 그리하여 물건의 획득에 대한 관심이야말로 사회의 모든 사람을 연결하는 가장 중요한 유대가 되는 듯한 느낌이 든다. 시민이란 말과 소비자라는 말이 거의 같은 말이 된 것도 이러한 사정을 말하여 준다. 이제 사람들의 생활에서 물건은 거의 절대적인 중요성을 띠게 되고 모든 생각에서 경제적인 고려가 일차적인 것이 되었다.

그런데 물건이란 무엇일까? 이것은 대답할 수 없는 물음이라고 철학자들은 말한다. 물건 자체 속으로 뛰어드는 것은 현기증 나는 허무 속으로 뛰어드는 것이다. 사르트르의 『구토』의 주인공 로캉탱은 아무런 선입견 없이 물건 자체에 마주치게 될 때에 일상적인 물건들, 이를테면 자갈 한 개, 맥주병 하나까지도 그를 완전히 낭패케 하고 묘한 구역질 같은 것만을 느끼게 하는 것을 경험한다. 어떤 때엔 사물들의 징그러움은 전차 안의 걸상이 배를 위로 한 퉁퉁 부어오른 시체로 보이게 하기도 한다.

그러나 특별히 철학적인 기분에 잠기거나 권태에 눌린 때가 아니면 물건은 우리가 충분히 익숙하게 알고 있는 것이다. 일상생활에서 물건은 우리에게 그 쓰임을 통해서 알려진다. 물건의 쓰임새는, 말할 것도 없이, 사람의 삶의 필요에 따라 또 사람의 욕구에 맞추어서 생긴다. 자갈이나 산이나 강 ─ 이런 것들은 본래부터 있는 것이다. 그러나 그것들은 건축 자재나 조림지나 음료수가 되어 사람의 생활의 필요를 채워 준다. 그러나 많은 것들은 쓰임을 위해서 조금 더 적극적으로 만들어진다. 말할 것도 없이 맥주병은 본래부터 있는 것이 아니라 맥주를 담기 위해서 만들어진 것이다.(물론 근본적으로는 이것도 본래 있는 것의 변형이라는 테두리를 벗어나지 못한다고 할 수 있다.) 그렇다고 해서 물건의 쓰임새가 늘 이렇게 직접적인 것은 아니다. 물건과의 교섭은 그것 자체대로 우리에게 기쁨을 준다. 이렇게 기쁨을 주는 것은 필요와 욕구를 채워 주는 물건일 수도 있고 자갈이나 산과 같이 본래부터 있는 것일 수도 있고 또 일부러 물건의 됨됨이를 살려서 그것을 돋보이게 만들어 놓은 것일 수도 있다. 또 물건은 사회관계를 나타내는 증표로도 쓰인다. 곧 물건은 우리로 하여금 사람과 사람의 정스러운 관계 또는 권력 관계에 참여하게 해 주는 데에도 그 쓰임이 있다.

사람과 물건과의 관계에서 이러한 물건의 여러 쓰임새는 하나도 빼어 놓을 수 없는 것이지만, 그렇다고 해서 이것들이 모두 꼭 같이 중요하지는 않다. 또 그 있는 방식이 다 똑같지도 않다. 사람이 살아가는 데에 필요한 것을 채워 주는 대상으로서의 물건의 기능은 어느 때에나 가장 중요한 것이지만, 사회의 경제 능력이 향상되고 물건이 늘어 감에 따라 물건의 이차적인 기능, 이를테면 사회관계의 증표로서의 물건의 기능이 더 커지는 경향이 생긴다고 할 수 있다. 이것은 특히 자본주의 산업 사회에서 그렇다. 실제로 반드시 그렇게 되지는 않지만, 적어도 산업 사회의 이념은 물건의 양을 늘려서 사람의 기본적인 필요의 문제를 해결한다는 것이다. 그러나 이 문제가 전체적으로 또는 부분적으로 해결된 다음에는 저절로 직접적인 욕구를 채우는 것 밖의 것이 이제까지보다 더 문제가 된다. 이와 아울러 이 사회에서의 불균형한 인간관계가 이러한 면을 강조케 하는 경향을 갖는다고 할 수도 있다. 그리고 이러한 강조는 사람의 물건에 대한 관계를 온통 바꾸어 놓게 된다.

이를테면 기본적인 욕구의 충족의 대상이 되는 것이 아닌 물건의 경우 그렇다. 소비자의 시대를 대표하고 있는 전기 제품들, 곧 텔레비전이나 냉장고와 같은 것을 샀을 적에 사람들은 삶의 안정된 바탕을 마련했다거나 편의를 확보했다는 것보다는 사는 보람을 얻었다는 것에 가까운 느낌을 가질 것이다. 실제로 이러한 것들을 사들여 오는 순간은 오늘날의 삶에 커다란 기쁨을 준다. 이런 소비 품목을 사들여 오는 날에 사람들이 갖는 황홀감은 어디에서 올까? 느낌의 세기로 미루어, 우리는 이미 그것이 삶의 원초적인 충동에 관계되는 것임을 알게 된다. 곧 사들여 오는 순간의 황홀감은 삶의 자기 확인에서 온다고 말할 수 있다. 이 확인은 물론 직접적인 것이라기보다는 사회관계의 확인을 통해서 오는 것이다. 앞에서도 말하였듯이 옛날에도 물건은 사회관계의 증표로서, 또 그에 따라 정의되는 삶을 확인하는 수단으로써 사용되었지만 오늘날과 같이 물건이 통틀어서 또 그 많은 사람에게 사회관계나 생존의 확인을 위한 수단으로 쓰인 일은 드물었다고 하겠다. 곧 예로부터 권력자는 좋고 많은 물건을 마음대로 부려서 그의 권력을 과시하였다. 오늘날의 소비자도 마찬가지로 물건을 통하여 스스로의 힘을 나타내고자 한다.

그러나 따지고 보면 오늘날의 소비자의 물건과 힘의 관계는 옛날 권력자의 그것과 정반대의 것으로 생각된다. 옛날 사람은 힘이 있은 다음에 힘의 증표로써 물건을 얻고 이를 과시했다. 그러나 요즘의 소비자는 물건을 얻음으로써 힘을 얻는다. 이 힘은 실제로는 자신의 것이 아니기 때문에 차라리 이미 있는 힘에 참여하여 생기는 빌려 온 힘이라고 말하여야 한다. 이 힘은 물건을 만들어 내는 사람의 힘이고 소비자는 거기에 곁다리로 끼는 것이다. 그러나 이 참여가 마지못한 것은 아니다. 도리어 소비자 자신도 이 힘이 자기의 것이라고 생각한다. 여기에는 강제보다는 광고를 비롯한 여러 가지 암시가 크게 작용한다.

자본주의 사회에서 물건을 팔고 사는 데에 광고가 큰 작용을 한다는 것은 말할 필요도 없다. 그리고 어떤 물건의 쓸씀이나 수요자의 필요를 이야기하기보다 광고가 물건과 연결되는 암시 효과에 크게 의존한다는 것도 자주 지적되었다. 이때의 암시의 초점은 어떤 종류의 생활 양식에 있다. 우리가 늘 보는 청량음료의 광고는 그 음료의 청량 효과나 영양 가치를 말하기보다 친구들과 함께 어울려 즐기는 야외 활동이나 젊은 미남과 미녀의 사랑으로 대표되는 어떤 쾌적한 생활을 암시하는 것을 그 주요 내용으로 한다. 청량음료의 쾌감은 이러한 쾌적한 삶에 한몫 낀다는 자기 높임의 느낌에 연결된다. 이 느낌은 사회적인 신분 체계에 연결되어 있고 그것은 또 제조업자의 편의와 그가 생각하는 생활 양식에 연결되어 있다.

물론 그렇다고 해서 이런 한층 높은 삶의 환상이 제조업자의 마음대로 조작된다는 것은 아니다. 수많은 제조업자가 만들어 내는 물건과 광고가 발산하는 암시가 서로를 감싸 주면서 쌓이고 쌓여 한 사회에서의 삶의 양식의 근본적인 틀을 만들고 어떠한 광고주가 할 수 있는 일은 이 틀의 모습을 조금 바꾸는 것이라고 말할 수 있다. 또 소비자도 이러한 틀의 암시에 저절로 사로잡힌다고 해야 할지도 모른다. 환상을 만들어 내는 힘의 근원이 무엇인지를 따질 것 없이 그것은 제조업자에게 편리한 것이고 소비자는 물건을 통하여 그것이 대표하는 삶의 질서, 또 그 질서의 권력 체계에 참여하여 자신의 삶을 정당화하려고 한다. 한 병의 청량음료, 한 틀의 건축, 새로운 옷 ─ 이런 것들은 모두 이와 같이 사회적으로 형성된 환상에서 그 매력을 얻는다.

이런 점에서 현대인의 물건에 대한 태도는 원시인의 그것과 별로 다르지 않다. 인류학자들이 지적하듯이 원시적인 사고는 사물을 그 자체로서가 아니라 신령스러운 기운에 대한 관계에서만 본다. 물건들은 이 신령스러운 힘을 여러 가지로 나타내고 있는 것에 지나지 않다. 곧 많은 물건들은 특별한 마술적인 힘을 발산하는 것으로서 존재한다는 말이다. 현대에 소비자가 얻으려고 애쓰는 물건들 가운데서 많은 것들은 그것이 대표하고 있는 어떤 종류의 삶을 정당화하는 힘의 후광을 입어서 비로소 값진 것이 된다. 우리들 둘레의 많은 물건들은 현대적인 부적이나 물신, 곧 '신령스러운 것'의 노릇을 하고 있다.

소비 사회에서는 물건의 사회적인 면이 두드러지게 됨으로써 물건과 사람과의 기본 관계는 앞에서 말한 것처럼 크게 달라지게 된다. 한쪽으로 물건이 사람의 욕구를 채워 주는 대상이 되는 면이 불분명해진다. 또 역설적으로 이와 함께 물건의 물건으로서의 됨됨이도 점차로 뒷전으로 물러앉게 된다. 여기에서 물건이 지닌 변태적인 의미가 두드러진다. 이것은 위에서 말한 바와 같이 우리의 욕구가 '나의 욕구'가 아니라 가짜로 조작한 욕구란 것에 관련되어 있다. 달리 말하여 이런 현상은 우리가 우리 자신의 욕구를 잃었다는 것에 관련된다는 말이다. 그러니까 소비 사회에서 사람은 그 자신으로부터 소외되고 물건으로부터 소외된 것이다. 이러한 이중의 소외 — 자기 소외와 어떤 철학자의 말에 따르면 '세계 소외' — 는 경험적인 관찰에 어긋난 것처럼 보인다. 오늘의 시대는, 얼른 보기에, 한쪽으로는 인간의 욕구가 무한한 팽창을 보인 시대요, 또 어느 때보다도 사람이 물건에 가까워진 시대이다. 피상적으로 이야기할 적에 이것은 맞는 관찰이다. 산업화는 분명하게 물량의 증가를 가져온다. 많아진 물건은 모두가 사람의 욕망의 충족을 겨냥한다. 참으로 많은 물건이 소비를 위하여 생산되고 또 모든 것이 소비의 대상이 된다. 그리하여 드디어 세상의 모든 것, 나아가서는 모든 사람들까지도 소비의 대상으로 생각된다. 그러나 이렇게 물건을 철저하게 소비의 대상이 되게 하는 것은 사람과 물건과의 사이를 가장 멀게 하는 것이다. 물건은 바로 이 소비의 대상으로서만 의미를 갖게 되고 그런 만큼 그 자체로서 인식되고 사랑받기를 그친다. 다시 말하면, 사람은 세상의 모든 것을 그의 욕망 속에 태움으로써 세상에서 가장 멀어져 간다. 그러나 이렇게 우리의 고삐 풀린 욕망을 탓하는 것은 사실의 한 면에 지나지 않는다. 앞에서 말한 바와 같이 물건의 무한한 소비에서 사람이 바라는 것은 반드시 물건 자체가 아니라 그것이 나타내고 있는 어떤 삶의 힘이다. 그러나 이 삶의 힘은 도저히 내 것일 수 없는 것이다. 그리하여 아무리 물건을 소비하여도 만족할 수 없게 되고 사람의 욕망은 세상의 모든 것이 황폐할 때까지 그치지 않게 된다.

그러면 사람의 진짜의 필요나 욕구는 어떠한 것일까? 이것이야말로 사람의 참 욕구라고 내놓을 수 있는 욕구를 지적하는 것은 매우 어렵다. 사회 심리학자들이 흔히 지적하듯이 사람의 욕구는 사회화 과정에서 내면화되는 가치에 크게 좌우된다. 다시 말하면 욕구는 사람이 그 안에서 성장하는 문화의 암시에 힘입어 빚어지는 것이다. 그렇다면 그것도 집단의 환상에 의하여 만들어진다고 할 것이고, 그런 뜻에서 그것은 상품의 암시 밑에 깔려 있는 집단적인 삶의 양식의 환상과 크게 다르다고 할 수 없다. 사람의 필요나 욕구에서 내 것과 남의 것을 구분하기는 어려운 것이다. 어떻게 보면 사회 안에서 벌어지는 말썽과 싸움은 한쪽으로는 저마다의 욕구를 채우려고 물건의 확보를 겨냥하여 벌이는 싸움이고, 그보다 더 근원적인 차원에서는 우리 사회에서 어떤 욕구가 앞선 것으로 인정되어야 마땅한지를 결정하는 싸움이다. 이런 의미에서의 '나'와 '너'와의 싸움은 벌써 인간 욕구의 사회적인 성격을 인정하고 나선 것이다. 그렇다고는 하나, 사람의 욕구에서 몇 가지 바탕이 되는 것을 가려낼 수 있다.

우선 거기에는 생물학적인 근거가 있다. 개체가 생물로서의 자기 평형을 유지하려 하고 성의 만족을 찾는 것은 인간 욕구의 밑뿌리로서 움직일 수 없는 것이다. 이것은 새삼스러운 느낌이 드는 지적이지만, 사실 상업주의와 어설픈 문화주의의 왜곡 속에서 거듭 확인될 필요가 있는 것이다. 한 사회가 이러한 욕구를 분명하게 또 늘 기억하고 있다면 그것은 다른 가짜 문화로 향한 가짜 욕구가 빚어내는 많은 삶의 낭비를 피할 수 있을 것이다. 이 밖에 또 한 가지 중요한 것은 이러한 욕구의 충족 과정이 마지못해 떠맡게 된 고통의 과정이 아니라 사람이 발 벗고 나서서 얻어 내는 기쁨의 과정이라는 점을 잊지 않는 것이다. 그래서 나는 기쁨을 사람의 기본적인 욕구의 한 요소로 인정함이 마땅하다고 생각한다. 또 나아가 이것이야말로 초월적인 근거 없이도 삶을 살 만한 것이 되게 하는 것이라고 할 수 있다. 이 기쁨은 목숨이 스스로의 에너지를 창조적으로 실현하는 데서 온다. 그러면서 이 기쁨의 과정은 삶의 과정 그것과 다른 것이 아니다. 그것은 어떠한 특별한 물건이나 상태가 짐 지우는 것이라기보다는 (그러한 경우를 전적으로 부정할 수는 없지만) 바른 조건 아래서 삶의 과정 자체와 하나를 이루는 것이다. 또는, 나아가 이 기쁨의 충동이 삶 전체의 충동의 알맹이라고 할 수도 있다. 사실, 사람은 기쁨이 없는 삶에 다만 생존 그것만을 위하여 얼마나 오래 견딜 수 있을까? 아무튼 사람은 그의 삶이 생존의 보장이어야 하며, 동시에 그것이 생존 이상의 것이어야 할 것을 최소한으로 욕구하고 나아가서 삶 본래의 기쁨의 에너지가 최대한으로 실현될 것을 욕구한다. 물론 사람의 이러한 기본적인 충동과 욕구는 문화에 따라 다르게 나타난다. 바로 이런 것들이 다르게 나타날 수 있는 데에 문화의 가능성이 있고 문화의 풍요를 통해서 삶을 넓힐 수 있는 여지가 있다.

소비문화에서 발견되는 것은 이런 기본적인 욕구가 왜곡되는 모습이다. 앞에서 이야기한 바와 같이 거기에서 우리의 욕구는, 따지고 보면, 근본적인 뜻에서 수동적이기를 요구받는다. 우리의 욕구, 그것을 결정하는 삶에 대한 일정한 이해, 또 우리의 욕구의 만족 ─ 이 모든 것이 밖에서 온다. 따라서 비록 이러한 욕구와 만족의 형태가 아무리 크게 확대된다고 하더라도, 그것은 밖으로부터 온다는 점에서, 벌써 우리가 우리의 삶을 기쁨을 가지고 창조해 나갈 수 있는 힘을 빼앗는 것이 되고, 우리에게 깊은 불행의 느낌을 남겨 주는 것이 될 수밖에 없다.

삶의 창조적인 실현으로서의 우리의 주체적인 욕구를 강조할 경우에 사람의 물건에 대한 관계는 더 파괴적인 것으로 된다고 생각할 사람이 있을지도 모른다. 그러나 실제로는 이것은 정반대의 결과를 빚어낸다. 이를 수 없는 힘에의 동경에서 우러난 욕망 속에 물건을 태워 버리는 것과 물건을 우리의 근본적인 욕구에서 나오는 창조적인 충동의 대상으로 삼는 것과는 전혀 다른 것이다. 이를테면 나의 삶의 유기적인 일부가 되게 한다는 뜻에서 물건을 갖는 것과 화폐나 법률의 추상적인 소유 행위를 비교해서 생각해 보자. 우리는 어떤 뜻에서나 물건을 소유하기 위하여 법적인 소유권을 얻어 놓을 수 있다. 그러나 법적인 소득의 규모가 커지는 경우에 그것은 분명히 사물 자체를 겨냥한다기보다 그것이 나타내고 있는 추상적인 힘을 겨냥하는 것이 된다. 그러나 법적인 소유에 견주어 물건의 실질적인 소유는 규모가 커질 수가 없다. 그것은 물건을 갖는 사람으로서의 내 신체와 능력에 한정이 있기 때문이다.(내가 실제 몸의 일부로 만들 수 있는 음식물은 제한되어 있는 데 대하여 그것을 상행위의 일부로서 소유하는 데에는 어떤 제한이 있을 수 없다.) 이런 점에서 법률적인 소유는 사회관계의 상징으로서 물건을 사는 경우와 비슷하다.(또 그런 만큼 이러한 구매 행위의 상징이 법적인 소유에 집약될 수 있는 것은 당연하다.) 장사할 목적에서가 아니라 사회적인 의미를 위해서 물건을 사는 경우에 우리의 욕망은 사는 행위만으로 만족되지 아니한다. 욕망이 겨냥하는 것은 사회적인 의미와 힘이다. 사회적인 의미는 상업 문화 속에서 물건의 값에 의하여 정의된다. 그러니까 우리의 욕망은 이 한없이 열려 있는 가격 체계 전부를 지향하게 된다. 우리가 물건을 살 적에 우리는 얼마나 자주 우리 자신의 그 물건에 대한 욕망보다 가격에 의하여 좌우되는가? 어떤 경우에서나 소비자의 욕망은 실제로 필요하고 좋은 것보다는 가장 비싼 것을 향하고, 거꾸로 또 높은 가격 그것이 욕망 그것을 지배하여, 다만 높은 가격을 될 수 있으면 적은 희생으로 확보하려는 뜻에서 필요 없는 것도 사게 되는 경우도 생기게 된다.

이에 대하여 사람이 물건과 추상적이 아니라 실질적인 소유관계 속에 있을 적에 사람의 욕망 속에 모든 것이 흡수되고 소모된다는 것도 저절로 제한을 받게 된다. 그런데 물건에 대한 우리의 욕구의 바른 관계가 세계 파괴 또는 '세계 소외'를 가져오지 않는다는 보장은 이러한 관계의 본질 그것에 있다. 다시 말하여 우리의 본래적인 욕구가 물건을 삶의 창조적인 확장의 계기로 삼는다는 데에 있다. 여기서 창조는 물건의 모습을 바꾸어 우리 삶의 한 부분을 이루게 하는 작업을 말한다. 물건 또는 물질과의 상호작용을 통한 창조는 사람이 제멋대로 물질에 뜻을 매기는 것으로 이루어지지 않는다. 그것은 물질 자체의 창조적인 가능성을 풀어놓을 것을 요구한다. 그러니까 이런 뜻에서 물건과 교섭하고 그것을 소유하는 것은 물체 그것의 소유 행위가 아니라 그 창조적인 가능성의 소유 행위이다.

이러한 소유의 대표적인 예는 예술을 통한 소유와 노동을 통한 소유이다. 그러니까 예술의 세계에 있는 물건들은 이미 마무리되고 굳어진 물건들이 아니다. 그것은 움직이고 살아 있는 것으로 파악된다. 예술가는 가능성 속에 움직이고 있는 물건들을 그 자신의 기쁨, 자신의 움직이는 에너지와 함께 파악한다. 파울 클레(Paul Klee)는 그의 「창조적인 고백」에서 그림에서의 모든 요소 ─ 점, 선, 평면 따위 ─ 는 모두 에너지를 나타낸다고 말한다. 그리고 이러한 에너지로서의 그림의 요소를 우리에게 이해시키기 위하여 우리를 산보에 초대한다. "우리는 점에서 시작한다. 이것은 선을 준다. 우리는 한두어 번 멈추어 선다. 선이 끊어지고 마디가 생긴다. 배를 타고 강을 건넌다. 물결 위의 움직임……." 이러한 산보의 체험은 기억 속에서 그림의 소재로 바뀐다. "잠들기 전에 많은 것이 기억 속에 되살아난다. 여러 가지의 선, 빛깔의 덩어리, 얼룩무늬, 줄무늬가 있는 평면들, 물결 모양의 움직임, 끊어지거나 마디가 있는 움직임, 거꾸로 가는 반대의 움직임, 얽히고 설킨 물건들, 벽돌이나 돌멩이, 껍질을 벗는 돌멩이, 하나의 목소리의 조화, 여러 목소리의 조화, 선이 스러지고 선이 힘을 얻는다." 또 다른 화가는 자신의 몸뚱이야말로 물건의 결이 숨 쉬는 곳이라는 말을 한 일이 있지만 클레가 말하고 있는 것도 이와 비슷하여 그림의 요소나 물건이나 세계가 우리의 느낌과 움직임을 통해서 파악된다는 것이다. 물건은 밖에 있지 않고 우리 안에 있다. 물건이 태어나는 것이 우리의 꿈 안에서라는 것을 우리는 그림에서 알 수 있다. 그러나 이것은 어쩌면 다만 시적인 말을 하기 위한 예술가의 속임수가 아닐까? 클레는 그의 작업을 "보이는 것을 베끼는 것"이 아니라 "보이게 하는 것"이라고 했다. 이것은 그가 사물의 내면에서 사물로 하여금 사물로서 나타나 보이게 하는 동력학을 깨우치고 그것을 자신의 창조의 원리로 삼는다는 말로 받아들여야 한다. 다시 말하여 화가는 물건을 그리는 것이 아니라 물건으로 하여금 물건이 되게 하는 원리를 직관하고 그 스스로 이것을 새로운 물건으로서 나타내 보이게 하는 것이다. 사물과의 이러한 내면적인 교감은 모든 창조 속에 다 들어 있는 전제이다. 노동을 통하여 사물의 모습을 바꾸고 새로운 것을 만들어 낼 적에 사람의 뜻과 사람의 손과 함께 움직이는 사물의 비결을 직관하지 않고 어떻게 사물을 유도하여 새로운 형태를 지니게 할 수 있을까? 이렇게 하여 만들어진 물건이야말로 우리가 안으로부터, 창조적으로 소유하는 것이다.(자유주의 정치 이론의 아버지라고 할 수 있는 존 로크는 재산 소유의 근거를 말하면서, 사람이 자연에 그 노동을 섞음으로써 전혀 새로운 것을 만들어 낸다는 사실에 소유의 근거가 있다고 말하였다. 오늘날의 소유는 로크의 이러한 생각에서 얼마나 떨어져 있는 것일까!)

다시 말하여 물건과의 창조적인 교섭은 물건을 사람의 욕구 속으로 끌어들이고 동시에 사람의 욕구를 물건으로 순화시킨다. 그런데 이것이 가능한 것은 결국 사람과 물건이 같은 창조적인 가능성 속에 있기 때문이다. 예술 또는 노동의 가장 큰 계시는 이 점에 관한 것이다. 이 계시는 사실 한순간의 욕구, 하나의 물건에 대한 것이 아니라 그러한 욕구와 물건의 바탕이 되는 세계에 대한 것이다. 예술과 노동에서 우리는 세계가 사물들의 산술적인 집합으로 이루어진 것이 아니라 창조적인 에너지의 전개라는 것을 배운다.

예술가의 창조 능력은 어디에서 올까? 그것은 궁극적으로 세계의 신비한 창조력이 예술가의 감성, 그의 손, 그의 육체 속에 나타난 것이라고 해야 하지 않을까? 하필 예술가뿐이랴? 예술가의 영상 속에서 모든 사람은 신비하게 창조적인 존재로 나타나고 모든 물건은 어떤 광채를 가지고 나타난다. 만들어진 물건이 예술가의 창조력 속에 있듯이 모든 물건은 세계의 신비한 열림 속에 있다. 물건과 사람이 세계의 있음 속에 다소곳이 어울려 있음을 누구보다도 끈기 있게 이야기한 하이데거는 「짓는 것, 사는 것, 생각하는 것」이라는 수필에서 독일의 슈바르츠발트의 한 농가를 그러한 조화의 대표로서 다음과 같이 이야기한다.

슈바르츠발트에 있는 농가 하나를 잠시 생각해 보자. 이것은 이백 년 전에 농부들이 그 삶을 통하여 지은 것이다. 땅과 하늘과 신들과 죽어야 할 존재인 사람으로 하여금 소박하게 하나가 되어 사물에 들어가게 할 수 있는 스스로 넉넉한 힘이 이 집에 질서를 주었다. 그것은 바람을 막고 선 산의 남쪽 기슭, 샘물에 가까운 풀밭에 이 집을 두었다. 그것은 넓게 경사를 이룬 지붕을 이어 눈의 무게를 지탱할 수 있게 하고 아래로 강이 처져 내려와 긴 겨울밤의 바람에서 방들을 아늑하게 지켜 준다. 그것은 여러 사람이 모여 앉을 수 있는 큰 탁자 뒤쪽에 제단을 설치하는 것도 잊지 아니하였다. 아기의 침상이 들어설 성스러운 자리가 있는 방을 마련하였고 죽음의 나무관이라고 그들이 부르는 것의 자리도 마련하였다. 그렇게 하여 이 너그러운 힘은 한 지붕 아래 사는 여러 세대의 사람을 위하여 그들이 지나가는 시간 속의 여행을 역력히 볼 수 있게 하였다. 사는 데에서 자라 나온 기량이 연장과 나무와 이러한 것을 물건으로 삼아 이 농가를 지은 것이다.

결국 예술과 노동이 우리에게 가르쳐 주는 것은 사람이 물건과 세계와 사람을 하나로 묶는 신비스러운 힘 속에 어떻게 있는가, 또 사람이 그 속에 어떻게 조화되어 사는가에 관한 것이다. 오늘날 없어져 가는 것은 이러한 삶과 세계에 대한 이해이다. 이것이 없이는 물건도 사람도 제 본래의 모습에서 멀어지고 세계 자체도 황폐화한다. 물건은 사람의 참다운 욕구, 참다운 삶의 충동에 관계됨으로써 사람의 행복의 근원이 된다. 또 그리하여 물건 자체도 저 스스로의 빛, 물질의 세계가 숨겨 가지고 있는 빛의 후광 속에 참모습을 드러낸다.

이렇게 물건이 우리를 우리 자신과 물건의 근원으로 열어 줄 적에 어떻게 물건 자체는 도무지 알 수 없는 것이라고만 할 수 있겠는가? 물건이 알 수 없다는 것은 그 자체로 있기보다는 큰 테두리의 한 매듭으로 있기 때문이다. 우리말의 '것'은 물건을 나타내면서 독립된 명사가 아니라 형용사나 동사의 명사화를 위한 어미로 사용된다. 이것은 '것'이 어떤 굳어진 것이 아니라 과정 속의 한 매듭을 나타낸다는 것을 암시해 준다. 물건은, 예술가의 작업에서 가장 잘 나타나듯이, 세계의 창조적인 있음 가운데에서 그 의미를 드러낸다. 소비문화는 이 물건을 제 테두리에서 빼어 내어 거짓 욕망과 거짓 소비의 테두리에 집어넣는다. 그것이 우리의 불행의 원인이 되는 것은 당연하다. 우리가 아무리 값지고 비싼 물건, 골동품이나 문화재로 우리 주변을 꾸미더라도 죽어 버린 본래의 있음의 조화는 살아나지 않는다. 그것은 우리의 삶에 거추장스러운 짐이 될 뿐이다. 필요한 것은 본래의 물건과 사람과 세계의 조화된 기쁨을 회복하는 것이다. 이것은 혼자 할 수 있는 것도 아니요, 또 예술이나 철학의 작업으로만 될 수 있는 것도 아니다. 그것은 한편으로는 사람과 물건이 창조의 기쁨 속에 있는 바른 방식에 대한 이해를 깊이 할 것을 요구하고 다른 한편으로는 여기에 비추어 역사적으로 가능한 것을 해낼 것을 요청한다. 그것은 사회의 현실에 대한 날카로운 비판의 작업, 또 역사적인 실천의 결단을 요청한다.

(1978년)

산업 시대의 문학

　오늘날 우리가 살고 있는 시대, 보다 정확히는 현 정부의 5개년 계획이 세워지고 그 성과가 나타나기 시작한 1960년대로부터 오늘날까지 또 아마 이 기간의 역사적 추세가 장기화되리라는 전제하에 앞으로의 상당 기간 — 이 동안을 가리키는 말로 '산업 시대'란 말이 사용되는 것을 본다. 이 말은 물론 오늘날의 시대적 상황을 그 가장 중요한 특징을 가지고 규정하려는 의도에서 나온 말이다. 산업화 그리고 그것으로 인하여 우리의 물질생활, 사회관계 및 정신 작용에 일어난 변화는 우리 시대의 핵심적 사실이다. 또는 더 나아가서 우리는, 비록 그 충격의 극적인 예리함에 있어서는 그렇다고 하지 못하더라도 우리 삶의 모든 구석이 그로 인하여 미묘하면서 불가역적인 뒤틀림을 겪었다는 의미에서, 최근의 산업화는 우리 근대사에 있어서의 가장 큰 사건의 하나라고 할 수 있을 것이다. 오늘 우리가 문제 삼고자 하는 것은 이러한 대전환 속에서 문학이 어떤 형태로 있으며, 또 있어야 할 것인가 하는 것이다.

　그런데 이 답하기 쉽지 않은 문제를 생각하면서, 우선 한 가지 조심해야 할 일이 있음을 지적할 필요가 있다고 생각한다. 그것은 '산업 시대'라는 용어 그것에 대하여서이다. 어떤 대상을 이야기함에 있어서 그 대상의 이름은 필수 불가결한 출발점이 되는 것이지만, 이름을 붙인다는 것은 이미 이야기의 방향과 성질을 한정하는 것이 되는 수가 많다. 이름을 붙이는 것은 어떤 일의 특정한 면을 드러내어 강조하는 일인 까닭에, 그것은 그 사물을 미리 짐작하여 밝히는 일이며 동시에 그 이름으로 하여 집약되지 않는 사물의 다른 면을 보이지 않게 감추는 일이기도 하다. 특히 이 이름이 한 사물의 구조적인 연관에 있어서 지배적이고 결정적인 특성 내지 요인을 지적하고 있는 것으로 생각되는 경우 그렇다.

우리는 우리의 시대를 '산업 시대'라고 부르면서 동시에 그것이 다른 이름으로도 불릴 수 있는 것임을 잊지 말아야 한다. '근대화', '경제 성장' 과 같은 말도 오늘의 시대의 특징적 현상을 지칭하는 말이고 '대중문화 시대', '민족 분단의 시대', '냉전 시대', '민족주의 시대', '민족 중흥기'와 같은 말도 생각할 수 있고 최근의 한 평론집의 제목을 따라 '민중 시대'라는 말을 생각할 수도 있다. 이러한 말들은 오늘의 시대를 서로 비슷하면서도 다르게 파악하는 데에서 연유하는 말들이다. 물론 이러한 다른 종류의 파악은 별개로 존재하는 것이 아니라 서로 얼크러져 있으며 그 일정한 얼크러짐의 관계를 해명하는 일이야말로 우리가 살고 있는 시대를 해명하는 데 있어서 매우 중요한 실마리가 될 것이라고 말할 수도 있다. 그럼에도 불구하고 산업화가 시대의 가장 핵심적인 사실임을 부정할 수는 없다. 그것이 역사의 현실과 당위를 가장 적절하게 밝혀 주는 것은 아닐망정, 오늘날에 있어서 산업화의 현실은 여러 가지 있을 수 있는 역사의 지향을 매개하는 핵심적 현실이 되어 있다. 위에서 예거한 여러 말들은 대개 역사의 방향에 대한 현실적이든 당위적이든 일정한 해석을 담고 있거니와 이러한 해석의 현실적인 가능성은 산업화 과정의 동력화 속에서 실현되거나 실현되지 않거나 할 것임에 틀림없다. 그리고 산업화는 문학에 있어서 특히 관심의 대상이 될 수밖에 없다. 그것은 문학의 관심이 무엇보다도 생활 세계의 현실 — 현실을 현실 그것만으로 파악하든 또는 보다 거시적인 역사 과정의 매개로서 파악되든 — 이며, 이 현실은 오늘날 산업화에 의하여 크게 달라지고 있는 것이기 때문이다.

산업 시대의 문학은 어떤 것이며 어떤 것이어야 하는가? 여기에 대한 답변을 구하는 한 가지 방법은 오늘날 쓰이고 있는 문학을 널리 검토하여 귀납적으로 시대의 증후를 끌어내는 것이겠으나, 이것은 후일의 보다 여유 있는 시간으로 미루고 여기서는 연역적으로 하나의 관점을 펼쳐 보이는 데 그치기로 하겠다. 또 이것을 반드시 게으른 속단의 방법이라고만은 할 수 없다. 귀납적 방법이 곧 일목요연한 전망을 보여 준다고 하기는 어렵기 때문이다. 이것은 오늘의 현실을 다루는 작품 자체의 경우에도 그렇다. 구체적으로 무엇이 산업 시대의 현실인가 하는 문제를 제쳐 두고라도 당대의 현실을 의미 있게 정리하여 이해한다는 것은 어떤 경우에나 쉬운 일이 아니고 또 문학의 관심은 그 나름으로서의 타성을 가지고 있어서 투명한 현실 이해를 어렵게 만든다.

우리 시대의 문학을 이야기함에 있어서 도덕적 감성의 예민화는 아마 그 가장 증후적인 현상의 하나로서 지적될 수 있을 것이다. 이른바 현실 참여 문학이 표현한, 시대의 문제에 대한 도덕적인 분노는 그 대표적인 예 가운데 하나다. 그런데 여기에서 중요한 사실은 그 문학적 업적에 대해서는 이견이 있고 또 그 정치관에 어떠한 유보를 가진다고 하더라도 많은 사람에게 현실 참여의 문학이 제기하는 시대의 문제들은 도덕적 선택의 강박성을 가지고 다그쳐 오는 문제들이라는 점이다. 현실 참여 문학의 공적은 우리 시대의 문제의 핵심이 중대한 도덕적 위기에 있음을 쉬지 않고 지적해 준 데에 있다고도 할 수 있는 것이다. 과연 도덕은 오늘날에 있어서 가장 초미한 주제라고 할 수 있다. 그리하여 우리 시대 — 산업화로서 특징 지어진 시대에 있어서의 문학의 문제를 생각하는 것도 문학이 도덕에 대하여 어떠한 관계를 가지고 있는가를 생각하는 데에서 풀어 나갈 수 있을 것으로 보인다. 그런데 우리는 이러한 물음에 답하기 전에 일반적으로 도덕의 의미와 또 산업 사회에 있어서 그 위기에 대하여 초보적인 반성을 시도할 필요가 있다.

우리 시대의 도덕적 타락에 대해서는 현실 참여의 문학에서 말하는 고발과 분노의 형태를 취하지 않아도 귀가 아프게 들어 온 바 있다. 그러면 이러한 도덕적 타락 내지 파산의 원인은 어디에 있는가? 한 가지 답변은 — 조금 추상적이고 도식적인 것이긴 하지만 우리 시대에 있어서의 도덕과 생존의 불일치에 적어도 그 일부 원인이 있다고 말하는 것이다. 도덕은 상식적으로 말하여 집단의 이상이나 어떤 보편적 이상을 위하여 목전의 현실적 이해를 희생하는 행동에서 가장 두드러지게 느낄 수 있는 행동원리이다. 이런 의미에서 그것은 현실 초월의 원리 또는 극단적인 경우는 비현실의 원리이다. 그러나 사람의 생존이 영위되는 곳은 지금 이곳의 현실이다. 그러니만큼 얼마나 많은 사람들이 얼마나 오랫동안 주어진 현실 속에서의 마찰을 일으키는 비현실의 행동 원리를 지켜 나갈 수 있겠는가. 도덕이나 윤리가 아무리 현실을 넘어선다고 하더라도 그것이 너무나 지속적으로 너무나 철저한 현실적 비효용을 고집할 때, 범상한 사람이 그 요구를 쉽게 견딜 수는 없는 것이다. 그러나 이러한 면이 도덕의 전부는 아니다.

방금 우리는 도덕의 원리가 비현실의 원리라고 하였지만, 더 깊이 살펴볼 때, 사실 도덕이라는 것은 현실과 동떨어져 있는 어떤 별개의 영역 속에 존재하는 것이 아니다. 구극적으로 그것 또한 삶의 원리이다. 그것은 마땅히 우리의 매일매일의 삶을 포함하면서 그것을 보다 높고 넓은 것에 포용하는 매체이다. 만약에 도덕이 비현실의 원리라면, 주어진 현실이 좁은 영역의 짧은 삶을 가능하게 하고 크고 지속적인 삶을 불가능하게 하기 때문이다. 이러한 관찰은 삶에 있어서의 도덕의 존재 양식에 대하여 또 하나의 가능성을 생각하게 한다. 결국 도덕이 삶 또는 현실의 보다 큰 통합 원리라면, 그것이 현실을 설명할 수 없고 현실 속에서 아무런 힘도 가질 수 없는 경우, 그러한 사태는 현실의 잘못으로 연유된 것이라고 할 수도 있지만, 다른 한편으로 그것은 우리의 도덕규범과 윤리의 강령이 삶 그것을 포괄하고 통합할 수 없게 된 것에 기인한다고 할 수도 있을 것이다. 잘못은 도덕규범 그것에도 있을 수 있다는 말이다. 도덕이 삶의 원리이기를 그칠 때 그것은 삶과의 투쟁에서 수정되거나 재탄생하여야 할 어떤 단계에 이른 것이다. 이때 기성의 도덕규범의 파괴는 의식적이든 무의식적이든 불가피하고 정신의 혼란은 심화될 수밖에 없다. 그것은 새로운 조화와 균형을 준비하는 과정이다.

그러나 최종적인 조화는 좁은 테두리의 생존의 일방적인 우위로써 달성되는 것이 아니라 서로 갈등을 일으키며 적응하는 도덕적 계획과 생존의 거칠음이 맞부딪치는 가운데 생겨나는 새로운 질서——도덕과 생존을 하나로 통합하는 질서의 수립으로 달성된다. 여기에 따르는 탄생의 진통은 어떻게 보면 건전한 것이다. 그 과정을 통해서 기성도덕의 억압성은 수정되고 새로운 생존의 활력은 회복된다. 우리로 하여금 삶의 혼돈에도 불구하고 많은 경우 기성도덕에의 복귀를 주저하게 하고, 무엇보다도 삶의 깊은 충동에 충실하게 있고자 하는 문학으로 하여금 지나치게 좁은 테두리의 도덕주의를 의심을 가지고 보게 하는 것은 앞에서 말한 바와 같은 사정을 우리가 직관적으로 이해하고 있는 까닭이라 할는지 모른다. 그렇긴 하나 도덕적인 것에 의하여 뒷받침되지 않는 삶이 우리의 가능성을 참으로 해방시켜 주는 삶이 아님은 말할 것도 없다. 앞에서 비쳤듯이 도덕이 넓은 것에로의 초월의 원리라면, 그것 없는 삶은 지리멸렬한 흩어짐의 순간들에 불과할 것이기 때문이다.

그런데 산업 사회가 막아 버리는 것은 깊은 의미에서 보다 넓은 삶에로 나아가는 길이다. 도덕이 보다 넓은 삶에로 나아가는 원리라고 한다면, 보다 넓은 것이란, 우선 그것이 작은 집단을 의미하든 넓은 집단을 의미하든, 공동체를 의미하는 것으로 볼 수 있다. 산업 사회가 체계적으로 파괴하는 것은 이 인간 공동체이며, 또 그것의 연장선상에서 생각해 볼 수 있는 사물과 인간을 포함하는 공존 질서로서의 세계인 것이다.

공동체에 대신하여 산업화의 과정은 사회생활의 모든 면에서 개인주의와 사인화(私人化)를 가져온다. 그런데 이 공동체의 해소와 사인화는 역설적인 과정을 통하여 이루어진다. 외형적인 의미에서 산업화는 어느 시대에 있어서보다도 큰 규모로 사회를 집단화하고 조직화한다. 이것은 그 자체로서 이미 자연스러운 대인 접촉이 가능한 공동체적 소집단을 해체하는 효과를 낳는다. 그러나 공동체를 파괴하는 것은 산업화가 가져오는 대규모의 조직화만이 아니고 자본주의적 산업화의 동력과 목표가 구극적으로 이윤과 소비라는 개인적인 동기에서 온다는 사실이다. 사회의 성원은 어느 때보다도 넓고 다양하게 사회 속에서 활동하지만, 그것은 개인적인 행복의 추구를 위하여서다. 개인적인 활동의 조화는 단순히 '보이지 않는 손'의 자동 조절을 통하여서만 이루어지지 아니한다. 여기에 거대한 제도와 기구들의 출현은 불가피하지만, 그것들은 진정한 의미에서의 공공 제도와 기구가 그렇듯이 개인적인 생존에서 공적인 도덕에로의 초월을 매개해 주는 역할을 수행하지 못한다. 제도는 솔직하게 개인적 이해관계의 조정 장치가 되거나 아니면, 더 좋지 못한 결과를 가져오는 것으로서, 어떤 특정한 사인(私人)이나 집단의 사사로운 이익을 위한 조작을 은폐하는 수단이 된다. 물론 사회에서 모든 공도덕이 사라져 버리는 것은 아니다. 후진국에서의 산업화의 이니셔티브가 정부에서 나온다는 점은 당초부터 국가주의를 산업화의 이데올로기의 일부가 되게 한다. 또 산업화가 풀어놓은 사적인 에너지는 그에 대한 형평되는 힘으로서 여러 가지 도덕주의적 강령의 강화를 가져온다. 이러한 것보다도 산업화에 공적인 정당성을 부여하는 것은 그 생산성이다. 이 생산성으로 하여 증가하는 재화가 어떠한 방식으로 분배되느냐 하는 데에는 문제가 있겠으나, 산업화가 국민 전체의 물질생활의 향상을 가져온다는 점만은 사실일 것이다. 우리 사회가 이미 여기에 이르렀다고 할 수는 없지만, 산업화는 의식주에 관계되는 일차적 욕구를 좀 더 쉽게 충족시킬 수 있게 하고 나아가 보다 여유 있는 삶을 향유하는 수단과 도구를 제공해 준다. 이러한 것들이 산업화의 이데올로기에 공적인 성격을 부여한다.

그러나 생존의 긴급한 압력의 이완이 반드시 사람이 누릴 수 있는 행복에 비례한다고 말할 수 없음은 물론이다. 오히려 예리한 아픔은 줄어졌다고 하더라도 막연하고 일반적인 불행 의식은 더 팽배하게 된다. 아마 중요한 것은 공적 도덕의 상실보다 더 근원적인 의미에 있어서의 불행일는지 모른다. 도덕의 의미도 여기에 관련하여 생각할 때 그 내적 의미를 얻는다. 우리나라처럼 아직도 산업화라는 잔인한 변화의 과정, 그것도 그에 따르는 여러 가지 내적·외적 모순을 조정하고 조화시킬 여유를 허용하지 않으면서 강행되는 사회 변화의 과정에서 이것은 특히 그렇다고 하겠으나, 사정은 산업화의 잔인성을 어느 정도 완화시킨 것으로 보이는 선진 산업국에서도 비슷한 것으로 보인다. 산업 사회의 불행 의식은 만족할 줄 모르는 인간의 욕망으로 인한 것이라고 설명하는 수도 있겠지만 만족할 줄 모르는 인간의 욕망이라는 것 자체가 현대 사회의 불균형에서 오는 것이라고 생각할 만한 이유가 있기 때문에 이것이 반드시 설득력 있는 설명이라고 할 수는 없다. 아마 보다 그럴싸한 것은 현대인의 불행 의식이 공동체의 상실에 기인한다고 하는 설명일 것이다. 이것은 이미 사회 진단가들이 자주 지적해 온 바다. 그런데 공동체가 상실되었다는 것은 다만 생존 경쟁에 있어서 공동체적 보장이나 감각적 상호 작용의 만족감이 상실되었다는 것만을 의미하지 않는다. 그것은 현실적·정서적 고독보다도 더 깊은 의미에 있어서 인간 내면의 불행을 뜻한다.

앞에서 우리는 도덕과 생존의 일치, 불일치를 말하고 또 도덕이 공동체적 유대 의식에 관계되는 것임을 말하였다. 그런데 여기서 주의할 것은 도덕의식이 공동체적 기원을 가지면서도 반드시 외적인 의미에 있어서의 사회의식과 일치하는 것이 아니라는 점이다. 그것은 우리의 내면 가운데 사회의 대표자로서 있는 양심을 통하여 안으로부터 작용한다. 우리가 도덕적으로 또는 양심적으로 행동한다면, 그러한 행동은 외적인 섭렵으로 얻어지는 공동체 또는 사회에 대한 정보에 비추어 우리의 행동을 조절하기 때문에 이루어지는 행동이 아니라, 거의 본능적으로 행하는 행동이다. 이러한 행동을 가능케 하는 도덕적 감각 또는 양심의 근원을 더러는 어린이와 그 가족의 관계에서, 더러는 개인과 사회 집단의 관계에서 찾을 수도 있고 또는 그 외의 곳에서 찾을 수도 있지만, 어떤 경우에 있어서나 그것은 우리의 자아 속에 깊이 내면화되어 있는 것이어서, 단순히 부모나 사회 또는 다른 권위의 보지자가 가하는 외적인 강제로서가 아니라 자아 내부의 자발적인 요구로서 존재한다. 그리하여 우리가 도덕적 지상 명령을 좇아 행하는 행동은 고통스러운 것이면서 동시에 자아실현의 고양감을 준다. 그러나 그러한 명령이 희생적인 요구를 하든 아니면 단순히 우리 자신과 주변과 (긴장된) 조화를 기하게 하든, 그것은 우리 생존의 구극적인 바탕을 크게 벗어나지 않고 그것에 대립되는 것이 아니다. 그것은 우리 생존의 깊은 바탕에서 우러나오는 바로 우리 자신의 생존의 명령인 것이다. 바꾸어 말하면 그것은 우리가 우리 자신에 일치하며, 또 사회에 일치하는 일체성의 원리이다. 산업 사회에서 좌절되는 것은 사람의 도덕적 감각, 바로 인간의 본질을 이루는 사회성이며, 또 개체로서의 나로 하여금 나 스스로에 일치할 수 있게 하는 개체적 일체성의 충동이다.

여기에서 우리는 문제되어 있는 인간의 욕구가 동시에 사회성과 개체성에의 지향이라는 것에 주목할 필요가 있다. 이 두 지향은 흔히 대립시켜 말하여지지만 우리는 앞에서 도덕적 감각 내지 양심이 자아와 사회의 접합점에 성립하는 것임을 보았거니와 사실상 사회성과 개체성은 서로 긴장된 관계에 있는 원리이면서도 동시에 하나의 과정 속에서 충족될 수밖에 없는 요구인 것이다. 흔히 공동체적 제약을 풀어놓은 산업 사회의 물질적 풍요가 가능케 하는 개성의 발달이 이야기된다. 그러나 이러한 개성은 물질적 풍요의 토대 위에서 가능해지는 것이면서도 그러한 풍요에 따르는 소비문화의 형성력에 힘입어 얻어지는 것이라기보다는 그러한 힘에 저항함으로써 얻어지는 것이다. 이것은 현대 소외 예술가들의 삶에서 그 예를 쉽게 볼 수 있다. 그리고 이러한 예술가의 경우에서처럼, 이때의 개성은 갈등과 고민에 찬 것으로서 온전한 상태의 개성이라고 할 수 없는 것이다. 그러면 소비문화에 있어서의 개성의 추구 또는 개인주의적 자기표현은 어떻게 생각해야 할 것인가? 생물학적 필요를 넘어서 행해지는, 주로 잡다한 상품의 구매와 유행과 수입의 액수로써 표현되는 개인주의적 추구는 개성의 허깨비를 좇는 일이다. 기본적인 생물학적 요구를 생존 투쟁의 방식으로 충족시킨 자아는 이러한 투쟁을 여유 있는 향유의 영역으로 확대시킨다. 여기에서 투쟁적인 개인주의는 주로 물질의 획득을 자기표현의 수단으로 삼지만 역설적인 것은 이것이 경쟁적인 개인들의 사회적 공간 없이는 별 의의를 갖지 못한다는 것이다. 경쟁은 공통된 척도의 근거 위에서만 가능한 것으로, 여기에서 그 근거는 한정된 재화이거나 돈이다. 그리고 이러한 한정된 재화나 돈의 의의는 그것들을 만들어 내는 산업 기구에 의해서 현시적으로 또는 묵시적으로 정해져 있다. 산업 소비문화에 있어서 개인적 추구는 실제에 있어서는 전적으로 시장 기구에 의하여 조정 내지 규정되는 것이다. 소비문화의 개성 추구는 다시 말하여 가상에 불과하다. 참다운 개성은 참다운 공동체 속에서만 실현되는 것이다.

이미 비쳤듯이 또 하나의 중요한 사실은 인간 공동체뿐만 아니라 사물과 인간의 유대 관계에서 일어나는 왜곡이다. 경쟁적으로 구매되는 소비재는 사물로서의 독자성을 갖지 못한다. 그것은 언제나 다른 것과 교환될 수 있고 대체될 수 있는 것이다. 쓰임이나 창조적 예술에 의하여서만 사물은 그 독자성 또는 개체성을 얻는 것이다. 소비재가 다른 것으로 대체된다고 할 경우 구극적으로 그것은 이런 재화가 돈으로 환원될 수 있다는 것을 전제한다. 말할 것도 없이 돈의 의미는 재화와 용역을 살 수 있는 힘에 있지만 기본적인 요구와 쓸모의 범위를 넘어서서 추구되는 재화나 돈의 의미는 순전히 그 추상적이고 상징적인 힘에서만 발견된다. 이 힘은 기본적인 요구를 충족시켜 줄 수 있는 힘이면서, 어디까지나 그것은 잠재적인 상태에 남아 있을 뿐이지 현실적인 쓸모로 바뀌어지지 않는다. 따라서 경쟁적으로 추구되는 재화와 화폐에서 사람들이 찾고 있는 것은 이 추상적인 힘이며, 이 힘은 결국 소외된 형태의 자기 자신의 의지의 모습이다. 사물은 이 의지의 기호에 불과하다. 그런데 이 의지와 힘은 쓸모나 아름다움의 인지에서 종결되는 것이 아니므로 끊임없는 그리고 가속적인 구매 행위에 의하여 그 스스로를 확인할 필요를 느낀다. 그리하여 세계의 모든 것은 극히 낭비적인 소비의 대상으로 바뀌게 된다. 그렇긴 하나 다시 한 번 말하여 이때 소비욕과 소비 대상의 관계는 순전히 자기중심적이고 일방적이다. 여기에서 일어나는 것은 한나 아렌트(Hannah Arendt)의 표현으로 세계 소외(world alienation)이다. 그리하여 산업 사회의 소비문화는 사물과 인간이 이루는 세계의 공동체도 파괴해 버린다. 도덕의 타락은 사람과 사람 사이에만이 아니라 사람과 사물 사이에도 일어나는 것이다.

더 확대해서 이야기하면 산업 사회의 소비문화가 가져오는 것은 인간의 존재론적 구조의 왜곡이다. 사람이 하나의 개체로서 자기를 실현한다고 할 때, 그것은 우선 세계에로의 자기 확대를 의미할 수 있다. 그러나 다른 한편으로 자기실현에 있어서의 또 하나의 계기는 세계의 타자성(他者性)을 인정하는 일이다. 사물이나 사람 또는 세계를 나와는 다른 것으로 인정할 수 없다면 다른 것과의 관계에서만 가능한 자기 확대 그것도 무의미한 것이 되어 버릴 것이기 때문이다. 모든 것이 의지의 등가물이 되었기에 대상이 없어진 체계 속에 폐쇄된 의지와 욕심은 쉴 줄 모르는 항진(亢進) 상태에 있으면서 난폭하게 표현되는 자기 위력의 느낌과 아무것에도 손을 뻗지 못하는 무력감 사이를 왔다 갔다 한다. 이것이 만족을 모르는 인간의 모습으로 생각되는 것이다. 막혀 있는 것은 타자에로 나갈 수 있는 길이다. 삶의 가장 중요한 추진력으로서 '권력에의 의지'를 말한 니체가 사람을 "극복되어야 할 어떤 것"이라고 말한 것은 흥미 있는 일이다. 이것은 종족적인 차원에서만이 아니라 개인적인 차원에서도 생각해 볼 만한 것이다. 사람의 세계에로의 도약은 자기의 극복, 자기 초월을 필요로 한다. 다시 말하여 스스로를 넓힌다는 것은 스스로를 넘어서는 것이다. 곧 자기 확대는 자기 초월이다. 대체로 삶의 초월적인 차원의 소멸은 소비 산업 사회의 한 특징으로 잡아 볼 수 있다. 지금까지 지적한 몇 가지 현상, 가령 도덕적 지상 명령의 약화, 공동체적 유대감의 소멸, 사물이나 사람 또는 세계의 타자적(他者的) 성격의 상실, 그에 따른 관계의 왜곡, 이런 것들은 가장 일반적으로 말하여 초월의 불가능 및 초월적 차원의 소멸 속에 포함시켜 말할 수 있다. 그리고 이것은 사람의 미적 체험에 일어나는 변화에 관계된다. 우리의 이야기를 몇 가지 우회로를 거쳐 여기까지 전개해 온 것도 결국은 산업 사회의 어떤 특징들과 관련하여 미적 체험 — 결국은 문화적 표현의 한복판에 놓여 있는 미적 체험의 상황에 대하여 언급해 보자는 의도에서였다. 내 생각으로 모든 예술 작품은 일종의 초월적 체험의 기록이며 촉발제라고 볼 수 있기 때문이다. 그것은 사물과 인간과 세계에 대한 초월적 경험, 즉 세계에 타자성의 인지를 표현하면서 동시에 이러한 타자로서의 세계와 자아와의 구극적인 조화를 암시한다. 이것은 한편으로는 사물 세계와 독자성의 인식을 포함하고 또 이 사물의 독자성을 뒷받침하는 초월적 지평을 펼쳐 보여 준다.

그러나 다시 한 번 지적해야 할 것은 이러한 미적 체험이 그것만의 독자적인 세계를 이루는 것이 아니라는 점이다. 초월은 우리가 세계를 체험하는 기본적인 형태이며, 예술은 이 체험을 극명하게 부각시키는 데 불과하다. 또 이 초월적 체험이란 반드시 어떤 거창한 형이상학적 또는 종교적 체험만을 이야기하는 것이 아니다. 이미 말했듯이 사람의 삶은 가장 기본적인 차원에서도 자신 이외의 것, 타자와의 관계를 통해서만 유지된다. 삶의 과정은 타자와의 끊임없는 교환의 과정이라고도 할 수 있다. 이것은 우리 신체의 평형 상태를 유지하는 데 필요한 먹는다는 행위 같은 데에서도 그렇다. 먹는다는 행위는 외계로부터 필요한 자양분을 흡수하는 것을 말하지만, 우리의 먹이는 반드시 먹이를 위해서 존재하는 것이 아니다. 일상적으로 의식되지 않는 이 간단한 사실의 의식화가 삶에 대한 태도에 중요한 변화를 일으키는 예들을 우리는 생각할 수 있다. 음식이 먹이라는 효용에 관계없이 독자적인 생명체라는 것은 먹는다는 행위에 따르는 위험에서 증거된다.(먹는 행위의 즐거움과 공포는 원시 사회에 있어서의 토템 동물의 의식적(儀式的)인 공양, 적에 대한 외경과 적의의 동시적인 표현으로서의 식인 의식(食人儀式) 등에 표현되어 있다.) 역설은 다른 사물과의 관계에도 있다. 사물은 우리의 편리를 증대시키는 도구가 될 수 있지만, 동시에 그것대로의 법칙과 저항을 가진 세계에 존재한다. 예상치 않았던 가공할 사고를 통하여 우리는 사물이 신체의 일부처럼 마음대로만 되지 않는, 조심스럽게 다루어져야 할 객관적 존재라는 것을 깨닫는다.

우리가 타자의 세계 속에 살며 그와의 불가결한 교환 속에 산다는 사실을 깨닫는 단적인 경우는 말할 것도 없이 다른 사람들과의 관계를 통하여서다. 다른 사람과의 관계에서 경험하는 괴로움과 기쁨은 그가 독자적인 의지에 의하여 움직이는 존재라는 데에서 온다. 거의 우리 의지의 일부처럼 보였던 부모가 결국 타인이라는 것을 깨달아야 하는 어린 시절의 한때는 얼마나 비극적인 날인가. 그러면서도 사람은 다른 사람과의 사랑의 관계를 추구하여 마지않는다. 다른 사람은 우리의 의지를 거스를 수 있는 가장 분명하게 적대적인 의지의 소유자이면서 우리와는 다른 어떤 존재보다는 비슷한, 따라서 가장 용이하게 나와 공감할 수 있는 존재인 것이다. 헤겔의 말처럼 사람의 가장 큰 행복은 다른 사람의 인정을 확인하는 것이다. 그러나 성숙한 관계에 있어서 사랑의 일치는 타자적 독자성을 인정하는 것을 포함하기 때문에 그 안에 서글픔과 고통을 지니지 아니할 수 없다. 대체로 우리가 사는 세계는 동시대의 다른 사람들의 의지가 교차되고 있는 곳일 뿐만 아니라 지나간 수많은 세대의 사람들의 의지가 제도로서 복잡한 그물을 이루고 있는 곳이다. 또 우리가 그 속에 살고 있는 물리적인 세계는 사람이 부리는 제한된 도구의 영역을 넘어서는 우리 의지의 작용 대상이 될 수 없는 산천과 하늘이며 별의 세계로 뻗어 있다. 이런 의미에서 우리는 현상학적 사회학자 알프레트 슈츠(Alfred Schütz)의 말을 빌려 "자연 세계의 초월적 무한성"과 더불어 "사회적 세계의 초월적 무한성"을 말할 수 있다. 또는 전통적으로 우리의 의지가 미칠 수 없는 세계의 무한성을 절대적인 타자의 세계, 곧 우리의 경험 세계를 완전히 넘어가는 초자연의 세계 또는 신으로 말하여 왔던 것을 참조한다면 앞의 두 가지 세계의 무한성에 추가하여 그 한계 개념으로서 초자연계의 무한성을 말하여 볼 수도 있을 것이다.

그런데 여기에서 우리는 미적 체험이란 면에서 두 가지 점에 주목할 수 있다. 그 하나는 사물이 우리 마음대로 되지 않는 독자성을 가지고 있다는 것, 그 타자적 성격은 반드시 우리에게 괴로움의 원천이 되지 않을 뿐만 아니라 오히려 기이한 교양감의 근원이 된다는 점이다. 루돌프 오토(Rudolf Otto)는 전형적 종교 체험을, 이해를 넘어서는 전적인 타자에 대한 체험으로 두려움을 수반하는 것이지만 동시에 설명하기 어려운 장엄한 느낌을 주고 뿌리까지 흔들린 영혼에 평화를 가져다주는 체험이라고 설명한 바 있다. 이 영적인 것(Das Numinose)의 체험의 황홀감은 정도를 달리하여 많은 일상적인 체험 속에도 존재하는 것이라 할 수 있지 않을까 한다. 사실상 외계나 다른 사람과의 교환 작용은 우리에게 언제나 작은 황홀감, 전율 또는 기쁨을 준다. 미적 체험은 모든 사물이나 존재와의 접촉에 있어서 두려움과 기쁨의 황홀감을 극명하게 드러내 주는 것이라고 할 수 있다. 시인은 그가 아무리 쓰고자 하는 소재가 있다고 하더라도 작건 크건 간에, 이러한 황홀감 없이는 전혀 아무것도 쓸 수가 없다. 이것이 소위 영감이다. 앞에서 두 가지 중요한 점이 있다고 말한 것 가운데 또 한 가지는 초월적인 것이 대개 엄청난 것과의 해후에서 체험된다는 점이다. 니체의 예를 빌려, 험한 바다에서 일엽편주에 의지하여 그 안정성을 믿고 항해하던 사람이 문득 "현상의 외관에 대한 스스로의 판단이 전혀 잘못이었음을 깨닫는" 때, 이와 같은 순간이 그러한 해후의 순간의 하나라고 할 수 있을 것이다.

그러나 미적 체험이 늘 엄청난 것과의 해후를 표현하는 것은 아니다.(이러한 때의 아름다움은 종종 숭고미라는 이름으로 불렸다.) 그것은 보다 작은 규모의 대비를 표현하기 일쑤이며, 또 엄청난 것에 의한 압도의 순간보다 힘의 불균형에도 불구하고 우리 자신도 그 압도하는 질서 속에 존재한다는 화해의 순간을 표현하기 쉽다. 그리고 이것은 거창하게보다는 작은 사물이나 사람과의 친숙하고도 낯설은 만남을 통해서 기술된다. 여기에서 전형적인 구도는, 많은 서정시에서 볼 수 있듯이 우리를 넘어서는 넓은 시공간의 배경에 자리 잡은 대상이다. 즉 사물과 그것을 에워싸고 있는 공간 — 이 공간은 실제적인 것일 수도 있고 기억이나 연상의 공간일 수도 있다. — 이러한 공간이 전형적인 예술 공간인 것이다. 어떤 사물 또는 우리의 마음이 공간 속으로 확대되는 순간을 예술은 포착하는 것이다. 달리 말하여, 예술은 구체적인 사물이나 사건을 통하여, 자연 세계의 초월적 무한성, 사회적 세계의 초월적 무한성 또는 초자연 세계의 무한성을 제시한다.

가령 가장 간단한 예로 김광섭(金珖燮) 씨의 「사자(死者)의 대지(大地)」와 같은 시의 감흥은 우리의 삶을 둘러싼 신비의 어둠에 대한 감흥이다.

지구의 저 끝에서도

할아버지가 살고 할머니가 살고
아들이 살고 딸이 살고
조카가 살고 친구가 살다가 죽는다

눈물이 천 리에 흐르고
울음이 만 리에 뻗는다
눈물 끝에서 목숨이 붐비다가
나중에 대지(大地)는 사자(死者)의 것으로 돌아간다

죽음을 묻고 돌아선 민중의 슬픔에 안겨

자라는 무덤은
봉우리보다도 높고
궁전보다도 커서
산 사람의 키 위에 선다

다시 말하여 이 시가 이야기하고 있는 것은 우리의 삶의 초월성이며, 그 초월성의 고귀함이다.

지구의 저 끝에서도

할아버지가 살고 할머니가 살고
아들이 살고 딸이 살고
조카가 살고 친구가 살다가 죽는다

사람의 삶은 내가 그 안에 움직이고 있는 범위를 넘어간다. 그러나 동시에 그 넘어섬에도 불구하고 확대된 삶은 우리의 삶과의 동질성을 가지고 있다. 그것은 사람이 같은 지구에 살며, 세대와 혈연의 유대 속에 있으며, 살고 죽는다는, 공통된 생물학적 운명에서 찾을 수 있다.

눈물이 천 리에 흐르고
울음이 만 리에 뻗는다
눈물 끝에서 목숨이 붐비다가
나중에 대지(大地)는 사자(死者)의 것으로 돌아간다

사람이 다 같이 겪는 삶과 죽음의 모습은 어떤 것인가? 슬픔의 편재, 허

무한 붐빔, 죽음 — 이것이 삶의 모습이다. 결국 대지의 근본 원리는 죽음
이라 할 수 있다. 그렇다고 삶이 부정되고 절망하여야만 할 어떤 것은 아니
다. 이 시가 말하고 있는 것은 얼핏 보기에 부정적인 것으로 차 있는 삶의
평화와 그 고귀함이다. "나중에 대지(大地)는 사자(死者)의 것으로 돌아간
다." — 여기에서 이미 시인은 죽음이 커다란 것으로 '돌아가는 것'임을 말
하고 있다.

> 죽음을 묻고 돌아선 민중의 슬픔에 안겨
> 자라는 무덤은
> 봉우리보다도 높고
> 궁전보다도 커서
> 산 사람의 키 위에 선다

죽음과 또 그로 인하여 가능하여지는 세대의 연면한 이어짐 — 이것으
로 하여 사람은 하나가 된다. 죽음은 삶보다도 높이 있고 궁전보다도 넓
은 어떤 것이다. 이 시는 죽음의 신비를 구태여 설명하고자 하지는 않으면
서도 죽음의 거대함이 삶 그것마저도 높고 넓은 것으로 하고 있다는 시인
의 직관을 충분히 전달하여 준다. 사람의 운명은 어두우면서 우리를 승복
케 할 힘을 가지고 있는 이 운명에의 귀화가 사람의 삶을 귀하게 한다. 「사
자의 대지」는 사람의 삶이 스스로를 넘어가며 어두운 것, 미지의 것에로의
도약이면서 또 역설적으로 그러한 운명의 본질적인 정당성을 받아들이는
일이어야 함을 간결하게 표현하고 있는 것이다.
그러나 시각을 이와 같이 넓게 잡지 않더라도 시적 상상력은 타자적인
것에로의 초월을 표현할 수 있다. 어쩌면 그것은 작고 구체적인 사물을 통
해서 더욱 잘 전달될 수도 있다. 릴케의 『신시집(Neue Gedichte)』만큼 사물의

모습을 직관적으로 그려 낸 시들도 찾아보기 어려울 것이다. 여기에서 표범이나 영양이나 박물관의 사물들은 본질 직관 속에 결정화(結晶化)된 것이라는 인상을 준다. 창살을 통하여만 바라보던 눈길이 지치고 지쳐서 아무것도 보지 않게 된 표범의 눈, 두 정선된 말들의 맞울림처럼 조화된 영양의 움직임, 아무도 사용하거나 훼방할 수 없는 곳, 수천 년 동안의 시간을 이고 놓여 있는 이집트의 보석(Der Käferstein) —— 이러한 이미지들은 우리의 마음에 사물의 모습들을 잊을 수 없는 것으로 인각(印刻)해 준다. 그러면서 이러한 사물의 시(Ding Gedichte)에서 우리가 느끼는 것은 어떤 정적감, 사물이 그 스스로만으로 있을 때를 생각하게 하는 단절감과 같은 것이다. 이것은 사물에 서려 있는 어떤 내면적 또는 실제적 공간의 느낌으로써 전달된다. 릴케에 있어서, "사물이 존재한다는 것은 공간 속에 편안히 있다는 것을 뜻하는 것"(조르주 풀레(Georges Poulet))이다. 사물을 에워싸고 있는 공간이 말하자면, 잡다한 인간적 혼란으로부터 사물을 해방하여 독자적으로 존재케 하는 것이다. 그러나 릴케의 공간이 결코 내밀한 평화의 공간에 그치는 것은 아니다. 나중에 그가 말했듯이 "아름다움이란 우리가 겨우 견디어 낼 수 있는 두려움의 시작에 다름이 아니며"(「두이노 비가 1」) 이 두려움은 나중에 사람에게 낯선 것일 수밖에 없는 공간의 두려움을 말하는 것이다.

문학에 있어서의 초월적 계기는 더욱 단적으로 도덕적인 내용을 담은 시에서 찾아질 수 있다. 김종길(金宗吉) 씨는 「한국 시에 있어서의 비극적 황홀(恍惚)」에서 스스로를 죽음 속으로 던지면서 그 던짐 가운데 희열과 긍정을 찾는 행동이 중요한 인간적·시적 가치의 하나임을 지적한 바 있다. 그리고 황매천(黃梅泉)의 시를 인용하여 이를 예시하였다.

난리를 겪어 나온 허여센 머리   亂離滾到白頭年

죽재도 못 죽은 게 몇 번이더뇨	幾合捐生却未然
오늘에는 어쩌할 길 없으니	今日眞成無可奈
바람 앞의 촛불이 창공 비추네	輝輝風燭照蒼天

바람 앞의 촛불이 비추는 창공 —— 여기에 반드시 세계 자체에 대한 믿음이 들어 있다고 할 수는 없겠지만, 스스로의 불빛이 그 초월에의 결단을 통해서 하늘의 빛이 될 수 있다는, 적어도 일시적으로 그렇게 할 수 있다는 믿음이 여기에는 깃들어 있다. 사람은 이러한 가능성 앞에서 전율과 희열을 느끼는 것이다. 사실상 많은 비극이 보여 주는 것은 운명의 받아들이기 어려운 명령을 스스로의 사명으로 받아들이는 인간의 모습을 보여 주는 데에 그 초점을 맞추고 있다.

예술에 있어서 초월의 계기가 중요하다는 것을 사실 나는 이미 다른 곳에서 이야기한 바 있다. 여기에 새로운 것이 있다면 사람의 사물에 대한 태도에 있어서도 사물의 독자성 또는 타자성의 유지 없이는 대사물(對事物) 관계가 충분히 행복한 것일 수 없다는 지적이다. 사람은 실용적인 목적을 위해서 또 타고난 호기심으로 하여, 또 세계의 한 요소로서의 사물과의 접촉은 바로 사람의 삶의 근본이기 때문에, 사물에 가까이 가고 이에 친숙하고자 한다. 그러나 사물은 바로 그것이 우리와는 다른 것이기 때문에 값진 것이며 또 다른 것들로 이루어진 커다란 질서를 암시하는 데에서 우리에게 심미적인 즐거움을 준다. 이 다른 것에로의 건너뜀 —— 이것을 분명하게 하는 것이 심미적 과정의 중요한 계기가 되는 것이다. 또 이 건너뜀은 다른 것에로의 도약이면서 우리 스스로의 제약을 넘어서서 보다 커다란 우리에 이르는 것이다. 그리하여 미적 체험은 우리에게 자기만족과는 다른 고양감 내지 해방감을 준다. 그렇다고 이러한 미적 체험의 의미는 단순히 그 자체의 쾌감에 있는 것은 아니다. 앞에서도 비쳤듯이 그것은 가장 기본적인 생물학적 과정도 포함하여 삶의 기본 도식을 표현한다. 말하자면 삶은 아름다움을 통해 —— 또 이것은 기쁨의 다른 이름에 불과하다. —— 우리와 우리의 생존의 밑바탕이 되어 있는 사물의 세계 및 사회적 세계와의 역설적인 조화를 알려 주는 것이라고 할 수 있는 것이다.

소비문화에 귀착하는 산업 사회에서 위축되는 것은 이러한 조화 의식이며 또 조화의 현실이다. 앞에서 이미 말하였듯이 사물은 인간의 폭력적 의지에 의하여 순전한 소비만을 위하여 있는 존재로 전락한다. 또 이 소비는 제1차적 필요가 충족된 다음에는 순전히 개인적 의지의 경쟁적 자기 확인의 수단이 된다. 이 제2차적인 소비욕은 생물학적 테두리와 문화적 양식의 제약을 받는 1차적 필요와는 전혀 다른 것이기 때문에 그 충족의 한계를 알지 못한다. 그리하여 이 소비욕은 온누리를 그 소비의 욕화(欲火) 속에 불태운다. 뿐만 아니라 이미 길게 설명을 시도한 바와 같이, 소비 대상이 되는 사물에서 사물로서의 독자성을 빼앗아 버린 이러한 소비는 사람이 본래적으로 가지고 있는 사물과의 행복한 관계에 대한 욕구를 만족시킬 수가 없다. 그것은 '아라비안나이트'에 나오는 그림자 음식의 잔치에 비슷한 것이다. 독자적으로 있으면서 쓰임새나 예술적 창조를 통하여 조심스럽게 사람과 대화하는 사물의 세계와의 차단이 현대 산업 사회인의 내적인 불행을 이룬다고 한다면, 이웃들과 내가 이루는 공동체와의 교감의 단절은 내적인 불행 그리고 보다 직접적인 재난과 고통의 원인이 된다. 되풀이하건대 산업 사회에서는 조직은 있지만, 공동체는 존재하지 않는다. 공공 조직은 단순히 사사로운 개인들의 경쟁과 투쟁의 광장에 불과하다. 여기에서 다른 사람은 단지 나의 목적의 실현을 위한 수단이 된다. 물건이나 마찬가지로 그것은 나의 의지의 무한한 신장 가운데 보이지 않는 존재가 되어 버린다. 사람과 사람의 관계가 늘 억압이 없는 평등한 관계, 서로서로에 대해서 목적으로만 존재하는 사회성에 근거한 공동체적 양심은 전근대 사회에서 어느 정도 생존의 질서 가운데 뿌리내리고 있는 것이었다. 이제는 그러한 양심은 보이는 질서 속에서는 충족되기 어려운 것이 된다. 그것은 생존의 질서와는 전혀 별개의 것이다. 충족되지 못한 양심의 요구가 사라지는 것은 아니지만, 자칫하면 그것은 폭발적이고 자폭적인 독선의 형태를 취하거나 위선적인 것이 된다. 흔히 양심은 그 자신의 사실적인 기초와 모순을 일으키기 때문에 '나쁜 믿음'에 떨어지기가 십상이다. 아니면 그것은 의식적으로 악당의 위장 수단이 되기도 한다. 이리하여 사람의 공동체적 초월에의 길은 차단되어 버리고 만다. 사물과 사회에의 길은 말할 것도 없이 자연계 전반에의 길을 또 막아 놓는다. 사람을 초월해 있는 신비의 개진 장소로서의 자연은 사물과 인간의 공학적 조정에 도취한 인간의 공격적 의지 앞에 약탈의 장소로 바뀐다.

예술이 사물과 사람, 또 자연과 사람의 공동체의 조화되고 타자적인 존재 방식에 대한 직관에 관계된다면, 예술은 산업 사회의 소비문화에서 가장 불행한 위치에 놓이게 되는 것일 것이다. 물론 예술의 언어는 사람의 생존의 초월적인 차원만을 강조하지 아니한다. 따라서 그것은 종교의 피안적인 세계관이나 도덕의 외적인 규범과는 빈번히 갈등을 일으킨다. 그것이 말하는 것은 차안적인 것의 완성으로서의 피안적인 것, 내적인 자유의 완성으로서의 규범적인 세계이다. 인간 생존의 총체성에서 유리된 억압적인 도덕규범의 이완은 처음에 보다 넓은 삶의 긍정을 가져오고 예술적 표현에 경험주의적 충실과 풍요를 돌이켜 준다. 그러나 곧 산업 자본주의의 공격적 충동의 항진과 더불어 공격적 자기 확대의 추구와 세계 소외는 새로운 억압 체제가 된다. 우리는 이미 선진 산업 국가들의 문학이 경험적 풍부성과 감각적 세련에도 불구하고 근본적으로 소외와 부정의 문학임을 보아 왔다. 그것은 사물의 전체성에도 공동체의 전체성에도 나아가지 못하고 밀폐되어 있는 내면의 문학으로만 존재한다. 아마 우리가 선진 산업 국가들의 길을 뒤쫓아 밟아 가는 한, 우리의 문학도 그들의 문학에 비슷해지는 것일 것이다. 여기에서 문학의 초월적 차원의 상실은 한결 두드러진다. 이것을 대신하여 현실에 대한 경험주의적 묘사는 강화된다. 사실 시인이나 소설가에게 경험주의적 집중을 통한 사물 묘사는 유일한 구원의 길이라고 할는지 모른다. 예술가는 이렇게 묘사된 세부적 현실을 통하여 하나의 전체적인 질서에 접근하려고 할 수 있지만, 그것은 전적으로 예술가의 개인적인 천재에 달려 있다. 그러나 현실에 있어서의 도덕적·초월적 전체성은 사라져 버린 채로 있을 것이기 때문에 예술가의 작업은 더욱 깊은 고독에 빠지는 것이 될 것이다.

그러면 어떻게 하여 예술은 보다 행복한 초월적 계시, 사물과 인간과 세계에로 스스로를 넘어서는 작업을 수행할 수 있을까? 이미 말했듯이 예술 창작 자체가 예술가에게는 그러한 작업이 되지만, 그것은 간헐적이며 부분적이고 커다란 희생의 지불로써 가능해지는 것이다. 대책은 구극적으로 현실 자체의 개조에서 올 수밖에 없다. 그러나 현실의 도덕적 타락이 고차적인 도덕률을 외치거나 부과함으로써 구원될 수는 없을 것이다. 바로 도덕의 현실적 효율의 상실이 그 타락의 원인이라면, 어떻게 그것이 현실의 생존 속에 효율적으로 작용할 수 있겠는가. 도덕은 외부에서 부과된 것이 아니라 주어진 생존에서 자라 나오는 것이라야 한다. 그러나 주어진 것의 총화가 반드시 사람에게 세계와 인간과의 관계의 행복을 달성해 주는 것이 되리라는 보장은 없다. 서로 갈등 상태에 있는 단편화된 현실은 그때그때에 현실이 내포하고 있는 자체 초월의 원리, 도덕적 원리에 의하여 보다 고차적인 질서로 구성되어야 한다. 도덕과 생존은 서로 긴장된 대치 속에 있으면서 또 일치하면서 진전하는 것이라야 한다는 말이다. 그러면 구체적인 예술 작품에서 그러한 진전은 무엇을 뜻하는가? 이 문제와 관련해서 하나의 작은 예로 최근에 많은 논의의 대상이 되었던 조세희(趙世熙) 씨의

『난장이가 쏘아올린 작은 공』을 생각해 보는 것은 매우 시사적인 일일 것이다. 이것은 도덕과 생존 그리고 문학이 산업 시대에 있어서 어떻게 서로 관련되는가에 대하여 좋은 범례를 제공해 준다.

이 소설은 산업화 속에 휩쓸리고 있는 우리 사회의 모습을 그 규모가 작은 대로, 가장 넓게 그리고 일정한 구조적 연관 속에 파악하고 있다. 이것은 도시와 도시 주변의 중하류 또는 하층 서민 계급의 생활, 새로운 산업 구조 속에서 누르는 자와 눌리는 자로 맞서는 자본가와 노동자 계급의 대조와 갈등을 보여 줄 뿐만 아니라 이러한 현상들을 정태적으로라기보다는 동태적으로, 즉 어떻게 커다란 사회 변화 속에서 이러한 계층이 형성되며 변화하는가를 보여 준다.(조세희 씨의 소설집은 연작 소설집이라는 분류 제목을 달고 있지만 본질적으로 하나의 장편 소설이라고 보아 마땅하다. 그것은 난쟁이 일가 2대의 체험을 통해서 도시 주변의 뜨내기 노동자가 공장 근로자로 변모해 가는 모습을 중심으로 우리 사회의 역사적인 변모를 차근차근 추적해 보여 준다.) 그런데 주목할 만한 것은 이러한 기록적이고 분석적인 면에 못지않은 이야기 전개의 태도이다. 말할 것도 없이 조세희 씨의 소설은 현실 참여 계열의 소설이고 이러한 계열의 소설들이 그렇듯이 어떤 사회 현상에 대한 강한 분노를 담고 있으며, 이러한 현상이 극복되어야 할, 그것도 투쟁적으로 극복되어야 할 어떤 것이라고 말하고 있는 만큼 구극적으로 교훈적인 효과를 노리는 소설이다. 그러나 이 소설의 특징은 여기에 표현된 분노와 교훈이 반드시 높은 도덕적인 어조를 띠고 있지 않다는 점이다. 이 책에서 공장 노동자의 생활과 투쟁의 양상이 분노의 대상이 되어 있다면, 그것은 그들의 실상이 흔히 거창한 표어나 슬로건으로 표현되는 도덕적 규칙에 비추어 부당하기 때문이 아니다. 여기서 기준은 차라리 독일 하스트로 호수 근처에 있다는 난쟁이 마을의 이야기라든가 또는 소설 도처에 서정시적인 문제로 암시되어 있는 평화와 행복에 대한 비전이다. 작자는 도덕적 규범에 비추어서가 아니라 이 비전의 인간적 소박성에 비추어 우리의 현실이 얼마나 정당화될 수 없는 것인가를 보여 준다. 그렇다고 이 비전이 턱없이 낭만적인 꿈처럼 밖으로부터 주어졌다는 것은 아니다. 그것은 주어진 현실로부터 나오는 그럴 수밖에 없는 인간적인 반응이라는 인상을 준다. 사실상 여기에서 문제는 도덕도 꿈도 현실도 아니며 오로지 살 만한 삶의 문제이다. 작가의 태도는 매우 경험적이다. 그는 우리 사회에 있을 수 있는 여러 삶의 가능성을 도덕적·정치적 편견 없이 그대로 기술하여, 오늘날 고통당하고 있는 사람들의 인간적 참상을 말하고 그에 따르는 투쟁의 필연성을 증명해 보인다. 다시 말하여 이러한 필연성은 오로지 잔잔한 목소리로, 어쩌면 지나치게 잔잔한 목소리로 제시된 생존의 현실에서 우러나온다. 이 소설의 형식적 구성이 뛰어난 것도 이러한 소설 내의 사실을 주어진 대로 짜 나가는 경험주의에 기인하는 것이다.

그런데 여기에서 『난장이가 쏘아올린 작은 공』을 말하는 것은 이를 본격적으로 토의 평가하자는 뜻에서가 아니다. 이 소설이 우리 시대의 현실을 이야기함에 있어서, 다른 현실 참여 소설의 도덕주의 입장을 구태여 빌리지 않았다는 점은 산업 시대의 문학을 이해하는 데 있어서 매우 중요한 시사를 던져 주는 것으로 생각되는데 여기에서 이러한 사실의 의의를 생각해 보자는 것이 이 작품을 거론한 나의 의도이다. 우리는 앞에서 조세희 씨가 통속적인 도덕주의를 탈피하였다는 사실을 지적하였다. 그렇다고 그의 작품에 도덕의 문제가 없다는 말은 아니다. 크고 진지한 도덕적 정열이 없이 오늘의 현실에 대하여 이 책이 표현하고 있는 바와 같은 분노를 표현할 수는 없을 것이다. 다만 그것은 숨어 있을 뿐이다. 그것은 어떤 선험적 입장에서 생경하게 부과된 것이 아니라 이 소설이 그리고 있는바 삶의 경험적 실상에서 저절로 나온다. 이 책의 도시 주변인이나 공장 노동자의 평화와 행복에 대한 요구, 그것이 곧 소박하면서 소박한 만큼 보편적 정당성을 갖는 도덕적 요구 이외의 다른 것이 아니다. 소박한 삶의 향유에 대한 권리의 상호 인정, 이것을 통한 인간 유대감의 확인 ── 도덕의 근본은 이러한 인정과 확인에 있다. 조세희 씨의 소설은 소설의 주인공 상호 간의 이러한 확인 ── 을 단순히 심정적인 것을 통해서가 아니라 생존의 필연성을 통해서 이루어지는 확인을 보여 주고 또 독자에게 이것을 인정하지 않을 수 없게 한다. 그렇다고 공동 운명의 인식 ── 도덕의식의 근본으로서의 공동 운명의 인식이 다만 인식으로 이루어지는 것은 아니다. 그러한 인식은, 이 책에서 보듯이 그러한 인식을 갖지 않을 수 없는 사람들의 투쟁적인 상황으로 강화된다. 투쟁적으로만 확보될 수 있는 그들의 생존 조건이 공동체 의식의 개인적 삶에로의 흩어짐을 방지해 준다. 물론 여기에서도 개인적 생존과 공동체적 생존 ── 우리가 도덕의식의 근원에 놓여 있는 가장 중요한 요인의 하나로 이야기한 공동체적 생존 사이에 균열이 없는 것은 아니다. 그러나 너무도 자명한 것일 수밖에 없는 공동체적 생존의 필연은 또 이와 아울러 지나친 우회를 거치지 않더라도 드러나는 개인적 생존과 공동체적 생존의 연관은, 흔히 도덕적 행위의 표본으로 생각되는 영웅적 자기희생의 행동을 보다 쉽게 가능하게 한다.(헤겔을 비롯하여 공동체적 윤리를 강조한 도덕 철학자들은 전쟁·계급·투쟁·총파업 등의 투쟁적 상황이 그러한 윤리의 강도에 대한 시금석이 됨을 지적한 바 있다.) 조세희 씨의 소설이 위에 말한 여러 가지 문제들을 도덕의 동력학의 차원에서 다루고 있다고 말하는 것은 소설의 의도를 잘못 짚는 것이겠지만, 하여튼 이 책의 특성 중의 하나가 그 주인공들의 삶에 있어서의 도덕과 생존의 일치를 보여 주는 점에 있다고 말할 수는 있다. 이 일치가 이 책으로 하여금 선험적 도덕주의가 가질 수 있는 독선이나 위선의 위험을 피하면서도 독자의 도덕적 감성에 강력하게 호소해 올 수 있는 하나의 원인이다. 이 소설이 우리 시대의 현실을 그리는 소설로서 가장 뛰어난 것의 하나라는 데에는 의문의 여지가 없지만, 이것이 그 이상 바랄 것이 없는 작품이라는 말은 아니다. 그런데 우리가 지금까지 말하고 있던 테두리에서 이 소설의 의의는 도덕과 생존이 일치하지 않는 곳에 예술적 승리를 찾기가 어려우며, 또 현실적 변화의 계기도 이러한 일치점에서부터 시작될 수밖에 없다는 것을 지적해 주는 것이다. 아마 다른 예술가는 다른 방식으로 도덕과 생존, 또는 더 크게 초월적 계기와 우리의 일상적 삶을 집합시키는 일을 수행할 것이다. 이것은 개인적 천재의 결과일 수도 있고 넓은 사회 현실의 바탕 위에서 이루어질 수도 있을 것이다. 예술가의 사회적 기여는 어느 쪽에서도 가능한 것이겠으나, 보다 직접적인 발전에의 기여는 도덕과 생존과 예술이 합치되는 현실의 시점에서 이루어진 것일 것이다.

우리가 앞에서 그렸던 산업 사회의 그림은 너무나 부정적인 것으로 보인다. 예언은 위험한 짓이다. 위의 그림은, 하나의 있을 수 있는 이념형(ideal type)을 만들어 본 것에 불과하다. 현실은 이념형으로 움직여 가지는 않는다. 그곳은 그것을 중화 변화시키는 무수한 인간적 세력이 작용하고 있는 곳이다. 이념형은 사실의 모형이라기보다도 거기에 비추어 사실의 편차를 잴 수 있는 임의의 기준점으로서 뜻을 갖는다.

뿐만 아니라 산업화가 부정적인 결과만을 가져오는 것은 아니다. 그것이 생존의 기본적 어려움을 해결해 줄 가능성을 크게 증대시켜 준 것은 새삼스럽게 말할 필요도 없다. 앞에서 우리가 사람의 삶이 산업 시대 전에는 자연과의 조화 속에서 영위되어 온 것처럼 이야기하였다면 그것은 일면을 이야기한 것에 불과하다. 인간은 늘 그 생존을 위하여 자연과 투쟁하여 왔다. 그러나 오늘날의 문제는 과학적 기술의 발달로 하여 이 투쟁이 완화되는 것이 아니라 격화된다는 사실에 있다. 공동체 상호 간의 유대와 이완은 전체적으로 볼 때는 생존의 어려움의 완화에 그 연유가 있다고 볼 수도 있다. 농업 잉여는 최초로 자연과의 투쟁이 아니라 사람과의 싸움, 그것도 같은 공동체 내의 사람과의 싸움을 통해서 생존을 확보하는 가능성을 등장시켰다. 농업 잉여의 확대 또 일반적으로 과학 기술의 발달은 한편으로 생존 조건의 완화의 가능성을 증대시키면서 다른 한편으로는 공동체 내의, 또 여러 국가 공동체 간의 갈등을 격화시켜 왔다. 오늘날에 있어서 산업 문명은 어떤 지역에 있어서는 사람의 삶을 투쟁에서 향수로 전면적으로 바꾸어 놓을 수 있는 잠재력을 가지게 되었다. 그럼에도 불구하고 이 잠재력은 오늘의 세계에서 부질없는 갈등과 억압 속에 낭비되고 있다. 오늘의 문제는 생존 투쟁 완화의 가능성, 그 완전한 해소의 잠재력을 어떻게 현실화하느냐 하는 것이다.

동어 반복(同語反復)을 무릅쓴다면, 이 문제에 대한 답은 공동체적 유대감을 돌이켜야 한다는 것일 것이다. 이것은 한 사회가 얻는 생존의 투쟁적 조건으로부터의 자유를 공동체적 필연성으로 전환하는 것을 말한다. 그 자유는 개인의 낭비적인 자유, 경쟁적인 인간관계 속에 소진될 것이 아니라 공동체 전체의 자유의 가능성으로 전환되어야 한다. 이러한 전환이 순전히 도덕적 노력으로 이루어질 수는 없다. 우리의 괴로움은 생존과 도덕의 괴리에서 온다. 이 괴리 속에서 도덕은 나쁜 믿음과 고뇌만을 낳을 가능성이 있다. 필요한 일은 우리 사회에서 도덕과 생존이 일치하는 지점을 발견하고 그것을 거점으로 그 일치를 확대해 나가는 일이다. 이 글의 뒷부분에 말했던 것에 되돌아가서 조세희 씨의 소설과 같은 것이 그리고 있는 것은 이러한 일치가 형성되고 확대되어 가는 과정의 한 모습이다. 또 이 확대의 토대 위에서 우리의 산업 시대는 민주화의 시대, 민족 통일의 시대, 인간화의 시대 그리고 예술의 시대가 될 수 있을 것이다.

이러한 시대의 재래를 위한 노력은, 방금 말한 바와 같이, 필연의 세계에서의 작업이다. 그러면 우리의 자유는 어디에서 올 것인가? 생존 투쟁의 필연성이 줄어지는 곳에서 예술은 점점 중요한 위치를 차지하여야 할 것이다. 예술적 창조의 자유 —— 이것이 우리의 참다운 자유의 핵심을 이룰 것이다. 그런데 앞에서 비친 바와 같이 예술이 우리에게 주는 지혜 자체는 우리가 사람을 넘어서는 세계의 필연성에 어떻게 귀화하는가 하는 일에 관한 것이기도 하다.

(1979년)

문학의 현실 참여

1

오늘 이 자리에서 현실 참여의 문제를 말하는 일은 착잡한 감정을 불러일으킬 수밖에 없습니다. 여기에서 우리가 찾는 답변이 현실 참여의 한 가지로 지칭될 정치적 행동에 문학인이 직접적으로 참여하여야 하느냐, 아니면 그러지 말아야 하느냐 하는 질문에 대한 단도직입적인 가부간의 답변이라고 한다면 그것은 여기서 쉽게 답할 수 없는 것일 것입니다. 이렇게 말하는 것은 우리 모두가 처해 있는 상황이나 나 자신의 어떤 개인적인 형편이 그러한 답변을 쉽게 줄 수 없게 한다는 뜻이 되기도 하겠지만 사실 솔직하게 말하여 그 답이 어느 쪽이어야 할지 나 자신 잘 모르고 있다는 때문이기도 하고 문제의 성질상 하나의 이성적인 필연성으로써 이렇다 저렇다 답변을 구할 수 없는 것인 까닭이기도 합니다.

어떤 일은 이성적 논의와 계획에 의하여 예상될 수 없는 것에 속합니다. 그런 일은 외로운 양심의 외로운 결정에 달려 있다고 말할 수도 있고 또는 주어진 상황 안에 작용하고 있는 여러 세력과 내 마음속의 어떤 것이 순간적으로 화합하여 상황을 진전 또는 후퇴시키게 되는, 의식의 통제를 넘어서는 일이라고 할 수도 있습니다. 그런 일에 있어서 우리는 일이 있은 연후에야 일의 모습을 되새기고 또 그 일을 통하여 나 스스로의 새로운 모습 또는 참모습을 확인하게 됩니다. 어쩌면 우리가 우리 스스로의 참모습을 발견하고 또 삶의 의미를 깨우치는 것은 이러한 위기의 결단을 요구하는 계기를 통하여서만이라고 할 수 있을는지 모릅니다.

비유를 들어 다시 생각하여 보기로 합니다. 어떤 낭떠러지가 있고 그 밑에 급류가 있습니다. 이 기슭에서 저 기슭으로 가는 다리가 없기 때문에 마을 사람들이 많은 불편을 겪고 더러는 꼭 강을 건너야 할 사람들이 있어서 도강(渡江)을 시도하다가 빠져 죽는 수도 있습니다. 어떤 사람들이 있어서 한창 급한 물이 소용돌이할 때, 또 그런 때일수록 건너야 할 사람들에게 다리의 필요는 절실한 것이기 때문에 그들은 다리를 놓아야 할 필요를 역설하면서 첫 밧줄을 들고 급류로 뛰어들었습니다. 그러다가 급한 물살에 이 용감한 사람들은 떠내려가게 되고 또 이것을 보고 있던 사람 몇몇이 황급하게 급류에 뛰어들었습니다.

이러한 행동을 우리는 어떻게 해석할 수 있을까요? 그것을 위대한 도덕적 행위로 말하는 사람이 많을 것은 당연합니다. 물론 그것을 비정상적인 정신 작용의 소산이라고 할 사람도 있을 것이고 다리가 필요 없다고 하는 사람도 있을 것이고 또는 급류가 흐르고 있다는 사실 자체를 환각 작용의 소산이라고 할 사람도 있을 것입니다. 여러 다른 사람들의 마음 깊은 곳에 감추어 있는 동기를 다 헤아릴 수는 없습니다. 그러나 이러한 여러 설명은 상황 자체의 본질에 대한 이해를 기피하려는 외부적인 설명에 불과합니다. 또 우리가 문제 삼고자 하는 행동의 의의는 그 자체보다는 그 사회적인 의의입니다. 여기에서 문제되는 것은 동기보다는 행동 그 자체입니다. 그러면 다시 앞에서 들었던 비유적인 상황으로 돌아가서, 우리는 그러한 행위의 영웅성을 인정하지 않을 수 없습니다. 그러한 행위는 어떻게 하여 가능한 것일까요? 그것은 오랜 생각과 단련의 결과일 수도 있고 일시적인 충동의 결과일 수도 있습니다. 어떤 경우에나 그것은 사람이 스스로를 넘어서는 행동의 가능성을 가진 존재라는 것을 말하여 줍니다. 그리고 이렇게 스스로를 넘어서는 행위는 그것이 비록 경험적인 동기에 의하여 다져지는 것이라고 하더라도 그 본질에 있어서 일상적 자아의 행위 구조를 벗어 나가는 신비적인 것이라고 해야 할 것입니다. 기껏해야 우리는 이것을 개체적 생존의 테두리를 넘어서는 근원적인 생명의 동질성에 대한 의식 또는 인간 존재의 밑에 놓여 있는 근원적인 사회성의 의식과 같은 것으로 설명할 수 있을는지 모릅니다. 결국 그러한 행동의 가능성은 누구에게나 있는 것이면서 현실적으로는 보기 드문 일이며 단순한 장식이나 합리성의 예견과 이해를 초월하는 것입니다. 우리는 그러한 행동의 현실 앞에서 외포감(畏怖感)을 느낄 뿐입니다. 그래서 인간의 전설은 예로부터 자기희생의 영웅들을 높이 기려 왔습니다.

그러나 앞에 든 가상의 경우에 있어서의 위기적 행동이 반드시 문학이나 문학인이 현실 속에서 움직이는 모습에 대한 유일한 비유라고 할 수는 없습니다. 우리가 말한 것은 높은 도덕적 품성과 행동입니다. 이것은 모든 사람에 열려 있는 행동이며 문학인이 여기에 관계된다면 문학인이라는 점에서라기보다는 도덕적 인간으로서입니다. 다만 두 가지 면에서 문학이 이러한 높은 도덕적 행동에 긴밀하게 관계되어 있다고는 말할 수 있습니다. 반드시 모든 사람이 동의할 수 있는 견해는 아닐는지 모르지만 크게 볼 때 문학의 중요한 기능은 교육의 기능이며 문학인은 넓은 의미에서의 인생의 교사입니다. 그 가르침이 반드시 직접적인 교훈이나 처방의 형태를 취하는 것은 아니지만, 그 형태가 여러 가지 간접적인 것이 되고 또 그러한 것으로 의식조차 되지 않는다고 하더라도, 가장 중요한 가르침은 사람의 높은 도덕적 가능성에 관한 것입니다. 인간의 근원적인 유대를 드러내어 보이는 용기 있고 희생적인 행동에 깊은 관심을 가지고 있을 수밖에 없는 문학인이 문학인일 뿐만 아니라 도덕적 행동인이 되어야 한다는 내적·외적 요구는 충분히 이해할 만한 것입니다. 그리고 우리는 우리 시대에서 또 우리의 전통에서 이러한 요구를 실현하는 사람의 예를 가까이 또는 멀리 보아 왔습니다.

문학과 도덕적 행위의 이러한 친화성(親和性) 외에, 문학 또는 문학인이 위기적 행동에 가담하게 하는 또 하나의 조건이 있습니다. 문학은 문학을 가능케 하는 조건들을 가지고 있습니다. 이 조건 중에 가장 근본적인 것이 생각하고 말하고 쓰는 자유입니다. 우리가 문학이 현실에 대하여 어떠한 관계를 갖는다고 생각하든지 간에, 그것이 직접적인 것이라고 하든 간접적이라 하든 또는 전혀 무관계라고 하든, 이것은 반드시 없지 아니할 수 없는 조건입니다. 물론 모든 삶의 조건들이 그러하듯이 이것이 절대적으로 만족될 수는 없을 것입니다. 그리고 표현에 대한 제약과 자유는 다른 삶의 조건들에 관련되어 있습니다. 그것만이 단독으로 존재하는 것이 아닙니다. 그러니만큼 하나를 위한 투쟁은 다른 것을 위한 투쟁이 됩니다. 그러나 문학인이 스스로의 활동을 위한 공간을 확보하는 노력을 한없이 다방면적으로 확대하기는 어려운 일일 것입니다. 아마 이론적으로 말하여 문학인이 관심 갖지 않을 수 없는 것은 적어도 최소한도의 조건에 대한 것일 것입니다. 또 이 최소한도의 조건이란 것도 입장과 사정에 따라 그 평가가 달라질 수 있겠지만 (그렇다고 이것이 완전히 규정할 수 없는 것은 아닙니다. 이것은 어떤 특정한 작가가 자신의 또 자신이 본 진실을 그릴 수 있는 자유를 말합니다.), 하여튼 최소한도의 조건을 지키기 위한 위기적 행동이 문학 자체에 깊은 관계를 가지고 있음은 분명합니다.

그러나 문학이 도덕적 행동에 또는 스스로의 존립 조건의 확보를 위한 행동에 관여한다고 하더라도 이것은 반드시 문학이 문학의 내적인 필요성으로써 현실에 관여하는 것은 아닙니다. 그것은 문학의 현실 참여보다는 자연인으로서의 또는 문학을 하는 자연인으로서의 현실 참여입니다. 그러면 문학은 어떻게 현실에 참여하는가, 또는 문학은 도대체 현실에 참여하는 것인가? 이러한 문제를 한 번 생각해 보기로 합니다.

2

사람이 하는 모든 행동이 현실에서 일어나고 현실에 영향을 끼친다는 것은 당연한 이야기입니다. 이와 같은 뜻에서 문학이 직접적으로 또는 간접적으로 현실에 관계되어 있다는 것도 사실일 것입니다. 그러나 현실 참여를 말할 때, 사실 우리가 말하고자 하는 것은 문학과 정치의 관계입니다. 이것을 말하려면 우리는 정치적 행동에 대하여 생각해 보아야 할 것입니다.

사람의 어떤 행동은 그 자체로서 의의를 갖는 수가 있습니다. 그것은 꽃의 아름다움이 자연스러운 것인 것과 같이 삶 그 자체의 자연스러운 표현이며 완성입니다. 그러나 대부분의 인간 행동은 그 자체로서만 의의가 있는 데에 그치지 않고 어떤 목적에 봉사하는 데에 그 의의를 갖습니다. 또 많은 행동은 이러한 양면을 동시에 가지고 있습니다. 앞에서 우리가 가상했던 급류에 뛰어드는 행위도 그 자체로서 고귀한 행위라는 것을 인정하면서 수단과 목적의 정합성(整合性)을 저울질하는 합리적 계량의 대상이 될 수 있습니다. 이러한 계량의 결과 그것은 그렇게 효과적인 행동 방법이 아니란 판단을 내릴 수도 있습니다. 우리가 가상한 경우에 있어서 급류가 줄어들기를 기다릴 수도 있고 또 다리를 가설할 다른 방도를 궁리해 볼 수도 있습니다. 물론 어떤 도덕적 행위를 합목적적 계량으로만 평가한다는 것은 우리의 옹졸함과 비열함을 정당화하는 것에 불과할 수도 있습니다. 또 사실상 사람으로서의 본래적인 도덕적 요구에 단적으로 모순되는 것일 수도 있습니다. 가령 앞의 경우에 급류에 이미 뛰어들어 거기에 휩쓸리고 있는 사람이 있을 때에, 그 뒤를 이어 물에 뛰어드는 것이 옳은지, 그것이 부질없는 생명의 낭비라 하여 방관하고 있는 것이 옳은지, 이러한 선택의 가능성을 아무도 간단히 처리할 수는 없을 것입니다. 사람의 일은 언제나 이런 비극적인 위기의 성질을 띠고 있다고 할 수도 있습니다. 그러나 여기에서 지적하고 싶은 것은 사람의 행동에는 합목적적 계량의 차원이 있다는 점입니다. 그리고 도덕적 행동과 달리 정치적 행동은 이러한 차원이 중요해지는 행동이 아닌가 합니다. 정치적 목적, 어떤 구체적인 권력 관계나 사회적 구조의 변화를 목적으로 하지 않는 정치 행동은 있을 수 없고 그러한 행동에서 수단과 목적에 대한 합리적 고려를 빼놓을 수는 없는 것입니다. (물론 정치 행동을 순전히 극적 자기실현, 하나의 에네르기의 현현(顯現)으로서 생각하려는 정치 철학이 있고, 정치 행동의 이러한 면을 무시하는 견해가 중요한 오류를 범할 수 있다는 것은 사실입니다.) 여기서 합리적 고려는 가장 간단하게는 목적 수행을 위한 힘의 전략을 말하지만, 정치를 단순히 물리적 관계로 보지 않고 다수인의 집단행동이라고 본다면, 이 전략에는 설득이 포함됩니다. 그리고 수단으로서의 설득은, 우리가 흔히 주먹과 말을 서로 대조되는 것으로 말하듯이, 힘과는 전혀 다른 성질의 것일 수 있습니다. 이 설득에는 앞에서 예시한 바와 같은 높은 도덕적 모범 또는 사랑의 행위도 포함됩니다. 그러나 설득이 무엇보다도 말로 이루어지는 것임은 새삼스럽게 지적할 필요도 없습니다. 그러면 어떠한 말이 정치적 설득에 사용되는 것일까요? 어떠한 것이든지 어떤 집단적인 행동을 촉구하는 것이면 정치적 설득일 수 있습니다. 그러나 효과의 관점에서 볼 때 어떤 말이 행동으로 나타나려면 그것은 사람을 움직일 수 있는, 호소력을 가진 것이라야 할 것입니다. 이 호소력은 말하는 사람과 듣는 사람, 그때그때의 상황에 따라 달라질 수 있습니다. 그러나 긴 안목에서 볼 때, 그것은 사람의 삶의 지속적인 질서에 근거한 것이어야 지속적인 설득의 효과를 가질 것입니다.

그러면 무엇이 삶의 지속적인 질서입니까? 여기서 이를 간단히 답하여 처리하는 것은 매우 무모한 짓일 것입니다. 그렇긴 하나 간단히 윤곽을 말하여 보면, 그것이 어떤 환경이든지, 사람이 삶을 영위하고 있는 한, 사람이 사는 상황은 벌써 하나의 질서를 이루고 있다고 말할 수 있습니다. 설득은 이러한 당대의 삶의 질서를 무시할 수 없습니다. 그런데 주어진 삶의 질서는 반드시 모든 사람의 눈에 분명한 것이 아닙니다. 사실상 그것은, 특히 복잡한 현대 사회에 있어서, 자명한 것이라기보다는 끊임없이 밝혀져야 할 어떤 것입니다. 따라서 어떤 설득은 이미 있는 삶의 질서에 기초해야 할 뿐만 아니라 이 삶의 질서의 모습에 관한 것입니다. 그러나 설득의 필요성은 보다 크게 현존 질서를 밝힐 필요성에서보다 새로운 질서 또는 새로운 행동의 필요성에서 옵니다. 그리고 이 필요성은 보다 나은 삶을 향한 끊임없는 갈구에서 생겨난다고 말해야 할 것입니다. 따라서 설득은 새로운 질서 그것의 당위성에 관한 것입니다. 그러나 기존 질서와 새로운 질서를 두고 하는 설득은 반드시 서로 분리되어 있는 것이 아닙니다. 사실상 새로운 질서에 대한 욕구는 한편으로는 현존 질서의 모순과 역기능의 깨우침에서 절박감을 가지고 일어나고 다른 한편으로는 현존 질서가 많은 제약을 가지면서도 만들어 내는 새로운 가능성에서 일어난다고 볼 수 있기 때문입니다. 물론 이러한 욕구가 어디에서 오든지 그 배경에 들어 있는 것은 인간 본연의 어떤 충동과 지향입니다. 사람이란, 많은 철학적 인간학자가 지적하듯이, 미완성의 존재라고 볼 수 있기 때문에, 변하지 않는 항구성이면서 역사적으로 변화하는 새로운 가능성입니다. 따라서 그 배경에는 새로운 충동과 지향도 있을 것입니다. 그러니까 우리가 삶의 지속적인 질서라고 말할 때, 거기에 포함되는 것은 오늘날의 삶의 질서와 새로운 질서 두 가지를 다 의미하는 것입니다. 그리고 이 두 가지는 결국 하나로 이어져 있고 하나의 인간성과 인간의 가능성의 자기실현 과정을 이루는 것입니다.

더 구체적으로 다른 면에서 삶의 질서를 살피면 이것은 사람의 삶에 작용하는 필연의 일정한 모습을 말합니다. 그것은 사람의 삶에 필요한 자연 환경과 그것에 포용되어 있는 사물을 말하고 또 사람이 사회적으로 사는 존재인 한, 그의 자연과의 교섭이 대부분 다른 사람들과의 협동이나 매개를 통하여 이루어지는 까닭에, 사회 조직을 말합니다. 그런데 자연이나 사회의 필연이 사람에게 중요한 것은 그것이 사람의 욕망에 대응하는 것이기 때문입니다. 물론 이 욕망은 근본적으로는 우리 내부에 존재하는 자연과 사회의 필연성의 다른 이름에 불과합니다. 그러나 그것은 내면화된 자연이면서 그것을 초월하는 전체성을 의미합니다. 또 이 전체성은 그야말로 초월적 차원까지도 지닐 수 있는 것으로 볼 수도 있습니다.

다시 한 번 이러한 삶의 질서는 자명한 것이 아닙니다. 그것은 저절로 원활하게 움직이는 것이라기보다는 갈등과 불균형을 가지고 변해 가는 것입니다. 사람이나 자연이나 다같이 큰 의미의 자연 속에 있으면서 그것들이 완전한 상태를 이루고 있는 것이 아님은 말할 필요도 없습니다. 또 개인과 개인 또는 개인과 사회는 외면적으로나 내면적으로나 같은 테두리 속에 있으면서 서로 갈등을 일으키고 있습니다. 사실 오늘날에 있어서 우리의 삶의 고통의 대부분은 이러한 갈등에서 온다고 할 수 있습니다. 그것이 어떤 것이든지 간에 갈등에 찬 것이 삶이기 때문에 삶은 질서를 가진 것이라기보다는 혼돈으로 보이기도 합니다. 그러나 삶의 질서와 혼돈이 서로 모순된 것만은 아닙니다. 모든 존재하는 것은 이성적이라는 말은 일단 수긍할 수 있는 명제라고 생각됩니다. 이것은 있는 것이 있을 수 있는 연관 속에 있다는 뜻에서입니다. 그러나 이미 있는 이성적인 질서가 반드시 나의 관점에서 이성적인 것은 아니고 또 우리 모두의 관점에서 이성적인 것은 아닙니다. 그런 까닭에 여기에 사람의 의지와 창조 노력이 끼어들게 되는 것입니다. 즉 이미 있는 질서는 이미 그것대로의 질서이면서 인간의 개인적인 욕망 또는 인간이 추구하는 보편적인 이성에 비추어 바람직한 질서는 아닙니다. 그것은 인간의 창조적인 행위를 통하여 비로소 인간의 보편적인 질서에로 나아가게 됩니다.

이런 정도의 말로써, 우수한 구체적 사실로 이루어질 삶의 질서의 윤곽을 말했다고 할 수는 없습니다. 오로지 나는 다시 한 번 효과적인 설득이 앞에 말한 특징들을 포함한 삶의 지속적인 질서에 기초하여야 한다는 것을 되풀이할 수 있을 뿐입니다. '기초해 있다'고 말하는 것은 모든 정치적인 설득이 늘 삶의 근본적인 질서를 이야기하는 것이 아니라는 사실을 상기하고자 하는 뜻에서입니다. 말할 것도 없이 정치적 설득은 직접적 행동의 요구입니다. 그리고 이 행동에 대한 합목적적 고려도 매우 직접적인 의미의 것에 한정됩니다. 그러나 내가 말하고자 하는 것은 정치적 설득이나 그것이 요구하는 직접 행동의 합목적성도 구극적으로는 위에 그 테두리만을 지적하여 말한바, 지속적이고 근원적인 삶의 질서에 기초한 것이 아니고는 지속적인 설득력을 가질 수 없고 또 정당화될 수 없다는 것입니다. 그러니까 다시 말하여 삶에 대한 사실적 탐구 ─ 앞에서 말한 바에 따라 이미 이루어져 있는 사실의 이성적 구조, 그것의 보다 인간적인, 즉 개인적인 동시에 사회적인 이성의 입장에서의 새로운 질서, 그리고 어떤 의미에서이든 이성을 통하여 매개되는 두 질서 사이의 변화의 전략, 이러한 것을 포함하는 모든 사실적 탐구는 큰 의미에 있어서의 정치적 설득의 일부를 이룹니다. 이런 의미에서 사람의 사회적 삶에 있어서 사실적 연관의 구조를 부분적으로 또는 전체적으로 드러내려고 하는 사회 과학의 연구, 또 사람이 받아들이는 가치나 인간의 참모습 또는 행복의 의미를 생각하고 이것들의 관점에서 현실적 사실의 연관 구조를 해석하고자 하는 인문 과학의 성찰과 분석도 이러한 정치적 설득의 일부를 이룰 수 있습니다.

문학이 문학으로서 정치에 관계되는 것도 이러한 관련에서라고 말할 수 있습니다. 문학도 사회 과학이나 인문 과학처럼 사람의 삶의 사회적 관련과 인간의 본성과 인간 조건 또는 운명이라고 부를 초사회적 필연성을 탐구합니다. 그러나 구태여 문학 특유의 탐구 방식을 구분하여 말하자면, 그것은 생활 세계에 뿌리내리고 있는 개인적 실존의 관점에서 모든 것을 문제 삼는다는 데에 그 특징이 있다고 할 수 있지 않나 합니다. 다시 말하여 문학은 구체적인 인간이 그의 일상적인 또는 비일상적인 삶을 살아감에 있어서 지나쳐야 할 여러 얼크러진 사회적 사실들을 이야기하고 이것을 통하여 이러한 사실들을 한데 묶는 사회의 틀이나 짜임새에 이르려고 한다는 것입니다. 이것이 문학의 전부는 아니지만, 대개 사실주의 문학, 특히 소설은 이러한 의도를 구조적으로 내포하고 있는 것으로 볼 수 있습니다. 그리고 이러한 문학의 한 특질은 작가의 정치적 견해와 정열에 따라 보다 적극적으로 개발되어 한 사회의 모습을 진단하고 그 속에 잠재한 모순과 균열을 지렛대로 하는 새로운 질서의 창조를 부르짖는 수단이 될 수도 있습니다. 이러한 경우에 문학의 정치에의 관련은 가장 뚜렷한 것입니다. 이와 같이 문학은 정치적 설득의 밑바탕이 되는 사실 탐구에 종사할 수 있지만, 그것이 이러한 설득의 가장 중요한 부분을 이루는가에 대해서는 적지 않은 의문이 있을 수 있을 것입니다. 근본적인 의미에서 문학이 겨냥하는 것은 ── 적어도 문학이 정치에 관계되는 면에서 ── 사회에 대한 사실적인 이해보다 그러한 이해를 가능하게 하는 심성의 계발이 아닌가 합니다. 이에 대하여 정치 행동이나 사회적 행동에 더 직접적으로 작용하는 것은 보다 더 정면에서 사실의 분석과 조명을 꾀하는 작업들입니다.

그런데 의식의 차원에서가 아니라 무의식의 차원에서 더 근원적인 것은 사실 그것의 움직임입니다. 사회적 사실의 분석이나 문학적인 재구성 이전에, 사실은 이미 우리 모두에게 가장 중요한 교육을 제공합니다. 그런데 누구나 끊임없이 받기 마련인 사실의 교육이 정치적인 의미를 가지려면, 즉 단순히 기존 질서를 내면화하여 그것을 영원한 것으로 받아들이게 하는 훈련으로가 아니라 일정한 질서를 다른 질서로 집단적 의지에 의하여 바꾼다는 의미의 정치의 일부가 되려면 사실 그것이 변화하고 있거나 변화할 수 있는 것으로 생각되어야 하고 또 이 변화가 보다 나은 질서를 가져올 수 있는 것으로 희망적인 전망을 보여 주어야 합니다. 아니면 거꾸로 사실의 변화 또는 발전이 사회 변화의 전략으로서의 정치라는 이념을 발생케 하는 것이라고 할 수도 있습니다. 사실적인 변화의 근원이 무엇이냐 하는 것을 여기에서 일일이 따질 수는 없지만 일단 이 변화는 사람의 삶의 요구와 환경이 허락하는 그 충족 조건 사이에 성립하는 함수 관계에서(가령 토지와 인구의 상호 관계에서) 일어나는 변화라고 말할 수 있고 이것은 근대 세계사에 있어서 과학 기술의 발전, 다시 말하여 물질생활의 변화에 의하여 주로 촉발되었다고 일반화해 볼 수 있습니다. 물질생활의 변화가 보이거나 보이지 않는 삶의 틀에 변화를 가져오고 또 그것은 우리의 의식상의 변화를 가져옵니다. 이렇게 보지 않더라도 여기에서 내가 지적하여 말하고자 하는 것은 그 제1차적인 원인이 어디 있든지 간에 적어도 현대사 속의 우리의 삶은 일정한 역사적 총체를 이루며 이 역사는 그 나름의 흐름, 일정한 방향을 가진 흐름을 이룬다는 사실입니다. 그러면 물질적 발전이나 정치 행동이나 문학의 탐구는 역사의 움직임의 서로 다른 표현이 될 것입니다. 물론 이것은 단지 역사의 수동적인 표현이 아니라 그 추진력의 역할을 맡기도 합니다. 그러나 이 역할이 큰 흐름의 현실을 떠나서 일방적으로 또 마음대로 고안될 수는 없습니다. 물질적 발전에 여러 가지 요인과 단계가 있듯이 정치나 문학의 경우에 있어서도 적어도 그것이 효과적인 사회 변화를 가져오려면 역사의 저류에 입각한 것이라야 한다는 것을 말할 수 있습니다. 다시 말하여 문학을 포함한, 많은 사회적 삶에 대한 자기 성찰적 탐구는 역사의 변화를 의식화하고 이 의식을 토대로 하여 그 변화를 보다 바람직한 방향으로 가게 하려는 노력으로 집약된다고 할 수 있습니다.(물론 말할 것도 없이 바른 방향에 대한 욕구가 역사 변화의 원동력이 되기도 합니다.)

여기에서 말하는 바람직한 방향이 보다 자유스러운 삶과 보다 평등한 사회를 가져오는 방향을 말하는 것임은 너무나 자주 역사가 보여 준 사실이기 때문에 새삼스럽게 지적해 이야기할 필요도 없습니다. 다만 사회 변화의 시기에, 그것이 어떤 종류의 것이든지, 이 두 가지 경향은 더욱더 강화될 수밖에 없으며 이러한 경향을 억제하는 어떤 세력이 있다면 그것은 오늘날의 세계에 있어서 반역사적인 것이며 결국 실패할 도리밖에 없으리라는 것을 다시 한 번 확인할 수는 있습니다.

자유의 충동이 사람의 근원적인 충동이라는 것은 아마 사실일 것입니다. 특히 사회 변화가 불가피하게 하는 전통적 권위의 약화는 자유의 충동을 더욱 풀어 놓게 됩니다. 그러나 동시에 변화의 시기에 있어서 사람들은 서로서로의 운명이 좋은 의미에서이든 나쁜 의미에서이든 함께 얼크러져 있음을 깨닫지 않을 수 없고, 따라서 개인의 자유도 이러한 공동체와의 관련 속에서 실현될 수밖에 없다는 사실에 구극적인 인정을 부여하지 않을 수 없습니다. 자유와 평등은 서로 모순된 것만은 아닙니다. 그것은 다같이 사람이 사는 방식의 특수한 모습 속에서 나오고 사람의 삶이 일체인 한 일체로서 해결되어 마땅한 과제입니다. 이러한 자유와 평등의 일체적인 실현을 우리는 민주화라고 한마디로 부를 수 있습니다. 그러면 앞에서 우리가 규정하고자 한 사실적 탐구의 여러 영역은 사실과 사람의 개체적인 특성을 분명히 하면서 그 상호 연관성을 밝히려고 한다는 면에서 바로 민주화 운동의 중요한 기층을 이룬다는 것을 알 수 있습니다.

우리는 이제까지 문학을 포함한 여러 가지 지적 노력이 직접적으로 행동적 표현이 아닐 경우에도 정치적 설득 작업의 일부가 되고 결국 정치 — 민주화 정치의 일부가 됨을 이야기하였습니다. 그러나 이 부분의 이야기를 끝내기 전에 우리는 다시 원점으로 돌아가서 실제 행동과 지적 작업이 하나가 아니라 서로 단절된 것임을 상기해야 할 것입니다. 이것은 지적 작업이 실제 행동으로부터 떨어져 있어야 한다는 뜻에서가 아니라 지적 작업은 행동의 도약을 통해서 비로소 역사적 현실이 된다는 뜻에서입니다. 사물의 연관 관계를 탐구한다는 것은 사물의 이치를 좇아 위험 부담을 최대한으로 줄이면서 역사의 움직임에 참여하자는 것이고, 또 이러한 움직임은 반드시 개인적인 정열과 행동의 치열함에 의하여 결정되는 것이 아니라는 점을 인정하는 것이지만 새로운 세계, 미래에의 도약이 편하고 합리적이고 기계적인 방편에 의하여서만 이루어진다는 말은 아닙니다. 사실 역사의 움직임은 구극적인 이상 사회의 자동 실현을 약속해 주는 것이라기보다는 역사적 전기를 마련할 수 있는 갈등과 투쟁의 잠재적인 힘을 암시하여 주는 것에 그친다고 볼 수도 있습니다. 이 힘은 행동적 전환에 의하여서만 현실에 개입합니다. 그리고 우리가 사물의 이치에 따라 움직인다고 하더라도 역사적 행동에 있어서 사람의 집단적 의지 그것이, 곧 사물의 이치의 일부를 이룹니다. 그러니만큼 행동의 불확실성은 곧 사물 그 자체의 일부입니다. 다시 말하여 모험적 도약이 객관적 역사의 일부인 것입니다.

달리 말하면 역사에는 내면과 외면이 있다고 할 수 있지 않나 합니다. 이 내면과 외면은 서로 다른 것이면서 밀접한 관계에 있는 한 개의 과정을 이룹니다. 문학을 포함한 지적 작업이 위치하여 있는 곳은 이런 과정의 내면이라 할 수 있습니다. 그것은 여러 가지의 사상(事象)들이 삶 속에 새로이 이루어 놓는 내적인 연관을 밝히고 의식화합니다. 이러한 토대에 선 효과적인 역사적 행동은 이 내적 연관의 의식이 성숙하여 스스로를 넘어섬에 있어서 일어난다고 할 수 있습니다. 즉 이때에 역사의 안이 밖이 되는 것입니다. 그러나 이 전환에 의지적인 결정이 있어야 하는 것은 말할 것도 없습니다. 그러나 의식의 의지화라는 질적인 도약은 문학이나 지적 활동 본래의 영역에서는 헤아리기 어려운 것입니다.

그런데 또 한 가지 지적하여 말하여야 할 것은 의식과 행동 사이에 단절이 있다고 하더라도, 의식 그것도 실천과 관계없이 그 자체로서만은 무한히 진행될 수 없다는 것입니다. 실용주의의 철학이 생각의 발생 계기로서 삶의 실제적인 요구를 지목하는 것은 바른 것으로 보아야 할 것입니다. 또 의식의 실천 구속성은 문학적 실천가와 도덕적 실천가가 일치하는 예들에서도 보는 것입니다. 이렇게 볼 때, 앞에서 말한 역사의 안과 밖은 서로 따로 진행하여 하나로 합치는 것이라기보다는 끊임없이 엇바뀌면서 진행하는 것이라 보아야 할는지도 모릅니다. 결국은 안과 밖의 관계는 우리가 역사의 중요한 계기로 보는 것이 크고 장기적인 것이냐, 작고 단기적인 것이냐 하는 데에 따라서 달리 보이는 것이라고 할 수 있을 것입니다. 말하자면 역사의 안과 밖은 작은 교환 관계 속에 있으면서 이것이 다시 큰 흐름에 있어서의 내면이 되고 그 내면은 다시 역사의 큰 흐름 속에서 외면으로 나타난다고 할 수 있습니다. 문학인도, 물론 다른 자연인과 같이 역사의 작거나 큰 물결 속으로 각각 개체적인 또는 집단적인 운명의 필연성에 따라 휘말려 들어가지 않을 수 없을 것입니다. 문학하는 사람으로서 어떻게 이러한 복합적 움직임의 역사 속에 서느냐 하는 것은 말하자면 실존적 자기 전개의 과정에서 스스로의 운명을 익히는 가운데 하나의 도약으로서 결정되는 것이라고 해야 할는지도 모르겠습니다.

3

앞에서 우리는 여러 가지로 이런 면 저런 면을 들추어 가면서 문학과 정치의 관계를 살펴보았는데, 결국 그 방식이 어떻든지 간에 문학의 정치적인 의의를 인정하는 이야기를 한 셈입니다. 그런데 많은 문학인이 문학의 정치적인 의의를 인정하는 일, 특히 문학을 어떤 정치적인 계획에 편입시키는 일에 커다란 저항감을 가지고 있는 것은 어떤 까닭에서입니까? 여기에는 말할 것도 없이 개인적인 이해관계라든가 좁은 소견이라든가 하는 것이 작용하는 바가 없지 않을 것입니다. 그러나 이렇게 개인적인 제약과 동기만으로 문제를 처리해 버리기에는 이러한 저항감은 너무나 근원적인 것으로 생각됩니다. 대체로 정치적 목표나 전제 조건뿐만 아니라 일체의 전제 조건 또는 나아가 결정론적 인생 해석을 거부하려는 경향은 문학의 자연스러운 충동이라 할 수 있습니다. 그것은 문학의 충동이 사람의 자유에 대한 깊은 갈망에 이어져 있기 때문입니다. 문학은 전제 없는 언어를 생명으로 삼고 또 그러한 자유로운 언어는 자유롭게 행동하는 인간을 자유롭게 그리는 것이라고 믿고자 합니다. 상상력의 특징은 바로 이런 자유에 있습니다.

문학의 자유는 방금 말한 바와 같이 사람의 깊은 열망이고 문학의 속성일 뿐만 아니라 적어도 얼른 보아서는 인간의 실상입니다. 특별한 경우를 제외하고는 (이 특별한 경우는 누구나 금방 거북스럽고 답답한 것으로 느끼게 됩니다.) 우리가 사용하는 말처럼 자유자재의 것이 어디 있습니까? 언어 사용에 있어서처럼 우리의 뜻과 행동이 일치하는 수는 없습니다. 그래서 우리는 말처럼 쉬운 것이 없다고 합니다. 이런 자유로운 행위에 굴레를 씌운다는 것에는 누구나 도착된 악의를 느끼지 않을 수 없습니다. 또 우리의 다른 일상적인 체험을 보십시오. 당장 신체가 결박을 당하거나 곧 굶어서 죽게 되거나 병으로 쇠약해진 경우를 제외하고(이런 것들이 예외적인 경우이면서도 반드시 드문 것만은 아닌 것이 우리 사는 시대의 고통의 하나입니다.), 우리 일상생활의 차원에 있어서 우리는 자유롭게 이야기를 하며 자유롭게 몸을 움직일 수 있습니다. 나는 지금 당장에라도 금남로로도 충장로로도 내가 원하는 발걸음으로 걸어갈 수 있습니다. 또 걸어가다가 아는 사람을 만나면 내 자유로운 의사대로 인사를 건넬 수도 있고 안 건넬 수도 있습니다. 우리가 학교를 가고 직장을 택하고 결혼을 하는 것도 자유로이 하자면 자유롭게 할 수 있습니다. 주변의 어른들의 말씀이나 다른 외부적인 사정들을 참조하지 않는 것은 아니나 요즘 세상에 그것은 어떤 강제성을 띠는 것은 아니고 결국 최종적인 결정은 내 의사에 달려 있는 것으로 보입니다. 심지어는 어떤 피치 못할 운명을 피치 못할 운명으로 받아들이지 않을 수 없는 때에 그 피치 못할 운명의 수락은 내 의사의 선택으로 보입니다.(사실 자유가 필연의 수락이라는 말은 과히 틀리지 않는 말입니다.) 일상적으로 체험되는 이러한 자유로운 행동의 주체로서의 인간을 있는 대로 보여 주고자 하는 것이 문학입니다.(앞에서도 우리는 문학을 일상적이고 실존적인 사실 탐구라는 말로 정의하였습니다.) 그러면서 문학은 일상적인 자유를 초월하는 자유에 입각하여 성립합니다. 그것은 생활 현실을 그대로 그리면서도 그것의 강박성 — 현실적 행위의 위험이나 실제적 행위의 공리성에 대한 계산에서 해방됨으로써 이루어지는 특별한 현실 세계입니다. 그리하여 문학하는 사람은 문학을 통하여 현실을 포착하면서 동시에 현실의 강박성에서 벗어난, 가장 무사 공평하고 선입견 없는 상태에 이를 수 있다고 믿습니다. 실제적인 계박(繫縛)에서 풀려난 문학의 상태는 높은 의미에서의 놀이, 유희로서 생각되기도 합니다. 이렇게 볼 때, 문학이야말로 사람이 있는 현실 그 안에서 가능한 인간의 자유에 대한 가장 좋은 증거라고 할 수도 있습니다.

그러나 말할 것도 없이 우리의 일상생활에도 마음대로 되지 않는 것이 너무나 많습니다. 이것은 개인의 사회적·경제적 지위 내지 계급적 상황에 따라서 크게 다를 것입니다. 그리고 우리 사회의 문제의 하나는 우리의 삶에 있어서 부자유의 영역을 너무나 많은 사람이 너무나 자주 느끼지 아니치 못한다는 데에 있습니다. 그럼에도 불구하고 나는 사람들이 근본적으로 가지고 있는바 나는 내 자유를 가진 사람이란 느낌은 이러한 사정으로 하여 크게 변하지 않으리라 생각합니다. 그러나 이 근본적인 자유라는 것이 형이상학적인 의미에 있어서의 잠재적인 자유의 가능성을 가리키는 경우를 제외하고는 참으로 얼마나 확대되어 생각될 수 있을는지는 의문입니다. 어쩌면 우리의 자유라는 것이 일상성의 세계 속에서 조심스럽게 유지되는 환상에 불과할지도 모른다는 것을 생각해 보기 위해서 조금 우스꽝스러운 철학적인 가능성을 생각해 보기로 합시다. 아까 우리는 금남로나 충장로를 내가 마음대로 걸을 수 있다는 말을 했습니다. 그러나 그 걸음이 많은 외부적 조건으로 그 성질을 크게 달리하는 것임은 말할 필요도 없습니다. 그곳이 통행금지되었을 때 걸을 수는 없다거나 또는 특정한 수의 사람이 일정한 집단을 이루어 걷는 것이 금지되고 있다거나 하는 것은 오히려 자명한 것입니다. 그 외에 우리의 걸음을 유쾌하게도 불유쾌하게도 하는 것은 다분히 밖으로부터 주어진 조건, 주로 시(市)와 시민(市民) 생활과의 사이에 있는 정치적 상호 작용에 의하여 정해집니다. 또 생각해 보면 금남로나 충장로를 걷는 것은 역사적으로 정해진 길을 걷는 것입니다. 우리는 이제 나란히 달리고 있는 이 두 길 사이를 걸을 수는 없습니다. 더구나 광주에 도시가 서기 이전의 들판을 거닐 수는 없습니다. 또는 두 길을 없애버리고 다시 그곳을 전원으로 돌리자는 결정을 내릴 수가 있겠습니까? 이렇게 생각해 보면 우리가 충장로나 금남로를 거니는 것은 그렇게 스스로 하는 것인지 또는 그렇게 하지 않을 수 없게 되어 있는 것인지 알 수 없는 일처럼 보입니다.

이것은 조금 이상한 예였습니다. 그러나 이런 식으로 생각해 볼 때 보다 중요한 삶의 여러 기회에 대하여도 꼭 같은 의문은 가능한 것입니다. 학교를 가고 직장을 선택하고 결혼을 하고 잘 살고 못살고 —— 이런 모든 일에 있어서 참으로 어디까지가 우리의 자유로운 의사이고 어디까지가 밖으로부터 결정된 필연인지는 심히 가려내기 어려운 일입니다. 학교를 생각해 보십시오. 한 가지만 이야기하더라도 현대 교육의 단초에 학교는 학생을 모집하기가 매우 어려웠습니다. 유교의 경전을 학습하는 일에 대하여 어디에 쓸모가 있을지 알 수 없는 서양의 잡다한 지식을 배우는 일은, 오늘날 백백교(白白敎)의 교리를 배우는 것만큼 커다란 사회적인 모험이었을 것입니다. 이제는 수많은 젊은 학생들이 학교에, 또 그것도 좋은 학교에 들어가지 못해 안타까워하는 것을 보게 되었습니다. 다만 초기의 사정을 생각해 볼 때, 이것은 그들이 원해서인지 원하게끔 조건 지어져서인지 또는 그들이 참으로 배움의 참다운 근거를 저울질한 이후의 결정인지 아니면 다른 요인들에 의하여 덩달아 따라가게끔 되어 있는 현상인지 알 수 없는 일입니다. 결혼 문제만 해도, 우리와는 비교가 안 되게 자유스럽다는 프랑스에서 결혼 적령 남녀가 파리의 수많은 남녀 가운데 결혼할 상대로 고를 수 있는 사람은 몇백 명에 불과하다는 계산을 해낸 사회학자가 있습니다. 직장이라거나 경제적 부가 개인적인 선택보다는 외부적 여건 또는 어떤 이익 관계에 의하여 조정되는 여건에 의하여 결정되는 것임은 누구나 분명히 아는 것은 아니라도 어렴풋이는 느끼고 있는 일일 것입니다.

이러한 예까지도 우리에게 그렇게 중요한 사실이 아닐는지 모릅니다. 그러나 그것들은 적어도 탁 트여 있는 자유 선택의 공간으로 보이는 삶의 현장에 보이지 않는 많은 그물들이 가로세로 질러 있다는 것을 말하여 주는 데 족합니다. 이러한 사실의 중요성은 이러한 그물이 인간의 자유의 공평한 배분과 향수를 제한하고, 더구나 정당화될 수 없는 자의적인 조작이나 무반성적인 타성의 추종 때문에 그것을 심히 제한할 수 있다는 데에 있습니다. 사르트르는 사람의 생존이 어떻게 사회적으로 조건 지어지는가를 말하면서, 보건 예산에 관한 정부의 결정은 어떤 부류의 사람이 살아남아야 하는가 또 다른 어떤 부류의 사람이 죽어야 하는가를 미리 결정하는 것이라는 점을 지적한 바 있습니다마는, 사람의 탄생과 성장과 교육과 결혼과 생업과 죽음, 그 외의 많은 것은 직접적으로 눈에 보이지 않을망정, 사회적인 요인에 의하여 결정됩니다. 이러한 요인을 정하는 것이 사람이라면, 그 결정이 모든 사람의 행복을 가장 정의롭게 확보해 주는 것이 되어야 한다는 것은 당연합니다. 우리가 보이지 않는 인간 생존의 제약의 깨달음을 강조하는 것은 그것이 이런 요구에 연결되어 있기 때문입니다. 그러나 여기서 내가 지적하려고 하는 것은 이러한 중요한 문제가 아니라 자유의 인식에 관한 것입니다. 즉 앞에서 이미 말한 바와 같이 우리가 자신의 상황에 대하여 가지고 있는 자유의 느낌은 대개 주어진 상황 속에서의 선택에 한정되며, 또 그뿐만 아니라 그 선택도 외부적으로 조건 지어진 욕망의 소산일 경우가 많다는 것입니다. 그리하여 우리의 자유는 하나의 환상에 불과하기 쉬운 것입니다. 이에 대하여 진정한 자유는 우리가 그 속에서 선택에 면하게 되는 상황 자체를 결정할 수 있는 자유이며 다른 쪽으로는 우리의 욕망이 인간성 본연의 필연성을 가지게 할 수 있는 자유를 말합니다. 그리고 자유에 이르는 첫 발자국은 주어진 대로의 삶이 이미 이루어진 상황의 제약 속에 있음을 깨닫는 일입니다. 이 제약의 각성을 통한 자유에의 길은 개인에 따라서 또 그의 계층적 위치에 따라서 다르고 길기도 하고 가깝기도 할 것입니다. 또 이것은 당대의 물질적 상황, 정치 운동의 성질, 정치적 결정의 공적 광장의 존재 여부와 그 수준 등에 따라서도 여러 가지로 달라질 것입니다. 그리고 문학의 상태도 여기에 중요한 요인이 된다고 할 수 있습니다. 앞에서 말한 문학의 기능은 다시 상황의 제약의 각성을 통한 자유화의 작업이라고 다시 말하여질 수 있습니다. 문학은 상황의 제약 또는 더 크게 말하여 필연성의 자각에로 독자를 유도하는 기능을 가지고 있습니다.(여기서 길게 말할 수 없지만, 간단히 말하여 인위적으로 만들어진 제약과 참다운 필연성을 가려내는 것은 문학의 깨우침의 중요한 부분을 이룹니다.)

그러면 처음에 수긍하여 마땅한 것으로 말한 문학의 자유는 어떻게 생각하여야 합니까? 여전히 내 생각으로는 그러한 요구는 타당한 것입니다. 우리는 앞에서 우리가 갖는 자유의 느낌이 흔히 환상에 불과함을 말하였습니다. 여기에 따르는 자연스러운 귀결은 문학이 가장 자유로운 언어로 자유로운 인간을 말한다고 할 때도, 그것은 알게 모르게 매어 있는 언어, 매어 있는 인간의 자기기만일 가능성이 크다는 것입니다. 그럼에도 불구하고 문학의 언어가 일단 자유롭다는 것은 인정하여야 합니다. 이것은 문학의 자유와 부자유는 매우 복합적인 현상이라는 말도 됩니다. 매어 있음의 상태는 반드시 그렇게 느껴지는 것도 아니고 또 일부러 제약을 받아들이려는 고의의 결정에 의하여 일어나는 상태도 아닙니다. 그것은 다만 우리 행동의 배경 또는 지평으로 존재하면서 우리의 행동의 지표를 결정합니다. 그리고 우리는 그 안에서 우리 나름으로 자유롭게 행동할 수 있습니다. 여기에서 우리의 행동의 전제 조건을 이루는 지평과 구체적인 행동의 관계는 게슈탈트 심리학에서 말하는바 우리 감각 작용에서의 배경과 대상물과의 관계에도 흡사하고 또는 칸트 철학의 용어로 말하면 인식에 선행하는 선험적 조건과 구체적인 인식 작용과의 관계에 흡사하다고도 할 수 있습니다. 또는 보다 적절하게 현상학에서 말하는바 "의미 생성의 근원으로서 먼저 주어진 삶의 세계"와 이 삶의 세계 속에서 그것에 의하여 규정되는 여러 개체적 사상과의 관계와 같다고 할 수도 있습니다. 후설과 같은 현상학자의 노력은, 적어도 그 만년에 있어서 이렇게 미리 주어져 있어서 우리의 인식을 조건 짓고 있으면서 또 잊어버리거나 의식되지 아니하는 삶의 세계의 선험적인 구성을 보여 주려는 것이었습니다. 다만 이런 현상학의 모범을 생각할 때, 우리의 느낌과 인식을 규정하는 선험적 조건이 현상학에서 말하여지는 것보다 훨씬 경험적인 내용을 가진 것을 상기할 필요는 있습니다. 거기에는 선험적인 동기 관계만이 아니라 사회 구조와 사물과 교육과 문화 등을 통해서 주어지는 여러 가지 가치 또는 인식과 행동의 유형이 포함되어 있다고 보아야 한다는 말입니다. 여기의 예들이 조금 까다로워졌지만 내가 말하고자 하는 것은 그렇게 까다로운 것은 아닌 것으로 믿습니다. 즉 그것은 우리의 머리에는 여러 가지로 퇴적된 문화적·사회적 찌꺼기들이 쌓여서 우리의 생각과 행동을 규제한다는 것이고, 더 중요한 것은 이러한 규제 조건이 우리의 의식 속에 그러한 것으로 인식되지 아니한다는 것입니다. 사실 우리에게 동기를 부여하고 우리를 규정하는 것의 특징은 그것이 중요한 것일수록 무의식 속에 가라앉아 있는 것입니다. 따라서 우리가 이러한 규제로부터 벗어나는 것은 쉬운 일이 아닙니다.

이것이 어떻게 가능한가를 여기서 일일이 가릴 수는 없으나 적어도 여기서 말할 수 있는 것은 단순한 도덕적 교훈이나 정치적 구호로써 의식이 해방을 이루기는 매우 어려운 일이라는 것입니다. 무의식의 문제에 의식의 언어, 특히 단도직입적으로 표현된 도덕적 당위의 명제는 별 의미를 갖지 못합니다. 가령 이것은 정신병 환자에게 그의 현실 인식이 전혀 그릇된 것임을 이야기하겠다면서, 정신 차리라고 호통을 쳐 봤자 별 소용이 없는 것과 비슷한 일입니다. 그렇다고 해서 앞에서도 말한 바와 같이 다른 대안을 여기서 쉽게 제시할 수는 없습니다. 다만, 우리는 훨씬 다양한 언어와 논의의 작용이 필요하리라는 것을 느낄 수 있을 뿐입니다. 한 가지 정신 분석에서 무의식에 대하여 말을 거는 방법이 발생론적인 방법이란 사실에서 약간의 시사를 받을 수는 있습니다. 즉 정신 분석에 있어서의 치료 방법은 근본적으로 질환의 원인이 어떻게 구성되었나, 그 역사적 발생과 경과를 들추어내어 보여 줌으로써 환자에게 그것을 넘어설 수 있는 계기를 마련해 주는 데 그 요체가 있는 것으로 보입니다. 다만 정신병 환자의 경우와는 달리 정상인은 비록 그가 그릇된 전제와 조건에서 생각하고 행동하더라도 근본적으로 현실 감각을 상실한 것은 아닙니다. 적어도 기본적으로 그가 현실 시험을 받아들일 수 있다는 것은 일단 전제할 수 있습니다. 따라서 정상인의 치유는 보다 덜 격정적이고 보다 더 합리적인 언어로써 이루질 수 있을 것입니다. 인문 과학이나 사회 과학에 있어서의 역사적이며 구조적인 연구는 사회적 단편화와 거기서 나오는 부분적이며 그릇된 의식의 치유 과정의 일부를 이루는 것으로 볼 수 있습니다. 앞에서도 말한 바 있지만, 문학의 실존적 접근은 아마 정신 분석의 발생론적 접근에 가장 가까운 것일 것입니다. 그것이 반드시 우리의 개인적인 과거를 들추어 그 역사적 생성 과정, 특히 그것이 삶의 온전함을 손상하게 된 경로를 밝힐 필요는 없습니다. 그 대신 그것은 가상적이거나 현실에서 추상된 전형적 인간의 삶을 들추어 그것이 사회 속에 펼쳐짐에 있어서 발견하게 되는 여러 가능성과 제약을 보여 줍니다. 이것은 근본적으로 개체와 일반성의 변증법, 개인적 또는 집단적 역사 현상에 대한 발생론적 분석을 그 주된 방법으로 합니다.

지금 이야기한 바와 같은 것들이 우리로 하여금 우리 자신의 생각과 행동에 숨어 있는 왜곡에서 벗어 나오게 하고 또 그것은 구극적으로는 정치적인 의미를 갖는 것입니다. 그러나 그것이 직접적인 의미에서 정치적 언어, 구호나 강령과는 다른 것임을 다시 한 번 상기해야 합니다. 우리가 말하고 있는 것은 행동의 언어가 아니라 치유와 이해의 언어입니다. 여기서 중요한 것은 행동적인 결과가 아니라 내적인 변화입니다. 이성적 설득이나 문학 작품에 있어서 중요한 것은 단지 어떤 내용이나 결과가 아니라 과정입니다. 모든 병의 치료에서 그렇듯이 정신 치료에 있어서도 과정에 대한 면밀한 주의 없이는 좋은 결과를 얻을 수 없습니다. 이성적 언어에서 논리와 증거가 중요한 이유는 그것이 내적인 설득을 목표로 하기 때문입니다. 문학 작품에서도 소박한 참여론의 주장과는 다르게 문학의 형식적 구조는 바로 내적인 설득의 기본적인 요건입니다. 형식이란 개인적 또는 집단적 삶의 발생론적 역사적 전개 과정의 전체에 다름이 아니고 이러한 전개 과정의 이해 없이는 우리는 작품이 이야기하려는 의미에 대하여 내적인 동의를 부여할 수 없는 것입니다.

이렇게 과정을 강조한다고 하여, 구호나 강령으로 표현되는 정치적 언어를 일체 부인하거나 또는 그것을 문학적 언어와 전적으로 단절된 것으로 말하자는 것은 아닙니다. 오히려 문학 본래의 언어와 정치 언어와의 사이에 있는 어떤 단절을 지적하는 일은 우리의 삶의 완성에 있어서 문학의 언어, 치유와 이해 또는 분석의 언어만이 전부가 아니라는 것을 지적하는 일이 된다고 말할 수 있습니다. 이러한 언어가 비록 정치적인 의미를 띤다고 하더라도 그것이 정치 행동의 현장에서 얼마나 효과적이냐 하는 것은 또 다른 문제인 것입니다. 정치적 행동에 필요한 것은 목표의 분명한 설정과 단기적인 행동의 지침입니다. 이것은 그것대로의 수사학을 요구합니다. 그것은 다수 대중의 사실적이고 정서적인 흐름을 한곳으로 모아 행동에의 의지로 옮겨 놓을 수 있는 것이어야 할 것입니다. 또 그러니만큼 그것이 이러한 흐름을 떠나 있는 것이어서는 효과를 충분히 가질 수 없다는 말도 됩니다. 그러니까 긴 역사의 관점에서 볼 때, 이것은 우리 의식 내부의 움직임에 관계되는 것일 수밖에 없습니다. 이 움직임을 명확히 하고 형성하는 데 기여하는 것이 이해와 치유의 언어입니다. 앞에서 역사의 내부와 외부에 대해서 언급했습니다마는 이런 이해의 언어가 역사의 내부에 관계되고 외부적인 발전이 외부를 이룬다면, 이 외부적 발전을 매개하고자 하는 행동 일보 전의 구호나 강령은 내부와 외부의 중간에 위치한다고 말할 수 있을 것입니다. 이러한 관련 속에 있지 않는 정치 언어는 그야말로 헛구호에 그치게 될 것입니다. 뿐만 아니라, 많은 문학인의 반응에서 볼 수 있듯이, 이런 경우에 문학과 구호는 그 단절을 극복하지 못할 것입니다. 왜냐하면 문학의 언어가 자유의 언어인 데 대하여 아무리 좋은 정치의 경우에도 정치는 강제력(强制力)의 세계에 속하는 일이고 정치 강령이나 구호는 — 또 사실상 정도는 다를망정 도덕의 언어도 — 강제력의 표현이기 때문입니다. 물론 우리가 지금까지 말한 것은 이러한 거의 본질적인 대립이 문학적 언어의 유연한 매개 작용에 의하여 지양(止揚)될 수 있다는 것이었습니다.

정치적 언어와 문학적 언어 사이에 있을 수 있는 대립을 통하여 우리는 앞에서 이야기한바 문학이 자유의 언어이어야 한다는 요구로 되돌아왔습니다. 우리는 앞에서 이 요구가 정당한 것임을 인정하면서도 다른 한편으로는 그것이 착각일 수 있음을 누누이 이야기하였고 다만 이 착각의 시정은 특별한 전략을 요구한다고 말하였습니다. 그래서 어쩌면 문학이 자유로워야 한다는 요구는 부정되는 듯한 인상을 주었을지도 모릅니다. 그러나 이 부분의 이야기를 끝내기 전에 나는 그 요구가 정당한 것이며 또 사실에 입각한 것임을 다시 확인하고 싶습니다. 문학의 언어가 이해와 치유의 언어란 것은 무엇을 뜻합니까? 이해는 주체의 개입이 없이는 이루어질 수는 없는 것입니다. 또 치유 또한 자연 그대로의 인간의 육체에 자발적으로 건강을 회복하고 유지하는 능력이 없다면 성립할 수 없는 것입니다. 문학의 성과가 우리를 미몽(迷夢)에서 깨어나게 하고 보다 진실되고 새로운 삶의 가능성을 보여 준다고 하는 것은 우리를 자유롭게 한다는 것일 것입니다. 그러나 그것이 우리의 이해에 호소하고 우리의 치유를 기대한다는 것은 이미 우리의 주체적인 자발력, 곧 우리의 자유를 전제하고 있는 것입니다. 또 우리가 본래부터 자유를 경험한 것이 아니라면 새로운 자유를 원할 수조차 없을 것입니다. 그러니까, 역설적으로 말하여 우리가 얻고자 하는 자유는 이미 있는 자유 속에서 얻어지는 것입니다.

그런데 자유란 무엇입니까? 앞에서 우리는 소박한 자유의 느낌이 자유가 아니란 것을 말했습니다. 자유가 필연성에서 온다는 것도 이미 말하였습니다. 다시 말하여 이미 가진 자유는 다분히 기성 질서의 필연성을 내면화한 것에 불과하고 자유에의 첫 발자국은 이것을 외면으로 밀어내어 그것이 밖에서 부과된 것임을 깨우치는 데 있습니다. 그런데 외면적으로 부과된 필연성의 깨우침은 불가피하게 새로운 필연성으로서 우리의 생존의 공동체적 연관을 받아들이게 합니다. 그리고 이 연관을 설사 부정한다고 하더라도 우리는 구극적으로 우리의 삶의 우주적 연관, 적어도 우리의 본성의 신비스러운 필연성에 부딪치지 아니할 수 없습니다. 이렇게 볼 때 자유화의 과정은 하나의 필연성에서 다른 또 하나의 필연성으로 옮겨 가는 것에 불과하다고 할 수 있습니다. 그러면 자유는 어느 경우에 있어서나 환상에 불과한 것입니까? 자유로써 절대적인 무규정 상태를 의미한다면, 우리는 그렇다고 대답할 수밖에 없습니다. 그러나 이 환상이 삶의 가장 중요한 요소 중의 하나입니다. 그러면 이 환상은 어떤 때 성립하는 것일까요? 그것은 조화의 느낌에 다름이 아닙니다. 그것은 우리 자신과 필연이 일치한 상태에서 발생합니다. 달리 말하여 자유가 필연성의 다른 이름이라면, 자유로 받아들여지는 필연성은 우리가 거기에 주체적으로 참여하는 필연성입니다. 이 주체적인 참여는 필연성을 내면화할 때, 그리하여 우리가 거기에 참여하고 있다는 것을 거의 망각하게 될 때, 그리하여 이 망각이 새로운 창조의 기초가 될 때 가장 극대화된다고 할 수 있습니다. 가령 사랑의 경우를 생각해 보십시오. 대부분의 사람은 낭만적인 사랑을 하등 외부의 강요를 느낄 수 없는 아름다운 경험으로 생각할 것입니다. 그러나 이러한 사랑의 근원에 있는 성욕처럼 강력한 필연성을 가진 것은 달리 찾아보기도 어려울 것입니다. 우리의 사랑은 사실 종족 보존이라는 우리를 초월하며 구극적으로는 우리가 그 뜻을 헤아릴 수 없는 진화론적인 구도의 가장 미묘한 표현입니다. 자유가 필연의 환상이라고 하면 어떠한 자유의 환상 또는 어떠한 필연도 결국 마찬가지라고 할는지도 모릅니다. 그러나 인간의 본성과 그 역사적 변모, 그리고 그것의 사회적인 조화를 최대로 확보해 줄 수 있는 필연의 질서가 가장 행복한 자유의 환상을 부여한다고 말할 수도 있을 것입니다. 그것은 우리 자신이 우리 자신으로 돌아간 상태입니다.

이러한 고찰은 문학의 전략에 어떠한 의미를 갖는 것일까요? 우리가 이미 있는 필연성, 또는 가짜의 필연성에서 새로운 필연성 또는 참다운 필연성으로 옮겨 갈 때, 우리는 자유의 꿈을 버리고 필연성을 받아들입니다. 그러나 이것은 괴로운 일입니다. 이 괴로움은 오로지 필연성이 약속해 주는 망각의 꿈, 즉 자유의 약속에 의하여 덜어질 수 있습니다. 작가가 새로운 필연성을 이야기한다면, 그는 이미 어느 정도는 내면화되고 따라서 망각의 일부가 된 필연성 속에 그것을 이야기하고 있는 것일 것입니다. 우리의 얼굴처럼, 스스로의 참모습은 적어도 반쯤은 잊기 마련이기 때문입니다. 새로운 작가의 말은 우리에게 끊임없이 도덕적인 요구를 깨우치게 하면서 동시에 반드시 외면적으로 인식되는 필연성과 명령의 언어만을 사용하지는 않을 것입니다. 시인은 많은 것을 체험하고 또 그것을 잊어버려야 한다는 릴케의 말은 옳은 것입니다. 시인은 경험의 필연적 구속 속에 있으면서 그것을 넘어서는 망각 속에서 새로운 창조에 종사합니다. 사람들은 과거의 필연성을 구속으로서 대상화하면서 새로운 필연성 속에서 자유로워집니다. 시인은 이 두 세계의 언어를 구사합니다. 문학이 자유를 말하고 필연을 말하는 것은 조화와 부조화의 끊임없는 교환을 말하는 것입니다. 그리고 문학의 언어 그것이 곧 일치와 조화와, 불일치와 부조화가 균형을 이루는 곳이기도 합니다. 그것은 보다 큰 자유를 말하면서 또 이미 자유롭습니다.

지금까지 우리는 문학 또는 문학인이 사회 현실이나 정치에 참여하는 양상을 여러 가지로 이야기하였습니다. 이제 이야기를 끝내야 할 단계에 이르렀지만, 우리는 마지막으로 문학이 사람의 행복한 삶에 기여하는 것이 반드시 직접 간접의 정치적 기능을 통해서만은 아니란 점을 상기하여야겠습니다. 우리가 절대적인 자유와 행복과 조화 이외의 일체의 것을 거부하지 않는 한 사람의 삶에 있어서 어느 정도의 자유와 행복과 조화는 가능한 것입니다.(앞에서 우리는 얽매여 있으면서도 자유롭다는 인간의 역설적 조건에 대해 언급했습니다.) 우리가 세상에 대하여 스스로를 열고 있으며, 다른 사람들과 어울려 일하고 생명과 우주의 신비를 생각할 때 제한된 범위에서나마 있는 대로의 세계도 우리를 압도하기에 족합니다. 문학이 전통적으로 그래 왔듯이 지금도 이러한 체험을 기록하고 일깨워 주지 말아야 할 아무런 이유도 없습니다. 또 이것도 그 나름의 사회적·정치적 의미를 갖는 것입니다. 우리 시대의 고통은 단지 외부적인 것이 아닙니다. 우리 내면의 깊은 욕망의 타락이 그 일부를 이루고 있습니다. 문학은 우리 시대나 문명을 넘어서는 원초적인 것을 이야기하고 또 원초적인 것에 대한 우리의 그리움이 잊혀지지 않게 하여 그런 것들로 하여금 새로이 태어날 시대의 씨앗이 되게 할 의무를 가지고 있는 것입니다. 다만 우리가 좀 더 문학의 사회 교육으로서의 가치를 중시할 때에, 우리의 현대사가 우리 문학의 초점에 놓이는 것이 당연하다는 것을 인정하지 않을 수 없는 것입니다.

(1978년)

꽃과 고향과 땅

싱싱하고 푸른 나무 또는 한 떨기의 청순한 들꽃을 보고 기쁨을 느끼지 않는 사람은 없을 것이다. 그것은 너무나 예사스러운 일이고 새삼스럽게 들어 이야기할 필요도 없는 것이라 할는지 모른다. 그러나 생각해 보면 이 것처럼 기이한 일도 없다. 나무나 꽃을 보고 기를 때 즐거운 마음이 되는 것은 나무가 땔감이나 재목으로 쓰일 수 있다거나 꽃이 식용(食用)에 닿을 수 있다 해서가 아니다. 먹고 마시는 것과 같은 아주 원초적인 일들을 젖혀 놓고 사람과 사람 사이에 좋고 나쁜 마음이 하나가 될 수 있는 일은 여간 희귀한 것이 아니다. 그것은 우리의 삶을 쓸쓸하게도, 또 험악한 것이게도 한다.

이렇게 생각해 볼 때 유독 꽃이나 나무를 보고 대다수의 사람들이 그 즐 거운 마음을 같이한다는 것은 기적처럼 놀라운 일이라고 아니할 수 없다. 이러한 기적은 자연의 모든 것에 대해서 사람들이 갖는 기쁨에도 들어 있 다. 부드러운 구름에 둘러싸인 골짜기, 외외(巍巍)하게 치솟은 산, 맑고 푸 르게 흐르는 물, 바다, 하늘, 땅 ── 이러한 모든 것이 사람의 마음에 기쁨을 불러일으켜 준다.

이러한 것들 하나하나가 기쁨의 대상이 될 뿐만 아니라 그것들이 어울려 이루는 경치가 마음속에 형언하기 어려우면서도 분명한 기쁨을 불러일으킨다. 경작지나 부동산에 대한 관심이 오직 이러한 기쁨의 원인이 된다고 할 수는 없다. 물론 그런 관심이 얽혀 있을 수도 있지만 그렇다고 하더라도 더 근원적인 것은 기쁨 그 자체일 것이다. 실용적인 관심은 마치 들에 핀 꽃을 보고 그것을 꺾어 갖고 싶은 충동이 일어나는 것과 같은 2차적인 현상일 것이다. 사람과 자연의 풍경에 대한 관계는 실용이나 소박한 합리성을 넘어서는 근원적인 관계이다.

석기 시대의 인간이 자연의 예지 속에서 살던 모습을 가장 실감나게 재현한 미국의 인류학자 출신 작가 카를로스 카스타네다(Carlos Castaneda)는, 그의 흥미로운 저작들 속에서 자연 속의 인간이 어떠한 수련을 통해서 가장 만족스럽고 지혜로운 삶에 이르는가를 그리면서, 지혜의 탐구자가 마지막에 거치는 수련의 단계로서 행복한 풍경을 찾아 나서는 것을 이야기하고 있다. 그의 주인공은 멕시코의 깊은 산속으로 탐구의 길을 떠난다. 무인지경에서의 오랜 방황 끝에 그는 그 자신의 마음에 가장 커다란 행복과 평화와 빛을 발산하고 있는 것으로 느껴지는 지형(地形)에 이르게 된다. 그는 이러한 지형을 발견했다는 것만으로도 커다란 정신적 안정을 얻게 된다. 그가 거기에 머무는 것은 짧은 한때에 불과하지만 생애의 나중에 이 지형을 고요한 명상 속에서 회상해 보는 것은 그에게 언제나 커다란 힘이 되었다.

카스타네다가 『익스틀란에의 길』이라는 책에서 이야기하고 있는 이러한 체험은 일종의 신비 체험으로서의 풍경의 효과이지만 이러한 지형에 대한 신비 체험은 우리의 풍토 지리설에도 들어 있는 것이고, 우리가 일상적으로 등산이나 원족(遠足)길에 나서면서 마음에 드는 풍경을 찾아 멈추지 않게 되는 데에도 나타나는 것이다.

우리에게 고향이라는 말이 갖는 특별한 의미도 이러한 풍경의 일반적 신비에 연결되는 것이 아닌지 모르겠다. 물론 고향은 우리에게 정다운 사람들과 정다운 사물과 장소로 인하여 특별한 정감을 불러일으킨다. 그러나 이러한 정감은 그것과 별도로 있는 자연의 풍경 위에 밖으로부터 부과되는 것이 아니다. 고향에 있어서 정감과 풍경은 서로 뗄 수 없는 것으로서 나와 물건, 주관과 객관, 감정과 사실이 분리되어 있지 않은 하나의 세계에서 우러나온다. 이 세계는 우리의 정감과 같이 움직이고 변하고 느끼는 그런 세계였다. 우리가 생각하는 고향에는 산과 들과 집과 초목 —— 이러한 것들이 하나의 통일된 공간을 이루고 있는 우리 자신과 또 우리의 가족과 친지들은 반드시 이러한 공간 가운데 자리 잡고 있다.

사실 고향이 나타내고 있는 것은 사람의 삶의 장(場)으로서 조화된 공간이다. 또 이 공간은 선조들에 대한 회상에 의하여 깊이를 얻고 미래에 대한 그리움과 계획에 의하여 가깝기도 하고 먼 지평(地平)들이 생기기 때문에 시간을 포함한 살아 있는 공간이다.(회상 속의 고향의 공간에서 들녘의 저편으로 또는 먼 산봉우리 너머로 지평선을 의식하는 것은 우리의 소망이 고향의 작은 마을을 벗어져 나가기 시작할 때다.)

고향이란 우리에게 행복의 원형을 의미한다. 우리의 풍경에 대한 느낌도 여기에 이어져 있다. 어쩌면 우리가 꽃이나 나무를 통하여 암중모색으로 찾아가고 있는 것도 이 행복의 원형일 것이다. 사람이 꽃과 물과 이끼 낀 돌과 새의 노랫소리와 벌의 잉잉댐을 사랑하는 것은 그것들 가운데에 "말없는 창조적 생명, 그 움직임의 고요한 자유, 그것 스스로의 법칙과 내적인 필연성과, 자신과의 일체성"을 보기 때문이라고 실러는 말한다. 우리는 자연의 물건들 가운데서 자연스러운 '있음'을 보는 것이다. 고향과 풍경은 이러한 '있음'을 하나의 전체성으로 드러내 준다. 자연물과 자연의 배경에서 우리는 우리 자신의 삶을 위하여 이러한 교훈을 배울 뿐만 아니라, 우리 또한 그런 '있음' 속에 있었던 것을 본능적으로 깨닫는다.

　사람은 살아감에 따라 또 시대적으로, 농경 사회에서 산업 사회로 옮아감에 따라 통일되고 조화된 삶의 방식, 더 나아가 존재가 펼쳐지는 방식으로서의 고향을 잃어버린다. 현상학적 심리학자 에르빈 슈트라우스(Erwin Straus)는 농민의 풍경 감각을 도시의 그것과 대조하면서 다음과 같이 이야기한다.

　　농부는……그의 세계의 한복판에 자리하고 산다. 그의 마음에 경도(經度)의 중심은 그리니치 천문대를 지나는 것이 아니라 마을 교회의 종각을 지난다. 익히 잘 아는 중심의 둘레에 모르는 것, 낯선 것이 동심원(同心圓)을 이루면서 펼쳐진다. 모든 편에서 세계는 모르는 것 속으로 사라진다. 그러나 그는 자신의 세계의 중심에 살며, 또 이미 아는 것의 테두리 속에 있기 때문에 모르는 것에 의하여 혼란되지 아니한다. 이 중심에서 그를 떼어서 옮겨 놓으면, 그는 망향(望鄕)의 병에 걸리게 된다. 이제 모르는 것은 그를 두려움으로 차게 하고 그를 짓누른다.……그는 이제 세상의 복판에 있지 않다. 그의 마을의 관점에서 도시에다 질서를 줄 수는 없다. 익숙히 아는 것이 모르는 것에 의하여 질서 정연히 둘러싸여 있을 때 모든 것은 제 자리에 있는 듯했다. 알지 못하는 것 가운데 자기 위치를 알아내고 정해야 한다면 균형은 뒤집혀지고 만다.

　슈트라우스는 농민의 경험을 '풍경'의 경험이라고 하고, 도시인의 공간 경험을 '지도'의 경험이라고 부른다. 풍경에 있어서 사람과 자연은 공감적으로 존재한다. 그러나 지도로 옮겨진 자연은 아무런 정서적 감흥을 주지 아니한다. 또 '풍경'에 대한 농부의 태도는 우연적이고 단편적인 태도가 아니다. 그것은 그의 존재 그것에서 우러나온다. 그가 사물을 경험하는 방식은 슈트라우스의 용어를 빌리면 '느낌'을 통해서이다.

느낌은 공감적 체험이다. 느낌의 상태에서 우리는 세계 안에 세계와 더불어 있다. 여기서 '더불어'라는 말은 하나의 체험인 '세계'와 또 다른 체험인 '내'가 맞붙는 것을 뜻하는 것이 아니다. …… 느낌은 세계와 한데 묶여 있다. 이것은 아는 행위가 저쪽에 있는 세계에 맞서는 것과 구분되어야 한다.

또 그는 말한다.

감각적 체험(그의 생각에 이것은 느낌과 별로 다르지 않다.)을 갖는다는 것은 점차 주체와 객체로 펼쳐지는, 더불어 있음을 체험하는 것이다. 이 감각적 체험에서 자아의 되어짐과 세계의 일어남이 벌어져 나오는 것이다.

농부의 '풍경'의 체험은 이러한 세계와의 직접적인 조화 속에 있는 존재의 방식에서 나온다. 우리가 마음속에 고향을 간직하며 아름다운 풍경을 찾아 헤매는 것은 이러한 세계와의 원초적인 조화를 갈구하기 때문이다. 물론 제 고장을 떠난 농부는 고향으로 돌아갈 수 없다. 그것은 그의 고장이 단순히 지도상의 한 지점이 아니기 때문이다. 또 감각적 체험은 의식의 성장과 더불어 지각적인 것으로, 또 인식으로 발전하지 않으면 안 된다. 그러나 일체적인 체험으로부터의 분리가 일방적으로 진행하는 한, 사람의 불행은 점점 커져 간다.

풍경을 잃어버린 사람은 모든 것을 하늘 위에서 평평하게 펼쳐져 있는 지도를 보는 듯 내려다본다. 이것은 그에게 보다 넓은 전망과 분명한 인식을 가져오지만 그것이 너무 일방적인 강조가 되는 경우 슈트라우스 자신이 지적하고 있는 것처럼 우울증이나 비개성화(非個性化)의 신경병의 원인이 될 수도 있다. 그런 경우 모든 풍경, 모든 일은 전혀 정서적인 의미를 갖지 않는 중립적이고 공허한 것이 된다. 그리고 결과적으로 '지도'에 의하여 얻은 관점의 넓이와 명료함은 참다운 정서적인 에너지, 달리 말하여 존재의 에너지를 상실함으로써 마치 결집력(結集力)을 잃은 모래알처럼 뿔뿔이 되고 조각난 것이 되어 버리고 만다.(실존 정신 분석가 외젠 민코프스키(Eugène Minkowski)는 경험의 전체에 정서적으로 맺어지지 않는 세계가 어떻게 단편적인 조각으로 깨어지며 사람의 성격의 단편화를 가져오는가를 그의 논문 「우울증 스키조프레니아에서의 몇 가지 발견」에서 보여 주고 있다.)

아마 우리가 자연의 의미 또는 세계의 일체적인 있음에 대하여 익히는 것은 어렸을 때의 체험을 통하여서일 것이다. 앞에서 말한바 감각적 느낌의 세계는 우선적으로 어린 시절의 세계이다. 그러나 이러한 세계가 단순히 그리운 추억과 향수 속에만 있는 지나쳐 온 단계, 지나쳐서 마땅한 단계의 환상을 나타내고 있는 것은 아니다. 그것은 자꾸 감추어지면서도 늘 사람의 삶에 있어서 슈트라우스의 책의 제목이 말하듯이 '감각의 원초적인 세계'를 이루고 있는 것이다. 모든 것이 이 원초적인 세계에서 나온다. 우리의 생각이 지적이고 육체적인 성장과 더불어 더욱 또렷해지고 복잡해진다면, 그것은 이 원초적으로 주어지는 세계의 바탕 위에 이루어지는 진화(進化)에 불과하다.

우리의 모든 지적 활동의 밑에 어려 있는 것은 어릴 때부터 함께 있던 꽃과 나무와 산의 그림자이다. 맨 처음의 감각적인 '더불어 있음'에 섞인 이러한 것들은 가장 근원적인 교사(教師)로서 우리의 생각과 삶을 지배한다. 또 이 교사들이 가르쳐 준 것은 단순히 어린 시절의 꿈이 아니라 세계와 삶에 대한 변함없는 진실이다. 그런데 우리가 주말의 원족에서, 또 짧은 시골에의 여행에서 찾는 것은 사실 고향이 불러일으키는 행복의 영상이라기보다는 우리의 삶에 전체성을 부여해 주는 테두리로서의 자연인 것이다. 이것이 우리가 단지 아늑한 골짜기의 풍경만이 아니라 무서움의 느낌을 자아내는 험한 산이나 사막이나 빙원(氷原)을 찾아 나서기도 하는 이유일 것이다. 이러한 험한 자연의 광경 속에서 자연의 거대한 전체성을 우리는 보다 절실하게 느끼게 된다. 미학자(美學者)들은 이러한 자연의 험악한 양상에서 느껴지는 것을 아름다움과 구분되는 장엄이라는 말로 표현하였지만 이러한 느낌은 단순히 주관적인 심미(審美) 감각에 그치는 것은 아니다.

우리가 선 자리가 어디든지 간에 그 자리의 역사, 인간과 식물과 진화와 지질학의 역사를 따져 볼 때, 우리는 과연 사람이 거기에서 나오는 거대한 모태(母胎)의 신비에 압도되지 않을 수 없다. 우리가 발 딛고 서 있는 지반(地盤)의 지질 작용을 생각해 보라. 가장 거대하고 단단한 바위도 시간의 깊은 물결 위에 떠 있는 가랑잎에 불과하다. 태양과 바람과 물의 작용은 끊임없이 바위를 무너져 내리게 하고, 내리는 비는 이를 씻어 내고 또 조금씩일망정 바위의 단단함을 소금처럼 녹아내리게 한다. 또 보이지 않는 지각 운동은 높은 산을 이루고 있는 바위를 바다 밑으로 끌어내리고, 또 바다 밑에 쌓이는 부유물(浮遊物)들을 압축하여 바위를 만들고, 이것을 밀어 올려 산을 만들기도 한다. 이런 거대한 자연의 움직임 속에서 사람의 존재는 참으로 위태로운 것처럼 보이기도 하고 기적처럼 귀한 것으로 생각되기도 한다.

자연 속에 깃들인 인간의 행복한 모습의 원형으로서의 고향도 풍경도 이 거대한 테두리 속에서 그 참다운 뜻과 존귀함을 얻는다. 즉 우리에게 함께 있는 사람과 자연의 아늑한 모습이 귀한 것은 그것이 거대하고 무서운 자연 과정, 그러면서도 구극적으로는 사람의 삶의 어머니가 되는 무서운 자연 작용 속에서 일시적으로 이루어지는 행복의 환상이기 때문이다. 사람의 삶의, 무서울 수도 있는 거대한 테두리와 그 안에서의 아늑한 보금자리로서의 고향이나 풍경의 관계는 하이데거가 그의 『예술 작품의 기원』에서 '세계'와 '지구'의 관계로써 설명한 바 있다.

세계란 역사적 인간들의 운명에 있어서 근원적인 결정의 진로가 스스로 열리는 것을 말한다. 지구는 스스로 물러앉으며 그러니만큼 지키며 감추면서 동시에 앞으로 나오는 것이다. 세계와 지구는 근본적으로 서로 다르다. 그러나 결코 서로 분리될 수는 없는 것이다. 세계는 지구에 근거해 있고 지구는 세계를 비집고 드러난다. 그러나 세계와 지구의 관계는 서로 아무 관계가 없는 반대명제(反對命題)들의 통일로써 설명될 수 없다. 세계는 지구 위에 놓여 있으면서 이것을 넘어서려고 한다. 스스로 열려 있는 것으로써 감추는 것을 그대로 견디어 볼 수가 없는 것이다. 그러나 지구는 감추고 지키는 것으로써 세계를 자기 속으로 끌어당기며, 또 거기에 감추어 두고자 한다.

하이데거는 이러한 상호 투쟁, 상호 의존 관계에 있는 세계와 지구의 있음이 예술 작품으로 하여 드러나고 또 인간 존재로 하여 드러난다고 한다. 그러나 구극적으로 우리가 즐기는 꽃 한 송이 마음속에 소박하게 간직하는 고향의 영상, 기쁨을 가지고 바라보는 아름다운 풍경, 외포감을 가지고 바라보는 광막한 지구의 모습 — 이런 것들에 스며 있는 것은 사람의 본래적인 모습에 대한 직관적 이해이다.

이러한 모습은 앞에서도 말한 바와 같이 사람이 자연을 벗어나서 도시 속에 살며 또 순진한 느낌의 상태에서 이성적인 인식의 상태로 옮겨 감에 따라 쉽게 잊힌다. 그러나 반드시 그래야만 하는 것은 아니다. 앞에 든 예에서도 암시된 바와 같이, 우리는 지질학적 공감을 통해서도 사람과 자연과 세계가 열려 나오는 근원에 이를 수도 있다. 아마 이러한 근원의 예감이 잊히는 것은 도시화나 의식의 발달 그 자체로 인한 것이라기보다, 거기에 따르는 관심의 천박화 경향으로 인한 것이라고 보아야 할 것이다. 이 천박화는 생활에 있어서나 의식에 있어서 옛날보다 넓어지게 된 세계가 사람의 감각이나 정서에 지우는 부담을 크게 함으로써 불가피해진 것이라고 할 수도 있다.

넓고 잡다한 세계에 대해서 우리는 매우 피상적인 지식과 관심으로 대처할 수밖에 없고 또 이 관심에서 될 수 있는 대로 정서적인 요소를 제거하여 감정적 부담을 가볍게 하는 수밖에 없는 것일 것이다. 현대 생활에서 강화되는 지적인 면 자체가 깊은 체험의 충격을 피하기 위한 방법일 수 있다. 어떤 심리학자들이 이야기하듯이 의식은 체험을 기피하는 하나의 방법인 것이다. 그러나 사람의 체험에 대한 요구는 밖으로 뻗어 나가는 경향을 가지고 있다. 사실 사람이 어떤 체험에 대하여 그의 감수성을 닫아 버릴 때, 그것은 체험 자체의 증대보다도 체험의 성질에 인한 것이다.

현대 사회가 우리의 관심을 천박하게 하고 또 좁게 하는 것은 그것이 우리를 소외시키는 체험으로 가득 차 있기 때문이다. 그 요인은 많이 있겠지만—그것이 소외의 원인인지 결과인지는 분명히 할 수 없으면서도 합리적 사고의 발달, 사회의 관료적 조직화, 인간관계의 소원화(疏遠化), 현대 도시에 있어서의 자연환경의 파괴와 은폐, 이런 것들이 다 여기에 작용한다고 하겠다.—가장 중요한 원인은 삶의 가장 기본적인 문제가 무한한 신경 소모와 감정 고갈을 요구하는 생존 경쟁이 되었고, 이것이 삶의 터전으로서의 사회와 자연의 환경을 지배하는 원리가 되었다는 점일 것이다. 또 이 생존 경쟁은 어떤 구체성이 있는 경쟁이 아니라 화폐 경제로 인하여 가능해지게 된바 극히 추상적일 수밖에 없는, 유가 증권(有價證券)의 소유를 위한 계산과 전략의 형태를 띠고 있는 것이다. 여기서 우리가 감정을 잃고 자연이나 삶의 전체성에 대한 본능적인 관계를 잃어버리는 것은 너무나 당연하다.

화폐 경제 속의 현대 사회에서 모든 것은 매우 추상적으로 규정되는 소유 관계에 의하여서만 그 의미를 갖게 된다. 먹고 마시는 것은 자연과의 신비스러운 조화와 투쟁의 관계로 우리를 인도해 주는 것이 아니라 농산물 시장으로 우리를 이끌어 간다. 공리적 가치가 분명치 않은 꽃과 나무도 그 화폐 가치에 의하여 좋고 나쁨이 결정된다. 우리는 집에서 기르는 화초도 가장 값비싼 것을 가장 편한 자리에 앉힌다. 사람이 자연의 전체성에 연결되는 가장 신비한 매듭인 집과 땅이 광적(狂的)인 부동산 시장의 투기 대상이 된다.

신문은 부동산 경기의 침체를 걱정하고 사람들은 자신이 살고 있는 집과 땅을 전혀 상품적인 가치로서만 생각한다. 그것은 사람이 그것을 통하여 유구한 지구의 시간과 공간에 뿌리를 내리는 안식과 외경의 자리이기를 그친다. 소유를 위한 경쟁 속에서 땅의 광막함은 이리저리 찢기우고 장벽으로 가로막힌 학대받는 물건이 된다. 이러는 사이에 사람들은 정신의 고향을 상실하고, 세상의 아름다움과 두려움에 대한 어떠한 느낌도 상실한다. 그리고 많은 사람들은 그들을 생명과 지구, 또 그것들의 신비스러운 근원으로 연결해 주는 음식과 물과 집과 땅을 잃어버리고 방황한다. 시인은 전쟁 중에도,

청산(靑山)이 그 무릎 아래 지란(芝蘭)을 기르듯
우리는 우리 새끼들을 기를 수밖엔 없다.

라고 했지만, 이것도 옛이야기가 되어 간다.

오늘날 우리의 어린이들의 느낌의 세계는 어떤 혼란으로 이루어질 것인가? 우리가 보는 꽃과 산과 거리가 단순히 삶의 외부 조건이 아니라, 삶그 자체이고 우리 자신이라고 할 때, 우리와 우리 아이들은 찢기고 없어진공간에서 어떠한 삶을 누릴 수 있을 것인가? 우리는 꽃과 산과 땅을 소유하기를 그치고 그것들의 작은 행복과 커다란 두려움에 소유되는 것을 배워야 한다. 그것이 삶의 시작이고 전체이다.

(1977년)

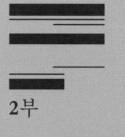

2부

시·현실·행복

시 · 현실 · 행복

1. 근대화에 대한 문학의 태도

생각은 사물을 조직화하는 방법이다. 우리는 생각을 모음으로써 이것 저것 잡다한 것들을 정리하여 모양과 갈피를 잡아 보고자 한다. 이러한 우리의 노력은 단순한 지적 욕구에 의하여 자극되는 수도 있고 현실적으로 무엇인가 해야 할 일이 있어서 그 일의 앞뒤를 가려 보기 위한 실용적인 목적을 가질 수도 있다. 그러나 어느 경우에든 궁극적으로 그것은 우리 삶의 필요에 그 근거를 갖는 것이라고 해야 할 것이다. 지적인 욕구에서 나오는 생각도 결국은 상황 이해의 일부가 되고 또 그 점에서 그 정당성을 찾는다고 할 수 있기 때문이다.

그런데 생각과 마찬가지로, 또는 그보다도 오히려 적극적으로 사물을 조직화하는 것은 행동이고 현실 자체이다. 생각이 필요한 것은 현실의 모양과 갈피를 잡기가 어려운 때이다. 따라서 현실이 좋든 나쁘든 분명한 모습으로 움직이고 있을 때에는 생각의 필요가 없어지거나 없어진 것처럼 보이거나 그럴 필요가 있다고 하더라도 활발하게 작용시키기가 어렵게 되거나 한다. 쉽게 움직이는 생각이 있다면 그것은 전체적인 움직임 가운데서의 세부적인 적응에 관한 것이다. 이것은 현실의 조직화가 한쪽으로 진행되어 갈수록 그렇다. 그리하여 그쪽으로 사태가 안정되어 감에 따라 근원적인 의미에 있어서의 사고 그 자체가 중단되거나 상실되어 버린다.

말할 것도 없이 오늘날의 우리 현실의 방향을 결정하고 그것을 강력하게 움직여 가고 있는 것은 근대화라고 불리는 거대한 변화의 힘이다. 근대화는 한편으로는 사회자원의 거의 전부가 물질 생산에 동원되고 사람의 생활도 생산 활동 속에 전폭적으로 편입되어 재구성된다는 것, 다른 한편으로 이렇게 하여 생산되는 물질의 소비가 행복한 생활의 주된 이상이 된다는 것 — 이 두 가지 면에서 특징지어진다. 우리의 생각도 이 방향으로만 몰아붙여진다. 그리하여 오늘날 문학도 이 두 가지 면에 있어서의 사회의 조직화로부터 커다란 압력을 받을 수밖에 없다.

물론 문학의 근대화에 대한 태도에는 여러 가지가 있다. 그것이 근대화 속에 긍정적으로 빨려 들어가는 경우는 불가피하게 소비적인 생활을 그리는 것으로써 그 임무를 다했다고 생각할 것이다. 한 걸음 더 나아가 그것은 소비품의 한 종목이 된다. 근대화에 대한 또 하나의 문학적 반응은 긍정과 부정을 아울러 포함한다. 이 반응은 근본적으로는 근대화를 불가피한 것으로 받아들인다. 그것은 근대화를 하나의 운명적 조건이라 여기고 개인적인 노력으로는 그것을 어떻게 할 수 없는 것이라고 생각하는 태도일 수도 있고, 달리는 근대화가 오늘날 어떤 고통을 수반하더라도 그것을 역사 발전의 불가피한 진통으로 받아들이는 태도일 수도 있다. 이 후자의 경우는 근대화가 오늘날 사람의 사회관계나 자연에 대한 관계를 어떻게 변화시키든 간에, 구극적으로는 그것이 보다 높은 수준에서 삶의 균형을 가져올 것으로 믿는 태도로 이어질 수도 있다. 그러면서도 이러한 태도들도 근대화가 강요하는 인간성의 단순화나 인간관계의 비인간화를 의식하지 않을 수 없다. 그리하여 이러한 반응들에 의하여 특징지어지는 문학은 삶의 전체적인 구도나 사회의 향방에 대해서는 불가지론적(不可知論的) 또는 허무주의적 입장을 취하고 걷잡을 수 없는 바깥세상에서 물러나 내면으로 침잠하여 밖으로의 통로가 차단되어 있는 내면의 고민을 심미적 가치로 전환, 이를 찬미한다. 단순화하여 말하면 근대 서양 문학의 대표적인 문학이 이러한 종류의 문학이었다고 할 수 있다.

앞에 말한 종류의 태도에 대하여, 근대화 속에 있으면서 근대화 자체를 보다 넓은 생각의 검토 대상이 되게 하는 입장을 생각해 볼 수 있다. 그러나 앞에서도 비쳤듯이 이러한 입장의 성립 그 자체가 어려워지는 것이 근대화의 상황이다. 다시 한 번 비유를 들어 설명하면 우리는 근대화의 버스를 타고 있다. 일단 버스를 타고 난 다음 버스를 타는 것이 옳은 것이었는가 하는 생각은 부질없는 것이고, 유일하게 건전한 질문은 이 버스 안에서 어떻게 하면 더 좋은 자리를 차지할 것인가, 여행을 보다 유쾌하게 할 것인가 하는 질문인 것처럼 보인다. 그러나 문학은 이러한 부질없는 질문을 발함으로써 근대화 전체를 고찰의 대상으로 삼을 수 있다.

따지고 보면 이러한 질문은 부질없는 것도 아니고 엉뚱한 것도 아니다. 또 그것은 주어진 현실에 밖으로부터 어떤 새로운 관점을 부과해 보는 것도 아니다. 그것은 바로 상황 자체에서 나온다. 우리는 어떻게 하여 이러한 질문이 상황 안으로부터 나오는가를 다 가려 나갈 수는 없다. 여기에서는 다만 두 가지의 질문 방식을 간단히 생각해 보고 그중에 시(詩)에 특유한 한 가지 질문 방식을 조금 길게 이야기해 보기로 한다.

2. 상황과 사고

　오늘날 일어나고 있는 산업화가 삶의 모든 영역에 강력한 압력을 가하고 있는 것은 그것이 효율성의 관점에서 모든 것을 조직화하고 있기 때문이다. 일정하게 파악된 효율성의 조직화 과정에 안 맞아 들어가는 삶의 여러 부분은 커다란 고통을 겪지 않을 수 없게 되어 있는 것이다. 효율성은 일정하게 규정된 상황의 종속 변수이다. 상황은 주어진 사실을(주어진 사실이라는 것이 있다면) 어떠한 인간적 관심 속에서 파악할 때 등장한다. 이 관심에 대응하여 주어지는 상황의 예비적인 파악에 따라서 우리는 상황 내의 복합적인 요인에 대한 고려를 시도하고 이 고려를 참고하면서 행동을 조절한다. 이때 우리의 행동은 효율적인 것이 된다. 산업화가 우리에게 요구하는 것은 이러한 과정을 포함하는 행동의 효율화이다.

　그러나 우리 행동의 조정에 있어서 제일 기본적인 것이 되는 상황의 규정은 대개 부분적이다. 경제·정치·사회 등등이 그 고유한 관점에서 우리에게 경제적·정치적·사회적 효율성을 요구한다.(그리고 문제의 하나는 경제적 상황 판단이 모든 다른 상황 판단을 대치하려는 점이다.) 그러나 이렇게 말하고 보면 부분적으로 파악된 상황은 또다시 보다 큰 상황의 일부를 이룬다는 것을 알 수 있다. 그리하여 우리는 가장 넓고 복합적인 것, 가장 높은 원리로서 정리되는 상황, 다시 말하여 효율성의 효율성, 이성의 이성, 상황의 상황을 생각해 볼 수 있다. 이러한 포괄적인 것이 무엇인가 하는 물음은 철학이나 형이상학, 그중에도 가장 부질없는 사변적 관심에 속하는 것처럼 보인다.

　그러나 처음에 말한바 상황이 인간적 관심에 대응하여 발생하는 것이라는 사실을 잊지 않는다면, 이러한 질문은 이렇게 추상적이고 사변적인 것이라고만은 할 수 없는 것이다. 즉 상황의 상황, 좀 더 평이하게 현실의 가장 효율적이고 이상적인 구성은 가장 넓고 깊은 인간적 관심, 즉 인간의 전체성, 좀 더 자세히 개인적으로는 개인의 현실과 가능성, 사회적으로는 모든 사회 성원의 총체적인 현재와 그 발전적 가능성에 대응하는 것이기 때문이다. 일단 근대화의 추진력에 의하여 조직화되고 움직여지고 있는 사회에서 어려워지는 것은 이러한 폭넓은 사고이다. 그러면서도 현실의 모든 것은 불가피하게 주어진 현실의 구조 속에 있으면서 그것을 넘어서는 움직임을 배태하는 것으로 볼 수 있다. 넓어지고 깊어지는 모든 사회적 자각, 과학적 태도, 비판적 각성과 행동, 이러한 것이 이러한 움직임의 일부를 이루는 것이다.

비판적 리얼리즘의 소설도 그러한 움직임의 일부이다. 그것은 현실 사회를 있는 대로 그리면서 그것을 넘어선다. 그것은 총체적인 관점에서 파악된 현실의 현재적이며 잠재적인 모습을 보여 준다. 그것은 반드시 현실 속에 잠겨 버리는 것이 아니면서 이에 대한 자세하고 면밀한 검토를 요구하는 것이다. 이것은 우리가 다른 지적(知的) 기율(紀律)을 통해서 경험적으로 현실의 총체를 이해하고자 할 때도 마찬가지로 수행해야 하는 작업이다. 그러나 이러한 경험적 방법만이 현실 이해와 그 초월에 이르는 유일한 방법은 아니다.(또 이러한 방법의 미학적 전개는 더 고찰되어야 할 것이다.) 현실의 상황이 사람의 관심에 대응하는 것이라면 나의 관심은 곧 보다 보편적인 관심의 일부이다. 이렇게 말하지 않더라도 우리는 평안 감사도 저 싫으면 그만이라는 속담에도 있는 바와 같은 개인적인 거부의 힘을 잘 알고 있다.

오늘날 진행되는 산업화의 구극적인 정당화는 '잘 살아 보자'는 말에 집약되는 행복의 이상이다. 그러면 우리는 과연 행복한가? 또는 나는 행복한가? 이것은 아무나 아무 데서나 물어볼 수 있는 물음이다. 따라서 이것은 우리가 손쉽게 오늘의 상황 전체에 대하여 던질 수 있는 질문이기도 하다. 그리고 이러한 물음은 곧 시(詩)가 오늘의 상황에 대하여 던질 수 있는 질문으로 생각된다. 왜냐하면 내 생각으로는 시는 행복에 깊이 관계되어 있기 때문이다.

3. 욕망과 행복

나는 혹은 우리는 행복한가? 오늘날의 사회 변화가 커다란 고통을 가져오거나 또는 전통적인 고통을 덜어 주는 데 하등의 도움을 주지 못하는 사람이나 계층에게 여기에 대한 답변이 어떠한 것일까 하는 것은 자명하다. 그러나 여기에서는 문제를 더욱 근본적으로 생각하기 위하여 사람의 행복이란 것이 과연 무엇인가 하는 문제를 잠깐 생각해 보기로 하자. 먼 옛날로부터 사람은 행복이 무엇인가를 물어 왔고 거기에 대하여 서로 다른 여러 가지의 답변을 시도하여 왔다. 그러한 문제에 대하여 간단히 해답을 줄 수는 없는 일이다. 여기서는 극히 개괄적이고 형식적으로 이 문제를 정리해 보는 도리밖에 없다.

간단히 이야기하여 행복은 욕망의 만족이라고 옮겨 생각해 볼 수 있다. 그러나 단순히 행복과 욕망의 만족을 동일시할 수는 없다. 욕망의 만족이 장기적으로 볼 때 불행을 초래할 수 있다는 것을 우리는 관찰과 체험을 통해서 잘 알고 있다. 여기에 대하여 행복은 적어도 어느 정도의 지속적인 상태를 지칭한다. 이러한 지속적인 의미의 행복을 위해서는 우리의 욕망 그것이 다른 여러 가지 욕망들과 조화되는 것이어야 하고 또 욕망의 대상 또한 그 충족 과정을 통해서 다른 여러 대상물이나 우리의 다른 욕망의 만족에 대하여 부정적인 관계를 갖지 않는 것이라야 한다. 달리 말하여, 진정한 행복을 구성하는 우리의 욕망은 우리 자신의 깊은 조화에서 나오는 것이어야 하고 욕망의 대상 또한 세계 속에 조화된 상태에 있어야 한다.

그러나 오늘날의 세계에서 우리의 어떤 욕망은 다른 욕망들과 갈등을 일으키며, 또 다른 사람의 욕망과 투쟁적인 관계 속에 있다. 그리하여 욕망의 대상 또한 그것이 만족의 대상으로 취하여지는 경우 우리는 우리 자신 및 우리 이웃들과 곧 불행한 투쟁적인 관계 속에 들어간다. 뿐만 아니라 오늘날과 같은 대중 조작의 시대에 우리의 욕망은 참으로 우리 자신의 것인가? 또 욕망의 대상은 우리 자신이 바라는 대상인가? 이러한 물음에 대하여 반드시 긍정적인 대답을 할 수가 없다면, 우리가 참으로 원하는 것은 무엇인가? 그리고 그 소원을 이루는 방법은 무엇인가? 여기에 대한 답변은 여러 가지 생물학적·심리학적·철학적 고찰을 필요로 할 것이다. 그러나 시야말로 참으로 행복한 욕망 달성의 모습을 보여 준다고 할 수 있지 않을까.

누구나 알다시피 시는 사람의 행복한 모습에 못지않게 불행의 모습을 보여 준다. 나아가 위대한 시일수록 더욱 비극적인 불행의 모습을 보여 준다고 할 수도 있다. 그러나 시인이 사람의 불행의 모습을 보여 준다면, 역설적으로 그것은 그가 누구보다도 사람의 참 행복을, 그의 진정한 욕망과 진정한 욕망의 대상을 잘 알고 있기 때문이다. 그러면서 시인은 어떤 의미에서는 언제나 행복한 존재이다. 그는 행복의 의미를, 또 그러니만큼 불행의 의미를 잘 알고 있을 뿐만 아니라 그의 시 작업을 통해서 그러한 행복의 한 원형을 체험하기 때문이다. 즉 내 생각으로는 시적 창조의 과정은 가장 원형적인 의미에 있어서 행복한 욕망과 그 충족의 과정을 보여 준다. 시인은 이 과정에서 하나의 조화의 경지를 체험하면서 동시에 세상의 행복과 불행을 가늠하게 되고, 또 이 마지막 부분의 조화가 이루어질 때까지는 그의 시적인 행복이 가상(假像)에 불과한 것임을 통감하는 것이다.

4. 시에 있어서의 욕망과 충족

시 창작의 과정에 대한 시인들의 고백을 보면, 시의 싹이 의식이나 의지로 통제하기 어려운 매우 불분명하고 막연한 충동에서 시작한다는 점에 주목하게 된다. 불행히도 서양 시인의 예를 들 수밖에 없지만 엘리엇이 고트프리트 벤(Gottfried Benn)의 증언을 들어 가면서 이야기하고 있는 것은 그 대표적인 예이다. 시적 충동은 '어떤 묵직한 창조적인 싹'으로 시작된다. 시인은 그것이 무엇을 뜻하는지 시를 완성할 때까지는 알지 못한다. '알 수 없는 충동'에 사로잡힌 시인은 "개운한 느낌을 갖기 위해서는 태어나게 하지 아니치 못할 무거움을 느낀다." 말하자면 어떤 악귀와 같은 것에 시달리고 이것이 말로 표현되었을 때에 비로소 "소진한 듯, 만족한 듯, 풀려난 듯, 말로 표현하기 어려운 종결감을 느낀다." 이에 대하여 시적 창조의 과정에 대하여 가장 면밀한 관찰을 시도하였던 발레리는 시가 다른 예술 창작이나 마찬가지로 의지 작용을 필요로 한다고 말한다. 그러나 이것은 매우 특이한 의지 작용이다. 그것은 정지 상태에의 의지이다.

모든 작품은 의지의 움직임을 필요로 한다.(우리가 의지라고 부르는 것이 아무런 작용을 하지 않는 요소가 많은 것은 사실이다.) 그러나 우리 의지, 힘의 표현이 정신 작용을 복종케 하려는 경우 그것은 단순한 정지 상태, 어떤 조건의 유지 내지 갱신에 관계할 뿐이다.

우리가 할 수 있는 것은 정신 체계의 자유에 작용하는 것이다. 우리는 이 자유의 정도를 낮출 수 있다. 이러한 자유의 제약이 가능케 하는 수정, 대치 등을 이룩함에 있어서 우리는 우리가 욕망하는 것이 나타나기를 기다릴 수 있을 뿐이다. 우리는 욕망하는 것 그것을 꼭 얻어 낼 수는 없다.

그러나 이러한 부자유에 대한 보상은 시적인 즐거움으로 돌아온다.

우리가 포기하는 자유에 대하여 작품은 우리에게 그것이 과하는 부자유의 상태를 사랑하게 하고 직접적인 앎의 기쁨을 주어 보상한다. 그리고 작품의 창조는 우리의 정력을 흡족하게 사용하고 그 정력의 사용 방식은 우리 몸의 유기적인 힘을 최대로 발휘하는 것에 비슷하다. 그리하여 이 창조의 과정에서 노력의 느낌 그 자체가 도취적인 것이 되며, 우리는 위대하게 소유되었기 때문에 우리 자신이 소유자라는 느낌을 갖는다.

발레리가 말하는 예술 창조에 있어서의 의지의 작용은 정신의 자유를 줄이는 일, 달리 말하면 의지 작용 그 자체를 줄이는 일이다. 그가 말하고 있는 것은 엘리엇이나 마찬가지로 시적 작용의 불수의성(不隨意性)이지만 엘리엇이 시적 충동, 또는 욕망의 모호성을 말한다고 한다면 발레리가 지적하는 것은 시적 충동의 대상, 시적 창조의 결과가 예기할 수 없는 것이며 의지적으로 통제할 수 없는 것이라는 점이다. 그리고 이어서 그가 지적하고 있는 것은 그러한 시적 과정이 기쁨의 근원이 되며, 이 기쁨이 육체적인 작용에 연결되어 있다는 것이다. 이 마지막 점에 대해서는 예이츠도 비슷한 이야기를 한 바 있다. 그는 시적 사고의 본질이 '육체의 사고'라고 말한다.

예술은 우리로 하여금 세상을 만지고 맛보고 듣고 보게 한다. 그것은 블레이크가 수학적 형식이라고 부른 것을 기피한다. 모든 추상적인 것, 머릿속에만 있는 것, 육체의 모든 희망, 기억, 감각에서 솟구쳐 오르는 것이 아닌 것을 예술은 기피한다.

예이츠의 '육체의 사고'는 시적 사고의 본질을 매우 적절하게 드러내 준다. 우리의 육체가 희망이나 기억이나 감각을 가지고 있다는 것은 반드시 과학적인 것이라고 할 수 없는 진술일는지 모르나, 시적 사고가 유기적인 관련을 가지고 있으며 표면적인 의식의 차원보다는 깊은 희망과 기억과 감각의 장소에서 나오는 것이라는 것은 다른 시인들의 증언과 대개 일치하는 것이다. 이러한 관련과 근원이 시적인 충동으로 하여금 피상적인 의식이나 의지의 통제를 거부하게 하는 것이다. 시인은 과거와 현재와 미래, 육체와 정신을 종합하는 어떤 지점으로부터 시의 영감이 솟구쳐 나오는 것을 기다려야 하며, 그것이 그 충족의 대상을 언어 속에서 찾아내는 것을 기다릴 수밖에 없다. 물론 이것은 의식이나 의지의 면에서는 우리가 수동적인 상태에 들어간다는 뜻이나 또 동시에 우리 자신의 능동적인 실현 이외의 것을 뜻하는 것이 아니다.

그런데 이와 같은 시적 충동과 그 충족의 과정은 바로 우리의 깊은 곳에서 우러나오는 욕망과 그 충족의 모습이 아니고 무엇이겠는가? 곧 행복의 모습이 아니겠는가? 발레리 자신이 앞에 인용한 구절들에서 또 「시학 제1과」의 다른 곳에서 시의 과정을 욕망과 그 충족의 과정이란 말로 설명하고 있는 점에 우리는 주목하게 된다. 다만 발레리 자신이 다른 곳에서 지적한 바 있듯이, 시에 있어서 욕망과 그 충족은 식욕과 먹을 것과 같은 종류의 것이며 같은 과정에서 생겨난다. 시에 있어서 욕망으로서의 인간은 스스로의 균형을 얻으며, 이 균형에서 스스로의 만족을 얻는다. 이에 대하여 현실 세계에서의 우리의 욕망은 다른 사람과 우리 밖에 있는 세계와의 관련 속에서 일어나고 또 충족된다. 그러니만큼 그것은 시의 창조 과정에서 보다는 훨씬 복잡한 과정이 될 수밖에 없다. 그러나 그것이 지나치게 복잡한 것일 수는 없다. 왜냐하면 우리가 어떤 일시적이고 피상적인 조작에 흔들리고 있지 않는 한 우리의 욕망 그것이 곧 세계의 산물이기 때문이다. 욕망이 우리 육체에 연결되어 있다는 것은 곧 육체의 진화 과정, 생명의 진화 과정, 우주 창조의 과정에 이어져 있다는 것이며, 또 우리의 깊은 곳에 감추어 가진 희망과 기억과 감각이 단순히 개인적인 것이 아니라 우리 자신과 문화 공동체의 상호 작용의 역사에서 우러나오는 것이라는 것이다.

사람이 행복의 충동에 귀 기울인다는 것은 앞에서 본 바와 같이 자신의 육체와 정신의 깊이에 대하여 우리 자신을 열어 놓는다는 것을 뜻하지만 그것은 동시에 세계에 대하여 자신을 열어 놓는다는 것을 뜻한다. 말하자면 하이데거의 말을 빌려 '사물에의 열림', '열려 있는 것에 대한 열려 있음'이 우리의 행복의 충동에 대하여 최종적인 지평이 되는 것이다.

5. 『어린 왕자』의 경우

시적 창조의 과정이 암시해 주는 행복의 의미는 세계와 인간에 대하여 우리의 관계가 어떤 것이기를 보다 구체적으로 요구하는 것일까? 여기에서 우리는 우화적으로 이러한 질문에 답할 수 있을 뿐이다.

우리나라에서 최근 몇 년 동안에 널리 읽혔고 아마 지금도 읽히고 있는 책으로 생텍쥐페리의 『어린 왕자』가 있다. 추측건대 소위 어른이 읽는 동화라고 선전되는 다른 책들과 더불어 이 책이 많이 읽히는 이유 중의 하나는 그것이 독서층의 어떤 도피적인 경향에 호소하는 바가 컸기 때문일 것이다. 이것은 유감스러운 일이다. 그러나 어떤 종류의 어른을 위한 동화의 경우도 그런 면이 있겠지만, 이 책이 우리의 마음 깊은 곳에 숨어 있는 동경과 갈망에 호소하고 또 사람과 세계에 대한 깊은 시적인 지혜를 담고 있는 것은 사실이다.

알다시피 이 책의 여러 곳에는 오늘날의 세계의 여러 병폐에 대한 부드러우면서 날카로운 비판과 또 참으로 행복한 삶이 무엇인가에 대한 암시가 보이지만, 이 책의 가장 인상적인 교훈은 '사귐'의 관계가 무엇인가에 대한 것이다. 이것은 매우 단순한 교훈이면서 사람이 다른 사람, 동물 또는 사물에 대하여 가질 수 있는 행복한 관계가 어떤 것이어야 하는가를 설득력 있게 이야기해 주는 것이다.(apprivoiser는 국내 번역에서 '길들인다'라는 말로 옮겨져 있지만, 이것이 뜻하는 상하적인 사물 관계를 피하자면, '사귄다'는 말이 무리가 있는 대로 더 나은 역어로 생각된다.)

이미 독자들이 알고 있을 이 부분을 다시 음미해 보자. 지구에 도착한 '어린 왕자'는 몇 가지 식물 또는 동물에 접하게 된다. 그중의 하나에 여우가 있다. 지구에 도착한 왕자가 느끼는 감정의 하나는 외로움인데, 친구가 될 만한 사람을 찾아 나선 왕자는 여우를 만나서 매우 반가운 마음을 갖는다. 그리하여 여우에게 같이 놀자고 한다. 그러나 여우는 이것을 거절하면서 그 이유로서 서로가 아직 마음을 허하고 사귀지 못한 사이이기 때문이라고 한다. 왕자는 '사귄다는 것, 마음을 얻는다는 것, 또는 알아준다는 것(apprivoiser)'이 무슨 뜻인가 하고 묻는다. 여우는 그것은 '관계를 맺는 것(créer des liens)'이라고 말한다. 그리고 여우는 계속 설명해서 말한다.

너는 나에게 아직은 수많은 아이들 중의 비슷한 한 아이에 불과하다. 나는 네가 꼭 필요한 것이 아니다. 너도 내가 꼭 필요한 것이 아니다. 나는 너에게 수많은 다른 여우와 다를 것이 없다. 그렇지만 네가 내 마음을 얻고 서로 사귀게 되면 우리는 서로 서로를 필요로 하게 될 것이다. 너는 나에게 세상에 둘도 없는 존재가 되고 나는 너에게 세상에 둘도 없는 존재가 된다.

여우는 다시 설명하여 말한다.

네가 나를 알아주면, 내 삶에 환한 빛이 비치는 것 같다. 나는 다른 발소리들과는 다른 발소리를 알게 된다. 다른 발소리들은 나로 하여금 땅 밑으로 숨어 버리게 한다. 그러나 너의 발소리는 마치 음악 소리라도 되는 듯 나를 굴밖으로 나오게 한다. 그리고 있지, 저기 밀밭이 보이지, 나는 빵을 먹지 않는다. 밀은 나에게 아무 소용이 없다. 밀밭으로 하여 연상되는 것은 아무것도 없다. 이것은 서글픈 일이다. 그러나 너는 금빛 머리를 가지고 있지. 그런데 네가 내 마음을 얻고 난 다음이라면, 그건 참 좋은 것으로 생각될 것이다. 금빛의 밀은 너를 생각나게 할 것이고, 또 나는 밀 사이로 부는 바람을 사랑하게 될 것이다…….

이렇게 우리가 익숙하게 사귀어 알게 되는 세계는 그렇지 못한 세계에 비하여 매우 아름답고 의미 있는 세계가 된다. 이러한 사귐의 관계는 어떻게 하여 맺어지는가?

생텍쥐페리의 여우에 의하면 그러한 관계가 이루어지려면 시간, 예의, 배려, 책임감 등이 있어야 한다. 유머러스하게 표현된 여우의 처방대로 왕자가 여우와 사귀려면 우선 왕자는 너무 가까이 오지 말고 멀리에 앉아야, 그것도(말이란 오해의 근원이 되는 까닭에) 말없이 앉아야 된다. 그러한 말없는 앉음은 매일매일 조금씩 두 사람 사이의 간격을 좁혀 갈 수 있게 한다. 이런 시간을 통한 무르익음이 사귐의 조건이다. 또 여우는 이런 과정에는 일정한 의식(儀式)이 있어야 한다고 한다. 의식은 말하자면 시간에 형체와 리듬을 주는 한 방법이라고 할 수 있는데, 그것은 비슷비슷한, 따라서 하등의 독특한 의미를 가질 수 없는 시간에 의미를 준다는 점에서도 중요하지만 여우가 말하듯이 이것도 우리 마음이 행복하게 되는 데는 익숙해질 수 있는 시간적인 무르익음이 필요한 때문이다. 또 어린 왕자가 여우와의 대화에서 배우는 것은 '사귐'의 관계에는 돌봐 주고 생각하고 하는 배려와 노동이 필요하다는 점이다. 그가 그의 별의 어떤 장미를 유독 사랑하는 것은 그 장미를 위하여 물을 주고 해와 바람을 적당히 가려 주고 벌레를 잡아 주고 또 그 하소연과 자랑하는 말을 들어 주고 또 그 침묵하는 것을 들었기 때문이라는 것을 그는 깨닫는다. 또 나아가 그는 이것을 사랑할 뿐만 아니라 그것에 대하여 책임을 져야 한다는 것을 배운다.

6. 시적 창조와 행복

생텍쥐페리가 여우의 입을 통하여, 또 어린 왕자의 깨달음을 통하여 말하고 있는 사귐의 이치는 우리 누구나 쉽게 수긍하고 알아볼 수 있는 이치이다. 우리는 누구나 개인적인 체험을 통해서 사귐의 관계를 체험하고 있기 때문이다. 적어도 우리는 갓난아이로서 어머니와의 관계에서 이를 흡수하였고 어릴 때에 주변의 사물과의 관계에서 이러한 사귐의 관계를 배우게 된다. 그리하여 우리는 이때의 체험을 우리의 모든 체험의 원형으로 삼는다.

시인들이 그들의 창작 과정에서 체험하는 것도 바로 이러한 것이 아닐까? 물론 앞에 들었던 시인들의 기록은 생텍쥐페리의 순진한 행복에 비하여 밀폐되고 어두운 것이라는 인상을 준다. 그것이 현대의 고통스러운 상황 속에 있는 시인들의 기록이며 또 성인들의 체험을 말하는 것인 한, 이러한 차이는 당연한 것일 것이다. 이러한 어둠과 기쁨은 그것이 보다 성숙하고 현실적인 인간의 것이라는 것을 말하여 주기도 하지만 또 동시에 내면에 한정되어 있는 행복의 과정이 반드시 가장 바람직한 행복의 과정이 아니라는 것을 경고하여 주기도 한다. 하여튼 『어린 왕자』의 교훈과 시인들의 창작 과정에 대한 반성을 일일이 분석 비교할 수는 없지만, 적어도 여우가 이야기하는 사귐의 과정이 시적인 것임에는 주목할 수 있다.

사귐의 관계에 필수적이라고 하는 것들은 바로 시적인 욕망의 특징을 이루는 것이다. 앞에서 우리는 시의 충동이 표면적인 의지나 의식 작용을 넘어서는 것이며 그 발전과 전개는 수동적으로 기다려져야 하는 것임을 말하였다. 이것은 여우가 지적하는 시간의 성숙 과정에 대응한다. 사귐에 예절이 필요하듯이 시에는 기율이 필요하다. 발레리가 '의지의 정지를 뜻하는 의지'를 이야기하고 하이데거가 '사물에의 열림'을 말하면서 '뜻하지 않으려는 뜻함'을 이야기할 때도, 시와 명상에 있어서의 가장 기본적인 절제를 말하고 있는 것이다. 사귐에 있어서 돌봐 줌과 노동이 필요하다는 것은 그것이 어떤 정서적·이론적 관계가 아니라 실제적인 관계임을 뜻하는 것일 것이다. 실제적인 것은 세계 속에 존재하는 육체에 의하여 매개될 수 있을 뿐이다. 시인이 '육체의 사고'를 말하는 것도 시 그것이 곧 현실 속에서의 실제적인 작용은 아닐망정, 실제적인 이성, 감성, 감각 등에 긴밀히 이어져 있다는 것을 지적하는 것이라 할 것이다.

여우는 어린 왕자의 머리칼 빛을 통하여 밀밭의 밀을 친근하게 느낄 수 있으리라고 말한다. 이것은 시에 있어서의 비유의 의미를 가장 쉽게 설명하고 있는 것이다. 시는 비유를 그 언어로 한다. 시는 비유로써 세계를 창조하거나 개조하려고 한다. 그렇게 하여 시는 세계를 사귈 수 있는 곳이 되게 한다. 또 주목할 것은 비유는 감각 없이는 존재할 수 없다는 점이다. 즉 비유는 육체의 언어인 것이다.

우리는 시적 창조 과정이 어떻게 우리의 행복의 한 모습을 암시해 주는가, 또 그러한 암시가 어떻게 다른 사람과 사물과 세계에 대한 우리의 관계에 적용될 수 있는가를 생각해 보았다. 그 결과 시가 드러내 주는 행복이야말로 가장 완전한 행복이라는 인상을 받았다. 그러나 우리는 그 인상이 깊은 의미를 가진 것임을 앎과 동시에 시적인 행복의 허망함을 또 생각하여야 한다. 왜냐하면 시가 말해 주는 것은 바로 의식의 조작, 두뇌 속의 환상만으로 사람이 행복할 수 없다는 사실이기 때문이다. 시의 과정이 전해 주는 최후의 지혜는 시적 사고를 둘러싸고 있는 육체와 무의식과 세계의 지평에 대한 것이다. 이 지혜의 관점에서 다시 살펴볼 때, 우리가 오늘날 살고 있는 세계는 어떠한 모습을 보여 주는가? 시인은 이 세계에 조화가 있기 전에는 참다운 시적 조화가 있을 수 없으며, 더구나 '어린 왕자'의 세계는 있을 수 없는 것임을 안다.(생텍쥐페리는 시적인 관계가 곧 현실 세계에 성립할 수 있는 양 이야기하였다는 점에서도 내면의 시적인 과정만을 이야기한 엘리엇이나 발레리보다 적어도 『어린 왕자』에서는 덜 성숙한 작가이다.)

시인은 행복한 세계를 현실이라고 하는 대신 그의 행복의 직관을 불행한 세계에 대한 물음이 되게 할 수밖에 없다. 그리고 처음에 이야기하였던 보다 실증적인 질문의 방식을 아울러 배우며, 또 그러한 질문에 이어지는 실천의 세계에 몸을 던질 수밖에 없다. 이것이 시인이 자신의 행복을 되찾고 스스로를 되찾는 길이다. 그 스스로를 되찾는 길이란 말은 그가 가지고 있는 깊은 욕망, 그가 찾고 있는 욕망의 대상, 그가 그리는 행복의 영상 자체가 인간 생존의 오랜 지층에 뿌리를 내리고 있는 것이면서 또한 그가 거기에 대하여 물음을 던지는 불행한 세계의 창조물이기 때문이다. 이러한 시인의 행복과 불행에 대한 직관을 오늘의 산업화 현상에 적용시켜 볼 때, 우리는 참으로 행복해져 간다고 할 것인가, 아니면 불행해져 간다고 할 것인가? 여기에 대한 답변이 간단할 수는 없지만 우리의 사물과 이웃에 대한 관계가 우리의 근원적 행복 의식에 관계없이 크게 난폭해져 가고 있음은 틀림없는 일이다.

(1978년)

시의 상황

최인훈(崔仁勳) 씨의『소설가 구보씨의 일일』은 예술에 관한 많은 흥미 있는 관찰을 담고 있다. 이 소설의 한 군데에서 주인공 구보씨는 단테의 『신곡』을 읽고 있는데, 구보씨는 자기가 읽기에는『신곡』의 본문보다도 그 주(註)가 더 재미있다는 말을 하고 있다.

…… 이 작품을 읽으면서 더 재미난 것은 수없이 달린 주(註) 부분이었다. 소설가인 구보씨는 이 주 부분을 소설로서 읽고 정작 시행(詩行)은 그 소설의 난외주기(欄外註記)로 읽는 구보씨에게 작품의 주는 언 발에 오줌 누기요, 단 쇠에 물 치기였다. 더 많은 주가 필요한 것이었다. 이 작품에서 단테가 취급한 모든 인물에 대한 인생 주기(人生註記)가 필요한 것이었다. 그러나 이만 한 주 라 할지라도 그 나름대로도 또 씹는 맛이 있다. 주에 나오는 사람들의 인생은 여기저기 겹치고 있으므로, 그들 사이에도 수없는 이야기를 만들고 있는 것 이었다. 그렇게 되면 작품의 부피는 이탈리아만 해지고 우주만 해지는 것이 었다. 소설이란 서사시의 난외주기가 발전한 것이다라는 견해에 구보씨는 이

르게 되는 것이었다. 시행 그 자체는 이 난외주기를 읽기 위한 색인(索引)에 해당한다. 어느 사람이 한 줄의 시에 목이 메고, 한 줄의 시에 발이 걸리겠는 가. 삶, ──그것만이 사람을 그렇게 하는 것이다.

구보씨의 말대로 『신곡』에서 그 원문보다 주석이 재미있다는 것은 있을 수 있는 생각이다. 그러나 구보씨의 논리대로 이야기하여, 단테는 참으로 인생의 진수가 되는 것들은 다 놓쳐 버리고 '언 발에 오줌 누기' 같은 주석보다 못한 시의 원문에 만족한 것일까? 구보씨가 단테의 시보다 그 주를 재미있게 본 것은, 그의 호사 취미(好事趣味)에 기인한다고 할 수 있지만, 그것보다 그것은, 그가 기대하는 종류의 삶의 진실을 단테에서 찾지 못하는 때문이라고 보는 것이 타당한 것일 것이다. 그러나 비록 구보씨가 단테에서 삶의 극히 작은 부분밖에 발견하지 못한다고 할망정, 우리가 흔히 듣는 바, 단테야말로 당대의 삶을 가장 포괄적으로 표현한 시인이며, 유럽의 전문학사를 통하여 그의 시 가운데 삶의 집대성을 이룩한 시인으로 단테를 따를 사람을 달리 찾기 어렵다는 평가를 어떻게 할 것인가? 우리가 구보씨에도 일리가 있음을 인정하고 단테에도 그가 마땅히 차지하고 있는 폭과 깊이를 인정할 때, 우리는 삶에 대한 느낌 자체에 두 가지가 있을 수 있으며 이 두 가지는 단테의 시와 오늘날의 소설가와의 사이에 존재하는 거리로서 설명되어야 할 것이라는 점을 생각하지 않을 수 없다. 이것은 구보씨 자신이 인정하고 있다. 그에게는 『신곡』의 원문이 난외주기로 보이지만, 그의 이러한 관점이 소설가의 관점이라고 할 때, 이 관점을 성립케 하는 소설은 서사시의 난외주기로부터 발달한 것이라고 그는 말하고 있는 것이다.

그러니까 구보씨와 단테의 문학관의 차이는 어떤 것이 삶의 핵심을 이룬다고 보느냐 하는 관점에 있어서의 차이이다. 구보씨에게 인생은 개개의 인간의 일생에 일어나는 여러 가지 세부적인 사건들을 모두 알기 전에는 만족스럽게 파악될 수 없는 것이다. 그러나 단테에게는 이러한 일은 신변 잡사(身邊雜事)에 속하는 일이며, 별로 중요치 않는 번설지사(煩屑之事)로서 인생의 참모습은 이러한 일을 사상(捨象)하고서도 얼마든지 파악될 수 있는 것이다. 그의 관점에서 볼 때, 우발적인 것, 특수한 것, 일상적인 것의 혼란을 꿰뚫고 고양된 의미 속에 통합될 수 있는 본질적인 것을 제시하는 일이야말로 『신곡』의 존재 이유인 것이다. 단테는 삶을 그 본질적인 의미로부터 파악하려는 노력에 있어서, 신학적 세계관으로부터 큰 도움을 받았다. 단테와 구보씨의 대조는 신학적 관점과 세속적 관점의 대조이다. 그러나 이것은 이미 앞에서 암시된 대로 삶에 대한 시적인 접근과 산문적인 접근의 대조라고 할 수도 있다. 어떤 경우에 있어서나 시는 압축을 중시하게 마련이고 이것은 삶이 본질적인 면으로부터 바르게 파악될 수 있다는 것을 전제로 한다. 여기에 대하여 소설은 보다 넓게 있는 대로의 삶을 조감(鳥瞰)하고자 한다. 사실 따지고 볼 때 본질에 대한 추구가 없는 문학은 상상할 수 없는 까닭에 소설의 이러한 추구는 말하자면 중심에서 주변으로 나아가는 것이라기보다는 주변에서 중심으로 나아감으로써, 다시말하여 경험적인 사실들의 총화를 통해서 삶의 핵심을 암시하고자 한다고 말하는 것이 더 타당할는지도 모른다.

지금까지 도식적으로 생각해 본 단테와 구보씨의 대조 또는 시와 소설의 대조가 단순히 서로 다른 작가적 기질, 관념 또는 장르상의 대조가 아님은 말할 필요도 없다. 이러한 대조는 이미 시사되었듯이 시대의 변화에서 발생하는 것이다. 단테가 성립하는 것은 그의 시대와의 연관 속에서이고 발자크나 제임스 조이스 또는 구보씨가 성립하는 것은 단테를 불가능하게 하고 이러한 사실주의적 문학 양식을 대표적인 것이 되게 하는 시대와의 관련 속에서이다. 단테의 경우, 그의 시의 건축적인 통일성과 내용적인 압축은 13세기 유럽 문화의 통일성으로 인하여 가능한 것이었다.(역사가 헨리 애덤스(Henry Adams)는 유럽 문화가 가장 완전한 통일성을 이룩한 시기로서 13세기를 손꼽은 바 있다.) 소설의 대두는 이언 와트(Ian Watt)와 같은 소설사가(小說史家)가 이야기하는 바와 같이 중세의 통일적 세계가 다원적인 경험에 의하여 대체된 것과 병행한다. 삶이 일일이 경험적으로 검증되는 사실의 총화로서만 의미를 갖는 것이 된 것과 방대한 사실적 기록에 육박하는 소설로써 삶의 모습을 재현하고자 하는 요구가 일어난 것과 서로 연결된 현상이라는 말이다.

이러한 변화를 문화적으로 반드시 후퇴라고도 전진이라고도 일방적으로 이야기하기는 어렵다. 비록 13세기 유럽이 문화적으로 거의 완벽한 조화를 이루었다고 할는지는 모르지만 그때의 문화적 통일이 진정한 의미에서 삶의 전체를 나타냈다고 말할 수는 없다. 중세적 세계에서의 삶의 통일성은 다분한 경험의 많은 부분을 사상(捨象)할 것을 요구하였다. 중세 유럽에서 의미 있는 삶의 부분은 정신적으로는 종교적 세계관의 도식 속에 편입될 수 있는 것이었다. 이러한 삶의 질서는 보다 실제적인 면에서는, 대개의 전통 사회에서 그러하듯이, 사회적 의식(儀式)의 공공(公共) 광장(廣場)에서 용인될 수 있는 것만이 의미 있는 삶의 부분이 되게 하고 개인의 일상적인 삶의 많은 부분으로 하여금 사생활의 영역 속에 감추어지게 하였다. 또 이에 따라 사회 내에서도 공적인 의식에서 제외된, 생물학적인 삶의 일상적인 유지에 종사하는 모든 사람들은 경멸의 대상이 되어야 했다. 중세 문화의 후퇴와 함께 해체되기 시작한 이러한 삶의 상징적·계층적 집중화는 세속적인 삶과 세속적인 삶의 일상성(日常性)을 중시한 중산 계급의 사회적·문화적 진출과 함께, 완전히 사라지지 않을 수 없다. 단테의 시가 13세기의 통일을 표현하였다면, 부르주아 시대의 대표적 문학 장르인 소설이 나타낸 것은 이러한 통일의 쇠퇴였다. 물론 소설은 동시에 쇠퇴의 표현이라기보다는 새로이 발흥하는 에너지의 표현이라고 보아야 마땅하다. 소설은 보다 폭넓은 삶의 전체를 포용하는 새로운 통일성을 추구하고자 하였다. 물론 그것이 참으로 삶의 전체적이고 통일된 표현이 되는 데 성공하였느냐 하는 데에는 의문의 여지가 있다고 할 수밖에 없다. 그러나 여기에서 우리가 문제 삼으려는 것은 소설의 운명이 아니고 시의 운명이고 문화적 통일이 없는 세계에서의 시의 운명은 매우 어려운 것이 될 수밖에 없다는 점이다.

지금까지의 이야기는 극히 간단한 도식으로서 시와 소설의 운명에 대한 서양의 사정을 생각해 본 것이다. 이것이 반드시 역사적으로 정확한 기술이라고 할 수도 없고 또 반드시 정치(精緻)하게 정리된 이상형(理想型)의 추출이라고 할 수는 없겠지만 이러한 간단한 도식화는 우리의 시가 처해 있는 사정을 생각하는 데에도 하나의 유추(類推)를 제공해 준다. 우리의 경우에 있어서도 유교적 세계로부터 문화의 혼란을 특징으로 하는 현대에로의 이행은 통일성에서 다원성에로의 이행이라는 점에서 유럽의 경험에 유사한 예가 있는 것으로 보이기 때문이다. 그리고 시가 삶에 대한 통일적·집중적 접근을 특징으로 한다고 할 때, 이러한 문화적 변화가 시의 운명에 큰 관계를 가지리라는 것은 충분히 짐작할 수 있는 것이다.

통일된 문화의 해체가 시의 설 자리를 좁힌다는 것은 앞에서 이미 시사했지만 그렇다고 해서 시가 없어진 것은 아니다. 그렇다면, 산문의 시대에 있어서 시는 어떤 변화를 거치고 어떤 문제에 부딪치게 되는가? 문화의 통일성의 표현으로서의 시가 공적인 시, 서사적인 시라고 한다면 서정시는 새로운 시대에 있어서의 시의 모습이라고 말할 수 있다. 서정시는 주로 감정을 표현하는 시이고 또 이때에 감정은 대개 사사로운 감정이다. 그런데 감정이란 무엇인가? 현상학자들은 인간 의식(意識)을 대상을 향해 가는 지향성(志向性)이라고 정의하지만, 감정도 지향성의 한 형태라고 말할 수 있다. 사람이 갖는 외계(外界)와의 관계에서 감정은 가치 있는 대상에 의하여 촉발되고, 가치 있는 대상의 인지(認知)는 세계가 사람의 생존과의 관계 속에 파악됨으로써 일어난다. 다시 말하여 여기에 전제되어 있는 것은 세계가 창조적 삶의 구현의 터전으로서 생각된다는 것이다. 그러나 통일된 문화가 상실된 곳에서 감정은 매우 기이한 운명에 처하게 된다. 즉 그것은 대상을 상실하게 된다고 할 수 있다. 문화는 주어진 세계를 인간의 욕구와 소망에 따라 변형한 결과 발생한다. 문화가 상실되었다는 것은 세계가 삶의 의지의 대응물이기를 그쳤다는 것을 뜻한다. 감정을 지향성이라고 할 때, 그 자체로는 순전한 가능성에 불과하다. 그것은 대상에 의하여서만 완성되고 또 그것에 의하여 표현된다. 이때의 대상은 단순히 개인적인 것이라기보다는 사회적으로 규정되고 생성되는 것이기 때문에 여러 가지 문화양식·의식(儀式)과 언어를 통하여 스스로를 실현한다. 이럴 때, 그것은 거의 감정이기를 그치고 세계 속에 있는 인간의 생존을 실천적으로 표현하고 또 나아가 세계를 이루는 창조적 힘이 된다. 통일된 문화가 상실된다는 것은 감정이 순전한 가능성의 상태, 순전한 감정의 상태로 돌아가고 또 공동의 세계에서 절단된 것인 만큼 사사로운 것이 된다는 것을 의미한다. 서정시가 표현하는 감정은 이러한 주관적인 감정의 상태에 머물러 있는 감정이라고 생각해 볼 수 있는 것이다.

이렇게 말하면, 역사적으로 서정시가 늘 존재해 왔다는 사실을 무시하고 마치 그것이 세속화된 세계에서 비로소 성립한 것인 양 이야기한다고 비난할 사람이 있을는지 모르나, 내가 여기서 주장하고자 하는 것은 바로 그렇다는 것이다. 가령 페트라르카의 소네트에 표현된 사랑에서 우리는 단순한 사랑의 감정의 표현을 느끼기보다는 사변(思辨)의 끈질김과 기사도의 귀족적 사랑과 르네상스 예술에 퍼져 나간 어떤 창조력의 결정을 느낀다. 그러나 낭만주의 시대의 시, 가령 셸리 연가(戀歌)에서 느끼는 것은 그러한 문화적 창조력에서 떨어져 있는 주관적인 감정 그 자체이다. 이러한 느낌의 차이는 가령 우리나라의 시조와 현대 시 사이에도 발견할 수 있는 것이다.

감정을 그대로 표현하는 것이 서정시의 특징이라고 하면, 이 감정은 어떻게 표현될 수 있는가? 여기에서 이러한 질문을 발해 보는 것은, 앞에서 이미 감정의 표현은 세계 속에서의 객체화를 통하여 가능하다고 시사한 바 있기 때문이다. 적절한 감정의 표현은 실천과 창조가 허용되고 적어도 공적 의식(儀式)의 매개가 있기 전에는 불가능하다. 이것이 없는 곳에서 시인은 전통적 감정의 의식(儀式)을 빌려 쓰거나 새로운 모험을 계획해 보는 수밖에 없다. 묵은 감정 의식(儀式)의 차용(借用)은 시의 현실감을 감소시킬 수밖에 없다. 19세기와 20세기에 페트라르카풍의 연가가 얼마나 쓰일 수 있을까? 이미 자주 지적되어 온 바와 같이 우리 현실 속에서, 음풍영월(吟風詠月)의 시가 실감을 가질 수 없음은 말할 것도 없다. 오늘날 어떤 시인이 윤선도(尹善道)의 「오우가(五友歌)」 쓸 수 있을 것인가?(아직도 이러한 것을 쓰는 사람이 없다는 것은 아니지만) 인의예지(仁義禮智)를 현대 시 속에 담을 수 있는 사람이 있을까? 김소월(金素月)이 그 뛰어난 시적 업적에도 불구하고 오늘날의 감수성에 역겹게 느껴지는 경우가 있는 것도 부정할 수 없을 것이다. 또는 모든 인간적 감정 가운데 가장 근원적으로 보이는 어머니에 대한 사랑을 생각해 보자. 이것은 우리 현대 시에서 자주 나타나는 주제이지만 이 감정의 문제는 전통적 감정 의식의 문제가 단순히 피상적인 의미에서 전통주의냐 진보주의냐를 넘어서는 것이라는 것을 생각게 해 준다. 이렇게 말하는 것은 가령 오늘날 우리 시단의 유능한 현실 참여파 시인의 한 사람이 사회적 상황의 무자비성과 어머니의 사랑의 절실함을 대조하며

오랜만에 하나뿐인 아들을 만나도

하는 말로써 사랑의 감격을 표현할 때, 우리는 그 사랑을 그대로 하나의 절
대적인 현실로서 받아들이기가 어려운 것이다. 우리는 이런 경우에도 사랑
의 절실함은 희생과 억압의 기능이며 일반적 사랑의 사회에서 그것은 보다
덜 절실하고 덜 절박한 것이 되리라는 반성을 하지 않을 수 없는 것이다.

그러나 모든 관습적인 감정의 의식과 결별하고 새로운 표현의 모험에
뛰어드는 것은 시에 있어서는 비이성(非理性)의 혼란을 무릅쓰는 것이고,
삶에 있어서는 전위적(前衛的)인 시인들의 생애가 보여 주듯이, 생활과 정
신의 도착을 경험하는 것이다. 이것은 한쪽으로는 허무와 퇴폐 속에 잠겨
버리는 길일 수도 있지만 또 다른 한편으로는 통일과 조화의 세계의 회복
을 위한 새로운 한 발자국일 수도 있다. 시인은 그 고통을 통하여 이미 있
는 사실의 세계와 그것이 표방하는 감정의 의식 사이에 괴리가 있음을 이
야기하고 결국 인간과 진실이라는 관점에서 오늘의 세계가 부재(不在)의
세계에 불과한 것임을 증언하고 다른 한편으로는 사람의 창조적 충동의
자기실현을 가능하게 해 주는 새로운 문화, 새로운 세계를 위하여 나아간
다. 그러나 우리가 지적해야 할 것은 미래의 긍정을 위한 작업이 단순히 추
상적이고 구호적인 것일 수는 없다는 것이다. 시는 어디까지나 현실이며
계획일 수 없기 때문이다. 그것은 생명 충동의 실현이 생명의 계획으로 대
체될 수 없는 것과 같다. 다시 이것은 목마름이 그것의 해결을 위한 계획으
로 해소될 수 없는 것과 같은 것이라 할 수도 있다. 따라서 외부화되지 못
하는 주관적 감정의 세계에 있어서 직접적으로 주어지는 것은 끊임없는
좌절의 고통이며, 긍정적인 세계는 고통의 그림자처럼 암시되는 행복에
대한 갈망과 예감으로 나타날 뿐이다.

물론 이렇게 말하는 것은 어두운 시대에 있어서의 서정적 감정의 이상

형을 이야기한 것이고 실제에 있어서 사람의 삶이 완전히 어두울 수는 없다. 그리고 적어도 미래를 위한 하나의 투영으로서 있을 수 있는 삶을 전혀 생각해 볼 수 없는 것은 아니다. 아무리 사람과 사람의 관계가 불투명한 것이 된다 하더라도 사랑은 이루어지며, 사람은 서로 믿고 살게 마련이다. 인간의 횡포가 자연을 완전히 끝없는 정복과 착취의 대상이 되게 하였다고 하더라도 계절은 바뀌고 초목은 성장한다. 시인은 비록 전체적인 상황의 어둠을 잊지 않으면서도 예나 마찬가지로 이러한 것을 노래할 것이다. 그러는 가운데 새로운 삶의 통일성을 계획할 것이다. 이 통일성은 기독교이든 유교이든 삶의 일부를 사상(捨象)하고 억압하는 데에서 이루어지는 통일성은 아닐 것이다. 그것은 서정시의 내면의 혼란을 통하여 얻어진 보다 깊은 자아의식을 포함하고, 무엇보다도 오늘의 혼란의 원인이 되는 인간관계의 비인간화를 유념하고 시대의 혼란 속에서 사라져 버린 인간과 자연의 신비스러운 공존에 관한 깊은 지혜를 담고 있는 것일 것이다. 이러한 새로운 시가 반드시 서사시가 될는지는 모르지만 적어도 서사시적 투명성을 가진 것이 되리라는 것은 희망해 볼 수 있다. 거기에서 사람의 모습은 무엇보다도 바깥세상 가운데 스스로를 창조해 가는 모습으로 나타날 것이다.

시의 언어 또한 여기에 알맞은 것이 될 것이다. 그것은 너무 사사롭고 감정적인 것도 아니며 그렇다고 정치적 구호나 연설처럼 비인간적이고 기계적인 것도 아닐 것이다. 그것은 우리들 모두를 한데 이어 줄 만큼 투명하고 공적인 것이면서 또 삶의 새로움을 숨겨 둘 수 있을 만큼 그림자를 지닌 것일 것이다. 인간은 그 오랜 진화의 과정에서 유전과 본능만을 생존의 수단으로 삼는 다른 동물과 결별하고 상징의 조작, 문화의 지침에 의하여 삶의 확대(擴大)를 기하는 진화의 길을 선택하였다. 새로운 삶의 통일과 전체를 구현하는 시의 언어는 사람의 오랜 지질학적·생물학적·역사적·개인적 성장의 총체를 가장 포괄적으로 수용하며 그것을 최대로 향수할 수 있게 하는 것일 것이다. 본래적으로 시는 단순히 장식적인 것이 아니고 인간의 진화론적 운명의 일부에 참가하는 정신 작용인 것이다.

(1977년)

예술과 초월적 차원

1

옛날의 초상화는 우리에게 기묘한 우수를 느끼게 한다. 우리를 마주 보고 있는 초상화의 주인공은 이미 옛날에 죽었다. 그리고 그들의 육신의 유해마저 이미 옛날에 대부분 썩어서 흙으로 돌아간 것일 것이다. 또 초상화 속에 배열되어 있는 상징적이거나 장식적인 물건들도 이제는 흩어져 폐품이 되었거나 아주 사라졌거나 기껏해야 고물상의 손을 전전하거나 박물관이라는 무시간의 공간 속으로 들어갔거나 했을 것이다. 이러한 죽음과 패산(敗散)의 운명은 수백 년의 이쪽에서 시간의 무화 작용(無化作用)을 생각하는 관람자의 마음에서만 일어나는 감상(感傷)이 아니다. 그것은 초상화 속에 이미 암시되어 있다. 물론 그림 자체가 초상화의 주인공과 물건과 실내 공간에 닥쳐올 죽음의 운명을 어떤 적극적인 의미에서 보여 주는 것은 아니다. 오히려 이것이 드러나는 것은 마치 죽음과 시간을 초월하여 존재하는 듯한 삶의 긴장된 모습에서이다. 초상화의 인물들은 대개 일정한 자세 — 대개는 의젓하고 위엄 있는 포즈를 취하고 있다. 그들은 성장(盛裝)을 하고 엄숙하게 가라앉은 얼굴로 정면을 똑바로 노려보거나 또는 옆얼굴의 엄숙한 굴곡을 보여 주며 비스듬히 한쪽을 바라본다. 그들의 복장은 단정하게 그러나 너무 딱딱하지 않게 펼쳐지고 주변과 배경에는 이러한 자세에 알맞은 뚜렷하면서 너무 요란하지 않은 물건들이 배치되고 그들이 그 복판에 앉아 있는 공간은 단정한 원근법으로 그들을 받들어 올리면서 뒤로 물러간다. 또 어떤 경우 실내 공간의 저편으로, 반드시 사실적이라고 할 수 없는 하늘과 땅의 모든 공간이 이어진다. 이러한 모든 것은 초상화의 주인공의 지위와 위엄을 드러내도록 계획되어 있다. 그러나 초상화가 보여 주는 조화된 공간, 또 그 속에 의젓하게 자리 잡은 주인공의 모습은 그것이 저절로 주어진 것이 아니라 그렇게 구성된 것이라는 것을 우리에게 느끼게 한다. 그러한 구성된 조화는 우리의 일상적 체험에서 쉽게 발견되는 것이 아니다. 주인공의 어깨너머로 펼쳐지는 하늘과 땅의 한량없는 공간이 얼마나 오래 이 초상화의 주인공만을 떠받들고 있는 조화의 공간일 수 있을 것인가? 그는 그 공간으로 하여금 참으로 얼마만한 시간 동안 스스로의 아름다움을 돋보이게 할 배경의 위치에 머물게 할 수 있을까? 태어나면서부터 물려받은 권리로서, 본래부터 있었던 것처럼 있는 실내며, 거기에 자연스럽게 배치되어 있는 가구와 물건들은 얼마나 많은 개인적인 또 집단적인 노력에 의하여 떠받들어져 있는가? 엄숙한 자세의 주인공은 늘 그러한 자세로 엄숙함과 위엄을 유지할 수 있는 것일까? 조금 부자연스럽게 긴장되어 있는 얼굴의 표정과 눈에 서린 명상적 우수(憂愁)는 이미 그의 이러한 자세가 계획과 구성의 결정임을 드러내 주는 것이 아닌가? 초상화의 모든 것은 그 영원성, 그 위엄, 또 아름다움에도 불구하고 그것이 덧없는 시간 속에 사람의 노력이 결정시킨 최선의 순간일 뿐이라는 것을 느끼게 하는 것이다. 사람의 힘과 위엄이 아무리 크다고 하더라도 하늘과 땅은 하나의 개인을 위하여 오랫동안 다소곳이 있을 수 없다. 초상화의 주인 공이 과시하고 있는 위엄은 수많은 일상적 순간의 속됨과 낭비와 무정형 (無定形)에 대한 한때의 승리를 나타내고 있음에 불과하다. 초상화 ── 잘된 초상화는 소모적인 삶의 표류 가운데 이룩되는 한 순간, 한 초월의 순간을 포착한다. 또는 더 정확히 이 초월에의 노력을 포착한다. 왜냐하면 그러한 순간은 삶의 무너짐에 대한 끊임없는 투쟁으로서만 나타나기 때문이다.

예술 작품이 우리에게 주는 감동의 근본에는 이러한 초월에의 의지가 있다. 예술은 단순히 있는 것을 그리면서도 그 있는 것을 넘어서는 어떤 것을 암시하려고 한다. 예술의 기쁨은 있는 것을 확인하는 '알아봄의 기쁨' 못지않게 있는 것을 넘어설 수 있는 힘에 대한 공감을 불러일으키는 데에서 온다. 초상화의 예술적 효과도, 앞에서 이야기하였듯이 이러한 점에 관계되어 있다. 초월적 의지가 가장 두드러지게 작용하는 것은 비극에 있어서이다. 오이디푸스의 비극은 그가 자신의 존재를 좁은 행복보다는 진실의 평면 위에서 영위하고자 하였던 때문에 일어난 그 범상한 생존을 넘어서려는 그의 결심은 그의 생애를 비참한 것이게 하면서 또 위대한 것이게 한다. 연극 「오이디푸스 왕」의 감동은 이러한 생애의 위대성을 깨우치는 데에서 온다. 초월적인 요소는 이러한 큰 스케일의 예술 작품뿐만 아니라 예술의 가장 작은 표현에도 들어 있는 것이라고 말할 수 있다. 모든 예술은 초월의 방법이다. 그것은 범속한 인간의 생존이 던져져 있는 좁은 테두리를 넘어서려는 데에서 그 출발을 갖는 것이다.

2

초월의 계기는 별로 위대하다고 할 수 없는 몇 줄의 시에서나 또는 한 시의 뒤에 있는 넓은 생각의 지평에서도 발견할 수 있다. 가령 너무도 잘 알려져 이제는 시적인 감흥마저도 사라진 김소월의 「진달래꽃」을 보자.

> 나 보기가 역겨워
> 가실 때에는
> 말 없이 고히 보내드리우리다

라고 시인이 말할 때, 또 마지막 연에서

> 나 보기가 역겨워
> 가실 때에는
> 죽어도 아니 눈물 흘리우리다

라고 말할 때, 여기에는 상실의 슬픔을 넘어서려는 시인의 의지가 표현되어 있다. 사실상 아무리 진부한 이별의 슬픔도 그것을 극복하려는 의지와의 긴장 없이 표현되는 수는 아주 드물다. 낭만적인 시인들이 애인의 아름다움을 말하고 그들의 사랑의 영원함을 말할 때, 가령 셰익스피어가 그의 소네트에서,

> 아름다운 그대를 여름날에 비하랴.
> 그대는 더욱 아름답고 온화한 것을.
> 오월의 새 잎은 거친 바람에 흔들리고
> 여름의 시간은 너무도 짧고 또한
> 하늘의 태양도 너무나 뜨거우며
> 그 얼굴 때로는 흐려지거니.

아름다운 모든 것은 이울기 마련,

속절없이, 또 자연의 변덕 속에 스러지는 것.

하나 그대의 영원한 여름은 기울지 않고

그대의 아름다움 잃어질 수 없으리,

그대 죽음의 그늘 속에 서성이지 않으리……

라고 말할 때, 셰익스피어는 아름다움과 영원에 대한 낭만적 환상을 현실
로 착각하고 있는 것이 아니라 덧없는 사랑의 아름다움이 완전하고 영원
한 것인 양 행동하고자 하는 자의 이상에의 결의를 표현하고 있는 것이다.
이러한 예는 거의 거죽에 나타나지 않은 인간의 긍정에의 의지, 초월에의
의지를 나타낸 것이지만, 어떤 시는 이러한 의지를 조금 더 광범위한 상황
과의 관계에서 표현해 보인다. 새삼스럽게 들 필요도 없는 것이지만, 육사
(陸史)의 「광야(曠野)」는 손쉬운 예의 하나가 될 것이다.

지금 눈 나리고

매화 향기(梅花香氣) 홀로 아득하니

내 여기 가난한 노래의 씨를 뿌려라

다시 천고(千古)의 뒤에

백마(白馬) 타고 오는 초인(超人)이 있어

이 광야(曠野)에서 목놓아 부르게 하리라.

아마 이런 직접적인 결의(決意)의 표현보다도 더욱 심미적으로 효과적
인 것은 숨어 있는 초월의 암시일 것이다. 가령 그러한 예로서 우리는 생
각나는 대로 우리 시사(詩史)의 첫머리에 서 있는 「찬기파랑가(讚耆婆郎歌)」

같은 것을 들어 볼 수 있다.

> 열치고 나타난 달이
> 흰 구름 좇아 떠가는 어디에
> 새파란 냇물 속에, 기랑의 모습 잠겼어라.
> 일연오천(逸延烏川) 조약돌이
> 랑(郎)의 지니신 마음 가를 좇고자,
> 아, 잣가지 높아 서리 모를 꽃판이여.

이 시에서 사람이 범속성(凡俗性)을 넘어설 수 있다는 가능성은 맑은 기상을 나타내는 여러 상징물로써 암시되어 있을 뿐이다. 이 시의 주인공의 고매한 인격은 다만 흰 구름을 좇는 달이나 높은 잣나무 가지 위의 꽃판에 비유되어 묘사되어 있다. 그리고 이 맑고 좋은 것의, 범속(凡俗)을 넘어서는 상태도 달이 물속에 비쳐서 지상에 있는 듯하면서 사실은 하늘 높이 근접할 수 없는 곳에 있다거나 잣나무 가지가 서리도 미칠 수 없이 높은 곳에 있다 하는 간접적인 서술로 암시되어 있는 것이다.

3

이와 같이 시를 포함한 예술 작품에서 초월적 요소는 예술적 효과의 중요한 한 부분이 되고 또 의미 있는 심미적 동기가 되는 것이지만, 그 심미적 가치가 다 같은 것은 아니다. 「진달래꽃」의 소월은 「찬기파랑가」의 그것과는 차원이 다른 것이다. 앞에서 우리는 이미 「찬기파랑가」의 초월적 비유가 매우 암시적이며 모나지 않은 것이며, 그러한 특성이 시의 효과를 높이는 것이라는 것을 언급하였다. 이러한 비유의 특성은 이 시의 관점이, 사물을 그 초월적인 차원 속에서 즉각적으로 파악하는 데 익숙해 있는 감수성의 관점이라는 사실에 관계되어 있다. 분명히 꼬집어 말하지 않더라도 현실의 차원과 초월의 차원이 동시에 교차되어 있는 투명한 지각 작용을 우리는 여기에서 느낄 수 있다. 그러니만큼 이 시에서 사람의 높고 아름다울 수 있는 가능성이 어떤 특정한 인간 능력이 아니라 기파랑의 전인격에 투영되어 있는 것은 당연하다. 여기에 대하여 「진달래꽃」은 어느 특정한 감정의 — 그것도 틀에 박힌 감정의 표현과 절제에 관계될 뿐이다. 다른 면에서는 우열이 다시 논의되어야 하겠지만, 적어도 같은 관점에서 볼 때, 셰익스피어의 소네트나 「광야」도 감정의 의식화(儀式化)와 의지만을 이야기함으로써 「찬기파랑가」의 전인격적 암시에는 이르지 못한다.

다시 말하여 하나가 사람의 인격의 전체적 기율과 고양(高揚)을 말한다면 다른 것들은 그 부분적 기율을 말하고 있을 뿐이다. 이러한 차이는 시인의 개인적인 감수성과 생각의 깊이에 관계된다. 그러나 모든 것이 반드시 개인적인 요인만으로 설명될 수는 없다. 아마 그것은 예술과 사회적·문화적 여건의 교묘한 상호 작용으로 설명하여 마땅할 것이다. 사람이 스스로에 대한 조화되고 고양된 이념을 발달시킬 것을 허용하고 또 그 실천을 가능하게 하는 여건이 성립할 때만, 인간의 현실과 그 초월적 가능성의 예술적 묘사도 용이해지는 것이다. 「찬기파랑가」와 「진달래꽃」의 차이는 경덕왕대의 신라와 일제하의 한국과의 차이이다.

「진달래꽃」에 비하여 「광야」는 보다 큰 초월에의 의지를 보여 주고 있다. 그것은 이육사(李陸史)가 찌그러진 일제하의 생존 공간에서도 가열한 의지를 통해서 깨달을 수 있는 삶의 가능성을 겨냥하고 있었기 때문이다. 그러나 「광야」의 초월은 자연스럽게 구현되는 보편적 생존의 차원에 이르

지 못한다. '백마(白馬)를 타고 오는 초인(超人)'의 이미지에서 우리는 하나
의 의사(義士)의 상, 영웅의 상을 본다. 그러나 여기에 어떤 허세가 느껴지
지 않는다고 할 수 있을까? 초인의 이미지가 지나치게 상투적이고 무대 장
치와 같은 느낌을 주는 것은 웬일일까? 여기에 비하여 일제 초기의 애국
시는 보다 순수한 자기 초월을 드러내 준다.

당당한 대의를
펴고야 말 것이
늦은 이 몸 막대 잡고
뒤를 따라나섰오.

한 조각 붉은 마음
간 곳마다 서로 통합을
살아도 죽어도
맹세코 서로 도우리.

— 송암(松庵) 김도화(金道和)

이러한 소박한 노래는 오히려 어떤 영웅적인 자기 투영에 대한 좁은 관
심이 아니라 진실의 움직임에 스스로를 내던지는 행동의 순수함을 그대로
드러낸다. 또 하나 예를 들어 보면, 가령 이은찬(李殷瓚)의 다음 시를 생각
해 볼 수 있다.

오얏나무 한 가지로 배를 만들어
창생을 건지고자 바다로 떠났으나
아무 공 못 세우고 내 몸 먼저 침몰하니

그 누가 동양 평화(東洋平和) 이룩하리오.

一枝李樹作爲船
欲濟蒼生泊海邊
未得寸功身先溺
誰算東洋樂萬年

어떻게 보면 거의 상투적이라고 할 수도 있는 이런 시에서도 우리는 사람이 스스로의 좁은 테두리를 넘어서고자 하는 발돋움을 본다. 그리고 그것은 반드시 쩡쩡 울리는 수사(修辭)일 필요도 없고 사람의 무력함과 괴로움을 모르는 체하는 것일 필요도 없다.

그런데 다시 말하여 이러한 초월적 차원의 획득은 반드시 개인적인 안간힘으로 얻어지는 것이 아니다. 위에 든 애국 시를 쓴 사람들이 유교적인 교양에 밴 사람들이라는 것은 경시할 수 없는 사실이다. 셰익스피어의 사랑의 수사도 단순히 개인적인 의지의 표현이 아니다. 르네상스의 플라토니즘과 궁정 예의(宮廷禮儀)를 통하여 비로소 그는 덧없는 감정의 잔물결을 높은 의식(儀式)으로 승화하고 또 그것을 하나의 인격적 세련의 방법이 되게 할 수 있었던 것이다.

맨 앞에 들었던 초상화의 경우는 조금 더 길게 말해 볼 수 있다. 앞에서 나는 일반적으로 옛날의 초상화를 이야기하였지만, 사실 앞에서 말하고자 했던 느낌을 강하게 일으키는 것은 르네상스의 초상화들이다. 그것은 유명한 모나리자일 수도 있고 젊은 라파엘로의 자화상일 수도 있고 브론치노(Bronzino)의 비교적 알려지지 않은 초상화일 수도 있다. 이러한 그림들에 대하여 가령 18세기 영국의 초상화들을 비교해 보면, 거기에서 초월적 차원은 기묘하게 변화되었음을 감지하게 된다. 여기에서도 여전히 스스로의 아름다움을 뽐내며 선남선녀(善男善女)가 화가 앞에 앉아 있다. 한껏 치장한 귀족의 다듬은 수염, 화사한 귀부인의 피부, 그 실감을 화면에 재생하고자 당대의 화가들이 그렇게 애썼던 비단 옷자락, 무겁고 부드럽게 펼쳐진 우단 장막, 이런 것들은 모든 것이 자랑이요 전시(展示)요 가상(假像)이라는 느낌을 준다. 그러나 가상은 가상에 멈추어 있는 듯하다. 그렇다고 필요한 것이 피안적인 초월이라는 말은 아니다. 초상화는 죽은 사람 또는 죽어 갈 사람을 기념하여 제작되는 하나의 증표로서의 영정(影幀)과 같은 것일 수 없다. 그것은 개성적인 모습의 독특한 아름다움과 영광을 그리고자 한다. 초상화라는 장르는 사람의 삶이 전적으로 피안(彼岸)의 질서나 관료적 위계에 의하여 정당화되는 곳에서는 쉽게 성립하기 어려운 것이다. 초상화에서 가상의 세계는 본질적인 힘의 세계를 전제로 하고 있다. 서양 인간의 자기 회복이 시도된 르네상스기에 있어서 개성적인 인물의 묘사가 시도된 것은 우연이 아니다. 『군주론(君主論)』의 권력 개념의 핵심을 이루고 있는 세속적인 능력(virtú) — 시운(時運, fortuna)을 스스로의 권력의 신장(伸張)에 사용할 수 있는 가차 없이 세속적인 능력은 정치가의 경우뿐만 아니라 모나리자나 라파엘로의 자화상의 화려한 아름다움 또는 브론치노의 마르텔리의 초상에 서린 우수(憂愁)에도 배어들어 있다. 18세기에 있어서 현세적 가상의 의미는 르네상스의 그것과 상당한 거리를 가지고 있다. 첫 번째의 시기에 가상이 현실적 힘의 표현이라면, 두 번째의 시기에 있어서 현실은 거의 가상 이외의 다른 아무것도 아니다. 정치사가들이 지적하듯이 17세기 이후의 유럽에서 부르주아 계급의 상승과 함께 공권력의 행사와 그에 따른 책임의 수락은 점점 사회의 표면을 떠나고 사회(또 좁은 의미의 사회 노릇을 한 사교계)는 부와 허영의 경쟁 시장으로 변모해 갔다. 그리하여 뛰어난 인간적 능력이 영웅적 차원과 그 가상으로 이어지는 것이 아니라 단순히 외적인 증표로서의 부와 허영의 가상 그 자체가 하나의 지속적인 가치 노릇을 하게 되었다. 18세기 또는 19세기의 유럽 소설에서 우리는 비단 조끼나 양가죽의 장갑이 사교계에서의 성공과 실패에 직결되는 양 이야기되는 것을 보거니와, 이러한 이야기도 가상의 가치화에 맞아 들어가는 것이다. 18세기의 조슈아 레이놀즈(Joshua Reynolds)나 토머스 게인즈버러(Thomas Gainsborough)의 초상화들에서 보는 것은 이러한 부르주아 사회의 예시적(豫示的) 표현인 것이다. 여기에서 가상은 가상에 그친다. 가상이 사람의 에너지 — 그 아름다움과 영광을 나타내고 삶의 일상적이고 거친 충동을 아름다움 속으로 집약할 수 있다는 데에서 그 의미를 얻는다고 한다면 현실적 힘에서 단절된 가상은 사람의 삶에서 그야말로 외면적으로 겉도는 것이 될 수밖에 없다. 뛰어난 그림은 사물의 그럴 만한 성질에서 나온다. 또 그림을 통해서 그러한 성질이 확인되고 또 사물의 사물됨이 고양된다. 가상만의 그림은 이러한 존재론적 필연성을 벗어난 허위(虛僞)에 불과하다.

4

사람이 스스로를 넘어선다는 것은 쉽게 말하여 큰 관점에서 스스로를 파악하고 또 산다는 말이다. 가장 분명한 예는 종교와 같은 초월적인 원리에 자신의 삶을 순응시키는 것이다. 그러나 어떠한 삶이나 초월의 동기를 포함하고 있다. 실존주의자들이 말하듯이 산다는 것 자체가 이미 스스로 가운데 파묻혀 있는 즉자적(卽自的)인 사물과는 달리 어떤 기획 속에 있다는 것을 뜻한다. 가장 초보적인 의미에서 의식하고 행동하는 것 자체가 또는 신진대사가 이미 스스로를 넘어서는 것이다. 나아가서 조금 더 지속적으로 사람이 스스로의 삶을 어떠한 의미 있는 곡선으로 파악하고 그렇게 살려 하는 것도 이러한 충동의 연장이라 할 수 있다. 종교의 피안적인 원리를 통한 초월도 이러한 작고 큰 삶의 초월적 충동에서 (적어도 경험적인 관점에서는) 그 심리적인 타당성을 얻는다. 다만 그것이 정해진 초월의 원리를 절대화하고 이 세상이나 세상의 삶과의 단절을 절대화할 때 그것은 주어진 삶의 기획으로서의 의미를 갖지 않는다고 할 수 있다. 순전히 경험적인 테두리에서만 말한다면 초월은 주어진 삶의 부분성이나 범속성을 전체적이고 고양된 삶의 이념으로 극복하는 경우를 말한다.

르네상스의 휴머니즘의 의미는 이러한 각도에서 이해될 수 있다. 미술사가 에르빈 파노프스키(Erwin Panofsky)는 르네상스기에 대두된 '인간적이라는 것(Humanitas)'의 의미를 설명하면서, 칸트의 생애의 한 삽화를 들고 있다. 칸트는 죽기 아흐레 전에 늙고 병든 몸으로 찾아온 손님을 맞은 일이 있다. 그때 그는 자리에서 일어나 바른 자세를 갖추기를 고집하였다. 그러면서 그는 "아직은 나에게 인간의 위엄에 대한 느낌이 남아 있다.(Das Gefühl für Humanität hat mich noch nicht verlassen.)"라고 말한 바 있는데, 이때 그의 말 '인간의 위엄(Humanität)'은 휴머니즘의 핵심을 잘 드러내 주고 있다고 파노프스키는 말한다. 칸트의 태도와 말에 두드러지게 표현되어 있는 것은 "사람이 병이나 퇴락이나 기타 약한 인간 조건의 모든 압력에 완전히 굴복해 버리지 않고, 오히려 스스로 긍정하고 스스로 부과한 원리에 따라 행동할 수 있다는 사실에 대한 비극적이고 자랑스러운 의식(意識)"이며, 이렇게 제한된 인간의 현실을 높은 원리 속에 초월하려는 것이 휴머니즘의 핵심이 된다는 것이다.

칸트의 삽화에 암시되어 있는 '인간적인 것(Humanitäs)'이란 말의 의미는 감격적인 것이면서도 윤리적이고 금욕적인 면만을 일방적으로 강조하는 것으로 생각될 수 있다. 아마 이러한 윤리적 의미는 조금 더 관대한 뜻에 의하여 보충되어야 할 것이다. 르네상스 휴머니즘의 이상의 하나는 '인간의 정신적·물질적 생존의 조화된 발전'(부르크하르트)이었다. 다시 말하여 여기서 '인간적'이란 말은 인간의 가능성의 모든 것 또는 인간의 모든 것으로 생각되어도 좋다. 하여튼 르네상스 휴머니즘은 분명하게 알아볼 수 있는 인간의 이념을 가지고 있었다. 그리고 일상적인 삶의 혼란은 이러한 이념을 통해서 그 스스로를 넘어설 수 있는 기율을 얻을 수 있었다. 예술에 투영되어 있는 것도 이러한 초월적 충동인 것이다.

5

비록 이탈리아의 르네상스에 비견될 만한 시각 예술을 만들어 내지 못하였어도 이조(李朝)의 전통에서도 비슷한 기율과 조화의 이상을 발견할 수 있다. 앞에서 우리는 칸트의 노년의 삽화에 언급하였지만 이러한 자기 기율의 일화는 오히려 우리 전통에서는 헤아릴 수 없이 발견되는 것이다. 이조의 인문학적 전통이 연마해 온 것 가운데 가장 중요한 것이 있다면, 그 것은 서양과는 다른 의미에서의 조화된 인격의 이상이었다. 가령 후자의 예는 전형적인 인품의 묘사에서 쉽게 살펴볼 수 있다. 학봉(鶴峯) 김성일(金誠一)은 퇴계(退溪)를 다음과 같이 이야기한 바 있다.

까다롭지 않고 명백한 것은 선생의 학문이요, 공명정대한 것은 선생의 도요, 봄바람처럼 부드럽고 상서로운 구름과 같은 것은 선생의 덕이요, 베나 명주처럼 질박하고 콩과 조처럼 담담한 것은 선생의 글이었다. 가슴속은 맑게 트이어 가을 달과 얼음을 담은 옥병처럼 밝고 결백하며, 기상은 온화하고 순수해서 정(精)한 금(金)과 아름다운 옥(玉)과 같았다. 무겁기는 산악과 같고 깊기는 못과 같았으니, 바라보면 덕을 이룬 군자임을 알 수 있었다.

그 사실성이야 어쨌든 자연과 산업과 장식의 세계에서 나온 언어를 써서, 그러한 세계의 여러 뛰어난 성질이 조화되어 하나의 품성(品性)을 이룰 수 있다는 가능성을 암시하는 듯한 앞의 글이 말하는 인격의 이상이 진실된 것임은 의심할 여지가 없다. 머리 부분에서 이야기한 「찬기파랑가」와 같은 시의 배경에 있는 인간의 이념이 무엇인지는 알 수 없지만, 예술적 풍요의 경지에 이르지는 않은 채로, 이조의 삶과 예술의 뒤에 스며 있는 것은 이와 같은 조화된 인간의 이념일 것이다.

6

그런데 인간의 전체성의 이념이 예술 작품의 배경이 된다는 것은, 단순한 의미에 있어서, 시대의 흐름이 다른 많은 우발적인 것들처럼 예술에 반영된다는 뜻은 아니다. 일상적 삶의 잡다함을 넘어선 전체성을 지향하는 것은, 앞에서 비친 대로 예술적 감동의 필연적인 요인이다. 다시 말하여 예술 작품과 인간의 전체성의 이념의 관계가 늘 직접적인 것은 아니지만, 적어도 후자의 지평 속에서만 예술적 전율이 일어난다는 점에서 필연적인 것이다.

예술이 추구하는 아름다움은 흔히 형식적인 완성에 있는 것처럼 이야기된다. 그 피상성에도 불구하고 이것은 어느 정도 맞는 이야기이다. 형식의 완성은 서로 조화된 구성 요소 또는 소재들이 하나의 지속적이고 이상적인 구조를 이루는 상태를 가리킨다. 이때의 소재적 요소들이 사람과 세계의 주요한 내용과 일치하는 경우 이러한 요소들의 '구조에의 전환'은 곧 인간과 세계의 조화된 질서, 적어도 그 가능성을 전제하는 데에서 가능하다. 심미적 구조가 단순한 유희적 조작의 소산이 아니라면 그것은 있을 것이 마땅히 있어야 하는 이상적 질서를 전제로 하여 성립한다. 물론 이렇게 말하면, 세상의 모든 것을 신의 완성된 희극(喜劇)의 입장에서나 본다면 모르거나와, 불완전한 세상에서 완전한 심미적 구조는 있을 수 없는 것이라는 주장이 될는지 모른다. 그렇다고는 하더라도 예술 작품의 감동의 근본에, 삶에 내재하는 초월의 가능성이 놓여 있다는 것은 확실하다. 아름다움이 드러내 주는바 인간의 전체적인 가능성과 사물의 바른 있음에 대한 인식이 없을 때에 예술 작품은 기계적인 형식의 완성만을 추구하거나 조잡한 현실의 묘사에 그칠 수밖에 없다.

예술 작품의 아름다움이 공허한 형식이나, 현실 묘사의 능숙함에서만 오는 것이 아니란 점을 강조하는 것은 중요하다. 우리는 앞에서 예술의 형식미의 근거가 사실적 조화의 가능성임을 말하였다. 예술의 아름다움은 추상적 논리나 현상계(現象界)를 넘어선 신비적 관조에 의하여 일거에 주어지지 아니한다. 아름다움은 사물과 사물의 관계에서 생겨난다. 또 이 관계는 두 개 또는 여러 개의 사항을 일반적인 개념 속에 편입시킴으로써 생겨나는 것이 아니라 구체적인 사항과 사항의 직접적인 대조 내지 연결에서 발생한다. 그것은 어울림의 관계이다. 가령 한 쌍의 부부가 잘 어울린다고 할 때, 그것은 두 사람이 어떤 일반적인 원칙으로 설명될 수 있는 두 항목을 이룬다는 말이 아니다. 그러니까 이러한 어울림의 관계를 파악하는 것은 추상적인 원리도 신비적인 영교(靈交)도 아니다. 그것은 칸트가 판단력이라고 부르고 또는 일반적으로 취미라고 부르는 직관적 능력이다. 그렇다고 이것이 완전히 판단 나름이요, 취미 나름인 주관적인 원리라는 것은 아니다. 그것은 사물에 대한 일반적인 감각, 구체적인 인간과 인간 사이에 관한 지혜 내지 양식(良識)에 비슷한 것이다. 그것은 한쪽으로는 이상적인 규범성의 가능성을 가지고 있으면서, 다른 쪽으로 또는 보다 분명하게 공동체의 전통적이며 당대적(當代的) 삶 속에서 얻어지는 감성적 세련에 근거를 갖는 것이다. 그리하여 칸트는 심미적 판단의 능력을 상식 또는 보통의 느낌(sensus communis)과 일치하는 것이라고 보았다.

sensus communis에 우리는, 다른 사람의 마음 가운데에서의 표상을 우리의 반성 속에서 직관적으로 고려하며, 말하자면 스스로의 판단을 인간의 집단적인 이성과 비교하고 그렇게 함으로써, 사사로운 사정에서 나오는 것을 객관적인 것으로 잘못 생각하는 결과 생기게 되는, 판단을 손상하는 착각을 피하고자 노력하는 판단의 능력을 포함시켜야 한다. 이러한 판단은 다른 사람의 실제의 판단보다는 있을 수 있는 판단과 우리의 판단을 비교하고 다른 사람의 입장에 우리 스스로를 놓으며 우리의 판단에 우발적으로 따를 수 있는 제약을 넘어섬으로써 도달될 수 있다.

이와 같이 우리의 심미적 감각이 참으로 칸트가 이야기하는 바와 같은 상식 또는 그가 달리 부르는 말을 써서 '확대된 사고(Das erweiterte Denken)'에서 나온다고 한다면, 예술 작품에 구현되는 심미적 질서는 사회 내지 공동체가 허용하는 종합적인 판단에 기초해 있다고 해야 할 것이다. 예술 작품이 불러일으키는 초월적인 전율은 다분히 이러한 공동체 의식에의 도약의 가능성을 지시하는 면이 있는 것이다. 훌륭한 예술을 산출한 시대 또는 조금 더 조화된 시대는 매우 구체적이면서 동시에 개개의 사례를 넘어서는 '상식(sensus communis)' 또는 '확대된 사고'가 유포(流布)된 시대이고, 이러한 상식은 문화로서 제도로서 또 주로 인간의 이념에 대한 끊임없는 세련으로서 존재하며 심미적 인식의 토양이 되었던 것이다.

7

이렇게 말하고 보면, 예술의 효과는 전적으로 경험적이고 사회적인 것으로 환원된다는 말이 될는지 모른다. 그러나 예술 작품의 감흥에는, 그것이 가냘픈 서정시 한 편이든 또는 소포클레스의 비극과 같은 장대한 것이든, 어떤 종류의 형이상학적 고양감이 섞여 있기 마련이라는 것이 아마 솔직한 체험의 증언일 것이다. 예술 작품이 어떻게 경험적이면서 초경험적인 이상의 세계를 가리키고 예술의 원리가 공동체의 상식을 지향하면서 동시에 그러한 경험적인 총체를 넘어서는 규범적인 이상성(理想性)을 띨 수 있느냐 하는 문제는 매우 중요한 문제이면서 극히 답하기 어려운 문제이다. 여기에서는 다만 개인적인 체험에 대한 존재론적 고찰이 이 문제에 답하는 첫 시작이 될 수 있을 것이라는 점만을 지적하고 상식 내지 확대된 사고 또는 나아가서 예술의 원리가 규범적 이상성을 지니게 된다는 것을 받아들여 보자. 앞에서 인용한 칸트의 말에서도 상식이 다른 사람의 생각을 고려할 수 있는 능력에 관계된다고 할 때, 문제되는 다른 사람의 판단은 '실제의' 것이 아니라 '있을 수 있는', 즉 논리적으로 가능한 것을 가리키는 것이었다. 즉 여기서 다른 사람의 생각은 반드시 우리 이웃의 실제 인물의 생각을 가리키는 것이라기보다는 (그것도 포함하지만) 이상화된 공동체를 가리키는 것이다. 이 점을 인정하는 것은 중요하다. 그렇다는 것은 실제적 공동체의 이상화가 어떻게 일어나느냐 하는 것을 이해하는 것은 조금 복잡한 일이지만, 적어도 이러한 인정은 예술가가 그 상식을 확대해 나가고 양심과 자유를 유지하는 방식을 이해하는 데 중요한 기초가 된다. 예술적 가치가 구극적으로 공동체의 상식에서 온다고 하더라도 그러한 사실은 반드시 그가 공동체의 압력하에 놓여야 된다는 것을 말하지는 않는 것이다. 공동체는 그에게 이상화된 형태로 나타난다. 여기에 그의 개인적인 양심과 자유의 가능성이 있다. 사람은 이상을 통해서 또는 지금까지의 논지(論旨)에 조금 더 맞는 방식으로 말하여, 실제의 공동체가 아니라 이상화된 공동체의 이념을 통하여 비로소 자유로워진다. 여기에서 비로소 그는 동시에 사회의 직접적인 압력과 개인적 편견으로부터 해방될 수 있는 것이다. 상식의 이상적인 형태, 따라서 심미적 조화의 구극적인 원리는 개인의 주관이나 여기에 맞서는 물화된(reified) 객관으로 있는 것이 아니라 이것을 포함하면서 그것을 초월하는 것이다. 그것은 주관과 객관이 서로 맞부딪는 곳에 성립한다.

8

예술가는, 또 일반적으로 사람은 어떻게 하여 보편적인 관점에 이르는가? 사람이 생각하는 보편에는 두 가지 것이 있다고 말함으로써 이 문제에 대한 생각의 단초를 삼아 볼 수 있다. 정신 분석학자 에릭 에릭슨이, 우리와는 다른 관련에서 이야기한 삽화는 매우 재미있는 우화가 될 수 있다. 아침마다 구역질을 하는 사람이 있었다. 이것을 걱정한 그의 친지와 가족들은 그에게 어느 의사를 보러 가게 하였다. 진찰실에 나타난 그에게 의사가 "아침마다 구역질을 한다고 들었는데……." 하고 말을 여니까, 이 사람은 "누구나 아침이면 그러는 것이 아니냐." 하더라는 것이다. 에릭슨의 일화의 주인공이 드러내 주고 있는 것은 자기중심적 보편주의이다. 이러한 보편주의는 모든 사고의 도처에서 우리의 세계 이해의 결함을 은폐하고 참다운 보편성에 이르는 것을 방해한다.

이러한 자기중심주의는 한편으로는 객관적 사실의 기율을 받아들이고 다른 한편으로는 다른 사람과의 대화 속에 들어감으로써만 극복될 수 있다. 그러나 이것은 자기중심주의를 객관주의로 완전히 대치하는 것을 의미하지 않는다. 적어도 인간사에 있어서 완전한 객관성 또는 객관적 보편성은 존재하지 않는다. 그러한 것이 있다 하더라도 그것은 반드시 개체의 의식과 행동을 통해서 나타날 수밖에 없는 것이다. 물론 사람이 사전을 뒤져서 바른 말을 찾아내는 식으로 권위 있는 사람의 말만을 좇아 반복하는 수는 있겠지만, 권위자의 말도 주관적인 왜곡을 면할 수는 없는 일이다. 그리고 무엇보다 주관의 오류를 피하기 위하여 지나치게 엄격한 객관주의를 취한다면, 그것은 결과적으로 다른 사람과 사실의 열려 있는 지평으로 나아가는 모든 길을 차단하는 일이 될 것이다.

이 점은 인간의 언어 습득 과정에서 예시될 수 있는 것으로 생각된다. 성장 심리학자 장 피아제(Jean Piaget)가 지적하는바 일곱 살 이전의 어린아이들의 언어의 특징은 그 자기중심주의에 있다. 그들이 설혹 대화하는 것 같은 인상을 주는 경우에도 그들은 '집단적 독백'을 말하고 있을 뿐이다. 대체로 어린아이들에게 자기의 세계와 자기의 언어 세계에 직접적으로 나타나는 것은 굉장한 '현장감(réalisme)'을 가지며 또한 모든 사람, 모든 곳에서 보편적으로 옳은 것으로 생각된다. 어린아이들이 의사소통의 수단으로서의 언어의 개념에 이르려면 이러한 자기중심주의를 극복하고 자기와 다른 사람의 분명한 구분과 사물의 객관적인 인과 관계의 파악에 기초한 성인의 언어로 옮겨 갈 수 있어야 한다. 그러나 피아제의 주장과는 달리 이 이행이 그렇게 절대적으로 별개의 차원으로 옮겨 가는 것일 수는 없다. 이 이행을 너무 극단적인 대조의 관계로 보는 피아제를 비판하는 자리에서 메를로퐁티가 지적하고 있는 것에 따르면, 아동 언어의 자기중심주의와 성인 언어의 객관주의는 그렇게 날카롭게 구분될 수 없는 것이다. 어린아이의 경우에 있어서나 어른의 경우에 있어서나 의사소통은 이루어지고 또 의사소통의 근본 조건은 크게 다른 것이 아니다. 사람은 다른 사람의 상황을 자기의 것으로 생각할 수 있는 능력을 가지고 있다. 이것은 어린아이의 경우나 어른의 경우나 근본적으로는 같다. 물론 어린아이가 자기중심적인 것은 사실이다. 그러나 그가 자기중심주의에서 빠져나올 수 있다면, 그것은 그가 특정한 상황 속에 있음으로써이다. 이것을 통하여 그는 다른 사람도 같은 상황 속에 있음을 깨닫게 된다. 이 상황은 이미 인간적인 의미로 차 있다. 언어는 이 의미 속으로 개입해 들어가는 하나의 수단이다. 이때 언어는 이미 어떠한 상황 속에서의 행동을 매개하는 체계로서 개체를 넘어서는 것이다. 그러니까 자기중심적인 언어도 이미 이 체계를 통해서 자기를 넘어서고 있는 것이라 할 수 있다. 또 어떠한 개인은 이미 그 언어로서 또는 언어 이전의 몸짓으로 하여 상황 전체에 범주적(範疇的)으로 작용하고 있었다고 할 수 있다. 말하자면 한 개체는 자기중심적으로일망정 어떤 상황에 대하여 전체적으로 관계되어 있고 그렇기 때문에 같은 입장의 다른 개체와 일치할 수 있는 것이라 할 수 있다.

두 사람 또는 여러 사람 사이의 바른 의사소통의 조건을 이렇게 생각해 볼 때, 그것은 세 가지 계기 — 전체 상황 속에 표현과 행동을 펼칠 수 있는 능력(메를로퐁티가 '범주적 태도'라고 부르는), 개인을 넘어설 수 있는 언어 체계, 상황 — 이 세 가지 계기를 가지고 있는 것으로 보인다. 이것은 어린 아이의 언어 상황에도 잠재적으로 있는 것이면서, 어른의 언어 전달에 있어서 비로소 분명하게 표현화한다. 그런데 이러한 계기는 서로 독립적으로 존재하는 것도 아니고 단순히 주어진 생물학적 여건도 아니다. 언어 없이 사람이 어떤 상황에 전체적으로 관여할 수 있을는지는 의심스러운 일이다. 또 '범주적 태도' 없이 언어가 사물의 바른 인식의 수단이 되지 못한다는 것은 확실하다. 어떠한 상황은 인간의 행동이나 의식의 초월 없이 또는 언어 없이 하나의 상황으로 구성되거나 정의될 수 없을 것이다. 이러한 상호 의존성은 다시 문화적인 조건으로 하여 크게 복잡한 것이 될 것이다. 범주적 태도는 문화적인 수련에 의해서 주어진 인식 능력 이상의 섬세함과 포괄성을 얻을 수 있을 것이다. 언어가 문화적인 것임은 말할 것도 없다. 그것은 일정하게 고정할 수 없는 유연성을 가지면서도 문화적으로 퇴적된 구조적 통제를 가지고 있다. 메를로퐁티는 훔볼트(Karl Wilhelm von Humboldt)의 말을 빌려, 언어에는 '하나의 언어 공동체의 성원들이 공유하고 있는 정신적 지도'로서 '내적 언어 형식(Die innere Sprachform)'이 있다고 한다. 궁극적으로 언어가 의미 있는 현실을 지칭하는 일은 이 언어 형식의 유연하고 포괄적인 힘을 개인 언어에 흡수하는 과정을 전제한다. 인간의 능력과 언어적 표현의 근본적 준거로서의 상황이 역사적인 것임은 새삼스럽게 말할 필요도 없다. 그리고 이 역사는 인간의 능력과 언어적 표현의 역사를 포함한다.

앞의 분석은 지나치게 조급하고 거친 것이어서 납득하기 어려운 점이 많을는지 모른다. 그러나 적어도 하나의 이상(理想)으로서 우리는 주관적 보편주의와 객관적 인식 내지 의사 전달이 거의 구분될 수 없는 평형을 이루고 있는 상태를 상정(想定)할 수 있다. 객관적인 사실의 기율에 의하여 끊임없이 훈련됨이 없이 스스로의 생각이 곧 보편성을 갖는다면 사람은 얼마나 세계의 중심에 편안히 앉아 있으며 또 동시에 가장자리에까지 미치고 있다고 느낄 것인가? 이러한 평형과 조화는 사람의 주체적 능력 —— 자기중심주의를 낳으면서, 또 동시에 상황의 전체에 자신을 전개할 수 있는 능력 —— 을 보편적인 문화 이상에 접근하도록 교육함으로써 또 사람의 상황 자체를 문화적 이상의 실천적 구현의 결과가 되게 함으로써 접근될 수 있을 것이다. 이때의 교육은 외적인 정보의 습득보다는 범주적으로 상황에 개입할 수 있게 하는 능력의 수련을 그 핵심으로 하는 교육일 것이다. 이것은 인문적(人文的) 전통에 의하여 발전시켜진 보편적 인간의 이념의 내면화를 포함한다. 예술 작품은 이러한 이념의 근본 원리로서의 상상력에서 나오고 또 그러한 상상력의 형성에 기여한다. 물론 사람이 스스로를 초월하여 보다 보편적으로 나아가는 것은 예술 작품 또는 예술적 상상력을 통하여서만이 아니다. 문화의 한 가지 의미는 그것이 개인으로 하여금 자신의 좁은 테두리를 넘어서서 큰 것 가운데 있을 수 있게 하는 다양한 계기를 제공해 준다는 데에 있다. 종교, 전통, 법률, 실용적이거나 예술적인 구조물, 기타 여러 제도 이 모든 것들이 그러한 계기를 제공해 준다. 일정한 질서와 예의로써 짜인 사회 공간 또는 권력과 공공 목적이 얼크러진 역학적(力學的) 공간으로서의 정치도 주요한 초월의 계기가 된다. 이러한 유형 무형의 사회적인 제도는 사람들의 마음 깊이 침전되어 보편적인 인간의 이념을 형성하고 또 여러 가지 지적인, 실제적인 활동의 형성 원리가 된다.

9

지금껏 우리가 말한 것은 인간의 보편적 가능성에 대한 이념을 바탕으로 하여서만, 예술과 인생이 범속한 삶의 무정형성(無定形性)과 좁은 테두리를 벗어날 수 있다는 것이었다. 여기서 인간의 이념은 르네상스기의 조화된 인간의 이념에 가까운 것이라는 것을 일단 수긍할 수 있다. 그러나 우리는 그러한 조화된 인간을 향한 발돋움이 '사람의 잠재적 가능성에 반대하여 이미 이룩한 것의 조화를 갈망하는 것'이 되고 내적인 조화를 핑계로 하여 사회의 여러 투쟁으로부터 사람들을 유리하게 할 위험을 내포한 것임을 인정하여야 한다. 이것은 앞에서 언급하였던 르네상스나 이조의 유교적 인간의 경우에도 마찬가지다. 르네상스의 이상은 특정한 계층에 한정되는 이상이었고 모든 성원의 보편적 조화와 완성을 약속하는 것이 아니었다. 또 이것은 역사의 진전과 더불어 점점 허망하고 관념적인 도피주의로 변모하여 갔다. 조선 시대의 조화된 인간의 이상이 매우 부분적인 것이었음은 말할 필요도 없다. 그것은 계급적인 이상이었고 그 자체로서도 완전한 조화의 이상이 아니었다. 퇴계 자신 아랫사람에게는 평화가 아니라 엄격한 기율이 중요함을 말하였다. 다산(茶山)의『목민심서(牧民心書)』의 일관된 주제의 하나는 아랫사람에 대한 불신이다. '아랫사람'의 자율적인 인간에로의 발전이 인정되지 않는 만큼 엄격함이 '윗사람'의 중요한 행동 규범이 될 수밖에 없고, 또 이 엄격성은 (이것은 일반적으로 행동과 도덕의 엄숙주의와 부분적으로 일치한다.) 그의 성품 안에서도 부조화의 요소로서 남아 있을 수밖에 없었다.

진정한 의미에서의 조화된 인간의 이념은 인간의 과거의 업적에 못지 않게 잠재적 가능성을 포함하여야 한다. 그것은 단순히 현실이 이상적 존재로 초월되는 순간만이 아니라 그럴 수 없게 하는 부정적인 순간을 포착한다는 의미에서 초월적인 것이 될 수밖에 없다. 그러나 여기에서 초월적이란 것은 앞에서 생각했던 여러 관련으로 하여, 개인적인 것도 관념적인 것도 아닌, 있어야 할 인간의 모습에 의한 있는 인간의 극복을 말한다. 그것은 구체적인 인간이 살고 있는 사회와 거기에서 투사(投射)되어 나오는 이상 사회를 거쳐 나갈 수밖에 없다.

그러나 인간의 업적과 가능성을 동시에 포용하는 인간 전체의 이념이 쉽게 얻어질 수는 없다. 많은 경우 이 두 면은 서로 갈등을 일으키고 있을 것이기 때문이다. 어떤 종류의 업적은 다른 가능성을 억압함으로써 이루어진다. 따라서 새로운 가능성의 해방은 이미 이루어진 업적의 파괴를 요구할 수 있다. 이런 경우 보편적 인간의 이념은 조화의 이념과 결별하고 부정적인 초월을 강조할 수밖에 없다. 또 어떤 경우는 상황 전체가 이미 이루어진 업적에 입각한 인간 능력의 조화마저 불가능하게 할 수 있다. 가령 식민주의 통치하에서 어떤 종류의 조화된 인간의 발전이 있을 것인가? 유일한 보편적 입장은 부정의 보편성의 입장이다. 이육사의 시가, 앞에 언급한 대로, 자연스러운 초월의 순간을 보여 주지 못한다면, 그것은 일제하에서 참다운 의미의 보편적 인간에의 초월이 어려운 것이었다는 것을 말하여 주는 예가 된다. 그럼에도 불구하고 예술은, 또 일반적으로 사람은 긍정적인 의미에 있어서의, 인간의 개체적인 또 사회적인 보편적 조화의 가능성을 버릴 수는 없다. 그것을 버릴 때 예술과 사회는 '더럽고 짐승스럽고 짧은' 것이 될 것이다.

(1977년)

예술 형식의 사회적 의미에 대하여

"모른다는 것을 아는 것이 아는 것이라."라는 공자의 말은 유명한 말이지만, 그 밖의 도덕의 교사들도 무엇을 안다는 사실을 두고 겸허한 마음가짐을 잃지 말아야 한다고 가르쳐 왔다. 이들의 말대로, 이러한 겸허한 태도는 아마 도덕적으로 바른 태도이고 인간의 지식의 한계에 대한 바른 원근법을 나타내고 있는 태도일 것이다. 또 이것은 그대로 인간 지식의 능력에 대한 겸허감이나 회의를 나타내는 것일 뿐만 아니라 그것의 새로운 신장(伸張)을 위한 방법론적 필요이기도 하다. 모른다는 것을 앎으로써 우리는 새로운 앎의 시도에로 나갈 수 있기 때문이다.

그러나 공자의 말은 실천에 옮기기도 어려울뿐더러 우리의 일상적인 믿음과는 전혀 다른 것이다. 우리가 반성의 또는 겸허의 순간에 어떻게 생각하든 우리들 대부분은 마음 깊은 곳에서 은밀히 모든 것을 알고 있다고 생각한다. 아니면 적어도 내가 모르고 있는 부분도 내가 알고 있는 부분의 연장으로서 알 수 있다고 생각한다. 그리하여 사람은 달에 가 보거나 또는 달에 대한 실증적이고 과학적인 검토가 있기 전에 달을 월계수와 미인

이 있는 나의 후원(後園)으로도 생각하고 또는 푸른 치즈 덩어리라고도 생각하였다. 아침마다 구역질을 하는 사람이 의사를 만나서 그 문제가 제기되자 사람은 모두 다 아침마다 구역질을 하게 되어 있는 것이 아니냐 했다는 농담은 다시 들어도 고개가 끄덕여지는 농담이다. 이러한 자기중심적인 보편성은 소박한 의식의 전유물이 아니다. 그것은 오히려 학문적인 권위로 무장한 의식의 경우에 더 강력하게 작용한다고 할 수도 있다. 이러한 보편성은 의식의 본래적인 특성이다. 그것은 절대적인 주체성으로서 세계에 군림한다. 의식이 주체성에 의하여 특징지어지는 한 그것은 스스로를 객체화하는 다른 의식을 인정할 수 없다. 그러니만큼 스스로의 범위와 한계를 객체적으로 저울질할 도리가 있겠는가. 나의 의식이 사물의 어디까지 미치며 어디에서 멈추는가를 안다는 것은 대상 세계의 산이나 골짜기의 형세를 알아본다는 것과는 전혀 다른 것이다.

의식의 한계를 안다는 것은 한편으로는 우리가 알고 있거나 모르고 있는 대상을 분명하게 가려낸다는 것을 뜻할 수도 있으나 다른 한편으로는 의식 그것의 한계 또는 어떤 오류에의 편향(偏向)을 안다는 것을 뜻할 수도 있다. 그러나 어떤 사실을 알아낸다는 것은 우리의 언어 체계나 사고 체계의 한계에 의하여 영원히 불가능한 것일지도 모른다. 우리 의식의 한계를 생각할 때, 그것을 정하기가 어려운 것은 대상적 지식의 한계보다는 의식 자체에 내재하는 본질적인 한계이다. 현대 철학의 전통에 있어서 늘 주요 관심사가 되어 왔던 것은 의식 자체의 한계, 그것이 가지고 있는 오류에의 편향이었다. 프랜시스 베이컨(Francis Bacon)이 우리의 사고에 스며들어 있는 우상(偶像)을 경계할 것을 말하고, 데카르트(Descartes)나 로크(Locke)가 '분명하고 명백한' 관념의 근거를 밝히고자 한 것도 의식을 오류에서 지키고 바른 지식의 방법을 정립하자는 것이었다. 이들의 목적은 대상에 대한 지식의 바르고 그른 것을 가려내자는 것보다는 그러한 지식에 이르는 우리의 의식 또는 오성(悟性)의 경로를 밝혀 보자는 것이었다. 그러나 그들의 관심이 진위를 아는 인간의 능력에 관한 것이었기는 하나 이러한 능력의 범위와 한계에 특별한 주의를 기울이는 것은 아니었다. 이것을 엄격한 분석의 과정을 통하여 밝혀 보고자 한 것은 칸트였다. 칸트는 사람의 오성이 알 수 없는 물자체(物自體)가 있음을 말하였다. 이것은 인간이 아는 세계는 오성의 구성 작용의 대상으로서만 비로소 알려지는 세계이기 때문이라고 그는 말하였다. 칸트의 선구자들에게 있어서 사람의 인식에 대한 근본 모형은 모사론(模寫論)의 그것이었다. 즉 비록 우리의 인식 능력에 어떤 잘못이 있을 수는 있으나 우리가 그것을 될 수 있는 대로 맑고 투명한 상태로 유지하는 한 세계는 그대로 오성의 거울에 투사될 수 있다는 생각이 그 밑바닥에 있었던 것이다.

여기서 중요한 것은 오성을 분명하고 명백한 상태로 유지하는 일이었다. 그러나 칸트에 있어서, 사물은 그대로 마음의 거울에 투사되는 것이 아니라 마음의 구성 작용에 의하여 조립되어 인식되는 것으로 생각되었다. 칸트에 이르러 인간의 지식의 한계는 적어도 서구 사상사의 관점에서 볼 때 상당한 제약을 감수한다고 할 수 있다. 그러나 이것은 어디까지나 이론적인 문제라고 해야 할 것이다. 칸트의 다른 노력은 주어진 한계 내에서의 오성적 법칙의 필연성을 더욱더 분명히 하는 것이었기 때문에 지식 자체의 확실성이 그 한계의 인식으로 하여 흔들린 것은 아니었다. 세계가 인간의 능력에 의하여 구성된다고 하여도 감성의 직관 형식으로서의 시간이나 공간 또는 여러 가지 오성의 범주들은 선험적인 질서를 이루고 있는 것이어서 이런 것들에 의하여 규정되는 인식의 확실성은 여전히 분명한 것으로 남아 있는 것이었다. 그러니까 다시 말하여 칸트에 있어서 세계는 우리의 인식 능력과의 상관관계 속에 있는 것이지만, 이 인식 능력은 조건에 따라서는 충분히 믿을 만한 것이었다. 그것은 우연적인 제약을 넘어서 선험적 명증성을 획득할 수 있었다.

그런데 인간 의식의 한계에 대한 서구 사상의 자기 성찰은 여기에서 한 발자국 더 나아가 인식 능력 자체의 신빙성에 대한 회의에까지 발전하지 않을 수 없었다. 독일에 있어서 역사주의적 사고의 발달은 사람의 사고가 역사 발전의 지평에 의하여 규정된다는 것을 말하게 되었다. 여기서 인간 의 인식 능력은 선험적으로가 아니라 경험적으로 규정되고 제한되는 것으로 받아들여지는 것이다. 헤겔은 모든 사람은 시대의 아들일 수밖에 없으며, 따라서 "어떤 개인이 그의 시대를 초월하는 것이 불가능한 바와 같이 철학도 동시대를 초월하는 것은 불가능하다."라고 말하였다.

인간 사고의 상대성을 결정적으로 주장하고 나선 것은, 역사주의적 사고와 헤겔 철학을 새로운 각도에서 사회 이해에 적용한 마르크스에 이르러서이다. 마르크스의 생각은, 단순화의 우려가 있는 대로, 그의 유명한 명제 "사람의 생존을 결정하는 것은 사람의 의식이 아니며, 그 반대로 사람의 사회적 생존이 그 의식을 결정한다."라는 명제로 요약될 수 있다. 마르크스의 이러한 명제에서 인간 의식과 진리의 관계는 그야말로 우발적인 것으로 생각된다. 대개의 경우 인간 의식은 그에 맞서는 세계에 대하여 그릇된 영상을 만들어 내고 그의 영상들의 총화는 그릇된 생각들의 표현이라는 뜻에서, '이데올로기'에 불과한 것이다.

'이데올로기'는 주로 지배 계급의 부분적인 이익을 보편적인 진실로 위장하고 이러한 위장을 통하여 사회 구조의 현상을 유지하는 데에 도움을 주는 역할을 한다. 이러한 이데올로기의 존재는 고르지 못한 사회관계가 존재하는 한 계속되기 마련이다. 그러나 마르크스의 견해로는 허위의식으로서의 이데올로기의 팽배는 자본주의 경제 체제에서 특히 두드러진다. 자본주의 경제 체제의 간접적인 지배 양식이 사회관계의 진상을 은폐하는 것을 용이하게 하기 때문이다. 자본주의적 생산의 능률성을 보장하는 분업(分業)의 발달은 자본주의 생산 체제의 부분 속에서 일하는 개인으로 하여금 그와 그의 작업을 통제하고 있는 전체 체제에 대하여 재량권이나 이해를 갖지 못하게 한다. 그는 생산자로서 그의 생산품이나 생산 과정이나 자신의 생존에 대하여 외면적인 관계만을 갖게 되는 것이다.

다시 말하여 그는 그의 창조적 삶에서 소외된 노동력이라는 상품으로 전락해 버리고 만다. 그럼에도 여기에서 특이한 것은 소외 상태가 바르지 못한 인간관계의 체제에서 야기된 것임을 쉽게 인식할 수 없다는 점이다. 이것은 소외 상태가 사물과 사물 사이에 성립하는 필연적인 경제 법칙의 함수로서 나타나기 때문이다. 즉 소외는 자유주의 경제학이 끊임없이 설득하려고 하는바 시장 경제의 불가피한 기능으로 나타나는 것이다. 그러나 이러한 물화된 사회관계의 인식은 반드시 의식적인 조작에 의하여 일어나는 것이 아님에 주의할 필요가 있다. 아마 지배 계급의 이데올로기 전문가들도 그들이 내놓는 이데올로기를 사물의 합리적이고 필연적인 진실을 설명해 주는 것으로 받아들이는 것일 것이다. 그들이 사태를 잘못 인식한다면, 그것은 반드시 이중적인 의식 또는 의도적인 위선에서라기보다는 — 그런 경우도 있는 것은 감출 수 없는 사실이나 — 그들의 의식이 원천적으로 부패했기 때문이다.

마르크스의 관점에서 볼 때 자본주의 사회에 있어서의 진리는 원천적으로 왜곡되어 있다. 그렇다고 마르크스가 극단적인 회의주의나 상대주의를 말한 것은 아니다. 자본주의 사회에서 계급에 관계없이 모든 사람은 소외되고 진리의 가능성에서 배제되어 있는 것이나 오직 노동 계급에게만은 진리의 인식의 가능성이 남아 있는 것이라고 그는 생각한다.

자산가(資産家) 계급과 노동 계급은 똑같은 자기 소외를 나타낸다. 그러나 전자는 이 자기 소외에 안주하고 그것을 통해서 스스로의 존재를 확인받는다. 그들은 소외를 자신의 수단으로 인정하며 그 속에서 인간적 생존 비슷한 것을 소유한다. 이에 대하여 후자는 이 소외에서 스스로의 파멸을 경험하고 거기에서 스스로의 무력화(無力化)와 비인간적 생존의 실상을 발견하게 된다.

따라서 자본주의 생산 체제의 전반적인 왜곡 속에서도 노동 계급은 진실의 보증인으로 남아 있게 된다.(이것은 현재적으로 그렇지 않다고 하더라도 잠재적으로 그렇다는 말이다.)

의식의 사회적 근거에 대한 모든 논의에 있어서 마르크스의 주장은 가장 커다란 영향을 주었다. 그리고 그것의 포괄성이나 구체적인 적용에 대하여는 이의가 있을 수 있겠지만 의식의 사회 또는 경제 결정론까지는 아니더라도 적어도 사회와 인식의 상관관계를 인정하는 것은 오늘날에 있어서는 거의 모든 사고의 이론에서 상식이 되었다고 할 수 있다. 그러나 이러한 상식화에 기여한 것은 적어도 서방 세계에 있어서는 마르크스 자신의 이론보다는 적어도 그 일부의 원류를 마르크스에 두는 '지식 사회학(Wissenssoziologie)'의 발달이라고 말해야 할 것이다. 지식 사회학의 창시자의 한 사람인 카를 만하임(Karl Mannheim)은 누구보다도 우리 사고의 '존재피구속성(Seinsgebundenheit)'을 강조하는 데 큰 역할을 하였다. 다만 사고와 존재의 관계에 대한 그의 생각은 마르크스의 생각보다 더 철저하게 상대주의적이라 할 수 있다. 그는 우리의 생각이 사회에 있어서의 우리의 상대적 위치에 의하여 지배됨을 인정하면서도 그러한 지배가 불가피하게 하는 부분성이나 왜곡을 넘어설 수 있는 가능성을 적어도 존재론적으로는 인정하지 아니하였다. 그의 구분에 따르면 지식 사회학의 근본 문제는 어떤 특정 계급의 계급 이익에 의하여 왜곡된 진리 인식이라기보다는 한 시대 전체의 사고방식의 이데올로기적 성격이었다. 그러면서도 진리를 아는 입장이 있을 수 있다면 사회에서 유리된 자유로운 지식인의 입장이 그러한 것에 가까운 것이었다. 이러한 생각에서는 물론 지식을 결정하는 요인 자체가 마르크스가 생각하던 것과는 다른 것이다. 여기에서 중요한 것은 반드시 경제 구조 속에서의 계급적 위치보다 시대, 문화, 심리적 유형 또는 세대와 같은 요인이다. 만하임 이외에도 인간 의식의 사회적 관련에 대한 연구는, 앞에서 말한 바와 같이, 셀러(Scheler), 뒤르켐(Durkheim) 등의 영향을 흡수하면서 오늘날의 서구의 지적 노력에서 중요한 흐름을 이루는 지식 사회학이 되었다.

인간 의식의 진리 능력에 대한 반성의 한 효과는 모든 인간 의식의 소산을 상대화하고 회의의 대상이 되게 하는 것이다. 이것은 철학적인 이성 비판의 경우에 있어서보다 사회적인 의식 비판에 있어서 더욱 두드러지게 나타나는 효과이다. 왜냐하면 철학적인 관점에 있어서 인간의 인식 능력의 병리는 그 스스로의 건강 원리에 의하여 교정될 수 있는 것이었다. 그리고 이 건강은 대체로 이성이라는 선험적인 필연성에 의하여 규정 내지 관리될 수 있는 것이었다. 이에 대하여 의식의 사회적인 관련이 문제될 때, 극단적인 상대주의의 입장을 극구 피한다고 하더라도 인식의 상대화와 절대적인 기준으로서의 선험적 근거의 상실은 불가피한 것으로 보이기 때문이다. 그러나 의식의 자기비판을 시도한 사람들의 목적이 냉소주의(冷笑主義)나 허무주의가 아니었음은 말할 것도 없다. 이러한 비판의 중요한 기능의 하나가 기존 관념 체계 내지 의식 체계의 허위성을 폭로하는 것이라는 것은 사실이지만 그것은 진리 인식의 가능성을 보다 확실하게 탐구하고자 하는 커다란 계획의 일면이었다. 만하임의 지식 사회학적 탐구의 목적은 지식의 과장된 권리 주장을 분쇄하자는 것보다 양차 대전 기간의 사상적 혼란 속에서 인간적 가치를 건져 낼 수 있는 믿을 만한 원근법을 찾아내자는 것이었다. 마르크스에게도 당대 지배 계급의 허위의식을 들추어내는 일과 함께 중요한 것은 인간에 관한 보편적인 진리의 이론적·실천적 거점을 마련하는 일이었다. 사회적인 관점에서 또는 보다 더 널리 철학적·심리학적·생물학적 관점에서 행해지는 인간 의식에 대한 비판적 검토에서 우리가 배워야 할 것은 최소한도 진리에의 길이 간단하지 않다는 깨우침일 것이다. 기존 질서나 직관이나 선험 체계에 의하여 자명한 것으로 주어지는 진리가 그대로 진리일 수는 없는 것이다. 그러니만큼 절대적인 확실성에 대한 우리의 욕구는 어느 정도 좌절에 부딪칠 수밖에 없으나, 그렇다고 진리의 가능성이 없어지는 것은 아니고 그것은 끊임없는 자기 성찰의 과정을 통해서, 그 생성과 구성에 대한 총체적인, 특히 사회적인 연관에 대한 고찰을 통해서만 수렴될 수 있다. 구체적으로 이러한 성찰의 전략이 어떤 것이어야 하는가는 별도로 고찰되어야 할 것이나 적어도 지식 사회학적인 여러 노력에서 우리가 배우는 것은 그러한 성찰의 필요성이다.

그러나 '모른다는 것을 아는 것', 특히 그에 대신하는 아는 것을 알아내는 것이 쉽지 않고 또 어쩌면 불가능하리라는 것은 고통스러운 일이다. 그리고 사실상 인간의 모든 지식이 역사와 사회의 여러 조건에 의하여 상대적인 것으로 또 잘못된 것으로 간주될 수 있을까? 가령 수학이나 과학의 지식이 보편성을 갖지 못한 부분적이고 왜곡된 지식이라고 할 수 있을까? 모든 인간의 지식 분야를 똑같이 상대화하는 것은 온당한 일이 아닐 것이다. 그중에도 물리적인 세계에 관계되는 것이나 순전히 형식적인 함축 관계를 다루는 분야에 있어서의 사람의 지식은 인간이나 사회에 관계된 것보다는 항구적이고 보편적인 타당성을 가질 수 있는 것처럼 보인다. 유클리드 기하학이나 뉴턴의 물리학이 현대에 와서 그 절대성을 상실한 것은 사실이다. 그러나 그것이 상대화되고 부분화되었다고 하여도 엄격하게 제한된 구역에 있어서의 그 타당성이 상실되어 버린 것은 아니다. 그리고 인정될 수밖에 없는 상대화도 개인적인 심리나 역사와 사회의 변덕에 의하여 단기적으로 일어나는 것이 아니다. 자연 과학의 원리가 근본적으로는 증명할 도리가 없이 직관적으로 받아들여지는 '패러다임'에 기초하여 있고 또 그 '패러다임'에서 출발한 여러 검증 규칙에 동의하는 과학자 공동체의 지지에 달려 있다고 하더라도 이것은 이론상의 문제이지, 실제 우리의 행동과 삶에 직접적으로 또 단기적으로 관계되는 분야에서는 커다란 불안의 요인으로 작용하지 아니한다. 진리가 사회적으로 또 다른 외적인 요건에 의하여 규정된다고 할 때, 그것은 불확실한 근거의 일상적 정서와 인상과 의견, 비현실적인 공상 또는 과학적 방법을 좇아 수립된다고 할 수 없는 우리의 행동적 신념에 해당되는 것일 것이다. 우리의 삶에서 직접적으로 중요한 것은 이러한 것들이다.

많은 사람들은 우리가 가지고 있는 별 쓸모없는 의견 또는 중요한 문제에 대한 우리의 신념까지도 틀릴 수 있다는 것을 인정하는, 보다 초연하고 이성적인 순간을 갖기는 한다. 그러면서도 우리는 우리 신념의 핵심을 구성해 주는 어떤 문화 영역의 자율성만은 양보하지 않으려 한다. 가령 철학이나 예술의 자율성과 같은 것이 그것이다.(사실 더 중요한 것은 윤리와 도덕이지만, 이것이 어떤 이성적인 절차보다는 직관적 공리의 수락에 근거해 있다는 것은 보다 쉽게 받아들여지는 것으로 보인다.) 철학이나 예술의 경우, 이것들은 불분명하기 마련인 주관적이고 정서적인 분야에 속하는 것이면서 그것 나름으로의 독자적인 원리, 모든 사람이 인정하지 않을 수 없는 보편 타당한 원리에 의하여 지배되는 특수한 고요의 핵심을 이루고 있는 것처럼 생각된다. 철학의 진리는 모든 사람이 공유하고 있는 이성에 호소하고 예술의 진실은 모든 사람이 공유하고 있는 인간으로서의 감수성에 호소하여 평가될 수 있다고 생각하는 것이다. 칸트의 이성 비판(理性批判)이 철학의 원리 이외의 것에 의하여 평가될 수 있는가? 일찍이 죄르지 루카치(György Lukács)는 칸트의 관념론이 자본주의 철학의 전형이라고 말한 바 있다. 그에 의하면, 가령 칸트에 있어서의 '물자체(Ding an sich)'의 신비는 '물화된' 자본주의 경제 체제 내에서 '물신적 숭배'의 대상이 된 상품의 신비화에 대응하는 것이라 한다.[1] 또는 조금 다르게 뤼시앵 골드만(Lucien Goldmann)은 직관의 형식으로서의 공간에 대한 칸트의 관심은 개인을 묶어 하나의 장(場) 속에 있게 하는 사회적 공간으로서의 인간 공동체에 대한 관심과 연결되는 관심이라고 한다.[2] 그러나 이러한 대응 관계의 수립은 상당히 복잡한 분석을 필요로 하고 또 보기에 따라서는 다른 유추가 불가능한 것이 되게 하지는 않는, 다만 그럴싸하게 보이는 유추 이상의 것이 아니라고 할는지 모른다. 물론 한 사회의 역사적 변화 속에서 여러 물질적·정신적 현상 간에 존재하는 것은 단지 '선택의 친화력'이고 또 이 '선택의 친화력'은 그 나름으로서의 필연적 연계 관계를 가진 것이라고 하여야 할는지 모른다. 하여튼 철학적 사고의 사회적 관련이 이러한 것이라면, 예술 특히 문학의 사회적 관련 또는 경험 세계와의 관련은 보다 직접적인 것으로 받아들여져 마땅한 듯하다.

문학은 사람이 사는 세계를 믿을 수 있는 완결감을 보여 주면서 묘사하려고 한다. 이 세계가 반드시 현실과 일치하는 것은 아니고 다분히 상상적이고 가공적이라고 하더라도 그것은 동시에 작가가 살고 있는 현실의 생활 세계를 반영하지 않을 수 없다. 호메로스의 『오디세이』의 세계는 제임스 조이스의 『율리시스』의 세계가 아니고 이것은 다시 김만중(金萬重)의 세계가 아니다. 말할 것도 없이 시대와 사회에 따라서 작자가 보여 주는 세

---

1 György Lukács, "Reification and the Consciousness of the Proletariat", *History and Class Consciousness*(London: Merlin Press, 1971).

2 Lucien Goldmann, *La communauté humaine et l'univers chez Kant*(Paris: Presses universitaires de France, 1948).

계는 다를 수밖에 없다. 또 같은 시대와 사회에 사는 작가의 경우에도 현실적인 또는 허구적인 생활 세계에 대한 작가의 인식은 그의 체험에 의하여 원근법을 크게 달리하기 마련이고 이 원근법을 결정하는 데 중요한 것은 불가피하게 한정될 수밖에 없는 그의 시점이다. 이 시점은 그 개인적인 역사에서 우러나오는 것이라고 하겠지만, 또 개인의 역사는 사회적 신분의 공간 속에서 양성되는 것인 만큼 작가의 사회적 위치에 의하여 크게 한정되는 것이라고 하여야 할 것이다.

이렇게 조건 지어지는 시점은 작가가 선택하는 소재에 대한 태도, 또 소재의 선택 그 자체, 더 나아가서는 그 선택의 지평을 이루고 있는 생의 공간, 그 공간의 지향성을 조성하는 근본적인 삶의 방향 설정에서 직접·간접으로, 의식적·무의식적으로, 표면적·심층적으로 드러난다. 학자들은 희랍 비극의 복잡한 사연들은 희랍 사회의 혈연관계의 규범이 없이는 그러한 격정적인 형태를 취하지 않았을 것이라고 지적한다. 18세기의 영국 소설의 소재가 소시민 생활에서 나오고 그 가치관에 의하여 처리된 것이라는 것은 자주 지적되는 바이다.(이것은 영국 소설에 대한 유종호(柳宗鎬) 씨의 논고에서도 지적되어 있는 바이다.) 또 어떤 특정한 가치가 쉽게 주장의 형태로서 나타날 수 없는 그림에 있어서도 17세기 화란 사실주의의 소재가 중산 계급에서 나오는 것임도 잘 알려진 사실이다. 김흥규(金興圭) 씨가 판소리론에서 지적하고 있는 것은 판소리의 소재와 처리가 그것의 담당 계층, 수용 계층에 의하여 달라진다는 점이다. 송재소(宋載邵) 씨는 이조 한문 문학을 말하면서 작가의 출신 계층 그것보다도 사회적 시점에 따라서 예술의 소재로 대상화되는 자연의 양상이 달라진다고 논하고 있다.[3]

소재의 사회적 관련은 비교적 자명한 것이다. 그러나 예술 작품이 단순

---

3 여기 언급된 논문들은 모두 『예술과 사회』(민음사, 1979)에 수록되어 있다.

히 당대의 사회나 사회의 부분을 반영하는 것도 아니고 또 이 반영의 충실성 그것이 예술 작품의 근본적인 매력을 이루는 것도 아니며, 더구나 그 우열을 결정해 주는 것은 아니다. 그러나 이것은 '단순히' 그럴 수가 없다는 이야기이지, 다른 한편으로는 어떤 사람들이 말하듯 예술 작품에 나타나는 사회적 현실이, 보다 순수한 예술의 진수를 구현하기 위하여 빌려 오는 보조 수단에 불과한 것이라고 말할 수도 없는 것으로 보인다. 여기에서 말할 수 있는 것은 예술과 사회에는 긴밀한 관계가 있고 또 이 관계는 다만 예술 외적인 것이 아니라 예술적 가치의 우열에 이어져 있는 것이나, 이 관계는 단순히 소재적 내용의 일대일적 대응 관계가 아닌 훨씬 더 복잡한 것이라는 점이다. 이 복잡한 관계를 밝혀 보려는 노력은 사실 예술과 사회를 논함에 있어서 가장 어렵고 중요한 것이다.

이것은 일단 예술에서 시대와 사회를 초월하여 비교적 지속적인 감동을 주는 요소가 무엇인가를 생각해 봄으로부터 일단 실마리를 풀어 볼 수 있을 것이다. 왜냐하면 예술의 사회적 관련에도 불구하고 어떤 초시간적인 심미적 가치가 존재한다는 것도 옳은 주장으로 보이기 때문이다. 초시대적인 미적인 가치가 무엇이든지 간에, 우리의 삶에 있어서 그것의 근거가 될 만한 것은 비교적 간단히 지적될 수 있다. 사람의 삶의 공간을 일단, 물리적 세계와 사회적 세계와 자아의 세계로 나누어 본다면, 예술 작품의 초시대적 성격은 그것이 시대의 변화에 가장 민감한 사회적 세계 속에서만 펼쳐지는 것이 아니기 때문일 것이다. 예로부터 시인이나 동양의 화가들이 예술적 묘사의 대상으로 삼았던 것은 자연이었다. 꽃이나 나무나 산──식물과 자연환경의 모티프 없이는 우리는 예술 작품을 생각할 수조차 없다. 적어도 우리는 예술이 이러한 부분에 관련되는 면에 있어서, 비교적 지속적인 감흥을 기록할 것으로 생각하여 볼 수 있을 것이다. 이미 '감흥'이라는 말을 썼지만, 다른 한편으로 예술가에게 무엇보다도 중요한 것은 그들의 마음속에 일어나는 느낌이다. 그들은 그들의 개인적인 감정 — 개인적이면서 동시에 인간의 원초적인 감정을 표현하고자 했다. 그런데 내 생각으로는 예술에 있어서 적어도 그 고유적인 성격을 규정하는 것은 이 '자아의 세계(Eigenwelt)'라고 보아서 마땅한 듯하다. 물론 이 자아는 반드시 예술가 자신일 필요는 없다. 그것이 어떤 자아이든지 간에, 예술에서 문제되는 것은 대체로 개체로서의 인간이 체험하는 세계이다. 다시 말하면 예술이 사물이나 세계에 대하여 관심을 갖는 것은 어디까지나 개체적 또는 실존적 인간의 관점에서 체험된 세계에 대하여서이다. 예술에 묘사되는 자연도 과학적 탐구의 대상으로서의 자연과는 달리 개체적 존재로서의 사람의 관점에서 체험된 자연인 것이다. 이 실존적 개체의 관점이 예술에 있어서 하나의 안정 요인을 이루는 것이 아닌가 한다.

그러나 이렇게 말하는 것은 인간이 사회적 동물이라는 반대 명제에 부딪친다. 그러나 개체를 말하는 것은 반드시 그 개체 의식의 사회적 형성을 부인하는 것은 아니다. 개체는 사회적으로 형성된 눈으로 자연을 보고 사람을 보고 사회를 본다. 우리는 앞에서 예술의 모티프로서의 자연을 말하였지만, 이것이 사회적으로 형성된 눈으로, 따라서 역사적으로 변하는 눈으로 본 자연이라는 것도 잊지 말아야 한다. 그렇긴 하나 사회 전체를 그 자체로 이야기하는 것과 그 전체에 규정되면서도 역시 개체적으로 존재하는 인간의 사회에 대한 원근법적 체험을 말하는 것은 방법적으로나 질적으로나 상당한 거리가 있는 것이다. 이 차이가 말하자면 역사나 사회학의 관점과 문학 내지 예술의 관점을 나누어 놓는 근본적인 차이일 것이다.

또 한 가지, 개체적 관점의 항구성을 말하는 것은 역사적 인간의 변화를 부정하는 것처럼 보인다. 그러나 여기서 말하는 것은 체험의 내용보다는 그 근본 양식이다. 적어도 사람이 사회를 원근법적으로 체험한다는 근본 양식은 크게 변할 수 없는 것으로 보인다. 또 이 양식은 그리고 사실상 내용적으로도 인간의 생물학적 한계에 의하여 크게 제한된다. 더 확대하여 말하면 인간성에 어떤 항수가 있음을 상정할 수도 있는 것이다.(물론 인간성도 역사에 따라서 변한다. 그러나 거기에는 어떤 문화적 항수(恒數)가 있고 또 더 나아가 생물학적 전제 조건이 있다. 물론 문화가 변하는 것임은 말할 것도 없고 생물학적 전제 조건이라는 것도 인간이 역사라고 부르는 시간의 리듬을 초월한 진화론적 발전의 소산임은 사실이다.) 하여튼 여러 가지 유보 사항을 가진 대로 예술적 체험에서 개체적 관점의 중요성이 예술의 지속성의 한 요인이 된다는 것은 일단 받아들일 수 있는 것이다.

개체적 체험에 관련하여, 예술의 체험에서 감각적 요소의 중요성도 예술의 초시대적 특징으로 들어질 수 있을 것이다. 감각적 체험은 만인 공통의 것이면서도 극히 개인적인 체험이다. 그런데 이것이 예술의 기본적인 요소의 하나인 것이다. 서구어에서 미학이라는 말의 어원이 되는 아이스테티코스(aisthetikos)는 '감각에 관계되는'이라는 뜻을 가지고 있다. 모든 예술이 직접적인 의미에 있어서 그렇다는 것은 매우 편협한 주장이 될 것이나, 감각적인 의미에 있어서의 알맞은 실감이 예술 작품의 중요한 특징이 된다는 것은 일반적으로 수긍될 것이다. 적절한 감각적 환기(喚起)를 기약하는 작품의 '결(texture)'은 그 자체로서, 이미 비록 작은 것이긴 하지만, 거의 필수적인 요건이다.

그러나 감각은 사람의 세계에 대하여 갖는 최소한의 접촉점에 불과하다. 아리스토텔레스에 있어서 비극의 요체는 '행동(praxis)'에 있고 또 이 행동은 아리스토텔레스 철학 전반에 있어서 삶의 가장 핵심을 이루는 것으로 파악되어 있다. 행동이란 무엇을 말하는가 하는 것도 간단히 답해질 수 없는 것이나 일단 어떤 목적을 위한 사람의 현실에의 개입이라고 정의해 볼 수 있다. 아리스토텔레스는 반드시 합목적적인 행동보다는 그 과정 자체가 삶의 충만을 나타내는 행동이라고 생각한 듯도 하지만, 어느 경우에나 사람은 끊임없이 미래를 향하여 생존을 기획하고 조직화하는 존재이며 그런 의미에서 행동적 존재이다. 또는 이러한 행동의 움직임을 조금 더 광범위하게 생각하여, 단순히 지향성이라고 말하여도 좋다. 후설은 사람의 의식이 늘 어떤 것의 의식이 되는 지향성을 가진 것이라고 하였지만, 인간의 모든 지적·정적 의지 가운데에도 우리는 그와 같은 지향성을 볼 수 있다.(사실 앞에서 감각 작용도 단순히 수동적인 과정이 아니라 지향성의 한 표현으로 볼 수 있다.) 좁은 의미에서의 행동에 있어서나 넓은 의미의 지향성에 있어서나 사람은 끊임없이 자기 밖으로 내던져진다. 이때 밖이라고 함은 사회이거나 물리적인 환경이다. 구체적으로 사람이 목표로 하고 지향하는 것이 무엇이든지 간에, 예술 그 가운데도 문학 작품은 늘 일의 성취와 실패, 감정과 의식의 만족과 좌절을 문제 삼아 왔다. 나아가 어떤 특정한 성취와 좌절을 허용하는 사회 구조나 운명의 모습을 말하기도 하였다. 이러한 인간 실존의 근본적 요건들이 우리가 시대와 문화를 초월하여 문학 작품을 감상할 수 있게 하는 전제 조건이 되는 것이다.

그러나 다시 한 번 주의할 것은 예술의 관심은 인간 생존의 외부적 조건 자체라기보다는 그 조건에 부딪쳐 살아가는 인간의 모습에 있다는 점이다. 또 이 모습이 외면적으로가 아니라 내면적으로 체험된다는 것이 중요하다. 예술 작품의 미적 정제성(整齊性)도 여기에서 나오는 것이 아닌지 모른다. 즉 미적 형식은 외면 세계의 사실이 내면화하는 역할을 하는 것으로 보이기 때문이다. 예술 작품에 있어서의 감각적 체험은, 황급하게 살아가는 우리의 나날의 삶에 있어서의, 거칠고 단절적인 체험과는 다르다. 그것은 일정한 공간적·시간적 확산을 가지고 우리의 내면 속으로 들어갈 수 있는 여유를 가져야 한다. 이것이 앞에서 말한 '결'의 현실적인 의미이다. 예술 체험에서의 감각 현상은 밖으로는 일정한 결을 보여 줄 수 있어야 하고, 안으로는 우리의 마음에 기쁨을 느끼게 할 수 있어야 한다. 또 작품 내의 행동은 단지 목적과 그 실현의 설명 또는 한 사회가 허용하는 여러 목적과 실현 수단의 종합으로서의 구조로서보다 하나의 행동의 리듬으로서 체험된다. 프랜시스 퍼거슨(Francis Fergusson)이, 서양 연극 연구의 조그만 고전이라고 할 수 있는 저서『연극의 이념(The Idea of a Theatre)』에서 서양 비극의 원형적 구성을 '행동의 비극적 리듬', '목표'와 '수난'과 '깨우침'으로 이루어지는 리듬이라고 한 것은 매우 옳은 것으로 생각된다. 리듬은 ── 사실 우리가 시의 리듬이나 무용의 리듬, 또는 노동의 리듬과 같은 데에서도 보듯이 ── 외면을 내면화하고 내면을 외면화하는 감각적이면서 구조적인 매개체이기 때문이다. 또 리듬의 또 하나의 기능은, 잡다한 장면을 하나로 연결해 주는 영화 음악처럼, 작품의 외면적 사건에 정치적 통일을 준다는 것이다. 구체적으로 이 행동의 리듬은 작품에 있어서의 사건의 전개의 적절한 균제성(均齊性), 또 감각적 세부의 구조적 안배, 그리고 무엇보다도 문체 또는 언어를 통하여 전달된다. 여기에 다시 한 번 주의할 것은 감각의 결과 구조가 따로따로 있는 것이 아니란 것이다. 발터 벤야민은 '분위기(Aura)'라는 개념을 가지고 낱낱의 지각 현상이 그것을 둘러싸고 있는 시간적·공간적 지평과의 삼투 작용 속에서 일어남을 지적한 바 있다.[4] 우리는 더 나아가 존재론적으로 하이데거가 말하듯이, 우리가 지각하는 사물 자체까지도 세계가 나타나는 지평 속에서만 사물로서 나타난다고 말할 수도 있을 것이다. 또는 뒤집어서 세계는 사물이 사물로서 나타나는 것을 계기로 하여 세계로 드러나며, 우리의 하나하나의 감각 작용을 통하여 시공간의 지평이 현실화된다고 할 수도 있다.[5] 하여튼 성공적인 예술 작품은 하나의 결, 하나의 리듬이 관류하고 있는 구조가 된다. 그리하여 그것은 외부

---

4   Walter Benjamin, *Das Kunstwerk im Zeitalter seiner technischen Reproduzierbarkeit*(Frankfurt am Main: Suhrkamp, 1963), p. 53, n 7, pp. 82~83.

5   Martin Heidegger, "Das Ding", *Vorträge und Aufsätze*(Pfullingen: Neske, 1954).

세계 속에 있으면서 동시에 거의 우리 신체의 느낌, 신체 내부의 '총체감(coenesthesia)'을 얻는다. 이러한 감각이 우리가 잘된 소설, 연극 또는 영화를 볼 때 우리로 하여금 이야기의 흐름이나 주인공의 체험의 흐름에 그대로 흡수되어 들어가게 하는 통로이다.

앞에서도 말했지만, 이런 내면적 전달의 주된 수단은 문학에 있어서는 언어이다. 그러기 위하여 그것은 단순히 개념적인 언어일 수 없다. 그것은 감각과 행동의 리듬적 구조를 구현할 수 있는 언어이다. 그것은 체험에 마술적인 일체성을 주며 독자로 하여금 그 체험에 마술적으로 일치되게 한다. 이것은 반드시 언어의 연금술적 세련을 말하는 것은 아니다. 어떻게 보면 그 원리는 간단하다. 우리는 다시 한 번 예술 작품과 특히 문학이 사람에 의하여 체험되는 세계를 그린다는 것을 상기하여야 한다. 예술 작품의 섬세하고 굵은 결은 사람의 섬세함과 굵음이다. 예술 작품의 일체성은 무엇보다도 사람의 일체성이다. 아마 이때 사람의 일체성은 다시 하나의 인격체의 통일성이라고 말해야 할 것이다. 한 인격체의 표현과 행동은 다양하지만, 인격체의 주인공은 일체로서 표현하고 행동한다. 그렇다고 이 인격체, 사람이 어떤 특정한 개인일 필요도 없고, 또 폐쇄적인 의미를 가진 개인주의적인 개인일 필요도 없다. 말할 것도 없이 "조직화된 '개아(個我, self)'를 구성하는 것은 집단 공유의 여러 태도를 조직화한 것이다. 사람은 한 공동체에 속하기 때문에 공동체의 여러 제도를 자신의 행동 속에 내면화함으로써 '인격체(a person)'가 된다."[6] 사실 잘된 예술 작품에서 문제되는 것은, 인간 품성의 다양하고 완숙한 발전을 이룩한 공동체에 있어서의, 이상적 가능성을 종합한 이상적 인격체라고 하여도 좋을 것이다. 이 인격

---

6   George Herbert Mead, *Works of George Herbert Mead*, vol. 2: *Mind, Self & Society*(Chicago: University of Chicago Press, 1934), p. 162.

체가 예술 작품에 주인공으로 나타날 수도 있지만 전체적인 감각적·구조적 암시로서 또 다양하고 뚜렷한 언어로서 시사되기만 할 수도 있다. 앞에서 말한 완전한 문학의 언어에는 이러한 암시를 포용하는 언어이다.

예술과 사회의 관계를 살펴보고자 하는 글에서 앞의 논의는 거의 일방적으로 예술 그 자체만을 두고 이야기한 것이었기 때문에 긴 우회로를 지나온 것이 되었다. 그러나 예술만을 살펴보는 것은 예술이 사회에 간단히 종속될 수 있는 대상적 산물이 아니라는 것을 상기하기 위해서 필요한 것이었다. 그리고 사실상 우리는 그동안에도 우리의 본론에서 그렇게 멀리 떨어져 있었던 것만은 아니다. 왜냐하면 우리의 논지의 하나는 예술이 사회와 관계를 맺는 것은 소재 또는 기타 객관적 사실을 통하여서만이 아니라는 점이기 때문이다. 그보다 중요한 것은 소재로 등장하는 외부 세계나 외부 세계에 대하여 반응하는 주체적 체험의 양식 그것이 사회적으로 규정될 수 있다는 사실이다. 앞에서 살펴본 것은 주체적 체험이 어떻게 예술 작품 속에 작용하는가 하는 것이다. 이 다음의 일은 얼핏 보아 이 무규정적인 주체적 미적 체험이 (사실상 여기서 문제의 대상은 수용자 측보다도 창조자 측의 체험이지만) 어떻게 사회적으로 또는 외면적으로 규정되는가 하는 일이다. 이것은 매우 어려운 일이다. 이 글의 머리에서 말하였듯이 주체적 의식은 스스로가 내면화하고 있는 제약을 알지 못한다. 매여 있는 의식은 매여 있는 상태를 곧 스스로의 자유로운 실상으로 느끼는 것이다.(자유를, 하고 싶은 것을 할 수 있는 상태라고 한다면, 하고 싶은 것 자체의 제약과 왜곡은, 할 수 있는 것에 있어서의 제약과 왜곡을 느끼지 못하게 할 것이다.) 자기 소외 상태의 의식 또는 완전히 해방되고 성숙한 의식이 무엇인지, 또 예술 작품이 반드시 완전히 자유로운 인식의 표현이라고만 할 수는 없기 때문에, 여러 가지 형태의 제약된 의식의 예술적 표현은 어떤 것인지 — 이러한 문제들이 우리의 연구의 대상이 되는 것이라 할 수 있다. 그러나 다시 한 번 이러한 문제에 답하는 것은 용이한 일이 아니다. 우선 소외와 자유로운 의식의 문제를 생각해 보면, 우리는 적어도 방법론적인 출발점으로서 하나의 정해진 답변이 있다는 가능성을 배제할 수밖에 없다. 대부분의 사고의 이데올로기적인 성격을 고려한다면, 쉽게 시대적·계급적 왜곡에서 벗어나 있는 거점을 설정할 수 없는 일이다. 또 문학적인 탐구가 앞에서 말한 바와 같이 인간적인 따라서 다소간의 정도의 차이는 있을망정, 구체적 실존의 관점을 의도적으로 채택하는 것이라고 하면, 문학은 그 전체에 있어서 이미 객관적이고 전체적인 입장을 배제한다고 할 수 있다. 메를로퐁티는 사물이나 역사의 객관적 논리를 투명하게 드러낼 수 있다고 생각하는 사고를 '고공비행의 사고(pensée de survol)'라고 부르고, 이것은 구체적 생존의 상황 속에 박혀 있는 인간에게는 불가능한 것이라고 말한 바 있다. 이것이 가능하든지, 그렇지 않든지 간에 문학의 구체적인 관심은 고공비행의 사고의 권리를 보류한다는 면을 가지고 있는 것이다. 앞에서도 이미 비친 바 있듯이 모든 구체적인 생존은 그의 시간적·공간적 상황 속에 갇혀 있으며, 이 갇힌 입장으로부터 퍼져 나가는 의도와 의식의 벡터에 따라 원근법적으로 전체적인 상황의 인식에 접근한다. 원근법에서 오는 왜곡과 맹점은 실천적 의도나 인식의 노력의 전체적인 확산 과정에서 어느 정도 드러나고, 그 원근법을 넘어서는 새로운 역사적 전개에 의하여서만 보다 철저하게 교정될 수 있을 것이다. 물론 동시대에 있어서도 보다 유리한 전체 조망을 허용하는 입장을 상정할 수도 있고 또는 역사적 현실의 원근법적 단면의 총체적인 균형에 의하여 일단의 전체성이 성립한다고 말할 수도 있다. 그리고 이미 여러 번 비쳤듯이, 이 원근법적인 이해는 한없이 유동적인 것이 아니라 개인의 역사, 개인이 속해 있는 사회 계층, 나아가 문화적·민족적 특징에 의하여 한정된다. 그리고 이 중에서도 오늘날의 삶을 지배하는 가장 결정적인 범주가 생존의 노력인 만큼, 주로 경제 관계에 의하여 구별되는 사회 계층이 가장 중요한 한정적 요소가 될 것이다. 그러니까 사회와의 관련에서 문학을 말하려는 여러 이론들이 사회 계급에 집중적인 관심을 보이는 것은 당연하다. 그러나 다시 한 번 모든 것을 일시적으로 드러낼 수 있다는 도식적 결정론이 사실을 설명해 주는 것이 아니라는 것을 강조할 필요가 있다. 앞에서 원근법이라는 말을 썼지만, 생각해 보면 이것은 재미있는 해석을 허용하는 비유가 될 수 있다. 원근법은 한편으로 그 안에서의 개개의 위치와 그 위치에서 가능한 시계(視界)의 통일이 객관적으로 규정된다는 것을 말하지만 다른 한편으로는 일정한 시점에서 있을 수 있는 시계의 통일은 상당히 자유롭게 선택될 수 있다는 것을 말한다. 인간 생존이나 예술의 사회적 이해를 말할 때 우리의 관심을 끄는 것은 비교적 굳어 있는 사회적 범주가 규정하는 원근법과 그 내용에 못지않게 시각의 원근법적 통일을 이루는 주체의 전체화 작용이다. 삶의 느낌이란 그것이 어느 시점, 어떤 내용의 것이든지, 이 주체적 전체화 작용 이외의 다른 것이 아니라 할 수 있다. 그리고 이 전체화 작용은 곧 주어진 상황에 의하여 제약되면서 동시에 창조적으로 행동할 수 있는 자유 없이는 불가능한 것이다.

이러한 관점에서 볼 때, 사람의 삶은 개인적 환경, 소속 계층, 민족 문화에 따라서 유형적으로 나타나면서도 동시에 이러한 범주를 종합화하여 하나의 일관된 생존의 구도로 현재화(顯在化)한다는 점에서 자유롭고 유일한 것이다. 또 그러면서 역설적으로 이러한 낱낱의 구체적 생존의 창조적 실현을 꾀할 수 있는 능력을 부여받았다는 면에서 모든 인간은 서로 동일하거나 비슷한 것이다. 예술 내지 문학은 이러한 역설적인 전체화 작용에 그 주의를 집중하며 우리의 사회적 연구도 이러한 전체화 작용에서의 필연과 자유의 구도를 이해하여야 한다. 여기에서 모든 것은 결정되어 있으면서, 모든 것은 자유롭다. 그러니만큼 예술은 사회적으로 결정되면서 또 늘 새로운 것이다.

근년에 있어서 루카치나 골드만의 문학에 대한 사회적 이론이 큰 반향을 일으킨 것도, 내 생각으로는 그것이 인간의 사회적·역사적 한정을 이야기하면서 또 한정을 주체적 창조의 계기로 삼는 인간 존재의 변증법적 과정에 착안한 것이기 때문이다. 그들에게 중요한 것은 외부적인 한정과 함께 역설적으로 이 한정의 주체적인 창조이다. 골드만은 사회와 문학을 설명함에 있어서 '세계관'이라는 말을 중심 개념으로 사용한다. 이 말은 사람의 현실 이해가 불가피하게 사회 계층의 원근법의 왜곡을 감수한다는 것을 인정하는 말이다. '세계관'은, 『숨은 신』에서의 그의 정의에 따르면, "한 사회 집단 ─ 이 집단은 대부분 사회 계급의 형태를 취한다. ─ 의 성원들을 서로 맺어 주며 또 이들을 다른 사회 집단의 성원에 대립시키는, 생각과 소망과 감정의 덩어리 일체"를 말한다. 그러나 그가 파스칼이나 라신이나 말로를 분석함에 있어서 관심을 갖는 것은 단순히 이 세계관의 단편적 내용이 아니라 그것의 구조화 작용이다.[7] 파스칼의 위대성은 그가 속한 계급이 갖는 세계관의 여러 특징을 그대로 드러내었기 때문이 아니라 그 세계관의 잠재적 가능성을 완전히 사상적·문학적 구조로써 제시한 때문이다.(골드만에 대해서는 『예술과 사회』(민음사, 1979)의 곽광수(郭光秀), 이동렬(李東烈) 양 씨의 소론을 참고할 것.) 아마 루카치의 경우 그에게 구조적 능력보다도 어떤 예술적 노력의 사회 인식이 보편적 역사의 진전의 관점에서 객관적으로 옳다고 볼 수 있느냐 하는 것은 골드만에 있어서보다 중요한 것이었을 것이다. 그러나 그에게 역사 진전의 경로는 무엇보다도 변증법적인 것이었다. 루카치에 있어서 외부적인 사실과 인간의 실천적 능력은 끊임없는 교환 작용을 일으키며 하나의 통일된

---

7 Lucien Goldmann, *The Hidden God*(London: Routledge & Kegan Paul, 1964), p. 17.

역사적 총체를 이룬다. 인간을 조건 짓는 것은 사회적 범주이지만, "인간 사회의 움직임은 사람 스스로가 만든 것으로서만, 사람들의 관계 속에서 나타나면서 사람의 손아귀를 벗어나는 세력들의 소산으로서만 그 내적인 의미를 드러낸다."[8] 그리고 이러한 의미의 역사 이해는 다시 역사적 사실의 이론적·실천적 구성에 중요한 출발점이 된다. 이러한 역사 이해에서 볼 때 예술은 단순히 외적인 현실의 반영이 아니다. 그것은 외적인 현실의 움직임의 통일성을 포착하여 이를 인간 실천의 일부로 전환할 수 있는 창조적 능력의 표현 가운데 하나인 것이다. 이것은 예술의 내용에 못지않게, 자족적(自足的)인 구조물을 만들 수 있는 형식으로서 나타난다. 철학적·이론적 노력이 역사가 제시하는 전체를 이해하고 구성하려는 노력인 것처럼 예술적 노력도 "직접적이고 감각적인 자명함 속에 구체를 재구성"[9]하려는 노력이라 하겠는데, 이 구체성은 상관관계와 통일성을 통해서 구성된다. 왜냐하면 "어떤 현상의 구체성은……확산적이고 한없는 전체의 테두리에 달려 있기"[10] 때문이다. 인간의 실천과 예술 창조는 서로 다른 차원에서 이론과 실천, 의미와 사실, 구체와 추상, 형식과 내용을 포용하는 전체성을 창조하려는 노력이라 하겠다.

　예술적 인식에 작용하는 사회적 범주를 이와 같이 제약과 창조의 유동적인 병존으로 이해하는 이점은 그것이 예술 현상의 여러 면을 단순화하지 않고 설명해 준다는 것이다. 이러한 이해는 우선 예술이 시대적·계층적 배경에 크게 조건 지어지면서도 창조적 표현이기를 그치지 않는다는 우리의 직관을 확인해 준다. 이 창조적 자유는 무엇보다도 한편으로는 예술적 묘사의 대상이 되는 현실의 통일성 속에서 태어나면서, 다른 한편으로는

8　György Lukács, *Marxism and Human Liberation*(New York: Delta, 1973), p. 38.

9　György Lukács, "Art and Objective Truth", *Writer & Critic*(New York: Grosset, 1970), p. 47.

10　Ibid., p. 47.

작품의 구조적 통일로서 나타난다. 달리 말하면, 주어진 현실의 필연을 형식으로 옮겨 놓는, 현실적 내용과 형식의 융합 반응이 예술인 것이다. 이때 형식과 내용을 나누어 말할 수는 없는 것이지만, 이것을 구태여 쪼개어 말한다면, 인간의 창조적 자유는 형식 속에 또는 여러 사항을 하나로 구성하는 상상력의 작용 속에 나타난다고 할 수 있다. 물론 이 형식은 내용에 인위적으로 부과한 것이 아니라 내용이 되는 현실 그 자체가 드러내는 전체성이다. 이러한 내용과 형식의 관계는 시대와 계층의 여러 가지 제약에도 불구하고 모든 예술 작품에게 일단의 완성을 허용한다. 아무리 제한된 조건하에서도 일단의 형식적인 통일성은 가능한 것이다. 이때 이러한 통일을 이룩하는 인간의 자유는 절대적인 것이 아니라 주어진 조건의 의미를 이론적으로 또는 더 나아가 실천적으로 파악하는, 상황 속의 자유이다. 그렇다고 해서 모든 예술의 예술적 가치가 동일한 평면 위에 성립하는 것은 아니다. 역사는 그 단계마다 하나의 통일된 전체를 이루면서 또 동시에 이 통일체는 그 내부 모순의 전개와 더불어 다음 단계의 보다 높은 통일 속에 지양된다는 것 ── 이것이 루카치가 설명하는 변증법의 한 의미이다. 이 루카치의 변증법 이해는 그의 철학적 저술, 특히 『젊은 헤겔』에도 이야기되어 있지만, 19세기 유럽의 리얼리즘에 관한 비평문들에도 전제되어 있는 것이다. 일반적으로 예술의 가치를 단순한 형식의 아름다움이 아니라 그때그때 가능한 현실과 예술의 전체성을 드러내 주는 원리로서의 형식과 내용의 통합에서 찾는다면, 우리는 각 단계에 가능한 완성과 동시에 그 완성의 보편적인 확대를 포용하는 변증법을 수긍하지 않을 수 없는 것이다.

이러한 상대적이면서 동시에 절대적일 수 있는 미적 가치를 인정한다고 할 때, 어떤 시대나 계층적 제약으로부터 단적으로 가장 보편적인 심미적 완성에로의 도약을 막는 것은 무엇인가? 그 답변은 다시 한 번 형식이 주어진 현실의 전체성이며, 또 예술의 형식은 그 구체적인 내용으로부터 추상화될 수 없다는 데에서 찾아질 수 있을 것이다. 그러나 여기에 조금 더 형식적인 요소 — 또는 형식과 내용의 분리를 시사하지 않기 위하여 구조란 말을 쓰면 — 구조적 요소만 따로 생각할 수 없는 것도 아니다. 유종호 씨는 그의 영국 소설론에서 루카치나 골드만의 소설 이론의 강점이 장르 이론이란 점을 지적하고 있는데[11] 이것은 그들의 철학적 배경이 주체적인 실천을 강조하는 변증법에 있다는 것에 관계된다고 할 수 있다. 장르는 간단히 말하여 구조의 원리 — 어떤 특정한 작품이나 작가에 한정되는 것이 아닌, 일반적인 체험의 구성 원리에 관계된다. 장르의 이론은 한편으로 형식적 전개의 내면적인 원리로서의 장르의 특징을 살피면서 다른 한편으로는 그 사회적 배경 및 사회적 배경과의 상응 관계를 밝히려 한다. 영국 소설의 사회적 배경에 대한 이언 와트의 연구, 루카치의 리얼리즘론 또는 솔제니친론, 골드만의 말로의 소설에 대한 연구, 루이 알튀세르(Louis Althusser)의 베르톨라치와 브레히트론에서 우리가 깨닫게 되는 것은 형식과 구조의 모형으로서의 장르적 특징이 얼마나 시대적 상황을 반영하느냐 하는 사실이다. 형식의 어떤 요소는 거의 우연적이고 외부적인 환경에 의하여 발생한다. 유종호 씨가 지적하고 있는 바와 같이 소설의 길이는 양을 길게 하여야 할 필요와 관계가 있다. 이강숙(李康淑) 씨의 지적에 의하면, 어떤 성가의 느린 음정 구성은 예배 의식에서 가사가 분명하게 들려야 한다는 요구 조건에 관계되어 있다.[12] 그러나 어떤 형식적 요건은 그것보다도 시대의 변증법적 전체성의 움직임에 대응하는 경험의 내적 필연성에서 나온다. 소설이 문제적 개인의 전체성의 추구라는 구성을 갖는다거나 개인의 무력화와 더불어 즉물적인 묘사의 소설이 등장한다거나 하는 것이

---

11 『예술과 사회』(민음사, 1979).

12 같은 책.

그런 경우이다. 작가가 어떠한 장르를 선택하여 현실을 묘사 내지 구성한다는 것은 인간 체험 구성의 원형적 양식으로서의 어떤 형식, 가령 이야기의 형식을 빌려 쓰면서, 다른 한편으로는 시대적으로 지배적인 구성의 여러 특징, 즉 장르적 특징을 그의 편의에 따라 이용하고 더 나아가서는 (그가 참으로 대표적인 작가라면) 이미 계승된 형식의 변주를 통해서 그 시대의 변증법적 전체성의 새로운 움직임을 흡수하는 작업을 뜻한다. 우리는 앞에서 왜 어떤 예술 작품이 단번에 보편적인 완성에 이르지 못하는가 하는 질문을 발하였지만, 이에 대한 답변은 지금까지 설명한 바와 같은 형식의 시대 구속성에서도 찾아질 수 있는 것이다. 어느 시대에 있어서나 어떤 장르의 완성은 그 나름의 구조적·형식적 상상력(물론 현실의 움직임에 대응하는)에 달려 있다고 하겠으나, 이 상상력이 시대적·사회적 계약을 단번에 넘어설 수는 없는 것이다.

지금까지 우리는 예술 작품 속에서 어떻게 경험이 전체적으로 구성될 수 있는가 하는 점들에 대해 언급하였다. 그러나 이것은 모든 경험이 현실의 전체를 묘사해야 한다는 것은 아니다. 또 전체는 단지 암시될 수 있을는지는 몰라도 도저히 완전히 묘사되어 버릴 수는 없는 것이다. 그렇긴 하나 우리는 전체가 늘 개체나 부분 속에도 암시된다는 것을 생각하여야 한다. 『전쟁과 평화』가 나폴레옹 시대의 러시아를 전부 그리고 있는 것은 아니면서, 예술적 구성의 다양하면서도 통일된 전개에 의하여 전체 사회가 묘사된 듯한 인상을 줄 수 있듯이 전체는 구조적 압축 작용을 통하여 암시될 수 있다. 그러나 이렇게 구조의 조작에 의하여서가 아니라 보다 직접적으로 전체가 부분에 투영될 수 있다는 것도 사실일 것이다. 이미 우리는 구체적인 사물의 지각에는 그것을 에워싼 시공간적인 지평과의 삼투 작용이 있다는 벤야민의 생각에 언급한 바 있다. 이것이 전통적인 미적 지각의 기본 도식이다. 그러나 그는 또 사진과 영화에 관한 일련의 논문에서 새로운 예술 매체의 등장과 더불어 현대인의 지각 구조가 바뀌어 가고 또 이것이 새로이 등장하는 대중 세력의 형성에 깊은 의미를 가진 것임을 이야기하기도 하였다.[13] 루카치는 여러 군데에서 오늘날의 대상은 "대상성의 구조 속에, 어떤 특정한 역사적 시기의 산물로서, 즉 자본주의의 산물"[14]로서 존재한다고 말하였다. 다시 말하여, 자본주의 사회의 대상은 그 본래의 모습으로 나타나는 것이 아니라 상품의 물신적(物神的) 숭배를 가능하게 하는 물화(物化)된 사회 질서의 한 매듭으로만 존재한다는 것이다. 우리의 사물 지각이 반드시 사회적으로만 결정되지 않는다고 하더라도 그것이 우리의 세계 이해 또는 세계가 스스로를 드러내는 모습에 관계되어서만 인식되는 것이라는 것은 이미 앞에서도 지적하였다. 다시 말하거니와 하이데거도 이러한 생각을 그의 획기적인 예술론『예술 작품의 기원』또는『사물』등에서 표현한 바 있다. 그러나 이러한 존재론적 고찰은 단순히 예술과 사회 간에 성립하는 영향 관계의 문제는 아니다.

지금 이야기한바 사물의 지각에 있어서의 부분과 전체의 삼투 관계는 예술 작품에 있어서의 또 다른 면에 중요하게 나타난다. 여기에서 문제되는 것은 사물과 사물의 테두리 사이의 관계가 아니라 사물과 사물을 지각하고 이것에 예술적 표현을 주는 사람과의 관계이다.(사물과, 사물의 전체적 조직과 지각하는 주체와 — 이 삼자의 관계는 하나의 과정을 이루기 때문에 분리될 수 없는 것이다. 그러나 우리의 논의에 있어서 이를 따로따로 이야기하는 것은 불가피하다.) 앞에서 우리는 예술 작품에 묘사되는 세계가 사람에 의하여 체험된 세계임을 말하였다. 이것은 전체에 있어서 그렇고 부분에 있어서 그렇다. 예술가에 의하여 보아진 대상물은 예술가의 흔적을 담아 가지고 있다. 베토

---

13 『예술과 사회』표제 논문 참조.

14 György Lukács, *Marxism and Human Liberation*, p. 28.

벤의 작품은 아무리 작은 것이라 하더라도 베토벤적인 것을 느끼게 한다. 반 고흐가 그리는 불꽃처럼 타오르는 나무는 어디에서나 반 고흐의 솜씨를 알아보게 한다. 뿐만 아니라 꿈틀거리며 타오르는 나무의 곡선은 그가 그리는 들에도, 하늘에도, 사람의 얼굴에도 있다. 조금 더 객관적인 화풍의 예를 들어도 사물을 매체 속에 정착시키는 솜씨는 늘 특유한 것으로 나타난다. 루벤스의 그림에서 지표면은 활발한 율동을 표현하며 나무는 강력하게 위로 치솟아 올라가고 나뭇잎들은 진하게 얽혀 있다. 이러한 수법에 비하면 동시대 화가인 라위스달(Ruysdael)이나 호베마(Hobbema)의 풍경에 나오는 같은 물건들은 가냘프고 정교하다.[15] 형상화의 내부에 움직이는 정형(定型)의 리듬은 미술사가들이 흔히 스타일이라고 부르는 것이다. 스타일은 어떤 작품이 어떤 작가의 것인가를 알아볼 수 있는 중요한 실마리가 된다. 이것은 미술품 수집가나 미술상에게만 중요한 것이 아니다. 예술 작품의 세부에 나타나는 스타일이야말로 본래적인 미술 가치의 면에서 어떤 작품을 훌륭한 것이게 하고 또 다른 그에 비슷한 작품을 가짜가 되게 하는 것이라고 주장하는 미술 이론가도 있다. 동양의 서도(書道)는 바로 쓰이는 글의 내용보다도 그 쓰임새, 쓰는 이의 스타일로써 감상되는 예술이라 할 것이다. 앙드레 말로에 의하면, 스타일이란 "세계를 발견하는 사람의 가치에 따라 세계를 재창조하는 수단이다." 또는 그것은 "세계에 부여한 의미의 표현, 보는 일의 결과가 아니라 보라는 호소"이고 또 그것은 "신비스러운 리듬을 타고 별들의 흐름 속으로 우리를 이끌어 가는 영원한 세계를 가냘픈 사람의 원근법 속에 줄이는 일이다."[16] 메를로퐁티는 이러한 말로의 말을 인용하면서 동시에 마치 스타일이 화가에 의하여 세계

---

15 Heinrich Wölfflin, *Principles of Art History*(New York: Dover, 1950), pp. 6〜9 참조.

16 Maurice Merleau-Ponty, *Signes*(Paris: Gallimard, 1960), p. 67에서 재인용.

의 외부로부터 부여되는 것인 듯이 이야기하는 말로의 말을 수정하여, 스타일은 이미 우리의 지각 현상 안에 배태되어 있는 것이라고 하고 그것이 나타내고 있는 것은 우리가 "세계에 살고 그것을 다루고……해석하는, 즉 존재에 대하여 갖는 관계"라고 한다. "스타일은 각각의 화가가 그의 시각의 드러남의 작업을 위하여 스스로 구성하는 '조응 관계의 체계(le systéme déquivalences)'이고 그의 지각 작용 속에 흩어져 있는 의미를 압축하여 표현으로 존재하게 하는 '일관된 뒤틀림'의 보편적인 증표"[17]인 것이다. 그러니까 메를로퐁티에 의하면 스타일은 어떤 화가 또는 예술가에 독자적이면서 동시에 세계 전체가 사람에게 의미로서 드러나는 방식이다. 따라서 전체가 부분 속에 압축되어 있다는 것과 다른 뜻에서 예술 작품의 모든 세부는 이미 직접적으로 전체를 나타내고 있다. 그렇다는 것은 그것이 세계에 작용하는 사람의 전체적인 방법 또는 세계 그것이 세계로서 구성되는 방법의 부분적인 현현(顯現)이기 때문이다.

인간 존재의 사회적 성격을 누구보다도 깊이 의식하고 있는 사회 철학자답지 않게 메를로퐁티는 스타일의 문제를 곧 존재의 문제로 이끌어 가지만, 스타일의 형성이 사회와 역사에 결부되어 있는 것은 물론 미술사의 상식이다. 앞에서 든 루벤스와 라위스달, 그리고 호베마의 스타일의 비교는 하인리히 뵐플린(Heinrich Wölfflin) 미술의 스타일의 변화에 관한 연구에서 빌려 온 것이지만, 뵐플린은 이들 화가의 스타일을 대비한 다음에 곧이어 이들의 화풍이 단순히 개인적인 차이가 아니라 민족적·문화적 차이임을 지적하고 또 나아가서는 이들이 다소의 차이는 있을망정 17세기의 바로크 화풍을 이루고 있음을 말하고 있다. 화가 개인의 스타일은 그 나름으로 독특한 것이면서 유파, 민족, 시대의 스타일의 일부를 이루는

---

17 Ibid., p. 68.

것이다.

그런데 이러한 스타일의 얼크러짐을 살펴볼 때, 반드시 개인의 스타일이 모여서 보다 큰 집단의 스타일을 이루는 것이라고 말할 수는 없다. 오히려 거꾸로 시대나 민족의 스타일이 개인의 스타일을 규정한다고 말할 수도 있는 것이다. 어떠한 시대의 작품을 '도안적'이게 하고 또 다른 시대의 작품이 '회화적(繪畵的)'이게 하고, 어떤 유파의 그림을 '촉각적'이게, 또 다른 유파의 그림을 '시각적'이게 하는 것은 무엇인가. 하여튼 우리가 지적할 수 있는 것은 시대나 유파나, 또 사실 매우 중요한 요인으로서 지적되어야 할 계층이나 — 이러한 사회적·역사적 범주가 그것 나름의 지각의 문법, 나아가서 형성의 문법을 가지고 있으리라는 것이다. 이 문법은 독자적인 형식의 발전 법칙에 따라 흥망성쇠를 겪는다는 점도 없지 않지만, 다른 한편으로는 경제적·사회적·정치적 발전의 여러 양상과도 은밀히 관계되어 있을 것이다. 그러나 지각 현상의 사회사는 아직도 쓰여야 할 분야이다. 의미 연관을 조금 더 쉽게 찾아낼 수 있는 문학의 분야에 있어서, 에리히 아우어바흐(Erich Auerbach)의 『미메시스』와 같은 책은 부분 속에 이미 드러나는 스타일과 또 스타일의 의미 작용이 어떻게 사회나 사고의 역사적 발전의 전부를 반영할 수 있는가를 어느 정도 밝힌 바 있다고 할 수 있을 것이다.

지금까지 우리는 예술과 사회의 여러 연관을 생각하면서 장르, 지각의 상호 삼투성, 스타일 등 주로 예술 작품의 형식적이고 구성적인 요소, 체험의 형성화 요인들을 말하였다. 이것은 예술에 있어서 이러한 면만이 중요하다는 뜻에서 그러한 것은 아니다. 말할 것도 없이 형식과 내용은 구분할 수 없는 것이다. 우리가 형식에 주의한다면, 그것은 예술에 있어서 내용의 측면은 오히려 자명한 것이기 때문이다. 우리의 형식적 요인에 대한 주의는 균형의 재조정이라는 의미가 있다.

생경험의 현실에 있어서 중요한 것은 구태여 갈라서 말하자면 경험의 내용이다. 밥을 먹거나 일을 하거나 중요한 것은 생명 유지와 노동과 쾌락에 필요한 작업의 내용이며 물건 자체이다. 무엇을 어떻게 먹고 어떻게 만드느냐 또 그것이 우리의 다른 활동과의 관계에서 어떤 의미를 갖느냐 하는 것은 제2차적인 문제이다. 또 '어떻게'와 의미가 문제되더라도 그것은 어디까지나 제1차적인 사실과의 관계에서이다. 예술, 그중에도 특히 문학은 이러한 일차적인 사실, 먹고 일하고 살고 하는 일들의 상호 연관과 의미를 그 관심의 대상으로 한다. 그리고 이러한 것들의 상호 연관에 대한 고려가 필요한 것은 이러한 일들이 상호 연관 속에서만, 특히 사회적인 연관 속에서만 제대로 수행될 수 있기 때문이다. 그러나 예술의 구극적인 의미, 또는 적어도 그것이 그리는 허구적 현실의 구극적인 의미는 사람이 사는 일들과의 관련에서만 의미를 갖는다. 그러면서도 예술이 이러한 직접적인 관련을 떠나서 사물의 형식적인 연관에 특별한 그 주의를 기울이는 활동임은 부정할 수 없다. 사람이 하는 일은 어느 경우에나 전체의 조화를 해치면서까지 어떠한 부분을 과장하는 경향이 있다. 여기에는 그럴 만한 원인이 있을 것이나 대개의 경우, 어떤 일에서나 균형과 조화가 건강한 생명의 원리라는 관점에서 볼 때, 그것은 퇴폐적인 변질의 표현이라고 규정할 수 있을 것이다. 그러나 모든 형성의 원리에 대한 관심이 그러한 낙인을 찍혀야 하는 것은 아니다. 어떠한 조건하에서는 형성 원리에 대한 예술의 관심은 정당한 것이다. 그것은 예술 활동의 근본 원리인 상상력의 원리이고 바로 인간의 인간으로서의 체험의 본질을 이루는 것이다. 우리가 현실의 삶에서 갖는 체험은 그 자체로서 의미를 가지면서 동시에 그다음의 체험에 대한 영향으로서의 의미를 갖는다. 자라 보고 놀란 가슴 소댕 보고 놀란다는 속담이 있거니와 이러한 속담에서도 우리는 한 체험은 다음 체험에 형성적 영향을 끼친다는 것을 알 수 있다. 프로이트는 하나의 체험에서 그 구체적 내용이 사상(捨象)되고 일반적이고 막연한 인상으로 남아서 다음의 체험에 영향을 주는 '감정적 에센스'를 '이마고(Imago)'라고 불렀다. 모든 이미지는 그 자체로서 또 형성적으로 이월되는 영향력으로 존재한다. 피카소의 그림은 하나하나가 새로운 체험으로서의 가치를 갖지만, 동시에 피카소적인 화풍, 피카소처럼 사물과 세계를 바라보는 방법으로서 중요한, 어쩌면 더욱 중요한 의미를 갖는다. 현실 경험이나 예술의 향수에서 하나의 경험 대상은 다음 경험의 형성 원리로서 이월된다. 말하자면 내용과 형식은 끊임없는 교환 작용을 일으키는 것이다. 이것은 사람이 늘 주체적인 전체화 속에 있는 지속이기 때문에 그렇고, 세계 자체가 변화하면서도 통일적 원리 속에 일체로서 지속하기 때문에 그렇다. 예술이 이 주체적인 전체화의 과정, 즉 형성의 원리에 주목하는 것은 당연하다. 여기에서 우리는 예술이 현실이 아니라 허구라는 점을 상기하여야 한다. 예술을 가장 직접적으로 사회와 정치의 함수로 보고자 한, 한 이론가의 말로도 "예술은 현실로 인정될 것을 요구하지 않는다." 바로 그렇기 때문에 그것은 모든 현실을 사례로 하여 주체적인 전체화, 창조적이며 현실적으로 보는 방법, 느끼는 방법, 생각하는 방법을 가르칠 수 있다. 예술은 그것이 그리는 현실을 새롭게 보게 하면서, 또 그것을 보는 사람으로 하여금 다음의 여러 현실의 상황을 이에 비슷한 통일성 속에서 볼 수 있게 하는 것이다. 그리하여 예술은 현실에 대한 훈련이면서, 감수성의 교육이고 인격의 훈련이다.

예술의 품성 도야 기능을 강조한 실러(Schiller)는 『인간의 미적 교육에 관하여』에서 아름다움의 교육적인 의미를, 예술을 통하여 사람이 감각적 소재의 제약하에 있는 피동적인 자연인의 상태에서 벗어나 능동적으로 생각하고 의지하는 이성적이고 도덕적인 상태에로 나아갈 수 있게 된다는 점에서 찾았다. 사람은 가상으로서의 아름다움에 대한 유희적인 거리감을 유지함으로써 "직접적인 물질에 의한 결정을 넘어서고 자신을 자기가 되고 싶은 것으로 만들 수 있게 되며, 마땅히 되어야 할 존재가 될 수 있는 자유를 돌이키게 된다."[18] 물론 심미적 경험, 그로 인하여 얻어지는 자유, 객관성, 형성의 감각은 다시 이성과 도덕적 품성을 만들어 내기 위한 하나의 예비 연습이다. 그것은 이 최후의 완성에 의하여 정당화된다. 그러나 미적 향수의 상태는 실러 자신이 되풀이하여 이야기하듯이 인간으로서의 완전한 상태이며, 이상의 상태이기도 하다. 실러가 그리는 미의 상태를 들어 보면, 그것이 곧 유토피아적 인간 조건을 그리는 것임을 우리는 알 수 있는 것이다.

아름다움의 싹은 척박한 자연이 사람에게서 모든 상쾌한 놀이를 빼앗아 버린 곳 또는 풍요한 자연이 사람을 모든 노력의 필요에서 해방시킨 곳 ― 멍멍한 관능이 부족한 바를 느끼지 못하고 강한 욕구가 전혀 만족을 얻을 수 없는 곳, 이런 곳에서는 발전될 수 없다. 사람이 은자(隱者)로서 굴 속에 숨어 살며, 언제까지나 개인으로 남아서 스스로의 밖에서 인간성을 발견하지 못하는 곳, 또는 커다란 유목민의 집단을 이루어 움직이며, 언제까지나 다수 속에 있어 스스로의 안에서 인간성을 발견하지 못하는 곳, 이런 곳이 아니라 사람이 안으로는 자신의 초막 속에서 스스로와 교감하며, 밖에 나서면 곧 모든 사람과 말할 수 있는 곳, 그런 곳에서만 아름다움의 고운 싹은 피어날 것이다. 맑은 공기가 오관(五官)을 열어 스치기만 하여도 느끼게 하며, 뜨거운 열기가 사물의 풍성한 활기를 자극하는 곳 ― 생명 없는 물건들에게서도 맹목적으로 과다한 양(量)이 그 지배를 그치고 당당한 형상이 가장 낮은 자연에도 고귀함

---

18 "Über die ästhetische Erziehung des Menschen", *Schillers Werke*, II(München: Knauer, 1964), p. 615.

을 부여하는 곳, 능동적 행동이 향수(享受)로 나아가고 향수만이 행동에로 나아가며 성스러운 질서는 삶 그 자체에서 나오며, 질서의 율법에서만 삶이 발전되어 나오고 상상은 현실을 끊임없이 벗어나면서 또 자연의 소박함에서 멀어지지 않는, 저 기쁨에 차고 축복된 상태에서만 감각과 정신, 수동적이며 형성하는 정신이 조화를 이루며 발전할 것이다. 이것이 아름다움의 본질이며, 완전한 인간의 상태인 것이다.[19]

이러한 조화의 상태는 예술의 현실이며 이상이다. 그것은 예술이 사람으로 하여금 경험적 현실에 열려 있게 하며 동시에 그것을 주체적으로 조화된 것으로 형성하게 하는 원리이기 때문이다. 그러나 예술의 조화는 어디까지나 연습의 조화이다. 그것의 구극적인 요구는 역사를 사람의 자유에 맞게끔 형성하려는 것이다. 그것은 주어진 현실의 좁혀 오는 제약과의 현실적인 투쟁으로 이루어진다. 형성의 원리 그 자체도 역사적 현실의 여러 가지 요인을 통하여 변화 발전한다. 그러면서도 사물이 사물을 허구 속에 재구성하고 또 제약 속에서나마 자신의 역사를 구성해 나가는 것은 어느 때에나 쉬지 않는 것이다. 예술은 사람이 쉬지 않고 꾸는 창조의 꿈이면서 또 현실에 있어서의 과업을 상기시키는 꿈이다.

(1979년)

---

19 Ibid., p. 631.

언어와 의미 창조

한국 시의 영역英譯 수상隨想

    사람이 살아가는 데 가장 중요한 도구들 가운데 거의 누구나 가장 쉽게 다루는 도구가 말인 것 같다. 그래서 이것은 어떤 도구라기보다는 거의 자기의 팔다리와 같이 신체의 일부 또는 태어날 때부터 구비하여 가지고 있는 능력이라는 인상을 준다. 그런가 하면 완벽한 언어 구사 능력이라는 것은 드물기 짝이 없는 천부의 재능에 속하는 일이다. 뛰어난 문학 작품이 예시해 주는 것은 이러한 가장 높은 수준의 언어 구사이다.

    여러 가지의 언어 구사는 하나의 현상이라고 하여야 하겠지만 일상적인 언어 사용과 그 예술적 변용 사이에는 질적인 차이가 있다. 이 차이는 말이 전달하는 정보 내용에 있어서의 차이, 예를 들건대 최소한의 정보 단위만을 처리할 수 있는 초보적인 컴퓨터와 그 몇 배의 정보 처리 능력을 가진 컴퓨터 사이의 차이만을 뜻하는 것은 아니다. 문학 작품의 언어도 상당한 정도의 객관적인 정보를 전달한다. 그러나 그 특징은 표현의 스타일이다. 흔히 말하듯이 스타일은 사람이다. 문학 속의 언어는 언어 사용자의 사람됨을 표현한다. 그의 과거, 현재, 미래 속에 자신의 삶을 살 수 있는 능력 — 이런 것들이 문체 속에 드러나고 또 나아가 그가 소속되어 있는 문화의 현재와 미래가 그 속에 투영된다. 다시 말하여 한 사람의 문체는 그가 스스로에 대하여, 또 세계에 대하여 하나의 역사적인 사회 속에서 창조적 인간으로서 삶을 영위해 나가는 스타일 — 방법을 시사해 준다.(또 거꾸로 이 삶의 스타일은 그의 언어에 대한 이해에 의하여 형성된다. 말하자면 한 사회의 언어 또는 언어에 대한 이해 — 개인적이고 부분적일 수밖에 없으면서 또 사회와 역사에 의하여 규정되는 언어 이해가 사람의 사는 방식, 행동의 방식을 형성 규정하는 것이다.) 이런 것을 생각해 볼 때 문학의 천재가 매우 희귀한 존재일 수밖에 없다는 것은 당연한 일이다.

또 이렇게 볼 때, 어떤 사람이 자기가 나면서부터 써 온 말이 아닌 다른 나라의 말에 참으로 숙달한다는 것은 거의 불가능한 것이라는 생각을 하지 않을 수 없다. 물론 둘 또는 둘 이상의 언어에 능통한 예외적으로 우수한 예, 또는 그렇게 우수하지 못한 예가 없는 것은 아니다. 그러나 이 우수한 예외란 것은 참으로 희귀한 것이고 그렇게 우수하지 못한 예외의 경우, 숙달의 정도란 실용적인 차원에서의 의견 교환 또는 어떤 종류의 학문적 정보 교환을 가능하게 하는 정도이기가 쉽다. 참으로 하나의 외국어에 가장 높은 의미에서 숙달한다는 것은 그 언어 속으로 다시 태어난다는 것을 의미한다. 앞에서 말한 바와 같이 언어는 우리 생존의 기본 조건 속에 얽혀 있는 것이다.

문체는 사람이고, 더 확대하여 언어는 사람이다. 새 언어를 창조적인 표현의 수단으로 삼는다는 것은 새 사람이 된다는 것이다. 전혀 그런 경우가 없다는 것은 아니다. 그러나 새로 태어난다는 것은 어떤 의미로나 쉬운 일이 아니다. 이러한 사정들이 번역을 어려운 일이 되게 한다. 물론 번역 교육의 문제는 개인의 언어 능력 문제가 아니다. 설령 두 개 또는 그 이상의 언어에 숙달한 사람의 경우라도, 언어 작용을 규정하는 집단적인 문화의 범주들이 번역에 있어서 커다란 난관을 이룬다. 이러한 범주가 의미의 장(場)에 구획을 만들고 언어의 음성적 연상(聯想)을 규정하는 여러 가지 이치는 한 언어로부터 다른 언어에로 쉽게 옮겨질 수 없는 것이다. 이렇게 하여 흔히 번역론 등에서 자주 보는 '번역은 반역이다.'라는 명제가 정당화된다.

이러한 관찰들은 자명한 것들이고 또 그러니만큼 진부한 것들이다. 그렇긴 하나 이러한 관찰이 제시하는 경고의 타당성은 받아들일 수밖에 없다. 나 자신 이러한 관찰을 되풀이함에 혐오감을 갖지 않는 것은 아니나 번역의 문제를 이야기함에 있어서 이것들은 불가피하게 논리적인 출발점이 될 수밖에 없는 것이다.

가령, 번역이 거의 불가능한 작업이라는 경고는 정작 번역의 실제에 임하여 어떤 결정을 내리는 데 있어서 중요한 기준점이 된다. 예를 들어 번역자가 원전(原典)에 대하여 가져야 하는 태도는 어떤 것이어야 마땅한가? 원전에 대한 충실도는 어떤 것이어야 하는가? 이러한 질문을 생각해 보자. 이러한 질문을 달리 표현하면 한 작품을 두고 축어역(逐語譯)을 할 것인가, 자유역(自由譯)을 할 것인가 하는 문제가 된다. 말할 것도 없이 우리의 이상은 모든 조건의 균형을 겨냥하는 것, 즉 가장 틀림없는 축어적 충실과 문학적 우수성을 동시에 이룩해 내는 것이다. 그러나 두 가지 것을 동시에 가질 수 없는 경우가 있다. 내키지 않으면서도 선택을 하여야 한다면 어떻게 할 것인가? 그런 경우 내 개인적인 취미는 번역자로 하여금 수용 언어 속에서 이룩할 수 있는 최대한의 문학적 우수성을 겨냥케 하는 쪽이 좋다는 것이다. 이것은 어느 정도 또는 상당한 정도의 축어적 충실성을 희생하고 자유로운 개작의 여유를 허용한다는 말이다. 그 이유는 어느 경우에나 두 언어 또는 두 문화가 일대일의 대응 관계를 유지할 수 없는 것이라면 축어역은 당초부터 불가능하기 때문이다. 그러니까 수용 언어에서 문학적 우수성을 확보하는 쪽이 낫지 않은가? 축어적 충실성은 문학적 의미의 정확성을 확보해 주는 것이 아니라 의미의 붕괴를 초래할 뿐이다.

　이러한 문제를 다시 생각해 보면 어떠한 언어적 표현도 다른 표현으로 옮길 수 없다는 점에서 번역은 같은 언어 속에서도 불가능한 것이라 말할 수 있다.(가령 패러프레이즈와 같은 것을 같은 언어 내에서의 번역이라 할 수 있다.) 의미는 한 언어의 특수한 구체화 현상이다. 달리 말하여 의미는 곧 그 표현이다. 그러면서도 우리가 한 말이 결코 우리가 하고자 했던 말은 아니라는 것을 우리는 안다. 그래서 우리는 같은 사항을 여러 다른 말로 표현하고자 노력한다.(이것은 법률 용어와 같은 데에서도 보는 현상이다.) 의미의 출생지는 세계에 대하여 사람이 가지고 있는 의미화하는 태도이다. 이 태도는 끊임없이 새로 형성되고 조정되면서도 일관성 있고 통일된 것으로 남아 있다. 의미는 이러한 변화하는 통일체에서 발생한다. 의미는 고정된 것이 아니라 끊임없는 창조 행위의 마지막 결과에 불과하다. 참으로 어떤 의미를 이해한다는 것은 이 창조적 근원에까지 소급하는 일이다. 이렇게 의미가 유동적인 것이라고 할 때, 문면(文面)은 의미를 죽이고 정신(精神)은 이것을 살린다. 의미를 살아 있게 하는 것은 언어 표현의 내적 일관성이다. 해석을 가능하게 하는 것은 바로 이 내적 일관성의 창조적 가변성 때문이다. 거꾸로 언어 표현의 문면의 이차성이 해석을 가능케 한다고 할 수도 있다. 여기에서 해석이 나오고 재해석이 나오고 또는 오해가 나온다. 오해는 물론 원래의 의미를 완전히 깨뜨리는 것이지만 그것은 그것 나름으로의 창조성과 확산성을 가지고 있다.

　번역은 원전(原典)의 내적인 일관성과 정신을 살려야 한다. 이때에 문면대로의 의미의 특수성, 표면의 문양화(紋樣化)는 '눈물을 머금고' 희생되지 않을 수 없는 경우가 많은 것이다. 번역자는 원전의 의미를 흡수하여 그것을 자신의 창조적 언어의 핵심 속에서 재창조한다. 하나의 언어에서 구체화된 의미를 다른 언어 속에서 재구성하는 것이다. 이것은 일대일의 대응을 찾아내는 작업이 아니라 정신적인 융합 반응을 일으키는 일이다. 이것은 원작자나 마찬가지로 번역자도 의미 창조의 능력을 가진 정신임으로 하여 가능한 것이다. 좀 더 단순하게 말하면, 번역자는 원작의 의미를 자신의 인격 속으로 흡수하여 이 인격 속에서 다른 언어로 본래의 의미를 재창조하는 것이다. 이때, 매체가 되는 것은 사전이 아니라 번역자의 인격(人格)이다.

그런데 의미 창조의 핵심은 무엇을 말하는가? 앞에서 말한 대로 그것이 우리의 인격이나 심성(心性) 속에 있다. 그렇다고 하더라도 어떤 역사 공동체의 생물학적·문화적 모체 속에 뿌리내리고 있지 않는 인격이나 심성을 생각할 수 있는가? 의미가 우리의 개체적 심성 속에서 창조된다고 하더라도 이 심성은 그것대로 어떤 특수한 문화 속에서 창조되는 것이다. 더 정확히 말하여 의미는 개체와 문화가 부딪치는 중간 면에서 발생한다. 어떤 개체가 언어를 습득한다는 사실은 그것이 그로 하여금 초월의 수단, 스스로를 넘어서 역사적 공동체 속으로 나아갈 수 있게 하는 수단을 제공해 준다는 것을 뜻한다. 언어를 통하여 사람은 사회적·문화적 존재가 된다. 또 그는 하나의 개인이 된다. 왜냐하면 개인이 된다는 것은 밖으로부터 주어지는 계기를 하나의 일관된 전기(傳記)로 조직화한다는 것을 의미하기 때문이다. 집단적 계기가 없이 사람은 개인이 될 수가 없는 것이다.

이러한 생각을 번역에 적용시켜 보면, 한 원전의 의미를 안다는 것은 단순히 원작자의 의미, 그의 창조적 의미에 이른다는 것만을 뜻하지 아니한다. 그것은 한 문화의 창조적 모체에 개입하며 동시에 원작자의 의미 창조의 근원, 그리고 우리 자신의 심성 가운데 있는 꼭 같은 근원에 접한다는 것을 말한다. 원전 이해는 주변적일 수도 있고 핵심적일 수도 있다. 표면의 대응 관계만을 확인하는 것은 주변적인 것이고, 개성화 작용과 문화 과정의 창조적 핵심에서 나오는 언어 사용은 핵심적인 것이다. 보다 구체적이고 실제적인 뜻에서 이것은 번역이 문화적 테두리를 참고하여야 한다는 말이다. 번역자는 어떤 특수한 원전을 가지고 작업하는 것이 아니라 그 원전에 관여되는 한 개 또는 두 개의 문화의 전폭적인 컨텍스트라는 지평 속에서 작업한다. 누구나 알다시피 원전에 대한 사전적 이해는 충분한 것일 수 없다.

그러나 어떤 번역에서도 왜곡(歪曲)은 불가피하다. 번역자는 반역자다. 그러나 얼핏 생각하는 것과는 달리 왜곡은 자유역보다는 축어역에 기인한다고 말할 수도 있다. 원전의 정신에 충실한 자유역은 넓은 배경에 대한 지식과 준거의 테두리에 입각한 것임과 동시에 문화와 개성 형성의 창조적 과정을 창조적으로 이해하는 것이다. 물론 이것은 이론적으로 이렇다는 것이다. 그러면서도 나 자신 자유역의 반역도가 더 높지 않을까 하는 우려를 완전히 씻어 버릴 수는 없다. 특히 그 창조적 지향이 전혀 다른 방향을 향하고 있는 서양의 언어와 한국어를 동시에 거머쥐어야 하는 번역에 있어서 그렇다. 스스로의 재능을 한국어, 서양 언어 어느 쪽으로나 자유자재로 구사할 수 있는 번역자가 있다고 하여도, 같은 사람도 표현 매체가 되는 언어에 따라 다르게 생각하고 다르게 느끼게 된다.(번역에 있어서 문제되는 것은 물론 번역자 자신의 창조 능력이 아니라 극히 상이한 두 개인과 문화의 대응 관계이다.) 다시 말하여 같은 사람도 언어에 따라서 다른 인격을 나타내게 된다는 말이다. 이것은 언어 그것이 인격을 형성한다는 뜻도 되고 또는 문자화된 원전에 있어서 표현되는 것은 언어 자체의 고유한 창조력이고 작자는 그 촉매에 불과할 수 있다는 말도 된다. 따라서 외국어 표현의 고도한 문학성을 겨냥하면서 번역된 한국어 원전은 결국 외국어 표현의 새 작품으로 탈바꿈하여 버리고 본래의 특성은 완전히 상실되어 버릴 수가 있는 것이다.

하나의 원전을 그것과는 전혀 다른 글로 바꾸어 버릴 위험은 가령 영어와 한국어라는 전혀 다른 문화 배경의 언어를 매개하려고 할 때 특히 클 수 있다는 것은 말할 것도 없다. 이러한 위험은 영어와 일본어를 중개하는 경우에 있어서 보다 큰 것으로 보인다. 왜 그러한가를 분석하는 것은 문화 현상 전체에 대한 비교 분석을 요하는 것이 되겠지만 몇 가지 요소를 간단히 생각해 볼 수 있다.

첫째, 정신적인 것 또는 종교적인 것은 문화적·언어적 장벽을 다른 것들보다는 쉽게 건너가는 것으로 보인다. 한국 문학은 현대 문학이나 전통 문학이나 사회적 존재로서의 인간에 대한 강한 의식을 가진 문학이다. 따라서 그것은 문화적·사회적 연관을 빼고도 쉽게 하나의 꾸러미로 묶을 수 있는 정신적·종교적 요소에 빈약하다.(이것이 어떤 종류의 일본 문학과의 차이점이다.) 또 다른 한 가지는 현실 생활에서나 마찬가지로 문학에서도 격정의 외침 소리는 멀리까지 울려 퍼지기 마련이다. 그러나 한국 문학, 특히 전통 문학은 일상성이 강한 문학이다. 가령 이조의 대표적 문학 형식인 시조가 구현하고 있던 삶의 이상은 소박한 행복의 전원생활이었다. 말할 것도 없이 시는 감각적 환기 작용에 크게 의지하는 문학 양식이다. 이것은 시네스시지아(synesthesia)를 제외하고는 시각 심상에 의지한다는 말이기도 하다. 그렇다면 한국 시는 번역되는 경우 이 점에서도 불리하다. 왜냐하면, 언어 자체의 에너지, 다분히 청각적 요소가 중요하기 마련인 언어의 에너지 또는 가벼운 에너지의 시 형식인 시조와 같은 것에서는 단순한 언어의 균제성에서 얻어지는 만족이 한국 시의 특징을 이루기 때문이다.(이것도 일본의 하이쿠(俳句)와 같은 경우에 대조를 이루는 것이다.) 마지막으로 이러한 모든 특징은 한국 문학에서 가장 강력하고 활력 있는 요소를 이루고 있는 것이 민중적 전통이라는 점에 관계된다고 할 수 있다. 이 민중의 전통은 세속적·차안적·비낭만적이다. 따라서 과장된 의미에서의 격정을 피하며, 농촌적이고 언어의 면에서 자유분방한 것이다.(이 마지막 특징은 감각적 절제를 요하는 시각적 정밀성에 대조시켜 볼 수 있다.)

한국 시 번역상에 난제가 되는 이러한 특징들이 문화적 업적의 저수준 (低水準)을 의미한다거나 번역 시도의 허망함을 뜻하는 것은 아니다. 오히려 어려운 점들이 있다면, 그것은 현대 사회가 단순하고 좋은 것의 이상에서 그만큼 멀어졌다는 증표라고 말하여야 한다. 현대 사회는 전통적인 한국 시가 표현한 인생의 이상, 자연과 인간의 여러 세력의 균형에 근거한 삶의 이상을 이해하지 못한다. 그러나 한국 전통 시의 이상이야말로, 오늘 되찾기도 어렵고 더구나 이해하기조차 어렵게 된 마당에 참으로 보존할 필요가 있는 것이다. 근대화, 합리화, 형식화가 지배하는 오늘날은 전통적인 한국 문학에서 배워야 할 것이 많은 것이다. 내 생각으로는 영어는 이 근대화, 합리화, 형식화의 세계에 속한다. 따라서 전통적인 한국 시를 이해하고 번역함에는 지나간 문화에 대한 가장 조심스러운 총체적인 이해와 그것의 새 정신 속에서의 재창조를 필요로 하는 것이다.

(1977년)

비평과 이데올로기

틀린 생각을 생각하고자 하는 사람은 없을 것이나 사람의 생각에는 틀린 것 또는 뒤틀린 것들이 있기 마련이다. 틀린 생각을 갖게 되는 것은 생각의 훈련이 부족한 때문이기도 하고 그러한 훈련이 충분하든 안 하든 사사로운 이해관계나 감정에 흔들려 생각의 규칙을 지키지 못하기 때문이기도 하다. 또는 설령 이러한 지적 훈련의 부족이나 사고를 왜곡하는 여러 비이성적인 원인을 극복한다고 하더라도 사람의 생각은 그가 처해 있는 입장의 부분성으로 하여 진실과는 먼 것이 될 수도 있다. 마르크스는 이러한 부분성은 계급적인 계약으로서, 특히 지배급이라는 위치가 인식에 가하는 제약으로서 가장 분명하게 나타난다고 생각하였다. 그는 이러한 발상에서 지배 계급이 지배의 편의를 위하여 만들어 낸 왜곡된 관념들을 이데올로기라고 불렀다.

사람의 생각은 어떻게 하여 이데올로기의 왜곡을 벗어나서 진실에 이를 수 있을까? 소박하게 말한다면, 앞에서 말한 왜곡의 요인들을 제거하기만 하면 진실은 가능한 것이라고 할 수 있을 것이다. 지적인 훈련을 쌓으며 부분적인 입장으로부터 전체성 또는 보편성에로 나아가는 것이 진리에의 길이라는 말이다. 한마디로 말하여 지적으로나 윤리적으로나 무사 공평한 마음가짐을 얻는 것이 중요한 것이다. 그러나 우리의 생존이 불가피하게 부분적이라면, 어떻게 넓은 것에 이를 수 있는가? 그러나 흔히들 사람들은 비록 우리가 실존적 부분성에 매여 있는 것이 사실이라고 하더라도, 적어도 생각은 넓을 수 있다고 말한다. 이것은 어느 정도까지만 맞는 이야기일 것이다. 우리의 생각에 있어서 윤리적인 의미에서의 보편성은 보다 쉽게 얻어질 수 있는 것으로 보인다. 지적인 보편성은 잡다한 사실의 경험적인 일관성 위에 성립하는 데 대하여 윤리적 보편성은 선험적으로 주어지는 듯한 내적 확신의 문제라고 느껴질 수 있기 때문이다. 말할 것도 없이 진리의 문제는 단순히 인식론상의 쟁점이 되는 것이 아니다. 그것은 사회적 투쟁의 에네르기의 집합점이다. 사람이 어울려 살아가기 위해서는 자연과 인간에 대한 일정한 동의가 있어야 한다. 혼란의 시기는 이러한 동의의 영역이 줄어지거나 사라져 버린 때이다. 이런 때일수록 보다 직관적으로 얻어지는 듯한 윤리적 보편성에 대한 요구나 주장은 절실한 것이 된다.

그런데 윤리적 보편성이 간단히 얻어질 수 없다는 것도 혼란한 시대의 특징이다. 뿐만 아니라 보편적으로 적용될 수 있는 윤리적 규범이 삶 전체의 원리일까? 그것은 그보다는 훨씬 넓은 인간의 개인적·사회적 생존의 한 부분에 불과한 것처럼 보인다. 어떤 윤리적 규범의 진정한 의의도 그 자체로서보다 넓은 생존의 동력과의 관련에서 발생한다. 그것은 이러한 관계 속에 놓일 때 어떠한 부분적인 생존의 이해관계를 위장하는 이데올로기의 일부로만 작용하는 수도 있다. 설사 그렇지 않더라도 보편적 윤리 규범이 인간 생존의 전체가 아니라 부분에 불과하다면, 그것은 흔히들 무력(無力)하고 공허한 불평이거나 위장된 보편이 될 수도 있는 것이다.

어떤 사람들은 인간 생존의 공간적·시간적 전체를 역사라는 이름으로 파악하고 이 역사가 보편적·윤리적 이상을 실현하는 것이라고 말한다. 이렇게 하여 윤리적 보편은 현실적 전체에 일치하는 것이 된다. 동양에 있어서, 역사를 여러 세력의 상호 작용의 동력의 장으로 파악하는 태도는 별로 없었던 것처럼 보이지만 구극적으로 역사가 윤리를 정당화시켜 주는 어떤 이치를 구현하고 있다는 생각은 매우 강력한 흐름을 이루어 왔다. 마르크스에 있어서의 역사의 의미도 비슷한 윤리성을 갖는 것으로 말할 수 있다. 다만 그에게 역사는 전체적으로 작용하는 동적인 장으로 파악되고 단순히 윤리적인 것이라기보다는 더 세부적인 인간의 여러 욕구를 실현하고 보편화하는 과정으로 생각되었다. 이러한 관점에서는 이데올로기의 부분성은 보편적 인간 실현의 역사를 통하여 초월되는 것이다.

그것이 어떤 형태의 것이든지 간에 보편이나 전체에는 왜곡이나 모순이 없는 것일까? 흔히 어떠한 윤리 규범은 우리의 개인의 착잡한 욕구에 억압적인 것으로 느껴진다. 그것은 우리 실존적 진실을 표현하지 못한다는 느낌을 준다. 국가나 사회의 공공 목표도 흔히는 우리의 개인적 삶에 대하여 희생과 억압으로서의 의미를 갖는다. 추상적으로 선정된 전체성 또는 보편성의 이념은 그 안에 편입되는 부분과 모순의 관계에 있다. 여기에서 다시 한 번 진리의 문제가 사회적 투쟁의 초점이 됨을 상기하게 된다. 아는 것은 힘이라는 말은 진리가 권력의 수단이라는 말로 번역될 수 있다. 진리의 필연성은 인식의 필연성이면서, 권력의 강제성이다. 흔히 보편적 이념은 그 자체로서 특수자에 대한 억압이 될 뿐 아니라 한 특수자의 다른 특수자의 억압을 목표로 하는 투쟁의 무기가 된다. 그것도 이데올로기가 될 수 있는 것이다.

대체로 진리는 추상적인 언어로 표현된다. 이것은 당연하다. 진리의 명제는 구체로부터의 추상화에서 얻어진다. 이 추상화는 감각적 체험의 충일함을 방법적으로 억압하는 과정이다. 그런데 이 억압이 단순히 우리의 인식 작용에만 한정하여 일어나는 것일까? 개념적 언어의 추상화가 인간 이해의 근본에 커다란 왜곡을 가져오는 것임은 철학자들이 이미 지적한 바 있다. 추상적 언어에는 기술적 조작에의 관심이 들어 있다. 이 관심은 사회관계를 표현하는 추상 언어의 경우에는 더욱 두드러진다. 은폐의 노력에도 불구하고, 추상 언어가 권력의 언어임은 많은 사람이 본능적으로 알고 있는 바이다. 추상적으로 설정된 보편의 이념이 권력의 언어가 되기 쉬운 것은 자연스럽다.

모든 과학적·정치적 언어는 추상 언어이다. 여기에 대하여, 유독 문학의 언어는 언어가 허용하는 한 구체적이고자 한다. 그것은 일반적인 명제보다 구체적인 사건을 구체의 충일감 속에서 기술하려 한다. 그것은 사물과 사람의 감각적 실체에 주의한다. 전체주의적 이데올로기들로 특징지어지는 20세기의 서양 문학은 어느 때보다도 사건과 사람과 사물의 구체를 중시하였다. 이것은 이데올로기의 허위를 벗어나고자 하는 문학의 본능적인 반작용을 나타낸 것이라 할 수 있다.

그런데 구체적이고 특수하고 유일한 이야기, 사람, 사물은 무엇인가? 이러한 것들이 우리에게 주는 위안은 그것들이 어떠한 숨은 의도를 위장하고 있는 것이 아니라 그저 있는 대로 주어진 것이라는 데에 있다. '그러나 그저 있는 대로 주어진 것이' 있을 수 있는가? 이야기는 사람과 사람, 사람과 자연과의 교섭 속에서 벌어진다. 이 교섭은 구조적으로 결정된 사회관계 안에서의 현상이다. 역사적·사회적 관계 속에서 형성되지 않는 사람이 있을 수 있는가? 또 사물은 무엇인가? 그것 또한 여러 관계 속에서 구성된 것이다. 그것은 헤겔의 말을 빌려 '사물들의 전체성' 속에서만 존재한다. 다만 그것을 그렇다고 알아보기가 다른 경우보다 어려울 뿐이다. 물건은 물건으로 주어졌다기보다는 물건화(物件化) 또는 물화(物化)된 것이다.

이 물화의 진실을 들추어내는 데는 가장 날카로운 이데올로기적 분석이 필요하다. 이 분석은 비평의 기능의 하나이다. 비평은 작품에 그려지는 구체를 사회의 이데올로기적 구조에 연결시키는 작업을 한다. 물론 작품이 반드시 주어진 삶의 구체에 속아 넘어가는 것은 아니다. 작품도 삶의 구체를 그려 내면서 그 진실과 함께 허위를 들추어낼 수 있다. 그러나 이것은 대개는 간접적인 암시의 수법을 통해서이다. 구체적인 언어는 재귀적으로 스스로를 설명할 수 없다. 구조적 분석의 언어는 추상의 언어이다. 작품 자체가 삶의 양의적(兩義的)인 모습을 드러내고 있다고 하더라도 그것은 비평의 추상적 언어로써 더욱 분명한 것이 된다.

그러나 비평은 추상적 언어의 허위성 또는 그 억압성을 벗어 버릴 수 있을까? 그것은 이데올로기적 성격을 갖지 않는 것일까? 주어진 사물의 껍질을 벗기는 부정의 순간, 그때 잠깐 동안 그것은 이데올로기적 제약으로부터 자유로울 것일는지 모른다. 순수한 파괴와 폭로의 자유는 가상에 불과하다. 판단은 어떤 입장에 섬으로써 가능해지는 판단이다. 또 순전한 부정의 자유는 퇴폐적인 자유이다. 이렇다는 것은 그것이 온전함을 위한 삶의 충동을 만족시켜 주지 못한다는 말이다. 부정의 자유는 단편적이며 부분적일 수밖에 없다.

보다 넓은 삶의 실현에 대한 믿음 없이 무엇을 부정하고 비판할 수 있는가? 비평이 전체성을 얻고 삶의 전체에 대하여 진실하고자 할 때, 그것은 이 믿음을 죄의식처럼 받아들일 수밖에 없다. 이 믿음은 더 적극적으로는 삶의 윤리적 의미에 대한 또는 그 의미의 역사적 전개에 대한 실천적 믿음이 되기 쉽다. 그리고 이 믿음을 이야기한다는 것은 또 하나의 이데올로기에의 도약이 된다. 어떤 경우에 있어서나 이데올로기적 선택은 불가피한 것처럼 보인다. 다만 부분과 전체, 특수와 보편, 구체와 추상——서로 모순되는 것들의 변증법적 통합이 이러한 선택의 왜곡을 완화할 뿐이다.

(1980년)

문학과 과학

그 사회적 연관을 중심으로

'문학과 과학'이라는 제목으로 내가 무슨 이야기를 하든지 그것은 매우 부적절하고 불충분한 것이 될 수밖에 없을 것이다. 그것은 내 개인적인 준비의 부족에 기인하는 것이라 하겠으나 이 준비 부족은 다시 문화 전체의 상황에 적어도 어느 정도는 기인하는 것이라 할 수 있다. 오늘날의 학문 활동은 크게 보아 그사이에 건너뛸 수 없는 간격을 두고 두 개의 영역으로 쪼개어져 영위되고 있다. 이러한 균열 현상을 스노(C. P. Snow)는 '두 개의 문화'란 이름으로 불렀지만 (서양의 경우 하나의 문화의 양분을 말할 수 있다면 우리의 경우 몇 가지 문화의 중첩 및 충돌을 이야기하는 것이 옳은 일이겠지만, 편의상 스노적인 발상을 따르면), '두 개의 문화'의 현상은 일단 지식의 폭발과 전문화, 그리고 제한된 인간 능력의 함수 관계에서 오는 어쩔 수 없는 결과라고 말할 수 있다. 그러니까 특별한 예외를 제외하고는 문학자가 과학을 알지 못하고 또 과학자가 문학을 알지 못하는 것은 당연한 일이라 하겠고 과학자나 문학자는 자기 자신의 맡은바 학문의 영역을 고수함으로써 오히려 학문과 사회의 발전에 공헌할 수 있는 것이라고 믿을 수도 있다.

물론 학문의 종합화와 통일에 관한 우려가 없을 수는 없다. 그리고 이러한 우려는 단순히 심미적인 요구에서 나오는 것이 아니다. 학문 활동이 인간의 자기 이해와 세계 이해 또 그 통제에 그 목표를 두는 한, 학문 활동이 하나로 통일될 수 없다는 것은 사람이 스스로의 모습을 전체적으로 또 바르게 이해하지 못하고 있다는 것을 뜻하는 것이다. 이런 의미에서 비록 학문 활동이 서로 분리된 분야에서 행해진다고 하더라도 서로 따로 있으면서 또 연결된 학문의 여러 모습은 세계 속에 살고 있는 사람 그 자체의 모습인 것이다. 그러니까 이러한 모습이 하나의 모습으로 투영된다는 것은 매우 중요한 일이다. 그러나 이러한 요구에 대하여, 학문의 집대성이 개인적인 영역과 능력을 초월하는 어떤 높은 차원에서 저절로 이루어질 수 있을 것이라고 기대해 볼 수는 있다. 그러나 이것은 학문 활동과 인간적 배경의 관계를 생각해 볼 때, 그렇게 쉽게 실현될 수 있는 기대가 아니다. 사람의 일은 대개 제한된 정신적·물질적 자원의 조건 아래에서 이루어진다. 그리하여 이 자원의 제약은 인간 경영의 여러 분야에 일정한 우선순위를 부과하고, 이에 따라 서로 다른 분야는 순위를 위한 투쟁 속에 들어가게 된다. 따라서 서로 다른 분야가 하나의 통일된 질서를 이루는 것은 무관심한 병렬이나 평화 공존보다 갈등을 통한 종합을 통하여서이다.

이렇게 볼 때, 문학과 과학의 관계도 그것을 근본적인 반성과 실천을 통하여 하나로 묶어 보려는 노력이 없는 한 서로 다른 학문 분야로서 정태적(靜態的)인 공존 속에 있는 것으로 생각될 수 없다. 오히려 인간 에너지와 자원의 관점에서, 또 다른 관점에서, 이 두 인간 활동의 분야는 모르는 사이 또는 알고 있으면서, 매우 심각한 갈등 속에 엉클어져 있는 것이 아닌가 하는 의심을 갖는 것이 옳은 것으로 보인다.

과연 서양에서의 문학과 과학의 관계를 살펴볼 때, 이러한 의심은 정당한 것이다. 적어도 과학의 발전이 문학 측으로는 늘 커다란 도전으로 받아들여졌던 것이 사실인 것이다. 현대 서양 문학의 감수성의 근원을 이룬다고 할 수 있는 낭만주의 운동은 어떤 연구가가 말하듯이 '뉴턴 물리학의 세계와 과학 정신'에 대한 반발에서 비롯된 것이라는 면을 가지고 있다. 영국 낭만주의의 선구자 윌리엄 블레이크(William Blake)는 과학의 근본 원리가 되는 이성을 악마적인 원리라 하고, 영국의 경험주의와 전통을 대표한다고 할 수 있는 존 로크와 뉴턴을 이 악마적 원리의 대변자라고 생각하였다. 그는 또 "예술이 생명의 나무라고 한다면…… 과학은 죽음의 나무"라고도 했다.

블레이크의 반이성(反理性), 반과학(反科學)의 태도 — 또는 이성과 과학의 당대의 업적에 기초한 이성 그 자체에 대한 부정적인 태도는 그 표현을 달리할망정 19세기 영국의 시인이나 문인들에게 공통된 태도였다. 시인들의 과학에 대한 반감은 사실과 분석을 존중하는 과학이 그러한 것들의 속박으로부터 벗어나고자 하는 시적 상상력에서 그 정당성을 빼앗아 간다고 느낀 데에 그 일부 원인을 찾을 수 있다. 영국 시인 키츠가 무지개를 말하면서 "옛날에 하늘의 무지개는 경이의 표적이더니 지금에 이르러 무지개의 결과 올은 샅샅이 드러나고 그것은 흔해 빠진 물건의 목록 속에 들어가게 되었다."라고 했을 때 그가 표현한 것은 과학적 지식에 의하여 추방된 상상의 아름다움을 애석하게 생각하는 마음이었다.

그러나 시인들이 과학의 발전에 따른 시의 후퇴를 섭섭해한 것은 삶으로부터 장식적인 아름다움이 없어져 간다는 것을 섭섭해한 것이 아니다. 그들의 걱정은 그들의 삶에 일어나고 있는 극히 심각한 변화 — 삶의 온전함을 외면적인 조작에 예속시키려고 하는 커다란 정신적·사회적 변화에 관한 것이었다. 이성 또는 오성에 대한 대차적인 원리로서 또는 그것보다 한결 포괄적인 원리로서 내세운 상상력의 개념을 통해서 낭만주의의 시인과 문인들이 강조하고자 하였던 것은 사람이 가지고 있는 창조적인 형성의 힘 —— 감각적 체험과 예술적인 창조와 인간의 발전에 다 같이 작용하는 것으로 믿어진 종합하고 조화하고 형성하는 힘이었다. 여기에 대하여 분석적이고 추상적인 이성은 제약하고 단편화하는 논리로 생각되었다. 블레이크는 이성을 "모든 것을 부정하는 추상적이며 억압하는 힘"이라고 하였다. 워즈워스가 이성이 "분석하기 위하여 죽이고" 과학자는 "식물 채집을 위하여 어머니의 무덤 위를 더듬는" 행위를 자행한다고 말한 것은 유명한 이야기이다. 이러한 상상력과 이성의 대조가 반드시 보편성을 가질 수 있는 것이 아니고 또 낭만주의자들의 경우에도 이러한 대조를 한결같이 받아들였다고 할 수 없지만(워즈워스 자신만 해도 과학에 대한 강한 신뢰와 희망을 가지고 있었다.), 우리가 주목하여야 할 것은 앞에서 말했듯이 상상력과 이성의 대결이 단지 인간의 내면적 능력에 대한 논쟁이 아니라는 것과 이러한 대결 뒤에는 현대 서구인의 인간 상황에 대한 깊은 우려가 들어 있다는 점이다. 과학이 그 발상에 있어서 벌써 감각적 체험의 전폭성을 누르고 그 어떤 일면만을 추상화하는 조작에서 출발하고 이러한 조작의 필요는 사물에 대하여 일정한 편의적인 태도만을 허용하며 한발 더 나아가 이것이 인간 자체에까지도 단순화와 조작적 편의의 관점을 가지게 하기 쉽다는 것은 일단 인정할 수 있는 것이다.

물론 문제는 이러한 과학의 추상화 조작 자체에 있는 것이 아니라 그것의 무반성적인 적용과 확대에 있다.[1] 또 여기의 문제는 단순히 이러한 이

---

1 후설은 서구의 과학과 학문의 진로에 관한 그의 깊은 우려를 표현한 저서 『유럽 과학의 위기와 선험적 현상학』에서 기술화한 과학이 가져온 위기의 근본적인 원인을 "유일한 실재의 세계, 감각을 통해서 주어지며 경험의 대상이 되며 될 가능성이 있는 세계, 우리의 일상적인 삶의 세계를 수학적으로 구성된 이념의 세계로 슬그머니 대치한 데"에서 찾고 있다. 후설은 이것 자체가 잘못이 아니라 이러한 과학의 기원을 잊어버리고 무반성적으로 그것을 유일한 실제의 세계의 원리로 받아들이며 '슬그머니' 감각의 세계와 바꾸어 놓은 데 있다고 말한다. Edmund Husserl, *Die Krisis der europäischen Wissenschaften und die transzendentale Phänomenologie: Eine Einleitung in die phänomenologische Philosophie*, 제2부 참조.

넘적인 데에만 한정되는 것도 아니다. 개체적인 인간의 내면적 능력을 어떻게 이해하느냐, 자연 이해의 보편적 방법이 어떠한 형태를 취하느냐 하는 것은 사회 자체의 움직이는 세력에 밀접히 연결되어 있는 것이다. 다시 말하여 한 사회가 가지고 있는 개체적 인간의 모습에 대한 이해와 학문의 방법론은 곧 사회 조직의 기본 원리이다. 낭만주의자들에 의하여 제기된 과학의 문제는 앞에서 말했듯이, 그들이 경험했던 사회적 변화에 대하여 제기하였던 문제였다.

서구 근대사를 특징짓고 있는 것은 말할 것도 없이 과학과 기술에 의하여 매개된 사회 전체의 변화이다. 이것을 다시 사회적 관점에서 말한다면, 막스 베버가 말했듯이 그것은 사고와 사회 조직에 있어서의 '합리화'의 확산 과정이라고 말할 수 있다. 그런데 우리는 베버가 생각한 것과 같은 합리화가 매우 특별하게 정의된 합리화란 점을 상기할 필요가 있다. 그는 인간 행위의 유형을 네 가지[2] ─ 목적 합리적(Zweckrational), 가치 합리적(Wertrational), 정서적, 전통적으로 나눈 바 있는데, 이 가운데에 합리화의 과정은 주로 목적 합리적인 행위 양식의 우세화를 말한다. 목적 합리적 행위는 간단히 말하여, 목적과 수단 상호 간의 정합성을 면밀하게 고려하면서 이루어지는 행위이다. 수단은 목적 실현의 현실적 가능성에 비추어 선택된다. 그런데 주목할 것은 가치 합리적인 행위의 경우와는 달리 목적 합리적 행위에서는 목적도 수단에 대하여 상대적인 중요성을 갖는다는 점이다. 여기에서 목적은 다원적일 수 있고 또 목적과 수단의 정합에 대한 합리적 고려에서 협상의 대상이 될 수도 있고 급기야는 전혀 어떠한 우위적 가

---

2 Max Weber, *The Theory of Social and Economic Organization*, trans. by A. M. Henderson and Talcott Parsons(New York, 1947), p. 115 이하 참조. 또 Talcott Parsons, *The Structure of Social Action*(Glencoe, Ill., 1937), p. 640 이하 참조.

치를 갖지 않은 것으로 생각될 수도 있다. 베버의 말에 따르면 목적 합리적으로 행동하는 "행위자는, 가치 체계에 대한 합리적 정위(定位)와의 관련에서 여러 가지의 수단을 선택하는 대신 주어진 주관적 욕구를 그대로 받아들이고 의식적으로 계량된 긴급성의 순위에 따라 이를 배열하고 이 배열에 따라 한계 효용의 원칙을 적용한 우선순위를 좇으면서 욕구를 충족하도록 행동할 수"[3] 있다. 이렇게 이야기하고 보면 목적 합리적 행위에 있어서 개인이나 사회의 행동적 선택은 목적의 성질에 관계없이 순전히 수단 상호 간의 합리적 조정만을 고려에 넣으면 이루어지는 것으로 말하여서 크게 틀리지 않는다. 목적은 개개인 욕구의 비이성적 근원에서 저절로 우러나오는 것이며 이성은 주로 이 욕구의 실현과 상호 조정을 위한 도구로서 필요한 것이다. 그러니까 이러한 의미에 있어서의 합리화, 근대 서구 역사의 이념적·사회적 변화의 특징을 이루는 합리화는 도구적 이성의 확산이라고 말할 수 있는 것이다.

이렇게 말하는 것은 합리화 과정을 적지않이 한정하고 또 거기에 대하여 우려를 표명하는 것인데, 그렇다고 해서 우리의 우려가 도구적 행위의 합리화 그 자체를 향하는 것은 아니다. 문제는 그것이 사회의 행위 구조에 있어서 절대적인 위치를 차지하게 되었다는 데에 있다. 베버의 '합리화'의 개념을 재해석한 위르겐 하버마스(Jürgen Habermas)가 지적하고 있는 것은 이런 점이다.[4]

하버마스에 의하면 전통적 사회를 포함하여 어떤 사회에도 목적 합리적 또는 도구적인 행위는 존재하는 것이다. 다만 이것은 큰 사회 제도의 틀에 의하여 조건 지어지기 마련이다. 그리고 이 제도의 틀 자체는 사회 내의

---

3   Max Weber, op. cit., p. 117.

4   Jürgen Habermas, "Technology and Science as Ideology", *Toward a Rational Society*(Boston, 1970) 참조.

인간관계를 규정하는 상징적 규율에 의하여 통제된다. 또 상징적 규율의 틀은 구극적으로 전통 사회의 경우에 신화·의식·문화 또는 여러 규범 가치에 의하여 ─ 한편으로 사회 성원에 의한 내면화와 다른 한편으로 내면화의 실패의 외적 표현에 대한 사회적 제재를 통하여 유지되고 개방적인 사회의 경우에 그것은 의사 전달의 상호 작용을 통하여 구성·유지된다. 하버마스에 의하면 근대 서구의 합리화는 도구 행위라는 사회 행위의 종속 체계(subsystem)가 상호 작용의 체계로서의 사회 행위 체제 전체를 밀어낸 과정으로 볼 수 있다는 것이다.

이와 같은 사회 변화에 대한 고찰은 문학과 과학의 갈등 관계를 조금 더 분명하게 하여 준다. 과학의 발전 또는 과학으로 하여 유발된 사회에 있어서의 합리화의 진전은 사회 행위의 종속 체계에 의한 사회 행위 체제, 즉 문학을 포함한 문화 행위를 그 중요한 규범적 내용으로 하고 있던 그 사회 체제 일반의 전반적 재조정 내지 붕괴를 가져왔다. 그러니만큼 문학이 이러한 사태를 자신에 대한 위협으로 느꼈던 것은 이해할 만한 일이다. 또 이러한 위협은 단순히 직업으로서의 문학에 대한 위협이 아니라 사람의 삶 그것에 대한 위협으로 생각되었다. 다시 말하여 사람의 내면생활과 사회 관계가 일정한 질서 속으로 조절되는 것이 상징적 전달 체계를 통하여서인 만큼 합리화 과정은 많은 사람들에게 개인적 또는 사회적 규범의 혼란으로 느껴졌고 문학은 과학 기술의 발달에 따른 문학의 후퇴를 문학만의 후퇴가 아니라 인간 생활에 있어서의 삶의 질서의 후퇴로 느꼈던 것이다.

이렇게 말하는 것은 과학에 대한 극히 부정적인 경고 ─ 문외한의 무지와 편견을 그대로 드러내 주는 것 이외에 아무것도 아닌 경고로 들릴는지 모른다. 그러나 앞에서 한 말들에 설혹 경고의 기미가 있다고 하더라도 그것은 과학 자체가 반드시 인간 행복의 파괴자 노릇을 한다는 뜻의 경고가 아니다. 앞에서 말한 것은 정확히 따지면 과학 자체에 관한 것이라기보다는 과학과 기술과 사회 조직, 세 가지 요소의 화합에서 발생하는 하나의 결과에 관한 것이다. 또 세 가지 요소의 화학 반응이 반드시 부정적인 결과를 가져온다는 것도 아니다. 경각심을 가져야 한다면 그것은 오히려 과학과 기술의 발전이 가져온 여러 가지 혜택이 너무나 자명한 것이기 때문이라고 할 수도 있다. 환경의 기술적인 통제는 인간의 행복, 그것 자체는 아니라고 하더라도 행복의 가능성을 지극히 크게 하였다. 또 과학은 인간의 정신을 물활론적(物活論的) 예속 또는 다른 초월적 권위에의 예속으로부터 해방시켜 주었다. 과학이 이러한 인간의 물질적·정신적 신장에 관한 관심을 잊지 않는 한 과학의 발전은 인간 정신, 그리고 인간 전체의 발전이라고 말할 수 있다. 이런 의미에서 문학도 인간 해방의 다른 역군으로서 과학에 대한 반대 가치를 대표하는 원리일 수는 없다. 오히려 문학 또는 보다 일반적으로 인문적 정신은 과학의 업적을 존중하고 과학에서 많은 것을 배워야 한다.

앞에서 우리는 기술 사회에서의 사회 행위 체계상의 위기에 대하여 언급하였다. 그리고 이것이 도구적 행위에 의한 규범적 상징체계의 파괴에 이어져 있다는 것도 말하였다. 이것이 맞는 이야기라고 한다면 사회 행위의 질서에 있어서의 위기에 대처하는 대응 조치로서 전통적 문화 또는 전통적 윤리 규범에의 복귀가 이야기될 수 있고 또 문학도 이러한 가치의 복귀를 위한 노력에 참여하는 것인 양 생각될 수 있다. 그러나 이것이 단순한 의미에서 전통에 의하여 신성화된 어떤 초월적이고 절대적인 가치 규범이나 감정적인 만족에 기초한 행동 양식에로의 복귀를 의미한다면, 그것은 별로 효율적인 대응책이 될 수도 없고 또 궁극적으로 보다 자유롭고 포용성 있는 미래에로 나아가는 길이 될 수도 없을 것이다. 다시 베버의 행위 유형을 빌려 말하건대, 전통적 행위, 정서적 행위, 또 독단적 가치에 연결된다는 의미에서의 가치 합리적인 행위에의 복귀는 그것이 설사 바람직한 것이라 하더라도 시대의 추세에 의하여 어려운 것이 되었다. 또 무비판적으로 수용되고 강제되는 전통과 그 정서 및 행동 양식이 그것 나름의 제약과 억압을 수반하는 것임은 우리가 익히 경험해 온 바이다. 과학의 공헌 또는 적어도 계몽주의의 이성의 개념에서 상정되고 한국의 신문화의 수용에서 기대되던 과학의 공헌은 전통적 억압으로부터 인간을 해방시킬 하나의 가능성을 제시했다는 데에 있다.

어쨌든 목적 합리적인 의미에서의 합리화라도 합리화는 불가피한 것으로 보이지만, 바람직한 것은 이것이 어떤 자의적인 목적에 봉사하는 것이 아니라 역사적으로 발전하는 개체적·사회적 행복과 인간성의 실현이라는 목적에 분명하게 결부되는 것이다. 이런 의미에서 합리화는 가치 지향적인 것이어야 한다고 말할 수 있다. 다만 여기에서의 가치는 독단적인 가치가 아니라 경험적이고 구체적인 인간의 삶, 역사와 더불어 변화하고 더욱 신장되어야 할 삶의 당대적인 모습에 근거한 것이어야 한다. 문학이 하는 일은 다른 인문적인 연구와 더불어 이러한 당대적 삶의 모습을 확인하고 거기에 입각한 오늘과 미래의 가치를 탐구하는 일이다. 또 문학은 이러한 가치를 도구적 가능성 속에 연결할 방도를 모색하는 사회 정책적 작업에 지침을 제공한다. 그러니까 문학 내지 인문적인 고찰은 한편으로 과학 기술에 대하여 규범적으로 작용하면서 다른 한편으로는 과학을 배워야 한다.

사실 서양의 근대 문학의 철학은 과학의 경험주의에 이어져 있는 것으로 볼 수 있다. 근대 소설과 시는 정도의 차이가 다소 있는 대로 개체적·사회적 인간성의 현세적인 신장을 추구하는 경험주의를 받아들이고 있다고 할 수 있다.(이렇다고 하는 것은 문학에 있어서 초월적 또는 종교적 영감이나 그러한 가치의 추구를 부정하는 것이 아니다. 다만 그것은 본래부터 당연한 것으로 주어진 것이 아니라 사람의 현세적 삶과 행위의 저 멀리에 나타나는 최종적인 한계 개념으로 문학 작품에 개입한다.) 예술 기교상으로 서양의 근대 문학이 자기 충족적인 심미적 질서를 추구하는 경향을 띤 것도 모든 것의 정당성을 현세 속에서 또는 현세적인 조화 속에서 발견하고자 하는 경험주의의 발로라고 생각할 수 있다.(다만 자족적인 심미 질서의 추구가 오히려 현실 유리 내지 도피의 경향에 이르게 된 것은 유감스러운 일로서 별도의 해명을 요구하는 과제이다.) 아무튼 근대 문학이 과학이 만들어 놓은 풍토에서 성장한 것이라는 것은 틀림이 없다. 서양 문학에 있어서 가장 의식적으로 과학의 방법을 문학에 도입하고자 했던 에밀 졸라(Émile Zola)는 서양 현대 문학에 들어 있는 과학 정신의 극단적인 예에 불과하다. 그는 생리학에서 모범을 취한 그의 '실험 소설'의 이상을 "……생리학에 의하여 설명되는 유전과 환경의 영향하에 나타나는 인간의 지적·감각적 표현 작용을 보여 주고, 인간이 그가 만들어 낸 환경 속에 살면서 어떻게 그것을 시시로 수정해 나가며 또 그것에 의하여 스스로가 수정되는가를 보여 주는 것"이라고 하였다. 소박한 결정론적인 인간관에도 불구하고 졸라의 경험적인 인간의 탐구가 문학의 목표로서 전혀 맞지 않는 것이라고 할 수는 없는 것이다. 다만 소설이 과학적인 의미에서의 인간성의 법칙을 탐구하고 이 법칙을 통하여 인간을 적절하게 조종함으로써 그를 보다 행복하게 할 수 있다고 한 것은 그대로 믿기 어려운 것이 되었다고 할 수밖에 없다.

물론 이러한 믿기 어려운 부분이 문제이기는 하다. 이것은 인간성에 대한 참다운 의미에 있어서의 과학적인 탐구가 문학보다는 생리학이나 심리학의 소관이라는 뜻에서만이 아니다. 『실험 소설론』 전편에 스며 있는 것은 인간을 거의 화학 반응이나 생리 반응의 차원에서 보고자 하는 실증주의적 태도이다. 이것이야말로 과학의 영향하에 형성된 태도라 할지 모르지만 이 태도에서 우리가 다시 부딪치는 것은 앞에서 언급한 도구적 이성의 문제이다. 되풀이하여 도구적 사고는 사물과 인간 모든 것을 법칙적·사회적 조종의 대상으로 떨어뜨리게 할 위험을 내포하고 있다. 그리고 결정론적인 인간관은 인간을 지배하는 필연적 법칙을 지나치게 강조함으로써 인간을 도구적 조종의 대상이 되게 하기 쉽다. 구극적으로는 인간이 물리적·생물학적 법칙에 지배되는 것이 사실이라고 하더라도 인간의 삶은 적어도 주체적으로는 어디까지나 창조적 자유 속에 있는 것으로 나타난다. 주체적인 존재로서의 인간은 과학의 법칙이 아니라 상징적 상호 작용을 통한 행위의 선택으로써 스스로와 사회의 삶을 이해하고 살기 마련이다. 쉽게 말하여 우리에게 인생의 의미는 화학이나 생물학의 법칙에 의하여서가 아니라 울고 웃고 사랑하고 욕망하고 하는 것으로, 희로애락으로서 주어진다. 물론 인간의 주체적인 감정과 의지의 표현은 가상에 불과할 수 있지만 그 가상은 매우 절실한 가상이며 또 실제적인 가상이다. 설사 인간이 스스로의 행동을 어떠한 과학적인 방법에 의하여 통제할 것을 결정한다고 하더라도 그 '결정'은 자유롭고 자발적인 선택이 가능하다고 믿고 있는 인간의 집단적인 상호 작용을 통하여 이루어질 수밖에 없다. 그리하여 다시 한 번 울고 웃는 인간의 삶의 사회적 연관의 구극적인 테두리로서의 상징적 상호 작용은 ── 신화나 문화 가치나 윤리 규범은 인간 행위의 가장 중요한 요인이 된다. 인간의 유전이나 환경 또는 기타 생물학적 법칙 또는 경제 관계가 인간적 의미를 갖게 되는 것은 이것들이 주체적인 행위의 장으로서의 사회 체제에 영향을 미치는 한에 있어서이다.(인간 상호 간에 진행되는 자유로운 의사 형성 또는 가치 탐구에서 분리된 사이비 과학주의의 폐단은 특정한 부류에 의하여 제창된 유전학의 원리를 사회적으로 적용하려고 했던 지난 세기의 우생학 운동에서 그 예를 찾을 수 있다. 졸라의 유전 문제에 대한 집착도 이러한 우생학의 미신에 영향받은 것이다.)

다시 한 번 말하여 중요한 것은 우리가 삶을 생각하는 데에 있어서 가장 큰 테두리가 되는 상호 작용의 상징체계이다. 앞에서 말한 바와 같이 과학이나 기술이 이 테두리를 벗어날 때, 그것은 인간성에 대한 위협이 된다. 마찬가지로 문학에서도 도구적인 사고의 맥락에서 이해된 과학의 도입은 인간 생존의 바탕을 왜곡시키는 문학적 표현을 낳을 수 있다. 현대 서양 문학에서 발견되는 무력감, 허무, 그리고 절망은 문학이 도구적 합리주의가 만들어 놓은 세계를 불가항력적인 것으로 받아들인 데에서 나온 것이라고 할 수 있다. 그러나 다시 말하여 필요한 것은 단순히 문학의 사회적·문화적 적용을 어떤 미리 정해진 윤리 규범에 종속시키는 것이 아니다. 오히려 윤리 규범은 과학적으로 검토될 필요가 있다. 중요한 것은 실증주의적 단편성에 맞설 수 있는 일반적인 의미에 있어서의 삶의 전체성을 회복하는 것이다. 일단 과학 또는 과학의 사회적인 적용 또 문학적인 적용은 그것이 인간의 삶의 전체적인 테두리에 얼마나 단단하게 연결되어 있는 것이냐 아니냐 하는 데 따라서 여러 가지 다른 의미를 띤다.

여기에서 삶의 전체성은 그때그때 역사적으로 얻어지는 인간의 개체적·사회적 가능성의 총화이다. 과학과 기술은 기성의 전체성에 중요한 변화를 가져오고 또 새로운 전체성의 중요한 내용을 이룬다. 뿐만 아니라 사회적인 상호 작용의 최후의 근거로서 삶의 전체성을 확인하는 과정에서 과학의 방법이야말로 가장 중요한 절차가 된다. 사람의 삶이 개인적인 면에서나 사회적인 면에서나 하나가 되려면 그러한 총화에 과학의 사실 존중, 보편성 지향, 비권위주의적이며 민주적인 방법과 절차는 불가결의 것이다. 이러한 기초를 떠나서 개인적 운명의 조화나 사회적 평화를 기대할 수는 없을 것이다. 또 문학은, 그것이 삶에 대한 넓은 조감을 시도하는 것이든 삶의 깊고 뜨거운 착반을 목표로 하는 것이든, 인간의 구체적인 삶을 떠날 수 없는 까닭에 이성적 언어를 통하여 구성되는 삶의 전체성이 추상화되고 일반화되려는 경향에 제동을 가하고 거기에 구체성을 부여한다.

　사실 앞에서 말한 전체성은 문학이나 과학 안에 이미 함축적으로 존재한다고 할 수 있다. 과학적 사고의 근본 지향은 우리의 삶의 실제적인 관심의 지평 위에 성립한다. 다만 과학은 대상적 관심에 무반성적으로 몰입하기 쉽기 때문에 그것 스스로가 거기에 입각해 있는 선험적 기초를 망각하게 된다. 이것은 철학적 반성을 통하여 회복될 필요가 있다. 문학은 우리의 삶의 가장 구체적이고 실제적인 지평에 뿌리내리고 있으며 또 이 지평에 대하여 그 나름의 독특한 반성을 꾀한다. 물론 이 경우에도 전체성이 망각될 수 있다. 그래서 여기에서도 보다 의식적인 반성을 통하여 전체성은 돌이켜질 필요가 있다. 그러나 이 의식적인 또는 철학적인 반성은 문학의 구체성에 이어지지 않고는 실체를 얻지 못한다. 그러나 구극적으로는 삶의 전체적인 지평은 대상적이거나 구체적이거나 실제적이거나 자기 반성적이거나 이 모든 노력들이 교차하여 이루는 상징적 상호 작용의 광장에서 하나의 종합적인 인문적 지혜 내지 양식으로 성립하고 또 이것이 구체적인 사회 현실 속에 산 힘으로서 작용할 때 지속적으로 유지되며 스스로를 새롭게 해 나간다.

　그런데 삶의 전체성은 현재 깊은 망각 속에 떨어져 있다고 말하지 않을 수 없다. 그것을 유지할 수 있는 인문적 지혜는 한편으로 전통의 퇴적된 지혜로서 존재하며 다른 한편으로는 역사적으로 변화하는 현실에 대한 끊임없는 통찰과 미래의 삶을 위한 정열로써 새로워진다. 앞에서 우리는 서양 과학의 위험과 가능성에 대하여 언급하였지만 전통적이며 자기 혁신적인 인문적 지혜가 망각되고 불분명해진 상태에서, 우리에게 과학의 발달은 보다 커다란 위험을 (물론 다른 면에서는 가능성도) 내포하고 있는 것으로 보인다. 서양에서 과학 기술이 아무리 사회관계의 전체적인 테두리를 벗어난다고 하더라도 그것은 근본적으로 서양 사회의 삶에 의하여 동기 지어진 것이다. 역사와 사회의 여건이 다른 우리나라와 같은 곳에서 서양의 과학과 기술은 우리의 삶의 내재적인 필요에 맞아 들어가지 않을 수 있는 가능성을 이중으로 갖는다. 그러니만큼 사회에서의 과학과 기술의 적용이 우리의 역사적 삶에 결부되어야 할 필요는 더욱 큰 것이라 하겠다.

이렇게 볼 때 오늘날의 세계 어느 곳에서나 그러한 것이지만, 이제 비로소 맹목적으로가 아니라 의식적으로, 또 선택적으로 과학을 발전시키려고 하고 있는 우리에게 과학으로 하여금 사회 전체의 상징적 작용에 성공적인 접합을 이룩하게 하는 것은 이 시점에 있어서 가장 중요한 과제 중의 하나이다. 이러한 접합을 통하여 우리의 과학 기술은 서양에서 겉멋으로 들여온 것도 아니요, 일부 소수인의 이해관계에 매여 있는 것도 아닌 우리의 진정한 필요와 욕구에 대응하는 것이 되어야 한다. 이러한 필요와 욕구를 확인하는 데에는 인문 과학과 과학의 대화가 있어야 하고 비록 과학의 조직화가 고도의 전문적인 지식을 요구하는 것이라 하더라도 과학은 사회적 개방성과 민주적인 유연성을 유지하는 것이어야 할 것이다. 이러한 연관에서 문학은 그 민주적인 지향을 통하여 또 더욱 구체적으로 우리의 필요와 욕구의 실존적 절실함을 기록하는 작업을 통하여 기여하는 바가 있을 것이다. 실질적인 사회 세력의 관점에서 오늘날 근대화의 기술적 과정은 정치 과정과 마찬가지로 귀족화하고 문학은 무지한 천민의 상태로 떨어져 가고 있다. 이것이 심히 우려할 만한 것이지만 그것은 문학도 당당히 귀족의 대열에 참여하여야 한다는 뜻에서가 아니라 우리 모두의 삶이 귀한 것이 되어야 한다는 뜻에서이다.

문학이 과학에서 배워야 할 것이 많다는 것은 이미 앞에서 누누이 말한 바 있다. 다시 되풀이하여 요약해 보건대, 문학은 과학의 정신과 업적에 접합으로써 응고된 규범으로부터 해방되어 새로운 인간관계의 현세적이고 미래 지향적인 탐구에 나설 수 있다. 문학이 인간과 인간성을 이야기할 때 사실적 검증이 없는 사변적인 전개로 시종(始終)할 수는 없는 일이다. 나는 문학이 과학에 특히 생물학이나 실험 심리학에 보다 적극적인 관심을 가져야 한다고 생각한다. 기술의 사회적인 영향에 대하여 문학이 관심을 가져온 것은 새삼스럽게 되풀이하여 말할 필요가 없다. 이에 추가하여, 우리 관심이 과학적 관심에 이어질 때 문학이 보여 주는 인간의 개체적인 실존과 사회와 역사의 장에 대한 이해도 보다 넓고 타당성 있는 것이 될 것이다.

사실 삶의 전체적인 테두리를 잊어버리지 않는 한, 과학과 문학이 추구하는 것은 근본적으로 같은 것이다. 그것은 진실이다. 과학은 세계를 이해하고 그것을 삶에 필요한 범위 안에서 통제하기 위하여 진실을 추구하고, 문학은 세계 안에서의 각 개인과 모든 사람의 행복하고 평화로운 거주를 위하여 진실을 추구한다. 또 이러한 목적을 떠나서 단순히 진실을 진실로서 추구하고자 하는 그 기묘하게 공격적이면서 또 수용적인 정열에 있어서도 과학과 문학은 하나이다. 또 이 정열의 의미는 플라톤이 철학에 관하여 말한 것을 빌려 '존재 앞에 선 인간의 경이감' 이외의 다른 것이 아니다. 과학과 문학은 신비스럽고 경이스러운 존재의 축복을 망각에서 지키며 가장 넓고 깊게 간직하려고 하는 인간의 위대한 노력의 두 표현이다. 우리는 어느 쪽을 통해서도 삶과 전체성에 이를 수 있다. 그러면서 두 대조적인 전체성은 상보 관계 속에 있을 수도 있다. 이 하나이면서 상보적이며 때로는 갈등을 일으키기도 하는 존재와 삶의 전체성이 살아 있는 세력으로 움직이는 사회 ─ 이것이 우리 모두가 마음속에 그리는 사회일 것이다.

(1977년)

문학의 보편성과 과학의 보편성

　우리에게 자연 과학의 진리는 매우 엄격하고 절대적인 것으로 생각된다. 그것은 적어도 일정한 전체와 방법을 받아들이는 사람들에 의하여 되풀이하여 검증될 수 있는 보편성을 가지고 있다. 이 보편성으로 하여 과학은 개인적 우연을 초월하며 역사와 더불어 누진적으로 발전하는 체계적 지식이 된다. 이것은 과학자 자신에게도 커다란 위안이 되는 것임에 틀림없다. 그는 그가 다루는 진리가 다른 데에서 찾을 수 없는 확실성을 가질 수 있음은 물론 설혹 개인적으로 관여하는 진리의 부분이 한정된 것이라 할지라도 궁극적으로 그것이 보다 넓은 지식의 일부를 이루며 또 그의 작업이 이 지식의 완성에 기여한다는 믿음을 가질 수 있다. 그리고 과학으로 하여 보다 확실해지는 자연의 통제와 향수(享受)를 통하여 역사적 진보의 한 역군으로 자부할 수 있는 것이다.

　꼭 맞는 것은 아니라 할지라도 우리가 자연 과학에 대하여 갖는 이러한 이미지는 그 이념의 일면을 나타내고 있는 것에 틀림없고 또 그것은 다른 학문에 대하여 하나의 이상적인 모범과 도전으로 작용한다. 그러면서도 자연 과학이 보여 주는 엄밀성의 이상은 사회 과학이나 인문 과학의 연구에 종사하는 사람에게는 미치기 어려운 먼 이상일 수밖에 없다. 이것은 문학 내지 문학 연구의 경우 특히 그렇다. 문학에 진리가 있다면 그 진리는 과학의 진리와는 판이한 모습을 가지고 있다. 그것은 결코 과학적 진리의 확실성과 단호함을 가질 수 없다. 아무리 넓은 공감을 불러일으키는 문학적 발언도 객관적인 사실의 원리일 수 없고 개인적인 의견에 불과하다는 혐의를 벗어날 수 없다. 따라서 문학의 노력이 되풀이되어야 한다면, 그것은 문학적 명제의 보편타당성의 검증을 위해서가 아니라 보편성에 이르지 못하는 좌절의 불행 때문이다. 그리하여 문학의 노력은 때로는 시시포스의 돌 굴리기처럼 허망하게 되풀이되는 소모적 노력의 절망감을 안겨 준다.

이렇다는 것은 반드시 문학의 진실이 쓸모없는 것이라는 것은 아니다. 문학이 최종적인 것으로 확립될 수 없는 진실을 풀이하여야 한다면 삶의 모습이 바로 그러한 것이기 때문이다. 즉 끊임없이 진실이기를 그치는 진실을 새로이 시작하여 말할 수밖에 없는 것은 사람의 삶 자체가 늘 새로운 시작이기 때문이라는 말이다. 개체로서의 사람의 삶은 언제나 절대적인 시작이다. 따라서 그러한 삶의 진실도 언제나 새로 시작될 수밖에 없다. 문학의 진실은 이러한 새로워져야 하는 진실이다.

개체적 생존의 새로움은 종족적 삶의 연면함에도 불구하고 개체 의식의 환상에서 나오는 것이 아니다. 또 어떠한 체계에서나 체계 안의 위상에 따라 원근법이 다르기 마련이라는 말만도 아니다. 사람이 새로운 시작이라는 것은 그가 새로 시작할 수 있는 존재, 다시 말하여 창조적 실천의 가능성을 지닌 존재라는 말이다. 사람은 늘 새로 고치고 만든다. 그러면서도 놀라운 것은 유니크하기 마련인 개체의 창조적 행동이 일반적 의미를 띨 수 있다는 사실이다. 사람 하나하나가 창조적 행동의 주인으로 존재한다는 것 자체가 그 하나하나의 사람을 한데 묶어 놓는다. 따라서 문학의 개체적 생존에 대한 진술은 아무리 유일자(唯一者)의 실존적 고독에서 우러나오는 것이라도 고통이나 기쁨의 외마디의 외침 이상의 것이 된다.

문학이 철저하게 개체적 생존의 체험에 기초하고 있으면서 동시에 일반적 의미를 투사해 주는 것은 문학적 진술의 형식에도 나타난다. 가령 문학의 전형적인 언어는 보기나 범례의 언어다. 우리가 읽는 참으로 위대한 인물의 생애는 그것만의 정수적(精粹的)인 의미를 가지고 있다. 그러면서도 그것은 다른 사람의 생애에 중요한 모범이 될 수 있다. 그렇다고 위대한 생애를 모범으로 산 생애가 그 나름으로서 유니크한 의미를 이룩하지 못하는 것은 아니다. 여기에서 모범이 되는 생애와 모범을 따르는 생애는 법칙적으로나 개념적으로 서로 종속적인 관계에 있는 것이 아니다. 또 다른 예를 들어 시인이 꽃을 이야기한다면 그것은 매우 구체적인 꽃이면서 동시에 구체적이며 직접적인 현존을 넘어가는 의미를 갖는다. 이러한 예들은 우리에게 형식 논리로서만 생각할 수 없는 어떤 보편적 카테고리가 있음을 이야기해 준다.

지금껏 문학의 진실이 인간 실존의 유일자로서의 의미와 그 보편적 의미의 공존에 관계되는 것으로 이야기하였는데, 우리는 문학의 진실이 반드시 작가 자신의 실존적 체험을 말하는 것이 아니라는 것을 알고 있다. 즉 문학의 세계는 허구의 세계이다. 허구라는 것은 문학이 이미 존재하는 세계가 아니라 있을 수 있는 세계의 구성 가능성에 관심을 갖는다는 것을 뜻한다. 그렇다고 문학 작품의 허구가 반드시 거짓인 것은 아니다. 말하자면 그것은 주어진 사실의 '자유로운 변용'의 지평 속에 있다. 그럼으로써 하나의 사실은 곧 보편적 의미를 띨 수 있다. 아마 '보기'라는 카테고리의 구체성과 보편성도 이렇게 설명될 수 있을 것이다. 삶은 보기가 되어 또다시 작품이라는 보기가 된다.

다시 되풀이하건대 문학의 관점에서 모든 사물과 사람은 변용 가능성 속에 있다. 이것은 사람의 창조의 능력에 대응하는 것이다. 사람과 사람이 일치하고 개체의 진술에서 출발하는 문학이 일반적 의미를 갖는 것은 인간의 창조적 능력을 통해서이다. 그러나 이 창조적 능력은 전혀 아무런 것에도 제약되거나 조건 지어지지 않는 순전한 자발성의 원리라고 할 수는 없다. 사람의 창조적 능력은 자발적인 것이면서 생물학적인 조건에 의하여 규정되는 것이다. 우리는 공통된 생물학적 기반에 서 있음으로써 우리 서로의 창조적 자유를 이해할 수 있다. 또 모든 개체적 인간은 그들의 자유에도 불구하고 같은 물리적 세계에 살고 있다. 또 사람의 실천은 그들의 실천력의 한 결과라고 할 수 있는 역사에 의하여서도 제한된다. 즉 사람의 창조적 자유는 비어 있는 것이 아니라 여러 가지 잠재적 형성력(形成力)으로 짜여 있는 공간이다.

사람의 창조적 자발성에 작용하는 여러 세력들은 한편으로 사람과 사람의 상사 관계(相似關係)를 강화해 주고 다른 한편으로 사람과 어떤 사람의 관계를 소원한 것이 되게 한다. 우리가 가깝게 생각하는 작가는 우리에게 우리의 세계와 역사를 이야기해 준다. 작가는 화성과 화성인의 문제를 다루지 않는 한도에서만 그의 작품은 우리에게 범례적(範例的)인 진실이 될 수 있다. 그러나 우리가 어떤 부분적인 문화 전통 또 그 안에서의 부분적인 생존을 누리는 것을 피하지 못하는 한 어떤 문학적 진실도 완전한 보편적 공감을 불러일으키지 못할 것이다. 아마 이것은 역사가 백지 상태에 있고 사람의 세계가 원시 공동체에 한정되어 있을 때에나 또는 보편적 세계 역사가 실현되었을 때에 기대할 수 있는 것일 것이다.

문학은 개체적 생존의 진실에 충실하면서 그것을 끊임없이 넘어서서 그것 특유의, 실존적 보편성이라고 할까, 보편성에의 강렬한 충동을 포용하고 있음으로써, 보편적 공감의 세계, 보편적 세계 역사의 실현에 공헌한다고 말할 수 있다. 그러면 문학도 진보하는가? 호메로스의 서사시가 현대 시보다 못하지 않다는 것은 일단 긍정할 수 있는 명제이다. 사람에게는 어떤 사물도 범례적인 의미를 가질 수 있다. 또 그 범례가 해당되는 세계를 공감적으로 이해할 수도 있다. 이런 의미에서 호메로스의 서사시는 보편성을 갖는다. 그러나 그것은 현대의 우리에게 긴급한 의미를 느끼게 하는 보편성이 아니라 말할 수 있다. 현대의 작품은 호메로스의 세계보다는 넓고 복잡한 세계 속에 있기 때문에 한편으로는 호메로스와 그의 세계 사이에 성립하는 전형적 의미를 얻지 못할는지 모르지만 만일 그러한 의미를 얻는 데 성공한다면 그 전형성이 대표하는 세계가 비교할 수 없이 넓은 것이리라는 것은 분명하다.

이 문제는 이러한 설명만으로 끝내 버릴 수 없는 복잡한 면을 가지고 있다. 그러나 독단론의 우려를 무릅쓰고 말한다면 모든 것이 변화·진보하는 마당에서 유독 문학만이 영원의 차원에 머물러 있다고 믿기는 어려운 일이다. 또 거꾸로 사람의 세계가 역사와 더불어 한결 정치(精緻)하고 포괄적인 것이 된다면 그것은 다분히 언어가 정치하고 포괄적이 되기 때문이다. 인간의 생물학적 진화의 궁극적인 사명의 하나가 언어의 완성이라고 말한 생물학자가 있지만 이것이 황당무계한 시적인 환상에 불과한 것일까? 하여튼 문학이 완전한 보편성을 얻는 경우를 생각해 볼 수 있다. 이 경우에도 문학의 보편성은 19세기 실증 과학에서와 같은 얼어붙은 필연의 법칙은 아닐 것이다. 문학이 이루고 또 말하는 보편성은 어디까지나 개체적인 창조력의 무한한 변용을 허락하는 보편성일 것이다.

그러나 이렇게 말한다고 해서 과학의 보편성이 잘못된 것이라는 것은 아니다. 이상적인 상태에서 과학의 진리는 문학이 기술하고 구성하는 삶의 세계의 관심에 뿌리를 내리고 있다. 과학의 진리는 문학이 서식하는 삶의 세계에 대한 가장 중요한 인식의 수단이 되고 또 그것을 개조하는 가장 중요한 기술을 제공하여 준다. 다만 우리가 알아야 할 것은 과학의 보편성은 삶의 세계의 부분적인 추상화로 성립하고 이 추상화의 밑받침이 되는 이해가 삶의 세계라는 사실이다. 문학의 진실은 이 세계의 진실이다.

(1976년)

문학의 비교 연구와 세계 문학의 이념
범위와 방법에 대한 서론

안다는 것은 사람이 살아가는 데 필수적인 것이기도 하고, 또 커다란 기쁨의 원천이기도 하다. 이 앎은 넓고 정치할수록 좋은 것이겠지만 사람이 살아가는 데에는 앎을 얻어 가는 것 외에도 중요한 해야 할 일들이 있고 또 이러나저러나 제한된 능력과 시간으로 하여 앎에 있어서도 사람이 무한히 욕심을 부릴 수 없는 일이다. 따라서 우리의 앎은 우리가 살고 있는 고장에 한정되고 또 학문의 영역에 있어서도 한두 개의 분야에 한정될 도리밖에 없다. 그러나 역설적인 것은 무엇을 안다는 것은 그것을 다른 것과 비교해서 또는 나아가 관련된 상황의 전체적인 테두리 속에서 안다는 것을 뜻한다. 이것은 바람직한 일일 뿐만 아니라 반드시 필요한 일이다. 의식적이거나 무의식적이거나 이것과 저것을 견주어 봄이 없이는 앎의 작용 그 자체가 성립될 수 없는 것일 것이다.

문학의 경우 비교 문학이라는 학문이 있지만, 이것은 학문 자체의 미숙성 때문이든지 또는 다른 이유에서든지 한쪽으로는 매우 오묘한, 보통 사람이 알기 어려운 고급 학문처럼도 생각되고, 다른 한편으로는 공연히 자자분한 사항을 어렵게 다루면서 별 중요한 결론이나 통찰에 이르지 못하는 불모의 노닥거림처럼도 생각된다. 그런데 앞에서 말한 것처럼 어떤 의미에서든지 비교적 관점이 없는 인식 작용은 생각하기 어려운 일이므로 사실상 모든 문학의 연구에도 비교 문학적 조작이 이미 개입되어 있는 것이라 할 수 있다. 어떤 의미에서 비교 문학은 이런 비교적 관점을 좀 더 분명하게 의식화하는 작업을 의미한다고 할 수 있다. 문제는 이 비교가 어떻게 이루어지느냐 하는 것이다.

기초적인 이야기이지만, 무슨 일에서나 일의 질서를 잡아 주는 것은 일의 목표이다. 목표를 잊지 않고 그 의미를 끊임없이 생각하고 그것과 수단과의 상호 정합 관계를 생각하고 하는 작업이, 우리의 일이 광증이나 부패에 떨어지는 것을 방지해 준다. 문학의 비교 연구에 있어서도 잊지 말아야 할 것은 그 목적이다. 비교는 한편으로는 한 나라의 문학 — 우리의 경우라면 한국 문학이 되겠는데 — 한 나라의 문학의 본질적인 문제, 즉 그 나라의 정신생활과 행복한 사회의 역사적 전개의 해명에 관계되는 한도에 있어서 의의가 있는 것일 것이다. 다른 한편으로, 비교는 그것이 민족이나 국민 문학을 넘어선 문학의 근본적인 양상의 어떤 부분을 해명해 주는 한도에 있어서 의의를 갖는 것일 것이다. 이 문학의 근본적인 양상이란 단순히 지적인 의미에서만의 인식을 지칭하는 것이 아니다. 그 과정이 어떤 것이 되든지 간에 세계가 하나의 공동체를 이루어 가고 있는 것이라고 할 때, 이것이 정의롭고 화합적인 것이어야 한다는 것은 당연한 요청이고 이러한 공동체화의 과정 속에서 문학도 맡을 수 있는 바가 있을 것이라는 것은 당연히 생각할 수 있는 일이다. 문학의 비교 연구가 할 수 있는 일은 쓰이고 있는 문학을 이러한 큰 원근법에서 바라볼 수 있게 하는 문학 이념의 수립이다. 이러한 문학 연구의 목적들이 늘 우리의 연구의 직접적인 대상이 되어야 한다는 것은 아니나, 목적의식은 우리의 연구에 간접적으로나마 선택의 기준을 제공하여 줄 것이다.

그런데 문학의 비교적 연구에 있어서 이러한 목표들은 연구 방법의 수립에도 중요한 몫을 담당한다. 어떠한 것의 비교든지 그것은 하나의 공통된 바탕 위에서만 이루어질 수 있다. 이러한 공통된 바탕을 이루고 있는 것은 세계 문학의 이념이다. 이 바탕 위에서 어떤 문학 현상이 어떠한 의미를 갖는가를 생각해 볼 수 있는 것이다. 물론 여기에는 순환 논법이 들어 있다. 부분적 문화 현상의 연구는 민족사나 세계사의 커다란 모습을 밝히는 데 기여하고 또 거꾸로 이러한 큰 모습의 바탕 위에서만 부분적 현상의 해명이 가능하다는 말이 위의 명제의 뜻이기 때문이다. 그러나 이러한 해명의 과정은 반드시 논리적으로 엄격한 연쇄를 이루고 있는 것이 아니다. 여기의 순환은 해석학자들이 '해석의 맴돌이(hermeneutic circle)'라고 부르는 것으로서 끊임없이 맴을 돌면서 한층 높은 단계로 나아가는 나선형의 순환이다.

궁극적으로 문학의 비교 연구에서 목표로서 또는 방법으로서 중요한 것은 비록 결정적인 형태의 것은 아닐망정, 일종의 세계 문학의 이론이다. 이 이론은 문학의 본질, 형태, 기능 등에 대하여 어떤 보편적인 이해를 포함하는 것인데, 이 보편성은 적어도 표면적으로는 형식적인 일관성을 그 주요 원리로 하는 이상적 사고에 의하여 도달되는 것으로 보인다. 그러나 말할 것도 없이 어떠한 보편론도 경험적 자료 없이 형식적 일반론으로 성립할 수는 없는 일이다. 유감스러운 것은 많은 보편 이론의 경험적인 근거를 필자나 독자가 잊어버리는 수가 많다는 것이다.

현대에 와서 서양은 군사, 정치, 경제적인 면에서와 마찬가지로, 문화면에 있어서도 세계에 군림하는 세력이 되어 왔다. 문학에 있어서도, 문학의 근본에 관한 이론은 대체로 서양의 것이 풍미하고 있는 것이 오늘의 실정이다. 우리가 이러한 이론을 읽고 이것에 기초하여 서양 문학을 보고 또 동양 문학을 볼 때, 우리의 시각에는 상당한 왜곡이 일어날 수 있다. 기억하여야 할 것은 서양의 이론은 서양 문학, 그것도 대부분의 경우 어떤 특정한 지역이나 시기의 문학의 체험에 근거한 것이라는 사실이다. 가령 서양 문학의 이론 가운데 가장 중요한 저술이라고 할 수 있는 것은 아리스토텔레스의 『시학』인데, 이것은 아리스토텔레스의 시대까지의 희랍 고전 비극의 체험에 기초해 있다. 또는 심하게 이야기하면, 이것은 거의 한 개의 작품, 즉 소포클레스의 『오이디푸스 왕』에 기초해 있다고 말할 수도 있다. 여기에 추가하여 또 고려할 것은 말할 것도 없이 아리스토텔레스 자신의 관점이다. 그의 개인적인 편견 또는 시대적인 제약으로 하여, 그가 전 시대에 전성했던 비극을 바르게 이해할 만한 입장에 있지 않았다는 점은 더러 지적되는 사실이지만, 이것은 반드시 부당한 지적이라고만은 할 수 없는 지적이라고 해야 할 것이다. 그렇다고 아리스토텔레스나 기타 다른 이론가들의 이론이 보편성을 갖지 않은 것이라는 말은 아니다. 어떻게 특정한 문학적 범례에서 출발하여, 이러한 범례의 일반화만이 아닌 보편적 이념, 일종의 본질 직관에 이르게 되는가 하는 문제는 학문 방법론에 있어서 흥미 있는 고려 대상이 될 수 있을 것이다.

그런데 여기에서 말하고자 하는 것은 어떤 문학 이론이라도, 특히 우리가 영향받기 쉬운 서양의 문학 이론의 경우, 진정한 보편성을 지니고 있다고 볼 만한 이론은 드물다는 점이다. 물론 뛰어난 이론들의 보편타당성을 전적으로 부정하자는 것은 아니다. 앞에서도 비쳤듯이 반드시 통계적인 의미에서 모든 사례를 망라하지 않더라도, 어떤 한정된 예로부터 출발하여 보편적인 이념에 이르는 방법이 있을 수 있다는 것을 우리는 부정할 수 없다. 또 어떤 이론이 보편성의 명성을 누린다는 것은 그것대로 역사적인 이유가 있는 것으로 보아야 한다. 역사의 보편성은 모든 경험적인 사항의 총계나 일반화보다는 역사에 있어서의 전위적이고 동적인 부분에 의하여 대표된다고 말할 수 있다. 오늘날의 세계사에 있어서 좋은 의미에서든 나쁜 의미에서든 가장 중요한 동적 요인이 되어 온 것은 서양의 팽창 세력이었다. 서양 학문의 이론들은 이러한 팽창적 세력의 일부로서 이론적 우위에 서고 보편성을 얻어 온 것이다. 그러나 보편화의 힘이 통계적 전체와 일치되지 않는 한 그것은 진정한 보편성이 될 수도 없고 또 세계의 실상에 많은 왜곡을 가져오기 마련이다. 그리고 세계사의 진전에 있어서 오늘날의 보편화의 동력은 늘 내일의 힘에 의하여 도전을 받으며 또 그것에 의하여 대체된다. 하여튼 세계사의 과정에 대해서 우리가 어떠한 입론을 하든지 간에 여기에서의 요점은 서양 이론의 우위성이 반드시 진정한 보편적 이론일 수는 없고 따라서 우리의 문학 현실에 적용될 수는 없다는 점이다.

우리 문학을 설명할 수 있는 이론은 말할 것도 없이 우리 문학의 현실에서 나와야 한다. 그러면서도 이것은 세계 문학의 이론과의 관련 속에서 이루어질 수밖에 없을 것이다. 그것은 이미 우리의 현실이 세계적 현실의 일부가 되어 있으며, 또 문학적 사고를 포함하여 어떠한 사고도 보편성의 원리를 떠나서 성립될 수 없고, 그러니만큼 다른 이론들의 보편성에의 발돋움과 경쟁하지 않고는 어떠한 이론도 그 설득력을 유지할 수 없을 것이기 때문이다. 그러면 우리 문학의 연구에 또 문학의 보편적 본질과 형태와 기능에 대하여 생각하고자 할 때, 바탕이 될 수 있는 이론은 어떤 것일까? 이 자리에서 할 수 있는 것은 그 고려의 영역을 주워섬기는 일 정도이다.

문학에 관한 보편적 이론에 이르는 방법의 하나는 간단히 말하여 모든 사회에 있어서의 모든 형태의 문학 현상을 종합적으로 고찰하는 것이다. 말하자면 문학의 인류학과 같은 것을 겨냥하는 것이다. 이것은 매우 거창한 요구이면서, 하나의 한계 이념으로서 생각은 해 두어야 할 요구이다. 이 요구의 관점에서 볼 때, 선뜻 생각하게 되는 것은 문학적 표현이 그 당초에 있어서는 문자에 의한 표현에 한정될 수 없다는 사실이다. 문학의 인류학은 문자 이전의 문학 형태에 주의하여야 한다. 이것은 원시 사회에 있어서의 문학적 또는 예술적 양식의 고찰에서 출발할 수 있겠는데, 문자 전통을 가진 사회, 문자를 통한 문학 형태가 활발한 사회에서도 문자 이전의 기층, 또는 원시적 기층은 계속 잔류한다고 해야 할 것이다. 원시적 문학 표현을 성찰의 대상으로 삼는 데에서 오는 이점은 분명하다. 문자로 표현된 문학에 한정하여 우리의 사고를 진전시킬 때, 우리는 인간의 삶에 있어서의 중요한 예술 충동을 간과하게 될 것이다.

원시 예술 표현의 특징의 하나는 그것이 사회의 다른 활동이나 기능으로부터 미분화의 상태에 있다는 점이다. 그럼으로 하여 한편으로 원시 예술에 있어서 예술이 삶의 다른 부분에 대하여 갖는 기능과 의의는 보다 쉽게 총체적으로 파악될 수 있다. 그러나 다른 한편으로 이것은 대상의 작은 규모와 조화된 상태를 지칭하는 것이지, 반드시 지적 작업을 쉽게 하는 것만은 아니다. 왜냐하면 미분화된 전체에서 부분을 분명하게 갈라내어 식별하고 그것의 다른 부분과의 어울림을 알아낸다는 일 자체가 어려운 일이 되기 때문이다. 가령 원시 사회의 어떠한 활동을 특히 예술 활동이라고 부를 것인가? 종교와 마술과 의식, 그리고 일상생활이 한데 어울려 있는 바탕에서 예술만을 가려낸다는 것은 쉬운 일이 아닌 것이다. 이러한 관찰은 자명하고 별 쓸모없는 것이라고 할는지 모른다. 그렇다면 가령 우리의 전통적 예술 양식으로서의 가면극과 같은 것을 보자. 이것은 문자 이전의 원시 공동체의 예술 표현이라고 할 수는 없으나 또는 바로 그렇기 때문에, 원시 예술의 공동체와의 관련이 매우 중요한 시사를 던져 줄 수 있을 것이다. 가령 가면극은 어디에서 시작하여 어디에서 끝난다고 해야 할 것인가? 등장인물이 들어서고 이야기가 전개되는 시점에서 그것은 시작하는 것인가? 가면극의 준비를 시작하는 부락민의 활동도 가면극의 일부로 보아야 할 것인가? 분명 이러한 원시적 형태의 극을 현대극의 관점에서 하나의 독립적인 예술 형식으로 보고 또 거기에 현대 연극의 평가 기준을 적용하는 것은 잘못일 것이다. 가면극의 비판 정신은 자주 이야기되는 것이지만 그것이 오늘날의 사회에 있어서의 비판 정신과 같은 것일까? 그것이 표현하고 있는 갈등을 현대 사회의 계급적 갈등과 같은 종류의 것으로 볼 수 있을 것인가? 보다 긴밀한 유대감 속에 묶여 있는 사회에 있어서의 갈등의 표현 방식을 비교적으로 이해하는 일은 이러한 질문을 풀어 나가는 데 빼어 놓을 수 없는 일일 것이다. 이미 부락 공동체적인 사회 질서가 상실되어 버린 오늘에 있어서 이러한 관련에 대한 이해는 원시 예술의 기능에 대한 비교 연구에 의해서 크게 증진될 것이다.

구비 문학의 대부분은 적어도 지금 남은 형태로서는 완전히 공동체적 생활 속에 흡수되어 있는 원시적 예술 표현 양식이라고 할 수 없다. 그중에는 현대적 감성의 관점에서 고도의 세련에 이른 것들도 있지만, 구비 문학은 역시 민중적·공동체적 특징 또는 적어도 문자가 아니라 말에 의하여 전수되고 전달된다는 조건에서 오는 특징을 가지고 있다. 이것은 독자가 아니라 공동체 내의 청중을 상대로 하는 공연을 통해서 비로소 구체화되는 것인 까닭에 즉흥적·공식적·상투적인 요소를 강하게 띠기 마련인데, 이러한 요소들이 연쇄 매체를 통한 예술 표현에 해당될 심미적 기준에 의하여 평가될 수는 없는 것이다. 가령 판소리를 소설에 따르는 기대와 기준을 가지고 본다면 그 결과는 전혀 그 본질을 놓치는 것이 되고 말것이다. 이것은 소설을 판소리의 기준으로 이해하려고 하는 경우도 마찬가지다. 판소리나 소설은 각각의 장르의 고유한 이념에 비추어 이야기되어야 한다.

대체로 구송(口誦)을 근원으로 한 예술 내지 문학의 표현은 그것 나름으로 연구되어야 할 것이나, 여기에는 비교 연구가 필수적인 것이 아닌가 한다. 오늘날의 세계에서 살아 있는 구송 문학은 대개 자취를 감추어 버린 것으로 보인다. 구송 문학이 전제하고 있던 여러 기대나 기준은 역사적인 자료 또는 살아 있는 구송의 전통이 있으면 그러한 전통의 비교 연구를 통하여 재구성될 수 있을 것이다. 이러한 재구성 없이는 작품 자체도 제대로 이해 또는 평가될 수 없을 것이다. 가령 우리의 판소리의 경우, 그것은 『삼국지연의』나 『수호지』를 비롯한 중국의 구송 문학과의 비교에서 해명되는 바가 많을 것이다. 더 나아가서 그것은 오늘날에도 조금은 살아남았다고 하는 중앙아시아 지방이나 유고슬라비아의 서사 문학에도 비교될 수 있을 것이고 세계 서사 문학의 고전이 되어 있는 호메로스의 작품의 여러 조건과도 비교될 수 있을 것이다.

오랜 문학 전통을 가진 나라에 있어서의 서로 다른 문학 형식, 본질 이해, 기능, 다른 인간 활동의 다른 분야의 관계를 비교 연구하는 것이 중요함은 새삼스럽게 말할 필요도 없다. 우리에게 가장 중요한 것은 우리 문학의 전통이며, 또 적어도 사대부의 문학에 있어서 그 바탕이 되어 있는 중국 문학의 전통이다. 다른 문학 전통의 경우도 그렇지만 중국 문학 또는 동양 문학의 전통도 우리가 우리의 현실을 이해하고 문학의 본질을 이해하는 데 새삼스럽게 공부하여야 할 분야이다. 이 전통의 유산은 알게 모르게 우리 가운데 남아 있으면서 또 우리에게 전혀 낯선 것이 되어 버리기도 하였다. 가령 오늘날 우리가 문학이라고 하면 그 중요한 부분으로 또는 가장 중요한 부분으로 소설과 희곡을 칠 것이다. 그러나 동양 문학의 전통에 있어서 소설과 희곡은 현대 이전에는 본격적인 문학 장르로 생각되지 아니하였다. 그런가 하면 문학이 시에 한정되는 것도 아니었다. 그것은 시 이외에 요즘 같은 극히 실용적인 목적을 가진 글들이라 할 논설류의 산문도 포함하였다. 이러한 문학의 장르에 대한 이해의 차이는 문학의 근본에 대한 인식의 차이를 반영한다. 오늘날 우리가 가지고 있는바, 문학이란 주로 상상력의 소산이란 생각 같은 것도 전통적인 문학관에서 볼 때는 반드시 보편 타당한 개념이 아닐는지 모른다.

문학의 본질이나 존재 양식에 관한 물음 이외에 문학가의 사회적 기능에 대하여도 우리는 전통 사회에 있어서의 그것과 오늘날의 그것을 비교하여 많은 것을 배울 수 있다. 가령 행정 관리의 채용에 전통적으로 시 문학이 포함되어 왔다는 것은 그러한 제도를 채택하고 있는 정치 체제에 대해서나 또는 문학 자체의 내용과 형식에 대하여 어떤 의미를 갖는 것일까? 이러한 질문은 흥미롭고 중요한 질문이다. 그것은 그 반대처럼 보이는 오늘의 형편을—또 이것은 서양의 근대 문학의 형편이지만—이해하는 데 크게 시사하는 바가 있을 것이다.

말할 것도 없이 오늘날 모든 문학의 경쟁적 진출에 있어서 절대적인 위치를 점하고 있는 것처럼 보이는 것은 다시 말해 서양 문학과 그 이론이다. 그리고 이것은 우리나라에 있어서도 단순한 호기심의 대상 또는 대상적으로 연구되는 이질 전통의 문화유산이 아니라, 우리 사고의 주체적 형성에 그대로 작용하는 문학 체험의 주된 부분이 되어 가고 있다. 따라서 문학의 비교 연구 또는 문학의 일반적·보편적 연구에 있어서 서양 문학과 문학의 이론이 크게 부상하게 되는 것은 불가피하다. 그런데 서양 문학이 어찌하여 오늘날 그러한 우위를 점하게 되었느냐에 대하여 깊은 반성을 할 필요가 있다. 여기에는 서구 문화의 본래적인 보편성 지향이 그 한 요인이 되는 것일 것이다. 그러나 동시에 서구의 정치적인 우위가 여기에 크게 작용하고 있는 것도 무시할 수 없다. 이것은 직접적인 강압으로도 작용하지만 오늘의 세계의 현실을 서구적인 것으로 바꾸어 놓음으로써 비서구권의 사람들로 하여금 서양 문학에서 자기들 자신의 체험을 발견하게 하는—간접적인 형태로 작용하는 것이라고 할 수도 있다. 서양 문학이 반드시 인류 일반에 대한 보편적 호소력을 갖는 것이 아니라 세계의 현실을 서구적인 것으로 바꾸어 놓음으로써 서구의 문학적 표현으로 하여금 보편적 문학 표현이 되게 하는 점이 있다는 말이다. 그러나 서구의 세계사적인 역할이 물리적 힘에만 의지하고 있는 것은 아닐 것이다. 그들의 문화가 어떤 보편성을 띠고 있다면, 그것은 보편성이 보편화의 힘에 의하여 이루어지는 면이 있기 때문이다. 그러나 이 힘이 반드시 진정한 이성적 균형으로서의 보편 이념과 일치하는 것은 아니다. 서양의 문화는 인류가 사는 데 있어서의 한 가지 방책을 대표하고 있을 뿐이고 이 방책은 우리의 관점에서 선택된 것이 아니다.

그런데 우리가 지금에 와서 서양 문학의 연구를 회피할 수는 없다고 하더라도 모든 서양 문학이 한결같은 실체를 이루고 있다고 생각해서는 안 될 것이다. 특히 이론 면에서 우리가 많이 접하게 되는 서양 문학의 이론은 대체로 18세기 말이나 19세기 이후의 문학 이론이며, 이것은 다분히 그 시기 이후의 서양 문학의 체험에 기초하고 있는 것이다. 다시 말하여 우리가 접하는 서양 문학과 그 이론은 부르주아 문학의 이론이다. 왜냐하면 지금 말한 시기에 문학의 주역을 담당했던 것은 서양의 중산 계급이었기 때문이다. 이것은 이 시기의 많은 문학 이론이 제한된 적용성밖에 가질 수 없다는 것을 뜻한다. 이 점에서 많은 서양 문학, 서양 문학의 이론은 또 하나의 한계를 가졌다는 것을 우리는 인식하게 된다.

그렇긴 하나 오늘날 많은 나라의 문학이 서양 문학의 영향하에 놓여 있는 것은 사실이다. 그리고 이 영향 아래에서 새로운 문학들이 쓰이고 있는데, 비서양 지역에서 쓰이는 이러한 문학은 그것 나름으로 별개의 문학 영역을 형성하는 것으로 생각된다. 방금 위에서 영향을 말하였지만, 이들 비서양 지역의 문학이 서양의 영향 아래 이루어진 것이라고 해서 반드시 그 아류가 된다는 말은 아니다. 물론 아류가 없는 것은 아니고 또 아류의 지위에 만족하는 문학이 없는 것도 아니다. 위에서 말한 영향은 서양 문학을 모방하거나 수입하려는 노력만을 말하는 것이 아니다. 그것은 반발과 비판을 유발한다는 의미에서의 영향도 포함한다. 차라리 우리는 여기에서 서양 문학의 영향이 아니라 도전을 말하는 것이 좋을는지 모른다. 어떤 경우든지 간에 서양 문학의 존재는 많은 지역에 있어서 무시할 수 없는 것이 되었고, 이들 지역의 문학은 부정이든 비판적 수용이든 모방이든 그 도전에 응답하지 않을 수 없게 되었다.

물론 여기에서 문제되는 것은 문학의 영향이나 도전만이 아니다. 비서양 지역이 면한 것은 무엇보다도 정치나 경제 면에 있어서의 도전이다. 하여튼 좋든 나쁘든 서양이 점유하게 된 여러 면의 우위에 대하여 어떤 형태로든지 반응하면서 쓰이는 새로운 문학을 하나의 단위로 생각할 수 있는 것은 사실이다. 이것을 우리는 소위 제3세계의 문학이라고 불러도 좋다. 우리는 구비 문학도 아니며 전통 문학도 아니며 서양 문학도 아닌 제3의 문학에 대하여 무관심할 수 없다. 비록 우리의 과거가 다른 제3세계의 국가들과 다른 종류의 전통을 가지고 있다고 하더라도 현대의 국제 관계 속에서 우리는 이 지역에 자리하고 있기 때문이다. 우리는 다른 제3세계 국가의 문학을 비교 연구함으로써 우리의 문제를 이해하고 우리가 가진 문학에 대한 직관을 확인하는 작업을 보다 용이하게 할 수 있을 것이다. 뿐만 아니라, 한국이나 다른 나라의 문학인들이 다른 각도에서 이 문제를 접근하면서 이미 주장한 바 있듯이, 제3세계의 문학이야말로 인류의 다양한 문학 유산을 종합하여 인류 역사의 지평에 새로이 등장하는 세력으로서, 세계 문학의 보다 높은 보편적 이념의 담당자가 될 수 있는 소지도 가지고 있는 것이다.

앞에서 말한 문학의 비교 연구 또는 세계 문학의 이념에 대한 탐구가 한번에 한두 사람에 의하여 이루어질 수 있는 것은 아니다. 이것은 여러 사람의 연구의 누적과 협동 작업을 통하여 점차로 이루어질 것이다. 그러나 오

늘날에 있어서 어떤 특정한 사람이 어떤 특정한 문제를 연구하고 있는 경
우도 앞서 말한 문제들의 지평을 마음에 두는 것은 의의 있는 일이라고 말
할 수 있다.

(1979년)

3부

괴로운
양심의
시대의
시

일체유심一切惟心

한용운의 용기에 대하여

한용운(韓龍雲)이 우리 독립운동사나 문학사에 있어서 가장 뚜렷한 영웅이었다는 점은 많은 사람이 동의하는 바이다. 그의 사람됨을 한두 가지의 특징으로 집약하여 말할 수는 없는 것이지만, 그중에도 그에게 가장 뚜렷했던 것은 실천의 의지였다는 것으로 말할 수 있을 것 같다. 그의 강인한 의지는 어디에서 오는가? 우선 쉽게 생각할 수 있는 것은 천성이다. 그러나 천성은 개인적·사회적 환경과의 교류 속에서 비로소 운명적인 성격이된다. 또 이러한 성격의 형성과 이것의 운명적 작용에는 여러 가지 이념적인 영향도 개입되는 것일 것이다. 이러한 여러 가지 요인들이 인간의 의지에 작용하고, 또 이 의지는 이러한 여러 요인의 수용을 어느 정도까지는 선택한다. 한용운의 의지의 신비는 이러한 요인들을 낱낱이 밝히고 그 상호작용을 이해함으로써 들여다볼 수 있는 것이 될 것이다.

그런데 한용운에 있어서 의지의 윤리적 단련은 우발적인 결과가 아니라 그의 중요한 삶의 지향이었던 것으로 보인다. 그에게 의지의 단련은 의식적으로 선택된 목표였다. 그의 생애의 특별한 사정과 또 그가 의지했던 한국의 전통적인 정신 기율이 다 함께 윤리적 의지의 단련으로 그의 삶의 지향을 형성해 간 것이다.

한용운에 있어서 그의 생애의 외부적인 상황과 정신적인 진로가 어떻게 윤리적 의지에 집중되는가는 그의 얼마 되지 않은 자전적 서술에서 넘겨볼 수 있다. 그중에도 시사적인 것은 20대 초의 첫 중요한 경험이다. 이 것은 그 자체로서는 그다지 큰 중요한 일이 아니면서도 그의 생애 전체의 한 전형을 드러내 주는 것으로 생각된다. 그것은 그가 설악산 백담사에 있다가 세계 만유를 목적으로 서울로 향하던 중의 이야기이다. 백담사를 출발한 그는 가평천(加坪川)에 이르렀다. 그곳은 다리가 없는 데다가 때가 겨울이라 눈 녹은 얼음물이 내리고 있어서 건너가기가 아주 어려운 곳이었다. 약간의 주저 끝에 그는 발을 벗고 물을 건너기 시작하였다. 그러나 바닥의 조약돌이 미끄러워 돌에 부딪치는 발은 아프고 물은 몹시 차서 그가 물 가운데에 이르렀을 때에는 다리가 감각을 잃고 마비되기 시작하였다. 그리하여 그는 육체와 정신이 진퇴유곡의 혼란에 빠져드는 느낌을 가지게 되었다. 그러나 그곳으로부터 되돌아갈 수 없는 것이어서 그는 앞으로 나아갔고 발등이 찢어지고 발가락에서 피가 흐르는 채로 피안에 다다르게 되었다. 그러나 다 걷고 난 그는 통쾌한 느낌을 가지고 모든 것이 마음먹기에 달렸다, 일체유심(一切唯心)이라고 생각하였다.

그의 이때의 체험은 조금 더 계속된다. 강을 다 건넌 다음에 그는 다른 사람이 이편에서 강을 건너가다가 자기와 같은 곤경에 처한 것을 보게 되었다. 그는 아무 주저 없이 물에 들어가 이를 구출해 주고 나왔다. 이때는 그는 발이나 다리가 별로 아프지도 않은 듯했고 마음에는 오히려 여유가 생기는 듯하였다. 그리고 보니 처음 강을 건널 때 가졌던 통쾌한 마음까지도 우습게 생각되었다.

이 조그만 일화는 난경을 극복하는 태도의 한 전형을 보여 준다. 그것은 의지력에 의한 방법이다. 이 의지력은 모든 것이 마음먹기에 달렸다는 생각에 의하여 강화된다. 앞의 삽화에서 한용운이 처음에 느꼈던 일체유심의 깨우침이 두 번째의 도강(渡江)에서 극복되었다고 볼 수도 있으나, 따지고 보면 마지막 소감도 확장·승화된 일체유심의 깨우침이라고 생각된다. 다만 두 번째의 극기(克己)에서 그것은 주제화되어 생각되고 느껴질 필요가 없을 정도로 보편적인 진리가 되어 있는 것이다. 일체유심의 관점에서 극복되어야 할 맨 처음의 대상은 자신의 육체이다. 이 육체의 극복은 역설적인 두 계기를 가지고 있다. 한편으로 다쳐서 피가 나고 얼음물에 마비되는 수동적인 감각의 수단으로서의 육체는 완전히 초월되어야 하는 것이다. 그러나 다른 한편으로 육체의 매개 없이는 도전해 오는 상황 자체를 헤쳐 나갈 수가 없다. 그것은 단련되어 완전히 의지력의 수단이 되고 그것에 일치되어야 한다. 그렇게 함으로써 의지에 대항하는 외계도 일체유심의 세계 속에 편입될 수 있는 것이다. 아울러 여기에서 주목할 수 있는 것은 극복되는 외적 장애도 일정한 물리적 법칙을 가진 것으로보다는 정신력에 의하여 무화(無化)될 수 있는 존재 또는 이상적(理想的) 존재로 생각된다는 것이다. 따라서 이 장애는 합리적이고 세간적인 작업을 통해서보다는 즉시적인 윤리적 행동으로서 제거될 수 있는 것으로 생각된다.

지금 우리가 분석해 본 바와 같은 정신주의 또는 거기에서 나오는 행동주의도 일반적으로 크고 작은 위기적 상황에서 하나의 반응 양식이 된다고 할 수 있지만, 한용운에 있어서 이것은 그의 독특한 삶의 지향과 철학에 의하여 일반적인 인생 태도나 세계관이 되었던 것으로 보인다. 사실 그의 지적 노력은 이러한 태도를 하나의 일상적인 몸가짐으로 지니는 데에 경주(傾注)되었다고 할 수 있다. 이것은 그의 논설들에서 살펴볼 수 있다. 가령 「심우장만필(尋牛莊漫筆)」에 포함되어 있는 교훈적 논설들을 통하여 그가 당대의 청년들에게 가르치고자 했던 유심(惟心)의 행동 철학은 바로 그 자신의 역정을 말하는 것으로 추측할 수 있다. 그는 이러한 철학에 이르는 길을 전통적인 방법에 따라 수양이라고 불렀다. 그에 의하면 당대의 '조선 청년의 급선무'는 학문도 실업도 아니요 '심의 수양'이다. 「조선 청년(朝鮮青年)과 수양(修養)」에서 수양의 중요성을 그는 다음과 같이 말한다.

심수(深邃)한 수양이 있는 자의 앞에는 마(魔)가 변하여 성자(聖者)도 되고 고(苦)가 전(轉)하여 쾌락도 될지니 물질이 어찌 사람을 고통케 하리요. 개인적 수양이 없을 뿐이요. 물질문명이 어찌 사회를 구병(救病)하리요. 사회적 수양이 없을 따름이라. 수양이 있는 자는 어느 정도까지 물질문명을 이용하여 쾌락을 얻으리라. 심리적 수양은 궤도와 같고 물질적 생활은 객차와 같으니라. 개인적 수양은 원천(源泉)과 같고 사회적 진보는 강호(江湖)와 같으니라. 최선(最先)의 기유(機杻)도 수양에 있고 최후의 승리도 수양에 있으니 조선 청년 전도(前道)의 광명은 수양에 있으니라.

— 한용운전집(全集) 1, 268쪽

그러면 수양의 중요성은 그렇거니와 수양은 무엇을 말하는가? 그런데 우리는 위의 인용에서 한용운이 이미 수양의 내용에 대하여 말하고 있음에 주의하여야 한다. 여기에서 수양은 외적 환경에 혹은 초연하고 혹은 이를 극복하고 혹은 이를 이용할 수 있는 원리에 이르는 방법으로 파악되어 있는 것이다. 이것은 또한 인간에 있어서는 어떤 특정한 내용보다도 행동적 실천의 원리로 파악된다. 그리하여 위 인용의 바로 앞에서 그는 "천하 만사에 아무 표준도 없고 신뢰도 없는 무실 행위 공론으로만 이어지는 것이 있으리요."라고 말하고 "실행은 곧 수양의 산아(産兒)라 심수한 수양이 있는 자의 앞에는 마가 변하여 성자도 되고……." 운운하는 것이다. 또 "자아(自我)를 해탈(解脫)하라."의, 수양에 관해서 말하는 부분에서도 그가 수양을 같은 움직임의 원리, 실천의 원리에 이르는 단련의 길로 보고 있음에 유의할 수 있다. 그에 의하면 자아를 해탈하는 길은 "오직 수양의 한길이 있을 뿐"이다. 그러면 수양은 어떻게 가능한가? 그는 말한다.

수양에도 갖가지 방식이 있을지니 유익한 서적을 읽는 일도 있으며 직접 으로 선배의 교훈을 듣는 일도 있으며 간접으로 위인 석덕(碩德)을 사숙(私 淑)하는 일도 있으리라. 그러나 여하한 양서를 읽으며 여하한 선배의 교훈을 들으며 여하한 석덕을 사숙하여 자기의 수양에 자(資)하여도 자기의 실천이 없으면 허다한 세월을 지내더라도 전정(前定)의 이상향에 도달할 날은 없으 리니, 결국은 자기의 노력에 의하여 마음을 닦으며 성(性)을 길러서 실천궁행 (實踐躬行)의 향상을 꾀함에 있으니, 그러면 품성은 훈도(薰陶)되어 고상(高 尙)의 역(域)에 나아가고, 인격은 단련되어 정고(貞固)의 위(位)에 들어갈 것 이니, 그리하여 점점 계박(繫縛)으로부터 통명(通明)에 들고 통명으로부터 무 장애(無障碍)에 들고, 무장애로부터 대해탈(大解脫)에 이르면 사분오열(四分 五裂)이 다 원융(圓融)이요, 칠전팔도가 다 같은 낙취(樂趣)리니, 안전에 어찌 마장(魔障)이 있으며 두리(肚裡)에 어찌 역경이 있으리요.

— 한용운전집 1, 277∼278쪽

여기에서도 실천이 강조되어 있음을 볼 수 있는데, 이것은 어떤 특정한 세속적인 의미에서의 실천보다 불교적인 수련의 일상적인 실천을 말하고 있는 것으로 보인다. 그러나 불교적 해탈의 경지 그 자체는 세속적인 관점 에서 보면, 의지의 온전함을 지칭한다고 할 수도 있는 것이다. 불교적 해 탈의 막힘없는 상태는 의지와 사물의 일치를 지향하는 '순진한 의지의 꿈' (폴 리쾨르)에 비슷하다고 유추하여 생각할 수 있고, 이 의지의 단적인 표현 은 즉시적인 실천에 의하여 증거된다고 할 것이다.

어쨌든 불교적인 차원에 대하여 우리가 너무나 소박하고 세속적인 해석을 시도하는 것을 삼간다 하더라도, 한용운의 인간 의지와 실천에 관한 생각에 또는 수양론 자체에 세간적인 차원이 있음은 분명한 일이다. 가령 사회적인 의미에서의 행동인, 지사(志士)를 이야기할 때, 그는 다음과 같이 의지의 강인함을 강조한다.

산하(山河)가 아무리 험하다 할지라도 지사가 가지 못할 땅은 없고, 시대가 아무리 변한다 할지라도 지사가 서지 못할 때는 없는 것이다. 지사는 자기의 입지(立志)가 공간(空間)이요 시간(時間)이다. 다시 말하면 그것이 세계요 생명이다.

지사의 앞에는 천당도 없고 지옥도 없으며, 군함도 없고 포대도 없는 것이다. 풍우여회(風雨如晦)에 계명불이(鷄鳴不已)하고 대침(大浸)을 이 계천(稽天)에 지주불이(砥柱不移)하느니, 도도한 세고(世故)가 아무리 다단(多端)하다 할지라도 지사(志士)의 뜻은 불을 따라서 하지도 않지마는 물을 따라 흐르지도 않는 것이다.

— 한용운전집 1, 224쪽

이러한 구절에 표현되어 있는 의지주의 또는 행동주의는 불교적인 의미에서의 무장무애(無障無碍)의 경지의 자유를 사회적으로 옮겨 놓은 것으로 볼 수 있다. 어떠한 차원에 있어서든지, 한용운에게 중요하였던 것은 행동과 사실로부터 추호의 간격도 갖지 않는 즉시적인 행동이었다. 위의 인용이 보여 주듯이, 그에게는 어떠한 장애물도 그의 실천적 의지를 저지할 수 있는 것일 수 없었다. 그는 장애물에 대한 고려로 하여 실천적 행동이 지연되는 것을 용서하지 아니하였다. 그것은 오로지 수양이 덜 된 자의 평계에 불과하고 장애는 단련된 의지의 행동인에게는 오히려 새로운 성취에의 계기가 될 수도 있는 것이다. "……노력 용진하는 자에게는 기회 아닌 때가 없고 타태 천연하는 자에게는 불기회(不機會)가 아닌 때가 없도다." (「천연(遷延)의 해(害)」, 한용운전집 1, 278쪽)라고 그는 말한다. 따라서 "……기회가 없을지라도 용진의 노력으로 인위의 기회를 만드는 것"(한용운전집 1, 279쪽)이 중요한 것이다.

그렇다고 한용운이 인간의 의지에 의하여 모든 것이 이루어질 수 있다고 믿은 것은 아니었다. 그의 믿음은, 되든 안 되든 또는 오히려 안 되는 세계에서의 행동적 시도의 중요함을 강조한, 차라리 불안과 위험의 철학이었다. 한편으로 의지의 온전함에 대한 강조는 기약할 미래가 없는 세계에서 마음을 가라앉혀 현재에 전심케 하는 하나의 방법이었다. "기성의 왕사(往事)를 회한하여 현재의 정력을 모손(耗損)함은 불가하고, 미연의 환난을 우려하여 현재의 예기(銳氣)를 저상(沮喪)함은 불가하며, 현재에도 인력으로 주성(做成)할 만한 당면의 사위(事爲)에 대하여 노력할 뿐이라, 어찌 절실하지 못한 공상을 품고서 부질없이 심신(心神)을 비(費)하리요."(「무용(無用)의 노심(勞心)」, 한용운전집 1, 282쪽)라고 그는 평상적 실천을 강조하였다. 그러나 다른 한편으로 그는 사필귀정이나 현실적 성공의 기약이 없는 세계에서의 실천적 도전으로서 그의 의지의 철학을 설명한다. 그는 말한다. "가령 진정한 선견의 명(明)이 있다 할지라도 사람은 미래의 성패이전(成敗利錢)만을 목표로 하고 살 수는 없는 것이다." 그에게 사람의 상황이란 마치 부모가 병이 들었는데 무엇인가 하지 않고는 배기지 못하는 또는 "어느 때에 지구의 중심으로부터 화산이 터질는지 모르는……태양의 흑점이 멀어져서 광명이 멸망될는지도 모르는"(「사후(事後)의 선견자(先見者)」, 한용운전집 1, 218쪽) 환경에서 죽음을 각오하고 한번 살아 보는 그러한 것이다.

이러한 거의 실존주의적인 인간 조건의 파악에서 한용운은 영웅적 행동주의를 주창한다. 사람은 100년이 못 가서 죽게 마련이지만, "그렇다 하여서 전도를 비관하고 공수대사(拱手待死)하는 사람은 고금을 통하여 하나도 없는 것이다."(한용운전집 1, 218쪽) 그러나 인생을 안전하고 고통 없이 살아가려는 사람이 있을 수는 있을 것이다. 그러나 안전을 도모하여 실천적 인생을 기피하고 천연하는 자에게는 "기회도 없고 기회 아님도 없으며 성공도 없고 실패도 없으며 개인도 없고 사회도 없다. [또 그런 사람에게는]⋯⋯삶도 없고 죽음도 없다." 그리하여 그러한 사람의 "백 년의 삶이 용진하는 자의 하루의 죽음만 같지 못한 것"(한용운전집 1, 280쪽)이다. 또 인생의 진미를 알고자 하는 자는 고통과 위험을 피할 수 없다. 삶의 "쾌락은⋯⋯고통을 피하는 자를 피"한다. 따라서 삶의 보람을 구하는 자에게 고통은 불가피한 것이고, 뿐만 아니라 그러한 자는 그것을 "쾌락으로 인정"하여야 한다. 이것이 위인·걸사의 삶의 방식이다.(「고통(苦痛)과 쾌락(快樂)」, 한용운전집 1, 269쪽)

여기서 흥미로운 것은 이러한 진술들에 있어서 한용운의 삶에 대한 태도가 종교적이나 도덕적인 것이라기보다도 생철학(生哲學) 또는 당대의 많은 사람들에게 있어서 볼 수 있는 바와 같이 진화론적이라는 점이다. 물론 그에게 윤리적 관심이 없는 것은 아니다. 다만 그것도 투쟁적 행동의 관점에서 파악되는 것이다. 삶의 투쟁이고 또 선악의 투쟁이다. 그는 말한다.

선이라 함은 무슨 의미로든지 무엇의 앞에든지 무조건으로 죽어지내는 소극적인 것을 가리킴이 아니오. 어디라도 우자(優者) 되고 승자(勝者) 되어 중인을 보호하는 자가 되며, 만물을 애육(愛育)하는 자가 되는 것이 선이 될 것이요, 악이라 함은 무고(無故)히 사람을 구타하고, 물(物)을 상해(傷害)하는 것만이 아니라 열자(劣者) 되고 패자(敗者) 되어 남에게 불쌍히 여기는 자가 되고 물(物)에게 심부름하는 자가 되는 것이 더 큰 악이 되느니라.
——「전로(前路)를 택(擇)하여 진(進)하라」, 한용운전집 1, 240쪽

결국 삶은 이와 같이 개인적 차원에서나 사회적 차원에서나 또는 도덕적 차원에서, 투쟁에의 과감한 참여 없이는 온전하게 살아질 수 없는 것이다. 다만 이러한 삶에의 참여는 역설적인 선택을 요구하는 것이다. 그것은 고통과 죽음을 무릅쓰는 것을 의미한다. "인생의 대활(大活)은 대사(大死)의 중에 있도다. 구구한 탐생(貪生)의 일념은 곧 죽음이니라, 죽음을 무시하면 곧 삶이니라."(「춘몽(春夢)」, 한용운전집 1, 240쪽) ── 삶의 비결은 결국 이렇게 말하여질 수 있는 것이다.

　　이와 같은 수양론이 한용운으로 하여금 결연한 행동가가 되게 하는 데에 한 가지 뒷받침이 되었을 것으로 우리는 생각해 볼 수 있다. 그러나 앞에서 우리가 살펴본 일체유심의 행동 철학만이 그의 정신력의 근원을 이룬 것은 아니었고 또 그의 수양론의 전부도 아니었다. 한용운의 의지와 행동의 철학은 이미 살핀 바와 같이 전통적인 요소와 현대적인 요소를 종합하고 있다. 그것은 불교의 일체유심과 매우 서구적인 힘의 철학으로부터 하나의 행동 철학을 용접해 낸 것이다. 그렇긴 하나 한용운에게 기본적인 것은 전통적 정신 기율이었다. 우리는 그에게서 서구의 근대정신, 생철학, 사회적 진화론, 낭만적 행동주의에서 발견하는 초조함, 허무감, 살벌한 정열 ── 이러한 것들의 흔적을 본다. 물론 이것은 서양적인 것의 영향이라기보다는 그가 살았던 시대의 극한성에서 생기는 것일 것이다. 그러나 그의 이러한 어두운 정열은 폭발적인 황홀경에 이르지 아니하고 어디까지나 정신적 기율에 의하여 제어되어 있는 것으로 보인다. 그의 일체유심의 깨우침은 단순히 치열한 행동주의만을 결론으로 갖는 것이 아니고 종교적인 달관, 견성해탈(見性解脫)의 경지를 지시하는 것이기도 하였다. 일체유심이라는 깨우침은 곧 종교적인 정적의 세계로 나아가는 처음이다. 『불교대전(佛敎大典)』에 인용된 「석마사연론(釋摩詞衍論)」은 "일체(一切) 경계(境界)

가 유심(惟心)의 망기(妄起)라, 심(心)의 망동(妄動)을 관(觀)한, 즉 일체(一切) 경계(境界)가 멸(滅)하고 유일(唯一) 진심(眞心)이 불편(不偏)함이 무(無)하니라."(한용운전집 3, 150쪽)고 말하고 있거니와 여기의 불편한 진심이란 고요하고 맑은 어떤 경지를 말한 것이라고 할 수 있는데 한용운에게 이러한 면이 있다는 점을 놓쳐서는 안 된다. 그의 행동 철학은 흔들리지 않는 세계에 대한 관심과 서로 대립하면서 또 이를 보충하고 합치는 한짝을 이룬다. 고요한 세계에 대한 그의 느낌은 그의 행동 철학이 그 근거로서 요구하는 일종의 허무의 인식을 제공하고, 또 다른 편으로는 그 허무의 정열을 다시 초연한 정신의 기율로 제어했던 것이 아닌가 생각되는 것이다.

　한용운의 적정(寂靜)의 세계는 말할 것도 없이 불승(佛僧)으로서 그가 끊임없이 접근하고자 하는 세계였지만, 문학적으로는 이것은 주로 그의 한시(漢詩)에 표현된 것으로 생각된다. 「님의 침묵(沈默)」이 치열한 의지의 세계를 표현한다고 하면, 그의 적지 않은 한시들은 주로 고요와 정지의, 전통적인 시상에 의하여 특징지어진다. 가령 「청한(淸寒)」에서 그는 추운 곳에서도 맑은, 사물과 사람의 기상을 다음과 같이 이야기한다.

　　달을 기다리며
　　매화는 학인 양 야위고

　　오동에 의지하니
　　사람 또한 봉황임을!

　　온 밤내 추위는 안 그치고
　　눈은 산을 이루네.

待月梅何鶴
依梧人亦鳳
通宵寒不盡
遶屋雪爲峰

　달을 기다리는 매화나 추위, 또 산처럼 쌓이는 눈은 다같이 시절의 어려움의 상징이지만, 이 시가 나타내고 있는 것은 그러한 어려움이나 그 고통보다도 오히려 그런 가운데서도 맑게 존재하는 사물과 인간의 풍모이다. 그리하여 그것은 「님의 침묵」의 애절한 그리움과 님에의 발돋움과는 상당한 거리를 가지고 있는 느낌을 조성한다.

　　달은 밝고 당신이 하도 그리웠습니다.
　　자던 옷을 고쳐 입고 뜰에 나와 퍼지르고 앉아서 달을 한참 보았습니다.

　이러한 정한(情恨)의 세계와 청한(淸寒)의 세계는 비슷하면서도 다른 것이다. 맑음과 고요의 상념은 다른 시들에도 나와 있지만 「독좌(獨座)」 하나를 더 들어 보자.

　　북풍 이리
　　심한 밤은

　　종이 울리자
　　일찍 문을 잠근다

　　눈 소리에 귀 기울이면

등에서는 불꽃이 피고

붉은 종이로 오려 붙인
매화 무늬에선 향기 풍기느니

석자의 거문고에
학을 곁들이고

한 칸의 달빛과
구름과 사는 나

우연히 육조(六朝)일
생각나

말하고자 고개 돌려도
안 보이는 사람이여!

朔風吹斷侵長夜
隔樹鐘聲獨閉門
靑燈聞雪寒生火
紅帖剪梅香在文
三尺新琴伴以鶴
一間明月與之雲
偶然思得六朝事
欲說轉頭未見君

이 시에서도 추위와 님의 부재와 외로움은 전체적인 배경이 된다. 그러나 전통적인 맑음의 상징들은 오히려 이러한 배경을 정적의 공간으로 바꾸어 놓는다. 앞의 시들은 전통적인 것들로서 비교적 비개인적인 것이지만, 얼마간의 한시에서도 우리는 한용운의 개인적인 사정에 대한 하소연을 듣기도 한다. 여기에서도 우리는 결연한 의지의 표현보다는 그 정지를 느낀다.

1
흘러오니 남쪽
땅의 끝인데

앓다가 일어나니
어느덧 가을바람……

매양 천리길을
혼자 가다가

길 막히면
도리어 흐뭇하더군

2
초가을 병 핑계로
사람 안 만나고

하얀 귀밑머리

늙음이 물결치네.

꿈은 괴로운데
친구는 멀고

더더욱 찬비 오니
어쩌겠는가.

 其一
客遊南地盡
病起秋風生
千里每孤往
窮途還有情

 其二
初秋人謝病
蒼鬢歲生波
夢苦人相遠
不堪寒雨多

—「선암사병후작(仙巖寺病後作) 2수(二首)」

 "길 막히면, 도리어 흐뭇하더군." 이것은 얼마나 삼엄하지 않고 인간적
인가. 예로부터 자연과 자연의 고요와 그 속에서의 인간의 고독과 안주(安
住)는 인간의 삶의 구극적인 모습에 대한 비유가 되어 왔다. 한용운에 있어

서도 이것은 마찬가지였었다. 그의 한시의 상당수는 단순한 시라기보다는 그의 수도(修道)의 보조 수단이었을 것이다. 이것은 앞에 인용한 것과 같은 자연의 정이나 인간의 정을 그린 시들에서도 그렇지만, 보다 직접적으로 자연을 수도의 비유로 이야기한 시에서는 더욱 그렇다. 가령 「양진암(養眞庵)」과 같은 것은 그 대표적인 예이다.

> 깊기도 깊은
> 별유천지(別有天地)라
>
> 고요하여
> 집도 없는 듯.
>
> 꽃이 지는데
> 사람은 꿈속 같고
>
> 옛 종을
> 석양이 비춘다.

> 深深別有地
> 寂寂若無家
> 花落人如夢
> 古鐘白日斜

　여기의 묘사는 단순히 자연의 깊고 고요함을 이야기한 듯하지만, 동시에 그것은 이러한 깊음과 고요 속에서 사람이 짓는 집은 없는 것과 같고 자연의 영고성쇠(榮枯盛衰) 속에서 사람의 삶도 꽃이 지듯, 꿈이런 듯, 덧없는 것이라는 것을 암시한다. 사람의 삶이 이렇다면, 그 가운데에서 오로지 빛나는 것은 경건한 신심을 불러일으키는 예로부터의 종(鐘)이 있을 뿐.

이와 같이 한용운에게는 투쟁적인 면만이 아니라 고요에 안주하려는 면도 있었다. 그의 일체유심의 의미는 한편으로는 의지에 의해서 어떠한 어려움도 극복할 수 있다는 행동주의에 있었고, 다른 편으로는 삶의 무상에 대한 직관과 그것을 넘어서는 무장무애(無障無礙)의 마음에의 귀의에 있었다. 그리고 이 두 면은 서로 다른 것이 아니었다. 그의 행동주의는 구극적으로는 단순한 분격의 표현이 아니라 본래의 고요한 마음의 막힘 없는 움직임이었다. 그의 이러한 행동과 정적(靜寂)의 삶은 천성과 시대적 환경 속에서 형성된 것이면서, 또 동시에 전통적인 수양——유교에서 이르고자 하였던 부동심(不動心)의 상태나 불교의 부동(不動)의 선정(禪定)의 상태를 향한 수양으로 하여 그 지속적인 기율을 얻은 것이었다. 어린 시절 한학을 공부한 그는 "나도 그 의인·걸사와 같은 훌륭한 사람이 되었으면……."(전집 I, 254쪽) 하는 생각을 하며 집을 나섰다. 그는 험난한 개인적·사회적 환경과의 투쟁에서 이 생각을 실현해 갔다. 그런데 당초에 그에게 그러한 생각을 불러일으켰던 전통은 그것을 실현시키는 데 보조가 될 정신적 기율을 이미 가지고 있었다. 그는 그것에 의지할 수 있었던 것이다.

(1980년)

한용운의 믿음과 회의

「알 수 없어요」를 읽으며

바람도 없는 공중에 수직(垂直)의 파문(波紋)을 내이며 고요히 떨어지는 오동잎은 누구의 발자취입니까.

지리한 장마 끝에 서풍에 몰려가는 무서운 검은 구름의 터진 틈으로 언뜻 언뜻 보이는 푸른 하늘은 누구의 얼굴입니까.

꽃도 없는 깊은 나무에 푸른 이끼를 거쳐서 옛 탑(塔) 위의 고요한 하늘을 스치는 알 수 없는 향기는 누구의 입김입니까.

근원은 알지도 못할 곳에서 나서 돌부리를 울리고 가늘게 흐르는 작은 시내는 굽이굽이 누구의 노래입니까.

연꽃 같은 발꿈치로 가이없는 바다를 밟고 옥 같은 손으로 끝없는 하늘을 만지면서 떨어지는 날을 곱게 단장하는 저녁놀은 누구의 시(詩)입니까.

타고 남은 재가 다시 기름이 됩니다. 그칠 줄을 모르고 타는 나의 가슴은 누구의 밤을 지키는 약한 등불입니까.

—「알 수 없어요」 전문

어릴 때부터 우리가 가장 많이 듣고 자라는 도덕적 명령은 '어른 말 잘 들어라, 공부 잘해라' 하는 것 다음으로는 '나라를 사랑하라'는 것일 것이다. 나라를 사랑하는 일이 과연 중요한 일임에는 틀림이 없지만 그런 명령은 조금 덜 들었으면 하는 때가 있는 것도 솔직한 심정이다. 되풀이되는 말은 공소화(空疎化)되기 마련이지만, 애국이란 말의 경우도 그 내적인 의미는 이미 상실되어 버린 것처럼도 보이기 때문이다. 또 애국심은 악인의 마지막 피신처라고 한 독설가도 있지만, 우리도 애국의 이름 아래 숨어 있는 사리(私利)와 공격적 충동을 웬만큼은 보아 온 바 있다.

그렇지 않은 경우도, 나라를 사랑한다는 것은 마땅한 일이면서도 무언가 서먹서먹하고 근접하기 어려운 거창한 일의 하나로 생각되기 쉽다. 애국자라고 지칭되는 사람들에 대한 우리의 태도에도 이러한 요소가 있다. 우리는 이들이 마땅히 높이 존경하여 받들어야 하는 위인이라는 것을 인정하기에 주저하지 않지만, 이들은 조금 근접하기 어려운 다른 차원의 인간처럼 여겨지는 것이다. 이것은 우리가 일상적인 일들과 타성에 묻혀 있는 심약한 존재라는 것과 관계가 있을 것이다. 이들은 우리를 불편하게 만든다. 그들의 높은 이상과 단호한 결단은 우리의 좀스러운 삶에 대한 강력한 비판이 되는 것이다.

그러나 범상한 사람들이 애국과 같은 중요하고 거창한 요구에 거리감을 느끼는 것은 그들의 범상성으로만은 설명할 수 없는 그들 나름의 진실된 것, 본래적인 것을 위한 고집을 표현하고 있는 것이라고 볼 수는 없을까? 그들은 모든 것이 생활의 구체적인 현실 속에서 정당화되기를 요구한다. 이것은 그들이 눈으로 보고 손으로 만지는 것과 같은 좁은 테두리의 현실을 쉽게 넘어가지 못함을 나타낸다. 그러면서도 그것은 동시에 그들 나름으로 진리를 위한 경험주의적 고집을 나타내는 것이라 볼 수도 있는 것이다. 애국의 요구는 현상 초월의 요구라는 점에 그 숭고함이 있다. 그러나 그것이 보다 의미 있는 것이 되는 것은 경험주의적이며 현실주의적인 물음 속에서이다. 이 물음 속에서, 애국은 그 현실적인 의미를 얻는다.

나라는 우리에게 무엇을 뜻하는가. 그것은 우리가 발을 붙이고 서는 대지이자 우리를 기르는 대지의 양식이고, 세대에서 세대로 이어지는 생물학적 연쇄로서의 우리의 삶의 항구성이며, 동료 인간들 사이에서 보장된 정의이다. 그것은 이러한 거창한 것이면서 동시에 우리의 잘고 하잘것없는 일과 말과 생각들을 떠받들고 있는 평화와 지속의 기초이다. 이렇게 볼 때, 사실 나라라는 것은 우리의 삶의 가장 구체적이고 중요한 모체이다. 그렇다면 그것을 사랑하고 말고 할 여부가 있을 수 있겠는가. 그것 없이 우리 삶의 어느 부분도 무게와 안정을 얻을 수 없는 것이다. 나라를 사랑하라는 명령이 우리에게 늘 조금 새삼스럽고 쑥스럽게 생각되는 것은 이러한 이유도 있는 것이다.

그러나 나라에 대한 사랑은 저절로 우러나오는 사실을 지칭하기보다는 사실을 뛰어넘어야 하는 당위를 말하는 경우가 많다. 그것은 어떤 사회, 어떤 시대에 있어서나 그렇다. 애국이 당위의 요구가 되는 것은 앞에서 말한 바와 같은 대지이며 어머니이며 정의인 나라가 그렇게 흔한 것이 아니기 때문이다. 나라를 사랑하라. 왜? 그것은 그대를 길러 준 어머니이며 아버지이며 할아버지이기 때문에. 조국(祖國)이며 모국(母國)이기 때문에. 그러나 나의 어버이는 나에게 무엇을 하였는가? 빵을 달라는 아이에게 돌을 주는 어버이가 있는가? 돌을 주는 어버이도 어버이라고 할 수 있는가? 이러한 물음들에 대하여, 내놓을 수 있는 것은 무조건적으로 나라를 사랑하라는 요구일 수밖에 없다. 사랑할 수 없는 것일수록 사랑해야 한다는 요구는 강해질 수밖에 없다. 이것은 한편으로는 성립할 수 없는 억지요 억압이다. 감정은 불수의적(不隨意的)인 것이다. 그것은 명령으로 움직여질 수 없다. 아름다운 것을 볼 때면, 그것은 절로 내 의사에 관계없이 움직이는 것이다.

이러한 감정의 불수의성에 대한 초보적인 진실이 무시된 곳에 번성하는 거짓의 세계를 우리는 봉건적인 인간관계 속에서 너무나 많이 경험하여 온 바 있다. 감정의 위선이 진실을 대신하는 곳에 건전한 인간관계, 대사물 관계가 성립될 수 없다. 그렇긴 하나 모든 이러한 반발의 가능성에도 불구하고 조국에 대한 사랑은 당위적인 성격을 띨 수밖에 없다. 나라라는 것이 누구의 삶에 있어서나 근간이 되는 것이고 정상적인 상태에 있어서 그것이 삶의 모든 면에 배어 있으며 또 삶이 영위되는 산과 들과 이웃과 그 이상적 승화에 저절로 우러나와 마땅한 것이라면 그러한 것이 불가능한 곳에서는 이를 가능하게 할 여러 가지 작업이 필요할 것이기 때문이다. 그러나 이런 경우에 나라를 사랑한다는 것은 빵을 주는 것이 아니라 돌을 주는 목전의 현실을 뛰어넘는 일이다. 여기에서 우리는 다시 한 번 범상한 인간과는 다른 차원의 인간으로서의 애국자를 생각하게 된다.

지금까지의 이야기는 나라를 사랑한다는 것의 어려움을 말한 것이지만 이러한 종류의 갈등과 역설은 삶에 중요한 많은 이상적 가치에도 해당된다. 신에 대한 믿음에 있어서도 신의 경의를 보여 달라는 경험적 인간의 회의는 불합리 가운데서 믿음으로 도약하라고 요구하는 초월의 소리와 쉽게 조화되지 못한다. 진리, 정의, 사랑 이 모든 것들도 사실과 요청의 긴장을 간단히는 극복하지 못하는 것이다. 그러나 위대한 인간이란, 한 서양 시인이 썼듯이 "태어날 때부터 영혼의 역사를 기억하고 태양의 시간으로 가득한 빛의 통로를 바로 질러간 사람들"이다. 그들에게는 원래부터 지향하여야 할 목표는 별처럼 분명하고, 가야 할 길은 한순간의 이탈도 없이 똑바로 있었던 것이었던 것 같다. 그러나 그들에게 분명하고 바른 것만이 있었다고 한다면 그들은 범상한 사람의 혼탁한 세계로부터 너무 멀리 있어서 오로지 외경과 경배의 대상이 될 뿐, 범상한 사람의 현실과는 관계없이 있다고 할 수밖에 없는 것이 아닐까?

말할 것도 없이 한용운은 우리에게 가장 규범적인 정치 운동가요 종교가로 알려져 있다. 반드시 그것만이 그로 하여금 높이 받들어 모셔지게 하는 원인이 되는 것은 아니겠으나, 많은 민족적인 지도자 가운데에도 그가 귀감처럼 이야기되는 것은 꿋꿋하고 강직한 일체의 유혹이나 압력에 타협하지 않은 그의 태도에 기인한 것이다. 흔히 이야기되는 일화는 그가 만주에서 총에 맞았을 때 마취제도 없이 수술을 받은 일, 민적을 거부한 일, 일제에 타협한 3·1 지도자들과 매섭게 단교한 일, 집조차도 일제의 총독부와 등을 지고 지은 일 —— 이러한 비타협의 강인한 의지를 드러내 주는 것들이다. 과연 그는 그의 몸가짐에 있어서나 논설에 있어서나 추상열일(秋霜烈日)과 같은 인간이었던 것으로 보인다. 그런데 그의 시가 보여 주는 그의 면모는 어떤 것인가? 말할 것도 없이, 그것은 다른 것에 한눈을 파는 일이 없이 한결같이 님을 향해 있는 간절하고 열렬한 소망을 표현하고 있다. 님을 무엇이라고 하든지 간에 그가 자질구레한 일상적 걱정거리며 심심풀이를 넘어서 있는 어떤 높은 원리에 헌신함으로써 그의 삶에 통일을 주려 했던 것은 틀림없다. 그러나 시에서 드러나는 바로는 그의 인격이 차고 매서운 것으로만 차 있는 것은 아니었던 것이 아닌가 하는 느낌을 우리는 갖는다. 그의 시에 있어서의 여성적인 간절함과 한탄은 어떻게 생각하여야 할 것인가? 이것은 아마 개인적 성격의 문제로만은 해석될 수 없는 일일 것이다. 「님의 침묵」의 여성은 시적인 표현의 편의에서 생긴 고안이란 면이 있고 또 우리 시가(詩歌) 전통에서의 여성적 영탄(咏嘆)의 전통에 이어져 있는 것일 것이다.(가령, 정송강(鄭松江)의 양미인곡(兩美人曲)을 이러한 관점에서 생각해 볼 수 있을 것이다. 물론 이러한 것이 전통적으로 결정된 것이라고는 하지만 이것은 우리 전통 사회에 존재해 왔던 성(性)에 대한 깊은 양의적(兩義的)인 태도에 대하여 중요한 시사를 던져 주는 것으로서, 우리 사회의 구조적·정신 분석적 이해에 있어서 중요한 실마리가 될 것이다.)

그러나 여기서 내가 지적하고자 하는 것은 한용운에 있어서의 비남성적 측면보다 그의 님을 향한 그리움과 결의가 얼른 생각하는 것처럼 어디까지나 명확하고 한결같은 것이 아니었다는 점이다. 그의 님은 민족이나 조국일 수도 있고 해탈이나 부처일 수도 있는데, 그에게 이러한 지향의 대상은 일월(日月)처럼 밝은 것도 아니고 그의 결의 또한 두 번 되돌아볼 것도 없이 확연하게 서 있는 것도 아니었다는 말이다. 이렇게 말하는 것은 상투적으로 그려지는 그의 위대성을 줄이는 것일 수도 있으나 다른 한편으로는 범속한 독자에게도 그 또한 인간이었다는 위로를 주고, 또 범속한 인간이 그의 위대성에 근접해 갈 수 있는 통로를 보여 주는 일이라 할 수도 있다.

「님의 침묵」의 님이 침묵의 님이며 부재의 님이란 것은 새삼스럽게 말할 필요도 없다. 그러나 한 걸음 더 나아가 그의 님은 그에게는 유혹자이기도 하고 학대하는 자이기도 하고 타락한 자이기도 하고 또는 어리석은 자이기도 하다. 「님의 침묵」의 화자의 괴로움은 그가 단순히 침묵하거나 멀리 있기 때문만은 아닌 것이다. 「님의 침묵」에서 그가,

나는 향기로운 님의 말소리에 귀먹고 꽃다운 님의 얼굴에 눈멀었습니다

라고 할 때, 그는 단지 님이 주는 황홀감만을 이야기하고 있는 것일까. 여기에서 님으로 인하여 그의 시각과 청각이 마비 상태에 떨어지고 바른 지각을 상실하는 일을 탓하고 있는 것은 아닐까? 그보다는 한 가지에 집중하고 한 가지를 깨닫는다는 것은 곧 다른 많은 가능성에 대하여 둔감하여진다는──진리의 현시(顯示)는 다른 진리의 은폐라는 것을 한용운이 이야기하고 있는 것일 수도 있다. 「가지 마셔요」에서 화자는 그의 님보다 높은 곳에 서서 님의 어리석은 행동을 말하고 있다. 그는 말한다.

아아 님이여, 죽음을 방향(芳香)이라고 하는 나의 님이여, 걸음을 돌리셔
요. 거기를 가지 마셔요. 나는 싫어요.

또 「비방(誹謗)」에서는, 님이 어쩌면 비겁하기도 하고 음란하기도 한 자
일 수 있다는 것을 암시한다. 다만 화자의 님에 대한 믿음은 곧 이것을, 제
목이 이미 말하고 있듯이, 비방에 불과하다고 고쳐 생각하는 것이다. 「나
룻배와 행인(行人)」에서, 님은 가해자로 나타난다.

나는 나룻배,
당신은 행인,

당신은 흙발로 나를 짓밟습니다.
나는 당신을 안고 물을 건너갑니다.
나는 당신을 안으면 깊으나 얕으나
급한 여울이나 건너갑니다.

이와 같이 님은 여러 가지 고통과 혼란의 장본인이기도 하다. 그러나 그
로 인하여 「님의 침묵」에서 화자의 님에 대한 믿음이 근본적으로 흔들린
다고 말할 수는 없을 것이다.

님이 우리의 눈을 멀게 하고 더러는 잘못을 저지르고 하여 우리의 간언
(諫言)을 필요로 하지만 님의 님으로서의 위치는 추호도 변함이 없는 것이
다. 님이 우리에게 혼란과 고통을 준다면 이 세상에서 님을 섬기는 일이 쉽
지 않음으로써요, 님이 어리석은 일을 저지른다면, 그것은 본질적인 우둔
함이나 사악함으로 인한 것이 아니다. 더구나 그것이 어두운 세상에 대한
반대명제로서의 님의 존재를 의심하게 하는 것은 아니다. 님의 부정적인

측면은 님의 존재의 의의를 손상하는 것이 아니라 우리의 보다 꾸준한 헌신과 정진을 재촉할 뿐이다. 그렇긴 하나, 한용운에게 근본적인 회의가 번득이는 순간이나 정열과 헌신이 이완되는 때가 없었던 것은 아니다. 「?」에서 그가,

> 아아, 불(佛)이냐 마(魔)냐 인생이 티끌이냐 꿈이 황금이냐.
> 작은 새여, 바람에 흔들리는 약한 가지에서 잠자는 작은 새여

하고 탄식할 때, 또는 「잠꼬대」에서,

> 이지(理智)와 감정을 두드려 깨쳐서 가루를 만들어 버려라.
> 그러고 허무의 절정에 올라가서 어지럽게 춤추고 미치게 노래하여라.
> 그러고 애인과 악마를 똑같이 술을 먹여라.
> 그러고 산송장이 되든지 미치광이가 되든지 하여 버려라

라고 외칠 때, 우리는 그의 절망의 밑바닥을 보는 느낌을 갖는다. 물론 이러한 순간은 많지 않고 또 이러한 구절에 나타나 있는 절망의 정열은 범속한 것이 아니다. 그의 절망은 정신의 분출하는 힘에 의하여 어떤 방식으로든지 극복될 것임이 분명하다. 따라서 「?」의 결구가 절망으로 끝나는 것과는 달리 「잠꼬대」가,

> 용서하셔요, 님이여, 아무리 잠이 지은 허물이라도 님이 벌(罰)을 주신다면 그 벌을 잠을 주기는 싫습니다.

하고 뉘우침과 더불어 님과의 이어짐을 다시 갈구하게 되는 것이다.

그런데, 설령 한용운이 이와 같이 님에의 믿음을 돌이키지 않고 더 오래고 더 깊은 절망에 빠져 있었다고 하더라도, 이미 말한 바와 같이 그의 절망이 드러내는 구도(求道)의 정열은 범속한 사람의 정신 범위를 넘어가는 것이라고 하여야 할는지 모른다. 범속한 사람에게 절망은 차라리 절망의 이완에 있다. 또 범속한 사람의 경우, 그가 가질 수도 있었을 높은 원리에 대한 믿음은 세상의 번사(煩事)에 대한 미온적인 걱정 속에 흩어져 버린다. 그러나 그에게서도 높고 아름다운 것, 또는 거룩한 것에 대한 그리움과 암시가 아주 사라져 버리지는 아니한다. 그러나 그러한 그리움이나 암시가 온다고 하더라도 그것은 강렬한 정신적인 계시로 오기보다는 세상의 여러 가지 일과 물건을 통하여 문득문득 나타나 보일 뿐이다. 그에게는 완전히 경험의 세계 밖에 없고 어떤 초월의 암시가 있다고 하더라도 그것은 경험 속에서 역설적으로 나타날 뿐이다.

　　한용운의 시 세계는, 일상성의 세계는 아니다. 그의 시적 인식이나 도취는 범속한 세계의 자질구레한 것들 속에서 이루어지지 아니한다. 그의 세계는 전적으로 님을 위한 헌신이 가져오는 마음의 변증법으로 이루어지는 세계이다. 물론 이 변증법은 마음과 세계의 긴장 관계에서 생겨나는 것이지만, 여기에서 세계는 구체적인 사물로 구성된 것이라기보다는 도덕적인 관점에서 단순화된 것이다. 따라서 우리가 한용운의 시에서 '사물들의 눈물'이나 사물들에서 오는 빛의 암시를 보지 못하는 것은 당연하다. 그러나 그리움의 대상과 그리움에 대하여 안으로 골똘해질 때가 아니라 일상적으로, 사물과의 접촉에서 경험하는 슬픔과 절망, 그리고 삶에 대한 믿음, 삶 속에 있으며 삶을 넘어서는 어떤 원리에 대한 믿음 ── 이러한 것들을 한용운에서 전혀 발견하지 못하는 것은 아니다. 적어도 「알 수 없어요」와 같은 시에서 보는 것은 일상 세계에서 우리가 어떻게 삶에 대한 신뢰를 잃은 상태에 있으며 또 이를 회복하는가에 대한 구체적인 경험의 시적 표현이다.

이 시에서 그는 비록 특유의 수사적 양식이 허용하는 범위에서일망정 사물에 대한 감각적 경험을 떠나지 않으면서 그의 믿음을 검증한다. 이것이 이 시로 하여금 반드시 가장 뛰어난 시가 되게 하는 것은 아니면서 쉽게 친숙할 수 있고 또 너무 급하지도 느리지도 수사적이지도 산문적이지도 않은 균형 잡힌 시가 되게 하는 것일 것이다. 그러나 이러한 시의 한 의의는 그것이 한용운을 한결 인간적이게 한다는 것이다.

「알 수 없어요」는 빠른 속도로 읽으면, 자연의 어떤 것이든 님의 표현 아닌 것이 없다는 범신론적인 주장의 시적 예증이다. 그리고 「님의 침묵」에 있어서의 모든 구상물은 님과 님을 향한 마음의 변증법의 기호나 상징이라고 보아 마땅하다고 한다면, 이러한 해석은 당연한 것이다. 그러나 「님의 침묵」 전체의 틀 속에서만 모든 시를 읽는 것은(물론 다른 시의 경우도 그렇지만) 시가 표현하고 있는 체험의 구체적 형체를 놓쳐 버리는 것이 된다. 아마 이것은 이 시의 경우 특히 강조될 필요가 있을 것이다. 왜냐하면, 이 시가 우리에게 이야기하고 있는 것은 구체적인 사물에 의하여 암시될 수 있는 초월의 가능성이기 때문이다.

이 시를 읽는 데 있어서 일단은 그 제목부터 주의할 필요가 있다. 시인은 모든 것이 님의 상징이며 표현이라는 것을 알고 있으면서 짐짓 알 수 없다고 말하고 있는 것이 아니다. 제목은 그가 참으로 믿음의 가능성과 믿지 못함 사이에서 방황하고 있다는 것을 말한다. 이 시에서 이야기되어 있는 몇 가지 일들을 거쳐서 시인은 일정한 마음의 변화를 겪는다. 이 시는 이 변화를 기술함으로써 끝난다.

타고 남은 재가 다시 기름이 됩니다. 그칠 줄을 모르고 타는 나의 가슴은 누구의 밤을 지키는 약한 등불입니까.

이러한 결론을 통해서, 우리는 시인의 마음이 당초에 재처럼 타 버린 상태에 있었음을 안다. 그러나 이제 이 시에서 말하여진 체험을 통하여 시인은 그의 가슴에 새로운 희망이 생기는 것을 느끼는 것이다. 그러나 그러한 희망이 무엇을 의미하는지 그는 확실히 알지는 못한다. 그것이 무엇인가 보다 큰 존재와의 심정적 일체성에 대한 증거가 되는 것이 아닌가 하는 어렴풋한 느낌이 그에게 있을 뿐이다. 그러면, 불이 꺼져 버린 마음에 암시와 희망을 주는 것은 무엇인가? 그것은 우리의 일상적인 세계를 초월하는 어떤 것이 아니라 그것을 통하여 계시되는 어떤 의미이다.

바람도 없는 공중에 수직(垂直)의 파문(波紋)을 내이며 고요히 떨어지는 오동잎은 누구의 발자취입니까.

지리한 장마 끝에 서풍에 몰려가는 무서운 검은 구름의 터진 틈으로 언뜻언뜻 보이는 푸른 하늘은 누구의 얼굴입니까.

꽃도 없는 깊은 나무에 푸른 이끼를 거쳐서 옛 탑(塔) 위의 고요한 하늘을 스치는 알 수 없는 향기는 누구의 입김입니까.

근원은 알지도 못할 곳에서 나서 돌부리를 울리고 가늘게 흐르는 작은 시내는 굽이굽이 누구의 노래입니까.

연꽃 같은 발꿈치로 가이없는 바다를 밟고 옥 같은 손으로 끝없는 하늘을 만지면서 떨어지는 날을 곱게 단장하는 저녁놀은 누구의 시(詩)입니까.

우리에게 누군가 우리를 넘어서는 존재의 발자취를 느끼게 하는 것은 일단 자연의 아름다움이라고 해야 할 것이다. 떨어지는 오동잎, 구름 저편에 보이는 하늘, 깊은 나무와 이끼 낀 옛 탑, 돌부리를 울리며 흐르는 시냇물, 저녁놀 — 이러한 것들은 어느 시인의 경우에나 세계의 아름다움을 직감적으로 깨닫게 하는 데 충분할 것이다. 그가 꽤 깊은 우울증에 걸려 있는 사람이라고 하더라도 적어도 그러한 아름다움이 지속되는 한때나마 그것은 삶에 대한 새로운 믿음을 싹트게 할 수 있을 것이다. 아마 경험적인 세계에 사는 인간에게 주어진 아름다움의 계시는 여기에 그쳤을는지 모른다. 그러나 그에게는 이러한 즐거움이 진정한 환희의 체험, 또는 더 큰 믿음의 체험이 될 수는 없었을 것이다. 종교적 탐구의 길 속에 있는 한용운에게 자연의 아름다운 것들은 그 자체의 아름다움에 그치는 것이 아니라 그보다 큰 어떤 것의 상징이 된다. 그리하여 떨어지는 오동잎은 단지 그 자체로 끝나는 현상이 아니라 누군가의 발자취로, 구름 사이의 하늘은 누군가의 얼굴로, 옛 탑의 아름다움은 꽃과 같은 자연 현상으로, 설명될 수 없는 향기로, 또 누군가의 입김으로, 시냇물은 누구의 노래로, 저녁놀은 누군가의 시로서 생각된다. 이 자연의 현상들이 시인의 가슴에 호소해 온다면, 역시 모든 것을 주관하는 존재의 가슴에도 호소하는 바가 있는 것이 아니겠는가.

그러나 자연 현상에서 한용운이 직관하는 것은 이런 정도의 유추가 아니다. 자연 현상은 그에게 보다 적극적인 의미에서 근원에 대한 물음을 발하게 한다. 맨 처음에 말하여진 오동잎은 벌써 그 문화적 연상으로 하여 봉황과 같은 상서로운 것으로 이어진다. 여기에서 시인이 이야기하는 발자취는 봉황 또는 기린과 같은 거룩한 짐승의 발자취가 아닐까? 다른 한편으로 오동잎이 바람도 없는데 떨어지는 것은 무슨 까닭일까? 그것은 쉽게는 유기체의 생성 소멸과 만유인력의 법칙의 표현이라고 해야 할 것이다. 한용운에게 직접적인 감각 현상으로 느낌을 일으킨 것은 떨어지는 오동잎의 아름다움이지만 그다음의 명상을 통해서 그는 이 아름다움이 생멸(生滅)의 순환 속에 있음을 깨닫게 되는 것이다.

그다음의 자연 현상들도 모두 생명 현상의 보다 큰 테두리를 환기시키는 역할을 한다. 비구름이 아무리 세를 떨쳐도 그것이 일시적인 것이요, 보다 근원적인 것은 푸른 하늘이라는 관찰의 상징적인 의미는 비교적 분명하다. 아마 좀 더 깊은 의미를 여기에 부여하자면 영원한 것의 나타남도 '언뜻 언뜻', 간헐적이고 순간적이라는 역설을 읽어 넣어야 할 것이다. 이끼 낀 나무나 옛 탑이 생각게 하는 것도 긴 시간의 흐름이며 이 시간의 흐름은 다시 하늘로 상징되어 있는 영원한 것을 생각게 한다. 생명 현상이 이러한 긴 시간의 연쇄 또는 그를 넘어서서 영원한 것에 닿아 있다는 것은 향기롭고 아름다운 것이다. 다시 이 모든 것을 하나로 묶는 창조의 총체는 하나의 생명 현상으로 느껴질 수도 있다. ─ 시인은 이렇게 이야기한다. 이러한 근원에 대한 지시는 시냇물의 이미지로 하여 분명해진다. 시인 자신이 시사하고 있듯이 시냇물은 그 근원에 대한 물음을 유발시킨다.(통속적으로 시냇물은 시원으로부터 그 종착점, 큰 강물이라든지 바다를 향하여 흐르는 것으로 생각되고 그것은 쉽게 시간의 이미지가 된다.) 시냇물은 이 순간의 즐거움을 나타내는 존재이지만 그러한 즐거움을 가능하게 하는 것은 그 원천으로부터의 연면한 지속이다. 시인은 이렇게 말한다. 그런 다음 시인은 마지막 이미지, 저녁놀의 의미를 생각한다. 저녁놀은 곱게 단장되어 아름답다. 그러면서 그것은 떨어지는 날 ─ 시간의 무상함 속에 있다. 그러나 그것이 아름다운 것은 그것을 초월하는 주재자, 또는 순환 속에 있는 시간의 단편을 초월하는 보다 큰 지속 내지 영원에 의하여 뒷받침되어 있기 때문이다. 해의 뜨고 짐은 우연적이며 일시적인 것이 아니다. 시인의 깨우침은 이렇게 시간과 영원의 모순되며 상보적인 관계에 이른다. 그리하여 시인의 꺼져 버렸던 마음은 다시 세계의 정신적 의미 또는 그 의미를 책임지는 자로서의 자신의 연약하면서 중요한 위치에 대하여 새로운 믿음의 싹이 생기는 것을 느끼는 것이다.(「알 수 없어요」의 내용과 이미지는 「낙원(樂園)은 가시덤불에서」와 비슷하다.)

죽은 줄 알았던 매화나무 가지에 구슬 같은 꽃망울을 맺혀 주는 쇠잔한 눈 위에 가만히 오는 봄기운은 아름답기도 합니다.

그러나 그 밖에 다른 하늘에서 오는 알 수 없는 향기는 모든 꽃의 죽음을 가지고 다니는 쇠잔한 눈이 주는 줄을 아십니까.

이와 같은 구절을 우선 대비해 볼 일이다. 「알 수 없어요」는 그 소박한 표면으로 보아서는 예상할 수 없는 깊이를 감추어 가지고 있다. 말할 것도 없이 이 깊이는 한용운의 불교적 몰입이 없이는 불가능한 것이었을 것이다. 그러나 교훈주의적인 획일화가 전혀 없다고 할 수는 없지만, 이 시가 범상한 인간의 범속한 사물의 세계를 넘어서는 원리로부터 강압적으로 연역되어 나오는 주장을 내세우고 있다고 할 수는 없다. 이 시의 체험은 경험 세계에 있어서의 삶에 대한 믿음의 상실과 회복에 관한 것이다.

이와 같이 한용운이 우리의 자질구레하고 다양한 감각의 세계로부터 그를 넘어서는 삶에 대한 통찰을 귀납하는 일은 흔하지 않다. 앞에서 본 바와 같은 보다 직접적인 의미에서의 종교적 또는 정치적 신조에 대한 회의를 보여 주는 일은 훨씬 흔한 일이다. 그러나 「알 수 없어요」에서 볼 수 있는 바와 같은 감각적 생활과 신념의 변증법이 엮어 내는 굴곡을 살핌으로써 우리는 그가 단순히 외곬으로 애국애족과 불교적 정진의 길만을 간 사람이 아니란 것을 알 수 있다.

그러나 우리가 마지막으로 말하여야 할 것은 범속한 세계의 회의 속에 흔들리는 그의 마음을 지나치게 과장할 수는 없다는 점이다. 그가 세상의 높은 원리에 대하여 준순(逡巡)하는 바가 있다면 앞에서 말하였듯이, 그것은 그 원리의 결함이 아니라 그를 섬기는 일의 어려움과 우리 자신의 정진의 부족함을 말하는 것이다. 그의 의심과 주저함은 결코 빵을 주라는 아이에게 돌을 주는 어버이가 어디 있는가, 세상의 사악한 무리들의 부귀영화를 허용하는 신을 우리가 왜 섬기며 그를 섬겨서 얻는 것은 무엇이냐 하는 근원적인 것은 아니었다. 비록 정진의 길이 고난의 길일망정 그는 세상의 정신적 의미에 대하여 흔들리지 않는 신념을 가졌던 보다 행복한 시대의 인간이었다. 또 그러한 시대가 그로 하여금 위대한 인간일 수 있게 하였다.

(1979년)

서정적 모더니즘의 경과

이한직 시집을 읽고

1

문학이 크게 감정에 호소하는 것임은 새삼스럽게 말할 필요도 없다. 사실과 상황에 관한 정보의 전달도 무시할 수 없는 것이지만 흔히 이것은 감정에 녹아들어 있는 형태로 이야기된다. 독자도 종류와 정도까지 같다고 할 수는 없을망정 대개 스스로의 감정 상태를 문학의 감정 상태에 일치시키게 되고 이러한 일치를 통하여 사실이나 상황을 이해하게 된다. 미적 체험의 근본 전제로서 이야기되는 '감정 이입'은 이러한 일치 상태에 들어가는 과정을 말한다. 문학이 감정에 호소하는 것은 다른 모든 것과 마찬가지로 감정도 사람의 모습의 중요한 일면인 이상 그것을 의식화하고 기록하는 것이 그 자체로서 중요한 때문이기도 하겠으나 그것은 사람이 하나의 개체로서 또 행동의 주체로서 살아가는 총체적인 느낌이 감정으로 나타나기 쉬운 때문이기도 하다. 그리고 이러한 주체적으로 움직이는 개체들이 한데 모여 기계적으로 뭉친 덩어리와는 다른 주체적인 집단을 이루는 것도 주로 감정의 작용을 통하여서이다. 문학은 감정의 관점에서 사람의 체험 ── 거기에 관련되는 사실과 상황을 그려 냄으로써 주체적인 개체로서 또 사회적이고 역사적인 의미에서의 집단적인 주체로서의 사람을 확인하는 기능을 하는 셈이다.

이러한 중요한 뜻을 가졌음에도 불구하고 문학에서의 감정적 체험의 묘사는 그것대로의 한계를 가지고 있다. 한결같이 되풀이되는 감정의 강조는 조만간 감정의 피로를 가져온다. 또 그와 함께 사람의 마음의 상태에 대응하여야만 인식되기 마련인 객관적 세계에 대한 우리의 식별 능력의 둔화(鈍化)도 가져오게 된다. 그리하여 감정의 신선함과 바깥세상에 대한 분명한 인식의 자리에 감정과 세계의 상투화가 들어서게 된다. 감정의 위선과 인식의 도식화가 인간과 세계의 현실이 되는 것이다.

감정에 대한 부적절한 강조는 다른 폐단도 낳는다. 문학에 있어서 감정적 체험이 중요하다고는 하지만 이 점만이 강조될 때, 우리는 문학의 다른 기능, 즉 인식으로서의 문학의 기능을 망각하기 쉽다. 문학은 우리에게 체험을 체험 그대로 전달하면서 동시에 그 체험의 의의를 깨우쳐 주려 한다. 이것은 지적 분석을 필요로 한다. 그러니만큼 문학은 작가나 독자가 어떠한 감정적 체험에 완전히 빠져들어 가는 것에 제동(制動)을 가하지 않을 수 없다. 지적인 각성(覺醒)으로서의 문학은 문학의 체험에 독자를 일치시킬 것이 아니라 독자로 하여금 주어진 체험으로부터 거리를 유지하고 거기에 비판적 분석을 가하게 할 것을 요구한다. 이것은 작가의 경우 그렇고 독자의 경우 그렇다. 이렇게 지적 분석으로서의 문학이 요구되는 원격화 작용을 브레히트는 '이상화 효과(異常化效果, Verfremdungseffekte)'란 말로 표현하였다. 브레히트 자신이 드는 예를 하나 빌려 보건대, 등장인물 한 사람이 자동차 사고로 다친 다리에 대한 보상금을 타려고 하는데 보상금도 타기 전에 다리가 나아가는 것을 걱정하는 어떤 연극의 장면을 연출함에 있어서 연출가는 그러한 걱정을 자연스럽고 실감나게만 연출하면 안 된다고 브레히트는 말하는 것이다. 그러한 상황의 그러한 인물에게 그러한 감정은 극히 자연스러운 것일지 모르지만 실제 연출가는 관중으로 하여금 그것을 실감나게 받아들이게 하는 것보다도 그러한 것이 자연스럽게 여겨질 수 있는 상황의 역사적·사회적 모순을 보여 줄 수 있어야 한다. 한편으로 어떠한 감정이나 사실을 극적 연쇄 관계 속에서 또 연기를 통하여 감정적으로 수긍할 수 있게 하면서 동시에 다른 한편으로는 그러한 연쇄 관계의 모순을 분석해 내는 일은 설명의 언어보다 행동의 실감에 의존하는 연극에서 특히 어려운 것이나, 문학이 실감과 지적 이해를 다 같이 그 목표로 하는 한, 이 어려움은 어떠한 장르에 있어서도 완전히 손쉽게 해소될 수는 없다.

다시 말하여 어떠한 문학적 기술에서나 어려운 문제 중의 하나는 주관적 체험에의 감정적 일치의 필요와 이것에 대한 비판적 원격화 작용을 어떻게 통합하느냐 하는 것이다. 그러나 이 면이 얼른 생각하는 바와 같이 본질적으로 상반되는 것은 아니다. 말할 것도 없이 체험의 형상화는 주관의 혼란 속에 뭉클대는 감정을 그대로 쏟아 놓음으로 이루어지는 것이 아니다. 감정은 조심스럽게 구성된 객관 상관물을 통하여서만 암시된다. 이러한 구성의 작업은 작가가 대상이 되는 주관적 체험에 대하여 일정한 거리를 유지하고 그것을 객관적인 비유나 상황으로 파악할 때 가능하여진다. 독자나 관객으로서도 문학적 체험을 충분하게 감식하려면 그것과의 감정적 일치를 넘어서서 그 객관적인 구조 전체를 살펴볼 수 있어야 한다. 소위 '심미적 거리(審美的距離)'는 이러한 필요를 지칭하는 것이다. 브레히트가 말하는 '이상화 효과'는 여기에 있어서의 거리를 미(美)의 차원에서 사회와 역사의 차원으로 옮기고 또 이를 예각화한 것이라고 볼 수 있다. 이 관점으로 볼 때 문학적 체험은 하나의 심미적 구조물로서 완성되나 동시에 그것이 보다 의미 있는 것이 되기 위하여서는 사회와 역사의 내부에 성립하는 경험적 구조물로서도 평가될 수 있는 것이라야 한다고 말할 수 있을 것이다. 이 두 가지의 면은 원칙적으로는 하나의 연속적인 객관화 작용이라고 할 것이나 작품의 실제에 있어서는 서로 갈등을 일으킬 수도 있는 것으로서, 브레히트적인 '이상화 효과'를 의식적으로 의도하는 노력을 통하여서만 미적 구조물로서의 작품과 하나로 묶일 수 있는 경우가 많다.

2

한국 문학사에서 주지주의(主知主義) 내지 모더니즘의 의미가 무엇인가는 여러 가지로 이야기될 수 있을 것이다. 그 가운데는 문학적 체험의 형상화에 있어서 객관성에 대한 요구를 만족시켜 주려고 한 것이 모더니즘의 역사적 의의라고 말하는 관점도 있을 수 있다. 김기림(金起林)이 우리 시에 들여온 것은 시적 체험을 객관화할 수 있는 힘이다. 김기림이 아스팔트 위로 지나가는 자동차를 두고 "소리 없는 고무 바퀴를 신은 자동차의 아기들"이라고 이야기할 때 우리들의 감각적 경험은 객관적인 정확성을 얻는다. 이러한 정확성은 조금 더 큰 심리적인 관찰에도 주어진다. 그는 낭만적인 시인들이 여러 가지로 이야기하던 인간 심리의 미묘한 기미를

> 내 마음은 유리인가 봐, 겨울 하늘처럼
> 이처럼 작은 한숨에도 흐려 버리니

라고 명료하게 고정시켜 보여 주기도 한다. 또는 그는 인생을 다음과 같이 예리하게 요약해 줄 수도 있다.

인생아 나는 용맹한 포수인 채 숨차도록
너를 쫓아다녔다.

너는 오늘 간사한 메추라기처럼
내 발 앞에서 포도독 날아가 버리는구나.

　김기림의 시가 얻고 있는 객관적 조소성(彫塑性)은 직접적인 서정의 토
로로서는 매우 얻기 어려운 것이다. 김기림은 이러한 조소성을 현대 생활
의 물건들이나 사건에서 취하여진 비유를 통하여 얻었다. 이러한 비유는
전통적인 감정의 환기에 의하여서가 아니라 지적 분석을 통한 유사성(類
似性)의 인식에 의하여 매개되는 것이다. 앞에서 든 예에서 고무 바퀴의 탄
력성과 유연함을 어린아이의 유연성에 연결하고 다시 이것을 통하여 자동
차와 어린아이를 등식화한다거나 또는 마음과 유리를 그 민감도란 점에서
비교한다거나 또는 맹수를 잡으려고 나선 포수가 각오가 너무나 컸기에
오히려 작은 새를 놓치는 경우와 인생에 있어서 큰 기대가 삶의 작은 현실
을 잃어버리는 것이 두 일 사이에 성립하는 상황적 유사성을 지적하는 일
은 감정적 충동에 의해서가 아니라 비록 직관적일는지는 모르지만 따지고
보면 지적 과정이라고 하여야 할 방법으로 이루어지는 것이다.
　감정의 자기 성실이 반드시 문학으로서의 감정적 현실감과 일치할 수
없다는 것을 뛰어난 객관화를 이룬 문학은 우리에게 일러 준다. 그렇다고
심각한 감정이 문학의 내용이 안 된다는 것이 아니다. 조금 단순화해서 말
하면 오히려 감정의 깊이는 곧 문학의 깊이에 대응한다. 김기림의 강점이
감정의 혼란을 극복한 데 있다면 그의 잘못은 이 강점에 이어져 있다. 즉
그의 잘못은 그가 참으로 중요한 감정, 깊이 있는 감정을 그리지 못했다는
점인 것이다. 물론 더 본질적으로 말하면 그가 인생이나 사회의 핵심적인

주제나 상황을 그리지 못했다는 것이 문제이지만 결국 이것은 감정 묘사의 문제로 환원될 수도 있는 것이다. 왜냐하면 중요한 주제나 상황은 어떤 종류의 중후한 감정을 수반하는 심각성 없이는 묘사될 수 없기 때문이다.

김광균(金光均)은 김기림의 객관화 수법을 감정의 묘사에 적용하였다. 그러나 그의 감정도 깊이 있는 것이 되지 못하고 종종 매우 좁은 진폭과 깊이밖에 지니지 못한 천박한 감상(感傷)에 떨어진다. 이런 의미에서 그는 오히려 김기림의 폭과 깊이에서 한결 떨어진 수준에 머문다. 얼른 보아 김광균의 시의 감정은 문화적인 세련의 분위기를 지니고 있다. 그러나 이 세련은 감정 자체를 섬세하고 깊이 있는 것이 되게 하기보다는 거기에다 멋쟁이의 옷을 입혀 줄 뿐이다. 「추일서정(秋日抒情)」은 낙엽을 망명 정부의 지폐에 비교하여 가을의 스산한 느낌을 표현한다.

낙엽은 폴랜드 망명 정부의 지폐
포화에 이즈러진
도룬 시(市)의 가을 하늘을 생각케 한다.

여기의 비유는 기발하면서도 감각적·지적 타당성을 가지고 있다. 그러나 이 타당성 밑에 들어 있는 것은 세상의 모든 중대한 사건을 신문의 가십으로 받아들이며 또 그것을 구극적으로 자신의 감수성의 장식의 일부로서 소화해 버리고 마는 천박한 지적 태도이다. 이러한 타당성, 또 천박성은 이미 김기림에도 보이는 것이지만 그의 발랄함은 김광균에 이르러 보다 분명한 멋쟁이 취미로 좁아든 것이다.

이와 같은 점들을 포함하여 모더니즘이 수다한 문제점을 가지고 있다는 것은 틀림이 없지만 근본적으로 모더니즘의 객관성은 하나의 중요한 지향이었다. 한국 현대 시에 있어서 감정의 혼란과 자기 탐닉의 극복은 적

잖이 이러한 모더니즘의 지향에 힘입은 것이다. 김현승(金顯承)의 정확한 감각과 도덕적 감수성이나 김수영(金洙暎)의 의식과 상황에 대한 가차 없는 분석이 다 같이 모더니즘의 실험에 연결되어 있는 것이다. 또 그것대로의 문제를 안고 있는 대로 박인환(朴寅煥)이나 김규동(金奎東)에 있어서의 기술적인 시 구절들이 가능한 것도 여기에 연결되는 것으로 생각해 볼 수 있다. 다만 그것이 보여 주었던 객관에의 의지에도 불구하고 모더니즘이 현실의 중요한 감정과 주제와 상황에 대한 탐구를 가능케 하는 미적·역사적 현실 구성에까지 나아가지 못한 것이 유감이라 하겠다.

3

이한직(李漢稷)의 시가 드러내고 있는 경향은 전체적으로 보아 서정적 모더니즘이라고 부를 수 있지 않을까 한다. 주제 면에서는 그가 주로 관심을 가지고 있는 것은 감정의 표현이다. 김광균의 「추일서정」에서의 감정에 지적 멋쟁이의 포즈가 있고 그러니만큼 또 작위적인 데가 있다고 한다면 이한직의 감정은 한결 순수하다. 이런 점에서 그는 같은 《문장》지 출신의 '청록파' 시인들과 비슷하다고 할 수 있을는지 모른다. 그러니까 그의 감정은 보다 전통적인 의미에서 서정적이다. 그렇다고는 하나 그의 서정의 방법은 적어도 처음의 작품들에 있어서 모더니즘의 그것이다. 그의 감정 표현은 직접적인 토로를 통하여서보다 객관화된 비유를 통하여서 완성되고 이 비유들은 현대 생활, 특히 이국정취를 불러일으키는 현대 생활의 편린들로 이루어지는 것이다. 그러나 다른 모더니스트의 경우에나 마찬가지로 그의 현대적 서정은 장식적이고 단편적인 표면에 남아 있어서 깊은 감정과 전체적인 현실의 재현과 분석에로 나아가지 못하고 만다.

이한직의 서정적 모더니즘은 그의 첫 작품들에 이미 대표적으로 나타나 있다.「풍장(風葬)」의 주제는 삶의 삭막감이다. 그러나 이것은 직접적인 감정의 서술로서가 아니라 열여덟의 소년으로는 놀랍게 조숙한 절제와 객관적인 비유, 그것도 직접적이 아니라 간접적이고 복잡한 비유로써 암시되어 있다.

사구(砂丘) 위에서는
호궁(胡弓)을 뜯는
님프의 동화(童話)가 그립다

계절풍(季節風) 이어
캬라반의 방울 소리를
실어다 다오

장송보(葬送譜)도 없이
나는 사구 위에서
풍장(風葬)이 되는구나.

시인은 스스로의 삶을 사막 속에서 죽어 가는 것처럼 느낀다. 그것이 어쩔 수 없는 사실이라고 하더라도 죽음을 장식하는 아무것도 없는 것은 너무나 삭막한 일이 아니냐고 그는 항의한다. 그의 삶의 사막에는 즐거운 음악은 물론 죽음의 음악까지도 없는 것이다. 이러한 사정들을 이 시는 매우 간결하게, 감정의 수다가 없이 표현한다. 단지 시인은 가볍게 '호궁을 뜯는 님프의 동화', '캬라반의 방울 소리', '장송보'가 없음을 지적할 뿐이다.

그런데 시인이 그 부재를 개탄하고 있는 것은 무엇인가? 부재하는 것들이 참으로 삶에 필수적인 것일 때, 삶을 사막으로 보는 관점이 정당화될 수 있을 것이다. '호궁을 뜯는 님프'나 '캬라반의 방울 소리'가 없다고 말하면서 시인은 신화의 소멸과 상업의 부진을 개탄하는 것일까? 그랬을 수도 있을 것이다. 그러나 아마 더 확실한 것은 이러한 비유들이 주로 그 낭만적 이국정취 때문에 도입되었다고 말하는 것일 것이다. 따지고 보면 이 시의 주제적인 감정을 객관화시켜 주는 비유들은 그 피상적인 타당성에도 불구하고 조금도 사막으로서의 삶의 조건을 밝혀 주지도 못하고 그것을 믿을 만한 상황으로 정립하지도 못한다. 시인은 그러할 의사가 있는 것이 아닌지도 모른다. 하여튼 여기의 비유는 순전히 장식적이다.

사실 장식적인 것은 이한직의 시에 나오는 많은 비유들의 대표적 성격이고 또 이것은 그의 삶의 태도에 깊이 연결되어 있는 것으로 보인다. 「북극권(北極圈)」에서 그는 분명 자신의 처지를 가리키는 구절에서 다음과 같은 말로 스스로를 응시한다.

밤마다 유찬(流竄)의 황제처럼
깨어진 훈장의 파편을
주워 모으는 하얀 손, 손

파리한 내 손

이것은 상당히 정확한 자기 관찰로 생각될 수 있다.(물론 그가 유찬의 황제가 아니라 식민지의 시인이었다는 핵심적인 사실이 호도되어 있지만 그의 관점에서의 자기 인식으로는 정확한 것이고 그러니만큼 상당한 진실을 담고 있는 것이다.) 문화유산을 잃어버린 사람으로서 ── 사실은 그것보다는 정치적 유산의 상실자였지만 ── 그는 유찬의 황제라고 느낄 수도 있었을 것이며 그러한 황제가 훈장을 주워 모으듯이 문화적 장식을 주워 모으는 일밖에 삶의 위로나 기쁨을 찾을 데가 없다고 느낄 수도 있었을 것이다. 그의 시에 있어서의 장식적인 비유와 언어는 그의 문화적 장식의 수집의 일부를 이루는 것이다. 이한직은 황제의 훈장 대신에 '호궁', '님프', '캬라반', '비행기의 표운(漂雲)', '쉐퍼드', 'Ozone', '아마릴리스', '백화림(白樺林)', '뮤스', '운석', '각적(角笛)', 'Neptune', '로오트레아몽 백작', '사보텐', '뽈죠아지', '구라지오라스', 'Rien', '불령 인도지나(佛領印度支那)의 대차 대조표', '상아 해안', '문장(紋章) 있는 나프킨', 'Emma', 'Eliza' 등을 모았다.

그런데 한 가지 지적하여야 할 것은 이한직이 스스로를 문화유산의 상실자로 느꼈다고 할 때 그러한 비유는 어느 정도의 타당성밖에 갖지 않는다는 점이다. 위의 수집품들의 목록에서 알 수 있듯이 그것들의 대부분은 이국의 것들이었다. 따라서 그에게는 문화유산의 수집가라기보다는 국제여행의 문화 기념품 수집가라는 이름이 더욱 적절한 것인지 모른다. 표면상의 화사함이나 낭비적인 사치에도 불구하고 유찬의 황제는 서글픈 존재에 틀림이 없다. 마찬가지로 문화적 파산의 시기에 생겨나는 문화 수집가도 적지 않게 서글픈 존재이지만 적어도 그의 문화재 수집이 문화의 삶과 죽음에 대한 참다운 탐구에 이르는 것이 된다면 그러한 탐구는 새로운 삶에 기여하는 바가 있다고 할 수 있다. 이한직이 문화유산의 수집이 아니고 국제 문화의 훈장을 원했다는 것이 사실이라면 그의 소원은 참으로 미묘한 자리에 놓일 수밖에 없는 것이다. 그러나 그의 문제는 단순히 그의 문화재에 대한 관심이 이국적이라는 데 있는 것은 아니다. 문제는 그를 완전히 무력화하고 마비시키는 그의 삶의 상황에 있고 또 이러한 상황을 숙명으로서 받아들이면서, 이것을 비록 실천적인 데에까지 이르지는 않더라도 이해의 노력에서마저 깨뜨리고 초월하지 못하고 오히려 스스로의 무력을 정신적인 우월의 근거로 삼으려 한 태도에 있는 것이다. 물론 이한직 개인을 너무 탓할 것은 못 된다. 그의 태도는 그 개인에 한정되는 것이라기보다는 시대적 상황의 일부였다. 우리는 식민지 시대나 또는 그 이후의 시대에 있어서 시대의 소용돌이 속에 어떻게 조그마한 체념과 평화의 여운들이 만들어지는가 그 사회적·심리적 과정을 좀 더 정확히 이해할 필요가 있다. 하여튼 이한직의 장식품들이 시적 구조의 유기적인 일부가 되지 못하고 나아가서 문화적·사회적 동력 속에 짜여 들어가지 못하는 것은 그의 상황과 상황 인식 가운데 자리 잡은 숙명으로 인한 것이다. 그의 삶의 핵심에 있어서 숙명적인 응집력의 부재가 그의 장식품으로 하여금 장식품 이상의 것이 되지 못하게 하는 것이다.

이한직의 시에 적극적인 의지의 표현이 없는 것은 아니다. 다만 그가 자신의 상황을 꿰뚫어 보지 못하는 한 그것은 모두 부질없는 몸짓으로 끝나 버린다. 사실 그의 맨 처음의 작품들에 주제가 되어 있는 것은 출발에의 의지이다. 앞에 든 「풍장」에까지도 그러한 뜻은 비쳐 있다. 사막에서의 풍장을 이야기한 다음의,

깨어진 올갠이
묘연(杳然)한 요람(搖籃)의 노래를
부른다, 귀의 탓인지

라는 구절은 무슨 뜻인가? 혹시 환청에 불과할지 모른다는 의심을 가지면서도 시인은 멀리서 들려오는 새로운 시작의 소리를 듣고 있는 것이 아닌가? 그리하여 삶의 낭비와 삭막함을 이야기하는 풍장은 '그립은 사람아' 하는 약간은 긍정적인 말로써 끝나는 것이 아닐까? 같은 때의 시 「온실」은 초여름의 '나근나근한 게으름'과 온실 속의 '해저보다 정밀한 우주'를 이야기하면서도 움직임과 여행의 상징으로서의 비행기를 이야기하고 마지

막에,

> 풍화(風化)한 토양은
> 날마다
> 겸양한 윤리(倫理)의 꽃을 피웠지만
> 내 혈액 속에는
> 또 다른 꽃봉오리가
> 모르는 채 나날이 자라 갔다

라고 구질서의 평화와 윤리 안에서 자라나고 있는 모반의 욕망을 확인하는 것으로 끝난다. 「기려초(羈旅抄)」는 이한직의 어느 시보다도 시원한 바람을 느끼게 하는 시다. 제목 자체도 움직임을 나타내지만,

> 함박눈처럼 날아오는 사념(思念)을
> 하나하나 아름다이 결정(結晶)시키고

> 또는
> 산뜻한 Ozone을 헤치며 헤치며
> 함부로 휘파람도 날리다.

> 상복(喪服) 입은 백화림(白樺林) 사이사이로
> 넌즛, 내어다 보이는
> 꽃이파리 못지 않게 현란한 산(山)결이여

　　── 이런 구절에서 외기(外氣)에 접하여 고양되는 시인의 마음은 쉽게

전달되어 온다.「놉새가 불면」도 마찬가지로 움직임의 충동, 여행의 충동을 이야기한다. 이 시는 다른 시와 다르게 전통적인 사물에 의지하여 뜻을 전함으로써 독자의 마음에 국제 한량(閑良)에 대한 역겨움을 일으키지 않으면서 그런 대로 단순한 조화를 얻고 있는 작품이다. 시인은 말한다.

놉새가 불면
당홍(唐紅) 연도 날으리

향수(鄕愁)는 가슴 깊이 품고

참대를 꺾어
지팡이를 짚고

짚풀을 삼어
짚세기 신고

다시는 돌아오지 않을
슬프고 고요한
길손이 되오리

그러나 시인은 어째서 어디로 가겠다는 것인가?「기려초」에서 그는 "용렬한/시정의 거짓에 겁내지 않으리."라고 말하고

한 봉지 하얀 산약(散藥)을 흩뿌린 다음
곰곰히 빛나는 흙을 더듬어 보다

──이렇게 말함으로써 그가 지향하는 것이 어떤 초연한 순결성이며 새로운 개화에의 노력이라는 것을 암시한다. 「높새가 불면」은 그의 여행의 목표가 보다 이상주의적인 정신의 고고함이라는 것을 이야기한다. 그는 "다시는 돌아오지 않을/슬프고 고요한/길손"이 되겠다고 하고, 또

생활도 갈등도
그리고 산술도
다 잊어버리고

백화(白樺)를 깎아
묘표(墓標)를 삼고

동원(凍原)에 피어오르는
한 떨기 아름다운
백합꽃이 되오리

라고 말한다.

그러나 여기에서 시인의 소망은 죽음에의 갈구와 별로 다르지 않다. 그럴 수밖에 없는 것이 그에게 바람 부는 사막이며 갇혀 있는 온실이며 얼어붙은 동원으로 비치는 삶의 상황은 그의 힘없는 개화에의 발돋움, 고고(孤高)에의 지향을 용서할 수가 없는 것이다. 「북극권」에서 시인은 자신의 상황을 북극의 영원으로 파악하고 자기는 많은 사람이 남쪽으로 떠난 후에도 여기에 남아 있어 그의 이상적인 꿈이 퇴색하는 것을 보고 있다고 이야기한다. 「설구(雪衢)」에서 그는 다시 한 번 꿈이 헛된 것임을 영탄하여 말한다.

첫눈 내리는 밤이었다
가설(假說)같이 우원(迂遠)한 너의 애정에는
무엇보다 흰 것이 잘 어울렸는데
애달픈 나의 향일성(向日性)을
받들어 줄 별은 왜 보이지 않았던가
기울어진 사상(思想)은
조화(造花)처럼 퇴색하려고 하였다
붕대(繃帶)에 싸인 나의 인생이
너털웃음을 웃는 것이다.

　그는 이렇게 그의 삶을 가설적이고 인위적이고 퇴색(褪色)하는 것으로 생각하였지만 그런 가운데에도 '유찬의 황제'로서의 최소한도의 위엄과 위로가 있을 수 있다고 생각하였다. 그는 이 시의 뒷부분에서

두 눈에서 넘쳐흐르는 것은
흡사 눈물같이 따스하였으나
나는 구태여 휘파람을 날렸다

차라리
노리개처럼 즐겁게 살리라

첫눈 내리는 밤엔
파이프를 물고
홀로 밤거리로 나가자

라고 공허한 멋쟁이로서의 삶의 가능성을 주장하는 것이다.

그러나 이러한 허세가 오래가지는 못한다. 「동양(東洋)의 산」에서 이한 직은 전쟁을 말하면서 최후의 긍정으로서 메마른 동양의 산에서 인고와 체념의 평화에 대한 상징을 본다. "그는 그 무엇이 나의 이 고요함을/깨뜨릴 수 있으리오."라고 말한다. 「용립(聳立)」에서는 그는 조금 더 허무 의식에 가까이 간다. 그는 이것을 하나의 발전으로 보기도 한다. 그는 그의 과거에 비추어 본 새로운 깨달음을 요약하여 말한다.

> 장식음의 장렬(葬列)이 모두 지나간 다음
> 나는 비로소 나의 서정과 결별할 수 있었다.

그러나 그에게 무엇보다도 허무감은 강렬하다. 스스로가 광야에 홀로 서 있다고 느끼고 "불안한 기후만이 나의 것이다."라고 하고, 그가 할 수 있는 것은 "새싹 트고 푸른 잎새 달 기약 없는/허무의 수목"이 되는 것이라고 말한다. 그러나 그는 완전히 체념할 수는 없다. 「용립」의 마지막 연에서 그는 말한다.

> 사보텐만이 무성할 수 있는 비정(非情)의 하늘 아래
> 자학하는 두 팔을 안타카이 내밀며
> 나는 섰다
> 여지껏 나는 뿔죠아지와 친할 수 없다.

이와 같이 그는 사실은 모든 것이 허무하다고 느끼는 것보다 고고한 정신적 귀족의 포즈에서 부르주아의 실제적 세계에 내려가야 된다는 위협을 두려워하고 있다는 것을 비치는 경우도 있다.

그러나 고고한 정신의 허무함은 점점 깊게 느껴진다. 피난 수도 부산의 거리를 걸으며, 서른세 살의 그가 "움직임을 멈춘 지 이미 오랜 시계"라고 느끼고 당대의 실존주의의 어휘 'Rien, rien'이 그를 유혹하는 소리를 듣는다.(「여백에」) 그러나 고고의 허세가 끊어지는 것은 이한직의 시에 점점 두드러지는 난폭한 이미지와 시상(詩想)들에서 징후적으로 나타난다. 그의 실존주의는 간단한 퇴폐와 파괴에로 연결되는 것이다. 그가 「상아 해안」의 추상적이고 난해한 모더니즘의 언어를 통해서 이야기하고 있는 것은 관능의 원시주의이다. 「환희」에 기록된 초현실주의적 환상은 어떻게 소시민적 좌절감이 무차별의 파괴 충동으로 옮겨 가는가를 예시해 준다. 그는 이 시의 전반에서 자신의 손이 왜소해지고 그 대신 수동적이면서 통찰의 기관인 눈이 커 가는 것을 이야기한 다음 후반에서 그를 압도하는 고층 건물들이 어떻게 그의 시선에 항의하는가 그리고 시인의 휘파람소리 하나로 어떻게 전 도시가 불바다로 변하는가를 이야기한다. 그리고 그는 "로-브 데콜테를 입은 숙녀들의/아비규환 속에서 눈물이 나오도록 홍소(哄笑)"하는 것이다.

그는 이러한 사디즘의 환상과 아울러 자신의 감정적 생활과 삶의 종언을 예상해 보기도 하고(「또다시 허구의 봄」) 이 회한에 잠겨 스스로와 이웃을 위하여 자비를 기구해 보기도 하지만(「잠 이루지 못하는 밤이면」) 그의 마음은 점점 모진 것으로만 향하여 간다. 그리하여 「미래의 산상(山上)으로」에서는 하나의 중요한 결단에 이르게 된다. 그는 시의 세계 또는 그가 시의 세계가 그러한 것이라고 생각했던바 고고한 정신세계에서 현실의 세계에로 나아가기로 결의하는 것이다. 그는 말한다.

이제는 이미 일광도 강우도
식물들의 영양이 될 수 없다는 것을

나는 분명히 분명히 깨달았단다.

그는 또 스스로에게 타일러 말한다.

오랜 세월을 두고
목메어 부르던 이름이어
서정의 연대는 끝났다
처참한 정신의 유혈(流血)은 인내하며
너도 미래의 산상(山上)을 향하여 너의 길을 가라.

여기서 이야기되어 있는 미래의 산상은 어디를 말하는가? 그것이 시의
세계와 대치되는 현실의 세계란 것은 분명하다. 그러면 현실에 뛰어든 그
는 무엇을 할 것인가? 「독(毒)」에서 그는 말한다.

그렇다
총명한 화술(話術)보다는
차라리 잔인한 '사라센'의 칠수(七首)를

선혈(鮮血)이 보고 싶어라
욕된 기대에 부풀어 오는
그 원죄의 유방에서 내뿜는
선지빛 선혈만이 보고 싶어라

그의 이러한 시구에 비쳐 있는 것은 어떤 피맺힌 모짊을 현실의 원리로
확인하겠다는 결의인데, 그렇다면 그러한 현실의 모짊에 대해서 그는 자

기 스스로의 모진 각오로써 대결해 보겠다는 것인가? 그러나 그의 뜻이 현실에 맞서는 현실의 테두리 안에서의 싸움에 이겨 보겠다는 뜻에서 그가 현실에 대결하겠다는 것일는지는 모르나 그것이 현실과 싸워 현실을 초월해 보겠다는 것이 아닌 것은 분명하다. 그의 싸움은 현실의 부조리 또는 비속성(卑俗性)을 개조하기 위한 것이 아닌 것이다. 나로서는 전기적 사실(事實)들은 알 수 없으나, 그의 피투성이의 투쟁이 취한 형태는 아마 만년의 사업 활동이나 관리 생활이 되는 것일 것이다.

4

이한직은 언어 구사나 감정의 표현에 있어서 주목할 만한 객관화의 능력을 가지고 있었다. 이것은 모더니즘의 시 기술(詩技術)에 힘입은 것이기도 할 것이고 또 그 개인적인 성품이나 재능에서 나오는 것이기도 할 것이다. 그의 얼마 되지 않은 작품들은 앞에서 개관한 대로 명료성을 얻고 있고 또 알아볼 만한 삶의 궤적을 드러내 준다. 그러나 그의 명료성이 깊이 있는 것이라 할 수 없고 적어도 시에서 드러나는바 자신의 삶의 궤적에 대한 이해도 그다지 넓거나 깊지 못하다. 그의 주제는 문화적 감수성을 가진 인간이 현실의 비속성(卑俗性)에 부딪칠 때 갖게 되는 여러 감정, 그중에도 무력감(無力感)과 좌절감이다. 그는 자신의 현실을 근본적으로 유찬의 황제라는 비유로써 이해하였던 것이다. 그러나 앞에서도 말한 바와 같이 그는 황제도 아니었고 귀족도 아니었다. 단지 식민지 또는 반식민지적 상황 속의 시인에 불과했다. 그의 문제는 이러한 매우 현실적인 상황에서 정의되는 것이지 귀족적 감수성과 세상의 비속성과의 선험적 대치 원리에 의하여 정해지는 것이 아니었다. 그러니만큼 현실적인 상황이 아니라 가공의 포즈를 통한 자신의 이해는 도저히 깊어질 수도 넓어질 수도 없었다. 그에게 계속적으로 남아 있는 것은 억울한 마음이었고 그는 그 테두리를 넘어질 수 없었다. 그의 명료성과 객관화의 능력, 그의 감수성은 근본적으로 좁게 정의된 자아의 장식물일 뿐, 자아의 참다운 진실 또 사회적·역사적 진실에 이르는 도구가 되지 못하였고, 이것은 그의 시들이 미적 구조로서도 깊이 있고 포괄적인 것이 될 수 없게 하였다. 이러한 좁고 피상적인 성격은 모더니즘의 다른 시인에게서도 발견되는 것이지만, 이한직의 경우 그것은 더욱 분명한 것 같다. 그리하여 그는 다른 모더니스트적인 시인들 가운데도 가장 등한시될 수 있었던 것인지 모른다.

그러나 그에게는 다른 시인에게서보다도 분명한 자기 이해의 일관성, 자신의 문제에의 집착이었다.(이것의 깊이와 넓이, 또 진실성에 문제가 있다는 것은 앞에서 말하였다.) 이러한 일관성과 집착은 그런 대로 그의 시에 다른 모더니스트의 시들보다 큰 진지함을 부여해 준다. 그리하여 하나의 인간 기록으로서도 그럴싸한 것이 되게 한다. 또 이한직이 좁고 그릇된 자기 이해, 현실 이해 속에 있었다고 하더라도 앞에서 말했듯이 그것이 반드시 그의 개인적인 의도로 하여 그렇게 되었다고 말할 수는 없는 것인지 모른다. 일제 중엽에서 해방 후 또 6·25 후까지도 시대는 어떠한 사람에게 내면의 상처를 어루만지고 있을 수 있는 뒷길들을 허용하였던 것 같다. 이것은 다른 초기 모더니스트에도 적용되는 것이다. 그리고 이한직의 멋쟁이 취미는 그들의 멋쟁이 취미와 함께 이러한 풍토에서 지탱될 수 있었던 것이다. 이한직이나 이러한 초기 모더니스트에 있어서 그들의 개인적인 협소함이 그들의(적어도 그 지향에 있어서 중요한) 업적에 연결되었던 것은 유감스러운 일이다.

(1977년)

김현승의 시

세 편의 소론

1. 견고한 고독의 시

최근에 김현승(金顯承) 씨는 시집 『견고(堅固)한 고독』을 내었고 또 《창작과 비평》의 봄호에는 다섯 편의 시를 싣고 있다.

김현승 씨 시의 아름다움은 이미지의 선명한 조소성(彫塑性)에 있다. 조소성은 감각적 경험에 대한 단순한 충실에서보다 오히려 '이미지에 내재하는 관념'을 보아 낼 수 있는 정신적 시력의 날카로움에서 온다. 이것은 김현승 씨의 경우에도 마찬가지다. 그러니까 다른 쪽에서부터 말해 간다면 김현승 씨 시의 아름다움은 관념의 조소성에 있다고 할 수도 있다. 관념과 이미지가 어울려서 하나의 선명한 인상을 낳는 예는 다른 초기 모더니스트의 시에서도 볼 수 있지만 김현승 씨의 뛰어난 점은 그의 시적 능력을 중요한 문제의 검토에 사용했다는 것이다. 그것은 재치나 멋의 전시(展示)를 위한 도구로 전락하지 않는다. 그는 우리 시에서 드물게 보는 모럴리스트인 것이다.

1957년의 『김현승 시초(金顯承詩抄)』의 한 시에서 가령 그는 5월의 녹음을 이렇게 이야기한다. "그늘,/밝음을 너는 이렇게도 말하는고나,/나는 기쁠 때는 눈물에 젖는다. // 그늘,/밝음에 너는 옷을 입혔고나,/우리도 일일이 형상을 들어 때로는 진리를 이야기한다."(「5월의 환희」) 여기에서 5월에 있어서의 양광과 녹음의 대조는 실재(實在)와 현상(現象)에 대한 철학적 관념으로 변용된다. 그리고 이미지와 관념은 동시에 놀라운 조소성에 고착된다. 「견고한 고독」에서 우리는 앞에서 이야기한, 뛰어난 시적 능력을 다시 확인한다. "뜨거운 햇빛 오랜 시간의 회유에도/더 휘지 않는/마를 대로 마른 목관 악기의 가을,/그 높은 언덕에 떨어지는,/굳은 열매/쌉쓸한 자양/에 스며드는……/네 생명의 마지막 남은 맛!" 표제의 시의 이러한 구절에서 이미지와 관념은 혼연일체가 되어 어떤 영혼의 자세를 시사해 준다.

그러나 전체적으로 보아 「견고한 고독」은 만족할 만한 성과라 할 수 없다. 김현승 씨는 드물게 보는 지성(知性)의 시인이지만 이상하게도 시에 수미일관한 구조를 주는 데에는 실패하는 경우가 많다.(단지 《창작과 비평》의 다섯 편의 시는 예외가 되겠다. 이들은 한국 시로서는 놀랍게 끈질긴 사색(思索)의 구조를 가지고 있다.) 또 다른 한편으로 우리는 그의 근작에서 초기 시에서보다 더 자주 그의 이미지들이 관념의 시녀로 전락해 버리는 경우를 보게 된다. "빛이 잠드는/따위에/라이락 우거질 때,/하늘엔 무엇이 피나,/아무것도 피지 않네." 「무형(無形)의 노래」의 이러한 구절을 앞에 인용한 「5월의 환희」에 비교해 볼 일이다. 여기에서 이미지들은 미리 정해져 있는 관념에 대한 적이 억지스러운 예증 노릇을 하고 있는 것이다. 관념과 이미지의 유리(遊離)는 이 시집에 표명되어 있는 인생관과도 관계있다.

「5월의 환희」나 「무형의 노래」는 다 같이 실재와 현상의 관계를 이야기하고 있지만, 역점은 전혀 판이하다. 초기 시의 경우, 현상의 세계는 실재를 통해서 긍정을 얻고 있지만 근작 시의 경우 그것은 부정(否定)되어 있다.「견고한 고독」에서 '견고'함은 시인이 자랑하는 인생 태도로 되어 있는데, 이것은 초기 시의 감상주의를 대치하는 것으로서는 환영할 만한 것이다. 그리고 한 시인이 생에 대해서 일정한 태도를 발전시킨다는 것은 값 있는 일이다. 문제는 그것이 좁다는 데 있다. 김현승 씨의 '견고'는 그로 하여금 어떤 추상화된 태도에 사리고 앉아 구상의 풍요한 세계를 거부하게 하는 결과를 가져온다.

우리는 김현승 씨의 시에서 전례 없이 자주 상투적인 사고들을 발견한다. 구상의 세계와의 쉬운 접근을 포기한 관념은 우도할계(牛刀割鷄)의 거칠음을 얻기 마련인 것이다. 이번 시집에서 사회적 현실을 다룬 시들은 가장 현저하게 이런 상투성에 의존하고 있다. "여기까지 오면/바위의 마른 이리 떼 눈앞에 울부짖고".(「아벨의 노래」) 이렇게 이미저리마저도 진부하고 일반화된 것이 되어 버린다. 앞에서 구성의 빈약함을 지적했지만 이것도 이런 추상화 경향의 한 표현이라 할 수 있다. 여기서 구성의 빈약이란 반드시 외적으로 균제된 형식이 결여되어 있음을 말하는 것은 아니다. "나의 길은/발을 여이고/배로 기어간다/5월의 가시밭을."「길」이라는 시는 이와 같이 시작하여 같은 패턴을 세 번 반복하는 정연한 외형을 갖추고 있으나 오히려 이런 밖으로부터 부과된 통제는 이미지가 그 의미를 충분하고 완전하게 펼쳐 나가는 것을 방해한다. 그리하여 시는 매우 조잡해지고 만다. 중요한 것은 정신을 경험의 유동적인 구체를 향하여 열어 놓는 일이다. 시인은 그의 시적 작업을 위하여 어떤 한 태도, 한 추상에 안주할 수 없다. 시적 과정은 늘 새로운 모색과 발견의 과정인 것이다.

그러나 우리가 「견고한 고독」에 실망을 표현하는 것은 오로지 그것이 젊은 시인의 첫 약속이 아니라 노경(老境)에 접어든 시인의 늦은 수확이기 때문이며 그것도 우리의 암중모색 가운데 가장 밝은 하나의 길을 터놓은 시인의 수확이기 때문이다.

2. 칼집 속의 칼

시라는 것도 지성(知性) 작용의 한 가지라고 한다면 김현승 씨는 오늘의 한국 시단에서 가장 뛰어난 지성의 시인에 속한다고 할 수 있다. 이렇게 말하는 것은 그가 관념적이고 현학적인 시인이라는 것이 아니라 삶의 진지한 이해를 위하여 끊임없이 노력하고 그 이해를 정확한 언어로써 기록하려고 한 시인이라는 말이다. 사실 김현승 씨만큼 삶의 의미를 탐구해 온 시인도 드물다 하겠다.

김현승 씨의 시적 지성은 사물과 관념의 직접적인 현존을 끊임없이 파헤치고 가려 내는 정의 작업(定義作業)으로서 가장 잘 나타난다. 초기에 있어서 이 작업은 주로 감각적인 경험을 대상으로 하였다. 초기의 시는 다른 '이미지스트', '모더니스트' 시들과 취향을 같이하는 것으로서 이 계열의 시로서는 가장 뛰어난 업적으로 손꼽힐 만한 것이다. 그러나 감각 경험의 정확한 시화(詩化)가 중요한 것이기는 하지만 그것의 정태적인 추구가 어떠한 경박성을 띠는 것도 사실이라고 하겠는데, 김현승 씨의 초기 시도 이러한 면을 가지고 있었다. 그러나 이것은 초기 시에도 보이던 윤리적인 관심이 보다 중요한 주제가 됨에 따라 많이 사라지게 되었다. 근년에 올수록 김현승 씨의 정의 작업은 보다 진지하게 인간의 윤리적 실존을 확립하는 작업이 된 것이다.

아마 그의 시에서 가장 눈에 띄는 것은 강한 명징성에의 의지이다. 초기에 그는 광선의 명암에 민감하고 눈물과 보석과 별, 그리고 가을의 선명한 윤곽을 즐겨 이야기하였다. 근년에 와서 그의 이미지들은 보다 어둡고 메마른 것이 되었지만 그것들도 역시 초기의 맑고 빛나는 것들에 대한 한 변주라고 할 수 있다. 후기에 등장하는 마른 피부, 건조한 목관 악기, 까마귀, 독수리 그리고 모든 것이 최소한으로 오므라든 겨울 ── 이런 '이미지'들이 시사하는 '남을 것이 남아 있을 뿐'인 최소한의 세계는 햇빛이 새겨 내는 육감의 세계에 못지않는 투명성의 청결함을 가지고 있다고 할 것이다.

투명한 '이미지'에 대한 추구는 정신적 추구에 대한 비유가 된다. 초기에 있어서 김현승 씨는 감각 경험의 극명함을 통하여 명징한 정신 자세를 수립하려 하였다. 근년의 윤리기에 있어서 그의 관심은 있는 그대로의 세계에 대한 명징한 인식에 도달하고자 한다. 이것은 사람과 세계의 관계에 있어서 일체의 인위적인 왜곡, 초기에 노래되었던 감각과 감정의 개입까지도 배제할 것을 요구한다. 있는 그대로의 세계는 외로운 세계이다. 거기서 인간은 세계로부터 고립해 있으며 세계는 인간으로부터 고립해 있다.

고절(孤絶)의 세계에 대한 김현승 씨의 '비전'은 그가 종교 시인이라는 데 관계된다. 그의 신앙은 신에의 적극적인 접근에 의해서가 아니라 신의 불가지성(不可知性)을 확인하는 데에서 얻어진다. 있는 대로의 세계란 세계가 타자로 있는 세계이며 그는 세계의 타자성을 통하여 절대적인 타자로서의 신을 확인하고자 하는 것이다. 이러한 타자성에의 접근은 각고의 자기 수련을 필요로 한다. 주관적인 감정과 욕심은 제어되고 훈련되어야 한다. 그리하여 자아는 맑고 투명한 유리빛으로 비어 있는 것이라야 한다. 그러나 역설적으로 자기 소멸은 본질적인 자아를 획득하는 일, '너'를 세우는 일이 된다. 세계와 신에의 순응은 자아의 가열한 의지에 의해서만 지탱된다.

이러한 종교적 추구는 어려운 시대에 있을 수 있는 하나의 정신 자세를 나타내 준다. 정신이 상실된 시대에 있어서, 정신은 시대의 얼굴을 직시함으로써 스스로의 우위를 확인할 수 있다고 믿는다. 시각의 명징성은 그대로 명징한 정신세계를 증언하는 것이 아닌가. 감옥에 있는 사람은, 몸은 사슬에 묶여도 내 정신만은 자유라고 선언한다. 그리하여 "빼지 않은 칼은/빼어 든 칼보다/더 날카로운 법"이라는 논리도 성립된다. 시대를 보는 정신의 명징성은 곧 시대를 거부하는 강력한 내면의 의지가 된다.

김현승 씨의 시는 다분히 서구적이다.(이국취미적일 정도로.) 그러나 다른 한편으로 그의 근본적인 자세는 한국 정신의 한 전형에로 이어지는 것이다. 그것은 시련의 시기에 꿋꿋할 수 있는 지조와 절의를 높이 샀던 선비주의에 통하는 것이다. 이렇게 말하는 것은 김현승 씨의 시적 탐구가 한국 시와 정신사에 갖는 중요성을 말하는 것이다. 그는 우리 시대에 살며, 느끼고 생각하는 존재로서의 인간의 모습을 탐구하여 마지않았다. 그리고 그 탐구를 뛰어난 시로 결정(結晶)시켰다. 물론 그의 서구적·한국적 정신주의를 말하는 것은 그것의 깊은 한계성(限界性)을 말하는 것이기도 하다. 그것이 근본적으로 정태적이며 자기만족적인 폐쇄성에 연결되어 있는 것이라는 것도 사실이기 때문이다. 그러나 이것은 보다 큰 정신사의 문제로서 달리 규명되어야 할 것이다.

3. 모둠의 공간으로서의 시

시는 어디에 쓸 수 있는가? 말할 것도 없이 시의 쓰임새를 한마디로 끊어 낼 수는 없는 일이다. 그렇긴 하나 시의 쓰임새의 하나는 그것이 우리에게 조용한 생각의 시간을 준다는 데에 있다고 할 수 있다. 바쁜 생활 가운데서 시를 읽는다면, 그것은 주로 우리가 거기에서 어떤 고요한 위안을 기대하기 때문일 것이다. 물론 살고 움직이고 했으면 됐지, 그 외에 조용하게 생각하는 순간이 무엇 때문에 필요하냐고 할 수 있을는지 모른다. 또 이것은 그것 나름으로 일리가 있는 주장이다. 그러나 이러한 주장이 옳다고 하더라도 바로 살고 움직이는 데에 있어서, 생각의 뒷받침은 빼어 놓을 수 없는 것이라는 점을 놓칠 수 없는 일이다. 결국 산다는 것이나 움직인다는 것은 그러한 행동의 주체로서의 나 또는 나의 이웃, 또 보다 넓은 세계와의 관계에서 그 의의를 가지게 되는 것이다. 그리고 우리의 삶과 움직임의 연속을 하나의 속에 모두어 주는 것이 생각인 것이다. 그리고 시는 우리의 삶의 흩어진 순간들과 널려 있는 공간을 하나로 모두어 주는 특별한 순간이 될 수 있는 것이다. 이러한 순간들을 통하여 우리는 우리 스스로를 하나로서, 한 일체적인 존재로 의식하며, 우리 이웃 사람과 우리 자신이 이어져 있음을 알고 우리가 살고 있는 세계와 자연을 짐작한다.

큰일을 벌이려고 할 때, 사람들은 심호흡을 하고 마음을 가다듬는다. 또는 어떤 사람들은 기도를 하거나 기도에 비슷한 정신 집중에 들어간다. 이것은 흩어진 주의를 모아 안으로 침잠하는 행동이지만, 동시에 사람의 정신의 안으로의 집중은 밖에 있는 물건, 일 또는 세계와의 일치와 조화를 이룩하게 해 준다. 시는 우리의 삶에 있어서 이러한 순간을 언어의 힘으로써 포착한 결과이다. 물론 모든 시가 다 그렇다는 것은 아니지만, 어느 시나 어느 정도 이러한 계기를 가지고 있는 것은 사실일 것이다. 또 사람이 삶의 모든 순간에 이러한 모둠의 자세를 유지할 수 있는 것도 아니고 또 그것이 바람직한 것도 아니라고 하겠지만(이런 점에 있어서 시인은 조금 특수한 사람이라고 해야 할 것이다.) 누구나 삶에 있어서 어느 정도의 시적 순간이 없이는 온전한 삶을 누릴 수는 없는 일이다.

오늘날에 있어서 우리의 삶은 날마다 조급해지고 정신없는 것이 되어, 조용한 생각의 순간은 비비고 들어설 자리도 없어져 버리고 마는 느낌이다. 오늘날 우리가 다형(茶兄) 김현승 선생의 시를 문제 삼는다면, 그것은 그의 시가 그 자체로서 우리 현대 시의 빛나는 한 부분을 이루기 때문이기도 하지만, 동시에 그의 시가 조용한 정신 집중의 소산으로서 거칠어져 가는 오늘의 삶에 중요한 반대명제를 보여 주는 것이기 때문이다.

다형의 시의 가장 주목할 만한 특징은 사물에 대한 투명한 관찰이다.(이것은 정신 집중의 최초의 산물이다.) 그러나 이 관찰은 단순히 사물 자체를 면밀하게 기록함으로써 이루어지는 것이 아니다. 그것은 인간이 사물을 정리하는 도구인 관념이나 언어가 사물에 절묘하게 맞아떨어지는 경우에 이루어진다.(케플러는 유성의 운행을 정확하게 관찰하였지만 이 관찰은 그가 수학이라는 형식 학문에 밝았기 때문에 가능한 것이었다.) 그 전에도 한 번 들었던 예이지만 「5월의 환희」에서 그가 녹음을 이야기하는 것을 보라.

> 그늘,
> 밝음을 너는 이렇게도 말하는구나.
> 나도 기쁠 때는 눈물에 젖는다.

녹음의 아름다움을 우리의 심정의 움직임과 함께 이렇게 정확하게 포착한 시 구절을 달리 찾아보기는 어려운 일일 것이다. 또는 겨울의 새 눈을 읊은 다음 구절을 보라.

> 시인들이 노래한 1월의 어느 언어보다도
> 영하 5도가 더 차고 깨끗하다.

> 메아리도 한 마정이나 더 멀리 흐르는 듯······

우리는 위 구절에서 추운 겨울에 메아리가 멀리 간다는 사실을 새로운 즐거움을 가지고 확인한다. 그러나 그것보다도 시적 언어의 순수함과 새 눈의 청결함의 병치에서 우리는 새로운 지각의 고양을 경험한다. 그것은 정확한 지각 표현이면서 또 시인의 신발명이기도 하다. 관찰의 정확성(그것은 이미 본 바와 같이 상상력 또는 발명력과 불가분의 관계에 있다.)은 우리의 내적인 생활을 그리는 데에서도 볼 수 있다. 가령 우리의 「양심(良心)의 금속성(金屬性)」을 보라.

> 모든 것은 나의 안에서
> 물과 피로 육체를 이루어 가도,
>
> 너의 밝은 은빛은 모나고 분쇄되지 않아
>
> 드디어는 무색(無色)하리만큼 부드러운
> 나의 꿈과 사랑과 나의 비밀을,
> 살에 박힌 파편처럼 쉬지 않고 찌른다.

이와 같이 시인의 조용하고 확실한 관찰 속에서 사물은 그 분명한 모습을 드러내는 것이다. 그러나 더욱 중요한 것은 하나하나의 사물보다 이들의 상호 간의 관계이고 또 이들이 만들어 내는 공간이다. 여기에서 사물을 모두는 지적 상상력은 가장 중요하게 작용한다. 우리는 다형의 조용한 영상을 통해서 삼림(森林)의 마음의 너그러움을 깨닫는다.

> 보석들을 더 던져 두어도 좋을 그곳입니다.
> 별을 더 안아 주어도 좋을 그곳입니다.
>
> 샘물 소리 샘물 소리 그곳을 지나며
> 달빛처럼 밝아집니다.

또 우리는 시인의 섬세한 귀를 통하여 봄비의 음악을 듣고 그것이 도시에, 땅 위에, 종로의 아스팔트 위에, 수선화의 봉오리들에 내리는 것을 깨닫는다.(「봄비는 음악의 상태로」) 결국 시인의 명상 속에서, 모든 것은 가로수의 "우정 짙은/……그늘"(「가로수」) 속에 있다. 또 우리는 "우리의 모든 아름다움은/너의 지붕 아래에서 산다"고 빛의 넓은 포용성을 인식한다.(「빛」)

그러나 중요한 것은 우리가 시인의 생각을 통하여 고요한 조화의 공간을 안다는 사실만이 아니다. 우리가 보고 느끼는 것은 모두 우리 자신의 삶에 대한 모범이 되는 것이다. 시인은 그의 시상 속에 사물을 돋보이게 하고 그 공간을 설치할 뿐만 아니라 우리의 삶을 하나의 조화 속에 모두어 놓는다.

> 푸른 잎새들이 떨어져 버리면 내 마음에 다수운 보금자리를 남게 하는 시
> 간의 마른 가지들……
> 내 마음은 사라진 것들의
> 푸리즘을 버리지 아니하는
> 보석 상자 —
>
> 사는 날, 사는 동안 길이 매만져질
> 그것은 변함없는 시간들의 결정체!

시인은 떨어진 잎이 포근한 자리를 이루듯이 삶의 모든 순간을 하나의 지속적인 추억 속에 보존케 한다. 그렇게 함으로써, 우리의 삶은 그때그때 흩어짐이 없이 하나의 온전한 덩어리를 이룬다. 다형이 대체로 이슬이라든지, 사랑이라든지, 나무라든지, 영원하면서도 또 무상(無常)한 작은 것들을 아끼고 그것들을 노래하는 것도 같은 시적 충동에서 나온다. 시인은 우리의 삶의 순간들을 하나로 모두고 세상의 모든 스러져 가는 것들을 그의

시 속에 보존하고자 하는 것이다.

그런데 시인의 아끼고 보존하는 행위는 특정한 정신적 자세와 생활 태도를 요구한다. 우리는 다형의 시가 가라앉고 투명한 것들을 자주 이야기하는 것을 본다. 그에게 있어서는 사물들이 각각 개별적인 사물들로서 존재하면서 서로 범람하지 않고 평화와 조화의 관계를 유지하는 모습이 곧 투명성인 것이다. 이것은 사람의 마음의 경우에 있어서도 마찬가지다. 그는 들뜨고 폭발적인 합일(合一)의 감정보다는 가라앉아 따로 있으면서, 그 가라앉음 속에 사물을 포용하는 평정(平靜)의 감정을 즐겨 이야기한다. 그리하여 그에게는 평정의 극단적인 표현인 눈물이 중요하고 슬픔이 중요하다. 그는 「슬픔」에서 슬픔의 정화 작용을 다음과 같이 이야기한다.

슬픔은 나를 어리게 한다.

슬픔은 죄(罪)를 모른다
사랑하는 시간보다도 오히려

슬픔은 내가 나를 안는다
아무도 개입(介入)할 수 없다
슬픔은 나를
목욕시켜 준다
나를 다시 한 번 깨끗하게 하여 준다

슬픈 눈에는 그 영혼이 비추인다
고요한 밤에는 먼 나라의 말소리도 들리듯이

슬픔 안에 있으면
나는 바르다!

　다형은 삶을 볼 때도 욕심을 통해서 삶을 소유하기보다는 욕심을 줄여
서 삶을 아끼고 감상하려고 한다. 그에게 가난은 사물을 바르게 보는 방법
이다.(사실 소유욕 속에서 사물은 그 개체성을 상실하고 단지 욕망의 대상, 재산의 증
표로 전락해 버리고 만다.)

내가 가난할 때……
저 별들이 더욱 맑음을 보올 때,
내가 가난할 때……
당신의 얼굴을 다시금 대할 때.

내가 가난할 때……
내가 육신(肉身)일 때.

은밀한 곳에 풍성한 생명을 기르시려고.
작은 꽃씨 한 알을 두루 찾아
나의 마음 저 보라빛 노을 속에
고이 묻으시는

당신은 오늘 내 집에 오시어
금은(金銀) 기명과 내 평생의 값진 도구들을
짐짓 문밖에 내어놓으시다!

사물과 시간과 삶을 조촐하고 가난한 마음 가운데 모두는 일은 근본적으로 우리 내면의 문제이다. 그러나 내면과 외면이 따로 있을 수는 없다. 내면의 조용한 공간은 나 자신의 내면적 수련에 못지않게 우리 이웃과 사회 제도의 뒷받침으로 유지된다. 다형도 이러한 것을 몰랐던 것이 아니다. 그는 「옹호자(擁護者)의 노래」에서 이미 이러한 공간과 그러한 공간에 놓일 수 있는 귀한 것들이 무너져 가고 있음을 말하고 그러한 것들의 옹호자가 되겠다는 스스로의 결심을 선언하였다.

> 말할 수 있는 모든 언어가
> 노래할 수 있는 모든 선택된 사조(詞藻)가
> 소통할 수 있는 모든 침묵들이
> 고갈하는 날,
> 나는 노래하련다!
>
> 모든 우리의 무형(無形)한 것들이 허물어지는 날
> 모든 그윽한 꽃향기들이 해체되는 날
> 모든 신앙들이 입증의 칼날 위에 서는 날,
> 나는 옹호자들을 노래하련다!

이러한 선언 이후 다형의 시는 거칠어져 가는 우리의 현실에 대한 관심을 표명하기 시작하였다. 오늘날 다형 선생의 시를 돌아보는 우리에게도 중요한 것은 그의 시가 예시하여 주었던바 우리의 정신과 우리의 삶의 조용한 공간의 내면적 실현이고 또 그와 동시에 이러한 실현을 가능케 하는 현실적 조건을 위한 투쟁인 것으로 생각된다.

(1979년)

감각과 그 기율

김종길 시선집 『하회河回에서』

1

중국의 한 백과사전의 분류에 따르면 "동물은 ① 천자(天子)에 속한 것, ② 향유로 방부 처리된 것, ③ 순치된 것, ④ 젖먹이 돼지 새끼, ⑤ 요물, ⑥ 가공적(架空的)인 것, ⑦ 풀어 놓은 개, ⑧ 여기에 분류된 것들, ⑨ 미친 것, ⑩ 무수한 것, ⑪ 낙타털의 세필로 그린 것, ⑫ 기타(其他), ⑬ 금방 독을 깨뜨린 것, ⑭ 멀리서 볼 때 파리처럼 보이는 것으로 나누인다"고 한다. 보르헤스(Borges)가 중국의 백과사전에 있다고 내놓은 이러한 동물 분류법은 심히 이해하기 곤란한 것으로서 심각한 고려의 대상이라기보다는 우스개의 대상이 되는 것이지만, 일단 이것이 어째서 이해하기 어려운 것인가를 물어볼 가치는 있는 것이라 할 수 있다. 『말과 사물』이란 책의 서두에서 미셸 푸코(Michel Foucault)가 물어보고 있는 것은 바로 이 물음이다.

위에 든 소위 『중국 백과사전』의 분류법이 납득할 수 없는 것은 말할 것도 없이 그 분류의 원칙을 짐작할 수 없기 때문이지만, 분류는 일정한 도형이나 도판 위에 사물을 늘어놓는 것을 말하고 분류 원칙은 이 도판과 그 위에서의 공간적 위치의 상호 관계를 말하는 것이다. 이렇게 볼 때 사물이 납득할 만한 분류법으로 정리되려면 그것이 어떠한 일정한 공간, 적어도 상상 속의 공간 속에 배치될 수 있어야 한다고 할 수 있다. 그리하여 푸코는 『중국 백과사전』의 분류법의 난점은 결국 "공간 없는 사고"가 불러일으키는 난점이라고 말한다. "공간은 순수 직관의 기본적인 표상으로서 모든 감각 지각의 기본 표상이다." 철학자들은 이렇게 말한다. 과연 물건은 그것이 놓여 있는 자리를 떠나서 지각할 수 없을 뿐만 아니라, 앞의 푸코의 예에서 보듯이 어떤 공간적인 연상이 없이는, 추상적인 사고까지도 진행되기 어려운 것이다.

그러나 추상적인 사고에 기초가 되는 공간이 있다는 점은 쉽게 놓쳐 버린다. 또 분명하게 공간을 차지하지 않고는 성립할 수 없는 물건들에 대한 감성적 지각 작용에 있어서도 우리의 주의력은 낱낱의 사물에 집중되고 고착되기 쉬운 만큼 지각 대상이 되는 물건의 바탕이 되고 또 그것을 에워싸고 있는 공간은 잊히기 쉬운 것이다. 이것은 당연하다. 우리의 관심은 개념의 조작이나 사물 그것에 있지, 개념의 구성이나 사물 인식을 가능하게 하는 근본 조건에 있는 것이 아니다. 공간은 비록 그것이 바탕이나 배경이 된다고 하여도 그 자체로 주제화(主題化)된 인식의 대상이 되어야 할 까닭이 없다. 그러나 내 생각엔 유독 예술적 인식에서만은 공간의 인식이 그것 자체로서 중요한 것이 아닌가 한다. 다만 이때의 공간은 단순히 추상적인 직관 형식이 아니라 어떤 사물을 사물로서 성립하게 하는 여러 테두리 ─ 철학적일 수도 있으면서 그것보다는 사회적이고 문화적인 테두리를 가리킨다. (그러면서도 이 공간의 인식은 결코 추상적인 분류의 그물로서가 아니라 기분이나 느낌으로 주어진다는 점에서 일종의 형이상학적 직관이라고 부를 수 있을 것이다.) 물론 예술적 인식에서도 우리의 주의력의 초점에 놓이는 것은 낱낱의 사물이고 생각이다. 그러나 이 낱낱의 것들은 그것이 놓여 있는 공간을 암시하는 한에 있어서만 참으로 예술적인 의미를 띠는 것으로 생각된다. 극단적인 경우 낱낱의 물건은 그 주변의 공간으로 우리의 마음을 끌어가기 위한 지표 노릇을 하는 데 불과할 수도 있고 오로지 넓은 바탕으로부터 응어리져 나오는 어떤 에너지의 결집으로 파악될 수도 있다. 아름다운 건축물의 아름다움은, 그것만 떼어 놓고 볼 때, 반(半) 또는 그 이상으로 줄어들어 버리고 만다. 한 훌륭한 건물들은 주위 공간과의 조화에서 성립하고 또는 더 나아가 주위 공간의 집약적인 표현이 됨으로써 비로소 훌륭한 것이 된다. 우리나라의 사찰의 건축미는 그 자연환경과 분리해서 생각할 수 없다. 내 마음에는 목관 악기로 연주되는 바로크 음악은 자주 어떤 전원적인 풍경을 연상시킨다. 음악에 대하여 현상학적 분석을 시도한 빅터 추커칸들(Victor Zuckerkandl)은 음악의 경험이 역학적인 공간의 경험, '흐르는 공간'의 경험이라고 말하고 다른 현상학자 에르빈 슈트라우스(Erwin Straus)는 무용이 공간의 동적인 창조에서 그 의미를 얻는 것이라고 말한다. 일상적인 또는 그림의 물건들은 그것들이 연상케 하는 생활 공간의 분위기를 가지고 있음으로 하여 우리에게 감동을 준다. 고미술품의 가치는 다분히 이러한 데에서 온다. 그러나 조금 더 순수하게 사물의 공간성에 주목하는 화가들은 역사적으로 사물이나 풍경을 통하여 순수한 공간을 만들어 내려고 노력한다.

이러한 현상은 시에 있어서 더욱 분명하다. 시에 등장하는 물건으로서 어떠한 정서적 태도로 하여 매개되는 연상의 공간을 갖지 않는 물건은 거의 없다. 지용(芝溶)에게 「인동차(忍冬茶)」는 곧 그것의 감각적인 확산과 그러한 감각적인 체험을 귀한 것이 되게 하는 생활 공간을 암시한다.

　　노주인(老主人)의 장벽(腸壁)에

무시(無時)로 인동 삼긴 물이 나린다.

자작나무 등거럭 불이
도로 피어 붉고

구석에 그늘지어
무가 순돋아 파릇하고,

흙냄새 훈훈히 김도 서리다가
바깥 풍설(風雪) 소리에 잠착하다.

산중(山中)에 책력(冊曆)도 없이
삼동(三冬)이 하이얗다.

이와 같은 시에서 산속에 칩거해 사는 은자의 모습과 또 다른 묘사들은
인동차(忍冬茶)가 불러일으키는 연상이지만, 이와 동시에 이러한 것들이
다만 자유 연상의 집약이라고만 말하기는 어렵다. 장벽(腸壁)에 흘러내리
는 차의 미각적 환기, 자작나무의 마른 느낌, 그 불의 훈훈함, 순돋은 무가
주는 채소의 감각, 모든 식물적 삶에 연결되어 있는 흙의 온기, 이런 모든
것들의 연결점에, 다시 말하여 이러한 감각적 환기를 종합해 가지고 있는
우리 감각의 공간에 인동차는 성립하는 것이다. 그리고 이러한 감각의 연
장선 위에 시간을 초월하여 누려지는 자연 속의 삶이 펼쳐지는 것이다.

공간의 환기가 한시나 우리의 고전 시에 있어서 매우 중요한 것임은 새
삼스럽게 말할 필요도 없는 것이다. 어떻게 보면 여기에서 시의 기능은 거
의 전적으로 공간 인식의 전달에 있는 것처럼 보이기까지 한다. 한시에서

중요한 것은 자연이다. 그런데 이 자연은 무엇보다도 공간의 유원(幽遠)한 느낌이나 표묘(縹緲)함을 전달해 주는 자연에 집중된다. "파도가 아득하여 물이 허공 같은데/둥둥 뜬 고깃배는 낱낱이 같도다(江波渺渺水如空/泛泛漁舟個個同)" 같은 시구에 보이는 넓은 물과 하늘, 그리고 중첩한 산의 모양이나 구름이나 교교한 달빛이나 이러한 것들이 한시에서의 주된 이미지가 됨은 우리가 다 익히 아는 바이다. 이러한 자연의 이미지가 단순히 자연 묘사에 한정되는 것이 아님도 주지의 사실이다. 고전 시의 세계에서는 감각적 묘사의 경험도 주로 자연 공간의 체험으로 옮겨서 이야기되었다. 술 한 잔의 맛은 '북두성 기울여 창해수(滄海水)'를 부어 내는 것에 비유되고 사람의 기상은 눈 덮인 소나무의 정경에 비하여지고 문사(文士)의 시적 재능은 '천인절벽(千仞絶壁) 만리홍도(萬里洪濤)'와 같은 자연 공간의 느낌으로 이야기된다. 또는 해학적이고 조금 더 구체적인 관점에서 붉은 코를 가진 사람의 얼굴은,

> 평양 성내에 북풍이 차거운데
> 어찌하여 춘풍이 코끝에 불었느냐

> 箕都城內朔風寒
> 春色如何上鼻端

하고 자연 속에서 바람의 움직임에 연결되어 묘사된다.

이러한 끊임없는 자연 공간과 그 사물에 대한 언급은 단순히 수사적 전통의 한 양상에 그치는 것이 아니었을 것이다. 근대적인 산업과 제도, 특히 교통수단이 발달되기 전의 자연의 광활한 모습은 어디에서나 사람의 눈에 마주치는 가장 뚜렷한 대상물이었을 것이다. 어느 시대에 있어서나 구체

적인 의미의 또는 추상적인 의미의 공간은 사람이 스스로의 위치를 파악하는 데 있어서 가장 중요한 좌표가 되는 것이지만, 특히 자연의 넓은 공간에 압도되어 산 전(前)근대인에게 자연으로써 생각과 느낌이 가득 차게 된 것은 당연한 것이었을 것이다. 그리하여 적어도 원초적으로는 그들이 감각과 생각을 표현하는 데 자연의 비유를 사용한 것이라기보다는 자연 공간의 경험이 서로 교차하는 곳에 그들의 감각적 인상이 성립하였다고 말하는 것이 옳을는지 모른다. 술을 맛보거나 시인의 품격(品格)에 접하거나 사람의 얼굴을 볼 때 감각 경험의 기본 어휘로서 자연에 대한 경험이 일깨워지고 이 깨어난 경험의 흔적 위에 다른 감각 경험이 파악되는 것이다. 그러나 감각 속에 직접적으로 내재하며 그것을 구성하는 자연 공간의 경험은 이 직접성을 잃어버리고 단순한 비유, 별 생각 없이 답습되는 수사적 관습으로 전락하기가 쉬웠을 것이고 이것이 사실상 많은 진부한 시의 경우에 일어난 것이다.

감각의 테두리가 되는 공간은 사실 우리에게 어떤 기분으로 나타나고 이 기분은 정서로서 확대되며 감각은 흔히 정서에 의해 조직화된다. 이런 경우 우리의 공간 경험은 그 구체성을 잃어버리고 틀에 박힌 정서의 기호로 타락하기 쉬운 것이다. 그리하여 시인들은 정서적 공간의 상투성을 깨뜨리고 감각적 경험의 본래의 분위기를 회복해 보고자 한다. 파운드가 이미지를 "한순간에 있어서의 지적·감정적인 얼크러짐을 제시하는 어떤 것"이라고 정의했을 때, 이것은 한편으로는 경험의 표상이 매우 구체적이며 즉물적인 이미지로 고착된다는 것을 인정한 것이고, 다른 한편으로는 이미지로 결집되는 감각적 경험이 보다 넓은 지적·감정적 관련에서 나온다는 것을 인정한 것이다. 이미지스트들이 강조하고자 했던 것은 얼른 보면 구체적인 사물의 감각적 경험이었지만 그렇다고 그러한 경험의 공간적 확산을 부정한 것은 아니다. 다만 그들의 경험의 구체가 정서적 테두리에 의하여 추상화되는 것을 피하고자 했던 것이다. 그들이 원했던 것은 감각의 구체성과 그 테두리의 직접적이며 즉시적인 일치였다. 이미지즘의 시는 정서적 공간 속에 사물의 구체성이 상실되는 것을 피하려고 한다. 그러면서도 그것은 하나의 이미지가 경험의 여러 연관의 매듭으로서 존재하는 것이라는 것을 피하지는 못하는 것이다. 어떤 경우에 시인은 이러한 경험적 연관까지도 넘어서서 사물 자체, 또는 적어도 상투적 정서나 경험의 테두리를 벗어난 즉물적(即物的)인 연관, 또는 순수 공간 속에 있는 사물을 제시하고자 한다. 가령 김춘수(金春洙)와 같은 시인의 노력의 한 초점은 여기에 있는 것으로 보인다.

바람도 없는데 꽃이 하나 나무에서 떨어진다. 그것을 주워 손바닥에 얹어 놓고 바라보면 바르르 꽃잎이 훈김에 떤다. 화분(花粉)도 난다. '꽃이여!'라고 내가 부르면, 그것은 내 손바닥에서 어디론지 까마득히 떨어져 간다.

—「꽃 2」

실제적 조작이나 언어의 그물에서 이탈되는 사물 자체는 '어디론지 까마득히' 떨어져 간다. 그것은 심연 가운데 있게 된다. 김춘수 씨의 시적 노력은 많은 경우 일상적 행위와 언어의 조작을 넘어서 있는 사물의 공간을 모색하는 일로 향한다. 사물의 주변에 서리는, 이 무어라 설명할 수 없는 공간은 그에게 곧 시적 직관의 대상이 되는 것이다. 「나목(裸木)과 시(詩) 서장(序章)」이 이야기하고 있는 것은 여기에 관계된다.

겨울 하늘은 어떤 불가사의(不可思議)의 깊이에로 사라져 가고
있는 듯 없는 듯 무한(無限)은
무성하던 잎과 열매를 떨어뜨리고

무화과(無花果)나무를 나체로 서게 하였는데,

그 예민한 가지 끝에

닿을 듯 닿을 듯하는 것이

시(詩)일까,

언어는 말을 잃고

잠자는 순간,

무한은 미소하며 오는데

무성하던 잎과 열매는 역사의 사건으로 떨어져 가고,

그 예민한 가지 끝에

명멸하는 그것이

시일까.

김춘수 씨는 이 시에서 사물을 생성과 역사의 테두리에서 빼내어 조금 더 근본적인 차원에서 보고자 한다. 시인은 우리에게 한쪽으로는 생성과 역사가 사물의 본래적인 차원이 아님을 말한다. 그러나 다른 한쪽으로 주목할 것은, 이러한 추상 작용의 결과로 남게 되는 사물도 결코 그 자체로 있는 것이 아니고 다만 상투적인 테두리와 그 개념 작용과 언어로 표현할 수 없는 차원 속에 있을 뿐이며 사물의 지표를 통해서 시도 이러한 차원에 이를 수 있다는 시인의 주장이다.

우리가 처음에 이야기하였듯이, 시적 지각에서 사물은 공간 인식과 함께 존재한다. 그러나 이 공간은 여러 가지의 양상을 가질 수 있다. 그것은 주로 자연의 공간이고 또 다른 경우에는 역사적·문화적 공간이다. 이것은 또 시인의 지각 작용의 역사, 그 기억력을 통하여 매개되며 대부분의 경우 일정한 분위기나 기분 또는 정서에 의하여 통일된다. 이리하여 여러 가지 공간 연상의 환기는 시적 인식의 핵심을 이루는 것이지만, 그렇다고 해서 사물이 단순히 이러한 공간 환기의 기호 노릇을 할 수는 없다. 시인이 의도하는 것은 사물의 유니크한 사물됨이 그 테두리의 구체화 작용으로 나타나는 것을 보여 주고자 하는 것이다. 따라서 사물의 공간에로의 해소는 시적 인식 본래의 의도를 벗어나는 것이다. 그런데 이러한 사물의 상실은 정서적 공간, 특히 상투적인 정서의 공간에서 일어나기 쉬운 일이다. 정서는 우리 사물에 대한 경험에 통일을 주는 데에 있어서 가장 중요한 작용을 하는 것이면서 동시에 우리를 경험의 직접성으로부터 소외시킨다. 따라서 많은 시적 노력은 정서의 공간에 의지하면서 동시에 이것의 상투성을 초월하여 사물 자체에 이르고자 한다. 그러나 다시 말할 것도 없이, 고립된 사물은 인식될 수도 없고 또 된다 하여도 시적인 가치감을 띠기 어렵다. 그리하여 시적 인식은 사물의 순수 공간을 지향하게 되기도 하는 것이다.

2

유종호(柳宗鎬) 씨가 이미 「점잖음의 미학(美學)」에서 지적했듯이, 김종길(金宗吉) 씨는 이미지스트적인 면목을 가지고 있다. 우리가 한 시인의 작품을 통독하고 그것을 다시 돌이켜 보려고 할 때 머리에 남는 것은 좋든 나쁘든 우리의 그 시인에 대한 평가에서 가장 중요한 기초가 되지만, 김종길 씨의 경우, 우선 가장 두드러지게 기억에 남는 것의 하나는 그의 시를 점철하고 있는 산뜻한 이미지들이다. 이러한 이미지들의 대표적인 것들은 이미 유종호 씨가 자세히 열거한 바 있으나 중복을 무릅쓰고 다시 한 번 살펴보기로 하면, 그것들은 어느 경우에나 매우 선명한 시각적 인상을 정착시키는 것이며, 다른 시적인 이미지의 경우나 마찬가지로 더 복잡한 의미 연관을 드러내 주는 것들이다. 가령 김종길 씨의 시 가운데에서 가장 신선한 이미지의 하나는 「발화(發花)」에 있어서의 '고니'와 '백목련'과의 중첩이다.

> 알을 깨고 나오는 한 마리 어린 고니 ──
> 올봄 내 작은 뜰에 저절로 벌던 백목련꽃
> 첫 송이!

　여기의 이미지는 주로 그 빛깔을 통하여 목련과 고니를 연결하지만, 물론 효과는 보다 복잡한 관련에서 발생한다. 목련이나 고니는 여기에서 다같이 새로 태어나는 것으로 이야기되어 있는데, 연상의 깊이는 이러한 관념적인 유사성 외에 새로 나온 고니 새끼와 백목련 꽃잎 사이에 성립하는, 식물적이면서도 보송보송한 촉각의 연계 관계에서 오는 것이 아닌가 한다. 아무튼 피어나는 목련꽃을 고니에 비유한 것은 시각적으로 관념적으로 또 촉각적으로 매우 적절하다. 그것은 새로운 생명에 대한 황홀한 감동을 직접적인 감각으로써 전달한다. 물론 여기의 이미지의 적절성은 우리의 상상에서의 일이다. 현실에 있어서 알에서 깨어나는 고니는 물기에 젖은 앙상한 모습일 것이고 설사 그것이 햇병아리처럼 보송보송한 털에 싸여 있다고 하더라도 그것은 꽃잎의 식물적 차가움과는 별다른 느낌을 주는 것일 것이다. 그러나 상상의 세계에서 이것은 큰 문제가 되지 않는다. 「발화(發花)」의 뒷부분에서 시인은,

> 겨우내 단단히 닫힌 채 은밀히 벙글던 것이
> 마침내 소리 없이 터지기 시작하는 꿈 같던 하루 ──

라고 말하고 있지만, 이 시의 주제는 사실의 세계 그 자체가 아니라 '꿈 같던 하루'다. 이미지의 복합적인 연결은 다른 예들에서도 찾아볼 수 있다.

「여울」의 이미지는 흔히 '공감각(Synaesthesia)'이라고 부르는 감각 현상을 드러내 주고 있다.

길경(桔梗)꽃 빛 구월(九月)의 기류를 건너면,

은피라미 떼
은피라미 떼처럼 반짝이는

아침 풀벌레 소리.

여기에서, 풀벌레 소리는 은피라미 떼의 반짝임에 비유되어 있다. 그리하여 우리는 소리와 색깔 또는 소리와 움직임 사이에 다리가 놓여 있음을 보게 된다. 이러한 '공감각'이 매우 선명한 감각적 연상을 만들어 내는 데 크게 작용하는 것임은 말할 것도 없다. 그런데 여기서 한 가지 더 주목할 것은 이러한 이미지가 시의 전체적인 의미 속에 깊이 관계되어 있다는 점이다. 「여울」의 첫 부분은 다음과 같다.

여울을 건넌다.

풀잎에 아침이 켜드는
개학(開學) 날 오르막길.

여울물 한 번
몸에 닿아 보지도 못한
여름을 보내고,

        모래밭처럼 찌던

        시가(市街)를 벗어나,

  이렇게 첫 부분을 읽고 보면, 이 시의 화자가 풀벌레 소리에서 피라미
떼들의 반짝임을 느끼는 것이 여름내 시원한 여울물 속에 들어가 보지 못
했다는 억울함에 연결되어 있음을 알 수 있다. 화자는 풀벌레 소리에서 이
억울함이 풀리는 것을 느끼는 것이다. 아니면 여름날의 찌는 듯한 더위의
경험이 이 시의 후반의 공감각적 환상을 낳는다고 말할 수도 있을 것이다.
  앞의 이미지들은 하나의 선명한 감각적 인상을 제시하기보다는, 파운
드가 말했듯이 "지적·감정적 얼크러짐을 제시"하는 것이다. 또는 그것은,
프로이트가 이마고(Imago)를 설명하듯이, 체험에 깃들어 있는 '감정의 에
센스'로부터 결정되어 나오는 구상물이라 말할 수도 있다. 하여튼 그것이
어떤 종합적 감각 속에서 나오는 것임은 분명하다. 그것은 경험의 핵심에
서 웅어리져 나오면서 경험의 한 부분을 통일하는 것이다. 그러니까 어떤
경우에 있어서나 시적 이미지는 그 자체로 성립하는 것이 아니라, 하나의
경험의 공간 속에서 성립한다. 시의 의미도 사실 이러한 공간의 성립 이외
의 다른 어떤 것을 말하는 것이 아니다. 앞에 든 김종길 씨의 이미지들에
서 강력하고 선명한 인상을 가능하게 하는 것은 감각 작용의 넓은 공간에
대한 의식인 것이다. 그것은 우리의 몸 전체가 가지고 있는 느낌과 기억을
집중할 수 있는 힘, 또는 다시 말하여 어떤 사람들이 '신체(身體)의 사고(思
考)'라고 부른 감성(感性)의 힘이다. 이러한 힘이 하나의 사물의 시적인 인
식에 집중되는 것이다.
  그러나 사물의 시적 의미는 조금 더 쉽고 상식적인 방법으로 이루어질
수도 있다. 어떠한 안정된 세계의 철학에도 사물의 의미를 설명해 주는 조
화의 이론이 포함되어 있으며 우리가 평범하게 생각하는 시적인 태도도

세계와 사물의 조화에 대한 일단의 구도를 포함하고 있다. 그 가장 간단한 것은 사물 가운데에서 인간적인 의미를 발견하는 소위 '정서 오류'의 태도이다. 시집 『하회(河回)에서』도 이러한 보다 쉬운 의미 계시의 예를 상당수 가지고 있다. 여기에서 사물은 비교적 상식적인 정서나 의미의 공간으로 흡수되는 것이다. 「꽃밭」은 여러 가지 꽃들이 난만하게 피어 있는 모습을 사람들의 태도에 의탁하여 묘사한다. 인간과 꽃의 우화적인 일치는 마지막의 인위적인 동작으로 가장 잘 대표된다.

아 그것은 눈부신 교향악, 그 한 분절(分節)에,
사실은 허잘것없는 나의 관조의 한 분절에,

외출하기 전 짐짓 웃음 지으며,
너에게 흰 모자를 벗어 든다.

꽃밭.

이것은 '연보'에 의하면 1956년에 제작된 시이지만 1971년의 「국화 앞에서」도 비슷한 '정서 오류'에 기초해 있다. 이 시는 국화에서 초속(超俗)과 고고(孤高)의 상징을 발견하고 그 앞에서 '잠시 말을 잃고 목이 메일 뿐'인 시인 자신을 이야기하고 있다. 「지중해(地中海) 소견(所見)」에서 시적 의미에 대한 추구는 심각한 정치적 사태 속에 아름다운 경치를 발견하게 된다.

파리(巴里)에선 이따금 플라스틱 폭탄이 터지곤 했는데
알지에 앞바다에는 이른 아침인데도
욧트들의 돛이 화사하게 벙글어 있었다.

전쟁과 평화는 도시 거짓말 같아

물론 '정서 오류'나 쉬운 시적 의미 계시의 수락이 늘 잘못되었다는 것은 아니다. 결국 사람에게 자연의 의미는 그의 감정과 감각을 통하여 깨우쳐진다. 앞에서 처음 들었던 이미지의 예들이 이야기하는 것도 이러한 사실이다. 그러나 대상에의 정서적 개입이나 상투적 입장의 투영이 시적 효과를 크게 줄어들게 할 위험을 내포하고 있는 것은 사실일 것이다. 아마 경계해야 할 것은 정서(이것은 상투화되기 쉬운 것이다.)이고 믿을 수 있는 것은 감각일 것이다. 「청학동(靑鶴洞) 소견(所見)」에서 하늘의 별이 "흰 소나기가 세차게 퍼붓고 지나간/들녘 한 자락 무우꽃밭"에 비유될 때 우리의 감각은 싱싱한 경험 속에 새로워진다. 결국 하늘의 것은 땅의 것을 통하여 익숙하여지는 도리밖에 없다. 그러나 꽃에서 행복과 고결의 자세를 발견하는 데에서는 우리의 묵은 정서가 확인될 뿐이다.

그러나 다른 한편으로 이미지의 공간적 확산 또는 의미적인 확산의 두 가지 방법은 서로 분리할 수 없는 것인지 모른다. 유종호 씨는 이미 "이미지스트의 이상이 실현된 행복의 경지는 …… 일정한 정신의 태도, 정신의 훈련을 전제로 했을 때 가능하다."라고 지적한 바 있지만 성공적인 시적 이미지 또는 지각의 효과가 감각의 통일 작용에 연결되어 있다고 한다면, 이 통일 작용은 궁극적으로 그 심층에 있어서 한 시인의 감수성의 전반적인 조직화 또는 기율의 습성에 뿌리내리고 있는 것으로 생각될 수 있다. 이러한 기율의 습성은 시인의 전인적인 노력에 의하여 습득될 수도 있지만, 이것은 매우 드물 것이고 많은 경우 외부적인 기율의 수락이 이것을 대신한다. 물론 이 외부적 기율의 수동적이고 기계적인 수용은 감각의 새로운 통일 작용이 아니라 감각의 마비를 가져올 뿐이다. 여기서 기율의 필요성을 이야기하는 것은 그것의 진지한 내면화가 전혀 독창적인 기율에 대신

할 수 있는 면을 가지고 있는 점을 말하는 것이다. 그러나 외부에서 받아들인 기율이 아무리 우리 자신의 일부가 된다고 하더라도 그것이 많은 상투적 사고와 느낌의 자취들을 지니게 됨은 불가피한 것이다.

김종길 씨의 기율은 정신적 가치의 우월성에 대한 믿음에서 오는 것으로, 이것이 근본적으로 유교적인 가치관에서 나온 것이라는 것은 쉽게 추측할 수 있는 것이지만 그렇다고 유교의 덕목에 대한 교훈이 그의 시의 표면에 크게 나타나 있는 것은 아니다. 「김포공항에서」와 같은 데에 효도에 관한 이야기가 들어 있다고 할는지 모르나, 따지고 보면 여기에서 초점이 되어 있는 것은 어떤 덕목에 대한 믿음이 아니라 조금 더 일반적으로 세계의 윤리성에 대한 저으기 감상적인 믿음이다. 이 시의 삽화는 "핵물리학의 한 분야에서/국제적으로 이름이 있는 아들"의 명성과 교육상의 차이도 원초적인 부모 자식 간의 사랑에 의하여 초월될 수 있다는 것을 말하고 있는 것이다. 여기에서 오히려 눈에 띄는 것은 '국제적인 명성'에 대한 진정한 인간적인 의미에서의 예리한 분석도, 문화적인 차이와 세대 간의 차이에서 올 수 있는 갈등에 대한 고통스러운 의식도 배제한 윤리적인 태도이다. 이러한 태도는 「하회에서」와 같은 시에서도 발견된다. 과거가 쉽게 사라질 수 없다는 것을 거의 산문적이라 할 간결성으로 훌륭하게 이야기한 이 시의 끝에 나오는 주장, 즉

문화재관리국 예산으로 진행 중인
유물 전시관 건축 공사장에서
그것은 (과거는) 재구성된다.

라는 너무도 편안한 입언(立言)에 독자는 저으기 놀라는 것이다. 이러한 입언의 뒤에 기성 세계의 윤리적 정당성에 대한 믿음이 있고 또 그것이 유교

적 태도에 이어져 있는 것은 추측할 수 있는 것이지만 앞에서 비쳤듯이 이러한 태도가 특히 유교적인 것이라고 말할 수는 없다.

조금 더 적극적인 의미에서의 유교적인 태도는 (여기에서도 물론 간접적으로) 「이앙가(移秧歌)」에 표현된 것과 같은 백성의 마음이 하늘의 마음이라는 소박하면서 든든한 믿음, 또는 "건시(乾柿) 및 귀를 가진 은발의 동포여"에 표현된 평범하고 소박한 인간에 대한 유대 의식, 「신처사가」에 보이는 절박한 생활 이념 등에서 찾을 수 있다. 김종길 씨의 유교적인 정신의 기율은, 달리는 앞에서 든 「국화 앞에서」 또 「백운대(白雲臺)」나 「고고(孤高)」에 두드러지게 이야기되어 있는 고고의 자세에 연결되어 있다. 이런 시들에서 정신적 가치는 세상의 이치와 갈등 속에 있는 것으로 생각되고 있으면서도 그러한 갈등 속에서도 그것은 흔들림 없이 확인된다고 하는 것이다.

여기에서 우리가 흥미 있게 볼 수 있는 것은 정신적 가치를 확인하는 데에 자연의 사물들이 상징으로 사용된다는 사실이다. 국화나 높은 산은 다 같이 정신적 고결성을 나타낸다. 그런데 자연에 대한 이러한 태도는 다른 시적 대상의 경우에도 드러나는 것이다. 가령 「수국(水菊)」과 같은 데에서 수국은 그러한 예로 생각된다. 미국에서 만난 시인과의 한 장면을 말하는 시에서,

　　언덕 위론 비낀 해, 케이키빛 집들,
　　상항(桑港)은 골목마다 수국이 핀다.

로 시작해서 되풀이하여 아무 설명 없이 이야기되는 수국은 무엇을 뜻하는가? 그것이 나타내고 있는 것은 어떤 시원하고 깨끗한 아름다움, 어떤 정신의 고결함이다. 사실 김종길 씨의 시에 있어서 거의 모든 대상물과 이미지는 이러한 정신적인 의미를 띠고 있다. 이것은 김종길 씨의 시에서 두

드러지게 보이는 인상주의적인 색채 감각의 경우도 (가령 「눈엽(嫩葉)」에서,

　　게으른 신(神)이 연두빛 크레용으로
　　아무렇게나 문질러 놓고는……

하는 표현, 또는 「영국 소묘(英國 素描)」에서의 "쓰다듬기만 해도 손바닥에 온통 초록 물감이 일어날 것만 같다."는 표현) 그렇다. 우리의 전통 시에서 모든 사물은 정신세계의 상징으로서만 존재하는 것이며 또한 사실상 어떤 경우에 있어서는 모든 시적 대상은 일종의 의미 계시(epiphany)의 핵심으로서만 정당화된다. 김종길 씨의 경우, 사물은 좁은 의미에서 정신세계의 상징이기도 하고 또는 조금 넓은 의미에서(이것이 그의 시에 현대적이며 서구적인 특성을 부여한다고 하겠는데), 의미 계시의 매듭이 되기도 한다.

　다만 우리에게 이러한 의미 계시가 관습적인 윤리의 확인으로 환원되는 경우, 그것은 그대로 믿기 어려운 것이기 쉽다. 이 어려움은 작은 정서적인 만족의 경우에나 커다란 윤리적 질서에의 순화(醇化)를 말하는 경우에나 마찬가지다. 김종길 씨의 경우에도 내 생각에는, 보다 성공적인 시는 시적인 계시를 관습적인 정서와 정신 태도에 환원하기를 삼가고 있는 경우의 시다. 앞에 든 「수국」에서 수국의 의미가 너무 간단하게 주어졌더라면 시의 효과는 반감하고 말았을 것이다. 그러나 주의할 것은 쉬운 관습적 환원의 거부도 그러한 환원을 조장하는 것과 같은 태도에서 나온다는 점이다. 왜냐하면 이 거부는 정신적인 절제와 기율의 확대에 다름 아니기 때문이다. 물론 이 거부는 단순히 시 기술의 문제일 수도 있고 전통적인 예의 작법의 한 표현일 수도 있다. 또 그것은 다른 한편으로는 참된 시적 체험이 관습적인 의미 공간 속에 편입될 수 없다는 허무의 체험에서 나올 수도 있으며 새로운 의미 질서의 건설을 위한 노력에서 나올 수도 있다. 전통적인

유교적 태도에서 불리한 환경 속에 있는 고고의 자세는 초월의 자세에 가까이 간다. 정신 가치의 꿋꿋함에 비하여 볼 때, 세상의 가치가 허망한 것이라고 하면, 우주의 절대적인 진실 앞에 인간이 생각하는 정신 가치 자체도 별 의미를 갖지 못하는 것이 아닌가? 사실 유가의 입장이 극단적으로 밀고 갈 때 "천지불인(天地不仁) 이만물위추구(以萬物爲芻狗), 성인불인(聖人不仁) 이백성위추구(以百姓爲芻狗)"라고 하는 도가(道家)의 절대주의 또는 허무주의에서 멀지 않은 입장에 이르게 된다. 김종길 씨의 시에서도 「백운대」와 같은 시에서의 고고의 확인은 이러한 인식에 가까이 가는 것으로 보인다.

> 건너편 인수봉(仁壽峰) 암벽 정면을
> 사람들은 밧줄로 올라가고 있었다.
>
> 백운대 정상 바위 모서리에 걸터앉아
> 흡사 영화의 한 장면처럼
> 우리는 그것을 바라보고 있었다.
>
> 그 위태로운 바위 모서리의 감촉은
> 아직 손바닥에 남아 있었으나
>
> 수유리(水踰里) 종점에서 돌아다본 백운대는
> 이미 저녁 하늘에 솟은
> 초연(超然)한 산봉우리,
>
> 오르기 전의 그 모습으로

반쯤 얼굴을 돌리고 있었다.

이 시가 이야기하고 있는 것은 좋은 것이든 나쁜 것이든 인간의 노력에 초연해 있는 자연의 모습과 그러한 인간의 노력과의 대조이다. 그것이 이러한 초월적인 입장에서 나온 것이든 아니든 김종길 씨의 시의 특징을 이루고 또 그 뛰어난 점을 이루고 있는 것은 감정과 묘사의 절제이다.(방금 말했듯이 이 절제는 관습적인 의미 공간에의 환원까지도 삼가는 조금 더 근원적인 절제를 말한다.) 이 전제는 「춘니(春泥)」와 같은 작품에서의 산뜻한 ─ 또 그러니만큼 조금 피상적인, 서경(叙景)에서도 보이고 산뜻함까지도 많이 통제하여 조금 더 객관적이고 원숙한 경지에 이르고 있는 「원주근방(原州近方)」의 스케치에도 보인다. 그런가 하면 이러한 객관주의는 극히 담담한 서정 ─ 모럴리스트의 초연하고 분석적 수필에 가까운 서정에서도 중요한 역할을 하고 있다. 「상가(喪家)」는 극히 산문적으로 죽은 사람의 이야기를,

> 마루에선 손님들만이
> 주인(主人) 없는 술상을 둘러앉아
> 한가롭게 이야기를 주고받고 있었다.
> 나들일 간 주인을 기다리듯이
> 손님들끼리 제법 흥겨웁게
> 서로 잔(盞)을 권하기도 하고 있었다.

는 묘사로 끝나고 있는데, 이 시는 브뤼헐(Breughel)과 같은 화가의 위대한 사실주의는 비극과 일상성의 병존을 놓치지 않았다는 오든(Auden)의 말을 상기하게 한다. 「생량(生凉)」은 조금 덜 정연한 시이면서, 조금 더 복합적인 내용을 전달한다. 이 시는 친구의 죽음을 "찌는 듯한 더위" 후에 불어오는

서늘한 느낌에 비유하고 있는데, 이 서늘함은 인생고(人生苦)로부터의 해방과 섭섭한 느낌을 동시에 전달하고 있다. 「기억(記憶)」도 지극히 간결한 수법으로 여행 중의 쓸쓸한 느낌을 전달하는 데 성공하고 있는 작품이다. 여기에서의 정서적 의미 부여의 절제는 거의 시를 난해한 것이 되게 한다. 「중년(中年)」과 같은 시는 절제된 시적 기술의 방법을 조금 더 확대된 삶의 문제에 적용하고 있다. 구극적으로 이러한 시에서의 의미는 누구나 알 수 있는 무상(無常)의 느낌에 있지만 그것은 어떤 안가(安價)한 지혜의 발언으로서 공식화되지 않은, 사물 자체의 느낌으로 남아 있을 뿐이다. 이 공식화되지 않은 느낌이 이 시에게 힘을 주는 것이다.

그러나 절제와 객관주의의 가장 대표적인 작품은 「풍경(風景)」이다.

4·19 묘지에는 연못이 있다.
그 연못 가에서 젊은 남녀가
꿈꾸듯 피어 있는 수련(睡蓮)을 바라보고 있다.

스위스의 화가 모네가 즐겨 그린 꽃을
그들도 꿈꾸듯 바라보고 있다.

안쪽 골짜기에는 이준(李儁) 열사(烈士)의 묘가 있다.
이른 아침이면 그 무덤 앞에서
동네 아저씨들이 보건 체조를 한다.

두 팔을 벌리면서, 두 손으로 허리를 받히면서,
아랫배에 끼인 비계를 좀 빼 보려고
그들은 열심히 보건 체조를 한다.

이 시의 효과는 가장 성공적인 인상과 그림의 그것이다. 이 풍경이 보여 주는 것은 완전히 조화와 평화의 공간이다. 젊은 남녀와 "꿈꾸듯 피어 있 는 수련"을 겹치게 한 것은 얼마나 그럴싸한가. 또 모네의 수련에 대한 언급은 모네의 그림이 갖고 있는 아름답고 환상적인 분위기를 불러일으킨다.(모네를 스위스의 화가라고 한 것은 착오로 보인다.) 그다음 조금 더 현실적으로 아침 보건 체조를 하는 중년 남자들의 풍경도 첫 부분의 낭만적인 분위 기를 깨치는 것이 아니라 오히려 거기에 건강한 일상의 변주를 더해 준다. 이들의 보건 체조는 전체적인 조화와 평화의 공간에 흡수된다. 그러나 이런 환상적이고 평화로운 공간의 구성 아래에는 얼마나 깊은 비극적인 암시가 숨어 있는 것인가. 일상적 평화의 삶의 공간으로부터 역사의 소용돌이 속에 젊음과 중년의 인생을 희생케 했던 사건들, 4·19나 이준의 죽음의 기억은 멀지 않은 것이다. 어쩌면 체조하는 사람들이 신경을 쓰고 있는 비계 긴 아랫배는, 속설에 이준 열사가 베었다는 아랫배와 같은 부분인지도 모른다. 사랑과 건강이 평화로이 영위되고 있는 공간은 바로 죽음의 터, 묘지이다. 불교 신화에서, 연꽃이 진흙에서 나오듯이, 삶은 유혈과 죽음의 역사에서 자라 나오는 것이다.

그러나 이러한 비극적 연상에도 불구하고 사랑과 건강 또 일반적으로 삶은 중요한 것이다. 「설날 아침에」에서 이야기되어 있듯이 "세상은 살 만 한 곳"인 것이다. 그러나 이러한 교훈은 어떠한 주장으로 제출되어 있지 않다. 이 태도는 평화의 공간 아래 잠겨 있는 비극의 역사를 큰 소리로 절규하지 않은 것과 같다. 이러한 절제는 단순히 기교상의 문제가 아니다. 그것은 삶의 여러 요소에 대한 드문 관용성으로만 가능한 것이다. 이 절제된 그림은 4·19를 의식하지 않는 젊은이나 이준을 잊어 가는 중늙은이에 대하여 분노하지 않는다. 이 시의 전편에 떠도는 평화와 조화의 분위기는 이러한 분노하지 않는 관용성으로 하여 가능해지는 것이다. 물론 평화, 조화,

관용—이것만이 시가 보여 줄 수 있는 전부는 아니라고 말할 수 있는 것인지 모른다. 그러나 편협한 분노의 외침도 시나 삶의 전부일 수는 없는 것이다.

(1977년)

순수와 참여의 변증법

천상병의 시

스스로 받아들인 가난은 미적(美的) 덕성이다. 깨어 있는 마음은 미적 덕성이다.
순결은 미적 덕성이다. 공경하는 마음은 미적 덕성이다.
— 막스 자코브

1

시심(詩心)은 순수하고 맑은 것이라고 한다. 또 생각하기를 시인이 세속적인 인간보다 세상의 온갖 더러움에 물들지 않은 순수하고 맑은 인간이라고 한다. 이것은 물론 과장된 일반론이지만, 시와 순수하고 맑은 것 사이에 어떤 친화 관계가 존재하는 것은 부인할 수 없는 일이다. 예로부터의 시는 거의 언제나 순수하고 맑은 것들의 표상물로 가득 차 있다. 맑은 하늘, 물, 햇빛, 보석, 맑은 빛의 화초 등, 이런 것들은 언제나 시의 기본 어휘를 이루는 것이다. 맑음의 어휘들은 피상적인 시 취미에서 나온 것일 수도 있지만, 다른 한편으로는 간단히 설명해 치워 버릴 수 없는 깊은 갈망에서 나온 것이기도 하다. 아마 그것은 여러 종교적인 이미지, 찬란한 햇살에 빛나는 보석으로써 아마타불의 서방정토나 묵시록의 예루살렘을 상징케 하고 또 종교적 덕성을 청정무장무애(淸淨無障無碍)라든가 순결이라든가 하는 말로 표현하게 하는 충동으로 이어지는 것일 것이다. 맑고 순수한 것에의 갈구는 가장 소박한 상태로도 또 보다 심화된 상태로도 존재할 수 있는 것이다.

천상병(千祥炳) 씨의 초기 시가 드러내 주는 시심은 현대 시의 어느 것에도 못지않은 순수한 시심이라는 인상을 준다. 그런데 흔히 시에 있어서 순수함은 세상 모르는 순진함의 표현일 수도 있고 자신이 꾸며 낸 어떤 맑음의 이상에 의거한 자기 위안이나 자기만족일 수도 있다. 말할 것도 없이 순수함이란 세상의 어지러움에 맞서는 개념이고 정신 자세이지만, 세상 모르는 순진함은 아직 세상의 어지러움을 모르는 데에서 이루어지는 것이요, 자위나 자기만족으로서의 순수함은 세상의 어지러움을 짐짓 모르는 체하면서 연약한 자기방어로서 꾸며 낸 고고한 자세에 도취하려는 데에서 나오는 것이다. 첫 번째의 순수함은 그 애처로운 무지로 하여 연민의 대상이 될 수 있으나 두 번째의 순수함은 흔히 그 허세와 자기기만으로 하여 혐오의 대상이 되기 쉽다. 순수함이 선악을 초월한 상태라고 할 때, 두 번째의 순수함은 사실 순수함이라고 하기도 어려운 것이다. 천상병 씨의 시의 순수함은 무지와 허세와는 무관한 순수함이다. 그것은 비상한 겸허와 관용과 개방성으로 특징지어져 있다. 스스로의 자위적인 세계로써 현실의 세계를 대처하려 하는 순수함은 시인의 시각을 협소하게 하는 역할을 한다. 그는 세상은 탁한데 나 홀로 맑다는 자긍심으로 세상에 맞서며 세상을 멀리하는 것이다. 이에 대하여 천상병 씨는 스스로를 겸허하게 갖는다. 그는 스스로를 비어 있는 상태로 두어 세상의 모습을 거기에 비추어 내고자 한다. 그의 초기의 서정시는 이러한 맑음과 겸허 또 거기에서 나오는 서정적 명징성의 소산이다.

그러나 천상병 씨에게는 또 하나의 면이 있다. 그것은 그의 현실주의적인 시가 대표하는 경향으로 1970년대 이후에 눈에 띄는 것이다. 어떻게 보면 그의 초기의 서정적 스타일과 후기 리얼리즘의 스타일에는 확연한 단절이 있는 것처럼 보인다. 그러면서도 그것이 완전히 갑작스러운 것만은 아니다. 그의 현실주의적 스타일의 특징이 되는 것도 자신에 대한 금욕적 억제와 사물에 대한 즉물적 개방성이다. 그의 서정적 순수성은 나중에 즉물적 객관성이 되는 것이다.

앞에서 우리는 천상병 씨의 서정적 순수함이 겸허한 자세에서 온 것이라고 하였다. 이것은 세계와의 관계에서 자기의 욕구 또는 판단을 극도로 억제함으로써 가능하다. 그러나 그러한 억제는 우리로 하여금 억제를 받아들이는 자아를 느끼게 한다. 이것이 천상병 씨의 초기 시에 널리 배어 있는 슬픔의 근원이 된다. 그의 시는 인생의 아름다움을 이야기할 때도 늘 약간은 슬프다. 이것이 그의 초기 시에 서정적 아름다움을 부여한다.(마치 세상을 반사하는 투명한 눈물의 아름다움처럼.) 그러니까 다시 생각해 보면, 사물을 비추는 그의 비어 있는 듯한 투명함은 반드시 철저한 의미에서 비어 있거나 투명한 것이 아니다. 후기 시에서 그는 자아의 슬픈 투명성을 제거하고 사물 그 자체를 있는 그대로 보여 준다.(투명성을 넘어선 투명성이 있고 또 그것을 넘어선 투명성이 있다.) 이제 감수성 속에 시화되지 아니한(비록 여기의 감수성이 투명한 절제의 상태에 있는 것이라고 하더라도), 딱딱하고 거친 사물이 마구 시 속에 뛰어들어 온다. 있는 그대로의 사물에는 시인 자신도 포함된다. 그리하여 우리는 그가 금욕의 초연함으로 세상을 관조하는 슬픈 시인이 아니라 서울 변두리의 일상생활 속에 있는 서민이란 것을 발견하는 것이다.

천상병 씨의 이러한 현실주의의 시는 불가피하게 정치적인 성격을 띤다. 우리의 생활의 모습에 가까이 가면, 불가피하게 정치적이 된다는 점도 있으나, 이것은 시인 개인의 심리적인 움직임으로써 이를 설명해 볼 수도 있다. 앞에서 우리는 그의 세상에 대한 관용성을 말하였지만, 그것은 고통의 수련에서 온 것이다. 그에게 세상은 고통스러운 것이다. 그러므로 세상에 대한 반응을 끊임없는 신음 소리가 되지 않게 하려면, 세상에 대하여 가질 수 있는 요구를 최대한으로 줄이고 또 세상에 대한 판단을 괄호 속에 넣어야 한다. 이때 욕심 없는 눈에 비친 세상은 그것이 아무리 삭막하여도 아름다운 것일 수 있다. 이 아름다움은 체념 위에 성립하고 이 체념이 천상병씨의 시에 서정적 슬픔을 부여한다. 그러나 그는 체념과 슬픔을 오랫동안 지탱하지 못한다. 그는 후기 시에서 세상을 억제된 욕구를 통하여서가 아니라 있는 그대로 바라본다. 여기에는 그의 욕구도 포함된다. 그때 세상은 부정의 속에 있는 것으로 그 모습을 드러내는 것이다. 그는 의분을 느낀다. 그렇다고 해서 그의 욕구나 의분이 그대로 터져 나와 모든 사물을 뒤엎어 버리는 것은 아니다. 그는 어디까지나 객관적인 눈으로 그의 주위를 돌아보는 일을 잊지 않는다. 오히려 그의 욕망은 절제될 필요도 없이 주어진 대로의 가난한 생활에 머문다. 그에게 가난한 생활은 충분히 행복하고 만족할 만한 것이다. 이러한 말하자연 안분지족(安分知足)의 초연한 태도가 그에게 세계를 비판적 안목으로 내려다볼 수 있는 거점을 제공해 준다.

여기에서 주목할 것은 그의 객관성이다. 그것은 세계를 차분히 내다볼 수 있는 여유에서 온다. 초기에 욕망의 억제와 체념에서 초연함이 왔다면, 후기에는 조촐한 대상에 의한 욕망의 충족에서 초연함이 오는 것이다. 그러나 그의 초연함을 가능하게 해 주는 것이 둔세적(遁世的)이며 전근대적인 관념이기 때문에 오늘날의 삶의 여러 면을 그대로 드러내 주는 데는 어느 정도의 제한을 가지고 있는 것으로 보인다. 그러나 적어도 요즘 쓰이는 어떤 종류의 현실주의의 작품들이 가지고 있는 자기만족적인 감정주의나 자기 과시의 몸짓이 천상병 씨의 시를 특징짓는다고 말하지는 못할 것이다. 그의 시는 삶의 근본에 대한 굳은 이해와 역사의 큰 흐름에 대한 그럴 듯한 예감을 가진 대로 어디까지나 사실에 대한 충실, 거시적인 객관성을 잃어버리지 않는다.

2

천상병 씨의 시적 출발은 그리움에 있었다. 시집 『새』에서 연대적으로 가장 오래된 시인 1949년의 「피리」는 시에 대한 그리움을 노래한 것이었다.

> 피리를 가졌으면 한다
> 달은 가지 않고
> 달빛은 교교히 바람만 더불고 ──
> 벌레 소리도 죽은 이 밤
> 내 마음의 슬픈 가락에 울리어 오는
> 아! 피리는 어느 곳에 있는가

비교적 진부하다면 진부한 정서를 표현하고 있는 이 시에서 나중의 발전을 생각게 하는 것은, 정서 내용 이외에 진술의 선명함이다. 같은 정서의 표현에서 흔히 보는바, 산만한 주관성 대신에 우리는 여기에서 피리라는 구체적 사물을 중심으로 한 진술의 객관적 결정화를 볼 수 있는 것이다. 그리고 "벌레 소리도 죽은 이 밤/내 마음의 슬픈 가락에"── 이러한 구절도 진부한 면이 없지 않지만, 여기에서 우리는 벌써 시인의 죽음과 슬픔에 대한 관심이 나타나 있는 것을 볼 수 있는데, 이것이 그의 시의 다음 단계에 이어지는 요소라면 요소라고 하겠다.

같은 해의 「공상(空想)」에서 우리는 시인이 스스로를 '절벽 위에서' 공상을 통하여 '화원(花園)'과 처녀를 그리는 사람으로 파악하고 있음을 본다. 「갈매기」(1951)는 여전히 그대로의 그리움을 이야기하고 흔히 이러한 낭만적인 시에서 그렇듯이 구름이라든가 파도와 같은 것으로써, 먼 그리움의 상징을 삼는다. 「약속(約束)」(1951)에서 시인은 자신을 "가도 가도 황토길"인 여로를 가는 나그네이며 "노을과 같이/내일과 같이" 무엇을 기다리며 찾아 헤매는 사람이라고 한다. 「다음」(1953)에서도 시인은 눈바람 치는 서울의 거리를 가며 봄을 그리워한다. 이 시에서 그의 그리움과 기다림은 가냘픔을 떨치고 조금 더 분명한 의식이 되어 있다.

    아무것도 없어도
    나에게는 언제나
    이러한 '다음'이 있었다.
    이 새벽. 이 '다음'.
    이 절대(絶對)한 불가항력(不可抗力)을
    나는 내 것이라 생각한다.

    시인의 그리움과 기다림은 이미 본 바와 같이 슬픔과 연결되어 있다. 이 슬픔은 다시 그의 고독감과도 연결되어 있고 또 다른 한편으로는 그가 그리워하고 기다리는 것이 무엇이든 간에 그것이 이루어지지 못할 것이라는 예감에 연결되어 있다. 그러나 천상병 씨의 시에서 슬픔이 이야기된다고 하여도 그것은 앞에서 본 바와 같이 단순한 감상이 아니라 사물과 사람에 대한 정화된 인식이라는 면을 갖는다. 「갈대」(1951)는 가벼운 슬픔의 시이지만 여기에서 그의 슬픔과 고독감은 맑은 슬픔으로 남아 있으면서 비유와 묘사(描辭)의 능숙함에 의하여 객관화된다.

    환한 달빛 속에서
    갈대와 나는
    나란히 소리 없이 서 있었다.

불어오는 바람 속에서
안타까움을 달래며
서로 애터지게 바라보았다.

환한 달빛 속에서
갈대와 나는
눈물에 젖어 있었다.

　"나는 눈물에 젖은 갈대다."라고 쓰기는 쉬운 일이었을 것이다. 그러나
「갈대」를 지나친 감상으로부터 구해 주는 것은 직접적 서술을 피하고 갈
대를 의인화함으로써 그의 감정을 조금이라도 객관화하고 거리를 두고 말
하려고 한 시인의 노력이다.
　천상병 씨의 슬픔은 그 구체적인 원인이 무엇이든 간에 적어도 시에 표
현된 바로는 인간 존재의 근원적 고독에 대한 실존주의적 인생 이해에서
나오는 것으로 보인다. 「갈대」도 사실 이미 파스칼의 '사람은 생각하는 갈
대'라는 실존적 관찰에 이어져 있다. 「무명(無名)」(1952)은 시간과 공간의
광막함 가운데 사람이 얼마나 이름도 없이 버려져 있는 존재인가를 말하
고 시인의 시적 충동은 이 '무명'을 깨우치고 기록하는 것이라고 말한다.

봄도 가고
어제도 오늘 이 순간도
빨가니 타서 아, 스러지는 놀빛

저기 저 하늘을 깎아서
하루 빨리 내가

나의 무명(無名)을 적어야 할 까닭을,

나는 알려고 한다.

나는 알려고 한다.

그러나 광막한 시공간 속에 위치한 시인의 고독과 사명을 이야기하는 데에 있어 조금 더 아름다운 시적인 형상화를 이룩한 시는 「어두운 밤에」 (1957)이다.

수만년 전부터

전해 내려온 하늘에,

하나, 둘, 셋, 별이 흐른다.

할아버지도

아이도

다 지나갔으나

한 청년이 있어, 시를 쓰다가 잠든 밤에……

사람이 시공간의 심연 위에 아슬아슬하게 달려 있다는 의식은 천상병 씨의 시에서는 반드시 절망이나 허무주의를 가져오지 아니한다. 그것은 오히려 인간 생존의 귀함을 더욱 절실하게 느끼게 하는 것이다. 여기에서도 슬픔과 어둠을 노래하면서 동시에 보다 넓고 다정한 인식과 고마움의 깨우침으로 나아가는 그의 시심을 볼 수 있다. 천상병 씨의 시만큼 삶의 고마움에 대한 겸허한 감사를 많이 표현하고 있는 시도 드물다 할 것이다. 「푸른 것만이 아니다」(1954)도 그러한 고마움을 표현하고 있지만, 더 적절한 예는 「들국화」이다.

산등성 외따른 데.
애기 들국화.

바람도 없는데
괜히 몸을 뒤뉘인다.

가을은
다시 올 테지.

다시 올까?
나와 네 외로운 마음이,

지금처럼
순하게 겹친 이 순간이 —

이 시에 표현된바 유구한 계절의 리듬과 개체적 생명의 덧없고 연약함에 대한 인식은 시인으로 하여금 사물과 인간의 해후를 더욱 귀한 것으로 느끼게 하는 것이다.

3

인간의 실존적 고독 — 이러한 형이상학적 정서가 정당한 것이라고 하더라도 그것은 현실의 관련 속에서 강화도 되고, 약화도 된다. 그의 고독과 슬픔이 여러 가지의 현실적인 계기를 가지고 있음은 말할 것도 없다.(그리고 뒤에 다시 말하듯 그 시적 표현도 이러한 계기에 스치는 것이 될 때 더 아름답고 절실한 것이 된다.) 그의 고독은 한편으로 앞에서 말한 바와 같이 먼 이상을 그리워하면서 사는 사람이기에 갖는 고독이다. 다른 예를 하나만 들면 「주일(主日) 2」(1969)에서 그는 그 자신을 다음과 같이 그렸다.

그는 걷고 있었읍니다.
골목에서 거리로,
옆길에서 큰길로,

즐비하게 늘어선
상점과 건물이 있읍니다.
상관 않고 그는 걷고 있었읍니다.

어디까지 가겠느냐구요?
숲으로, 바다로,
별을 향하여
그는 쉬지 않고 걷고 있읍니다.

이 시의 삼인칭 대명사는 분명 시인 자신을 가리키는 것이겠는데, 그는 별을 향해서, 아니면 적어도 숲이나 바다와 같은 넓은 자연을 향해서 가고 있는 사람이다. 이것이 그로 하여금 거리와 상점을 헤매게 하고 그러면서도 그것에 '상관'치 않게 한다. 그러나 또 거꾸로 시인이 이 별을 향하여 가는 것은 거리와 상점의 세계에서 소외되어 있기 때문이다. 이 소외는 또 어떻게 보면 시인 자신의 무기이기도 하다. 이것을 통해서 시인은 모든 것을 초연한 자세로, 어떤 경우에는 관용을 가지고 대할 수 있게 되는 것이다.

1967년의 「새」에서 천상병 씨는 자기가 보고자 하는 것이 '절대 정지', '순수 균형'이라고 말하고 있지만, 그가 먼 이상과 현실적 절망을 통하여 얻는 것은 '절대 시각'이라고 할 수 있다. 그는 현실에 절망한다. 그것은 현실 그 자체의 탓이기도 하고 그가 먼 이상 속에 사는 사람인 때문이기도 하다. 그러나 그는 절망으로 하여 현실에서 기대하는 것이 없느니만큼, 이미 말한 대로 초연하게 삶의 모든 것 ── 그 고통과 슬픔까지도 명징하게 또 새로운 고마움을 가지고 볼 수 있는 것이다.

이러한 복합적인 심리 과정을 잘 표현하고 있는 것이, 바로 천상병 씨의 다른 시만큼의 투명한 진술이 되고 있지는 않지만, 1959년의 「새」이다. 여기에서 시인은 인생을 모든 것이 잃어진 상태, 가령 죽음의 상태에서 바라본다면 어떻게 보일까, 이런 질문을 말하고 있다고 할 수 있다. 현재가 죽음과 같다고 하더라도 그것은 아직 삶 속에 있는 만큼 죽음에 비할 때 가장 찬란한 삶일 수도 있는 것이다. 그는 이렇게 말한다. 첫 연은 시인의 고독을 이야기하는 것으로 시작하여 곧 삶의 찬가로 옮겨 간다.

외롭게 살다 외롭게 죽을
내 영혼의 빈터에
새 날이 와, 새가 울고 꽃잎 필 때는,
내가 죽는 날
그다음 날.

조금 난해한 첫 연에 이어서 두 번째 연은 그 자체로는 조금 더 평이하게 시인의 정신이 근본적으로 외로움이나, 죽음이 아니라 삶과 그 아름다움을 그리는 존재임을 이야기한다.

산다는 것과
아름다운 것과
사랑한다는 것과의 노래가

한창인 때에
나는 도랑과 나뭇가지에 앉은
한 마리 새.

이 두 번째 연만을 읽으면, 시인은 아름다운 것을 노래하는 새라는 뜻이지만, 이것을 첫 연에 다시 관련시켜 해석하면 이 새가 단순한 새가 아니란 것을 우리는 알 수 있다. 그것은 시인이 죽은 '다음' 날 태어날 새인 것이다. 시인 자신은 이미 첫 두 줄에서 말했듯이 외롭게 살다 죽을 것이며 죽어서도 아무것도 지니지 못한 그의 영혼은 빈터와 같을 것이다. 그러나 영혼은 새의 모습으로 새로운 삶을 얻는다. 그리고 꽃이 피고 아름다운 일이 일어나는 것도 시인의 죽음 이후이다. 또는 시인은 이미 죽은 자로서 죽음의 금욕을 통하여서만 삶의 풍성함을 인식할 수 있다. 세 번째 연에서 시인은 다시 한 번 '낡은 목청'으로 "정감에 그득 찬 계절/슬픔과 기쁨의 주일(週日)"을 이야기하지만, 그다음 절은 다시 한 번 이것이 삶의 끝마당에서 불러지는 노래란 것을 암시한다. 시인은

살아서
좋은 일도 있었다고
나쁜 일도 있었다고
그렇게 우는 한 마리 새

이며 아름다운 삶은 이 새의 추억의 노래이다. 「새」가 이야기하고 있는 것은 시인의 죽음을 통하여 또는 죽음의 관점에서 삶을 돌아다봄으로써 비로소 삶의 모든 것을 아름답게 바라볼 수 있다는 것이다.

천상병 씨의 시에서는 추억이 상당히 중요한 요소가 되어 있다. 이 추억도 죽음과 비슷한 의미를 가지고 있다. 그것은 이미 끝난 것으로 삶을 되돌아보는 방법이다. 추억 속에서 삶의 모든 것을 그대로 받아들이기가 조금 더 용이해진다.(이것이 천상병 씨에게뿐만 아니라 많은 시인들에게 추억이 중요한 이유 중의 하나일 것이다. 그것은 시인에게 삶의 직접성으로부터 초연할 수 있게 하고 동시에 그것을 보다 넓은 관용과 고마움 속에 돌이킬 수 있게 한다. 초연과 수용의 결합, 이것은 모든 미적 인식의 핵심에 놓여 있는 심리 조작이라 할 수 있다.) 「새 2」(1960)에서는 하루의 일이 저녁에는 벌써 아름다운 추억으로 정리된다.

바로 그날 하루에 말한 모든 말들이
이미 죽은 사람들의 외마디 소리와
서로 안으며, 사랑했던 것이나 아니었을까?
그 꿈속에서……

하루의 별 쓸모없이 지껄여지는 말도 죽음의 테두리 속에서 볼 때 사랑의 표현인 것이다. 「회상(回想) 1」(1969)과 「회상 2」(1971)에서 삶을 미화하는 것은 이미 시사했듯이 추억이다. 추억은 이 시들에게 베를렌풍의 감미로움을 준다.

아름다워라, 젊은 날 사랑의 대꾸는
어딜 가?
어딜 가긴 어딜 가요?

아름다워라, 젊은 날 사랑의 대구는
널 사랑해!
그래도 난 죽어도 싫어요!

눈 오는 날 사랑은 쌓인다.
비 오는 날 세월은 흐른다.

    추억 속에 얼핏 보면 하잘것없는 것들도 아름다운 삶의 표현이 된다. 그렇다고 해서 눈이 오고 비가 오는 일기 불순이 잊히는 것은 아니다. 다만 그것마저도 아름다운 것이 된다. 「회상 2」는 더 단적으로 추억 속에서, 추억이 인식하는 계절의 순서 속에서 좋은 것과 나쁜 것이 동시에 아름다워지는 것을 노래한다. 이것은 「회상 1」만큼 감미롭지는 않으나 그 단순성으로 하여 더 성숙한 시라고 말할 수도 있다.

그 길을 다시 가면
봄이 오고,

고개를 넘으면
여름빛 쬐인다.

돌아오는 길에는
가을이 낙엽 흩날리게 하고,

겨울은 별수 없이
함박눈 쏟아진다.

내가 네게 쓴
사랑의 편지.

그 사랑의 글자에는
그러한 뜻이, 큰 강물이 되어 도도히 흐른다.

추억의 방법은 위의 시들과 같이 직접적으로 추억의 내용을 다루지 않는 곳곳에서도 볼 수 있다. 가령 「주일(主日) 2」(1969)는 앞에서도 인용했지만 이것이 과거의 시제로 씌어 있다. 또 시의 주인공이 삼인칭 대명사로 객관화되어 있는 것은 현재의 추억화 작용으로 인한 것이다. 또 다른 예로 앞에서 언급한 「어두운 밤에」에서도 시인의 모습이 과거화되어 있는 것에 주의할 수 있다. 이러한 과거화는 천상병 씨의 시에 객관적 명징성과 애수 어린 감미로움을 부여한다. 그러나 그것이 그의 시의 농도를 엷게 하고 자칫하면 감상의 안이성을 부여하는 것도 간과할 수는 없다.

4

아마 천상병 씨의 시 가운데 가장 뛰어난 것은 고통과 어둠에도 불구하고 유지되는 그 특유의 관용성이, 형이상학적 조작에 의하여 삶에 대한 추상적인 태도로 바뀌지 않고, 있는 대로의 현실 속에 유지될 때의 시이다. 「편지」와 같은 시는 고통과 관용이 현실로 남아 있는 좋은 예의 하나이다.

점심을 얻어먹고 배부른 내가
배고팠던 나에게 편지를 쓴다.

옛날에도 더러 있었던 일.
그다지 섭섭하진 않겠지?

때론 호사로운 적도 없지 않았다.
그걸 잊지 말아 주길 바란다.

내일을 믿다가
이십 년!

배부른 내가
그걸 잊을까 걱정이 되어서

나는
자네한테 편지를 쓴다네.

　우선 이 시에서 시인이 다루고 있는 상황이 어떤 추상적인 문제가 아니라 가난이라는 구체적인 형편임은 중요한 사실이다. 그러면서도 그것은 단지 물질적인 직접성 속에서만 이야기되어 있지 않다. 가난은 물질적 궁핍의 상태이면서 동시에 적극적인 정신적 덕성이라고 시인은 느낀다. 어쩌면 그것은 죽음이나 추억의 금욕처럼 삶에 대하여 참으로 맑고 깨끗한 관용을 유지하는 데 필요조건일 수도 있는 것이다. 그러나 사람은 금욕만으로, 또 이상의 맑음 속에만 살 수는 없는 것이 아닌가? 시인은 이 시에서 가난의 문제를 두고 아무런 욕심도 원한도 없이 그 현실적·정신적 의미를 생각한다. 이러한 생각의 소재가 되어 있는 것은 '점심을 먹은' 후와 점심을 먹기 전의 가난인 것이다. 그의 부나 가난은 다 같이 얼마나 조촐한가!

현실성과 청순함의 비슷한 결합은 「나의 가난은」에서도 볼 수 있다.

오늘 아침을 다소 행복하다고 생각하는 것은
한 잔 커피와 갑 속의 두둑한 담배,
해장을 하고도 버스값이 남았다는 것.

이렇게 묘사되어 있는 시인의 가난한 행복은 얼마나 풍부한 것인가? 그러나 시인은 이 가난한 행복을 그대로 추상화하여 일반적인 주장으로 만들지 않는다. 그는 이 행복한 가난의 현실적 불안을 충분히 알고 있다. 그는 둘째 연에서 말한다.

오늘 아침을 다소 서럽다고 생각는 것은
잔돈 몇 푼에 조금도 부족이 없어도
내일 아침 일도 걱정해야 하기 때문이다.

그러나 가난은 사람이 떳떳하게 살고 햇빛 속에 있기 위한 조건이다.

가난은 내 직업이지만
비쳐 오는 이 햇빛에 떳떳할 수가 있는 것은
이 햇빛에도 예금 통장은 없을 테니까……

앞의 두 연에 비해서 다소 그 격이나 적절함이 떨어진 대로 가난에 대한 신념을 일단 이렇게 확인한 시인은 다시 한 번 가난의 슬픔을 재확인하고 이것을 추억화의 거리를 통하여 불가피한 삶의 일단으로 받아들인다.

나의 과거와 미래
사랑하는 내 아들딸들아,
내 무덤가 무성한 풀섶으로 때론 와서
괴로왔음 그런대로 산 인생 여기 잠들다. 라고,
씽씽 바람 불어라……

    삶의 현실에 대한 섬세한 인식과 경험에 대한 수용성은 가난 이외의 주제를 다룬 시에서도 볼 수 있다. 「장마」(1961)에서 그는 삶을 쏟아지는 비에 비교하고 이것을 어떤 원한을 가지고 대하는 것이 아니라 순한 마음으로 받아들이며 비에 대하여 오히려 "나를 사랑해 다오", "나를 용서해 다오"하고 말한다. 이런 수용적 감수성이 하나의 인생 태도로서 구극적으로 어떤 의미를 갖든지 간에 그것은 적어도 경험 세계의 혼란 속에 사는 순수한 시심의 한 모습을 보여 줌으로써 우리에게 평화의 예감을 갖게 해 준다고 할 수 있다. 「장마」가 평범하다면 평범한 비유 하나에 의지하고 있는 시임에도 불구하고 우리의 인상에 남는 것은 그 순수한 수용적 태도에 대한 우리의 놀라움 때문일 것이다.
    이러한 수용성의 또 다른 놀라운 효과는 「소릉조(小陵調)」(1971)와 같은 데에서 가장 잘 볼 수 있다. 이것은 우리가 잘 아는 따라서, 자칫하면 너무나 당연하여 감흥이 있기 어려운 사정을 진술하고 있지만, 이를 진부함에서 구해 주고 있는 것은 삶에 대한 개방적인 수용성이다.

아버지 어머니는
고향 산소에 있고

외톨배기 나는

서울에 있고

형과 누이들은
부산에 있는데

여비가 없으니
가지 못한다.

저승 가는 데도
여비가 든다면

나는 영영
가지도 못하나?

　여기까지가 마지막 연을 제외한 전부이지만, 이것은 조금 진부하고 산
문적인 그러나 그 단순 소박함으로 하여 어떤 시적 기운을 느끼게 하는 시
인의 개인적 정황의 개진이다. 그런데 여기에 참으로 시적 변용을 주는 것
은 마지막 연이다.

　생각느니, 아,
　인생은 얼마나 깊은 것인가.

　앞의 신상 진술 다음에, 시인은 쉽게 '인생은 얼마나 외로운 것인가?' 또
는 '괴로운 것인가', '슬픈 것인가?' 하고 쓸 수 있었을 것이다. 그러나 시인
은 그의 괴롭고 고단한 삶을 이야기한 다음 어떤 개인적이거나 또는 일반

적인 결론을 내리는 것이 아니라 삶의 신비에 대한 경이를 표한다. 이것은 그의 가장 넓은 수용적인 태도, 사물을 있는 대로 보면서 일단 판단을 정지할 수 있는 능력으로 하여 가능하다. 시의 기능의 하나가 우리를 굳어 있는 틀에서 해방시켜 삶을 새로운 눈으로 보게 하고 또 그 경이를 깨우치게 하는 것이라면 「소릉조」의 마지막 연이 하고 있는 것도 작은 규모로서나마 바로 이러한 일이다.

천상병 씨의 시에 또 한 가닥의 주제를 이루고 있는 것은 다른 사람의 체험에 일치할 수 있는 감수성 또는 연민이라고 하겠는데, 이것도 그의 개방적인 수용성에서 나오는 것이라 할 수 있다. 그가 지향하는 바의 하나가 '절대 시각' 또는 삶에 대한 투명한 개방성이라고 한다면 그의 시에 있어서 인간사의 객관적이면서 동정적인 처리는 당연한 것이라고 할 수 있다. 1955년의 「등불」은 불길 속에 타고 있는 낯모르는 사람의 고통이 곧 자기의 것임을 천상병 씨로서는 비교적 건조한 스타일로 말한 시다. 1970년의 「아가야」는 어떻게 보면 유치하리만큼 감정적인 듯하지만, 오히려 그 청순한 연민으로 하여 진실된 언어가 된다고 할 수 있는 표현으로 울고 있는 아이를 위안한다. 여기에 비하여 「주막(酒幕)에서」(1966)는 역시 순한 감정의 시이면서도 그런 가운데 날카로운 현실 감각을 감추고 있어 더 효과적인 시이다. 그것은 비참한 현실에 대한 인식과 그러한 현실 속에도 환상처럼 어려 있는 행복의 느낌을 시인의 맑은 연민으로 결합한다.

골목에서 골목으로
거기 조그만 주막집.
할머니 한 잔 더 주세요
저녁 어스름은 가난한 시인의 보람인 것을……
흐리멍텅한 눈에 이 세상은 다만

순하디 순하기 마련인가,

할머니 한 잔 더 주세요.

몽롱하다는 것은 장엄하다.

골목 어귀에서 서툰 걸음인 양

밤은 깊어 가는데,

할머니 등 뒤에

고향의 뒷산이 솟고

그 산에는

철도 아닌 한겨울의 눈이 펑펑 쏟아지고 있는 것이다.

그 산 너머

쓸쓸한 성황당 꼭대기,

그 꼭대기 위에서

함빡 눈을 맞으며, 아기들이 놀고 있다.

아기들을 매우 즐거운 모양이다.

한없이 즐거운 모양이다.

　　주막집에 찾아든 시인은 술 파는 할머니의 등 뒤로 고향의 행복한 어린 시절을 본다. 이것은 할머니의 고향인지 시인의 고향인지 분명치 않지만 이 분명치 않음 가운데, 오히려 행복한 교감이 성립한다. 그러나 시인이 그러한 행복의 비현실성을 모르는 것은 아니다. 세상이 순해 보이는 것은 몽롱한 눈 때문이요, 몽롱함이 장엄하다는 것도 역설적인 주장이다. 그리고 이 주장은 이 시의 에피그램, "도끼가 내 목을 찍은 그 훨씬 전에/내 안에서 죽어 간 즐거운 아기들"이라는 장 주네로부터의 인용에 비추어 볼 때 차가운 웃음을 담고 있는 것임을 알 수 있다. 이 시의 행복한 교감을 이야기하고 있는 시인은 이미 처형된 자이며, 시인이 생각하고 있는 어린아이들의 순진함은 그 이전에 상실된 것이다.

5

　지금까지 우리가 살펴본 천상병 씨의 시는 주로 순한 감정과 언어로 특징지어지는 것이었다. 그리하여 그의 시는 삶을 있는 그대로 받아들이고 이를 명징하게 비출 수 있었다. 그러나 다른 한편으로 그것은 지나치게 연약하고 감상에 떨어질 우려를 가진 것이었다. 그러나 1960년대 말에서 70년대 말까지에 그의 시에는 상당한 변화가 일어나는 것으로 보인다. 부드러운 수용의 태도와 함께 한층 도전적인 언어로 씌어진 시가 나타나기 시작하는 것이다. 「곡신동엽(哭申東曄)」(1969)에서 그가 신동엽을 묘사하여,

　　잡초 무더기
　　저만치 가장자리에
　　꽃, 그 외로움을 자랑하듯

　　신동엽!
　　꼭 너는 그런 사내였다.

라고 할 때, 상투적인 비유에도 불구하고 잡초와 외로운 꽃의 분명한 대조, 또 그 내뱉는 듯한 언어에서, 우리는 그의 감수성이 단단해져 감을 느낄 수 있다. 또는 「진혼가(鎭魂歌)」(1969)에서 어둠을 이야기할 때도 그는 다른 때 밤을 이야기하고 어둠을 이야기할 때와는 달리 그것을 그리움과 슬픔에 연결하는 것이 아니라 어둠의 침묵을 그대로 보여 준다. 이러한 수법에서

무엇인가 단단해져 가는 것이 있음을 우리는 다시 느끼는 것이다.

　　태고적 고요가
　　바다를 덮고 있는
　　그곳.

　　안개 자욱이
　　석유불처럼 흐르는
　　그곳.

　　인적 없고
　　후미진
　　그곳.

　　새 무덤,
　　물결에 씻긴다.

　이 「진혼가」의 에피그램에는 "저쪽 죽음의 섬에는/내 청춘의 무덤도 있다"라는 니체의 인용을 사용하고 있는데, 천상병 씨는 여기에서 많은 참음과 판단 정지와 금욕에도 불구하고 그리움과 슬픔으로 일관되었던 그의 청춘에 어떤 단호한 고별을 암시하고 있는 것으로 보인다.(「불혹(不惑)의 추석」(1970)에서 그는 "나이 사십에,/나는 비로소/나의 길을 찾아간다"고 말한다.) 「한가지 소원(所願)」(1970)은 고난에 굽히지 않는 정신을 말하고 있는 시인데, 여기의 주장은 초기의 먼 이상에의 그리움에 연결되면서, 다른 한편으로는 앙칼지고 난폭한 선언의 형태를 취한다.

나의 다소 명석한 지성과 깨끗한 영혼이
흙 속에 묻혀 살과 같이
문드러지고 진물이 나 삭여진다고?

"나의 다소 명석한 지성과 깨끗한 영혼……"—자기에 대한 이러한 주
장에서부터 시인은 도전적인 자긍과 아이러니를 보여 준다. 그리고 그는
그의 육체와 지성과 영혼의 사멸을 가져올 환경의 필연성에 정면으로 대
결한다.

야스퍼스는
과학에게 그 자체의 의미를 물어도
절대로 대답하지 못한다고 했는데 —

우선 그는 대담하게 철학적 명제를 시 속에 끌어들여 실증적 세계 — 이
세계에서 육체와 지성과 영혼은 사멸하기 마련이다. — 가 가치의 세계를
부정할 수 없음을 말한다.

억지밖에 없는 엽전 세상에서
용케도 이때껏 살았나 싶다.
별다른 불만은 없지만,

똥걸레 같은 지성은 썩어 버려도
이런 시를 쓰게 하는 내 영혼은
어떻게 좀 안 될지 모르겠다.

내가 죽은 여러 해 뒤에는
꼭 쥔 십 원을 슬쩍 주고는
서울길 밤 버스를 내 영혼은 타고 있지 않을까?

"억지밖에 없는 엽전 세상", "똥걸레 같은 지성" — 이러한 말들이 표현하고 있는 것은 이미 형이상학적 공간의 광막함과 실존적 단독자의 전율이 아니다. 이제 그에게 별빛을 향한 그리움은 없다. 따라서 '별다른 불만'도 없다. 그러나 오히려 스스로의 지성까지 썩어질 것으로 받아들여도(그의 생각에 불합리한 세계에서 지성은 너무나 무력하기 때문에 이것은 불가피하다.), 그의 자아의 합리·불합리를 조절한 어떤 핵심으로서의 영혼은 살아남을 것이고 그것도 버스에 실려 가는 하찮은 서민으로 살아남을 것이라고 주장한다. 이러한 현실 세계에 대한 도전적 대결은 시인의 더욱 강화되고 절실해진 정신에의 결의를 보여 준다.

도전적인 현실 의식을 나타내는 시는 어떤 경우는 정치적인 색채를 띤다. 정치가 표면에 나타나 있는 것은 아니지만 그의 어떤 시에 있어서 거칠어진 의지의 언어에 전달되는 시대와 여러 사람의 움직임의 느낌은 어떤 직접적인 정치 시보다도 강력하다. 그의 서정적인 투명성에의 훈련은 여기에서 정제된 형식, 절제된 감정, 정확한 사실의 포착을 가능하게 하고, 이것이 그의 정치 시에 효과를 부여하는 것일 것이다. 「크레이지 배가본드」는 이러한 시의 가장 탁월한 예가 될 것이다.

1
오늘의 바람은 가고
내일의 바람이 불기 시작한다.

잘 가거라
오늘은 너무 시시하다.

뒷시궁창 쥐새끼 소리같이
내일의 바람이 불기 시작한다.

여기에는 먼 이상도 없고 그리움도 없다. 새로 오는 날을 예고하는 것은
새소리도, 꽃도, 햇빛도 아니다. 그것은 시궁창의 쥐새끼, 즉 사회의 밑바
닥의 존재이다. 여기에서의 시인의 간결한 기록은 그의 냉철하고자 하는
의지의 숨은 암호다.

2
하늘을 안고,
바다를 품고,
한 모금 담배를 빤다.

하늘을 안고,
바다를 품고,
한 모금 물을 마신다.

누군가 앉았다 간 자리
우물가, 꽁초 토막……

"하늘을 안고/바다를 품고", 이러한 큰 것을 내면화하는 큰 행위는 한 모
금 담배를 빤다거나 한 모금 물을 마신다는 작은 행위에 대조됨으로써 큰

뜻을 품은 사람의 큰 참음이 암시된다. 이것은 외로운 참음이면서 여러 사람의 동시적인 움직임이다. 이 다수의 움직임은 "누군가 앉았다 간 자리 / 우물가, 꽁초 토막……"이란 말로 거의 암호처럼 간단히 기록될 뿐이다. 마치 다수로 하여금 따로따로 있게 하면서 동시에 같은 흐름 속에 합치게 하는 역사의 움직임이 암호처럼 계시되는 것처럼. 「크레이지 배가본드」에서 보여 준 의지와 표현의 절제에 이르는 것은 드물지만, 역사의 암류에 대한 번뜩이는 예감은 다른 시들에도 표현되어 있다. 「서대문(西大門)에서」(1970)는 빛이 아닌, 어둠 속에 있는 빛도 아닌, 어둠 그대로의 어둠을 말하고 어떤 위기적인 때가 다가오고 있다는 예감을 표현한다. 그 위기는 언제 올지 모른다. 다만 때는 반드시 오랜 기다림에서 무르익는 것이 아니다. ── 시인은 이렇게 그의 긴박한 시대 의식을 표현한다.

계절은 가장 오래 기다린 자를 위해 오고 있는 것은 아니다.

시에 대한 그의 신념에도 변화가 일어난다. 「미소(微笑)」(1970)는, 시가 삶과 죽음을 미소로 건너는 "우정과 결심, 그리고 용기"에서 온다고 하고, 생사를 각오한 결의의 표명으로서의 시만이 "풀잎 슬몃 건드리는 바람이기보다/그 뿌리에 와 닿아 주는 바람/이 가슴팍에서 빛나는 햇발"이 된다고 한다. 그런 다음에, 시인은 새로운 세계에로, 이상의 세계가 아니라 현실적 고난의 작업을 통하여 쟁취되어야 할 세계에로, '친구'를 초대한다.

햇빛 반짝이는 언덕으로 오라
나의 친구여,

언덕에서 언덕으로 가기에는

수많은 바다를 건너야 한다지만,

햇빛 반짝이는 언덕으로 오라
나의 친구여……

「미소」와 같이 「만추(晩秋)」(1970)도 시에 대한 신념을 이야기한 것이다. 여기서도 시는 실존적 순간을 기록하는 외로운 의식의 순간이 아니라 적극적으로 미래를 준비하는 씨 뿌리는 작업으로 생각되어 있다.

　내년 이 꽃을 이을 씨앗은
　바람 속에 덧없이 뛰어들어 가지고,
　핏발 선 눈길로 행방을 찾는다.

이 찾음의 길에서 씨앗의 수난은 불가피하지만, 종국에는 다시 개화할 자리는 찾아지게 마련인 것이다. ── 시인은 이렇게 말한다.

6

천상병 씨는 「편지」(1971)에서 그에게 중요한 작고 시인으로서 조지훈(趙芝薰), 김수영(金洙暎), 최계락(崔啓洛) 세 사람을 들고 있는데, 조지훈이나, 최계락과의 관계는 밝혀 보면 밝혀질 수 있는 것이겠으나 1960년대에서 70년대로 넘어오는 시기에 그가 김수영에 비슷해진 것은 금방 눈에 띄는 것으로 생각된다. 전반적인 정치 지향에서도 그렇지만, 그 거의 난폭하게 사실적이면서 동시에 까다로운 언어에 있어서도 그렇다. 이것은 앞에 든 시들에서도 보이지만, 「간(肝)의 반란」의 딱딱한 산문조는 단적으로 김수영의 시풍을 연상케 한다.

> 나는 원래 쿠데타를 좋아하지 않는다.
> 그 수습을
> 늙은 의사에게 묻는데,
> 대책이라고는 시간 따름인가!

첫 행에 있어 외래어를 함부로 도입한 돌연한 발언, 거기에 이어지는 일상적이면서도 난해한 언어 — 이러한 것들은 김수영의 시의 특징들을 그대로 재현한 것이다. 그러나 적어도 이 시에서는 김수영의 딱딱한 난해성은 시적 의미의 논리 속에 해소된다. 정작 이 난해성까지가 드러나 있는 것은 시집 『새』의 뒤쪽에 발표 연대 없이 실려 있는 '미발표' 시들에서다.

> 인류의 플랑크톤은
> 어떻게 잔존할 수 있었던 것일까?
> 불가사의(不可思議)한 사업이다.
> 맛도 괜찮고 양분소(養分素)도 많다.
> 칼로리는 오징어가 많다는데
> 알다가도 모를 만한 일이다.

이러한 시들은 김수영의 시집에서 나왔다고 오인될 정도로 그의 영향을 드러내 준다. 천상병 씨의 변모에 또 하나의 영향을 준 것은 김수영 외에 김관식(金冠植)이라 할 수 있지 않을까 한다. 1970년의 「김관식의 입관(入棺)」에서 그는,

가슴에서는 숱한 구슬.

입에서는 독한 먼지.

터지게 토(吐)해 놓고,

오늘은 별일 없다는 듯이

싸구려 관(棺) 속에

삼베옷 걸치고

또 슬슬 들어간……

김관식의 '좌충우돌의 미학'을 정확히 포착한 바 있다.(「김관식의 입관」은 감상이나 넋두리를 통해서가 아니라 직관적이고 정확한 이해를 통해서 한 시인이 다른 시인의 죽음을 기념한 모범적인 조시(吊詩)이다.) 천상병 씨가 김관식에게서 배운 것은 얼핏 보기에 비시적인 언어보다도 자연 속에 영위되는 거칠고 가난한 대로의 삶에 대한 긍정과 자긍인 것으로 보인다. 천상병 씨의 서정적인 감수성은 김수영의 도시 소시민의 현실 세계에 오랫동안 거주할 수 없었던 것인지도 모른다. 그는 초기 시의 그리움의 세계에 대신하여 위안을 줄 수 있는 세계를 필요로 했고, 그것이 도가(道家)적인 자연의 삶 — 정신화된 것이 아니라 가난한 일상생활에 그대로 드러나는 자연의 삶에서 찾아진 것일 것이다.

「새」 이후의 시는 수락산 밑의 거주지에 관한 관찰에 집중되어 있었다. 그는 「내 집」(1972)이란 시에서 시적인 변용이 없는, 그래서 일상생활 속의 잡담 같기도 하고 또는 있는 그대로의 것을 내보이는 높은 경지의 소박성에서 나오는 것 같기도 한 어조로써, "누가 나에게 집을 사 주지 않겠는가? 하늘을 우러러 목 터지게 외친다. 들려 다오 세계가 끝날 때까지…… 나는 결혼식을 몇 주 전에 마쳤으니 어찌 이렇게 부르짖지 못하겠는가?" 하고 외친 바 있다. 과연 수락산 밑에 정착한 그는 일상적인 표면과 그 정치적·

철학적 의미를 고찰하기 시작한 것이다. 그리하여 그는

> 우리 집도 초가(草家)요 옆집도 초가야.
> 우리 집 주인(主人)은 서울 백성(百姓),
> 옆집 사람과는 인사한 적이 없다.
>
> ──「수락산 하변(下邊)」

라고 자기 집의 이웃 사정을 털어놓기도 하고, 수락산 등산객의 행렬을 보며,

> 일요일의 인열(人列)은 만리장성이다.
> 수락산정(水落山頂)으로 가는 등산행객(登山行客).
> 막무가내로 가고 또 간다.
>
> ──「수락산변(水落山邊)」

라고 주변에 보이는 사실을 그대로 전하기도 한다. 또는 그는 그의 관찰을 자신의 일상적 생활로 향하여,

> KBS라디오의 희망 음악은,
> 아침 구시 오분(九時五分)에서 십시(十時)까지인데,
> 나는 매일같이 기어코 듣는다.
>
> ──「희망 음악」

라고 쓰다가, 자신의 마음속에 일어나는 일상적 소망을 표현하여,

나도 땅을 가지고 싶다.

내가 좋아하는 민병하 선생님도

수원(水原) 근처에 오천 평(五千坪)이나 가졌는데……

—「땅」

라고 말하고 그의 학교 동창들을 생각하며 "지금은 다 뭣들을 하고 있을까……/점심을 먹고 있을까?/지금은 이사관이 됐을까?"(「동창(同窓)」, 1974) 하고 지극히 일상적인 의문을 말해 보기도 한다.

이러한 예에서도 쉽게 볼 수 있듯이 천상병 씨의 후기 시는 완전히 시적인 것을 버리고, 있는 그대로의 산문적 일상을 그린다. 특이한 것은 그대로의 일상성이 아무런 시적 조작이 없이, 보이지 않게 정신적 또는 정치적 의미를 띤다는 점이다. 이런 테두리에서 보면 그의 일상성은 불교의 평상심(平常心)에 통하는 것으로도 보인다. 즉 높고 낮은 것을 가리지 않는 거의 천치와 같은 일상적 자아와 그 생활에의 밀착의 기막힌 오도(悟道)의 표현이 되는 것이다. 가령 「약수터」(1974)는 어떻게 보면 서울 주변에 자주 보는 지나치게 평범한 일의 묘사이면서, 이 평범이야말로 있어야 할 우주 질서의 표현이란 것을 암시하는 데 성공한다.

내가 새벽마다 가는 약수터가에는

천하선경(天下仙境)이 아람드리 퍼진다.

요순(堯舜)이 놀까 말까 할 절대 미경(絕對美景)이라네.

하긴 그곳에 벌어지는 사물은 평범하지만,

나무, 꽃, 바위, 물 등등이지만,

그 조화미의 화목색(和睦色)은 순진하다네.

반드시 있을 곳에 자리 잡고 있고,

운치와 조화와 빛깔이 혼연일치하니,

이 세계의 극치(極致)를 이루었다.

그런데 이런 일상적 조화의 인정은 단순히 따분한 인생을 그대로 받아들여야 한다는 것과는 전혀 다르다. 천상병 씨가 계속하여 말하는 것은 주어진 대로의 생활이 외관상 초라한 대로 기쁨의 생활이란 것이다. 「시냇물가 2」(1973)에서 말하고 있듯이 "풍경이 아름답게 펴진 것은 인류의 운명이다." 그리하여 우리 범상한 행위도 이 아름다운 운명의 표현인 것이다. 「비 11」(1972)에서 그는 말한다.

죽은 김관식은

사람은 강가에 산다고 했는데,

보아 하니 그게 진리대왕(眞理大王)이다.

나무는 왜 강가에 무성한가.

물을 찾아서가 아니고

강가의 정취를 기어코 사랑하기 때문이다.

「선경(仙境): 다람쥐」(1974)는 이러한 정취를 동물의 일상적 행위에서도 인정한다.

옆의 아내 말을 따르면,

다람쥐는 알밤과 도토리를 잘 먹는다는데,

그건 식량으로서가 아니라 진미(珍味)로서가 아닐까?

있는 그대로의 것에서의 기쁨은 단지 삶의 커다란 모습이나 행동에만 있는 것이 아니다. 그것은 얼핏 보아 아무 의미도 없는 듯한, 허튼 수작 같은 몸짓에도 들어 있는 것이다. 천상병 씨는 「기쁨」(1975)에서 말한다.

친구가 멀리서 와,
재미있는 이야길 하면,
나는 킬킬 웃어 제킨다.

그때, 나는 기쁜 것이다.
기쁨이란 뭐냐? 라고요?
허나 난 웃을 뿐.

기쁨이 크면 웃을 따름,
꼬치꼬치 캐묻지 말아라.
그저 웃음으로 마음이 찬다.

아주 좋은 일이 있을 때,
생색(生色)이 나고 활기(活氣)가 나고
하늘마저 다정(多情)한 누님 같다.

선문답(禪問答)에는 부처님이 똥집 막대기란 말이 있지만, 천상병 씨는 우리의 초라해 뵈는 일상에서 우주의 이치를 찾는다. 그러나 그가 현상에 만족하고 있다는 말은 아니다. 그의 시들은 서민의 일상적 삶을 아무 미화(美化) 없이 그리고 찬미하면서 동시에 그것을 보다 큰 우주의 움직임에 연결시킨다. 그의 후기 시에 있어서 일상적 삶에서의 안분지족과 자연의 조화와 정치적 예감은 분리할 수 없는 일체를 이루고 있다. 「변두리」(1973)에서 그는 서민으로서의 그의 생활을 다음과 같이 말하고 있다.

이 근처(近處)는 버스로 도심지(都心地)까지 가려면
약 1시간이 걸리는 변두리.
수락산 아랫마을이다.

물 좋고 산(山) 좋은 이곳,
사람도 두터운 인심(人心)이다.
그래서 살기 좋은 고장이다.

오늘은 부실 보실 비가 오는데,
날은 음산하고 봄인데도 춥다.
그래서 나는 이곳이 좋아 이곳이 좋아.

현실 참여 문학에서 '변두리'라고 말하여지는 것의 상징은 이 시에서도 분명하다. 다만 주먹을 불끈 쥐는 의분 대신 전통적인 고향 찬가의 가락과 일상적 현실의 혼연스러운 수락이 이 시를 조금 특이하게 할 뿐이다. 같은 변조는 또 하나의 참여시의 상투적 상징인 풀을 이야기한 「선경(仙境) 1: 풀」(1973)에서도 볼 수 있다.

이 풀의 키는 약 일 척(一尺)이나 된다.
잎을 미묘히 늘어뜨린 모양은,
궁녀(宮女)같기도 하고 황후(皇后)같기도 하다.

빛깔은 푸른데 그냥 푸른 것이 아니고
농담미(濃淡味)가 군데군데 끼인 채,
긴 잎을 늘어뜨리니 가관(可觀)이다.

엷은 느낌이 날개 있으면 날 것 같고
유독히 그 자리에 자라난 것은
흙 속에 뿌리박은 뿌리의 은덕(恩德)이다.

「선경 1: 풀」이 정치적인 의미를 가졌다는 것은 마지막 행과의 관련에
서 그렇게 해석할 여지가 보이기 때문이지, 딱 잡아서 그렇게 말할 수 있다
는 것은 아니다. 여기서 오히려 분명한 것은 자연의 작은 대상을 흥미를 가
지고 관찰하는 도사의 태도이다. 시인은 풀이라는 자연물을 구태여 추상
화하고 정치화하지 않는다. 여기의 풀은 풀이면서 그대로 철학적·정치적
의미를 풍긴다. 이 자연스러움, 자연스러움에서 나온 자신감이 이 시를 효
과적이게 하는 것이다.

천상병 씨의 또 하나의 상징은 날씨고 그중에도 그의 후기 시에서 가장
많이 등장하는 것은 비다. 이것도 매우 자연스러운 일상적 대상이 되어 있
으면서 그 이상의 것을 지시한다. 「비」(1972)는 매우 평범한 잡담처럼 전개
된다.

저 구름의 연연(連連)한 부피는
온 하늘을 암흑 대륙으로 싸았으니
괴수는 그냥 비만 내리니 천만다행이다.

지금 장마철이니

저 암흑 대륙에 저 만리장성이다.
우뢰 소리 또한 있을 만하지 않은가.

우주야말로 신비경이 아니냐?
달과 별은 한낮엔 어디로 갔단 말이냐?
비야 그 청신호인지 모르지 않느냐?

　비 오는 철의 모양을 이야기한 것은 극히 평범하지만 '우뢰 소리'와 같은 극적 사건을 기대하는 일은 평범한 일이면서도 어떤 예감을 표현하고, 비가, 사라진 달과 별의 청신호란 시인의 말에서 우리는 비로소 그 상징적인 의미 또는 시인의 혁명적인 예상을 생각하게 된다. 이러한 생각의 흐름은 일상적 차원과 의미의 차원에서 동시에 기묘한 교환 작용을 일으키면서 계속 진행되어 시의 의미는 결말에 가서야 어떤 결의와 회의로서 정착된다. 그러나 여기에서도 특이한 것은 추상적인 의미화가 일상적 관찰 속에 잠겨 있다는 것이다.

나는 국민학교(國民學校) 때는
비가 오기만 하면
학교엘 가지 아니하였다.

이제는 천국에 가신 어머니에게
한사코 콩을 볶아 달라고 하여
몸이 아프다고 핑계했었다.

이제는 나가겠으나

이미 나이가 사십(四十)이니
이 세계(世界)를 거꾸로 한들 소용(所用)이 없다.

어릴 때의 추억을 들어 여기서 시인이 말하고 있는 것은 나쁜 기후, 나쁜 시절은 좋은 도피의 구실이 될 수 있으나, 이제 그는 도피하지 않겠다는 결의요, 또 그러면서도 이 때늦은 결의가 그의 나이에 비추어 얼마나 효과가 있을까 하는 회의이다. 「비」에서와 같이 날씨의 상징을 일상적 관찰과 철학적·정치적 의미와의 조화 속에 사용한 다른 좋은 예는 「수락산 하변」 (1972)이다.

하늘은 천국(天國)의 멧세지.
구름은 번역사.
내일은 비다.

수락산은, 불쾌(不快)하게 돌아앉았다.
등산객(登山客)은 일요일의 군중(群衆).
수목(樹木)은 지상(地上)의 평화(平和).

초가는 농가의 상징.
서울 중심가는 약 1시간.
여기는 그저 태평천하(太平天下)다.

나는 낮잠 자기에 일심(一心)이다.
꿈에서 멧세지를 번역하고,
용(龍)이 한 마리, 나비가 된다.

이 시에서도 정치나 도가 철학은 지나치게 강조되어 있지 않고, 그것은 천상병 씨 특유의 사실적 묘사와 분석 속에 용해된다. 가령, 두 번째 연에서 수락산이 불쾌하게 돌아앉은 것은 비 오기 전의 불쾌한 날씨를 지칭하기도 하고 도시에서 오는 등산객과 자연의 부조화를 나타내기도 한다. "등산객은 일요일의 군중." 도시인은 등산객이 되어 일주일에 하루만이라도 자연을 찾는다. 그것은 그들의 생활이 자연에 굶주렸기 때문이다. 그들 또한 '지상의 평화'를 나타내는 '수목'을 필요로 하는 것이다.(이렇게 읽고 보면 앞에서 언급한 「수락산변」에서 "수락산정으로 가는 등산행객"이 왜 산정으로 가는가를 알 수 있고 그것이 또 왜 "하늘의 구름과 질서 있게 호응"하는 풀이나 나무와 나란히 이야기되어 있는가를 알 수 있다.) 등산객이 수락산으로 오는 이유를 알면, 다만 정치적으로 갖다 붙인 뜻에서만 아니라 참으로 사람 사는 진실의 근간으로서 서울 중심가에서 떨어진 농촌이 왜 '그저 태평천하'인가를 알 수 있을 것이다. 시인은 이러한 진실과 시대의 징후, 또 날씨를 읽는 사람이다. 그는 그러나 바로 이러한 진실에 자리해 있기 때문에 조금도 초조해하지 않는다. 그는 낮잠을 일심으로 자고 꿈을 꾸고 어쩌면 용과 같은 거대한 내용을 담고 있을 상징을 나비와 같은 곱고 가냘픈 시로 옮겨 놓는다.

사실 천상병 씨의 후기 시에 있어서 비뿐만 아니라 모든 자연물은 일상적 사물이면서 철학적·정치적 유유함의 상징이다. 또 하나의 비를 주제로 한 시 「비 10」에서 그는 "천하만사가 하느님의 섭리대로 나부긴다."라고 했지만, 자연 관찰의 교훈은 그로서는 바로 여기에 있다. 가령 「시냇물가 3」을 보라.

이 시냇물은
수락산에서 발류(發流)하였으니
기어코 한강(漢江)에 삽입할 것임에 틀림없다.

그리하여 시냇물은 바다에 합류한다.

　기어이 바다에 들 것이니
　세계(世界) 칠해(七海)는 서울 시민과는 무관하지 않다.
　왜 수락산정에 등산객이 가는가……

　수락산으로 사람이 모이는 것이 인간과 자연의 그럴 만한 인과관계에
서 이루어지는 일이라면, 시냇물이 한강으로 가고 바다로 가는 것도 커다
란 섭리 속의 일이다. 모든 것은 바다의 움직임에 의하여 좌우된다. 「계곡
물」(1973)에서 그는 감탄한다.

　평면적으로 흐르는 으젓한 계곡물.
　쉼 없이 가고 또 가며,
　바다의 지령(指令)대로 움직이는가!

　그의 상징은 비에서 계류로, 계류에서 바다로 연결된다. 그리하여 비 오
는 날이면 바닷가로 가서 먼 섬의 '향기'라도 맡는다.(「비 7」) 그러나 그의
바다가 반드시 철학적으로나 정치적으로나 최종적인 화해와 평화의 장이
아닌 것은 다시 한 번 주의할 필요가 있는 사실이다. 『새』에 수록되어 있는
「바다 생선」에서 말하고 있듯이 그곳에서는 "힘이 약하고 작은 것은/유력
하고 덩치가 큰 놈이 처먹기 마련"이며 "알다가도 모를 일"들이 벌어지는
곳이다. 같은 주제는 다시 「바다」(1973)에서도 이야기되어 있다.

　냇물은 흘러서 바다로 간다.
　바다는 거의 맘먹을 수 없을 만큼 넓고 크다.

이 큰 바다에는 쉼 없이 플랑크톤이 있고,

이 플랑크톤을 습격하는 고기들,

그 고기들이 많은 곳이다.

내일은 풍어기(豊魚期)를 맞는 배의 대군(大群)이

할일없이 나다닐 것이다.

여기에서 천상병 씨가 의도하고 있는 것은 인생과 사물의 움직임, 그것의 전체적인 조감에 이르려는 것이다. 그 안에서 작은 불화와 갈등은 불가피하다. 또 전체적 진리 그것이 인간의 작은 윤리적 감각에 맞는 것이 되란법도 없다. 그러나 그것이 어떤 것이든지 간에, 그것은 자연의 섭리이며 우리가 받아들여야 할 구극적인 바탕인 것이다.

개미는 땅을 기기 마련이며,

나비는 하늘하늘 날아다니기 마련이다.

자연(自然)은 그런대로 섭생(攝生)인 것이다.

——「인생서가(人生序歌) 2」

이 자연의 섭생은 물론 자연을 포함하고 인생의 모든 것을 포함하고 천상병 씨가 생각하는 정치를 포함한다. 그것은 얼른 보기에 너무나 유유하고 또 그러니만큼 어리석을지도 모른다.(「인생서가 3」(1973)에서 그는 말하고 있다. "내 친구는 거의 모든 것에/통달했지만 모습이 바보고/인생은 바보까지 관대하게 처분한다.") 그러나 그는 그가 아는 자연의 섭생이 '장구한' '평태평(平太平)'임을 믿는다.(「역(易)」)

7

천상병 씨는 그의 후기에 있어서 비(非)시적인 것과 시적인 것, 일상적 관찰과 철학적 의미, 초연한 관조와 정치적 관심, 소박한 표면과 깊은 내면을 결합하는 독특하고 뛰어난 시들을 써내었다. 이것은 1970년대 이전의 그의 서정시와는 상당히 다른 것이다. 그러면서도 이미 지적한 바와 같이 거기에는 연결이 있다. 그의 고졸한 후기 스타일은 초기의 서정에서 성장해 나온 것이다. 여기에 일관되어 있는 것은 무엇보다도 자기 억제이며, 이 억제를 통해서 세계와 사물에 나아가려는 의지이다. 그의 서정시는 고고나 고상한 취미를 뽐내는 자기 탐닉이 아니라, 세상에 대하여 투명하게 있고자 하는 서정적 자세를 정확하게 기록한다. 후기 시는 사물 그 자체의 직접적인 제시에 관심을 기울인다. 여기에서의 사물은 즉물주의나 표현주의의 변형되고 추상화된 사물이 아니라 일상적이고 산문적인 사물들이다. 동시에 그는 가장 사실적인 사물들과 언어로써 정치와 자연의 의미를 전달하는 놀라운 솜씨를 보여 준다.

그의 언어는 누구보다도 김수영에 닮았지만, 천상병에 있어서 김수영의 의미 부재는 일관성 있고 깊이 있는 의미를 얻는다. 다만 앞에서도 말했듯이 그의 철학적 거점이 김수영에 비해서 전근대적이란 것은 그의 의미화 작용에 보탬이 되면서 동시에 현대 사회 전체에 대한 시적 의식에 이르려는 노력에서는 오히려 부담이 되는 것으로 보인다. 그런 의미에서 아무런 적극적인 믿음을 가지고 있지 않던 초기 시의 절망은 보다 넓은 수용의 가능성을 가졌던 것으로 생각된다. 또 시는 아무래도 서정을 무시할 수는 없다. 그것은 조화된 욕망의 그림자이다. 그런 점에 있어서도 천상병 씨의 후기 시가 반드시 아무 잃은 것도 없이 초기의 서정으로부터 한 단계 전진한 것이라고만 말할 수는 없을 것이다. 그러나 초기에서나 후기에서나 분량이 그렇게 많지 않은 대로 천상병 씨가 우리의 가장 주목할 만한 시인임을 증명해 보여 준 것은 분명하다.

(1979년)

민족 문학의 양심과 이념

    백낙청(白樂晴) 씨가 우리 문단과 사회에서 늘 주목할 만한 발언을 해 온 비평가임은 새삼스럽게 말할 필요도 없다. 그의 발언은 언제나 또 1960년 대 중반 이후 여러 어려운 상황 속에서 우리로 하여금 우리가 개인적으로 서 있는 자리와 우리 사회의 상황을 급하게 돌아보지 않을 수 없게 하는 양심의 위기를 유발하는 것이었다.

    백낙청 씨가 근년에 되풀이하여 말해 온 것은 민족 문학의 창달이며, 또 그것이 그의 의견으로는 도저히 따로 떼어서 생각할 수 없는 것이기 때문에, 이론과 행동을 통한 민족적 양심의 명징화(明澄化)였다. 이러한 주장은 그의 말에 귀 기울여 온 사람들에게는 익히 알려져 있는 것이지만 이번에 나온 평론집『민족 문학과 세계 문학』을 통하여 그간에 발표된 글을 한자 리에서 볼 수 있음으로 하여 그가 어째서 민족 문학의 과제가 화급한 것일 수밖에 없다고 생각하는가를 하나의 전체적인 구도 속에 볼 수 있게 되었 다. 그리고 전체적인 구도 속에서, 우리는 백낙청 씨의 생각이 어떻게 우리 사회가 처해 있는 상황을 해명하고 있으며 또 어떻게 그것이 탁류 속의 현대사를 진지하게 살려고 하는 한 지식인의 고뇌와 모색의 소산인가를 짚어 볼 수 있게 되었다.

백낙청 씨는 계간《창작과 비평》을 시작한 10여 년 전부터 또는 그 이전부터 오늘날까지 계속 문학의 사회적 책임과 문학의 현실 참여를 주장하여 왔다. 그러나 이러한 주장이 당초부터 민족 문학과 민족적 양심이라는 이념으로 집약되었던 것도 아니고 또 그 주장의 논거가 어떤 고정된 형태를 취한 것도 아니었다.《창작과 비평》의 창간사가 되었던 「새로운 창작과 비평의 자세」(1966)의 주장은, 지금에 돌이켜 보면 극히 비전형적(非典型的)인 주장으로서(백낙청 씨 자신 이 글의 주장을 수정 내지 부정한 바 있다.) 비교적 추상적이고 개괄적인 것이었다. 이 글은 순수 문학의 가능성을 부정하는 것으로부터 시작하지만, 그렇다고 어떤 강력한 현실 참여의 이상을 제시한다고 할 수도 없는 것이었다. 문학이 현실 사회의 과정에 참여한다면, 그것은 문학만의 현실 영역이 존재한다는 것이 철학적으로 있을 수 없는 일이며, 위대한 문학은 위대한 독자층을 전제로 하는데, 이러한 독자층은 또 어떤 종류의 사회적 여건을 전제로 하기 때문이다. 가령 고전 시대의 그리스나 셰익스피어 시대의 영국, 17세기 고전 시대의 프랑스, 중국의 당송대(唐宋代)에서 우리는 문학과 그 독자가 어떻게 하나의 문화 공동체를 이루고 있었던가를 볼 수 있다. 이 글에서 백낙청 씨가 되풀이하여 돌아가고 있는 사실은 우리 문학의 빈곤과 낙후성인데, 이것은 문학과 그 독자를 한데 묶어 줄 수 있는 공동체가 없다는 데에서 그 원인을 찾을 수 있다. 이러한 공동체적 여건을 마련하기 위해서라도 한국의 작가는 사회 현실에서 눈을 돌릴 수 없는 것이다. 그러나 백낙청 씨가 정치적 내용이나 목적에 관계없이 또 그 사회적 기반이 아무리 좁더라도, 문학의 성립을 가능하게 하는 역사적 선례보다도 그에게 중요한 것은 18세기 프랑스의 계몽 문학과 개혁적 정열을 표현한 19세기 러시아의 문학이고, 비록 그 발전 단계가 다르다고는 하지만, 한국 작가의 사명도 이들의 계몽적 사회 참여의 선(線)에서 파악되는 것이었다. 그리하여 작가는 선구자의 외로움을 감수하면서 사회의 자유화와 근대화의 세력이 되어야 한다는 것이다.

백낙청 씨의 이 첫 중요한 논문에서 지금 돌이켜 보건대 놀라운 것은 그 논조의 온건성이며, 그 예술의 자율성을 인정하고자 하는 자세하고 섬세한 노력이다. 그러나 이 글에 표현된 "역사적·사회적 소명 의식 그리고 너그러운 계몽의 정열"(342쪽)은 백낙청 씨의 다른 글로 연결되는 것이다. 그런데 이러한 계몽적 정열에 분명한 방향을 부여한 것은 「시민 문학론(市民文學論)」(1969)이다. 여기에서 그는 18세기 프랑스의 계몽주의에서 나온 시민 혁명의 이상, 즉 프랑스 혁명의 '자유·평등·우애'의 이상 또는 그 연장선상의 어느 지점에 작가의 현실 참여의 목표를 분명하게 설정했다. 그리고 이러한 목표를 분명하게 내면화한 정신을 '시민 의식'이라고 불렀다. 그리하여 '시민 의식'이 얼마나 철저한가 하는 사실은 작품의 비평 기준이 되고 작가에 대한 평가 기준이 되었던 것이다.

그러나 이러한 시민적 이상을 옛날 그대로 답습하자는 주장을 그가 내세운 것은 아니었다. 필요한 것은 "프랑스 혁명의 시민적 이상이었던 '자유·평등·우애'를 현대의 역사 의식에 준해 우리의 구체적 현실에 맞게 재해석하는" 것이며 이것은 "계몽주의적 이상에 대한 소박한 충성이나 혁명에 대한 맹신으로 감당할 수 없는 것"이라고 그는 말하였다. 백낙청 씨의 재해석 작업은 이것을 여러 다른 이념으로 부연하거나 확대하는 형태를 취했다. 이러한 재해석은 사실 이미 서구 전통 안에서도 이루어졌었던 것이다. 그리하여 백낙청 씨는 루카치나 하우저의 서구 문학 해석에 비슷하게 계몽주의의 전통이 괴테, 실러, 스탕달 또는 발자크와 같은 서로 다른 생활과 정치적 입장에 서 있던 사람들 가운데 어떻게 이루어졌었던가를 이야기하고 또 그것이 톨스토이나 조지 엘리엇 또는 로렌스에게 또 다른 변주로서 구현되는가를 지적했다.

　여기에서 한 가지 주목할 것은 이성(理性) 또는 이성적(理性的)인 것에 대한 백낙청 씨의 태도이다. 알다시피 계몽주의의 전통은 자유나 평등이라는 정치적인 입장으로도 표현되지만 다른 한편으로는 이러한 이상을 가능케 하는 이론적·실천적 수단으로서의 이성에 대한 신념으로 대표된다고 할 수도 있다. 계몽주의자들에게는 이성을 통한 기존 질서의 비판과 새로운 제도에 대한 고찰은 자유와 평등을 확보하는 데 필수 불가결의 도구였다. 그러나 이러한 이성의 작업이 사회 과정의 무반성적인 합리화라는 형태를 취했던 까닭에 그것이 오히려 인간의 자유화나 평등화에 역행되는 결과를 가져왔다고 하는 것은 널리 지적되어 온 바 있다. 백낙청 씨가 시민적 이상의 재해석이 필요하다고 한 것은 그것이 우리의 사정에 직접 적용될 수 없는 다른 시대, 다른 나라의 이상이라는 이유와 그 이상의 역사적 구체화가 본래의 약속에 미급했다는 이유에서이다. 그러니까 이러한 시민적 이상의 실천에 있어서 주된 수단으로서의 이성도 수정될 수밖에 없는 것으로 생각되는 것은 당연하다. 그에 의하면, 깊이 따지고 볼 때, 계몽주의 시대의 이성은 매우 중요한 비판적 기능을 가지고 있었고 그 시대의 '분석 정신'은 그 시대에는 그 나름의 예리함을 가지고 있었겠지만, 진전하는 시대 속에서 천박한 것이 될 수밖에 없었다고 한다. 또 다른 종류의 이성적 원리, "낭만주의자의 '감성', 헤겔의 '이성', 사르트르의 '종합 정신'"도 다 한정된 것일 수밖에 없었다고 한다. 그것은 "모든 실재하는 인간이 생각해 온 '이성'은 상대적인 이성이요 가장 높은 의미에서의 이성의 근사치일 수밖에 없"(20쪽)기 때문이다. 그러니까 "진정한 시민 문학의 원리로서의 이성은 고정된 합리성이 아니며 오히려 기존의 합리성에 대한 끊임없는 도전"(32쪽)을 의미한다.

　그러나 백낙청 씨의 이성에 대한 태도는 이러한 확대 수정의 필요에 대한 강조로서 완전히 특징지워지지 않는다. 그에게 훨씬 중요한 것은 다른 종류의 이념, 차라리 비합리적 또는 비이상적인 이념들이다. 그리하여 시민적 이상의 재해석은 주로 이러한 비이상적 요소를 통하여 이루어진다.(이러한 경향은 그의 다음 단계의 생각에서 더욱 뚜렷해진다.)

그는 시민적 이상이 사람이 현재의 인간을 초월하여 보다 높은 어떤 존재로 나아가야 할 진화론적 사명을 가진 것이라는 테야르 드 샤르댕의 관점에 포용되어야 한다고도 말하고 또는 레이먼드 윌리엄스를 인용하여 사회와 인간을 보는 어떤 '원숙한 관점'에 일치하는 것이라고도 하고 또는 로렌스의 어떤 유기적 생명관과 일치하는 것으로도 본다. 그러나 무엇보다도 시민적 이상의 내용으로 중요한 것은 '사랑'이다. 그는 한용운의 「님의 침묵」이 사랑의 노래이며, 김수영에서 "'사랑'은 '자유'와 '참여'의 동의어로 쓰이고 있"(17쪽)음을 지적하고 "'사랑'을 잊어버린 '시민 의식'은 공민 교과서적인 공염불과 속임수, 내지는 비인간적 독단주의로 떨어질 염려가 있"(17쪽)다고 말한다. 또 "예수가 보복과 강제의 지배를 지양하고 사랑의 지배를 이 세상에 선포했을 때의 '사랑'"(20쪽), 일체중생실개성불(一切衆生悉皆成佛)의 자비심, 플라톤의 에로스(이것은 다른 글에서 강조되는 것이지만), 톨스토이의 기독교적 인간애도 시민적 이상의 확대된 내용이 되어야 한다고도 말한다. 이러한 시민적 이상의 확대 부연은 그 필요성의 깊은 깨우침에서 나온 것이라고 할 것이다. 그런데 이것은 백낙청 씨의 시민적 이상을 역사적인 맥락에서 이해될 수 있는 시민적 이상과는 상당히 다른 것이 되게 한다. 앞에서 비쳤듯이, 그 결정적인 계기를 이루는 것은 역사 발전의 주관적 계기로서의 이성에 대한 역점의 이동이다. 백낙청 씨가 이성을 경시하는 것은 아니지만, 그에게 보다 중요한 것은 시민적 이상에 있어서의 정적(情的)이며 의지적(意志的)인 요소이다. 그리하여 사실적 근거에 대한 실증적인 탐구보다도 인간의 내면에 존재하는 사랑의 의지와 그것의 즉각적이고 행동적인 실행이 문제의 핵심이 되는 것이다. 물론 백낙청 씨가 일체의 사실적·제도적·방법적 탐구를 부정하는 것은 아니다. 가령 선비 정신이 시민 정신과 어떻게 다른가를 논의하면서, 그것이 많은 본받을 것을 가지면서도 서로 같은 것일 수 없다는 이유로서, "첫째 근본적으로 선비는 촌민으로서도 시민과는 달리 생활 전역에 걸쳐 관습에의 의존도가 압도적이었고 근대적 문명의 건설과 유지에 필요한 지식 기술을 못 가졌으며, 둘째 그는 어디까지나 봉건 군주의 신민으로서 맹자의 혁명도 군주를 바꾸는 것이지 군주나 봉건 사회를 없애는 것이 아니었고 셋째로 비록 누구나 성현의 도를 배우고 예를 익히면 선비가 될 수 있는 것이 선비의 이상이었는지 모르나 실제로 그것은 — 특히 중국보다도 한국에서는 — 엄격히 계급적인 이상이었던 것이다."(38~39쪽)라고 하는 대목 같은 데에서도 그가 사랑 외에 여러 가지 현실적 전략을 고려하고 있음을 알 수 있다. 그렇다고는 하나 그에게 핵심적인 것은 사랑의 즉각적인 표현과 실현이지 그것의 실현을 위한 현실 조건의 이상적인 탐구는 아니다.

「시민 문학론」은 소시민 의식을 어떻게 시민 의식으로 바꿀 것인가 하는 문제에 대한 논의를 그 서두로 삼고 있다. 흔히 고전적 설명은 소시민 의식을, 하류 중산 계급이 자신의 사회적 지위를 잘못 의식하는 데에서 나오는 것이라고 하고 이런 의식의 극복은 자신의 사회적 지위를 개인적인 힘으로 향상시킬 수 있다는 환상을 버리고 스스로의 공동체적 운명을 자각함으로써 시작된다는 것이다. 이런 설명은 의식과 존재의 관계에 대한 이성적인 분석이 사회적 진실에 이르는 중요한 방법이며, 또 그러한 분석이 막혀 있는 사랑을 터놓은 치유의 방법임을 믿고 있는 것이다. 「시민 문학론」에서는 우리는 이런 종류의 논법을 발견할 수 없고, 다만 소시민 의식은 시민 의식의 강조로써 극복되는 것처럼 이야기되어 있다. 이렇게 말하는 것은 백낙청 씨가 앞에 말한 바와 같은 고전적 설명을 택했어야 한다는 것도 아니고, 또 그것이 더 우수한 접근 방법이라는 것을 말하자는 것이 아니라, 다만 이성적 분석을 중요한 이해의 수단으로 하는 어떤 태도와 백낙청 씨 특유의 주정적(主情的)·주의적(主意的) 태도를 대조해 보자는 것이다.

이러한 태도는 「시민 문학론」에 나타난 그리고 사실상 다른 글에서도 계속해서 볼 수 있는 것으로서 그의 비평 방법도 규정하고 있는 것이다. 즉 어떠한 작가나 작품을 이야기함에 있어서 그에게 중요한 것은 '정신'이나 '의식'이다. 이것은 「시민 문학론」에서 시민적 문학의 맥락을 개관하는 데에서 쉽게 예증할 수 있다. 한용운이 시민 시인이고 민족 시인이기에 위대하다는 것은 당연한 이야기이다. 또 그는 『삼대』가 더욱 뛰어난 작품이 되지 못한 것은 "불철저한 시대 의식"(53쪽) 때문이라고 한다. 또는 이호철(李浩哲)의 「소시민」이나 최인훈의 『광장』이 1960년대 문학의 중요한 업적이면서 더욱 훌륭한 작품이 되지 못하는 것은 작가가 드러내 주는 "사랑의 결핍"(64쪽) 때문이라고 말한다. 시민 의식 또는 사랑의 강도에 의한 작품의 시험은 보다 젊은 작가들의 경우에도 적용된다. 뛰어난 작가 서정인(徐廷仁)의 한계는 그의 소설에 표현된 사랑이 너무 자기 연민에 가까운 것이기 때문이다. 박태순(朴泰洵)의 작품의 경우도 주어진 상황을 시민 의식으로 넘어서지 못하기 때문에 그 나름으로 뛰어난 업적을 이룩하면서도 바람직한 수준에까지는 미치지 못한다. 다른 글에서 예를 들면, 조선작(趙善作)의 『성벽』의 단점과 장점은 주인공의 태도가 "진정한 의미의 달관이라거나 각성된 저항의 자세는 못 되지만, 소시민적인 나약성이나 허세 같은 것"(272쪽)과는 다른 어떤 것을 보여 주기 때문이다. 황석영(黃晳暎)의 「돼지꿈」의 좋은 점은 그것이 없는 사람의 '건강함'을 보여 주기 때문이다. 방영웅(方榮雄)의 강점이 단점으로 바뀌는 것은 그가 "작가 개인의 상념을 누구나 납득할 수 있는 건강한 현실 인식보다 앞세우는"(280쪽) 그런 대목에서이다. 물론 이런 시험만이 작가에 적용해야 하는 것이라고 한정적으로 말하는 것은 아니지만, 백낙청 씨의 생각에 무엇보다도 작품의 성공을 보장하는 것이 "진실에 입각한 작가 의식뿐인 것"(288쪽)이라는 명제는 가장 중요한 것이다. 하여튼 "건강하고 순수한 작가 의식"(290쪽)의 중시는 백낙청 씨로 하여금 작가와 작품을 대체로 동일시하게 하고 작품의 독립성을 제2차적인 것으로 보게 한다. 그에게는 어떤 작품 자체가 가질 수 있는 사실에 대한 충실성이나 구조적 완벽성의 문제도 물론 제2차적인 것이 된다.

이것은 그가 자족적(自足的)인 예술을 거짓된 예술이라고 보는 입장에 연결되어 있지만, 반드시 리얼리즘의 입장에 당연히 따르는 귀결점은 아닌 것이라는 점에 주의할 필요가 있다. 왜냐하면 정치적인 동기를 가진 리얼리즘의 입장에서도 문학 작품을 현실에 대한 사실적 탐구의 방법으로 볼 수도 있고 또 작품의 구조 또는 기교의 문제도 현실의 구조를 탐구하는 가장 중요한 방법으로 간주될 수 있기 때문이다. 여기에서 이러한 점들을 다 가려낼 수는 없지만, 한 가지 간단한 예로서 「시민 문학론」에 표현되어 있는 『삼대』에 대한 견해를 살펴볼 수 있다. 백낙청 씨는 이를 투르게네프의 『부자(父子)』에 비교하여 다음과 같이 말한다.

투르게네프가 『부자』에서 바자로프와 아르까지의 사이에서 그 어느 쪽으로도 기울지 못하고 고민하고 있는 데 비해 염상섭은 분명히 조덕기의 입장에 치우쳐 있고 거기에 상당히 만족해 있는 것 같다. 약간의 고뇌와 회의를 품고 있지만 그 삶에 '님'이 있는지 없는지를 철저히 따지고 들 생각은 없는 것이다.

백낙청 씨는 이와 같이 미리 정하고 나선 일방적인 태도를 염상섭의 결점으로 들고 있지만, 바로 위에 인용한 구절 앞에서는 『삼대』가 지나치게

'차분한' 작품이라 하고 또 "어딘가 시민 이전의 장인적(匠人的)인 초연함이 엿보인다."라고 말하고 있다. 그러나 관점을 좀 달리하여 염상섭이 조덕기 쪽에 너무 치우쳐 있다면, 그것이 자신의 작품에 그려진 현실에 대하여 보다 객관적 거리를 유지할 수 있는 '장인적인 초연함'이 부족한 때문이라고 할 수도 있을 것이다. 또 염상섭이 한쪽으로 치우쳐 있다면 그것은 이 인물이 대표하고 있는 관용과 사랑의 태도에 그가 동조하려는 충동을 강하게 느꼈기 때문이라 할 수 있다. 사실 염상섭이 백낙청 씨의 말대로 조덕기 정도의 사랑이 아니라 보다 큰 사랑을 추구하였어야 한다고 하고 또 그것이 보다 큰 사실적 인식을 낳는 방법적 의의를 가질 수 있다고 하더라도 '장인적인 초연함' 그것도 보다 큰 사랑과 인식에 이르는 방법이라는 생각도 가져 볼 수 있는 것이다. 이때에 작품의 객관적이고 사실적인 구조는 바로 이러한 큰 목적을 위한 방법으로서의 의미를 가질 것이다. 간단한 예로써 모든 것을 다 가려낼 수는 없지만, 우리는 여기에서도 '분석의 정신'에 대하여 백낙청 씨가 갖는 유보(留保)를 볼 수 있고 그것이 낳는 하나의 결과를 볼 수 있다. 그러나 앞에서도 말했지만 이렇게 말하는 것은 우열을 논하자는 것이 아니라 차이를 지적하자는 것이다. '분석'의 부분성 특히 그것의 관조주의에로의 전락 가능성이 심각한 문제가 될 수 있다는 것을 우리는 백낙청 씨와 더불어 인정하지 않을 수 없는 것이다.

어쨌든 우리는 백낙청 씨의 '시민 정신'은 그 자신이 말하듯이 유럽의 그것과는 다른 것이며, 무엇보다도 사실에 대한 이상적인 탐구라는 면에 대하여 커다란 유보를 가진 것이라고 할 수 있다. 그것은 앞에서 비쳤듯이 여러 가지 결과를 갖는 것이다. 이러한 결과들은 1970년대의 글, 특히 1973년의 「문학적인 것과 인간적인 것」, 1974년의 「민족 문학 개념의 정립을 위해」, 1977년의 「역사적 인간과 시적 인간」에 표현되었다. 이러한 글들의 배경에 있는 것은 민족이라는 개념이지만 이것은 여러 가지로 커다란 진전으로 생각된다.

　새로이 민족 문학 또는 민족이라는 개념을 도입한 이래 그의 글이 훨씬 선명하고 강력한 것이 된 것으로도 우리는 시민이라는 개념이 그의 모든 생각을 포용하는 데에 부족한 것이었다는 것을 짐작할 수 있다. 물론 그의 중심 개념이 시민에서 민족으로 옮겨 갔다고 해서 그의 생각이 근본적으로 바뀐 것은 아니다. 그리고 사실의 면에서도 시민과 민족 사이에 연결이 없다고 할 수는 없다. 백낙청 씨 자신 「한국 문학과 시민 문학」(1974)과 같은 글에서 이 연결을 시도한 바 있다. 그러나 그 노력의 결론은 부정적인 것으로 기운다고 할 수 있다.

　여기에서 그는 서양의 시민 계급이 중요한 역사적 업적을 이룩한 것은 사실이고 그러한 업적을 낳은 시민 정신은 존중하여 마땅한 것이지만, 우리 역사의 현 단계에서 우리 의식이 "현존하는 서구 시민 계급의 의식 상태를 질적으로 넘어서지 못하는 한"(79쪽) 서구적인 시민 의식은 피상성을 벗어날 수 없다고 말한다. 이것은 그전의 발언에서도 볼 수 있는 주장이지만, 그 역점은 상당히 다른 것이 되었다. 이제 그가 서구적인 시민 정신이 단순히 역사적으로 지양될 수밖에 없는 것이며 다른 상황에 다른 정신이 필요한 것이라는 당연한 주장을 펴고 있는 것은 아닌 것이다. 그는 오늘날 "이른바 선진 공업 사회와 식민지 또는 반식민지적 후진 사회가 하나의 세계사로 묶여진 상황에서는 '시민 의식'을 포함한 모든 종래의 개념에 '화학 변화'가 일어나게 되고 '전혀 엉뚱한 작용을 할 수 있게'"(80쪽) 된다고 말하여, 서구적 시민 의식에 제국주의적 차원을 부연함으로써 재평가의 필연성 ── 결국은 시민 의식 그 자체의 부정을 초래할, 재평가의 필요성을 말하고 있는 것이다. 「시와 민중 언어」에서 그는 '자유·평등·우애'를 내세운 프랑스 혁명이 곧 프랑스 민족주의, 대국주의(大國主義)로 발전하였음을 지적하고 있다.(216쪽) 그러니까 그가 「한국 문학과 시민 의식」 이외에서는 시민 의식의 확대 해석을 시도하지 않는 것은 자연스러운 일이다. 백낙청 씨의 구극적인 입장이 그러한 개념의 이론적인 연결을 꼭 필요로 하는 것은 아닌 것으로 보이기 때문에 그가 시민을 버리고 민족을 주로 말하게 된 것에 어떠한 손실이 있다고 할 수는 없다. 그의 사회와 문학에 대한 견해를 뒷받침해 줄 수 있는 주제들을 그는 이제 우리 민족사 속에서 거의 다 찾을 수 있다고 생각하게 된 것이다.

민족사 중심의 관점을 수립하는 데 필요한 일 중의 하나는 일직선적인 발전사관의 수정이었다. 백낙청 씨가 어느 때에 있어서나 민족사의 주체적인 파악을 경시한 일이 있었다고 할 수는 없으나, 분명 그에게 우리 민족사가 갖는 의의는 서구라파의 역사가 보여 주는바 진보적(進步的) 주제들을 구현하는 한도 내에서 안정되는 경향이 짙었다. 뉘앙스는 더 복잡한 기복을 갖는 것이라 할 수는 있으나, 백낙청 씨의 전기 사상에 있어서는 앞에서 말한 바와 같이 한국 역사는 서구적인 시민 사회 또는 그 연장선상의 어느 지점에서 파악되었다고 해서 크게 틀리지는 않는 일이다. 그러나 이러한 각도에서 우리 역사가 이해되는 한, 서양사를 넘어다 보면서 오늘의 상황과 미래의 상황을 연결해 보게 되는 것은 불가피하다. 다시 말하여 우리의 역사는 사실상 서양의 진보적인 주제로 하는 한도에서만 세계사적인 의의를 지닌 것이다. 그런데 우리는 「문학적인 것과 인간적인 것」에서 백낙청 씨가 서구적인 역사 발전의 이념에 대하여 상당히 강력한 의문을 제기하고 있는 것에 주목하게 된다.

'역사의 진보', '역사의 발전' 운운하지만 그런 것이 과연 있는 것인가? 진보사관에 어긋나는 종래의 우수한 사관들 ── 예컨대 고대 그리스인의 순환사관이라든가 중세 기독교의 내세 중심의 세계관, 또 우리 동양에도 뿌리 깊은 상고(尙古) 사상, 이런 것들을 무조건 틀렸다고 규정할 객관적 근거라도 있다는 말인가? 또 설혹 '역사'가 진보한다고 해서 문학이나 예술도 따라서 진보한다고 할 수 있는가? 도대체 '역사'란 무엇이며 '진보'의 정확한 말뜻은 무엇인가?(107쪽)

이러한 질문을 제기한다고 해서 그 답이 반드시 부정의 형식을 취한다는 것은 아니다. 그는 역사가 발전한다는 생각을 버리지는 않는다. 그러나 역사의 발전이 "'예술의 마음'에 무연하고 심지어 그것에 적대적인 것이라면 차라리 역사가 발전 안 하는 것이 낫겠다."(109쪽)라고까지 말하기도 한다. 이러한 양면적(兩面的)인 태도는 「역사적 인간과 시적 인간」에서도 뉘앙스를 달리하여 되풀이되어 있다. 그는 여기에서 엘리아데를 인용하면서 그의 '고대의 존재론'이 보여 주는 원형적인 체험에 상당한 호감을 보이고 나아가 그러한 원형적 체험이 원형에 그치는 것이 아니고 오늘날에도 가령 "해돋이를 맞는 것이 문자 그대로 우주의 새로운 탄생과도 같은 신선하고 장엄하고 거룩한 순간"(182쪽)으로 체험될 때 계속하여 존재하는 것이라고 말한다. 그렇다면 인간 체험의 누적적 상승을 이야기하는 역사의 발전이란 헛소리에 불과하다고 할 것인가? 백낙청 씨는 이러한 귀결은 적극 피하고 원형적 경험 또는 거기에서 나오는 "'신앙'이 제공했던 '창조의 자유'를 또 다른 차원으로 지양하는 역사 의식·역사 행위"(181쪽)가 있을 수 있다고 말한다. 그리고 이러한 역사 의식이 구현되는 곳은 '객관적 역사'에 있어서가 아니라 '본질적인 역사'에 있어서라고 말한다.(183쪽 이하) 백낙청 씨의 후기 사상에서 우리 민족의 역사는 바로 이러한 '본질적인 역사'의 한복판에 있는 것으로 파악된다. 서구라파가 역사의 선진적 지점에 있다고 한다면 그것은 다만 '객관적 역사'의 면에서이고 또 그러한 역사는 '차라리 발전 안 하는 것이 나은' 역사일 수도 있는 것이다. 그러면 이 '본질적 역사'란 무엇인가? 또 어떤 의미에서 우리 역사가 이러한 '본질적 역사'의 최첨단에 위치할 수 있는가? 이러한 문제들은 역사의 원리가 무엇인가를 생각하는 데에서 풀어질 수 있다.

우리는 앞에서 백낙청 씨가 시민 정신의 중요한 구성 요소인 분석적 이성에 만족하지 않고 여기에 다른 여러 개념, 그중에도 '사랑'의 개념을 이에 추가했던 것을 보았다. 다시 한 번 이것을 돌이켜 볼 때 우리는 '사랑'과 같은 개념이 본질적으로 비역사적인 마음의 상태를 나타내고 있음에 주의하게 된다. 물론 역사에 있어서의 사랑의 진보 확대를 생각할 수 없는 것은 아니나 이것은 사실상 사랑 그것이 아니라 사랑을 가능하게 해 주는 현실적 여건의 발전을 의미한다고 말하는 것이 좋을 것이다.(자유나 평등도 같은 심리적 상태의 이야기가 아니냐 할 수도 있겠으나, 사랑처럼 본질적으로 능동적이고 주체적인 원리와는 달리 이러한 이상은 불가피하게 현실 여건의 이성적 발전 개선에 깊이 관계되어 있다고 말해야 할 것이다. 사람이 적을 사랑할 수는 있을는지 모르나 적의 감옥에서도 자유로울 수 있다는 것은 극히 한정된 의미에서이다.) 여하튼 사랑은 현실 여건에 직접적으로 관계된 것으로 보기도 어렵고 어떤 역사 발전의 단계에 연결되어서 확산 또는 변화한다고 보기도 어려운 면을 가지고 있다. 그것은 어느 시기에나 외적인 발전에 큰 관계없이 역사의 발전은 주로 과학적, 기술적, 따라서 물질적 발전의 의미로 또는 적어도 그것과 밀접한 관계에서 전개되는 정신적 발전을 의미하는 것으로 취하여지는 것이 보통이다. 그리고 그렇게 표현될 수 있다. 「문학적인 것과 인간적인 것」, 「역사적 인간과 시적 인간」에서 중요한 것도 양심, 양지(良知), 도(道), '인간의 본마음', '우리들 하나하나의 타고난 순수한 마음', '예술의 마음', '시적인 것', '거룩한 것'의 체험 등으로 표현되는 어떤 종류의 마음의 자세이다. 그리하여 백낙청 씨가 생각하는 역사는 이러한 것들의 참모습이 그대로 드러나는 일 그것을 지칭한다.

그러면 '인간의 본마음'이란 무엇을 말하는 것인가? 여기에 대해서 백낙청 씨는 철학적 또는 논리적 분석을 가하기를 거부한다. 다만 그가 되풀이하여 강조하는 것은 그것이 자명한 것이며 설명을 필요로 하지 않는 것이라는 것이다. 앞에서 본 바와 같이 그것은 '우리들 하나하나의 타고난 순수한 마음'으로서 그것을 아는 데에는 '권위자'나 '전문가'의 해설이 필요한 것이 아니다.(84쪽) 그것은 "착한 사람이 그 착한 마음에서 정녕 안 하지 못하여 하는 일"(84쪽)의 원리이다. 그것은 "사람이면 누구나 타고난 양심의 차원에서 ……당면 문제를 판단"(107쪽)할 때 드러나는 것으로도 생각된다. 또는 그것은 톨스토이가 말하는바 "만인(萬人)을 하나로 묶는 기본적인 형제애, 인류애"의 감정과 비슷한 것으로 말하여진다. 그런가 하면, 이것은 다른 한편으로 일상적인 언어, 특히 지적인 언어로는 오히려 접근되기 어려운 초언어적(超言語的)인 면을 가진 것으로 이야기된다. 지적인 언어로 정식화된 주의 주장은 그것이 이상주의든, 역사주의든, 진보주의든, 허무주의든 모두 '인간의 본마음'과는 틈을 벌리는 일이 된다. 인간의 본마음은 "'자율' 또는 '타율'을 속성으로 가진 하나의 대상으로 규정될 수 없는 것"(111쪽)이다. 다른 관련 속에서는 백낙청 씨의 이 근원적인 것에 대한 이해는 로렌스의 '삶'의 개념에 그 바탕을 둔 것으로 보인다. 로렌스에게 삶의 진실은 현상적으로 또는 대상적으로 파악될 수 없는, 직접적이면서도 깊은 차원에 있다. 즉 로렌스는

> ……'삶' 또는 삶의 진실은 여하한 명제로도 포착될 수 없으며, 개인적 실존이든 사회적·역사적 실존이든 일체의 실존(existence)과는 본질적으로 다른 차원, 그가 말하는 'being'의 차원에서만 체험되고 사유될 수 있다고 본 (213쪽)

백낙청 씨는 로렌스의 'being'을 '임'이라고 옮기면서, 이것을 한용운의

'님'이나 불교의 진여(眞如)나 그가 생각하는 어떤 직접적인 생명의 원리에 연결해 보려고 한다. 그는 이 '임'을 다시 "'있느냐 없느냐'의 분별, 알음알이의 대상으로서의 '이냐, 아니냐'의 분별 이전에 그 어떤 실제나 실존보다도 절실한 관심사"의 대상, 그러면서 "딱히 있는 것도 없는 것도 아닌 엄숙하고 찬란하며 또한 덧없는 그것"(233쪽)으로 말한다. 그리고 다시 그에게 중요한 영향을 끼치고 있는 하이데거는 그의 예술론이나 기술 문명을 언급한 여러 에세이에서 과학적, 기술적 또는 대상적 사고 일체가 참다운 존재 인식에서 벗어난 것이라고 되풀이하여 말한 바 있거니와 백낙청 씨의 '본마음'에 대응하는 것은 말하자면, 하이데거의 존재이다.

　　보다 구체적으로 '본마음'과 삶의 진실이 드러나는 것은 어떤 형태로인가? 어떻게 생각하면, 특히 그 톨스토이적인 연관이나 불교적인 배경을 생각하면, '본마음'의 발현은 인도주의적 성격을 띨 것으로 추측할는지 모른다. 그러나 백낙청 씨가 생각하고 있는 것은 단순히 인도주의나 휴머니즘이 아니다. 그의 생각에 '본마음'의 표현은 몇 가지 구체적인 조건에 의하여 한정되는 것으로서, 무엇보다도 그것은 행동적 양심으로 표현되고 민중의 마음으로써 표현되는 것이다. 양심에 입각한 행동은 조용한 인도적 감정과도 다르고 또 어떤 목적을 위하여 하나의 수단으로서 채택된 합리적 계산의 행위, 즉 목적 실현을 위한 도구적 행위와도 다르다. 앞에서 말한 바와 같이 그것은 오로지 직접적이고 실천적인 정의의 행동을 뜻한다. 따라서 백낙청 씨는 이상과 현실의 괴리를 염두에 두고 이상의 직각적 표현에 유보를 둘 수 있는 그가 이상주의라고 부르는 비행동주의를 배격한다. 그것은 그의 관점으로는 "보다 나은 삶을 창조하겠다는 양심의 발현이 삶 자체, 현실 자체의 본연의 모습과 한 치의 틈도 없이 일치한다고 보는 게 아니고 삶 혹은 현실이라는 '대상'을 두고 일정한 '계산'과 '이상'을 어느 개인 또는 집단이라는 주체가 '소유'하고 있는가 없는가에 따라 결정되는 사항으로 잡고 있"(101쪽)기 때문이다. 실천적 행동 속에서 모든 계산은 초월된다. "순수한 마음으로 예술을 할 때, 역사적 사명의 실천에 온몸으로 참여해서 문학을 할 때, 이런 (소시민과 지식인들에게 흔한) 안달과 조바심과 원한은 모두 사라지"(113쪽)게 마련이라고 그는 말한다. 이러한 계산의 초월은 비단 개인적인 차원에 있어서만의 이야기가 아니다. 역사는 발전하는 것이니까, 또는 발전하여 가는 것이니까 그 대열에 참여한다는 식의 역사 참여도 바람직한 것이 아니라고 한다. 즉 그것은 어떤 "개인적인 자질 덕분에 역사 발전의 실재성(實在性)과 그 행방을 미리 알아차리고 이에 편승하는 식의 이기주의, 출세주의의 성격을 띠기가 쉽고, 그런 만큼 배신의 가능성을 항상 안고 있기도 하는 것"(108쪽)이라는 것이다.

그렇다고 백낙청 씨의 실천이 순전히 실존적인 도덕 행위인 것은 아니다. 그의, 직접적이고 긴급한 실천에의 결의가 역사 발전을 무시하는 것이 아니기 때문이다. 그는 실천의 결의와 역사 발전이 일치하는 것임을 강조한다. 즉 "진보가 있도록 하는 것이 바로 목숨 자체와 동의어가 되는 자기의 사명이라는 깨달음이 되고 그 사명이 실천이 될 때 ─ 그것이 곧 사명의 실천에 필요한 객관성을 낳고 논리를 낳고 과학을 낳는 것이라"(109쪽)고 그는 말한다.

'본마음'의 철학은 이와 같이 그 행동적 요구에 의하여 보편적인 인정주의나 인도주의 또는 휴머니즘과 구별되지만, 조금 더 구체적인 정치의 차원에 있어서는 그것이 투쟁적 민주주의와 제휴함으로써 그러한 입장과 다시 한 번 구별된다. 1970년대의 백낙청 씨의 입장은 선의의 인간의 넓은 제휴를 호소했던 1966년의 입장과는 상당히 다른 것이다. 사람이 "형제처럼 동포처럼 함께"(95쪽) 살 수 없는 그런 판국에서 어떻게 모든 선의의 인간이 본마음과 착한 마음으로 결합할 수 있겠는가? "주어진 사회 현실이 사람들 사이의 참다운 유대를 조직적으로 파괴하고 왜곡시키는 마당에서 어떻게 '만인을 예외 없이' 결합시킨다는 말인가?"(95쪽) 백낙청 씨는 이렇게 반문한다. 그리고 "인간의 동포애적 결합을 추구하는 사람들끼리", "부분적 배타적으로"(96쪽) 뭉쳐야 된다고 말한다. "출세보다 양심이 더 소중한 사람들, 소수의 화려한 특권보다 민족의 존립과 다수의 평등한 복지를 앞세우는 사람들, 인간과 인간이 제도적으로 서로 경쟁하고 서로 이용하며 매사를 사고파는 세계와는 다른 세계를 원하지 않을래야 않을 수 없는 사람들 — 이런 사람들끼리 우선 '부분적 배타적'으로 뭉쳐 적과 동지를 식별하고 전열을 가다듬지 않는다면 어떻게 만인이 동포적 결합을 지향하는 역사의 움직임에 참여할 수 있을 것인가?"(96쪽) 백낙청 씨는 이렇게 묻고 있는 것이다.

그렇다면 이렇게 배타적으로 뭉친 사람은 현실적으로 누구인가? 그는 이러한 사람으로서 양심을 가진 자, 그것을 행동적으로 표현하고 있는 사람을 주로 생각하고 있는 것 같다.(소렐이 「폭력론(暴力論)」에서 '대파업'에 있어서의 행동적 선택이 사람을 갈라놓는다고 말하는 것에 비슷하게.) 동시에 이러한 사람들을 민중 자신은 아니라도 민중과 함께하는 사람이란 점을 되풀이하여 강조함으로써, 그는 그의 양심인의 집단에 조금 더 구체적인 내용을 부여한다. 왜냐하면 "양심이란 것도 벌거벗은 본마음 그대로의 상태에서 민중과 한 몸이 되고 만인과 형제처럼 결합되는 경지"(103쪽)를 말하기 때문이다. 이상주의를 포함한 모든 '이즘'을 배격하는 것도 '민중 의식'의 회복을 위하자는 뜻에서이다. 그리고 문학이나 비문학적 행동이나 가장 중요한 행동의 기준은 어떤 일이 "순수한 마음으로, 진정한 민중 의식으로 추구되는 일인가"(112쪽) 하는 것이라고도 그는 말한다. 그러나 주의할 것은 앞에서 비친 대로 양심의 인간이 반드시 민중 자신을 곧바로 뜻하는 것은 아니란 점이다. 그는 "빈곤과 무지에 시달리고 있는 민중의 의식 상태를 함부로 미화하려고 하"(103쪽)는 것을 경계한다. 아마 이것이 그로 하여금 민중보다는 민중 의식을 주로 강조하게 하는 이유일 것이다. 어디까지나 그에게 중요한 것은 어떤 대상화된 사물이나 인간보다도 내적 의식의 행동적인 표현인 것이다.

백낙청 씨의 '본마음'의 철학은 그것 자체로서 중요한 발언이면서 여러 가지 결과를 낳는다. 앞에서 말한 대로 그것은 삶에 대한 일체의 지적인 접근을 수상쩍게 보는 태도의 이론적 근거를 이룬다. 백낙청 씨가 모든 지적 오만을 혐오한 것은 처음부터 알 수 있는 것이었지만, 근년에 올수록 그는 오만이 없는 지적인 행위까지도 그릇된 생각에서 나온 것이거나 아니면 그 자신의 말로 지식의 "어떤 본원적인 매판성"에서 연유되는 것으로 생각한다. 이러한 반지성주의가 그로 하여금 롤랑 바르트를 비롯한 현대의 프랑스 비평가 내지 철학자, 나아가 그에 비슷한 작업에 종사한다고 생각되는 한국의 지식인을 배격하게 하고 그의 문체를 어쩌면 불필요할 정도로 논쟁적이고 공격적이게 하는 것이다.

삶의 현실에 대한 직접적이고 신비적인 이해에서 나오는 보다 중요한 귀결은 앞에서 이미 말했듯이 이것이 그로 하여금 서양 위주의 발전사관에서 벗어나게 하여 준다는 것이다. 삶의 진실이 물질적 발전이나 현실 세계의 합리화의 원리로서의 이성의 발전에서 구현되는 것이 아니고 그것과는 다른 직접적이고 신비스러운 진리의 발현이라고 한다면, 구태여 과학 기술과 진보적 정치 이념의 담당자로서의 서구 문명이 세계사의 전위를 맡고 있다고 볼 필요가 없는 것이다. 오히려 한국 역사가 '본마음'을 바르게 간직해 온 것이라면, 우리 역사야말로 '본질적인 역사'의 핵심에 있다고 해야 할 것이 아닌가? 이러한 생각의 맥락에서 백낙청 씨는 우리 역사야말로 '거룩한 것'이 일어나고 있는 현장이며, 우리 국토야말로 '거룩한 땅'이라고 말하는 것이다.(우리는 로렌스가 '두뇌 의식'이 지배해 온 서구의 역사를 떠나 비서구적인 곳에서 새로운 삶의 원리를 찾고, 하이데거가 소크라테스 이후의 서양사를 '존재 망각의 역사'로 규정하고 '존재'에로의 복귀를 부르짖은 것, 또는 어떤 제3세계의 이론가들이 세계사의 새로운 진보의 장(章)이 제3세계에서 열린다고 하는 데에서 비슷한 발상을 볼 수 있다.)

백낙청 씨의 '본마음'의 철학은 우리를 사로잡는 민족의 형이상학을 제공해 준다. 그리고 그것은 형이상학으로서 매력적인 것일 뿐만 아니라 진실을 향한 가차 없는 정열과 용기를 표현하고 있다. 사실상 누구라서 누구에게나 명명백백하게 드러나는 '본마음'의 존재를 믿고 싶지 않겠는가? 그것에 대한 신념 없이는 어떠한 민주적이고 평등한 사회를 위한 노력도 어떤 한계에 부딪치지 않을 수 없을 것이다. 또 서양적인 현대화의 와중에 있는 우리로서, 설령 그 과정을 완전히 긍정적으로 받아들이는 경우라 하더라도 그것에 대하여 불안감을 안 느낄 수는 없는 것이다. 우리 민족사의 '선진성'은 누구나 믿고 싶은 것이고 또 마땅히 믿을 수 있는 사실로 만들어야 하는 것이 백낙청 씨의 말대로 우리의 사명이기도 하다.(미국의 중국 사상사가 조지프 레븐슨은 중국 사람들이 모택동(毛澤東)의 혁명에 쉽게 동의할 수 있었던 동기를 그것이 전통적인 중국과 함께 서양사 자체를 비판할 수 있는 근거를 제공했기 때문이라고 말했다. 비서구권의 근대주의자들은 서양을 배우면서도 서양에서 배운다는 사실이 부과하는 열등의식, 비주체화를 벗어나고자 하는 강력한 필요를 느낀다. 그리고 그러한 필요는 충분히 정당한 것이다.)

그러나 문제는 많다. 앞에서도 나는 군데군데 문제점들을 지적하였지만 '거룩한 것'의 직관이 어떻게 '본질적 역사'가 아닌 현실 세계의 정치 공동체의 원리가 될 수 있느냐 하는 것은 가장 큰 문제일 것이다. 아무래도 사회적 삶의 문제는 그것이 어떤 종류의 것이든 민주적인 틀 속에서 선택되는 것이라면, 도덕적 직관의 문제가 아니라 우원하고 답답한 대로 이성적 언어와 이성적 제도의 문제로 남아 있을 수밖에 없는 것이다. 그리고 이 우원하고 답답한 것이 반드시 우원하고 답답한 것만도 아니다. 세상에 가장 단순한 것이야말로 언표(言表)하기 어려운 것이고 여러 사람 사이에 쉽게 전달되기 어려운 것일 때가 많다. 철학자치고 그가 아무리 어렵고 난삽한 언어를 사용한다고 하더라도, 그가 조금이라도 진지한 의미에서의 철학자라면, 그의 어려운 언어라는 우회를 통해서 그가 이루고자 하는 것이 본래 주어진 단순한 사실이라고 말하지 아니할 철학자는 없을 것이다. 양심이란 것만 해도 그것은 얼마나 분명하면서도 불분명한 것인가. 현실 사회에서 양심의 검증처럼 어려운 것은 없을 것이다.

그것은 왜 그런가? 사실 만인이 알아볼 수 있는 양심이 있다고 하더라도 그것은 삶의 여러 자질구레한 관심 속에 흩어져 있는 것이다. 사람은 벌거벗은 양심의 차원에서 산다기보다는 이러한 자질구레한 삶의 관심 속에서 산다. 참으로 철학적인 양심의 고찰은 이러한 관심 속에 흩어져 있는 양심의 다양한 표현을 확인하려고 하고, 또 이것을 어느 한쪽으로 단순화하지 않고 이성적인 틀 속에 종합하려고 한다. 또 이러한 고찰은 단순히 벌거벗은 양심 또는 일직선적인 이성만으로 완성되지 아니한다. 왜냐하면 삶의 자질구레한 관심의 종류와 느낌은 천태만상의 것이기 때문이다. 여기에 필요한 것은 모든 사람이 끊임없이 주고받는 말의 상호 교환이다. 정치는 여기에 그 영역을 발견한다. 그것은 양심과 이성을 포함하면서, 삶의 전체적인 조화에 관계되고 이 조화는 말의 자유와 행동의 자유를 보장하는 제도의 발전을 요구한다. 또 행동이 양심을 검증한다고 하여도 그러한 행동은 어떠한 행동을 말하는가? 역사적 현실에 있어서 행동이 중요한 것은 사실이지만, 역사적 의의를 갖는 행동은 양심적 동기의 행동이 아니라 현실 세계의 효과적인 행동이다. 이것은 현실 세계가 순전히 결과와 힘의 세계라는 뜻에서만은 아니다. 역사적 행동 또는 정치적 행동의 근본 의미는 나의 양심에서 발견되는 것이 아니라 그것이 남의 삶에 끼치는 영향에서 발견된다. 남과 남이 이루는 집단 생활에 있어서, 이 영향은 인간의 상호 작용과 그 작용의 제도적인 조정으로써 억압이 아니라 해방에 기여하는 것이 된다. 이것이 행동의 동기가 아니라 결과가 중요한 참 이유이다.

그렇다고 양심이나 그에 입각한 행동이 의미가 없다는 것은 아니다. 그것 없는 우리의 삶은 비열한 공리주의에 떨어지고 말 것이다. 사람이 모두 나날의 삶의 차원을 떠나 지사적(志士的)인 차원으로 초월할 수 있는 가능성은 오로지 그것에 근거해 있다. 백낙청 씨의 탐구는 우리 시대에 있어서 가장 값진 민족의 양심에 대한 탐구를 대표한다. 그리고 누구나 알다시피 이미 그는 행동으로써 그의 실천적 결의를 충분히 나타낸 바 있다.

(1978년)

남성적 사회의 여성

이정환의 한 단편을 중심으로

주체적인 삶을 위한 현대 여성의 끊임없는 투쟁을 한 이론가는 '가장 긴 혁명'이라고 불렀지만 사실상 여성의 문제는 부계 사회 이후의 인간 역사에 있어서 가장 오래된 문제임에 틀림없다. 억압 없는 삶과 보람 있는 삶의 쟁취가 역사의 발전적인 충동을 대표하고 또 모든 사람의 미래를 위한 소망을 나타낸다고 하면, 여성의 문제는 반드시 해결되어야 할 문제이며 또 모든 사람의 문제이다. 한 사회에 있어서의 여성 문제의 의식화(意識化)와 그 해결을 위한 시도는 그 사회에 있어서의 인간의 삶의 질에 대한 가장 중요한 지표가 된다. 이것은 단순히 상징적인 의미에서만 그렇다는 것이 아니다. 여성의 상황과 다른 사회관계와는 서로 긴밀하게 묶여 있는 맥락을 이룬다. 그것은 사회관계의 여러 요인에 의하여 결정되고 또 그것들에 영향을 미친다.

우리나라에 있어서도 여성의 문제는 새로운 문화 의식이 움트던 때에 이미 제기되었다. 이것은 여성의 문제가 얼마나 뿌리 깊은 것이며 또 널리 얽혀 있는 문제인가를 말하여 주는 단적인 증거라고 할 수도 있다. 우리 신문학(新文學) 작가들은 벌써 20세기 초에 대가족 제도 안에서의 여성의 고통, 자유연애의 이상, 신문화 건설에 있어서의 여성의 역할, 다시 말하여 여성이 어떻게 인습의 질곡에서 풀려 나오고 스스로의 운명을 자유롭게 선택하고 적극적으로 새 사회의 건설에 참여할 수 있을 것인가 하는 문제에 관심을 기울였다.

그 이후 유감스럽게도 이러한 관심은 한결같이 유지되어 오지도 못했고 또 확대 심화되지도 못하였다. 그것은 오히려 신문학 초기에 비하여 계속 쇠퇴되어 온 것이 아닌가 하는 인상을 주기조차 한다. 오늘날 다시 이러한 관심이 고조되어 가는 것은 반가운 일이다. 이 시점에서 여성 문제의 의식과 그 실천적 표현을 반성하고 그 성쇠의 요인을 검토해 보는 것은 매우 중요한 일이다. 그러나 여기에서 내가 그러한 역사적 개관을 시도해 보겠다는 것은 아니다. 다만 한 가지 지적할 수 있는 것은 여성의 상황에 대한 문제의식과 실천적 노력의 성쇠는 다른 사회적 발전의 일진일퇴(一進一退)와 병행했었을 것이라는 점이다. 여성의 위치의 개선은 다른 사회관계에 있어서의 개선이 없이는 불가능하다. 여성 운동의 성패는 다른 사회적 개혁 운동에 연결되어 있다. 이것이 아마 과거의 여성 운동사에서 끌어낼 수 있는 한 가지 교훈일 것이다. 물론 그렇다고 해서 여성 문제만의 단기적인 의식화나 부분적인 개선을 포기할 필요는 없다. 그리고 일반적인 사회 여건의 개선이 자동적으로 여성 문제의 해결을 가져오리라고 생각할 수 있는 이유를 우리는 다른 나라 또는 우리나라의 역사적 선례에서 찾아볼 수도 없는 것이다.

그러나 여성의 문제가 다른 여러 복합적인 요인과의 연계 관계 속에서 이해되고 또 실천적인 해결이 찾아져야 한다는 것은 다시 한 번 옳은 명제이다. 이 짤막한 글에서 내가 하고자 하는 것은 역사적 반성을 시도하는 대신에 오늘날에 있어서 여성의 문제가 어떻게 전체적인 사회 상황에 이어져 있는가를 예시하는 것이다. 이런 각도에서 우리의 생각을 정리하는 초점으로 나는 오늘날 우리 문단의 날카로운 리얼리스트의 한 사람인 이정환(李貞桓) 씨의 단편 「붉은머리오목눈이」[1]를 분석해 보고자 한다.

이 단편은 오늘날의 여성의 상황을 전면적으로 드러내 주고 또 그 구조적 요인을 분석해 내고 있는 것이라 할 수는 없을는지 모르나 적어도 여러 사회적 요인의 한 매듭이 어떠한 줄거리들로 이루어졌나 하는 것을 예시해 주는 것으로는 매우 흥미 있는 단편이다. 오늘날의 여성이 매우 불행한 상황에 있는 것은 사실이다. 그 원인을 우리는 남성 중심의 사회 관습, 윤리, 태도 등에서 찾을 수 있지만 그 구극적인 원인은 우리 사회 전체가 이루고 있는 어떤 생존의 질서 그것에서 찾을 수밖에 없다. 이 소설이 이야기하여 주는 것은 이러한 서로 얽혀 있는 사실의 복합이다. 여성의 상황의 개선은 구극적으로 이런 복합 관계를 꿰뚫고 이루어질 수밖에 없을 것이다.

「붉은머리오목눈이」의 여주인공 —— 이야기의 화자의 계수가 되는 여성은 화자의 동생과 중매의 과정을 통하여 결혼한다. 등장인물들은 극히 빈한한 하층 계급에 속하는 사람들이다. 화자의 계수는 빈농의 딸이고 그 남편은 '빵치기'라는 노점 서적 행상을 하는 사람이다. 그렇긴 하나 그는 강력한 생활 의지를 가지고 있다. 그것은 이 소설의 화자인 그의 형과 손아래 동생의 의지와 합쳐 막강한 것이 될 수 있다는 인상을 준다. 특히 화자인 형은 동생들을 위하여 어떤 일이라도 할 용의가 되어 있는 투쟁적 형제애에 차 있는 사람이다.

이 소설의 이야기는 어떻게 하여 새로 들어온 계수가 가족의 정식 구성원으로 받아들여지게 되는가 하는 과정을 주제적으로 펼쳐 보인다. 그렇게 되는 데는 일정한 사건을 계기로 한 태도의 조정이 있어야 한다. 이 태

---

1 「붉은머리오목눈이」는 단편집 『겨울 갈매기』에 수록되어 있다.

도가 우리의 분석에서 중요한 점이 된다.

결혼한 두 사람은 약 1년 동안 형님 집에서 얹혀 지냈다. 그런 연후 삼형제는 일치된 노력으로 얼마간의 돈을 모아 신혼부부를 위한 가게 터를 구할 수 있게 된다. 그러나 바로 가게를 얻게 되는 전야(前夜)에, 임신 7개월의 화자의 계수는 임신 중독증으로 입원하고 달이 차지 않은 아이를 낳는다. 그런데 계수는 출산 후에도 하혈(下血)을 계속하게 되고 따라서 막대한 액수의 치료비가 필요하게 된다. 과중한 비용의 지출은 삼형제의 관계에 일종의 정신적 위기를 가져온다. 경제적 위기는 새로운 구성원을 감정적으로 또 실질적으로 가족의 일원으로서 완전히 받아들일 것인가 아닌가 하는 문제를 제기하는 것이다. 남편 가족의 망설이는 마음을 대변하여, 화자인 형은 "그동안 건강한 것 같은 계수였고 병원 가기를 싫어하는 계수 역시 우리 형편에 맞는 새색시려니만 생각했던 게 잘못이었다."라고 말한다. 계속 하혈하는 계수가 수혈로 목숨을 부지하는 것을 보면서 그는 "동생이 고생고생 쌓아 놓은, 아니, 우리 가족 전체가 허덕허덕 쌓아 놓은 조그만 재산은 피가 되어 조금씩 조금씩 계수의 혈관으로 흘러들어"가고 다시 "그 피는 계수의 질을 통해 암담한 우리들의 생활 속으로 흘러나오"는 것으로 느낀다. 또 그는 "계수의 질을 질타하고 싶었다."라고 계수의 신체의 특정 부위를 탓하기도 한다. 그러나 그는 계수의 입원비를 지출한다. 그것은 형의 말에 따르면 체면 때문도 아니고 인간의 생명을 존중해야 한다는 고매한 사랑 때문도 아니고 단순히 계수가 그에게 "소박한 여인으로 비쳐져 있는" 때문이었다.

부부간의 사랑 내지 가족 간의 사랑이 경제적인 이해관계를 초월하는 것이라야 한다는 낭만적인 요구에도 불구하고 가족 간의 사랑의 밑바닥에 경제적 동기가 있을 수 있다는 발견은 그렇게 새삼스러운 것이 못 된다. 또 가족의 윤리와 경제적 필연성 사이에 갈등이 생길 때에 가장 쉽게 희생물이 되는 것이 경제력이 약한 구성원이고 사회의 경제 활동에의 참여를 거부당하고 있는 여성이 이런 위치에 있기 쉽다는 것도 그렇게 놀라운 사실이 아니다. 「붉은머리오목눈이」가 단순히 이러한 사실의 제시와 그 극복을 보여 주는 이야기라면 이 소설의 흥미는 그렇게 깊은 것이 아닐 것이다. 이 소설은 감정 관계의 밑에 있는 경제적 동기를 보여 주는 것을 넘어서서, 어떻게 그것이 하나의 일반적인 태도, 윤리적·문화적 규범을 형성하고 있는가를 보여 준다. 이것은 계수가 병원에서 나온 이후의 가족들의 태도에서 드러난다. 화자와 그 가족이 치료비를 지불하기로 결정한 것은 한 여성을 경제 관계를 넘어서는 가족의 일원으로 받아들이기로 한 결정이라 할 수 있다.

그러나 이러한 결정에도 불구하고 그녀는 그대로 가족에 편입되지 아니한다. 병원에서 퇴원한 계수는 시골의 친정집으로 보내지고 그 후 그의 남편은 살림을 챙겨서 아내를 뒤쫓아 처가로 보낸다. 이것으로써 그는 그의 절연(絕緣) 의사를 선언한 셈이고 사실상 그는 몇 달을 아내와 별거한다. 그리하여 울기만 하는 딸을 거느린 화자의 계수는 친정으로 돌아가기는 했지만, "외가에서도 지긋지긋한 존재로 떠"도는 안주할 집을 잃은 존재가 된다.

동생이 별거를 결정하는 것은 어떤 이유에서인가? 한 가지 이유가 그들의 애정이 깊지 못한 데 있다고 생각해 볼 수 있다. 적어도 화자인 형은 그렇게 생각해 보고자 한다. 동생도 그의 형에게 "짧은 동안이나마 같이 살았다는 데에서 오는 정"이 아닌, 보다 깊은 의미의 사랑 같은 것은 못 느낀다고 말한다. 또 그는 새로 장가를 들어 새로운 재미를 보아야겠다고도 말한다. 또는 더 구체적으로 동생의 내심을 알아보려는 형에게 그는 수술이 잘못된 결과로 부부간의 성관계가 어렵게 되었다는 사정을 실토한다. 이것이 그의 애정이 식게 된 구체적인 원인이라는 것이다. 그러나 동생의 사랑이 옅은 것이 아니라는 증거는 소설의 곳곳에 시사되어 있다. 사실 동생이 애정의 냉각을 주장하고 별거를 지속하는 이유가 경제적인 데 있다는 것은 명백하다. 더 엄밀하게 말하면 경제적인 이유라기보다는 그것이 뒷받침하고 있는 어떤 태도, 어떤 윤리적인 방향 감각이 문제이다. 동생은 아내의 치료비가 그의 본가에 큰 손해를 끼친 것을 잘 알고 있고 거기에 대한 보상의 의무가 있음을 무겁게 느끼고 있다. 이러한 느낌은 그의 본래의 가족에 대한 충성심으로 하여 일어나는 것이다. 화자도 동생의 마음에 얼크러져 있는 이러한 동기의 혼재(混在)를 알고 있다. 그는 동생의 태도를 다음과 같이 이야기한다.

동생은 계수씨보다 제 밑의 아우와 형제들간의 생활 문제를 더 따지고 들었다. 바꾸어 말하면 계수씨와 빽빽 울어 대기만 하는 딸로 하여 초지를 굽히기는 싫다는 얘기가 된다. 따라서, 계수씨는 동생의 마음을 어느 한가지로도 휘어잡지 못했다는 말이 되는 것이다.

이러한 설명에 의하면 계수씨의 매력이 본가(本家)에 대한 동생의 충성심에 관련되는 어떤 생활의 계획을 변경시킬 만큼 강력한 것이 못 된다는 것이다. 이러한 사정 외에도, 화자인 형이 동생 부부의 소원(疏遠)한 관계에는 성격과 교육상의 원인도 개재되어 있다고 한다. 즉 책방을 경영하는 집에서 자란 동생은 어릴 때부터 책을 많이 읽기는 하였으나, 그것은 주로 "무협 소설이나 역사 소설, 탐정물 등속이어서 애정이나 성에 대한 지식이 너무 없다."라는 것이다.

동생이 그의 아내와의 별거를 고집하게 되는 데는 이와 같이 경제, 가족 윤리, 성격이나 교양, 이런 여러 동기가 작용하고 있다. 그러나 한마디로 요약해 말하면, 그의 태도를 결정하고 있는 것은 일종의 남성주의 또는 마치스모(Machismo)라고 할 수 있다. 그의 생가(生家)에 대한 충성심은 부계의 가족에 대한 충성심이다. 여기서의 이 가족 집단의 남성 편향은 형제간의 관계의 우위로서 다시 보강되어 있다. 부계 가족의 윤리는 동생의 마음에 부부 중심의 가족의 형성을 허용하지 않는다. 이 윤리가 허용하는 대여성관(對女性觀)은 여성을 자손 증식의 수단으로 또는 성적 쾌락의 대상으로 간주하는 것이다. 그렇게 함으로써만 부계 가족에 대한 충성심은 흔들리지 않고 남아 있을 수 있다. 이런 테두리에서 부부 관계는 전면적인 인간관계가 아니라 매우 부분적인 관계로 쉽게 환원된다.

　물론「붉은머리오목눈이」에서 동생이 그 아내를 인간적인 차원에서 사랑하며, 화자인 형도 계수를 단순히 대가족 내의 종속적 존재로 생각하고 있는 것이 아니란 것은 추측될 수 있는 일이다.(근본적으로 이들은 선량한 인간성을 잃지 않고 있는 사람들이다.) 그러나 중요한 것은 이들이 마음 깊이에서 어떻게 느끼고 있느냐 하는 것이 아니라 어떠한 수사로써 인간관계를 설명하려고 하느냐 하는 점이다. 인간관계의 수사적 표면(表面)은 사회가 용납하는 규범을 표현한다. 규범이 설정하는 것은 권리와 의무이고 그 이외의 것은 개인적인 선의와 악의의 문제이다. 우리가 어떠한 문제를 사회적인 관점에서 이야기할 때, 그것은 규범을 이야기하는 것이다. 여하튼「붉은머리오목눈이」의 인물들이 어떻게 속으로 느끼고 있든지 간에 그들의 행동을 정당화하는 언어는 남성적 윤리에서 나오는 것이다.

　그런데 여기에서 우리가 주의하여야 할 것은 이 남성적 윤리가 단순히 윤리의 문제가 아니란 점이다. 즉 그것은 개인적·집단적 심리의 조정에 따라 선택·변경될 수 있는 성질의 윤리가 아니다. 이 소설의 남자들이 따르고 있는 윤리 규범이 전통적 대가족 제도의 유산이라는 것은 쉽게 짐작할 수 있다. 그리고 이러한 전통적 대가족 제도의 남성주의에 현대의 남성주의의 심리가 추가되어 착용하고 있는 것도 요량할 수 있다. 그러나 중요한 것은 이러한 윤리 또는 심리가 생활의 필연적 질서에 의하여 끊임없이 보강(補强)된다는 사실이다. 이 보강 작용으로 하여 남성적 태도는 가치 선택의 영역이 아니라 생존의 필연성에 속하는 일이 된다.

　이 점이 아마 오늘날의 남성주의와 전통적 대가족주의의 차이가 되는 것일 것이다. 앞에서 우리는 「붉은머리오목눈이」의 남자들이 강한 생활의지의 소유자임을 언급하였다. 행장, 노동, 잡역, 그들은 가장 힘겹고 불안정한 일들 사이를 전전하면서도 살 만한 삶을 위한 투쟁을 쉬지 않는다. 그 결과 그들은 얼마간의 밑천을 잡지만, 그들의 용감성은 돈이 생긴 이후에도 줄곧 필요한 것이었다. 이러한 사정을 화자는 다음과 같이 설명하고 있다.

　　거리 점포나마 좀 커지자 뜯어먹는 악덕 단속반이 많이 생기고 텃세를 부리는 어깨들도 더러 생겼다. 그러나 그쯤은 별 걱정이 안 되었다. 동생들은 둘 다 군에 있을 때, 태권도 사범을 지냈던 실력파들이고 나도 권투장에서 며칠쯤 눈깔나게 맞아 본 가락이 있어 이십 대 깡패는 주로 막둥이가 당했고, 삼십 대는 큰 동생이 맡았으며 사십 대 이빨이 안 들어가는 곤조통은 내가 상담했다. 물론 진짜를 가장한 가짜 짜부까지도 내 차례였다. 한동안 어둡고 파란 많은 생활을 치러 낸 내게는 술 놓고 하는 상담은 그리 어렵지 않았다. 나는 배수의 진을 치고 언제나 죽을 각오가 되어 있었기 때문이었다.

　이와 같이 이들 형제들의 인생 태도는 '죽을 각오'가 되어 있을 정도로 단단한 것이다. 그리고 이러한 태도는 위의 인용문에 비쳐 있듯이 그러한 태도 없이는 살아갈 수 없는 삶의 상황에서 나오는 것이다. 다시 말하여 그들의 남성주의는 상황의 요구에 대한 답변에 불과하다. 아울러 남성적 상황, 남성적 태도에 부딪쳐 여성의 입장은 상대적으로 약화될 수밖에 없다.

사실 처음부터 여성은 남성적 세계와 태도에 대하여 이차적 존재로서 평가되는 도구적 존재이다. 첫선을 볼 때도 "인물은 오십 점이고 빈농의 딸인 데다 나이도 많고" 하는 식으로, 또는 "인물 예쁘면 야코죽"고 "가정 주부란 너무 희끗 번쩍해서도 속 뒤집힐 데가 많"은 것이라는 식으로 생활이나 지배-피지배 관계의 편의라는 관점에서 객체적 평가를 받는 것은 여성이다. 그러나 다시 한 번 말하여 이러한 평가는 생존 투쟁의 논리에서 불가피하게 나올 수밖에 없는 것이다. 극단적으로 투쟁적인 인간만이 살아남을 수 있는 생활 전선에서 여자가 있는 가족은 그만큼 취약점을 가진 전투 단위가 된다. 또 여성에 대한 전인격적 관계의 인정은 책임을 무겁게 함으로써 전략적 고려를 복잡하게 하여 투쟁력의 약화를 가져온다. 그래서 여성은 어떤 특정한 용도의 관점에서만 전투 단위로서의 가족 속에 용납되며, 또 이 용도와의 관련에서 특정 행위, 특정 신체 기관과의 관련에서만 처리된다.

이러한 투쟁의 세계에서 여성이 기대할 수 있는 최대한의 것은 권리가 아니라 선의(善意)와 인정(人情)이다. 「붉은머리오목눈이」는 삶의 투쟁적 현실 가운데서의 인정의 승리를 이야기하고 있는 소설이다. 앞에서 보았듯이, 이 소설의 화자는 그의 계수를 위하여 경제적 손실을 무릅쓴다. 그것은 그녀가 그에게 "소박한 여인으로 비친" 까닭이다. 다시 말해서 그가 계수를 받아들이는 것은, "서른이 넘도록 임자를 못 만나 그렁저렁 속 태우며 지내다가 겨우 시집이라고 와서 밀밥, 보리밥, 정부미 다 잘 먹고 소리 없이 따로 나가 살 날만을 기다리며 살고 있는 그 소곳한 태도"가 좋기 때문이다.

이러한 화자의 태도는 인정스러운 태도라 하겠지만, 그 인정이란 무엇인가? 이 소설의 화자의 태도가 드러내 주는 것은 근본적으로 순종의 덕에 대한 호감, 윗사람의 아랫사람에 대한 연민이며, 이것을 평등한 인간의 삶의 권리에 대한 당연한 인정이라고 보기는 어려운 것이다. 물론 전체적으로 볼 때 이정환 씨의 관점은 위계적인 예속을 전제로 하는 소박한 인정주의(人情主義)의 관점은 아니다. 지금 논하고 있는 단편의 제목「붉은머리오목눈이」는 화자의 계수의 용모를 가리키는 말인데 그것은 용모 이외에 상징적인 의미를 띠고 있다. 소설의 첫머리는 붉은머리오목눈이라는 학명을 가진 뱁새를 그리는 것으로 시작된다.

> 꽃피는 그날은 아침 햇살이 잎 튼 쥐똥나무 가지에 온통 뱁새의 노래로 부서지고 있었다.
> 붉은머리오목눈이, 뱁새의 학명을 그렇게 부른다던가.

이런 묘사에 이어, 화자는 붉은머리오목눈이가 자기의 계수와 비슷하다고 생각한다. 그러고는 그는 다시 다음과 같이 생각을 계속한다.

> 노란 개나리꽃 사이로 계수씨의 눈초리를 느낀 것은 그때였다. 그 오목눈이 부처를 쳐다보듯 나를 쳐다보고 있는 것 같았다.
> 그녀의 부처는 정말 나인지도 모른다는 생각으로 가슴이 철렁해 왔다. 그녀는 내게 그 자신의 운명을 걸어 놓고 있기 때문이다.

이러한 느낌을 통하여 화자가 말하고 있는 것은 모든 생명체의 생명권에 대한 인정(認定)이고 그 인정을 화자 스스로가 자기의 책임으로 떠맡아야 한다는 깨우침이다. 그는 계수에 대하여서도 그녀가 그러한 생명권을 가지며 또 그가 그것을 보호할 책임이 있다는 것을 느끼는 것이다. 그의 계수에 대한 인정(人情)은 이러한 보편적인 생명 긍정에 이어져 있다.

그렇다고 하더라도 이 소설의 상황에서 계수라는 여성이 수동적이고 무력한 입장에 놓여 있으며, 남자들의 인정(人情)과 도량에 매어 달리는 외에 달리 어떤 수가 없는 존재라는 사실에는 변함이 없다. 물론 그녀는 인정과 생활력을 아울러 가진 남성들, 특히 부처님 노릇을 하는 화자의 자비에 힘입어 구극적으로 남편과 합치고 남편의 가족의 정회원(正會員)이 되고 남편과 더불어 새로운 가정을 이룩하게 된 것이다. 그러나 이 소설의 형제들과 같은 인정을 가지고 있지 않고, 설령 가지고 있더라도 그것을 현실화할 수 있는 능력을 갖지 못한 남자들은 얼마든지 있을 수 있다. 그런 경우 여성이 사람다운 삶, 스스로의 삶을 살기 위하여는 어떻게 하여야 할 것인가? 또 개인적인 사정은 모두 다르겠지만 여성 운동의 구극적인 목적은 인정(人情)도 자비도 아니고 정의이며 주체적인 자유이다. 그리고 그것들을 보장해 줄 수 있는 제도적 개혁이다.

앞에서 우리는 이정환 씨의 단편 「붉은머리오목눈이」를 분석하고 그 분석이 암시해 주는바 오늘날의 여성의 상황에 대하여 몇 가지 생각나는 것을 적어 보았다. 그러나 이 글을 끝마치기 전에 우리는 이 소설의 상황이 참으로 오늘날 우리 사회의 여성의 상황을 대표하고 있는가 하는 의문에 답할 필요가 있을 것이다.

다시 한 번 「붉은머리오목눈이」는 하층 계급의 이야기이다. 여기의 여러 가지 문제는 빈곤에서 온다. 여주인공의 문제는 물리적으로나 정신적으로나 '집'을 갖는 어려움이라고 말할 수 있다. 화자인 형이나 그 동생의 눈에도 현실적 목표의 하나는 집을 얻는 일이다. 이것은 구체적인 주거지(住居地)를 말하고 또 불가피하게 주거지의 유지를 가능하게 해 주는 생활 수단을 말한다. 화자인 형의 계획은 형제 모두에게 그러한 주거지와 생계 수단을 확보해 주자는 것이었다. 계수의 입원이 좌절시키는 것은 이러한 계획이다. 그런 다음 정신적인 안주지로서의 가정이 문제가 된다. 물리적인 의미와 경제적인 의미의 집이 없는 곳에 독립된 가정이 있을 수 없다.

계수의 문제는 이 세 가지 집을 동시에 확보할 수 없다는 데에서 일어난다. 이런 의미에서도 「붉은머리오목눈이」는 가난한 사람들에게 일어날 수 있는 이야기인 것이다.

그러나 집과 생계 수단과 가정이 있는 여성의 경우 보람 있는 삶은 가능한 것일까? 이에 답하는 데에는 좀 더 넓고 깊은 자료의 검토가 필요하다. 그러나 우리는 우선 신문학 이래 여성의 투쟁 목표의 하나가 전통적인 가정으로부터의 해방이었다는 것을 상기하여도 좋을 것이다. 「붉은머리오목눈이」의 여성의 노력이 가정의 수립에 집중되는 것처럼 보일는지 모르나, 그렇다고 하더라도 가정이면 어떤 가정이라도 여성의 삶의 보람을 약속하여 줄 수 있는 것은 아니다. 한 가지 문제는 어떠한 형태의 가정인가 하는 것이다. 이 가정은 사회의 전체적인 상황에 의하여 그 형태가 결정된다. 간단히 말하여 전 시대의 대가족 제도가 전통적 윤리 규범에 의하여 정하여졌다면 오늘날의 가정은 산업 사회의 생존 원리에 의해서 형성된다. 그리고 이 원리가 반드시 여성의 주체적 삶의 확보를 위하여 유리하게 작용하고 있는 것으로 생각하기는 어려운 것이다.

오늘날의 여성의 경우 가정은 반드시 억압적인 것만은 아닐는지 모른다. 적어도 오늘날 이상으로 받아들여지고 있는 핵가족 제도는 대가족의 여러 모순을 가지고 있지 않다고 말할 수 있을 것이다. 그러나 핵가족 제도의 수립과 더불어, 가족 관계는 모순을 가진 대로 전통적 대가족 제도가 지니고 있던 문화적 규범이나 제도적 장치의 보호를 상실하게 되었다. 그리하여 그것은 어느 때보다도 두 사람의 직접적인 대결의 공간이 되었고 또 사회 세력의 영향에 그대로 노출되게 되었다. 그리고 오늘날 지배적인 사회 세력은 격렬한 생존 투쟁을 조장 격화시키는 현금주의 세력이다. 그 속에서 살아야 하는 인간과 가정의 성격은 이 세력에 의하여 결정된다. 이러한 세력이 「붉은머리오목눈이」의 남자들로 하여금 극단적인 남성주의의 태도를 취하게 하는 주된 요인이라는 것은 앞에서 본 바와 같다. 그런데 이 세력은 하층 계급의 경우에나 중산 계급의 경우에나 다 같이 작용한다. 모든 계층에서의 남성의 남성화, 여성의 객체화는 불가피한 사회 과정처럼 보인다.(남성적 용기와 여성적 사려의 조화가 성숙한 인간의 이상이 된다고 할 때 극단적인 남성의 남성화, 여성의 여성화는 야만화 또는 비인간화라고 불려야 할 것이다.)

오늘날의 많은 소설들에서 흔히 보게 되는 남자의 허세와 여자의 속물화(俗物化)는 우연한 것이 아니다. 물론 그렇지 않은 인간이 없는 것은 아니나 그러한 사람은 흔히 더욱 깊은 의미에서의 오늘의 살벌한 생존 질서의 희생물인 경우가 많다. 더러 남성적 허세가 없는 남자가 있다고 하더라도 그들은 그 원초적 생명력까지 상실하고 있는 존재이기 쉽다는 말이다. 박완서(朴婉緖) 씨가 즐겨 그리는 것은 소시민 계급에 보이는 이런 인간——"실제의 나이보다 더 들어 뵈고 어깨가 축 처지고 어릿어릿하고 비실비실하고 멍청하게, 비굴하고 소심하고 슬프게 찌든"(「맏사위」) 인간이다. 이런 남자에게 매어 달려 살게 되어 있는 여자가 삶의 보람을 쉽게 찾을 수 없을 것임은 새삼스럽게 말할 필요가 없다. 그래서 박완서 씨의 소설에서 자주 보듯이 가정으로부터의 탈주는 가장 흔한 공상의 주제가 되고 더러는 그것이 실행에 옮겨져 자기만족의 도의감(道義感)에 취한 신문의 제3면을 장식하기도 한다.

계층의 높고 낮음에 관계없이 또 그 당면 목표가 가정을 이루는 데 있든지 아니면 그것이 죄어드는 제약으로부터 벗어나는 데 있든지, 오늘날의 여성이 주체적인 자유 속에 영위되는 삶을 확보하기는 매우 어려운 것으로 보인다. 그 원인은 빈곤일 수도 있고 남성주의의 폭력일 수도 있고 또는 이러한 것들에 의한 생명 충동의 완전한 위축일 수도 있다. 그 근본에 있는 것은 전체적인 삶의 질서가 야만적이고 무자비한 투쟁의 질서가 되어 간다는 사실이다. 이것은 우리 사회의 남성주의를 강화한다. 그렇다고 해서 이것이 하나의 개인 자격의 시민으로서 어떤 남자의 책임이라고 할 수는 없다. 사실 그들에게도 조화된 인격과 삶을 형성할 수 있는 기회가 쉽게 주어지는 것은 아니다. 그들은 극히 남성적인 폭한(暴漢)이 되든지 무력한 기능인이 되든지 하는 이외 다른 도리가 별로 없다. 그러나 오늘의 질서가 여성에게 더욱 가혹한 것임은 말할 필요도 없다. 오늘의 여성의 상황을 돌아볼 때, 우리는 신문화 초기 이래의 여성 해방 운동이 무엇을 가져왔는가를 심한 회의를 가지고 보게 된다. 그러나 역사는 여러 우여곡절을 통해서 발전한다. 앞에서 말한 것은 여성 문제의 근본 구조에 관한 것이고 여러 세부 상황에 있어서 여성의 위치가 크게 향상했음은 말할 것도 없다. 그리고 조그마한 것일망정, 양적인 변화의 퇴적은 일정한 한계에 이를 때 질적인 변화로 바뀔 수도 있는 것이다.

(1976년)

서민의 살림, 서민의 시

임홍재의 시

임홍재(任洪宰)의 죽음은 놀랍기도 하고 또 어처구니없는 것이었다. 개천에 떨어져서 숨겨 있는 것이 발견되었다는 그의 죽음의 정황은, 그와 그의 가족 또 친지에게는 기가 막힐 수밖에 없는 비통한 일이었겠으나, 어떻게 보면 그 어처구니없는 허무함은 우리 시대의 서민의 삶을 전형적으로 나타내고 있다는 느낌을 주는 것이었다. 어느 때이고 사람의 죽음이 어처구니없게 허무하지 않을 수가 없으나 예로부터 사람들은 가깝고 먼 사람 하나하나의 죽음을 가볍게 다루지 않음으로써 이 허무감을 다소는 누그러뜨릴 수 있었다. 그들의 경건한 관심은 적절한 말과 의식(儀式), 또는 침묵으로써 사람의 죽음에 위엄을 부여하였고 나아가서는 죽음 그것으로 하여금 삶의 엄숙성을 보장하는 구극적인 바탕이 되게 하기도 하였다.

우리 시대의 혼란은 경제적 핍박과 정치적인 억압에 그 원인이 있다고 하겠지만, 달리 보면 직접적인 경제적·정치적 원인에 못지않게 한 사람 한 사람의 삶과 죽음이 무게와 위엄을 가질 수 있게 하는 일체의 공동체적 관심의 의식이 사라져 버렸다는 데에 또 그 원인이 있다고 할 수 있다. 삶과 삶의 크고 작은 계기가 가장 미천하고 짐승스럽고 짧게 영위되게 된 것이 우리의 시대이고 이 시대에 사람의 죽음이 너무나 어처구니없게 일어나는 것은 항다반사가 되었다.

임홍재의 시가 이야기하고 있는 것도 이러한 시대에 있어서의 서민의 삶의 좌절과 고통과 분노이다. 그의 이야기는 비록 더러는 시적 조소성(彫塑性)에 있어서 부족함이 있다 하더라도 그 진실함에 있어서, 또 넓은 공감 능력에 있어서는 가장 절실하게 서민의 감수성을 표현하고 있는 것 중의 하나로 생각된다. 그가 주는 인상 중 가장 두드러진 것은 소박하다는 느낌이었는데, 그의 시의 진솔함과 공감력은 그의 성품에 연유한 것이었을 것이다. 그가 좌절과 분노를 이야기한다고 한다면 그것은 그가 무슨 특별한 야심이나 자기주장이 있었던 때문이 아니라, 보통 사람의 행복에 대한 소박한 감각을 손상 없이 가지고 있었던 때문이었을 것이다. 그는 조촐한 일상인의 안녕과 작은 선의들 ── 무엇보다도 선의(善意)를 원하고 베풀고자 했던 것으로 보인다. 그러면서도 그가 강하게 느꼈고 또 그의 시를 읽으면서 독자가 느끼는 것은 보통 사람의 겸손한 행복을 허용하지 않는 우리 시대의 비인간성이다. 여기에 대한 예리한 감각이 그의 시에, 그 감수성의 근본적인 소박성에도 불구하고 뭉클거리는 불안정의 에네르기를 주는 것이다.

그런데 임홍재의 감수성이 있는 그대로의 소박한 감성을 가지고 우리 시대를 대한다는 말은 그러한 감수성이 흔히 그렇게 되기 쉽듯이 작은 행복을 위한 세상의 잔꾀를 배우고 그 큰 꾀에 타협하고 급기야는 세상의 탁한 흐름에 휩쓸린다는 것과는 전혀 다른 것이다. 그러기에는 그는 선의를 너무나 많이 가졌던 것이었을 것이다. 그는 세상의 행복을 추구하면서 한편으로는 그것에 이르는 길이 너무나 험난하고 다른 한편으로는 그 자신이 그 길을 가기에는 너무나 무력함을 느꼈었다. 그런데 그의 무력함이란 바로 그의 착한 마음 이외의 다른 것이 아니었다. 그렇다고 그가 그것을 한

탄만 하고 있었던 것은 아니다. 그는 점점 뚜렷이 착한 마음의 세계가 그 자신이, 또 사람들이 돌아가야 할 세계임을 생각했다. 그의 시에 어떤 주장이 성립해 간다면, 바로 이러한 생각의 정립이 그것이었다고 할 수 있다.

임홍재의 기본적인 관점은 도시 변두리 사람, 또는 소시민의 그것이다. 여기에서 가난은 가장 중요한 주제가 되지만, 가난은 단순히 오늘날 삶에 있어서의 물질적 궁핍을 이야기하는 것은 아니고 복잡한 사회 구조적 측면과 역사적 심도를 가진 것으로 이해된다. 오늘의 궁핍은 변두리로 밀려와 살고 있는 시인의 가족 또는 이에 비슷한 서민으로 하여금 "춥고 가난한 겨울을 위해/남들은 다 버리는 무우청을 엮"게 하고(「무우청을 엮으며」), 매섭고 추운 우리 사회의 겨울을 맨몸으로 버티어 나가게 한다.(「맨몸으로 때우기」) 오늘날의 변두리 서민들이 대부분 그렇듯이 임홍재의 경우도 도시 생활의 가난은 농촌의 가난을 극복해 보겠다는 의지의 기묘한 결과로 얻어진 것이다. 「부주전상서(父主前上書)」에서 그가 이야기한 대로 농촌 인구의 도시에로의 진출은 농민의 신분 상승의 소망에서부터 출발한다.

구레논 팔고 황소 팔아
자식만은 황토 눈물을 짓씹지 않고 살라고
고등 교육을 시키신 아버지
최 주사 아들은 출세하여
돈을 뭉텅이로 번다더라
천만 원짜리 집도 샀다더라.

그의 이농의 원인을 그는 이렇게 말하고 있지만 농촌인의 유족한 생활에의 갈구는 「중동(中東) 바람」에서는 조금 더 적극적인 의지로써 이야기되어 있다.

뼈빠지게 농사만 지으면 무엇하나
이것 저것 다 잊고
아주 큰맘 먹고서
중동(中東)이나 가는 거야.
고향을 떠나면
행여 거미줄 칠까
대대로 옹기종기
고향 땅을 지켜 온
조상(祖上)도 잊고
검은 황금이 쏟아지는
중동으로 가는 거야.

그러나 도시 이입이나 중동 바람이 농촌의 가난에 대한 근본적인 해결책이 될 수 없다는 깨우침과 또 그것이 참으로 잘 사는 길이냐에 대한 회의는 오히려 임홍재의 시의 근간이 된다. 도시에 이입해 온 농촌 출신의 서민으로서의 생활이 물질적 궁핍의 밑바닥을 전전하며, 고향의 정신적 안녕까지도 잃어버리는 일임은 이미 언급한 시에서도 암시된 바 있다. 임홍재가 도시에 나와 확인한 것은, 다시 말하여 벗어날 수 없는 가난과 억압의 굴레였다. 그것은 개인적인 출세나 중동 바람으로는 해결할 수 없는 것이다.

임홍재의 시는 가장 많이, 도시 변두리인의 가난과 억압보다도 농촌인의 역사적인 피압박 상태에 관한 것이고, 또 그것의 연장으로서의 오늘날의 억압된 상태에 관한 것이다. 오늘의 가난의 문제는 역사적인 것이고, 또 사회 구조에 관계된 것이다. 물론 임홍재에게 있어서 이러한 인식은, 특히 정치적 관련에 대한 인식은 주제화된 것으로 나타나기보다는 농촌의 삶의 역사적인 어둠에 대한 동정과 원한의 회상 속에 배어 있는 것이 보통이다. 억압된 농촌의 삶은 「산역(山役)」에서 이야기되듯이, "부황이 나도 토사가 나도" 묵묵히 "남의 송장이나 주무르"는 아버지,

> 뼈마디마다 일어서는
> 몸살을 안고
> 채워도 채워도 채울 길 없는
> 허기를 깁는

어머니(「바느질」), "흰죽사발을/눈물로 헹구다 간" 누이 또는

> 황토흙 풀려 풀려
> 강여울 붉덩물지듯
> 온전한 가슴 하나 지니지 못해
> 삼백 날 피고름만 쏟던 누이……

들로 대표된다. 이렇게 회고를 통하여 드러나는 농촌인의 운명은 오늘날의 상황에서도 그대로 계속된다. 다만 오늘의 농촌을 이야기한 시들, 가령 「하곡(夏穀) 공판장에서」, 「아방궁(阿房宮)을 지나며」, 「부주전상서」와 같은 시는 조금 더 분명하게 이러한 농촌의 문제가 정치의 문제라는 점을 이야기한다.

대체적으로 농촌의 상황에 대한 임홍재의 접근은 다시 한 번 말하여, 분석적이라기보다는 심정적인데, 이것은 사회 이해라는 관점에서는 결점이 될는지 모르지만, 시와 심정의 진솔함이라는 점에서는 오히려 정직한 것이라는 인상을 준다. 임홍재의 전통적인 농촌의 삶에 대한 성찰은 주제화

되지는 아니하면서 그 역사적 깊이로 하여 저절로 사회적 맥락을 생각게 하는 면을 가지고 있다. 농촌의 고난이 그렇게 깊고 넓은 연관을 가진 것이라면, 개인적인 탈출이 바른 해답이 될 수 있겠는가? 그에게 개인적인 해답이 바르지 않다는 것은 사실적인 차원에서보다 심정의 차원에서 확인되는 느낌이었다. 설령 개인적으로 '끗발 좋은' 인생을 얻는다 하더라도 그 대가로 지불해야 할 정신적 안정과 공동체적 양심의 상실은 어떻게 처리해야 할 것인가? 임홍재는 여러 편의 시에서 '귀향'의 주제를 다루고 있는데, 그가 거기에서 이야기하고 있는 것은 농촌의 피압박 상태에서 벗어나는 일의 거짓스러움과 귀향의 필연성이다. 농촌은 그에게 있어 차마 버릴 수 없는 곳이며 또 찌들린 대로 인간다운 가치를 돌이켜 주는 곳이었다. 그러나 '귀향'이 쉬운 것은 아니다. 농촌 또한 이미 옛날의 농촌이 아닌, 우리 사회를 휩쓸고 있는 엄청난 변화를 벗어나 따로 있을 수 없는 곳이 되어 버린 것이다. 임홍재의 귀향의 시는 이러한 사정들을 다 표현하고 있다.

「부주전상서」는 고향에 돌아갈 결의를 착잡하게 표현한다. 시인이 고향을 떠난 것은 이미 본 바와 같이 아들을 출세시키겠다는 아버지의 뜻에 따라서이다. 그러나 도시의 아들은 '손자 새끼 배만 곯리는' 신세를 벗어나지 못하고 오히려 고향의 풍물들을 그리워하는 신세이다. 그러나 고향은 이미 부동산 투기하는 사람들의 '철책'과 '목책'에 막혀 돌아갈 수도 없는 곳이 되었다. 그럼에도 불구하고 시인은 귀향의 결의를 선언하는 것으로 이 시를 끝낸다. 그는 말한다.

남은 땅뙈기를 새로 일구고
흙의 주인이 되기 위해
흙의 사상(思想)을 배우고 있읍니다.

그런 다음 그가 바라는 것은 고향으로 돌아가는 것이라는 것이다. 「겨울 강(江)가에서」나 「강변에서」는 단순히 그리움의 대상으로서의 고향, 빈한하면서도 시인의 감정적 생활에 지주가 되는 그러한 땅으로서의 고향에 돌아가고 싶다는 심정을 읊는다. 「귀향」은 본래의 출세하겠다는 의도를 실현하지 못한 실의(失意) 속의 귀향을 말한다. 그러나 고향으로 되돌아가는 것은, 「부주전상서」에서처럼, 단순히 정서적 필요에서 일어나는 결의가 아니라 도덕적인 요청으로도 파악된다. 이것은 「탕자의 시」에 가장 강력하게 표현되어 있다. 이 시의 첫 부분이 이야기하고 있는 것은 고향 자체의 변화와 시인 자신의 사정으로 하여 따뜻하게 감싸 줄 수 있는 고장이 아니라는 것이다. 그러나 뒷부분에서 그는 말한다.

　　　코를 뚫어 다오.
　　　밟히고 뺏기고 맞아 부서진
　　　몰골로 마지막 돌아왔느니.
　　　코를 뚫어 다오
　　　끊기지 않는 고삐를 매어 다오.
　　　내 어버이를 버리고
　　　고향 땅을 버린 채
　　　죽어살이한 내 어리석음을
　　　흙냄새로 깨워 다오.

　코를 뚫고 매어 달라는 강하고도 애절한 공동체적 일체감의 확인은 조금 더 추상화된 주제를 다룬 「지렁이 울음소리」에도 나타나 있다. 여기에서 시인은

달 밝은 가을밤 귀뚜라미처럼
노래나 부르며 살았으면 하던
그 어린 시절
나는 왜 그토록 지렁이 울음소리를 싫어했던가

하고 스스로의 눌린 계층으로부터의 탈출 희망을 부끄럽게 생각하고

신경의 올과 날을 물어뜯으며
끊어졌다 이어지는
가냘픈 소리……

지렁이 소리를 사랑하지 못했던 자기를 반성한다. 「바람아 바람아」에서는 시인은 다시 선언한다.

아, 그러나 나는 노래하리라.
묘지 위의 작은 풀잎같이 흔들리며
지렁이 울음을 삼켜 가며
역사의 올과 날을 짜는
보이지 않는 작은 손들을
노래하리라 사랑하리라.

그러면 과거와 현재의 농촌 현실이 이러한 것이고 그곳으로 돌아가는 것이 도덕적·정서적 요청이라면 사회적 차원에서 어떻게 해야 한다는 것인가? 임홍재의 시는 눌리고 찌들린 삶에 대하여 있을 수 있는 여러 가지 감정의 진폭을 두루 표현하고 있다. 전통적인 반응의 하나는 '한(恨)'이라

는 것인데, 그의 시에 한이라든가 그에 유사한 정조(情調)로서 숙명주의나 허무주의적 느낌이 표현되어 있는 것은 자연스러운 일이다. 그러나 이보다 더 두드러진 것은 조금 더 적극적인 자세 —— 가령 관능적 자포자기라든가, 비록 어떤 실천적 결과를 가져오지는 아니하더라도 저항이라든가 하는 자세라고 해야 할 것이다. 이미 언급한 「산역」에서 아버지의 처지를 두고

아버지는 한세상
남의 송장이나 주무르기만 할 것인가

하고 반쯤의 의문을 제기할 때, 거기에는 이미 주어진 현실의 거부 자세가 비쳐 있다. 「남사당(男寺黨)」은 억압의 현실이 어떻게 관능적 자포자기 또는 도취에 이르는가를 이야기한다.

에라 차라리
안성(安城) 청룡사(靑龍寺)
남사당(男寺黨)이나 될꺼나
팔도(八道)의 오만 잡것
다 모이는 엽전재 마루에서
안동포(安東布) 한산(韓山) 모시
바리바리 열두 바리 신고 오는
삼남(三南)의 품 넓은 남정네와
한마당 놀아 볼꺼나
아 불살라 볼꺼나

백리 천리 장터마다
흘레붙고 떠도는 장돌뱅이야
청룡사 엽전재를 얕보지 마라
팔도의 떠돌이란 떠돌인 다 몰려와
떠돌이끼리 흘레붙고 뿌리내려
장군명군 사당패가 되었다.

「벌초(伐草)를 하며」에서 계속 설명하듯이 사회적 금기를 초월한 관능의 삶은 눌리운 삶에서 '차라리 그렇게 지낼 일'이 되는 것이다. 그러나 눌리운 삶은 다시 정치적인 저항의 의도로도 나아간다.(관능적 자포자기 자체가 사회적 저항의 의미를 갖는 것이지만.)「민속 설화(民俗說話)」는 저항의 의지와 그 좌절을 이야기하여

천년 묵은 느티나무 속에
황구렁이 또아리 틀고 앉아
칼을 갈더라.
갈아도 칼날은 서지 않고
감구렁이 품은 알만 곯더라

라고 비유로써 이야기한다.「청보리의 노래 1」은 동학 봉기를 회고하는 구절에서 보다 분명하게 정치적으로 응집된 저항의 의지를 표현한다.

할아버지 동학군(東學軍) 선두에 서서
죽창(竹槍) 들고 외치던 소리소리
일어선 분노가

쾅쾅 죽은 역사를 찍을 때

쓰러지던 계곡.

어둠에서 다시 빛나던 조선 낫

그러나 임홍재에 있어서 이러한 집단적·정치적 분노 또는 저항의 표현을 자주 볼 수 있는 것은 아니다. 그는 어디까지나 평화와 선의의 인간이었던 것으로 보인다. 시대의 혼란과 궁핍과 억압 속에 그가 자주 생각한 것은 정신적 고고의 모범이었고 농촌의 작은 행복이었고 또 농촌 부흥의 작으면서 구체적인 작업이었다. 그에게 살 길을 일러 주는 것은 "스스로 오랏줄을 매고 앉아/푸르른 등을 밝히는 등나무"이며 이에 비슷한 자세로 세상을 살았던 그의 할아버지며(「등나무 아래서」), "생활은 고달파도 마음만은 청자수병(靑磁水甁) 같"던 구자운(具滋雲)의 삶이었고(「구자운 생각」), "혼곤(昏困)한 이 나라 젊은이들"을 위하여 "…… 홀로 밤을 지새며/어둠을 밟고 와 귓전을" 치는 청솔 바람 소리의 맑은 상징이었다.(「청솔 바람 소리」)

그러나 그에게 더 귀중했던 것은 고고한 정신의 자세보다도 가난 가운데도 가능했던 전통적인 농촌의 작은 행복이었던 것으로 보인다. 앞에서도 우리는 임홍재에게 농촌은 따뜻한 추억의 고장으로 생각되었다는 사실에 대해 언급하였지만, 농촌이 약속하는 행복에 대한 정다운 회고는 그의 시의 도처에 깃들어 있다. 그러나 가장 애절한 예가 되는 것은 「황토(黃土) 맥질」일 것이다. 임홍재는 가난과 눈물과 무력으로 특징지어지는 농촌의 정경을 그린 다음 그런 가운데도 따스하게 서려 있는 사랑과 행복의 관계를 다음과 같이 이야기한다.

누런 시래기 몇 두름 엮어 달고

어머니가 황토 맥질을 한 날은

하염없이 눈물나더라

흉년이 들어 흉년이 들어
굶기를 식은 죽 먹듯 하던 누이야.

삼백 날 머슴 살아
등살터진 빈 지게에 찬 바람만 지고 오는
아버지를 부르지 말자.

찔레꽃 덤불처럼 어우러진 매운 빚을
가리고 오는 아버지 마음이야
오죽하리야 오죽하리야.

황토 맥질을 하고
시래기 몇 두름뿐으로 겨울을 맞는
우리를 차마 하늘이 저버리랴.

바람벽 구수한 내음 넉넉하고
달빛도 흐들히 내려
굴뚝새 깃을 접는데
아궁이에 맹물이 쫄아 붙어도
청솔이나 그득 지피자.

어머니가 황토 맥질을 한 날은
굶어도 배만 부르고

강물처럼 가슴이 뿌듯해
바람벽 껴안고 밤내 울었다.

　이러한 가난의 풍경에 대한 임홍재의 정감 어린 마음은, 시대의 변화에
밀려난 안성 장날의 "장맛보다 구수한 흙냄새"를 풍기는 옹기 그릇들이나
(「안성(安城) 장날」), 가래질과 같은 농촌의 작업에도 향하지만(「가래질」), 다
른 한편으로는 시인 자신의 변두리의 삶의 조촐한 행복에 대한 감사의 마
음에서도 나타난다. 「목련꽃 핀 뜨락에서」라든가 「봄이 오는 식탁(食卓)에
서」와 같은 시가 그리고 있는 것이 바로 그러한 작은 행복이다.
　조촐한 행복의 시인인 그가 농촌의 고뇌를 해결하는 방식으로 어떤 영
웅적인 변혁이 아니라 구체적이고 작은 작업들의 집적을 생각한 것은 자
연스러운 일이었던 것 같다. 오랜 방황과 분노 끝에 오는 낙관적 신념을 선
언한 「흙바람 속의 기수(旗手)」에서 그는 녹색 혁명과 개량종 뽕나무와 새
로운 제철소와 조선소의 작업을 노래한다. 그리고 이러한 구체적인 건설
의 작업들이 눈물의 과거를 떨치고 밝은 희망의 미래로 나아가는 가장 중
요한 징검다리임을 지적한다. 어떤 사람들에게 긍정의 시 「흙바람 속의 기
수」는 경제 성장이나 새마을 운동의 찬가처럼 생각되는지도 모른다. 그러
나 설령 이러한 대긍정이 그릇된 판단에 입각한 것이라고 하더라도 거기
에 표현된 밝은 사회를 향한 의지는 시인의 거짓 없는 감수성의 순수한 표
현이었다. 그리고 그것은 그것 나름으로의 시적 설득력을 가지고 있다. 우
리는 그의 선의와 순박성의 설득에 냉담할 수가 없다.
　임홍재는, 어쩌면 너무나 빨랐다고 할 대긍정에 있어서도 우리 시대의
보통 사람의 절실한 감수성을 표현했다. 이 대긍정은 선의의 보통 사람이
갖지 않을 수 없는 고뇌의 다른 한 면이다. 이미 앞에서 지적한 바와 같이
임홍재는 서민의 괴로운 삶을 진술하고 다양한 공감력으로 표현하였다.

서민의 애환을 그만큼 있는 그대로 표현하고 또 선의의 필요를 강조한 시인도 많지 않을 것이다. 그렇게 느끼는 독자가 있는 한은 그의 어처구니없게 중단되어 버린 일생도 전혀 허무한 것만은 아닐 것으로 믿는다. 필자는 그의 작지 않은 시적 업적을 기리며 아울러 유족과 친지에게 삼가 애도의 뜻을 전하고 싶다.

(1980년)

시의 언어, 시의 소재

김명수 시집 『월식月蝕』

    시인이란 무엇인가? 이에 대한 답이 간단할 수는 없는 것이지만, 일단 그 표면적인 특징만을 잡아 말한다면, 시인은 말을 잘 쓰는 사람이라고 할 수 있을 것이다. 물론 말을 잘 쓴다는 것이 무엇이냐 하는 새로운 문제를 풀지 않고는 이러한 첫 번째의 답은 무의미한 것이다. 그러면 말을 잘 쓴다는 것은 무슨 뜻인가? 그것은 사물과 세상 또 사람의 체험을 있는 그대로 또는 사실대로 전달할 수 있게끔 말을 쓴다는 것이다.

    그런데 사실의 정확한 전달은 얼핏 생각하여 시적 언어보다는 과학적 언어의 기능으로 여겨진다. 이 점을 두고 다시 말해 본다면 시가 의도하는 것은 사실의 과학적인 기술(記述)이나 설명(說明)이 아니라 사람의 직관 속에 드러나는 체험의 사실의 전달이다. 그렇다고 시의 사실이 과학의 사실과 전혀 무관하거나 반대되는 것이라고 할 수는 없다. 모든 시가 다 그런 것은 아니지만, 시가 관심을 갖는 사실은 어쩌면 과학에도 관계되는, 그것의 원초적인 바탕을 이루는 사실이다. 모든 체험은 일단 감각이나 느낌으로 주어진다. 이것이 과학적 개념과 체계 속으로 수정 채택될 때, 그것은 과학적인 사실 또는 더 일반적으로 객관적인 사실이 된다. 이에 대하여 원초적으로 주어지는 체험을 개념적 변형이 없이 직관적으로 파악하려고 할 때 나타나는 것이 시적 사실이라고 할 수 있다. 다만 이 경우에 있어서도 원초적인 체험은 그대로 시 속에 묘사되는 것이 아니라 시적 언어 속에서 새로이 구성되는 것이라고 보아야 할 것이다. 이 구성에 있어서 우리의 일상적인 언어는 가장 중요한 작용을 한다. 과학적·객관적 사실의 세계가 개념에 의하여 조직화된 세계이듯이, 시의 세계는 생활 세계의 말에 의하여 조직화된 세계이다. 그리고 여기에서 추가하여야 할 것은, 구극적으로는 과학적 이론의 경우에도 그렇겠지만, 말이란 인식의 도구이기보다는 삶의 도구이고 그러니만큼 말의 사실성은 생활 세계의 여러 가지 실제적인 의도들이 선험적으로 작용하는 사실성이며, 다시 말하여 시는 생활 세계의 관심과 의도를 그대로 지니고 있는 말에 의하여 원초적인 체험의 사실을 있는 그대로 구성하는 활동이라는 것이다. 그러면서도 정서적·의지적 관련에서 일어나는 감동이나 의지의 다짐 등이 시적 언어의 중요 속성이지만, 정확한 사실의 적출(摘出)과 전달은 시적 활동의 핵심에 놓일 수밖에 없는 것이다. 시의 다른 효과들은 이 정확성을 그 바탕으로 하여 일어난다. 그러니까 시적 작업의 초점은 사실이나 체험의 명징한 표상을 향한다. 그리고 이것은 언어의 명징성으로만 확보될 수 있다. 앞에서 말한바, 말을 잘 쓰는 사람이 시인이란 정의는 이러한 의미에서 옳은 말이다. 말을 잘 쓴다는 것은 시의 수법 또는 기교가 무엇보다도 시의 요체를 이룬다는 것을 뜻하는 것으로 받아들여질 수도 있다.

　말의 문제가 이와 같이 피상적으로 생각할 수 없다는 것은 이미 위의 간단한 반성에서도 시사한 바이지만, 다른 한편으로 시의 수법이나 기교 자체가 중요시될 수 있는 근거가 없는 것은 아니다. 되풀이하건대 시에서 중요한 것은 언어의 명확성이지만, 이것은 표현되는 대상과의 대응 속에서만 의미를 갖는다. 그러나 앞에서 말한 바와 같이 언어로 표현한다는 것은 주어진 것을 수동적으로 수용하는 것이 아니라 언어로 구성한다는 것이다. 따라서 언어의 표현 능력, 그 자체가 문제되지 않을 수 없다. 이것은 주로 명징성의 문제이다. 언어는 사물을 될 수 있는 대로 그대로 드러낼 수 있어야 한다. 그러나 여기서 그대로 드러낸다는 것은 사람에게 드러내는 것으로 보여야 한다는 뜻으로, 사람의 인식 능력이 설정하는 명료성의 기준에 맞아 들어가야 한다는 것이다. 이 명료성의 기준은 오늘날 과학에 있어서 그 가장 엄격한 수준에 이르렀다고 할 것이다. 시의 명료성은 과학의 추상화가 있기 전의 보다 포괄적인 생활 세계의 명료성이다.

생활 세계는 감각적·실천적 체험의 혼란스러운 복합체가 만들어 내는 세계이다. 그러면서도 거기에는 일관되어 있는 원리, '개념 없는 보편성의 원리'(메를로퐁티)가 작용하고 있다. 이 원리는 세상 자체의 원리이면서, 아마 사람의 인식 능력 또는 더 광범위하게 생활 능력에 존재하는 통일적 지향의 원리일 것이다. 생활 세계의 명료함이란 생체험의 다양함이 더 통일 원리 속에서 드러날 때 느껴지는 것이다. 그런데, 인식 심리학자들은 사람의 지각 작용이 반드시 언어 작용에 의하여 뒷받침된다는 것을 발견해 가고 있지만 생활 세계의 명료성은 전체적으로 언어의 매개를 통하여 의식화된다고 말할 수 있다. 언어는 체험의 다양함과 통일성을 종합하는 가장 유연한 체계인 것이다. 그것은 한 민족이 세계의 풍부함과 인간의 삶의 의지를 종합하는 최고의 지혜를 거두어 가지고 있는 체계이다. 이렇게 볼 때, 언어의 건강 — 다양하고 풍부한 생활 세계의 로고스로서의 언어의 활력은 우리의 삶에 있어서 가장 근본이 되는 것 중의 하나이다. 시인이 언어 자체에 관심을 갖는 것은 당연한 일이다. 시인의 언어는 한 편 한 편의 시의 탄생에 대하여는 표현하는 내용의 한도 내에서 주로 의미를 갖지만, 더욱 크게 볼 때는 삶의 구체와 보편을 유연하고 명징하게 나타낼 수 있는 언어적 활력을 유지하는 데에서 시인의 활동은 그 의미를 갖는다고 할 수 있다. 시인이 일반적으로 언어의 수호자라는 말은 그의 최대의 기능을 지칭하여 한 말이다. 앞에서 이야기한 시의 수법이나 기교는, 그것의 복합적인 의미 연관을 사상(捨象)해 버릴 때 매우 피상적이고 경박한 것이 되기 쉽지만, 시인에게 중요한 관심사가 될 만한 것이고 또 되어서 마땅한 것이다.

우리 현대 시에서 시의 언어적 측면에 의식적인 주의를 많이 기울인 시인들로서는 우선 주지주의의 시인들이나 청록파의 시인들을 생각할 수 있다. 그러나 이들의 언어에 대한 관심이 피상적인 것일 때가 많았던 것은 이미 자주 지적되어 온 바이다. 그들의 언어 감각에 잘못된 것이 있었다면, 그것은 언어의 의미가 그것이 표현하는 내용 —— 그것도 당대의 또는 우리의 삶의 핵심적인 현실과의 대응 속에서 찾아져야 한다는 것을 그들이 깊이 인식하지 않았던 데에 있다고 할 것이다. 또 이것은 단순한 인식의 문제가 아니라 당대의 삶에 대한 근본적인 자세의 문제이다. 인식은 이 자세의 한 구성 요소에 불과하다. 뿐만 아니라 참으로 핵심적인 체험의 명징성에 이르고자 하는 노력 속에서 이루어지는 언어의 심화가 아닌, 단순히 말의 표피적인 특징의 조작만을 주안점으로 하는 언어 사용이 건전한 언어적 활력의 유지 개발과는 전혀 다른 것이라는 점도 지적되어야 할 것이다. 그렇기는 하나 주지주의나 청록파 시인들의 언어에 대한 관심이 우리 시사에서 하나의 주목할 만한 노정표가 되는 것은 사실일 것이다. 그런 정도로라도 시의 언어 —— 그 명징화 또 심화가 시인의 관심의 대상이 된 일도 많지 않았기에 말이다.

김명수(金明秀) 씨의 시의 특징은 선명한 시적 인상을 조각해 낼 수 있는 언어의 힘에 있다. 그는 이런 점에 있어서 일단은 기교파 시인들에 가까운 듯하면서, 다른 한편으로는 거기에 그치지 않고 현실의 중요한 체험을 시적으로 고정할 수 있는 능력을 아울러 갖추고 있다. 김명수 씨가 《서울신문》 신춘문예를 통해서 시단에 등단했을 때, 나는 심사 위원의 한 사람 노릇을 하였는데, 그해 다른 한 사람의 심사 위원은 박목월(朴木月) 선생이었다. 그때 내가 골라 간 김명수 씨의 작품을 보고 박목월 선생이 오히려 "이걸 당선작으로 해 버릴까." 하고 흔쾌한 어조로 말하던 것을 나는 기억하고 있지만, 그해 심사가 순조로웠던 것은 전혀 우연스러운 일이 아니었을 것이다. 신춘문예에 김명수 씨가 내놓았던 작품은 「무지개」, 「월식」, 「세우(細雨)」 세 편이었던 것으로 기억되는데, 그 이후의 그의 작품들의 상당수도 그렇지만, 특히 이 세 작품은 청록파적 풍미를 풍기는 작품이었다. 목월의 초기 작품이나 마찬가지로 이 시들이 독자들의 마음에 불러일으키는 것은 어떤 아름다운 세계에 대한 암시이다. 이 암시는 목월의 시에서처럼 설명적인 진술을 통하여서가 아니라 잘 선택된 비유나 이미지로써 제시된다.

김명수 씨의 시가 목월의 초기 시에 비슷하다고 해서 두 사람의 시 세계가 완전히 같다는 것은 아니다. 다른 것은 다 제쳐 두고라도 바뀐 세상이 그것을 허용하지 않을 것이다. 김명수 씨의 시가 아름다움의 암시를 특징으로 하고 있는 것은 사실이다. 이 암시가 현실의 어둠의 시적 승화에서 만들어진 허상의 세계라는 것을 김명수 씨는 독자에게서 감추지 않는다. 또는 그가 의도하는 것은 시적 승화를 미끼로 하여 우리를 그 저켠에 있는 현실의 어둠에로 이끌어 가려는 것인 듯하기도 하다. 그의 시의 바탕은 현실의 어둠이다. 다만 이 어둠은 직접적으로 이야기되기보다는 마음속에 드리우는 불안감으로 표현된다. 그가 보는 현실의 어둠을 이렇게 내면화된 느낌으로 이야기한다는 것이 그의 시로 하여금 청록의 시에 비슷하게 하고 여느 현실 시와 다르게 한다. 이것은 그의 시의 강점이 되기도 하고 약점이 되기도 한다. 즉 내면화는 그의 시에 시적인 통일성을 부여한다. 또 그로 인하여 그의 시에 있어서 외적인 사태의 절박한 현실감은 약화된다. 그럼에도 불구하고 내면화되고, 시적으로 승화되어 있는 그의 어둠이 현실적인 구체성을 갖지 않는다는 것은 아니다. 청록의 세계에도 어두운 그림자는 있었다. 그러나 그것은 그리움이나 한으로 연화(軟化)되어 아름다운 음영이 되었다. 김명수 씨의 시 세계에 있어서, 어둠은 주로 불안감으로 변화되어 나타나면서도 이 세계의 지배적인 세력으로 남아 있다.

가령,「무지개」는 그 아름다운 표면에도 불구하고 죽음을 주제로 한다. 여기에 죽음이 미화되어 있는 것은 사실이지만, 이 미화는 분명히 알아볼 수 있는 환상의 조작에 의지하고 있다. 그러기 때문에 오히려 그것은 살아남은 사람의 근거 없는 소망을 허망하게 나타낼 뿐, 죽음의 현실을 거짓으로 호도(糊塗)하지 못한다.「세우」의 구도도「무지개」에 비슷하다. 바탕에 들어 있는 주제는 소아마비에 걸려 하반신을 못쓰고 누워 있는 누이인데, 시인은 보슬비의 부드러움에 자극되어 이 병든 누이가 현실의 괴로움이 없는 마법의 성으로 실려 가는 것을 환상적으로 생각해 본다. 그러나 여기에서 환상은 현실을 감추기보다는 그것을 넘어서지 못하는 화자의 소망의 애틋함을 두드러지게 할 뿐이다.「월식」은 더 환상적이며 더 현실적인 시이다. 이 두 면의 관계는 좀 더 자세히 검토해 보면 금방 드러난다.

　　달 그늘에 잠긴
　　비인 마을의 잠
　　사나이 하나가 지나갔다
　　붉게 물들어

　　발자욱 성큼

성큼

남겨 놓은 채

개는 다시 짖지 않았다

목이 쉬어 짖어 대던

외로운 개

그 뒤로 누님은

말이 없었다

달이

커다랗게

불끈 솟은 달이

슬슬 마을을 가려 주던 저녁

　「월식」의 아름다움은 환상적인 아름다움이다. 그러나 그것은 생략의
암시 효과가 만들어 내는 착각에 불과하다. 이야기되어 있는 것은 비극적
인 어떤 사건이다. 그것은 누님에게 가까운 사람에게 일어난 일로 누님은
그로 인하여 말을 잃은 슬픔의 인간이 되었다. 그것은 마지막으로 일어난
일 ─ 어쩌면 죽음과 같은 결정적인 일이었다. 그러기 때문에 개가 다시
짖지 않는 것일 것이다. 개조차 죽여 버린 것일까? 그것은 어떤 '사나이에
게 일어난 일이다.' 그는 지나갔다. '붉게 물들어' 달빛 때문에? 피를 흘려
서? 그것은 달밤에 일어난 일이다. 그러나 달밤은 사건의 고독함을 강조하
고 마지막 연이 말하듯이 사건의 엄청남을 감추어 줄 뿐이다.

이와 같이 김명수 씨가 만들어 내는 환상적 아름다움으로부터 현실의 어두움은 그다지 멀지 않다. 따라서 그가 다른 시들에서 조금 더 적극적으로 우리의 정치적인 상황에 언급하고 있는 것은 당연하다고 하겠다. 그리고 그것은 우리 시의 다른 곳에서 찾기 어려운 시적(詩的)인 마력과 정치적 예리함을 가지고 있다. 여기에서도 김명수 씨는 설명적 진술보다 암시적 제시로써 정치를 포착한다. 그리하여 그는 사회적·정치적 분석을 시도하기보다는 암시적인 언어로써 우리의 심리의 깊은 곳에 잠겨 있는 영상을 흔들어 놓는다.

그의 시 「월식」, 「침목(枕木)」, 「어금니」, 「자석(磁石)」 등은 지난 10여 년간의 정치적 분위기를 포착하는 데 성공한 쉽게 잊을 수 없는 얼마 되지 않는 시에 드는 것일 것이다. 「월식」의 기본적인 내용은 간단하다. 그러나 그것이 우리 마음에 새겨 놓은 영상은 가장 예리하고도 미묘하다. 그것은 분명한 언어와 이미지로써 절대적 권력자의 모습을 요약하면서 동시에 미묘한 작용으로 우리의 잠재의식 속의 불안감을 자극한다. 이러한 시의 작용은 다분히 뛰어난 수법에 힘입어서 일어난다. 그러나 이것이 수법만의 문제가 아님은 새삼스럽게 말할 필요도 없다. 그의 수법은 이야기되는 사실을 간접적으로 전달하는 것이 아니라 내적인 체험이 되게 한다. 즉 「월식」의 효과는 그 심리적 직접성에서 온다. 이 직접성은 현실 상황의 사실적인 묘사가 아니라 시적인 직관이 구성하는 환상적 상황의 설득력에서 생겨나는 것이다. 시적 체험의 직접성은 반드시 현실의 외관의 모사로써 확보되는 것이 아니다. 그것보다 중요한 것은 어떤 상황의 감정적 본질을 시적으로 직관하는 것이고 이것은 어떤 경우에는 극히 환상적인 것에 의하여 파악될 수도 있다. 그러나 시적으로 구성되는 상황 자체는 그 나름으로의 감각적 현실성 또는 직접성을 가지고 있어야 한다. 「월식」이 가지고 있는 것은 이 감각적 직접성이고 이것은 심리적 직접성을 이룩하는 비결이 되어 있다.

이 시에서 모든 것은 간결하고 암시적으로 또 직접적으로 제시되어 있다.

직관적으로 파악된 현실 상황의 환상화 내지 비유화, 그것의 간결하고 암시적인 제시 ─ 이러한 「월식」의 수법은 「침목」, 「어금니」, 「자석」에서도 발견할 수 있다. 「어금니」의 경우 시적 효과는, 좀 더 간단히 말하여, 17세기 영시(英詩) 「기상(奇想, conceit)」의 효과에 비슷하다. 즉 어떤 상황 전체가 하나의 기발한 비유 속에 파악되면서 또 이 비유는 감각적인 직접성을 가지고 제시되는 것이다. 그러나 「자석」의 경우는 시인이 구태여 생략해 버린 비유적인 관계가 너무나 분명하고 또 그것이 지나치게 분명한 만큼, 시적인 여운이나, 그 상황 진단의 깊이에 있어서, 다른 시에 미치지 못한다는 인상을 준다.

이러한 시들은 모두 김명수 씨가 시의 수법을 강하게 의식하며, 진술의 전략에 대한 탐구를 게을리하지 않는 시인이라는 것을 확인시켜 준다. 그러나 김명수 씨의 주된 관심은 이러한 수법이나 전략이 아니라 시적 체험 또는 현실의 체험 ─ 결국 시적 체험의 종착지는 이 현실의 체험일 테니까 ─ 그 자체이지 시적 표현의 잔재주가 아니다. 다만 시인은 자기가 이야기하고자 하는 것을 분명하게 말하기 위하여, 어떤 때는 목전의 현실적 소재를 대담하게 떠나는 움직임을 보여 줄 수도 있는 것이다. 김명수 씨의 표현을 위한 노력의 구극적인 의미는 시적 대상을 조금 더 분명하게 제시할 수 있게 된다는 데에 있다. 다시 말하여 그의 관심은 표현의 전략보다는 시각의 투명성에 있다. 그는 사물이나 상황을 있는 그대로 포착하려고 한다. 이 투명성, 이 객관성은 상투적인 구절, 개념, 감정 등으로 정리된 객관성이 아니라 사물이나 상황이 직접 우리의 감성에 와 닿는 모습이 가진 객관성이다. 이러한 의미의 객관성에 이를 수 있는 능력은 그의 사물을 소재로 한 시에서 가장 두드러진다. 그는 사물을 매우 절제된 묘사로써 소박하게 그려 낸다. 그러면서 그는 이렇게 이야기된 사물의 숨은 의미를 포착한다. 그는 사물의 속삭임을 듣는다. ── 이렇게 말하여도 좋다.

「가죽 장갑」, 「대싸리」, 「풍선(風船)」, 「단추」, 「볼트 하나의 시」, 「아카시아 꽃」, 「감초(甘草)」, 「나이론 장판」, 「두더지의 앞발」, 「검차원(檢車員)」, 「호랑나비」, 「역기 들기」 등 ── 이러한 시들은 모두 다 김명수 씨의 시각의 투명성을 예증해 준다. 이러한 시들의 공통점은 객관적이라는 것이다. 그는 주관적인 감정이나 주석을 최소한도로 줄이고 사물을 있는 그대로 보여 주려고 한다.

대부분의 시에 나타나는 사물들은 그 자체로보다는 어떤 비유적인 기능 때문에 거론된다. 사물은 시인의 의미를 위한 기호이다. 김명수 씨의 경우도 여러 가지 사물들은 그가 말하고자 하는 것의 기호이다. 그러나 그는 사물을 기호화하고 의미 속에 해소해 버리는 것이 아니라 사물로 하여금 스스로의 의미를 말하게 하려 한다. 사물에 인간적인 의미가 있다 하더라도, 그것은 사람들이 인위적으로 또는 상투적으로 부여하는 의미와 일치하지는 않는다. 김명수 씨가 추구하는 것은 즉물적인 의미이다. 어떤 때, 그의 사물 묘사는 지나치게 객관적이고 산문적이기 때문에 독자를 당황하게 한다. 또 다른 때 그의 사물은, 보다 열악한 시의 경우처럼, 감정이나 도덕의 기호가 된다. 그러나 이런 경우에도 그는 사물의 사물로서의 의미를 완전히 잊지는 않는 것 같다. 그러나 가장 뛰어난 작품들을 사물의 자의적인 의미의 기호로 전락하게 하지 않으면서 동시에 그만이 포착한 특이한 인간적 의미 연관을 사물에서 발견해 내고 있는 작품들이다.

「두더지의 앞발」이나 「아카시아 꽃」과 같은 시는 어떻게 보면 우화적인 의도를 감추어 가진 것도 같지만, 단순한 사물의 묘사에 그치고 있는 시들이다. 「감초」는 조금 더 우의적인 듯하다.(필요 없는 단맛을 보태 주는 감초는 세상의 신산(辛酸)에 아름다움을 더해 보려는 시인의 존재와 같은 것에 대한 비유일까.) 「대싸리」, 「풍선」, 「단추」, 「볼트 하나의 시」 등은 좀 더 즉물적이면서도 그 정서적 의미를 쉽게 드러내 준다. 대싸리의 의미는 분명하다. 그것은 도시 공간에 옮겨져서 쓸모없어진, 고향 잃은 식물이다. 풍선은 시인에게 탯줄에서 떨어져 나간 외로운 어린아이를 연상시킨다. 단추의 의미는 조금 더 복잡하다. 그것은 간밤에 있었던 어떤 사건의 유물이다. 그것은 있어야 할 제자리로부터 떨어져 있다. 그 떨어짐·버려짐의 상태는 어젯밤의 사건을 에워싼 침묵을 연상시킨다.

> 떨어져 있는
> 단추 하나를 바라보면
> 간밤
> 검은 구두 발자욱 남아 있지 않다.

이와 같은 단순한 묘사는 사물의 침묵과 우리 삶을 에워싸고 있는 침묵과 불안을 교묘하게 전달한다. 「볼트 하나의 시」에서도 버려진 볼트의 버려진 상태는 월남전에 다리를 잃은 사람을 연상시킨다. 또 아이들이 걷어차는 볼트는 "버림받은 계집이/악다구니 소리를 지르고 있"는 느낌을 준다. 이러한 시들은 김명수 씨의 주된 관심사의 하나를 드러내 준다. 즉 그것은 버려지고 외롭고 말하여지지 않고 학대받은 것들에 대한 관심이다. 그러한 관심은 주로 비유적으로 표현되어 있지만, 여기의 비유는 비유이기보다는 사물 자체가 지니고 있는 의미이기도 하다. 사물은 외로움 속에서 잘 나타난다. 그러면서 단추나 볼트의 이미지의 경우에서처럼, 사물은 우리의 잠재의식 또는 무의식의 여러 관련의 매듭으로서만 존재한다.

그런데 김명수 씨의 시에서 보다 더 성공적인 것은 조금 더 깊숙이 사물의 안을 들여다보는 시들일 것이다. 「검차원」의 특징은 우선 묘사의 절제된 객관성에 있는데, 이 시는 다른 어떤 시보다도 비유적 해석이 없이 직접적으로 사물의 의미에 이르고자 하는 것처럼 보인다. 순수한 묘사의 시인 「검차원」에서 시적인 의미의 계시에 가까워 가는 것은 아마 마지막 두 연일 것이다.

유개차(有蓋車) 속에 숨죽인 쥐 한 마리
홀로 눈떠 인기척을 넘보고
차거운 금속성의 망치 소리가
'탱-' 하고 차륜을 울려
대륙을 횡단하는 길 철로로 멀어져 갈 때

철길 땅속에 잠자던 쇠붙이의 원음을
칠흑같이 어두운 밤
늙은 검차원 하나
낡아 빠진 수차보(修車譜)에 적어 넣는다

이 묘사에서 시적 의미의 핵심이 되는 것은 '탱-' 하는 쇳소리에 관계되는 부분일 것이다. 이 소리는 그 울림으로 하여 먼 공간, 칠흑 같은 밤을 상기시키고, 또 그 공간 안에서의 검차원이나 쥐와 같은 생물의 외로움을 드러내 준다. 그러나 이 외로움에는 어떠한 기율이 있다. 금속성의 소리는 무엇인가 차고 단단한 것을 지시해 준다. 검차원이 그의 외로움으로 하여 듣는 것은 이 사물의 차고 단단한 외로움 또 그 기율이다. 그 자신의 외로움도 이러한 사물의 외로움에 통하고 이 일치 속에서 그의 업무의 충실한 수행이 보장되는 것일 것이다.

「검차원」에 대한 이러한 해석은 반드시 옳은 것이 아닌지도 모른다. 그것은 너무나 금욕적으로 의미와 판단을 정지하고 있다. 그러나 우리는 이 시에서 사물의 외로움을 느끼고 그 형이상학적 차원을 어렴풋이 짐작할 수는 있다. 「호랑나비」에서 시인은 묘사되어 있는 사실에 조금 더 철학적 우의(寓意)를 부여하고 있는 것 같다.

경상도집 아주머니가 낮잠을 잔다
서른 살에 혼자 되어 산전수전 다 겪었다.

억세고 요란스런 경상도 아주머니
오늘은 공일이라 색시들 다 소풍 보냈다

보아라, 경상도집 아주머니 태평스런 낮잠 속에
이 세상 쓸쓸하고 아름다운 만고풍상

꿈속에 꿈속에 봄날 천지에
호랑나비 한 마리만 날아다닌다

이 시에는 장자(莊子)의 호접몽(胡蝶夢)과 같은 우의가 들어 있다고 할 수도 있다. 술집 여주인의 억센 생존과 꿈속의 고운 나비 ─ 어느 쪽이 진실이냐, 이러한 질문이 이 시 속에 들어 있는지도 모른다. 그러나 이 시의 효과는, 이런 질문보다도, 어떤 억척스러운 인생이 바로 억척스러운 삶의 현실에 스스로를 맡김으로써 얻는 인생 긍정의 평화를, 낮잠 자는 술집 주인 아주머니의 모습에서 직감적으로 읽어 낸 데 있다.

사물의 의미에 대한 탐구는 사물의 이미지의 제시가 아니라 사물을 주제로 한 끈질기고 집중된 사변적 따짐을 통하여서도 행해질 수 있다. 「나이론 장판」이나 「가죽 장갑」 같은 시는 그러한 좋은 예가 된다. 「나이론 장판」은 직절적으로 장판의 용도를 지적함으로써 사물의 쓰임새의 음흉한 의미를 생각게 한다. 이것이 음흉하다는 것은 우리의 삶의 많은 것들이(정치적인 위장까지 포함해서) 진실의 호도를 위하여 존재한다는 뜻에서이다. 「가죽 장갑」은 사람이 만들어 내는 물건의 양의성(兩義性), 또 사람의 삶의 양의성을 사변적으로 이야기하는 시이다. 우리가 끼는 장갑은 산짐승을 죽임으로써 얻어진다. 시인은 이 간단한 사실을 상기시킨다. 그러나 그는 그러한 사실에 대해서 감상적이 되는 것을 거부한다.

> 나의 손은 검다
> 검은 손에 피가 묻어 있다
> 장지도 무명지도
> 열 손가락 모두
>
> 친구여 그러나 피가 묻은
> 나의 손은 따스하다
> 짐승의 피보다 더욱 따스하다
> 석유난로가에서, 문명(文明)의 따스함 곁에서

사람이 짐승을 죽여 자기를 따스하게 한다는 것은 잔혹한 일이면서도 삶의 냉혹한 현실의 하나이다. 장갑 하나의 의미도 이러한 현실의 일부라는 데서 이해될 수 있다. 삶에 대한 이러한 비극적 인식은 「과일이 과일로 살아남기 위해」나 「토끼의 간(肝)」에 조금 더 단순화되어, 따라서 삶의 비극적 모순의 절실함을 다분히 외면한 형태로, 되풀이되어 있다. 삶에 내재하는 이러한 비극적 모순에 대한 의식은 좀 더 절실한 인간적 고민과 함께 「타우누스 양로원(養老院)의 밤」에 이야기되어 있다. "악마여, 장미꽃은 아름답다." 이러한 첫 구절은 벌써 비극적 모순에 대한 시인의 절규를 잘 요약해 주고 있다. '타우누스 양로원'의, 깊이 있는 그러나 약간은 너무 현란하게 초현실주의적으로 이야기되어 있는 삶에 대한 비극적 인식은 우리 시에서 드물게 보는 것이라고 하겠는데, 이러한 인식은 사물의 있는 그대로의 모습에 이르고자 하는 시인의 단단한 결심으로 하여 가능해진다. 즉 이것은 투명한 시적 시각, 사물의 객관적이고 즉물적인 이해를 위한 노력의 결과이다. 그렇긴 하나 단순히 사물을 뚫어지게 보려는 의지만으로 삶에 대한 크고 넓은 표현에 이르기는 어려운 일인 것처럼 보인다. 시의 최종적인 의미는 아무래도 도덕적인 비전에서 찾아진다고 할 수밖에 없다.(물론 여기의 도덕은 좁은 의미의 도덕적 처방이 아니라 삶의 도덕적 가능성에 대한 넓은 탐구 과정을 의미한다.) 그리고 이 도덕적 비전은 사물에 대한 탐구보다도 당대의 핵심적 체험에 대한 보다 직절적인 성찰에서 오는 것이 아닌가 한다.

그러나 김명수 씨가 당대적 현실에 대한 조금 더 상식적인 접근을 하지 않는 것은 아니다. 「북두칠성」, 「형광등」, 「느티나무」, 「달랑무우김치」 등은 오늘날 흔히 보는, 다른 현실 시들에 비슷하다.

먼 길 떠나시던
아버님 발자욱이 보인다

「북두칠성」에서 시인은 이와 같은 말로써 소박하게 독립 투쟁과 유랑의 길을 떠나던 아버지를 회상한다. 그것은 그 자신 "……나이 들어 어린 딸 거느리고/여름 저녁……언덕에 서"는 그런 처지에 이르렀기 때문이다. 아마 시인이 암시하고 있는 것은 사회의 상황이 아버지 대에서 아들 대에로 별로 바뀐 것이 없다는 것, 아들 또한 새로운 투쟁과 유랑, 그리고 이별의 운명을 예감하지 않을 수 없는 처지에 있다는 사실일 것이다. 이와 같이 현실 시에 흔한 주제를 다룬 시에서도 김명수 씨는 미묘한 암시로써 평면적인 진술을 변화시킨다. 「형광등」은 과로와 주림에 시달리는 봉제공의 고난을 형광등 밑의 차고 피로한 정경으로 집약해 보인다. 앞에 살펴본 시들에서의 구상력은 여기에서도 계속된다. 「느티나무」는 나무로써 군군한 사람의 자세를 상징하는 흔히 보는 시상의 시이지만, 그 담백하고 절제된 수사가 청결한 느낌을 준다.

전통적인 태도와 감정을 평이하고 전통적인 스타일로 기록하는 또 다른 일련의 시들은 시골의 정경을 다룬 것들이다. 「서월(書月) 부락의 눈」, 「봉답(奉畓)」, 「만사(輓詞) 6장(章)」 등은 김명수 씨가 투명한 시각의 시인일 뿐만 아니라, 투명한 감수성의 시인임을 말하여 준다. 이들 시편들은 우리가 익히 알아 온 소박한 이야기들을 담고 있다. 그러면서도 여기에는 김명수 씨의 다른 시에서 보이는 섬세하고 예리한 관찰과 능력이 모나지 않게 감추어져 있다. 「만사」에서 나뭇가지에 "보일듯 보일듯이 일던 잔바람", "입 깨물고 울음 참는 살얼음", 사람의 흐느낌을 되받는 하늘, 사람됨의 상징인 듯한 "귀떨어진 소반", 애틋한 느낌인 듯 서리는 연기, 비어 있는 까치집의 쓸쓸함 ── 이러한 묘사와 이미지들에 보이는 마음과 사물의 섬세한 화창(和唱)에 대한 감각은 예사스러운 가운데도 예사스러울 수 없는 공감과 연민의 힘을 가진 시인의 마음을 우리에게 느낄 수 있게 한다. 다만 사물을 이와 같이 감정의 단순한 기호로 바꾸어 버리는 수법은 우리가 너무 흔히 보아 온 것이 아니냐 하는 느낌을 주는 것은 사실이다. 그러나 「봉답」과 같은 시는 예사스러운 정황과 감정을 다루고 있으면서도 결코 진부함에 떨어지지 않는 보기 드문 가품(佳品)이다.

할매요
60평생을 홀로이신 할매요

열여덟에 나이 어린 낭군님

사별하신 할매요

진성이씨(眞城李氏) 양반 가문에 태어나서서

6·25 때 흔적 없는

양자 하나 기다리고 사는 할매요

이와 같이 이 시의 화제가 되어 있는 여인의 생애는 기구하다. 그러나 겹치는 고난을 이 여인은 한결같은 자세와 조용한 견딤으로 이겨 내었다. 「호랑나비」에서처럼 시인은 견딤 가운데에서 평온의 경지에 이른 삶을 여기에 이야기하고 있는 것으로 보인다. 그러나 그러한 교훈보다 더 중요한 것은 인고의 삶을 살아온 할머니를 위하여 모든 것이 잘되기를 비는 시인의 축원하는 마음이다. 그러면서도 이 축원은 요란한 기도로가 아니라 단순한, 그러면서도 기쁨과 간절함을 감추지 못하는 고지(告知)로서 표현되어 있다.

풍년이 들었니더

봉답논 여덟 마지기에

풍년이사 들었니더 할매요

이렇게 되풀이되는 "풍년이사 들었니더 할매요."에는 얼마나 애틋한 인정이 들어 있는가.(사투리가 이만큼 적절하게 사용되는 예도 많지 않을 것이다.) 사실 할머니의 삶에 대한 시인의 관심은 그 도덕적 의미에 대한 관심이 아니라 고통스러운 삶으로부터의 해방을 기구(祈求)하는 극히 순수한 인간적 소망에서 오는 관심이다.(「무지개」나 「세우」는 불행한 현실이 행복하게 전환되어야겠다는 소망을 환상을 통해서 표현했지만, 여기서 되풀이되는 "풍년이사 들었니

더."는 이 두 개의 시의 환상의 기능을 수행한다고 말할 수 있다.)

  김명수 씨는, 이미 지적한 바와 같이, 드물게 보는 시적 표현의 기율을 체득하고 있는 시인이다. 물론 이것은 그가 체험의 투철한 인식에 스스로를 순응시킬 수 있는 시인이란 말이기도 하다. 그는 사물의 의미를 꿰뚫어 보고 이를 거기에 합당한 언어로써 표현하는 데 뛰어나다. 그가 좀 더 복합적인 사회 또는 정치 상황을 시에 담는 때에도 그의 직관은 어김없이 그 핵심을 꿰뚫는다. 그는 흔히 현실 상황을 하나의 사물, 하나의 비유 속에 요약하여 포착한다. 이러한 본질 직관은 드문 시적 지성의 증표로 보아도 좋다. 그렇긴 하나 이것은 그것대로의 제약을 가지고 있다. 참으로 중요한 삶의 계기들은 하나의 사물이나 비유를 통해서 그 전모를 드러내지 아니한다. 상황의 비유적 요약에서 놓쳐지는 것은 현실의 역동적인 구조이다.

  이런 의미에서 김명수 씨가 최근에 이르러 조금 더 상식적인 삶의 희로애락의 사연들을 그의 시 속에 다루려고 하는 것은 고무적인 일이다. 다만 이러한 시들은 그의 즉물적인 시보다도 시적 암시력, 체험의 열도, 현실의 복합성에 대한 싱싱한 인식 — 이러한 점들에 있어서 그전의 시들에 미치지 못하는 점이 있다. 또, 그의 즉물 시에도 해당되는 것이겠는데, 그의 현실에 대한 접근이 근본적으로 정태적이란 것도 문제가 아닌가 한다. 그의 인생 시가 수채화적인 소품의 경지를 벗어나지 못하는 인상을 주는 것은 이 정태성에 관계되어 있는 것으로 생각된다. 드물게 보는 시적 가능성을 가진 시인임에 틀림에 없는 김명수 씨의 문제는 그의 즉물적 탐색의 기율과 삶의 여러 계기에 대한 때 묻지 않은 공감력을 하나에 합치고 이것에 다시 역동적인 에너지를 부여하여 참으로 크고 넓은 도덕적 비전을 창조해 내는 일일 것이다. 물론 이 비전이 사물의 복합적인 의미와 보통 사람의 작은 애환을 잊어버려야 한다는 것은 아니다.

(1980년)

4부

오늘의
문화적 ·
사회적
상황

오늘의 문화적 상황

산업 사회의 개인주의와 권위주의

1

　현재 우리 문화의 상황은 어떠한 것일까? 이 물음에 대한 답은 어떤 경우에나 부분적인 것일 수밖에 없다. 어떠한 문화가 '하나의' 상황을 구성하고 일정하게 정연한 모습을 갖출 수 있는 것일까, 또 그렇다고 하더라도 한 사람의 관점이 이 상황을 얼마나 포괄적으로 포착할 수 있을까, 이러한 물음이 먼저 답해져야 하는 것이라 할는지도 모를 일이다. 그러나 우리가 문화적 상황에 대한 물음에 부딪쳐서 낭패하는 것은 이러한 근본 문제가 개재했다거나 물음이 너무 거창한 때문만은 아니다. '문화 양식'의 이론을 믿든 안 믿든, 어떤 단일한 감각 작용과 행위가 혼자만 따로 떨어져 있는 것은 없으며 그것은 늘 큰 테두리와의 상호 작용 속에 있다는 것을 생각할 때, 행동의 문화적인 지평은 저절로 상정될 수밖에 없다. 어떤 한 사람에게 한 문화가 그 모든 것을 다 보여 주지는 않더라도 그것이 그의 낱낱의 행위의 저쪽에 종합적인 지평으로서, 존재하는 모양은 마치 산에 둘러싸인 지형 복판에서 여러 가지 잔일들에 몰두하고 있는 사람이 하나의 주제적인 의식의 대상으로 삼지는 않을망정 산을 끊임없이 하나의 배경으로 의식하면서 그의 동작의 최종적인 좌표로서 삼는 것에 비슷한 것이라고 할 수 있을는지 모른다. 이상적으로 통일된 문화의 상태를 투사(投射)해 보는 것은 늘 가능하다.

불국사(佛國寺) 건설에 참여한 한 사람의 석공은 세부에 대한 엄격한 지시가 없이도 자신의 맡은바 일을 창조적으로 해낼 수 있었을 것이다. 그는 설계자의 매우 간결한 암시만으로도 전체적인 구도를 이해할 수 있었을 것이다. 이것은 설계자와 석공 사이의 창조적인 교감을 통하여 가능한 것이지만, 그러한 교감의 배경에 들어 있는 것은 두 사람의 마음에 배어 있는 신라 예술의 양식 내지 그 삶의 양식이다. 이러한 공통된 기반에서 나온 모든 삶의 표현과 물건들은 다양하고 풍부한 것이면서도 보이지 않는, 그러면서도 본질적으로 사람이 다스리는 어떤 원리에 의하여 서로 통일되고 조화된 것일 수 있을 것이다. 그리하여 이런 곳에서 예술품과 일용품과 사람의 삶은 모두 예술의 경지에 들어가게 될 수도 있을 것이다.

이런 이상적인 관점에서 볼 때, 오늘날 우리 사회와 삶을 특징짓고 있는 것은 혼란과 불균형이라고 할 수밖에 없다. 몸은 어떻게 가져야 하는가, 사람을 만났을 때 말의 높고 낮은 것을 어떻게 정하며 인사의 몸짓을 어떻게 할 것인가, 이러한 사소한 일이면서 또 결코 무시할 수 없는 일들에서도 우리는 혼란을 경험한다. 우리의 언어는 또 얼마나 바른 상태에 있는가? 진실되고 정직하고 우아한 언어는 설령 우리가 더러 듣는 일이 있다 하여도 인격의 깊이에서 나오는 자연스러운 표현보다도 거짓 흉내쯤으로밖에 생각되지 아니한다. 우리의 건축은 어떠한가? 날마다 새로운 건물이 서고 길이 열리지만 우리의 미적(美的) 감각은 가는 곳 어디에서나 상처를 입을 뿐이다.

이렇게 말하고 보면, 우리 문화가 매우 불만족한 상태에 있다고 하더라도 결국 우리 사회에 있어서의 통일되고 조화된 문화의 결여는 오로지 우리의 미적 감각의 문제에 불과한 것 같다. 그리고 전쟁과 평화 또 먹고사는 것과 같은 심각한 일에 비하여 볼 때, 미적 감각 또 그것이 핵심적인 부분을 차지하는 문화적 통일의 문제는 극히 사소한 일로 보인다. 이것은 어느 정도는 맞는 이야기이다. 특히 문화나 예술이 장식과 나약함에 흐를 때 그것은 지엽적인 것, 또는 어떤 경우에는 지엽으로서 근본을 흐리게 하는 것이 될 수도 있다. 그러나 구극적으로 미적 충동, 삶의 문화적인 조화에 대한 요구는 삶 그것의 근본을 이루는 것이다. 괴테는 『빌헬름 마이스터의 수업 시대』 중 「아름다운 영혼의 고백」이라는 삽화에서 삶의 미적 완성을 추구한 한 여인의 생애를 이야기하면서 그녀의 편력 끝에 마치 하나의 상징처럼 방문하게 된 어떤 집의 아름다움을 자세하게 묘사하고 그 집이 풍기는 기분을 다음과 같이 묘사하고 있다.

모습이 아름다운 사람을 보는 것은 기분이 좋습니다. 그와 마찬가지로 모든 시설에서 따스하고 총명한 주인의 사람됨을 느끼게 하는 건물을 보는 것도 실로 기분이 좋은 일입니다. 깔끔한 집으로 들어간다는 것은, 가령 그 장식이 무취미하다 하더라도, 그것만으로도 벌써 하나의 기쁨입니다. 그것은 교양 있는 사람의 일면을 그 나름대로 나타내고 있기 때문입니다. 따라서 어떤 사람의 집에서, 우리들을 향하여, 설령 감각적인 면에서라도 하나의 높은 문화적인 정신이 풍겨 올 때에는 우리들은 곱절이나 기분이 좋아지는 것입니다.[1]

이와 같은 관찰의 요지는 어떠한 건축물의 아름다움은 주인의 인품에

---

1 괴테, 송영택 옮김, 『빌헬름 마이스터의 수업 시대』(문예문고, 1972), 91~92쪽.

서 온다는 것이다. 이러한 여주인공의 관찰은 나중에 그녀와의 대화자의 말로 확대되어 설명되어 있다. 그녀의 대화자는 다음과 같이 건축의 의미를 설명한다.

> ……무릇 인간의 최대의 가치는 어디에 있는가 하면, 아마도, 될 수 있는 대로 환경을 지배하고, 될 수 있는 대로 환경의 지배를 받지 않는 데에 있을 거야. 전 세계가 우리들의 눈앞에 있는 것은, 커다란 채석장이 건축가의 눈앞에 있는 것과 같은 것이지. 건축가는 이 우연한 자연의 덩어리에서, 자기의 마음에 떠오른 원형을 가능한 한 경제적으로 목적에 맞도록 견고히 완성시켰을 때, 비로소 훌륭한 건축가라 할 수 있는 거야. 우리들의 외부에 있는 모든 것, 그리고 우리들의 몸에 붙어 있는 모든 것, 이들은 모두 재료에 지나지 않아. 그러나 당연히 있어야 할 것을 만들어 낼 수 있는 창조력은 우리들의 깊은 내부에 존재하고 있어. 그리고 그 창조력은 우리들이 이러한 방법으로든 그것을 우리들의 외부든가 혹은 속성에서 표현하기 전에는 우리들을 쉽게 하여 주지는 않아…….[2]

다시 한 번 여기에서 이야기되어 있는 것은 세계를 변형하여 창조적 충동의 표현이 되게 하려는 인간의 노력이 건축이 된다는 것인데, 이러한 창조적 충동은 모든 예술이나 문화 활동의 근본이 되고 또 인간의 소망의 가장 핵심을 이루는 것이다. 물론 세계의 창조적 변형에 대한 노력이 인간의 자의적인 충동에 따른 세계의 폭력적인 변형을 뜻하는 것은 아니다.

사실 예술적 창조의 과정은 세계의 인간적 변형과 아울러 인간의 세계에의 순화를 요구한다. 괴테가 이 이야기에서 보여 주려고 했던 것도 차라

---

2   같은 책, 94~95쪽.

리 '마음의 도덕적인 본성을 훌륭하게 완성하는 것' ── 좁은 의미에서의 도덕적 인간의 완성이 아니라 인간 품성의 모든 면, 감각과 정신의 전면적 완성이 중요하다는 것이었다. 이것은 인간의 가장 깊은 충동을 계발하는 데서 찾아지고 이러한 충동의 계발은 개인의 한계는 물론 좁은 의미에서의 인간의 테두리를 넘어가는 자연의 깊이 속에 잠든 창조의 힘으로서의 인간의 모습을 찾아내는 노력을 요구하는 것이다. 이렇게 볼 때, 건축이나 기타 예술의 충동은 단순한 세계의 정복을 목표하는 탐욕이 아니라 인간의 깊은 충동과 세계의 창조적 열림을 조화시키고자 하는 소망이라고 할 수도 있다. 사실 우리 동양의 미적 추구에 있어서 중요했던 것은 자연의 직접적인 변형이 아니라 자연의 조화의 발견이며 이 발견의 기쁨 속에서 인간의 창조적 충동을 긍정하는 것이었다.

다시 말하여, 예술이 자연이나 세계 또는 인간의 노력 어느 편에 역점을 두든지 간에 예술의 충동은 사람의 근원적인 충동이며, 이것은 사람이 그의 삶을 창조적인 기쁨으로서 또 세계의 진리와의 조화로서 실현해 보려는 충동이다. 따라서 예술은 구극적으로 사람의 참다운 삶의 지혜이다. 우리가 문화를 말할 때, 뜻하는 것도 이러한 근원적인 충동과 삶의 지혜이다. 다만 예술이 그 범위를 좁혀서 삶의 충동이 인위적인 창조물로 나타난 것을 지칭한다고 한다면, 문화는 같은 충동이 사회와 사람이 사는 환경 전부에 확대된 것을 지칭한다고 할 수 있을 것이다. 우리 시대에서 문화의 혼란을 이야기하는 것은 삶의 근원적인 충동이 감추어지고 삶의 지혜가 상실되었음을 이야기하는 것이다. 공간의 인간화로서의 건축이 아니라 자연과 환경과 아랑곳없이 솟구쳐 있는 건축, 사람이 세계의 품 안에 이룩한 삶의 터로서의 집이 아니라 경제적인 투자의 대상으로서만 간주되는 주택, 사람의 횡포 속에 파헤쳐지는 산하(山河), 우리의 불안정한 언어, 주로 이 모든 것은 우리의 삶이 크게 이지러진 것이 되었음을 말하여 주는 것이다.

오늘날의 문화의 혼란 곧 삶의 혼란의 원인은 어디에 있는가? 여기에 대한 한 가지 답변은 앞에서 이미 제시하였다. 그것은 조화된 삶에 대한 지혜의 상실이다. 이 지혜의 근본은 한편으로 세계의 창조적 소유와 인간의 주체적 자기실현에서 찾아질 수 있고 다른 한편으로는 세계의 있음에 대한 바른 이해에서 찾아질 수 있다. 이러한 창조적 주체와 진리의 조건은 단순히 예술이나 문화에 의해서 만족되지 않는다. 예술과 문화는 삶의 전반에 걸친 충동을 집중적으로 표현할 뿐이다. 삶을 결정하는 모든 것이 이 조건을 만족시킨다. 오늘날에 있어서 정치는 모든 것을 결정한다. 또는 정치와 경제는 모든 것을 결정한다. 괴테가 추구하던 조화된 삶은 유럽의 부르주아지의 정치적·경제적 승리를 토대로 하여 가능했던 것이다. '될 수 있는 대로 환경을 지배하고 될 수 있는 대로 환경의 지배를 받지 않는'다는 것은 구체적으로 이야기할 때 어떤 사람이 부릴 수 있는 정치적·경제적 힘을 떠나서 생각할 수 없는 것이다.(물론 정치적·경제적인 힘이 곧 삶의 미적인 완성을 직접적으로 가능하게 해 주는 것은 아니다.) 이러한 힘은 괴테의 시대에 부르주아지나 귀족에게만 주어졌다. 또 우리나라의 경우 과거에 있어서 고도한 문화의 조화를 창조하는 힘은 양반 계급에만 주로 주어졌다고 할 수 있다. 오늘날의 문화적 혼란의 원인은 벌써 이조 말엽으로부터 계속되어 온 이러한 귀족적 조화의 붕괴에서 찾아질 수 있을는지 모른다. 그러나 이렇게 말한다고 하여 귀족 문화에의 복고나 서양의 초기 부르주아 문화 또는 귀족 문화의 모방이 문화의 조화를 가져올 수 있다는 말은 아니다. 이조 문화의 파산은 이미 오래전의 일이다. 또 괴테 시대의 삶의 조화는 참다운 의미에 있어서의 조화가 아니었다. 그것은 '우리들의 외부에 있는 것, 그리고 우리들의 몸에 있는 모든 것'을 예술적 조화 속에 포용하지 못하였다. 괴테 시대에 어떠한 전체적인 조화가 있었다 하더라도 그 이후의 세계사적 체험은 그러한 환상을 깨뜨려 버렸다. 독일이나 유럽 내부에 있어서의 부조화의 요소들은 벌써 여러 번 그 폭발적 위기성을 드러낸 바 있었다. 그리고 비서방 세계의 일부를 이루는 한국의 역사적 체험은 서양 부르주아 문화의 '모든 것'이 환상에 불과함을, 한편으로는 후진국으로서의 소극적 체험을 통하여, 다른 한편으로는 독립과 해방을 위한 적극적인 체험을 통하여 배우게 되었다.

이제 우리에게 필요한 것은 참으로 사회 전체가 조화된 삶을 역사적으로 재창조함에 있어서 그 창조의 주체가 될 수 있는 방안이다. 그렇게 하여 진정한 의미에 있어서 '우리들의 외부에 있는 모든 것 그리고 우리들의 몸에 있는 것'을 완성하고 '세계의 소유자가 되고 주인이 되는 일'이다. 이러한 사회 전체의 주체화와 해방의 과정에 방해가 되는 모든 것은 우리 문화와 삶이 발전하고 완성되는 데에 방해가 되는 것이다. 이러한 문화의 저해 요소는 단지 문화의 분야에서뿐만 아니라 사회, 경제, 정치 모든 분야에서 검사되고 지적되어야 하고 실천적인 투쟁의 대상이 되어야 한다. 또 이것은 특정한 문화 전문가뿐만 아니라 모든 사람의 검토와 실천 대상이 되어야 할 것이다.

2

문화의 통일을 가로막는 요인들을 여기에서 일일이 매거(枚擧)하여 지적할 수는 없지만, 최소한도 문화적 작업의 테두리가 되는 두 가지 현상에 대하여 간단한 반성을 시도해 볼 수는 있다. 이 두 가지 현상이란 하나는 외래문화이며 다른 한편으로는 산업화이다.

소위 개화기 이후 외래문화의 수입은 근대 문화에로의 이행에 있어서 가장 두드러진 주제의 하나였다. 외래문화에 대한 열성은 새롭고 기이한 것의 매력에 무비판적으로 끌려 들어간 결과 일어난 것이기도 하겠지만, 그러한 열성의 밑에는 재래의 문화가 창조적 주체로서의 활력을 상실했다는 본능적인 느낌이 들어 있는 것이었을 것이다. 그것이 아무리 바람직한 것이라고 하더라도 문화의 자체 갱생은 매우 어려운 것이고 그러한 갱생이 외래문화의 촉매 작용을 거쳐서야 이루어지는 예를 우리는 역사에서 많이 보게 된다. 이것은 멀리서 르네상스 이탈리아, 근대화를 겪은 러시아, 또 가까이는 중국이나 일본의 예에서도 볼 수 있는 것이다. 사람은 자신의 문화 속에 삶 자체 속에 잠기듯 그대로 잠겨 있어서 그것을 대상적으로 인식하지 못하기 쉽다. 전체적인 삶의 방식으로서의 다른 문화에 접하기 전에는 그러한 인식은 거의 불가능한 것일 수도 있다. 따라서 삶의 새로운 가능성을 연다는 의미에서 문화와 사회의 전면적인 개조를 생각하기도 그만큼 어려울 것이다. 한국 근대사에 있어서 외래문화의 필요는 이러한 사정에서 일어났다고 할 수도 있다.

산업화도 조금 더 간접적이고, 복합적인 원인이 작용했다고 하여야겠지만 크게는 이런 문화적 맥락에 맞추어 생각해 볼 수 있는 것이다. 이미 시사한 바와 같이 문화를 다른 삶의 과정의 마지막에 오는 장식이 아니라 삶의 모든 면의 조화를 가리키는 것이라고 할 때 이 삶의 모든 면이란 물질 생활을 포함하는 것이다. 한 문화가 쇠퇴한다는 것은 그것이 문화 가치를 창조할 힘을 상실하고 나아가 정신적 혼란 속으로 떨어진다는 것을 의미할 뿐만 아니라 사회가 필요로 하는 물질 생산의 능력을 관리할 힘을 잃었다는 것을 의미한다. 또 거꾸로 물질적 삶의 능력이 쇠퇴하였을 때 그것은 문화 전반의 쇠퇴의 원인이 되기도 하고 또는 그 증후가 될 수도 있다. 그런데 여기서 물질 생산의 능력이라 함은 절대적으로 측정된 능력이 아니라 역사적 가능성 안에서의 능력이다. 한 문화의 물질적 힘은 그것 자체로서 잠재적으로 형성되어 있는 역사적 가능성에 미치지 못할 수도 있고 또는 그 자체의 역사적 가능성과 요구에는 충분하더라도 다른 문화와의 접촉에서 비교적 궁핍의 상태에 있는 것으로 판단될 수도 있다. 이조 말에 있어서 한국 사회의 물질적 능력이 그 자체의 테두리 안에서 어떤 것이었든지 간에 다른 문화와의 접촉을 통해서 매우 후진적인 상태에 있는 것으로 판단될 수밖에 없었던 것은 확실하다.

신문화 수립의 필요성은 어떤 정신적인 부족감에서보다 물질생활의 궁핍감 또는 물질 생산 능력의 국제적인 비교에서의 열세의 자각에서 비롯된 면이 컸을 것이다. 하여튼 우리 사회가 독자적인 발전을 이룩하는 데에 국제 사회 속에서 확고한 경제력을 확보해야 한다는 것은 역사의 당연한 요구였다. 그것은 외래문화의 도입으로 시작된 한국 사회와 문화 갱신에 대한 요구의 보다 구체적인 부분을 이룬다. 다만 이러한 요구가 이렇게 구체화하는 데에는 긴 우여곡절과 기다림이 있어야 했다. 그러나 길게 볼 때, 오늘날에야 두드러진 현상이 된 산업화의 요구는 근본적으로 개화 초기에 일어났던 외래 문물에 대한 열성과 함께 한국 근대사의 큰 리듬을 나타내고 있는 것이다.

그러나 외래문화의 전반적인 수입이나 커다란 규모의 산업화는 큰 위험을 수반하는 것이다. 문화는 역사적으로 이루어진 물질과 정신의 역량의 조화이다. 그 자체의 역사 안에서 나오지 않는 것의 침입은 이러한 조화를 교란한다. 밖에서 빌려 온 문화적인 기대가 갈등이나 좌절감의 근원이 되고 고유문화 속에 정당화되지 않는 물건의 도입이 삶의 질서를 어지럽게 한다는 교훈을 우리는 체험을 통하여 배운 바 있다. 한 사회만을 떼어서 보더라도 정신이나 물질 또는 삶의 어떠한 면의 강조가 삶의 조화된 영위를 불가능하게 하는 것이다. 이러한 문화의 교란에서 오는 폐단은 일일이 헤아릴 수 없을 만큼 많은 것이지만, 한마디로 말하면, 그 폐단은 이러한 세부적인 사항들에 있기보다도 세부적인 사항이 모여서 한 문화의 자신감

(自信感)을 손상하고 구극적으로는 역사의 주체로서의 창조력을 빼앗아 가는 데에 있다.

　처음에 한두 개의 외국 물건이 들어온다. 이것은 별 문제가 안 된다. 그러나 이것이 일정한 양에 이르면 우리와 외국의 문물과의 관계에 질적인 변화가 일어난다. 왜냐하면 그것은 하나의 삶의 스타일, 어쩌면 우리 자신의 삶보다도 우월한 것일 수 있는 삶의 스타일을 암시해 주기 때문이다. 물건의 총화는 그러한 물건을 만들어 내는 모체를 생각하게 한다. 그리하여 우리 자신의 물건이 나오는 문화적·기술적 모체는 이것에 의하여서 대치될 수 있는 위험에 처하게 된다. 제도의 경우도 마찬가지다. 제도는 어떤 특정한 사회에서 특정한 삶의 문제를 해결하기 위하여 생겨난다. 그런데 이러한 제도도 다른 사회로 옮겨질 수 있다. 그러나 제도가 옮겨지는 경우 원래 발생의 요인이 되었던 문제와 해답의 변증법, 다시 말하여 여러 삶의 세력의 창조적 확장의 모체와 더불어 이것이 옮겨지는 것은 매우 드문 일이다. 수입된 제도는 하나의 굳은 물건이 되어, 한 국민의 문제를 창조적으로 해결하는 데 도움을 주기보다는 하나의 부적이나 물신(物神)이 되기 쉽다. 그리하여 삶의 모체에서 유리된 제도는 일반 민중의 정치적인 무능력을 심화하고 또 지배 계급 편으로는 제도와 그에 따르는 지식과 기술의 독점을 용이하게 한다. 이러한 사정은 우리로 하여금 밖에서 들어오는 관념의 의미를 다시 생각하지 않을 수 없게 한다. 이미 말한 바와 같이 밖에서 온 제도는 그 운영에 대한 지식의 일부 사람들에 의한 독점을 용이하게 한다. 다른 효과의 하나는 철학적인 면에서 이야기될 수 있다. 말할 것도 없이 관념들은 단순히 수동적인 상태에 있는 것이 아니라 서로 지배적인 위치를 점하려는 투쟁 속에 있다. 다른 수단이 사용되지 않는 것은 아니나 관념의 투쟁에 있어서 가장 중요한 무기는 보다 높은 합리성의 주장이다. 밖으로부터 관념들이 올 때 이러한 관념들은 보다 높은 이성에서부터 나오는 것으로 행세하게 된다. 결과적으로 일을 처리하고 사물을 생각하는 데 있어서, 당사자가 되는 사람들과 그들의 상황 사이의 창조적 상호 작용이 아니라 밖에서부터 오는 이성의 심판이 중요하게 된다. 이렇게 하여 사물과 상황의 이성은 그 자체의 사리가 아니라 초월적인 이념처럼 군림하게 되는 것이다. 이러한 사태는 물론 관념의 영역에만이 아니라 정치·사회 면에서도 일어난다. 요컨대 외국에서 들어오는 사물들은, 그 내용이 어떤 것이든지 간에 이쪽의 주체적이고 창조적인 에너지가 여간 큰 것이 아니라면, 그 사물의 수입에 그치는 것이 아니라 삶의 동력학을 빼앗아 가는 결과를 가져오기 쉬운 것이다.

앞에서 들었던 예로서, 말의 높고 낮음을 정하는 일과 인사의 몸짓이 어색하여진 것은 무엇을 의미하는가? 또 건축 스타일의 잡다함, 서양 것과 일본 것과 한국 것들이 혼재하는 음식 스타일의 혼란은 무엇을 의미하는가? 이러한 것은 사소한 미적 감각의 문제인 듯하지만 삶의 내면적 관계가 근본적으로 어지러운 것이 되었음을 나타낸다. 인사의 혼란은 사회관계의 혼란의 증표가 되기도 하고 또 그것을 약화시키는 요인이 되기도 한다. 그런데 이러한 혼란은 우리가 외래적인 문화 양식에 압도되어 우리 스스로의 삶을 자신을 가지고 다스리지 못하게 된 데 관계된다. 건축 스타일의 잡다성도 비슷한 병리를 노출시킨다. 우리의 문화 상황 속에서 어설픈 서양 건축의 모방이나 또 지나치게 의도적인 우리 건축 모티프의 강조는 다 같이 우리의 삶의 충일을 표현한다기보다는 우리의 열등의식을 감추어 보려는 처참한 노력으로 보인다. 또 이러한 건축은 우리의 오늘날의 필요와 기능을 제대로 이해하고 만들어진 것이 아니기 때문에 우리의 삶을 행복하게하기보다는 불행하게 만든다. 공공건물과 개인 주택의 스타일상의 불연속성은 오늘날 우리의 건축이 우리의 삶의 필요에 얼마나 맞지 않는 것인가를 보여 주는 좋은 예가 된다. 오늘날 우리들의 집도 우리의 필요에 맞게 지어진 것이라 할 수 없지만 관청 건물의 이질성은 우리의 삶에 존재하는 단절을 나타낸다. 서민이, 우리의 집과는 판이한 느낌을 주는 관공서의 건물에서 쭈뼛주뼛하지 않을 수 없는 것은 관공서의 비민주적 분위기와 맞아 들어가는 것이다. 음식의 경우를 생각해 보자. 인류학자들은 한 문화의 음식은 그것대로 하나의 의미 체계를 이룬다고 말한다. 그것은 특히 사회의 신분 관계를 반영한다. 외래의 음식은 요리법이나 먹는 법 등으로 표현된 문화적 내용을 담고 있다. 우리가 외래의 음식을 받아들일 때, 우리는 그 문화적 내용도 받아들이나 이 문화적 내용은 밖으로부터 온 것인 만큼 우리 스스로 다스릴 수 없는 것이다. 이것의 습득은 일정한 사회적 신분을 전제로 하게 되고 그것을 모르는 사람은 다시 한 번 사회의 중요한 생활 내용으로부터의 소외를 경험하지 아니할 수 없다.

외래문화의 영향의 퇴적으로 일어나게 된 사태 가운데 가장 고통스러운 것은 우리 사회의 공공 광장에서 공통의 고전과 공통의 언어가 사라졌다는 것이다. 한 사회를 하나로 묶어 놓는 것은 무엇보다도 문화 전통의 기억과 재창조의 수단으로서의 언어가 마련해 주는 상호 작용의 틀이다. 이것으로 하여 한 사회는 역사적 주체로서 작용할 수 있는 공동 주체의 원리를 지탱할 수 있다. 가장 짧은 기억의 일상적 언어밖에 남지 않은 말은 거기에 의지하여 기억을 새로이 하고 공동의 미래를 창조할 틀을 잃어버린 것이다.

물론 우리가 외래 문물에서 오는 이런저런 폐단을 이야기할 때 그것은 어디까지나 위험을 말하는 것이지 필연적인 인과 관계를 말하는 것은 아니다. 앞에서도 말한 바와 같이 외래의 문화는 커다란 자극제가 되고 또 본래의 문화를 다양하고 풍부한 것이 되게 한다. 외래문화의 해독의 근본이 우리가 삶을 주체적으로 다스리고 창조하는 능력을 손상하는 데 있다면 이러한 손상은 이 능력의 약화에서 온다. 또 이 능력은 현재의 힘을 말하기도 하지만, 이것은 우리 스스로의 삶을 창조하겠다는 결의와 실천, 그것을 위한 미래를 향한 결단에 달려 있는 것이다.

3

외래문화가 갖는 여러 가지 위험과 가능성은 산업화에도 그대로 해당시켜 생각해 볼 수 있다. 다만 오늘날 산업화가 우리의 삶을 우리 스스로 창조하고 조화된 것으로 완성한다는 의미에 있어서의 문화에 대하여 갖는 의미는 훨씬 더 긴박한 것이다.

우리 문화의 상태가 어떠한 것이든지 간에 오늘날의 우리 사회의 핵심적 사실은 산업화이다. 어떠한 목적을 지향하는 계획은 모든 삶의 움직임을 특징짓는다. 의식적이든 무의식적이든 이러한 계획은 삶 전체의 에너지를 조직화한다. 그러니까 다시 말하여 하나의 계속적인 움직임으로서의 삶은 그 계획에 의하여 특징적으로 나타난다. 이것은 개인적인 삶이나 사회에 있어서나 비슷하다. 오늘날 우리 사회가 그것을 향하여 움직여 가고 있는 것은 산업화이고 이 산업화에의 노력은 우리 사회 전체와 구석구석을 송두리째 변화시키고 재조직하고 있다. 그것은 새로 조성된 공업 단지의 공장들이나 날로 번창하는 도시의 고층 건물 등의 외형적인 변화로서 나타날 뿐만 아니라 새로운 사회관계, 새로이 형성되는 인간 — 이러한 종류의 무형의 변화로도 나타난다. 이러한 커다란 변화가 문화의 상황을 복잡하고 불투명하게 하는 것은 당연하다.

산업화는 정신적으로 보아 합리성의 확대 과정으로 볼 수 있고 이러한 과정이 문화적 통합에 중요한 비합리적 정서 가치의 위신을 실추하게 하는 것임은 자주 지적되어 온 사실이다. 또 어떠한 변화든지 그것은 벌써 재래의 사회적 통합에 새로운 요소를 들여오는 것인 까닭에 문화의 혼란을 가져오지 않을 수 없다. 그러나 아마 보다 근본적인 문제는 대부분의 사람에게 이러한 합리성의 확대가 밖으로부터 온 것으로 느껴진다는 데에 있을 것이다. 앞에서 우리는 산업화가 가져오는 변화를 말하였지만 거기에서 주목할 것은 사회관계나 인간형과 같은 무형의 변화가 외형적 변화에 '따라 나오는 것'이라는 점이다. 그런데 이러한 무형적인 것들이야말로 삶을 직접적으로 조건 짓고 또 삶의 의미를 표현하는 것이다. 그러니까 산업화는 이러한 가장 중요한 삶의 부분에 대하여 예견된 것도 계획된 것도 바르게 이해된 것도 아닌 변화를 강요하고 있다는 말이 된다. 이러한 상황에서 삶이 알 수 없는, 우리 스스로 다스릴 수 없는 복잡한 요인에 의하여 지배되고 불투명한 덩어리로 느껴지는 것은 어쩔 수 없는 일이다.

합리화와 더불어 전통적 정서의 유대를 해체하는 또 하나의 요소로서 산업화가 풀어놓는 것은 개인주의적 세력이다. 삶의 기반을 재조정하며 새로운 경제와 사회관계, 나아가 새로운 자기주의를 받아들일 것을 강요하는 산업화는 삶에 대한 불안을 사회 전반에 퍼져 나가게 한다. 삶의 불안은 사람들로 하여금 자기의 이해관계의 좁은 틀로 숨어들어 가게 한다. 그러나 보다 적극적으로 산업화는 개인의 기회를 확대하고 그 활력을 풀어놓는다. 사실상 산업화의 심리적 추진력은 개인적인 이윤 추구와 소비 증대의 가능성에서 온다. 그러니까 다시 말하여 산업화는 사람들에게 거대한 불안의 압력을 가하면서 다른 한편으로는 불안에 대한 개인적인 보상을 약속하는 것이다. 이러한 산업화의 양면성은 산업화로 하여금 점점 갈등과 시의와 투쟁에 가득 찬 것이 되게 한다. 산업화의 절대적인 세력은 모든 전통적인 유대 관계를 무력화하면서 또 동시에 개인적인 보상의 약속을 통하여 새로운 유대 관계의 형성을 방지하는 것이다. 여기에 유대 관계가 있다면, 산업 조직이 부과하는 도구적 합리성의 질서로서 발생하는 이익 관계가 유대적인 기능을 수행할 뿐이다.

　이러한 여건 아래에서 사람의 삶을 하나의 창조적인 궤적이 되게 하고 이러한 궤적들을 조화하여 역사의 주체로서의 사회 공간을 수립하여야 할 문화의 작업은 완전한 무력감과 혼란 속에 빠질 수밖에 없다. 문화가 있다면 그것은, 이윤 추구와 산업 활동의 뒤치다꺼리 그리고 또 소비 생활의 장식과 위안을 맡은 종속적인 소비문화가 되기 쉽다. 이러한 문화가 삶의 주체적인 소유와 창조적 전개라는 삶 본래의 요구와는 매우 가냘픈 관계밖에 갖지 않는 것은 말할 것도 없다. 그러나 다른 한편으로는 어떤 형태로든지 문화의 통합 작용에 대한 요구는 어느 때보다도 절실하여진다. 우선 밖으로부터 오는 낯선 세력에 시달리는 삶이 그 스스로의 의미를 새로 정립해 줄 수 있는 노력을 요구하게 된다. 또 산업화의 세력은 모든 자원과 노동의 가속적인 동원을 필요로 한다. 이러한 동원은 강제력에 의하여 수행되기도 하지만, 할 수만 있다면 문화적인 통합으로부터 도움을 요청하게 된다. 어떤 일에 있어서나 문화적인 설득에 의한 동기 부여는 장기적으로 볼 때 가장 믿을 만한 것이다.

　문화적 구심점에 대한 탐구는 손쉽게 그것의 내적인 동력학의 부활보다는 산업화 노력의 집단적인 의의를 크게 부각시킬 수 있는 원리를 찾는 형태를 취한다. 그러한 의의의 하나는 모든 사람에 대한 소비 생활의 향상의 약속으로 주어질 수 있다. 빈곤을 극복하여야 할 절대적인 필요와 새로 편만하게 된 소비문화의 이데올로기가 산업 동원의 동기로 작용한다. 다른 문화적 설득의 방법은 보다 추상적인 집단의 가치를 강조하는 것이다. 민족이나 국가와 같은 집단 개념은 산업화의 원심력에 대한 대응적 이념이 된다. 이러한 이념은 새로운 정치적 집단의 결집을 요구하는 식민지적 체험에서 강한 뒷받침을 받는다. 또 여기에 관련하여 실제 생활의 구체에 있어서는 권위주의적인 성격의 덕성들이 강조된다. 이것은 국가주의적 이데올로기에 저절로 연결되는 것이지만 다른 한편으로는 권위주의적 전통으로부터 지지를 얻고 또 사회의 혼란을 도덕의 쇠퇴에 기인하는 것으로 보며 구도덕의 회복 내지 사회 과정의 도덕적 통제를 주장하는 직관적 견해에 맞아 들어간다.

물론 이러한 문화적 설득이 얼마나 효과적일 것인가 하는 것은 별개의 문제이다. 산업화가 근본적으로 개인주의적 에너지에 의하여 추진된다는 것이 우리 사회의 오늘날의 산업화 또는 자유 경제 체제하의 산업화에 대한 바른 판단이라고 할 때, 그것이 방출해 내는 거대한 원심적 에너지가 참으로 앞에 든 바와 같은 집단적 가치에 의하여 통제될 수 있는 것일까? 많은 사람들이 이러한 집단 가치를 필요로 하고 또 받아들인다고 할 때, 그것이 얼마나 진실된 것으로 오래 지탱될 수 있을까? 어느 시대에 있어서나 시대의 현실에 맞아 들어가지 않는 도덕은 무력하기 짝이 없는 것이거나 또는 대인 투쟁의 전략 무기로서만 위력을 발휘한다. 사회와 자기 이해가 명(名)과 실(實)이 상부되지 아니한 것일 때 그 사회의 도덕은 위선의 다른 이름에 불과한 것이기 쉽다. 선택의 자유 또는 자유에서 나온 헌신이 없이 진정한 의미에서 도덕이란 있을 수 없다고 할 때, 집단의 이념이 풍기는 강압적인 분위기는 그것이 현실적 도덕이 되기 어렵다는 진상을 이야기해 준다.

앞에 든 문화적 설득의 방법 가운데 아마 소비 생활의 향상에 대한 약속은 가장 현실적인 것이고 또 그러니만큼 호소력을 가질 수 있는 것일 것이다. 그러나 이것도 그 성질상 사회적 조화를 위한 구극적인 원리가 될 수는 없을 것이다. 각자의 소비욕의 무제한한 해방과 추구는 조화와 협동이 아니라 경쟁, 불신, 불화를 낳기 마련이다. 물론 쾌락을 최대한으로 확보하고자 하는 공리주의적 손익 계산의 총계가 일단의 합리적 질서를 성립하게 한다고 할 수도 있으나 이러한 질서는 역사적으로 늘 생산과 소비, 자본과 노동의 불균형과 병행하였다. 국가 권력을 정당화하는 것도 바로 이러한 사사로운 손익 계산이 보편적 원리에로 초월될 수 없다는 데에 있는 것이다.

　여기에서 우리가 다시 한 번 생각하여야 할 것은 사회 내에 있어서의, 외적인 권력과 사회 성원의 사인화(私人化)와의 관계이다. 사람과 사람의 관계가 서로 적대적인 것이 되는 것은 그 사람들이 같은 재화 같은 가치를 겨냥하는 욕망에 있어서 맞서 있기 때문이다. 이것은 욕망과 욕망의 대상의 획일화를 전제로 한다. 이 획일화는 사회 속에 욕망의 체계와 경제의 체계를 획일하게 하는 압력이 크게 작용하여 일어난다. 다시 말하여 개인의 고립화와 인간의 상호 관계에 있어서의 갈등의 격화는 사람들에게 가해지는 획일적인 압력에 비례하는 것이다. 역설적인 것은 고립과 갈등의 심화는 더욱더 권위와 집단적 기율을 불러들이고 또 이것은 본래의 증상을 더욱 날카롭게 한다는 것이다. 우리는 이미 현대 산업 사회에 있어서의 사회 조직의 거대화가 어떻게 개인을 고독하게 하는가에 대하여 들어 온 바 있다. 사회 조직의 거대화는 적어도 부분적으로는 개인의 고립과 집단적 노력에의 참여 의식의 쇠퇴에 대한 하나의 대증 요법이었다고 할 수 있다. 우리 사회에 있어서 사회의 도덕적 쇠퇴에 대한 치유책으로 이야기되는 전통적 윤리 규범이나 권위주의적 기율도 이러한 역설적인 면을 가지고 있다.

　파벌주의, 출세주의, 성공주의 등은 생존이 개인 대 개인의 투쟁으로서만 파악되는 곳에서 흔히 발견되는 병폐들이다. 그러나 따지고 보면 이러한 개인주의적 병폐들도 권위주의적·관료주의적 사회에 의하여 조성되는 것이다. 이러한 연관은 가령 입시 경쟁과 같은 비근한 예에서부터 따져 볼 수 있다. 우리 사회의 교육열과 일류 학교 입학을 위한 입시 경쟁은 유명한 것이지만 이것은 인간의 교육적 성장에 대한 우리 사회의 지대한 관심과 이해를 뜻하기보다는 학교의 형식 교육과 특히 일류 학교만이 교육의 길이라는 획일적인 교육적 사고 또는 그 사고의 정지를 뜻하는 것일 것이다. 물론 이것이 사고의 획일화나 정지에서만 연유하는 것은 아니다. 학교가 줄 수 있는 것 가운데 참으로 사람들이 필요로 하는 것은 졸업장으로 표현되는바 권위를 가진 사람들에 의한 자격 인정이다. 이것은 외부적 권위에 의지하지 않고는 자립할 수 없는 연약한 자아의식을 북돋우기 위하여서 필요하지만 보다 실질적으로 이것이 필요한 것은 이것만이 사회적·물질적 보상의 체계에 참여할 수 있는 기본 요건이 되기 때문이다. 중요한 것은 밖으로부터 규정되는 형식적 요건이다. 교육이 주어진 인간 능력의 창조적 개발이 아니라 외부의 권위가 설정한 형식 요건에 맞는 주조 작업(鑄造作業)이 되는 것은 당연하다. 스스로 느끼고 생각하고 비판하는 능력을 깨어나게 하는 것이 아니라 세뇌 작업이 중요한 것이다. 과거 제도가 전통적인 학문에 있어서 새로운 사고의 발전을 저지하는 면을 가졌듯이 학교 제도와 입시 제도는 창조의 가능성을 배제해 버린다. 스스로가 스스로를 형성해 갈 수 있는 창조적 능력의 개발이 아니라 순위와 상패의 경쟁으로 조직화된 교육 훈련을 받은 사람들은 다시 한 번 사회의 관료주의적 질서 속에서 똑같은 경쟁의 훈련을 받는다. 다만 여기에서의 순위와 상패의 경쟁은 석차나 일류 학교 입학을 위한 투쟁으로 나타나는 것이 아니라 출세와 성공을 위한 투쟁으로 나타난다. 이 투쟁에 있어서 모든 사람은 다 가상의 적이고 또 나의 파벌이 될 수 있다. 그리고 이러한 투쟁은 선의의 테두리 속에서 벌어지는 경우라고 할지라도 실력 그 자체의 투쟁이 아니라 위에 있는 권위가 인정하는 실력의 경쟁이다.

그러니까 현대의 개인주의는 개인의 상실에서 일어나는 가짜 개인주의라는 면을 가지고 있는 것이다. 앞에서 우리는 예를 들어 사회적 성공의 추구에 있어서 개인의 상실을 언급하였다. 사회적으로 볼 때, 현대에 있어서 모든 개인 소멸의 밑바닥에 들어 있는 것은 경제 생활에 있어서의 획일화의 압력이다. 산업 사회가 그 조직 속에 편입되는 사람에게 약속하는 보상은 개인적 욕망의 만족을 위한 소비 생활의 향상이다. 이것은 성격의 획일화를 전제로 한다. 산업 사회는 소비의 증대를 약속하면서 오로지 그것만에서 삶의 보람을 찾게 되는 소비 인간(homo consumens)을 만들어 낸다. 이 과정에서 인간성의 다양한 가능성들은 단순화된다. 또 소비 인간의 욕구 자체도 사회적으로 단일화되도록 조정된다. 널리 지적되어 온 바와 같이 현대에 있어서, 여러 가지 재화에 대한 개인적인 추구는 광고 등의 대중 매체 또 여러 가지 사회적 암시의 수단을 통하여 소비자의 심리를 조정함으로써 자극되는 것이다. 그리고 이렇게 사회적 암시에 의하여 구매되는 재화도 그 자체보다는 어떤 특정한 재화가 풍기는 신분적(身分的) 분위기로 인하여 귀중한 것으로 생각된다. 이렇게 하여 경제적 욕망과 체계는 사회 신분의 체계와 일치한다. 그리고 이 체계는 권력에 의하여 뒷받침된다.

산업 사회에 있어서의 개인과 개인적 욕망 추구의 획일화가 인간성의 '모든 것'을 발전시키는 데 커다란 장애가 되고 사회적으로도 중요한 결과를 낳는다는 점은 앞에서 살펴본 대로이다. 산업 기구·사회 기구의 거대화, 개인의 고립, 또 개인과 개인, 집단과 집단 사이의 갈등의 심화, 이러한 현상이 벌어지는 것은 많은 사람들이 같은 욕망을 가지고 같은 재화를 추구한다는 사실과 관계된다. 참으로 사람들의 욕구가 다양하고 개인적인 필요의 인식에서 출발하는 것이라면 유행의 복장, 유행의 건축 스타일, 세상 사람들이 좋다는 학교, 이름난 미술품, 대중 매체들이 규격화하는 미인 미남에 대한 경쟁이 그렇게 심할 수가 없을 것이다. 그런데 이러한 경쟁의 심화보다도 더 중요한 것은 인간 욕망의 원천적 조작이 실질적으로 다른 욕구 ── 어쩌면 인간성의 발전에 보다 중요한 욕구의 만족을 불가능하게 한다는 것이다. 소비 욕망 이외의 욕구는 원천적으로 배제되고 또 그런 욕구가 일어난다고 하더라도 그것은 사회적 적의의 압력과 싸워야 되고 그것보다는 구극적으로는 한 사회의 욕구의 체계에 의하여 결정되기 마련인 생산 체계는 이러한 사회적으로 허용되지 않는 욕구의 만족을 위한 자원 배정을 중지함으로써 그러한 욕구의 만족을 불가능한 것이 되게 한다.

지금까지의 관찰은 대개 소비자로서의 인간의 모습을 말한 것이지만, 소비 인간으로서의 획일화보다도 더 무서운 것은 생산 인간으로서의 인간의 획일화이다. 앞에서도 말한 바와 같이 인간의 소비 편향에 의한 획일화는 그것 자체가 인간성의 왜곡을 가져오는 것인데, 이것은 근본적으로 인간의 생산적 기능의 왜곡에 따르는 부수적 현상이라고 할 수 있다. 참다운 보람이 창조적인 삶의 실현에 있다고 한다면, 인간의 생산 활동이야말로 그러한 보람의 공간이어서 마땅할 것이다. 그러나 소비 활동이 중요한 의미를 띠게 되는 것은 산업 사회의 생산 체제에서 만족되지 못하는 창조적 충동이 소비 활동에서 최소한도의 보상을 받기 때문이다. 앞에서 우리는 소비가 얼마나 비주체적인 꼭두각시 놀음이 되기 쉬운가를 이야기하였지만 적어도 구매력의 행사는 주체적 행위라는 면을 가지고 있다고 할 수 있는 것이다. 말할 것도 없이 산업 사회의 주된 특징은 모든 인간 활동 가운데 경제적 측면을 크게 강조하는 데 있다. 거기에서 오는 인간의 주체적인 가능성의 억제는 훨씬 더 근원적인 것이다. 산업 사회에서 유일한 생산적인 활동으로 규정되는 경제 활동은 다른 창조적인 활동에 상대적인 억제를 가하게 되고 유일한 창조적 인간형으로 받아들여지는 경제 인간(homo economicus), ─ 이윤 극대화의 합리성에 의하여서만 움직이는 경제 인간의 원형은 다른 인간형의 가능성, 다른 인간성의 발전을 평가 절하하는 결과를 낳게 되는 것이다. 물론 더러 주장되듯이 산업의 발달이 인간성의 다양한 발전을 가능하게 했다는 면이 있는 것도 사실이나 이것은 근본적으로는 의도되지 않았던 우연적 결과이고, 산업 사회의 주된 흐름에 맞부딪

칠 때 언제나 희생될 수 있는 부산물이다. 인간성의 큰 발전이 있다면 그것
은 경제 활동의 면에서이다. 그러나 이것도 대부분의 사람에게 자유롭고
주체적인 선택이 될 수는 없는 것이다. 그들은 산업 체계가 배정하는 자리
에서 그것이 규정하는 기능을 다함으로써만 생계를 유지할 수 있고 이러
한 기능에 맞추어 인간성을 단순화하여야 한다. 이것은 상품 교환 시장에
내놓을 것이라고는 노동력밖에 없는 사람에게 있어서 가장 심하지만 다른
많은 사람에게도 정도를 달리하여 해당되는 것이다.

4

앞에서 우리는 산업 사회에 있어서 사회적 통합의 파괴에 대한 처방으
로서 강조되는 집단 가치 내지 권위주의에 대하여 이야기하였지만, 그러
한 가치를 성립하게 하는 것도 앞에서 말한 바와 같은 산업 사회의 특수한
요구이다. 이 점은 새삼스럽게 강조할 필요가 있다. 왜냐하면 우리가 어떤
가치, 특히 전통적 가치를 이야기하는 경우, 우리는 그것을 산업 사회의 테
두리에서 이야기하고 있다는 것을 잊어버리기 쉽기 때문이다. 어떤 도덕
적 또는 문화적 가치는 그 자체로서 어떤 의미를 갖는 것이 아니다. 그러
한 의미는 가치가 적용되는 구체적 환경과의 관련에서 발생한다. 그 자체
로서 좋은 듯한 가치도 상황에 따라서는 그 반대의 것이 되기도 하고 또 그
역점을 달리하여 나타나기도 한다. 어떤 권위주의적 가치가 예로부터의
전통에서 나온 것이라 할지라도 새로운 상황에서 작용하게 될 때, 그것은
다른 것으로 바뀌게 된다. 오늘날까지 잔존하거나 또는 새로이 부활되는
전통적 가치는 산업 사회의 어떤 경향과 상승 작용을 일으키고 그 결과 옛
날의 균형을 잃고 급기야는 본질적으로 다른 것이 되는 것이다.

이렇게 볼 때 옛날로부터 계승되는 것인 듯한 오늘날의 권위주의는 옛날의 그것과 다를 수밖에 없다. 우선 옛날의 그것은 내면화된 문화였고 강제력이 아니었다. 이것은 물론 시간의 습관화 작용에 기인한다. 오랫동안 한곳에 자리 잡은 문화는 그 근본적인 한계가 어디에 있든지 간에 사람이 살아가는 모습 전체를 어떤 방식으로든지 표현하기 마련이다. 또 이조의 권위주의가 내면화된 문화로 작용할 수밖에 없었던 것은 이조 사회가 어떠한 이념을 강제력을 통해서 집행할 만한 물리적 여건을 가지고 있지 못했기 때문이기도 하였을 것이다. 하여튼 이런 이유들도 있고 하여 이조의 권위주의적 문화는 상당히 높은 인문적 내용을 가졌던 것으로 보인다.

가령 이조 시대의 관직 위주의 사회 체제를 생각해 보면, 이조 사회가 관직의 유무(有無)와 고하(高下)로써 사람의 사회적 신분을 평가한 것은 사실이지만, 이조의 관직주의가 오늘날과 같은 방대한 행정 체계를 갖춘 관료주의와 같은 것이었다고 할 수는 없다. 관(官)은 커다란 행정 계통 속의 한 톱니바퀴로서의 공무원에 의하여 대표되는 것이 아니라 주체적인 인간으로서 알아볼 수 있는 얼굴을 가진, 또 책임과 재량권을 가지고 있는 지방의 수령(守令)에 의하여 대표되었다. 이러한 수령들은 익명의 행정 명령과 정책을 집행하는 것이 아니라 구체적인 사람들의 구체적인 문제에 대하여 목민관으로서의 관심을 가졌었다. 관의 조직 면에 있어서도 내용의 여하에 관계없이 지켜져야 하는 명령 계통이 아니라 다같이 받아들이는 윤리와 예의의 테두리 안에서의 교환이 중요하였다. 이러한 교환은 왕과 대신 사이에 또 현감이나 군수와 같은 각급 지방의 수령과 왕 사이에도 이루어졌다.(오늘날 면장이 면의 문제를 상의할 수 있는 사람은 군수밖에 없다.) 또 교환의 내용은 작고 큰 국정에 대한 준열한 비판에서 시작하여 심지어는 왕의 개인적인 행상에 관한 대담한 충고에 이르는 것이었다.(16세기 중엽에 영의정을 지냈던 이준경(李浚慶)은 그 유고(遺稿)에서 왕의 몸가짐에 대하여 다음과 같은 충고를 하고 있다. "······ 아랫사람과 상대할 때는 위의가 있어야 합니다. ······ 신하들이 진언할 즈음에는 여유 있는 모습으로 예도대로 대우하여 비록 어기고 거슬리는 말이 있더라도 영특한 기상을 보여 조심시키는 정도가 마땅하고 사사건건이 폭로하여 혼자만 높은 체하고 착한 체해서 여러 신하들에게 자주 보이는 것은 마땅하지 않습니다······."[3] 결국 이조의 권위주의적 질서는 그 나름의 제약을 가지고 있는 것이면서도 그 최선의 상태에서는 구체적인 인간이 위엄과 사려를 가지고 움직일 수 있는 제도였던 것으로 생각된다.

이것은 이조 사회가 존중했던 인간형에서도 나타난다. 성리학과 유교 윤리와 과거 제도가 획일화를 강요했다고 하여도 이조 사회를 움직인 인간은 어떤 고정 관념에 사로잡힌 광신자도 아니요, 대중 사회에서 보는 '행복한 로봇'도 아니었다. 이조의 야담(野談), 사화(史話) 등이 강조하는 것은 사람의 개성을 뚜렷하게 드러내 주는 일화들이다.(사실 이러한 일화의 모음은 매우 중요한 의미를 갖는 우리 고유의 문학 장르로 간주되어야 한다.) 개성적인 인품은 단지 대유학자나 고관 현직에 있는 사람의 경우에만 존중된 것이 아니었다. 토정(土亭) 이지함(李之函)을 찾은 백사(白沙) 이항복(李恒福)이 그가 만난 고인(高人) 일사(逸士)가 누군가 하고 물었을 때 그는 세 사람을 들었는데 그중의 두 사람은 뱃사공과 면무식의 촌로였다. 이항복은 뱃사공을 이야기한 이지함의 말을 다음과 같이 기록하고 있다.

그의 거처는 일정한 곳이 없어 배를 집 삼아 살고 있다. 식구래야 아내와 외동딸밖에 없기 때문에 큰 배를 사용치 않고 보통 정도의 배를 쓴다. 고기잡이를 하는 여가에 더러 곡식을 운반, 그 운임을 받아 생활해 나간다. 그가 쓰고 있는 배는 삼백 석을 실을 수 있지만, 그는 늘 이백 석 미만만을 싣는다. 조

---

3 『한국의 사상대계』 11(동화출판사, 1972), 48~49쪽.

금 실으면 배 부리기가 편하고 또 가라앉을 위험이 없기 때문이다. 값을 적게 받고 많이 받는 것은 별 문제로 치지 않는 것이다. 어느 날 나는 그가 멀리 고기잡이 하러 가는데 따라간 적이 있다. 작은 배를 타고 돛만을 믿고 나아간즉 마치 하늘 끝에 나온 것 같아서 자못 다른 어부들은 감히 엄두도 못낼 곳에 이르렀고, 그 배 부리는 기술이 다른 어선들은 흉내도 못낼 정도로 능숙했다. 또 잡은 고기를 요리하는 솜씨가 아주 좋아서 이 또한 범인은 미칠 수 없을 정도였다. 어느 때 그 아내가 이웃집으로 놀러 갔었다. 그의 딸만이 혼자 있는데, 그 딸이 고기를 팔면서 시장에서 받는 값보다 배나 비싸게 팔았다. 그 아내가 돌아오니 고기값을 많이 받았다고 자랑했다. 이 말을 들은 그의 아내는 깜짝 놀라서 고기값을 배나 받은 것을 네 아버지가 아시면 심히 노할 것이라고 말하면서, 황급히 고기 사 간 사람을 뒤좇아 가서 받은 돈의 반을 되돌려 주었다. 이것 또한 그의 사람됨의 일면을 보여 주는 일이다.

내가 그 사람이 보통 사람이 아님을 알고서 어느 날 또 그를 만나 보기 위해 기다리고 있었다. 그날 저녁 무렵 그는 배를 타고 돌아와서 그 아내에게 말하기를 "내가 천문(天文)을 보니 내일이 동지입니다. 팥죽을 쑤시오."라고 말했다. 내가 그걸 어떻게 아느냐고 물었더니 "일월성신의 옮김과 바뀜을 보는 것은 사물을 궁구해서 지식을 얻는 이치에 이르는 것과 같다. 초를 켜지 않고는 밝지 않는 법이다."고 말했다.

나라 다스리는 방법을 물었더니 웃기만 하고 대답치 않다가 "손님은 어지간히 할 일도 없으시오." 하고 말했다. 여러 번 성명을 물어도 또한 일러 주지 않았다. 다른 날 내가 다시 찾아갔더니 자기 할 일을 끝내고 이미 어디로 가버렸다. 필연코 내가 다시 올 줄 알았던 것이다.

여기에 이야기된 뱃사공은 외부적이고 형식적인 권위의 체계에 의존하지 않고 지식과 실천을 완전히 갖추고 자신의 욕구 내지 필요와 세계 사이에 조화를 이룬 사람이다. 이 뱃사공은 실재 인물이라기보다는 많은 도교적인 일화에서 보는 바와 같이 이상화된 인물이라고 할 수는 있다. 이것은 또 이조 유학사에서 주변적이고 이단적인 자리밖에 가지고 있지 않았던 이지함의 이상화된 자화상이라 할 수도 있다. 그러나 중요한 것은 이러한 인물이 이지함만이 아니라 이항복과 같은 사람에 의하여서도 주목되었다는 사실이다. 그리고 이러한 뱃사공이 대표적인 인물은 아닐망정 하나의 개성적 인물로 인정되었던 이조 사회가 형식 교육에 의하여 인간의 규격화를 기하는 오늘날의 사회와 같을 수는 없는 것이다.

이러한 전통 사회에 대한 간단한 고찰을 통하여 우리가 느끼게 되는 것은 복고(復古)의 가능성이 아니라 그 불가능성이다. 오늘날의 문제에 지난날의 해답은 오늘의 문제를 보이지 않게 하거나 심화할 뿐이다. 우리가 과거에서 배울 수 있는 것이 무엇이든지 중요한 것은 오늘날의 문제와 상황에서 출발하는 것이다. 그리고 오늘날의 문제는 우리의 삶에 소외 세력으로 등장한 산업화를 어떻게 처리하느냐 하는 문제이다.

앞에서 살펴본 바와 같이 산업화가 많은 문제를 가지고 있는 것은 말할 필요도 없으나 그렇다고 그것을 부정할 수는 없다. 그것이 참으로 인간의 행복의 증대에 얼마나 큰 기여를 하느냐 하는 것은, 적어도 어떤 종류의 조건하에서는, 심히 의심스러운 것이라 할 수 있다. 사람의 행복과 자기실현은, 사람의 능력과 세계의 가능성이 조화된 곳에서 이루어지는 것이라고 한다면 산업화가 가져오는 불안정과 갈등, 또 비인간화가 그것 자체로서 그러한 행복에 기여한다고 할 수는 없을 것이다. 그러나 산업화는 우리의 부정이나 긍정과 관계없이 우리의 삶 속에 움직일 수 없게 자리한 삶의 조건이 되었다. 또 오늘날과 같은 국제적인 산업 시대에 있어서 어떤 목가적인 사회가 존재한다고 하더라도 그것이 문화에 있어서 또 정치나 경제에 있어서 제국주의적 침략에 견디어 낼 수는 없을 것이다. 물질적 안락 속에 만성적으로 퍼지는 삶의 불안보다는 혹독한 운명의 의젓한 긍정이 보다 사람다운 것이라 하더라도 물질문명의 발달은 사람의 고통을 많이 완화시켜 주었다.(또는 고통을 완화시켜 줄 수 있는 가능성을 크게 해 주었다 말해야 할 것이다.) 또 삶의 고통이 크면 클수록 사람과 사람의 투쟁을 완화하고 인간성을 완성할 수 있게 하는 기회도 그만큼 제한될 수밖에 없다. 어떤 수준에서나 삶의 행복이 어느 정도 가능하다고 하더라도 산업의 발달은 보다 높고 넓은 차원에서의 행복을 가능하게 할 수도 있을 것이다. 문제는 산업화의 세력을 어떻게 사람의 참다운 행복과 발전에 기여하게 하느냐 하는 것이다. 산업화의 세력을 사람의 행복에 연결시킨다고 해서, 그것이 즉각적인 행복의 약속으로 옮겨질 수 있다는 것은 아니다. 말할 것도 없이 산업화와 같은 거창한 작업이 인내와 기율 없이 이루어질 수는 없는 것이다. 그러나 사람에게 인내와 기율이 늘 고통스러운 것이고 억압적인 것만은 아니다. 그것은 우리에게 부과되는 인내와 기율이 얼마나 이해할 수 있는 것이냐, 또 얼마나 주체적으로 떠맡아지는 것이냐, 또는 모두가 믿을 수 있는 행복과 평화를 약속해 주는 것이냐 등등의 조건에 의하여 결정될 것이다.

이러한 조건을 만족시키는 데 있어서 이념적·문화적인 측면에서 할 수 있는 일들은 무엇인가? 한 가지는 산업화의 신화를 늘 사실에 입각하여 검증하는 일이다. 이 사실은 무엇보다도 산업화에 편입되는 사람들의 구체적인 체험으로 이루어진다. 그러나 이러한 사실이 우리의 관심의 대상이 되는 데에는 사람의 참된 필요와 가능성에 대한 인간학적인 이해가 있어야된다. 그러나 개개인이 지닌 보편적인 가능성이 실현되는 것은 일정한 사회적·경제적 자원을 발전시키는 집단 속에서이다. 문화의 작업은 사실을 기록하고 인간적인 이해를 제공하고 또 이러한 것들이 역사적인 현실로서 매개되는 여러 수단과 방법, 즉 경제적 자원과 그것의 사회적·정치적 조직화를 인간적 가능성의 관점에서 평가하여야 한다. 여기서 인간의 최고의 가능성은 사람이 될 수 있는 대로 환경을 지배하고, 될 수 있는 대로 환경의 지배를 받지 않고 그의 참다운 미적 요구에 따라 세계를 개조하고 또 거기에 스스로를 조화시킨다는 데에 있다. 달리 말하면 그것은 사람과 사람의 갈등을 행복한 교환으로 바꾸고 자연과 사람의 갈등을 창조와 교감으로 바꾸는 데 있는 것이다. 그것이 이러한 인간의 가능성에 대한 이상에 확실하게 봉사하는 한, 사실 외래문화도 산업화도 큰 문제가 될 수는 없다.

그러면 어떻게 하여 이런 문화적인 반성이 현실 세력의 일부가 될 것인가? 이것은 결국 정치적인 작업에 기대하는 도리밖에 없다. 여기서 이러한 문제를 새로 이야기할 수는 없지만 한 가지 지적할 수 있는 것은 앞에서 이야기한 사람의 참다운 가능성에 대한 인식이 산업화 과정의 그 안에서 저절로 자라 나올 수도 있는 것이라는 것이다. 그것은 산업화 과정의 사람들이 스스로의 고통을 극복하려는 노력에서 저절로 발생할 수 있는 것이다. 산업화는 우리 민족이 지금껏 겪었던 어떤 변화에 못지않은 혁명적인 변화다. 어떤 역사의 관측자들은 혁명 과정의 구체적인 체험을 과정 자체에 반영하지 못하는 혁명은 실패하기 마련이라고 전한다. 산업화에 편입되는 수많은 사람들이 그들의 체험을 통해서 스스로의 주체성을 자각함에 따라 그들의 자각은 곧 인간 완성의 미적·문화적 차원에 나아가는 첫걸음이 될 수도 있을 것이다.

(1977년)

문화의 획일화와 다양화

1. 산업화와 문화의 획일화

문화에 있어서나 삶의 다른 분야에 있어서나 획일화는 오늘날에 와서 싫든 좋든 불가피한 현상으로 보인다. 적어도 오늘날 사람들이 받아들이고 있는 테두리에서는 산업화가 요구하는 기술과 자본의 규모는 산업 조직의 거대화를 가져오지 아니할 수 없다. 생산 조직의 거대화와 이에 따라 이루어지는 소비 시장의 거대화는 여러 지역의 여러 사람의 삶을 근본적으로 하나의 기구 안으로 흡수·편성한다. 확대되어 가는 산업화 과정 속에서 사람들은 점점 같은 방식으로 또는 적어도 비슷한 방식으로 일하고, 같거나 비슷한 환경에서 같거나 비슷한 물건을 쓰면서 살게 된다. 그리하여 생활 양식은 획일화된다. 이것은 한 나라 안에서만의 현상이 아니라 국제적인 현상이다. 비슷해지는 것은 나라 안에서의 삶만이 아니라 여러 나라 안에서의 삶이다. 이것은 반드시 새로운 초국가적인 형식에 의한 개개 국가의 특수성의 소멸이라는 형태를 취하지는 않는다. 후진국에 있어서 국제적 획일화 또는 동질화는 서방 선진국의 삶의 양식에의 흡수 또는 그 모방을 의미한다. 이것은 국제 정치에 있어서의 세력 관계의 불균형, 해외로부터 기술 및 자본을 도입하거나 그것의 확대를 허용해야 하는 후진적 상황에서 연유하는 것이다.

그런데 선진국에 있어서든 또는 후진국에 있어서든 산업화가 가져오는 것이 단순한 삶의 동질화나 획일화일까? 우선 산업 사회의 놀라운 생산성을 생각해 볼 일이다. 이것은 단지 한 가지 물건의 생산에 경주되지 아니한다. 한 가지 물건이 대량으로 생산되게 되는 것도 사실이지만, 한정된 생산력을 가진 사회에 비하여 산업 사회가 보다 많은 종류의 물건을 만들어 낸다는 것은 당연한 일이다. 무역 관계의 확대로 풍부하여지는 상품의 레퍼토리는 또 어떠한가? 오늘날 백화점에 진열되는 물건의 가짓수를 보면 상품의 다양화는 분명하다. 쾌락의 감각이 그 대상의 다양화만큼 그에 대응하여 분화되는 것이라고 한다면, 오늘날에 있어서 쾌락은 어느 때보다도 정치하게 될 가능성이 크다고 해야 할 것이다. 뿐만 아니라 생산의 잉여와 더불어 쾌락 감각은 광고와 선전에 의하여 인위적으로 자극된다. 그리하여 이러한 선전을 쫓아가는 소비자는 시시각각으로 다른 것들을 즐기지 않고는 못 배길 지경이 된다.

이것은 소비의 측면에서 본 것이지만 생산의 측면에서 볼 때도 사정은 다양성을 지향하는 것으로 말하여질 수 있다. 다양한 물건의 생산은 다양한 기업의 발전을 전제로 한다. 여기에 대응하여 다양한 직업이 발달된다. 무엇을 배우고 실천함으로써 사람은 자기를 형성한다. 보통 사람의 경우 직업은 가장 중요한 자기 형성의 계기가 된다. 산업 사회는 다양한 직업을 통하여 다양한 인간 형성의 가능성을 확대시켜 줄 수도 있다. 물론 산업 사회의 직업의 전문화가 개인적으로는 인간성의 협소화 내지 단편화를 가져온다고 하는 것도 사실이나, 적어도 사회 전체적으로 볼 때 인간의 다양화 또 다양한 인간의 상호 작용의 가능성은 커진다고 말할 수 있을 것이다.

2. 획일화의 의미

그렇다면 문화의 획일화를 말할 때 우리가 의미하는 것은 도대체 무엇인가? 이것은 보는 관점에 따라서 정해지는 것이라고 말할 수밖에 없다. 물론 획일화라고 하면 우리가 쓰는 물건이 단순하고 가짓수가 적다든가, 할 수 있는 일의 종류가 제한되어 있다든가 하는 것을 말하는 것은 아닐 것이다. 물건과 일과 놀이는 다양해졌다고 하더라도 누구나 어디에서나 비슷하게 다양한 것들을 만들어 내고 쓰고 있으면 그것이 획일화가 아니냐고 할 수 있을 것이기 때문이다. 그러나 이것은 절대적인 의미에서의 획일화는 아니다. 개인차와 지역 차가 중요해지는 것은 사람과 사람의 상호 작용과 지역 간의 여행이 빈번해지는 때문이다. 지역 상호 간의 평준화는 객관적인 사실이면서도 행동하는 인간과의 관계에서만 좋다 나쁘다 평가될 수 있다. 보기 나름이 아니라면 움직이기 나름인 것이다.

우리가 현대 문화에서 획일화를 느낀다면, 다른 문화의 경우를 생각해 보자. 가령 우리의 전통문화와 사물은 어떠한가? 냉정히 생각해 보면 전통문화처럼 획일성의 인상이 강한 곳도 우리의 생활 주변에서 찾아보기 어려울 것이다. 비록 전문가의 눈에는 스타일상의 아기자기한 차이가 있다고 하더라도 소박한 눈으로 볼 때, 우리의 절간이나 궁전의 건축, 의상, 불상의 모양은 시대와 지역을 초월해서 동일한 양식을 유지해 온 것으로 보인다. 소박성이 어떤 사물이나 현상 내의 획일성을 지칭하는 것이라고 한다면 우리의 시조나 탈춤, 이러한 것들은 또 얼마나 단순 소박한가. 여기에 비하면 20세기에 들어와서의 우리의 미술, 연극, 심지어 빈번히 비난의 대상이 되는 최근의 텔레비전 연속극까지도 변화무쌍하고 다양하기 그지없는 것이라 하여야 할 것이다.

그럼에도 불구하고 우리가 현대 문화에 대해서 말하는 것은 우리의 전통 생활과 전통문화에 있어서의 획일성이 아니라 오늘날에 있어서의 대량 생산과 대량 소비뿐만 아니라 다양한 상품 생산과 소비에 의하여 특징지어지는 중산 계급 이상의 생활 문화와 예술의 획일화이다. 그러면 이것은 전혀 잘못된 지적인가? 어떤 진술의 경우에나 그렇겠지만 모든 사례에 전적으로 해당하는 것이라고 할 수는 없겠으나, 이것이 여전히 많은 사람이 느끼고 있는 우리 사회의 중요한 일면에 대한 직관을 표현하고 있는 것임에 틀림이 없다.

그러면 우리가 가지고 있는 획일화의 우려는 무엇을 의미하는가? 다시 한 번 우리는 어떤 사태에서 획일성을 느끼거나 안 느끼는 것은 보기 나름이라는 가능성을 상기하는 것이 좋다. 즉 문제는 객관적인 사태만이 아니라 주관에의 관점에 관계되어 생각되어야 한다는 말이다. 심리적으로 볼 때, 획일성과 다양성은 보는 사람과 보여지는 현상 간의 거리의 함수라는 면을 가지고 있다. 첫째, 보는 사람에게 익숙지 않은 것은 획일까지는 아니더라도 비슷비슷해 보인다. 물론 이 경우에 잡다하다는 인상도 일어날 수 있으나 무엇인가 다른 듯하면서도 크게 다르지 않는 것에서 받는 인상이 잡다하다는 인상이기 때문에 이것은 획일적이라는 느낌에서 과히 먼 인상이 아니다. 둘째, 획일적이라는 것은 밖으로부터 오는 힘이 개인차와 개인적 필요를 무시하는 듯한 행동이나 표현을 요구할 때 우리가 느끼는 감정이다. 이러한 힘을 가하는 사람의 입장에서 획일화는 질서, 통일, 조화 등등의 미적 특질을 나타내는 것으로 생각될 것이다. 셋째로, 어떤 사물이 획일적이라는 느낌은 그러한 느낌의 소유주의 불안정한 심리를 나타낼 수 있다. 그것은 사물의 다양성을 요구하는 마음의 다른 면인데 이 다양성의 요구 그것이 불안정한 소비 심리를 표현하는 것일 수 있다는 말이다. 세상의 모든 것을 우리의 시각 또는 그 외의 감각의 소비물로서 생각하고 이러한 소비에 삶의 궁극적인 의의를 찾으려고 할 때 조금이라도 새로운 감각적 자극을 가져오지 아니하는 물건은 획일적으로 보일 것이고 다른 한편으로는 공허한 자기 확인의 수단으로서의 소비 물품의 다양함에 대한 요구는 가속적으로 증가될 것이다. 이때 획일성이나 다양성은 다 같이 자본주의의 소비문화가 만들어 내는 떼어 놓을 수 없는 모순된 요구라는 것이 드러날 것이다.

3. 삶의 양식으로서의 문화

그런데 어느 경우에 있어서나 획일성이나 다양성에 대한 감각은 어떤 사물을 우리가 우리의 진정한 일부로 보느냐, 아니하느냐 하는 데에 달려 있다. 전통문화가 획일적이란 말을 자주 듣지 않는 데에는 그것이 우리에게 너무나 친숙하고 당연한 삶의 일부이기 때문이라는 이유가 있을 것이다. 물론 우리 문화유산의 획일성 또는 빈곤에 대한 잠재적 의식 또는 공개적 개탄이 없는 것은 아니지만, 그러한 느낌 자체가 상당 정도까지는 우리가 전통적인 것으로부터 소원해졌다는 증거로 볼 수 있다. 하여튼 전통 문학에 있어서는 너무 두드러질 정도로는 획일성에 대한 논란이 없는데, 그 이유가 너무나 우리에 가까운 데에 있다면, 반대로 현재의 새로운 문화에 대하여 우리가 갖는 획일성의 인상은 우리가 그것을 아직 우리 것의 일부로 느낄 수 없다는 사실을 말해 준다고 할 수 있을 것이다.

여기서 중요한 것은 익숙함이나 그렇다고 모든 익숙함이 당연한 것은 아니다. 몸에 지닌 병의 경우, 그것이 만성화됨에 따라 우리는 그것에 익숙해지고 그것과 더불어 사는 방법을 강구해 나가게 된다. 그러나 그것이 완전히 당연하게 존재하고 존재해야 하는 것으로 생각되지는 않는다. 노예 상태의 인간이 세뇌와 훈련에 의하여 그 상태를 자연스럽고 당연스러운 것으로 받아들일 수도 있으나 노예 상태를 노예 상태로 각성하게 될 가능성은 언제나 없어지는 것이 아니다. 어떠한 것이 당연한 것으로 받아들여진다는 것은 그것이 적어도 우리의 근본적 삶의 느낌에 거슬리지 않는다는 것, 더 나아가서는 우리의 삶의 주체적인 실현에 도움을 준다는 것을 뜻한다.

우리의 전통문화의 여러 표현이 새삼스럽게 의식에 부상해 오지 않는다고 해서 그것들이 완전히 우리의 삶의 요구에 맞는 것이었다고 할 수는 없을는지 모른다. 그러나 적어도 오늘날 이루어지고 있는 문화에 대하여 우리가 획일적이며 생명감이 없다고 느낀다면 그것은 오늘의 문화적 표현이 우리의 삶의 느낌, 우리의 삶의 주체적 실현에서 먼 것이라는 사실에 관계된다고 할 수 있지 않을까? 우리가 만들어 내고 있는 문화가 압도적으로 서양적인 것의 어설픈 모방이거나 변형에 머물러 있고 이것도 문화 향수자 자신의 자연스러운 선택에 의하여서라기보다는 우연적으로 그러한 선택권을 행사할 수 있는 자리에 오른 소수의 사람에 의하여 부과된 것이라는 사실이 우리가 받는 획일성의 저변에 작용하는 진정한 원인이 아닐까?

그러면 이러한 획일성이 다양성의 적극적인 요구로 시정될 수 있을까? 앞에서 말한 바와 같이 다양성의 요구 자체도 삶에 대한 외면적 접근에서 나오는 발상이라는 느낌을 준다. 외면적 다양성의 추구는 내적인 공허함, 자기 소외의 증상 이외의 다른 것이 아니다. 우리가 삶에서 참으로 요구하는 것은 풍요이며 변조(變調)이지 다양성이 아니다.

4. 다양성 추구의 의미

다양성의 추구 자체가 우리 문화의 외면성·시각성의 추구의 표현인 것이다. 살고 있는 사람의 편리한 삶을 위하여서가 아니라 도시 미관을 위해서, 관광객에게 잘 보이기 위하여 생각되어지는 도시 계획, 건축의 외면적 장식, 복장과 외관과 형식에 대한 우리의 지나친 관심, 전적으로 규격화된 치수와 표준적 얼굴의 아름다움으로만 판가름 되는 여성의 의미, 이런 것들은 모두 우리의 외면적 지향, 사는 사람의 주체적 관점이 아니라 다른 사람이 그 사람을 보는 관점에서 사물을 대하는 우리의 태도를 표현한다. 아름다움도 문화도 이러한 태도의 연장선상에서 생각되어진다. 그것은 보기에 좋도록 꾸미고 장식하는 것이라고 파악되는 것이다.

우리는 미에 있어서 기능과 형식의 관계를 다시 생각해 볼 필요가 있다. 오늘날 아름다움은 거의 외면적 형식으로서만 생각된다. 그러나 진정한 아름다움의 체험은 기능과 형식의 조화로써 이루어진다. 문화의 경우도 마찬가지다. 다만 문화에 있어서 기능은 개인적·공동체적 삶의 기능이기 때문에, 기능은 형식에 대하여 훨씬 우위에 있는 것이다. 문화는 화장 효과가 아니다. 삶의 기능이 차고 넘칠 때 그것은 아름다운 형식을 낳기 마련이다. 이러한 상태에서 문화를 창조하는 사람들은 그들의 문화가 어떠한 형태를 가졌는지 또 그것이 도대체 문화라고 부를 수 있는지조차 분명하게 의식하지 못하는 수가 많다. 그것이 그렇게 의식되었을 때 그것은 이미 죽은 것이기 쉽다.(지나간 시대의 생활의 일용품이 새 시대에 와서 고미술품, 골동품으로 둔갑할 때, 우리는 이러한 문화의 생리학을 보는 셈이다.) 이렇게 볼 때, 문화의 문제는 문화의 문제가 아니다. 그것은 삶의 문제이다. 우리에게 중요한 것은 우리 사회 성원의 하나하나와 모두의 삶을 행복하고 안정된 것이게 하고 이것을 풍부하게 하고 이러한 풍부성이 밖으로 표현될 수 있게 하는 것이다. 이렇게 하기 위해서는 오히려 우리의 산업 조직을 더 단순화할 필요가 있다. 그것들로 하여금 피상적으로 다양한 상품을 끊임없이 만들어 내게 할 것이 아니라 모든 사람의 삶의 여건을 향상시킬 수 있는 기본적인 물품의 생산에 집중하게 하여야 한다. 우리의 신문과 텔레비전과 예술과 건축과 도시로 하여금 그러한 필요를 표현하게 하고 그러한 필요의 근거 위에 보다 큰 삶의 충실을 비추어 줄 수 있게 하여야 한다. 이런 과정에서 문화의 획일성과 다양성은 지엽적인 문제에 떨어지지 않을 수 없을 것이다.

(1979년)

남북 분단과 문화의 변증법

　문화의 전형적인 표현이며 원형은 집이라고 할 수 있지 않을까 한다. 반드시 사람의 삶에 쾌적한 것이라고 할 수 없는 바깥세상에 대하여 사람은 비교적 항구적이고 믿을 수 있는 쾌적한 공간으로 집이라는 것을 만들어 냈다. 이 집은 비바람과 맹수를 막아 주는 원시적인 것에서부터 사람의 다양한 필요와 욕망을 거의 다 그 안에서 실현하게 해 주는 완전한 환경에 이르기까지 여러 가지 형태의 것을 포함한다. 문화는 온 세계, 적어도 민족이나 한 사회의 범위까지를 집이 되게 하려는, 또는 인간에 쾌적한 환경을 만들어 내고자 하는 충동이다.

　문화의 충동은 수많은 실천적인 업적을 통해서 세상을 바꾸어 놓는다. 그리하여 사람은 집을 짓고 도시를 건설하고 나라와 나라를 연결한다. 또 자연과 우주를 전적으로 개조하지는 못할망정, 적어도 그것을 인간의 입장에서 이해할 만한 곳으로 바꾸어 놓고 더 가까이는 인간을 에워싸고 있는 시공간을 예술 작품이나 이야기나 신화로 가득 채운다. 이렇게 하여, 문화 충동의 업적 속에 자리하여 인간은 비로소 안주할 수 있는 공간을 얻으며, 스스로가 세상의 주인이 되었다는 느낌을 갖는다. 사람의 문화적 업적이 전혀 헛된 것이 아닌 한 이러한 느낌은 사실에 어긋난 것이 아니지만, 다른 한편으로 그것은 개인적인 그것보다는 집단적인 환상일 수도 있다. 문화의 근본을 이루는 것이 바로 인간 조건의 위태로움이다. 이 위태로움이 동기가 되어 바로 문화적 변형, 집의 필요성이 일어나는 것이다. 또 문화가 이러한 근본적인 삶의 위험성을 망각할 때, 그것은 살 만한 삶의 공간을 확보한다는 본래의 기능도 상실해 버리고 만다. 자연은 언제까지나 인간의 마련 속에 잠자코 남아 있을 수는 없으며(자연의 힘이 인간의 힘을 넘어간다는 뜻에서도 그렇고 유한한 체계로서의 자연이 인간의 무한한 개발에 대항할 만한 힘을 가지고 있지 못하다는 뜻에서도 그렇다.), 또 세대적 교체를 통하여 지속하면서 변화하는 사람의 필요 자체가 한 번 지은 집으로써 완전히 만족될 수는 없는 것이다. 이리하여 문화는 한편으로는 시공간을 넘어서 보편적으로 성립할 수 있는 평화의 이상과, 다른 한편으로는 유동적이며 부분적이며 투쟁적일 수밖에 없는 인간 조건의 역사적 실상의 두 극 사이를 진동할 수밖에 없다.

　문화는 항구성과 변화, 전체와 부분, 평화와 투쟁의 양극 사이에 위태롭게 건너 질러진 환상의 무지개이다. 그러나 이러한 문화의 모순된 요소들은 단순히 불안한 조화를 표현하는 것이 아니다. 그것들은 문화의 변증법적 과정의 계기를 이룬다. 문화의 이상이 항구적이고 보편적인 평화를 지향한다면 이 이상은 이미 있는 문화의 부정을 통해서만 끊임없이 접근될 수 있는 것일 것이다. 문화에 있어서 평화의 이상의 긍정과 그 부정의 계기는 서로 모순되면서도 일체적인 과정을 이룬다.

　문화는 다시 말하여, 인간이 안주의 터를 만들고자 하는 충동에 관계되어 있다. 그러나 그것은 또한 주어진 문화를 초극하려는 충동도 안에 지니고 있는 것이다. 이것은 여러 반문화적(反文化的)인 타자에 의하여 매개된다. 그 가운데는 근본적으로 사람에 대하여 타자로 남을 수밖에 없는 자연이 있다. 이 자연은 사람의 밖에 있는 자연 특히 천재지변으로써 그 위력을 보여 주는 자연일 수도 있고, 나고 자라고 죽어 가는 생물학적 과정으로서의 인간일 수도 있다. 그러나 보다 중요한 것은 문화가 집단적인 환상인 한, 사회 내에 있어서의 여러 갈등의 요소이다. 그것은 사회적 생존의 필요에서 일어나는 심리적 억압, '문명의 불쾌 요소'일 수도 있지만, 무엇보다도 계급적·제도적 모순에 눌려 있는 여러 사회 세력들이다. 우리의 의식과 사회생활에 부식되어 감추어져 있는 부정적인 요소가 참다운 평화의 보편적인 이상 속에 통합되지 않는 한, 어떠한 쾌적한 안주(安住)의 환상도 더욱 환상적이며 무상한 것일 수밖에 없다.

그런데 문화에 있어서, 가장 중요한 타자적 관계는 다른 문화와의 관계이다. 말할 것도 없이, 문화가 한낱 환상, 꿈에 불과하다면 이것은 한 역사 공동체가 집단적으로 꾸는 꿈이다. 꿈이 집단적인 한에 있어서, 그것은 쉽게 그 보편성과 현실성의 느낌을 잃지 않는다. 그러나 세계는 다원적인 문화로 이루어져 있다. 한 역사 공동체의 문화적 환상은 다른 공동체의 환상으로부터 끊임없는 도전을 받는다. 문화는 어떤 것이나 보편에의 발돋움이기 때문에, 다른 문화에 부딪쳤을 때에, 그것과 공존을 꾀하기보다는 그것과 죽느냐 사느냐의 보편성 쟁탈의 투쟁에 들어간다.(주체와 주체의 투쟁은 죽느냐 사느냐의 투쟁이 된다.) 이러한 투쟁의 중요성은 문화 창조의 주체성을 상실한 사회에 있어서의 삶의 질서가 어떠한 혼란과 비속화를 겪게 되는가 하는 실례들에서 실감할 수 있다. 그렇다고 해서 문화가 폐쇄적으로 자신 속에만 칩거한다는 것은 여러 문화의 투쟁에서의 궁극적인 패배를 의미할 수 있고 문화의 활력 유지에 필요한 새로운 자극을 봉쇄한다는 이야기가 될 것이다. 문화 식민주의를 경계하면서 동시에 문화의 개방성을 유지하는 일은 쉽지 않은 과제이다.

그런데 우리 사회에 있어서 문화의 꿈에 도전을 가하는 가장 중요한 계기는 남북 분단이다. 쪼개진 나라의 어느 한쪽에서 달성되는 어떠한 문화적 통합도 항구적이며 보편적인 평화와 혼동될 수는 없다. 국제적인 문화의 경쟁과도 달리, 단일한 문화의 기억은 한쪽의 문화적 통합에 대하여 다른 한쪽의 대안을 더욱더 두드러지게 대비시켜 줌으로써, 그 보편성의 주장에 도전하고 그 부분성을 폭로한다. 단일한 문화 공동체로서의 기억은 이렇게 하여 두 개의 분단된 단편 사이에 적대 관계를 심화한다. 뿐만 아니라, 부분적으로 성립하는 문화적 환상을 깨뜨리는 것은 민족사적 소명으로 생각되기도 한다. 앞에서 말한 바와 같이 문화의 두 가지 계기가 조화와 투쟁, 또는 건설과 파괴라고 한다면, 분단의 상황에서 두드러지는 것은 문화에 있어서의 투쟁과 파괴의 계기이다. 그리하여 문화적 환상의 환상성을 폭로하고 비판하고 깨뜨리는 일이야말로 영원한 과제처럼 생각된다. 또는 문화가 최소한도의 조화의 충동 없이 성립할 수 없는 것이라면, 극단적인 경우 문화는 유보되고 정치만이 절대적인 우위를 정하게 된다.

말할 것도 없이 문화의 비판적·부정적 기능이 강조되고 정치가 제1차적이 되는 것은 민족의 통일에의 움직임이 지상 과업으로 받아들여진다는 말이다. 여기에는 다른 실제적인 필요가 가세한다. 한편으로는 현실적으로 국제적 경쟁 관계에 있어서, 자체 내의 모순을 해결하지 못한 문화가 자존심을 유지하며 창조적 활력을 발휘하기는 어려운 일이다. 또 국제 관계가 민족·국가 간의 실력 경쟁에 의하여 규정되는 한은, 민족 역량의 분산이 국제 경쟁에 있어서 유리한 조건이 될 수 없다는 것은 자명한 사실이다. 또 다른 한편으로는, 국내적인 모순의 자연스러운 지양과 해소가 남북의 갈등에 깊이 연결되어 있는 한 통일은 문화의 내적인 조건으로부터도 저절로 발생하는 요구이다.

분단 시대의 문화는 이렇게 하여 비판적이며, 투쟁적일 수밖에 없는 것처럼 보인다. 또는 달리 말하여 중요한 것은 조화되고 쾌적한 환경의 위안이 아니라 그러한 환상과 위안을 멀리하고 모든 것을 정치화하는 노력이다. 그러나 사람이 아무리 위태로운 지경에 처하고 근거 없는 허공에 매어달려 있다 할지라도 살 만한 곳을 마련해야 한다는 필요와 갈망은 사라질수 없다. 사람은 나날을 살아야 하고 또 그것도 행복하게 살고자 한다. 그리고 통일에의 지향도 보다 큰 조화의 삶을 향한 희망에 그 근거를 가진다. 오늘 조화를 버리는 것은 내일의 보다 큰 조화를 갈구하기 때문이다. 그러나 역설적으로 내일의 조화에 대한 희망은 오늘의 조화를 보다 철저히 살며, 그 철저함을 통하여 그 한계에 이르기 때문이다. 오늘의 위안의 환상을버리는 길이 오늘의 문화적 작업의 과제라고 한다면, 오늘의 문화의 위안을 깊게 목마르게 생각하는 것도 결국은 느린 대로의 다분히 무의식적인과정인 까닭에 역진(逆進)과 우회(迂廻)를 포함할, 통일에의 뒤안길이라 할수 있을 것이다.

분단된 오늘의 상황은 모든 것의 정치화를 요구한다. 그러나 정치는 사회적 존재로서의 인간 생존의 근본 조건의 하나지만, 삶 그 자체는 아니다. 문화는 삶 자체의 개화(開花)에 대하여 보다 직접적으로 관계한다. 그것은그 품에서 가능해질 삶의 개화와 충실의 꿈을 어느 때에나 잊어버릴 수 없다. 이 꿈을 잊히지 않게 하는 것은 어느 때에 있어서나 문화의 가장 중요한 기능의 하나이다.

(1979년)

민주적 문화의 의미

1980년대 문화의 과제

한 사회의 활동을 망라하여 논의하려고 할 때는 으레 문화라는 항목이 들어가는 것으로 돼 있지만, 정치나 경제 등의 분야에 비하여 꼭 집어서 정의하기 어려운 것이 문화 현상이다. 이것은 문화 현상 자체에서 연유한다. 물론 좁은 의미에 있어서 문화 현상이라고 지칭할 수 있는 것이 없는 것은 아니다. 말할 것도 없이 높은 학술적 업적이나 예술적 표현은 쉽게 한 사회의 문화 수준을 말하는 것으로 이야기된다. 그러나 다른 한편으로는 인류학자들이 말하듯이 문화는 "어떤 인간 집단의 삶의 방식의 총체, 개체가 그 집단 속에서 습득하는 사회적 유산 일체"라고 정의될 수도 있다. 이러한 의미에서의 문화는 너무나 흩어져 있는 것이기 때문에 쉽게 파악하기 어렵다. 이것은 쉽게 어떤 학술적 업적, 예술 작품, 잘 지어진 집처럼 손가락으로 가리킬 수도 없는 것인데, 사실상 그것은 어떤 한정된 사물이나 사건으로서 존재하는 것이 아니라고 할 수 있다. 그것은 차라리 한 사회에서 이루어지고 있는 모든 활동에 일관되어 있는 어떤 유형적 특징을 뜻한다. 그러나 문화가 드러내는 유형적 특징은 기계적인 획일화의 노력에서 생기는 것이 아니라 어떠한 사회의 삶의 방식이 일관성 있게 나타나는 양식으로서 드러나는 것이다. 다시 말하여 어떤 한 사람이 일을 처리하고 무엇을 만들어 내고 할 때 그의 특유한 방식이 있듯이, 사회도 일하고 만들고 하는 일에 있어서 어떠한 독특한 방식을 드러내 보여 주게 된다. 이것이 넓은 의미에서 문화라는 것이다.

이러한 삶의 방식은 원시 사회에나 소위 문화 사회에나 다 같이 존재한다. 인류학자들은 이런 뜻에서 문화라는 말에 특별한 가치를 부여하지 아니한다. 그런데 그것은 가치 중립적인 현상이다. 우리가 우리의 문화에 대하여 이야기하고 그 전망을 가늠할 때 의미하는 바는 반드시 이러한 가치 중립적인 문화만이 아니다. 사실 이때 주로 생각하는 것은 고급문화이다.

그러나 고급문화 그것도 앞에서 말한 보편적인 의미의 문화와 별개로 있는 것은 아니다. 전자의 가치는 후자의 사실에서 저절로 우러나온다. 문화가 삶의 방식의 총체를 지칭한다고 할 때 거기에는 이미 잠재적인 가치가 포함되어 있다. 문화의 유형은 삶의 여러 표현에 있어서, 주체적인 자기 동일성을 유지할 수 있는 힘 이외의 다른 것이 아니다. 이 주체적인 자기 동일성이 충분한 창조적인 활력과 탄력성을 가지고 있지 못할 때, 문화는 한편으로는 지리멸렬의 상태에 떨어져 그 유형적인 일관성을 유지하지 못하고 다른 한편으로는 기계적이고 편협한 죽음의 경직성에 사로잡히고 만다. 그러니까 삶이 나타나는 일관된 방식으로서의 문화는 그것 자체로서 하나의 가치일 수 있다. 그것은 주체적인 일관성과 다양한 표현의 가능성을 포용하는 탄력성이라는 면에서 보다 더 높은 것일 수도 보다 낮은 것일 수도 있는 것이다. 고급문화는 주어진 사실로서의 문화의 가치적 측면을 고양한 것이다. 그것은 삶의 주체적인 자기 동일성을 더욱 분명하게 또 더욱 다양하게 드러내 주는 문화의 승화된 단계를 말한다. 이 문화는 자의식적인 것일 수 있다. 그것은 스스로를 하나의 높은 가치로 의식하면서 스스로를 만들어 내는 활동이 되는 것이다. 이것을 달리 말하여 보자. 기초적인 의미에 있어서의 문화는 삶의 기능의 조화로서 존재한다. 이것은 삶의 자연스러운 표현이지 이 조화를 겨냥하기 때문에 생기는 조화가 아니다. 그러나 이러한 조화가 고양되거나 또는 다른 계기에 의하여 하나의 필요로서 등장할 때 그것은 의식의 대상이 된다. 즉 삶의 기능의 자연스러운 조화는 이제 그 자체로서 의의가 있는 형식으로서 생각되는 것이다. 뿐만 아니라 이 형식은 형식 그것으로서의 가치가 되고 추구의 대상이 된다. 고급문화는 이때의 조화 의식 또는 형식 의식의 표현이라고 할 수 있다. 물론 이것은 정도의 문제이다. 사람이 의식을 가진 존재인 한, 삶의 어떠한 단계에 있어서도 사람은 삶을 영위하면서 또 그 영위하는 삶을 즐거움으로서 의식한다. 따라서 삶의 기능의 수행에는 그 기능의 조화된 표현에 대한 형식 의식이 있기 마련이다. 다만 고급문화에 있어서 이러한 형식 의식은 조금 더 역점이 주어질 뿐이다.

이러한 분석은 우리 주변의 소위 문화라는 이름으로 불리는 많은 현상에 대한 비판적 평가의 도구를 제공하여 준다. 우리는 고급문화가 삶의 조화에 대한 형식적 의식이라고 하였다. 그러나 그것은 쉽게 형식 그 자체에 대한 공허한 추구로 떨어질 위험성을 안고 있다. 우리가 형식을 존중함은 그것이 삶의 기능의 표현이기 때문이다.

이때의 형식은 그것 자체로 존립하는 것이 아니라 기능의 자연스러운 발현으로서 존재하는 것이다. 문화의 높은 표현이 외적인 조화로 나타나는 것은 사실이나, 그것은 어디까지나 내적인 삶의 충실의 최종적인 열매이다. 그런 까닭에 외형적인 것이나 모방한 것만으로도 문화의 거죽을 만들어 낼 수는 있으나 이러한 거죽만의 것에서는 곧 부조화가 드러나고 마는 것이다. 외양만의 화려함이 천하게 느껴지고 몸가짐만의 세련이 위선적으로 생각되는 우리의 일상적 감각은 가장 비근한 문화 감각의 표현이다. 사회적으로도 외국의 것을 그대로 수입 모방한 문학, 음악, 건축은 우리에게 참다운 문화적 만족을 주지 못한다. 또는 사회 일부의 참담한 희생 또는 고통 위에 세워진 학문적·예술적 건축이 참다운 문화적 업적일 수는 없다. 순전히 심미적인 관점에서만 보아도 거기에는 반드시 위선이나 비속성의 부조화가 서려 있기 마련이다.

물론 이 마지막의 경우, 어느 정도의 심미적 타당성이 있을 수도 있다는 점은 인정할 수밖에 없다. 문화적 표현은 반드시 인류 전체의, 또는 한 사회나 민족의 삶의 총체적인 표현이 아니라 어떠한 계급, 계층 또는 강력한 개인의 삶의 표현일 수도 있기 때문이다. 사실 역사적으로 고급문화의 업적은 다른 사회, 다른 민족, 다른 계층의 희생을 발판으로 하여 가능하여진 삶의 활력의 고양화를 표현한 경우가 많았다. 그리고 오늘날에 있어서도 이러한 불합리한 기초 위에서 이룩되는 문화적 표현이 없는 것은 아니다. 그러나 이러한 문화가 인간의 삶의 구극적인 조화가 될 수는 없는 일이다. 문화가 삶의 조화를 향한 충동의 표현이라면 그것은 필연적으로 보편적 인간의 삶에 대한 이상을 지향하기 마련이다. 인류 역사에 위대한 문화를 창조한 민족들은 언제나 인간의 삶의 보편적인 완성을 지향하는 이상을 가지고 있었다. 다만 이것은 지배의 이데올로기에 의하여 합리화된 것이었고 진정한 의미의 보편적 이상이 되기가 어려웠다. 이데올로기의 조작은 한 사회의 삶의 상당 부분을 보이지 않는 것이 되게 한다. 그리하여 삶의 보편적인 조화의 환상은 유지될 수도 있으나 실제에 있어서 오히려 눌리고 보이지 않게 된 삶에 대하여는 그 조화와 활력의 고양화를 방해하는 것이 된다.

문화의 활발한 전개를 위하여 우리는 무엇을 할 수 있는가? 이것은 고급문화와 총체적인 삶의 방식으로서의 문화 ─ 이 두 가지 방향에서 생각될 수 있다. 그러나 중요한 것은 후자이다. 앞에서 이미 말하였듯이 진정한 문화는 내적 삶의 충실의 자연스러운 표현이다. 중요한 것은 삶의 내용을 충실히 하는 것이다. 그런 연후 그것은 삶 전체를 아름답게 하고 그것의 보다 의식적인 완성으로서의 학문적·예술적 업적이 저절로 성장해 나올 수 있다. 물론 소위 문화적인 것이라고 하는 현상의 가장 대표적인 외적 표현에 ─ 가령 문화의 전당을 세우고 외국의 음악가를 초빙하고 하는 일에 정책적인 지원을 하는 일이 어느 정도의 효과를 가져오리라고 말할 수는 있다. 그러나 이러한 노력으로 생겨나는 문화는 위선적이고 모방적이고 비속한 것이 되기 쉽다.

속이 없는 거죽, 기능의 조화가 아닌 형식은 문화적인 듯하면서 가장 반문화적인 것이다. 그것은 속임수의 문화이다. 문화는 물건이 아니다. 그것은 쉽게 밖으로부터 들여올 수도 꿰맞추어 놓을 수도 없는 것이다. 그것은 널리 퍼져 있는 삶의 표현이다. 이런 뜻에서 문화를 위해서 할 수 있는 일은, 그것이 직접적인 의미에서 육성하는 일을 의미한다면, 별로 없다고 할 수 있다. 할 수 있는 일은 간접적으로 문화가 성장할 수 있는 여건을 만드는 일이다. 이것은 우리의 삶 그것을 충실하고 조화된 것이 되게 하는 일 이외의 다른 아무것도 아니다. 이러한 삶을 위한 노력의 결과 또 그 노력의 과정이 관조의 대상이 될 때, 저절로 그것은 문화의 아름다움이 되는 것이다. 문화는 문화의 추구에서가 아니라 삶의 추구에서 이루어진다.

삶의 충실화의 작업은 구체적으로 무엇을 말하는가? 그것은 삶의 수많은 활동과 표현의 측면에서 두루 이루어져야 하는 것이라 하겠으나 사회적으로 역사적으로 그때그때 하나로 집약될 수 있는 작업이 없는 것은 아니다. 지금 우리에게는 민주화가 그러한 작업이라는 데는 많은 사람이 동의할 수 있을 것이다. 이것이 1980년대의 문화의 과제이다.

이것은 최근에 와서 특히 느껴지는 필요로 보인다. 지난 10월 26일 박정희 대통령 피살 사건 후 신문에 보도된 여러 사람의 소감이 공통으로 표현하고 있는 것은 하나의 시대가 끝나고 또 하나의 시대가 시작된다는 느낌이었다. 이 느낌은 10월 26일의 사건과 같은 극적인 사건에 의하여, 또 서력 기원으로 따져서 1970년대가 가고 새로운 1980년대가 시작된다는 사실에 의하여 인위적으로 자극된 감정이기도 하지만, 실제에 있어서 지난 18년 동안의 역사적 체험으로부터 자라 나온 상황 판단을 포함한 공통된 정서였다. 이것은 20여 년 동안 박정희 정부가 이룩한 것에 대한 긍정적인 안정과 그 이룩하지 못한, 또는 구태여 이루지 않으려고 한 일에 대한 비판적인 인식이 다 같이 가리키고 있는 방향을 포착한 것이고, 장기적으로는 지난 100년 동안의 한국 역사의 가장 끈질긴 주제를 표현한 것이다. 우리 시대의 상황에 대한 근본적인 느낌이 요청하고 있는 것이 민주화인 것이다. 그런데 나는 이것이 가장 근본적인 의미에 있어서의 문화적 요청이라고 생각한다. 문화가 단순히 외적인 형식이 아니라 삶의 기능적인 조화를 의미한다면 개개인과 모든 사람의 삶에 가하여지는 제약과 억압이 없어져야 한다는 것은 기본적 전제가 될 수밖에 없다고 해야 할 것이다. 물론 민주화가 모든 사람의 충실한 삶에 대한 요구를 즉시적으로 또 무제한적으로 만족시킬 수 있어야 한다는 무제한적인 자유화만을 의미할 수는 없을 것이다.

자유화와 더불어 1960년대 이후의 경제 발전의 추구로 인하여 생긴, 또 그 이전부터 쌓여 온 역사적 모순의 시정(是正)은 민주화의 제1차적 작업이 될 것이다. 지금까지 여러 가지로 짜부라지고 눌려 있던 사람들의 삶의 신장을 위한 노력이 무엇보다도 우선적인 것일 수밖에 없다는 말이다. 이것은 우리 사회가 평등하고 정의로운 사회가 되는 데에 필요한 작업인데,

이것도 자유화와 함께 또는 그것보다도 더욱 중요한 문화적인 요청이다. 왜냐하면 문화가 삶의 조화의 표현이라면, 사회적으로는 평등한 삶의 조화가 그 불가피한 조건이 되기 때문이다.

그런데 문화적인 관점에서 볼 때, 사회적 조화의 목표는 단지 조화된 삶을 위한 최소한도의 조건에 그치는 것이 아니다. 삶의 신장을 저해하는 갈등과 마찰의 해소라는 의미에서 그것은 전제 조건이 된다 하겠지만, 모든 사람의 자유롭고 평등한 삶의 조화는 바로 그것이 문화의 이상이다. 이 조화는 최소한도로 유지되는 것일 수도 있고, 또는 최대한도로 고양되는 것일 수도 있다. 예술적·도덕적 가치는 공동체의 공간에서만 성립한다. 공동체 그것이 모든 예술적·도덕적 가치의 근원이 된다고 할 수는 없을지 모르지만 그것은 그러한 가치의 실현 공간이 된다. 사람이 믿는 가치가 어디에서 일어나든지 간에 사람은 여러 사람의 확인을 통해서만 그 가치를 객관화할 수 있다. 자유롭고 평등한 삶의 균형 없이는 삶의 가치는 ─사실 그것은 삶 그 자체이거니와─ 실현될 수 없는 것이다. 문화의 이상은 이러한 삶의 가치의 실현 장소로서 공동체를 확보하려는 것이다.

공동체 자체를 예술적·도덕적 가치의 담당자이게 하고자 하는 문화의 이상은 깊은 정치적인 의미를 갖는다. 우리는 앞에서 낱낱의 사람의 자유에 대하여 언급하였지만, 이것이 그대로 사회 조화에 연결되는 것이 아님을 말하지는 아니하였다. 그런데 낱낱의 사람이 모두 다 자기를 내세운다면 그 결과는 조화보다는 부조화일 가능성이 크지 않겠는가? 민주적 자유는 갈등의 요인이 될 수도 있는 것이다. 그러므로 민주적 사회 체제는 흔히들 조정기구의 총체로 이해된다. 여러 가지 기구를 통하여 여러 다른 이익과 입장의 조화를 기하는 것이다. 그러나 한 사회가 단순히 여러 이익 집단들의 연합체로 존재할 수 있을까? 그러한 사회가 어떠한 개인들이나 집단들의 직접적인 이익이 아닌 장기적인 발전 목표를 어떻게 수행할 수 있을 것인가? 또 서로 갈등·대립하는 요소들의 불안한 휴전이 인간으로서의 참된 자기실현, 또 관용과 사랑과 창조의 삶을 가능하게 할 것인가? 이러한 삶이 가능하기 위해서는 조정과 휴전은 인간의 생존에 대한 개인적이고 사회적인 진실을 통하여 그 이상의 보다 적극적인 유대가 될 수 있어야 한다. 이때의 진실이란 우리의 문화 감각이 매개하여 주는 것이다.

앞에서 우리는 문화는 조화된 삶의 표현이고 또 그것을 향한 충동이라고 말하였지만, 그것은 낱낱의 삶의 신장과 그 상호 조화의 요구라는 양면을 가지고 있다. 그러나 요구는 두 가지이면서 하나이다. 낱낱의 삶의 욕구가 모두 다 사회 속에서만 실현될 수 있는 것은 아니다. 그러나 사람의 욕구는 가장 기본적인 것까지도 포함하여 사회적 공간 안에서만 객관적인 가치가 된다. 이것은 소위 문화적이라고 할 수 있는 모든 욕구에 있어서 특히 그렇다. 아름답고 힘 있고 고귀한 것들이 가치가 되고 그만큼 더욱 바람직한 것이 되는 것은 사회적 공간에서 여러 사람의 눈에 의하여 보여지는 때이다.(물론 이때의 보여짐이 반드시 현실적인 것일 필요는 없다. 그것은 잠재적이거나 이상적인 것으로 생각될 수도 있다.) 앞에서 우리는 삶의 기능이 우리의 관조 속에서 조화로서 파악될 때 문화 가치가 발생하는 것처럼 이야기하였다. 이때 관조의 눈은 나의 눈일 수도 있고 또는 그보다는 많은 수의 눈일 수도 있지만, 어느 경우에나 사회적인 눈일 때 보여지는 대상의 가치로서의 객관성이 높아진다고 할 수 있다. 문화는 근본적으로 사회적인 현상이다. 이것은 방금 말하였듯이 비교적 개인적인 가치의 경우에도 그렇다. 문화의 작용을 통하여 우리는 우리의 개인적인 욕구를 실현하는 과정에서조차 사회 속으로 통합되어 들어간다. 물론 문화의 사회성은 우리가 그것의 매개를 통하여 사회적인 필요를 우리의 것으로 받아들인다는 데에서 더 분명하게 드러난다. 가령 양보와 희생 또는 보다 더 적극적으로 관용과 사랑은 사회적 덕성이지만, 우리는 이러한 가치를 스스로 속에 구현함으로써 우리 자신의 삶을 신장할 수도 있는 것이다.

이렇게 하여 문화의 작용은 한 사회로 하여금 단순한 조정과 타협의 기구 이상의 보다 높은 이념의 구현이 되게 한다. 문화는 삶의 충일을 향한 충동에서 비롯된다. 그것은 관조적으로 확인되는 이 충일의 조화된 형식이다. 이 관조는 근본적으로 사회적인 것이다. 그것을 통하여 우리의 삶의 여러 표현은 객관성을 얻고 적극적으로 추구되는 가치가 된다. 그런데 이렇게 추구되는 문화의 가치는 우리의 개인적인 삶을 사회 속에서 실현할 수 있게 하면서 사회적인 필요를 우리 스스로의 것으로 받아들이게 하는 것이다.

그런데 우리 사회가 처한 여러 가지 사정으로 보아 사회적 필요성의 설득은 무엇보다도 중요한 문화 작용의 과제로 생각된다. 왜냐하면 우리 사회는 목전의 이해만을 추구하는 것으로는 해결할 수 없는 몇 개의 중요한 과제들을 가지고 있기 때문이다. 민주화와 평등화가 그러한 작업의 하나라는 것은 이미 말하였다. 경제적 발전의 추구는 또 다른 주요한 작업의 하나이다. 이것은 한편으로는 국제 사회에 있어서 자주적인 생존을 확보하기 위한 기본 요건이며 다른 한편으로는 국민 전체의 보다 나은 삶을 위한 불가결의 수단이다. 다만 그것은 지금까지와는 달리 계층적 억압과 사회적 부조화와 삶의 질의 왜곡화를 가져오는 것이어서는 안 될 것이다. 또 빼어 놓을 수 없는 민족적 작업의 하나는 통일의 과업이다. 분단된 나라는 우리가 이루는 어떤 삶의 신장이나 조화도 결코 온전한 것이 아님을 상기하여 준다. 또 우리는 이것을 끊임없이 상기할 필요가 있다. 여기에서 문화의 조화의 이상은 미움과 왜곡과 단절에 대하여 사랑과 이해와 통합을 내세울 것이다. 그러나 우리가 우리 사회의 내적인 필연성, 즉 자유와 평등과 공동체적 유대의 문제를 현실적으로 풀어 나간다면 그것은 곧 통일 문제의 해결로 이어지는 일일 것이다. 결국 분단은 분단된 사회 내부의 부조화에 그 뿌리가 있는 것이라고 할 수 있기 때문이다.

민주화하는 사회는 앞서 말한 몇 가지의 역사적 과업을 받아들이는 사회일 것이다. 그것은 이러한 작업을 받아들임으로써 공동 이상, 공동 목표를 가진 사회가 될 것이다. 아무리 조화된 사회라 하더라도 유목적적(有目的的)인 역사의 진로를 스스로 받아들이고 있는 사회가 아니면 조만간에 퇴폐화하고 붕괴되기 마련이다. 유목적적인 진로를 통하여 사회 속에 표현되는 여러 삶의 가치들은 씩씩하고 단단한 성질을 얻게 된다. 문화의 구극적인 작용은 사회의 필요를 사회 스스로에게 인식시키며, 그러한 과정의 순간들을 여러 심미적인 구조물로서 표현해 내는 데에서 찾아진다.

지금까지 우리는 오늘의 단계에 있어서 문화의 작업은 민주화의 작업에 참여하는 일이라는 것을 이야기하였다. 그러나 우리의 이야기는 매우 일반적이고 추상적인 당위론에 그친 것으로 보인다. 더 구체적으로 민주화는 어떻게 이루어지며 거기에 참여하는 문화의 형태는 어떤 것이 될 것인가? 민주화는 한편으로는 국민의 삶을 자유롭게 하며 동시에 의미 있는 공동체의 건설에 참여할 수 있게 하는 여러 가지 제도적인 장치를 마련하는 것으로 이루어질 것이다. 다른 한편으로 필요한 것은 모든 사람이 자유로이 사회적 결정에 참여할 수 있게 하는 분위기의 유지이다. 아마 문화의 작업은 이러한 분위기의 조성에 더 기여할 수 있을는지 모른다. 그것은 어떤 특정한 사회 기구에 한정되지 않고 늘 민주적 사회생활을 위한 비판과 제의를 제공하고 그러한 비판과 제의가 나올 수 있게 하는 풍토를 만들어 낼 수 있어야 한다. 그러나 이것도 물론 사회의 여러 제도로도 옮겨 갈 수 있어야 한다.

문화의 작업은 크게 보아 정보 체계와 표현 체계로 나누어 생각할 수 있다. 권력의 유지와 정보 체계의 통제는 불가분의 관계에 있다. 발전적 민주 사회에 있어서 정보의 질적·양적 증대와 확산은 가장 중요한 일의 하나이다. 이를 보장하는 데 필요한 여러 가지 제도는 쉽게 생각할 수 있다. 대중 매체의 중요성은 전통적으로 인정되어 왔다. 이러한 부면(部面)이 참으로 민주적으로 작용하기 위해서는 그 법률적·재정적 또는 관리상의 체제가 어떤 것이어야 하는가는 더러 이야기되어 온 일이지만, 더 적극적인 연구가 촉진되어야 한다. 우선 방송 매체의 참다운 민주화, 또는 공공화와 그 교육 수단화는 제일 중요한 일 중의 하나이다. 모든 시민이 그가 원하는 정보를 쉽게 구할 수 있게 해 주는 도서관 및 기타 시민 정보 센터의 설치, 확대, 질적 향상도 제도적으로 연구될 수 있는 일의 하나이다. 출판 면에 있어서도 높은 학술적 저작과 함께 일반 시민이 필요로 하는 유용한 책이나 교양 서적이 싸게 넓게 공급될 수 있는 방책이 강구될 수 있을 것이다. 여기서도 역점은 호화스러운 전시를 위한 문화가 아니라 국민의 삶에 직접·간접으로 봉사하는 실용적 문화에 놓여야 할 것이다. 교육은 일반 민중의 삶에 봉사하고 그들의 의식을 향상하는 쪽으로 개선되어 갈 수 있을 것이다. 암기와 세뇌가 아니라 묻고 생각하고 창조하고 사랑하는 사람을 기르는 일이 교육의 목표로서 중요시되고, 그것이 제도적으로 구현될 수 있어야 할 것이다. 교과서도 민주적이고 사회적이고 창조적인 인간의 이상에 비추어 맹목적 예종과 세뇌의 재료를 몰아내는 방향으로 개선되어야 할 것이다. 각급 학교는 학생 자신과 후세 국민을 위하여 존재하며 특정한 기성인, 힘없는 미성년자 위에 군림하는 준교도소이기를 그칠 것이다. 지금까지 등한시되었던 우리의 2세들은 모든 투자와 주의의 중심이 될 것이다. 대학은 과학적·사회적 정보와 개인 성장의 공간으로서 각계각층의 사람에게 밤낮으로 문을 열고 있게 될 것이다. 도대체 교육의 목표는 특권인의 산출이 아니고 봉사인, 협동인의 산출이 될 것이다.

오락과 자기표현의 체계로서의 문화도 지금까지보다 더 한결 사회 속에 넓고 깊게 관계하는 것이 될 것이다. 지방 자치 단체가 단순히 행정 명령의 수반 기관이기를 그침은 물론, 사회의 모든 활동을 뒷받침해 주고 용이하게 해 주는 공공의 공간이 될 테인데, 이러한 공공 기관이 하는 일 가운데는 오락이나 예술적 표현 활동을 사회적으로 조직화하고 보조하는 일이 포함될 것이다. 자치 단체는 음악회를 조직하고 필요한 시민에게 회화나 조각의 수련 기회 또는 그것을 위한 자료와 장소를 제공하는 일을 할 것이다. 그것은 전반적으로 공동체의 공간 그 자체가 어린아이와 기타 시민을 위한 교육과 문화의 공간이 되게끔 노력할 것이다. 물론 종전과 다름없는 학술 및 예술 활동이 개인적으로 사회적으로 진행될 것이다. 다만 그것은 보이게 안 보이게 자유의 열기와 사회적인 책임에서 오는 무게를 전달해 줄 것이다. 그리하여 여기에서 계속적 민주화는 보이지 않는 주제가 될 것이다. 전통적 문화 활동도 이러한 관련 속에서 전개될 것이다.

민주적 정치 과정에서 필요한 것은 무엇보다도 자유롭고 사실적이며 장엄한 언어이다. 문화는 언어를 정직하고 탄력성 있는 것으로 유지한다. 민주적 정치 과정을 통하여 언어는 발달하고, 문화적 세련을 얻는 것이라고 말할 수도 있다. 그러나 정치 과정에서 직접적으로 사용되는 언어는 논쟁과 설득의 언어이다. 이것은 사실과 논리를 중시하는 보다 객관적인 학문의 언어에 의하여 지탱되지 않는 한, 곧 진실보다는 거짓에 봉사하는 수단이 되어 버릴 수 있다. 또한 한편으로 진리와 설득의 언어는 대체로 객체적 세계에 대한 언어이다. 그러나 참으로 사람을 움직이는 것은 객체적 세계에 대한 이성적 언어가 아니라 육체와 내면의 어둠을 그대로 지닌 감성의 언어이다. 감성의 언어를 통해서 우리는 세계와 우리 자신을 하나의 꿈으로 바꾸어 놓는다. 그러는 사이에 세상에 맞추어 우리 자신을 변형하고 또 우리에 맞추어 세상을 변형하고자 하는 소망을 기른다. 또 감성의 언어는 우리 스스로의 모습과 우리가 사랑하는 것들과 두려워하는 것들의 모습을 환기시켜 준다. 그것을 통하여 우리의 삶은 조금 더 충만한 것이 된다.

우리가 보는 것, 듣는 것, 만지는 것 ─ 이 모든 것이 우리의 감성을 변형시키고 이 변형된 감성은 우리와 세계와의 관계를 매우 섬세한 방법으로 바꾸어 놓는다. 우리의 감성의 언어와 보는 것 듣는 것 ─ 회화며 음악이며 조각은 민주적 문화 속에서 조금 더 활발하여지고 많고 넓은 것을 포용하고 조금 덜 거친 것이 될 것이다. 가장 내면적인 마음의 기미도 여러 사람과의 자유롭고 평등한 교류 속에서보다 뚜렷한 가치가 될 것이다. 연극은 여러 사람이 모이는 모임의 계기이며 축제이면서 분명하게 말하고 분명하게 가르치는 토의의 광장이 될 것이다. 우리의 집 또한 보다 더 조화 있는 것이 될 것이다. 그것은 위압하고 뽐내기 위하여 위로 솟구치는 것이 아니라 우리를 감싸 주면서 동시에 우리를 이웃과 자연에로 이어 주는 매개체로서 존재하게 될 것이다. 크고 무서운 관청이 아니라 조촐하면서 위엄 있는 모임의 장소가 시가지 풍경에서 더 중요한 곳이 될 것이다. 문화는 어느 때보다도 활발하면서 문화 스스로를 생각하기보다는 삶을 생각하고 그 삶의 신장과 조화를 생각할 것이다. 그러면서도 문화는 가장 아름다운 것이 되고 그러면서도 사회의 유목적적 발전을 위하여 굳건하게 나아가는 것이 될 것이다. 이러한 것들이 1980년대 우리의 사회적·문화적 지표인 것이다.

(1980년)

문화 공동체의 창조

문화 창조의 조건에 대한 성찰

　세종문화회관은 지난 18년간의 한국 사회의 변화 발전에 있어서 눈에
띄는 문화적인 표적의 하나이다. 무수한 서울의 추한 건물 가운데 그래도
그것은 볼 만한 것인 데다가 음악과 연극이라는 문화 목적을 위하여 지어
진 것이다. 국립극장에 이어 세종문화회관에 이르러 대한민국은 문화적인
발전의 필요성을 그 의식 속에 받아들인 것처럼 보인다.

　그런데 중요한 것은 세종문화회관 그 자체보다도 그것의 증후적인 의
미라고 하는 것이 옳을는지 모른다. 대한민국이 이미 말한 바와 같이, 사회
발전의 필요 대상의 하나로서 경제 이외의 것, 문화라는 것을 그 의식 속에
받아들인 증표가 되는 것이 세종문화회관이라 할 수 있는데 그것은 우리
가 우리 사회의 문화 상황 일반을 생각하는 데 있어서도 중요한 유추적인
의미를 갖는다. 문화 발전을 위해서 필요한 것은 서울뿐만 아니라 지방에
서까지도 더욱 많은 세종문화회관을 세우는 일이라는 생각이 쉽게 일어날
수 있는 일이기 때문이다. 그것을 그대로 복제하거나 또는 반드시 비슷한
건물을 지어야 한다는 생각만이 아니다. 세종문화회관이 나타내 주는 바

와 같은 음악, 연극, 또는 미술이 더욱 많이 만들어지고 그에 비견할 문학이 쓰여야 한다는 생각들은 모두 비슷한 발상을 가진 것이다. 즉 그러한 발상 밑에 있는 것은 문화가 물건이나 재산처럼 제조될 수 있으며 또 그것도 주로 커다란 스케일의 외형물에 의하여 대표된다는 문화론이다.

그런데 이런 문화론에 끌리기 전에 우리는 세종문화회관과 같은 건물이 우리 마음에 일으키는 반응을 좀 더 자세히 생각해 볼 필요가 있다. 우리가 그것에 대하여 갖는 느낌은 단순히 감탄만이 아니다. 이러한 건물의 거대한 덩어리에 압도되어 그 앞을 지나고 또 거기에서 열리는 외국의 저명한 연주가나 오페라나 연극의 현란한 이름들을 들을 때면, 우리는 그러한 것이 무엇인가 우리의 삶에 걸맞지 않는 것이라는 느낌을 가지기도 하는 것이다. 그것은 그러한 공연 예술들이 우리 전통으로부터 자라 나온 것이 아니라는 사실에서 오는 어색함이기도 하고 또는 그것이 우리의 깊은 내적인 요구에 대한 호응에서 나오는 것이 아니라 일종의 외적인 장식, 갖추어 놓을 것이라면 다 갖추어 놓자는 벼락출세자의 소유에 불과하다는 느낌이기도 하다. 또 다른 한편으로 그것은 우리 생활의 형편이 세종문화회관이나 거기에서 공연되는 이국의 예술들을 향유할 만한 것이 못 된다는 도덕적 의식이기도 하다. 감추어질 수 없는 곳곳의 판자촌의 빈궁과 우리의 생존 경쟁의 살벌함은 거창한 문화적 표현에 대하여 우리로 하여금 마음이 편할 수가 없게 하는 것이다.

이러한 느낌들은 훌륭한 것을 보고 훌륭하다고 인정하기를 거절하는 비뚤어진 마음의 표현일까? 그리하여 결국은 반문화적인 충동의 발로라고 해야 할 것인가? 그런 면이 없는 것도 아닐 것이다. 그러나 우리는 이러한 부정의 느낌이, 소박한 대로 문화의 본질에 대한 깊은 직관을 담고 있음에도 주의하여야 한다. 문화 의식의 근본은 삶의 조화에 대한 감각이다. 이 감각에 비추어 볼 때, 다수 민중의 빈곤 가운데 서 있는 문화의 기념비, 내면화된 전통이나 절실한 내적인 요구에서 나오지 않은, 이식되어 온 외적 장식은 사회적 생존의 부조화, 내면과 외면의 괴리의 증표로서 느껴지지 않을 수 없는 것이다.

다시 말하여, 문화는 현재 실현되어 있거나 앞으로 실현하기를 바라는 조화에 대한 비전이다. 이러한 전망을 길러 주는 것은, 사람들의 마음에, 사회의 실용적 작업이 어느 정도 만족할 만한 것으로서 삶의 기본적인 필요를 충족시킬 수 있는 상태에 있으며 이에 기초하여 이제 삶을 즐겨 볼 수도 있겠다는 다수 민중의 느낌이다. 문화는 이렇게 일이 즐거움으로, 작업이 향수로 넘쳐 날 수 있을 때, 자연스러운 것으로 느껴진다. 달리 말하여 사회 전반에 걸쳐서 실용적인 것과 심미적인 것이 조화되었을 때의 상태가 문화가 제자리에 설 수 있는 상태란 말이다.

좋은 건축물을 보고 우리가 느끼는 쾌적감은 다분히 거기에 실용과 아름다움이 조화되었기 때문에 얻어지는 것이라 할 수 있다. 건축은 언제나 문화의 가장 두드러진 증표로서 생각되어 왔다. 로마의 역사에 대하여 아무것도 모르는 사람도 그 유적에 압도된다. 중국의 만리장성도 단순한 경이를 불러일으킬 수 있는 건축물의 한 예로 들어질 수 있다. 앙코르 와트는 밀림 속에 남은 건축물 이외에 후세에 남은 것이 없지만, 사람들은 거기에 상당한 문화가 있었을 것을 의심하지 않는다. 그리하여 건축은 전적으로 외형의 문제라는 느낌을 준다. 그러나 건축의 내적 의미는 실용과 심미, 안과 밖의 조화에 있다. 물론 건축물은 누구에게나 쉽게 인식될 수 있는 시각적 대상이다. 그것은 다른 시각 예술의 경우나 마찬가지로 가시적(可視的)인 것의 축의(祝儀)이다. 그러나 우리가 일상적 환경에서 접하는 건축물은 대부분 실용적인 것이다. 이러한 건축에서 실용성이 순수한 시각적인 것 또는 미적인 것으로 초월될 때 그것은 문화적 의미의 건축이 된다. 그리하여 높은 문화의 기념비에 있어서는 실용성은 사라지고 완전히 전시될 수 있는 것만이 전면을 차지한다. 그럼에도 불구하고 실용과 심미는 완전히 별개의 것으로 분리되지는 않는다. 종교나 정치적 의의를 가진 건물들의 경우에도 보듯이, 전통적인 공공 건축은 하나의 건조물에 이 두 가지를 결합시켰다. 삶의 세속화와 더불어 또는 종합적인 삶의 비전이 깨어지는 것과 더불어 종교적 건물은 그 문화적 의미를, 정치적 건물은 그 전시 효과를 상실하였다. 그리고 오늘날에 와서는 순전히 문화적 과시를 위하여, 문화 목적의 건물들 — 극장이나 음악당이나 미술관들을 세우는 데 막대한 투자를 하는 상태에 이르게 되었다.

하여튼 실용성과 미의 균형이 건축의 조건, 문화의 조건이라 한다면 이러한 균형의 예를 발견하기는 어려운 일이 아닐까? 특정한 건물이나 문화적 표현에서 이러한 요소가 균형을 이루는 수는 있겠으나, 사회 전체에 이러한 균형이 이루어지고 이것이 공동체의 삶 전체를 대표하는 건축물이나 연극이나 기타 축제로서 표현되는 경우는 찾기가 어려운 것이 아닐까? 민중의 삶의 바탕에 깔려 있는 고통과 대질시켜서 부끄러움을 느끼지 않을 문화의 기념비가 참으로 얼마나 될까? 이러한 질문들에 대한 답변은 부분적인 긍정, 부분적인 부정이 될 수밖에 없다. 그것은 특별한 문화의 표적과 관련하여, 얼마나 넓은 범위의 삶을 고려하느냐에 달려 있다고 말할 수 있다. 테두리가 되는 삶이 너무 커진다면, 사회의 실제적인 문제에 맞부딪쳐서 떳떳할 수 있는 문화적 표적이 별로 없을 것이다. 그러나 다른 한편으로, 문화의 테두리가 되는 삶이 그다지 넓은 것이 아니라면 그를 뒷받침하는 공동체와의 유기적인 관련이 없이 이룩된 문화의 업적은 존재하지 않았다고 할 수도 있을 것이다. 물론 후자의 경우에도 갈등이나 긴장이 없을 수는 없을 것이다. 과거와 현재의 대부분의 사회가 전체적인 빈궁을 면하지 못하고 있는 것이 사실이라고 할 때, 문화적인 것이 실용적인 것의 자연스러운 유출(流出)이 되기는 어려울 것이다. 따라서 실용과 문화(또는 고급

문화)는 서로 반대되는 짝 — 일과 놀이, 현실과 쾌락, 또는 가장 포괄적으로, 필연과 자유라는 짝으로만 생각할 수 있다고 보는 견해가 일리 있는 것이라 할 수 있을 것이다. 그렇다면 한편으로는 문화는 사회 전체의 실용적 작업의 미해결이라는 대가를 지불하고 성립할 수밖에 없다고 해야 할 것이고, 사회의 계급적 분열과 거기에 따르는 위선과 착취는 문화 창조의 비극적이지만 불가피한 조건으로 받아들일 수밖에 없다는 입장도 성립할 것이다. 다른 한편으로는 관점을 달리하여, 사람이 먹고 살아야 한다는 생물학적 필연의 지배하에 있는 한 그것을 위한 작업이 우리의 사회적 역량을 전체적으로 흡수하여야 하며 오직 필연의 작업이 끝난 다음에야 자유와 놀이가 허용되어 마땅하고 이것이 생존의 필요이며 양심의 요청이라고 주장하는 입장도 있을 수 있을 것이다. 이런 경우 문화는 사회의 빈궁의 문제가 사라진 다음에야 심각하게 거론할 수 있는 것이 되고, 역사적으로 존재하였던 대부분의 문화 업적은 가짜와 거짓의 혐의를 벗어날 수 없는 것으로 간주될 것이다.

그러나 빈궁과 고통의 완전한 해소만이 문화 또는 고급문화의 조건인가? 앞에서 우리는 문화가 조화의 전망이라 했는데, 이것은 심미적인 것이 문화적인 것을 대치한다거나 또는 사회의 실제적 작업이 성공적으로 수행된 다음 거기에 따라붙는 외적 장식으로 문화가 존재한다는 것을 의미하지는 않는다. 그보다는 이 조화는 사회의 전체적인 경제에 있어서, 심미적인 것이 실용적인 것에 관계되는 방식을 지칭하는 것이라 보는 것이 옳다. 일상적 경험에서 알 수 있듯이, 일과 놀이는 늘 모순된 관계만을 가지고 있지는 않다. 일이 아무리 중요해도 쉬지 않고 일만 할 수는 없는 노릇이다. 계속적인 일로만 이루어진 삶이란 아마 많은 사람들에게 살 값이 있는 삶은 아닐 것이다. 놀이는 일을 위해서도 필요하다. 휴식과 오락이 일에 대하여 상보적인 관계에 있는 것은 말할 필요도 없다. 뿐만 아니라 종종 일과 놀이는 서로 구분할 수 없는 것이기도 하다. 흔히 일이라는 것은 재미없고, 할 수 없어서 하는 것이고 밖으로부터 부과된 현실의 기율이라고 정의된다. 이에 대하여 놀이는 일의 기율에서 해방된 순간, 밖으로부터 부과된 할 수 없는 제약에 큰 신경을 쓰지 않고서도, 차고 넘치는 우리의 에네르기에 자유로운 표현을 줄 수 있는 순간이라고 생각된다. 그러나 말할 것도 없이 모든 일이 불유쾌한 것은 아니다. 취미로 하는 일은 유쾌한 활동이 된다. 또 깊은 관심과 흥미를 가지고 수행되는 일은 많은 사람들에게 기쁨과 행복의 근원이 되기도 한다. 사실 일과 놀이는 서로 다른 활동을 뜻하지 않는 경우가 많다. 이것을 구분하는 것은 활동의 내용이 아니라 거기의 대한 우리의 심리적인 태도이다. 우리의 관심이 환기되고 우리의 작업이 우리를 몰두시키는 것이라면, 그것은 하고 싶지 않지만 어떤 외적인 이유로 하여 하지 않을 수 없는 작업이란 뜻에서의 일이기를 그친다. 여기에다가 자발적인 고안력을 자유롭게 발휘할 수 있기까지 하면 일은 이제 놀이의 영역으로 넘어가게 된다. 이것은 일과 놀이의 개인적인 경제에서 그렇지만, 사회적으로 일과 놀이를 배분함에 있어서도 같은 관찰을 적용할 수 있다. 여기에서도, 일이 삶의 기본적인 조건이라고 할 때 문제의 핵심은 우리가 해야 하는 일을 주체적으로 느낄 수 있느냐, 일의 필연이 우리 스스로의 필연으로 느껴질 수 있느냐 없느냐 하는 데 있다.

이러한 문제는 다시 필연과 자유의 변증법으로 일반화하여 설명될 수 있다. 우리는 우선 필연과 자유가 일과 놀이의 경우처럼 서로 모순 대치되는 테제, 고정되어 있는 실체가 아님에 주의하여야 한다. 일과 놀이는 서로 상보 관계에 있을 뿐만 아니라 서로 다른 것으로 변화·지양되는 관계에 있다. 자유란 무엇인가? 간단히 말할 때, 원하는 것을 할 수 있을 때, 우리는 자유를 느낀다. 그런데 우리가 원하는 것은 무엇인가? 그것은 우리의 마음속의 욕구가 원하는 것이다. 이 욕구들은 우리의 삶의 가장 깊은 충동, 다시 말하여 내적 필연에 일치하는 것일수록 하지 않고 배길 수 없는 것으로 느껴진다. 이렇게 보면 결국 하고자 하는 것과 하지 않을 수 없는 것이 일치한다는 말인데, 철학자들이 자유와 필연을 일치시킨 것은 궤변이 아니다. 자유는 하나의 필연과 다른 또 하나의 필연을 매개할 수 있는 상태 ── 우리의 내적 필연을 인식하고 이것을 물리적·사회적 필연의 세계 속에 실현할 수 있는 상태를 지칭한다. 두 필연의 매개 작용은 그것이 결국 하나의 필연에 포용되는 것인 한, 큰 갈등이 없는 것이어서 마땅하다. 그렇다는 것은 결국 사람은 환경의 산물이기 때문이다. 사람의 내적 충동 자체가 자연과 사회에 의하여 형성되는 것이다. 또는 거꾸로 자연과 사회가 부과하는 필연의 작업은 깊은 삶의 충동에 일치하는 것이라고 할 수도 있다. 궁극적으로 "인간은 수행 가능한 과제만을 스스로에게 부과한다."라고 한 마르크스의 말은 역사에서나 마찬가지로 생물학적 차원에서도 맞는 이야기라고 할 수 있다. 사람은 자연의 필연성에는 순응하게 마련이다.(물론 이 순응은 그것을 보다 유리하게 이용하는 기본이 될 수는 있다.) 사회의 필연의 경우, 사람들은 그것을 그렇다고 분명하게 인식할 수 있을 때, 즉 그 필연이 공동체적 삶의 분명한 제약이며, 부당하고 불공평한 목적을 위하여 일부 인간에 의하여 다른 일부의 인간에 가하여지는 제약이라고 생각하지 않을 때 거기에 순응하고 또 이를 내면화한다. 이런 조건하에서 사람들은 물리적·사회적 세계의 필연에 순응할 뿐만 아니라 그것을 능동적으로, 즐거움을 가지고 자기 것으로 삼는다. 이상적인 상태에서 이러한 필연은 사람의 내면의 필연과 일치하기 때문이다.

물론 이상 상태가 늘 성립할 수 있는 것은 아니다. 또 외적·내적 필연의 매개가 자동적이고 기계적인 것일 수는 없다. 그것은 언제나 다수 가능성 가운데에서 하나를 선택하는 행위이다. 또 어떤 경우에서나 가장 중요한 것은 매개 작용의 능동성이다.(이 능동성은 바로 선택 행위 속에 구체화된다.) 필연을 자유로 바꾸는 것은 이 능동적 행위이다. 물론, 다시 말하여, 알고 행동하는 것은 필연의 세계, 사람의 내면과 자연과 사회의 필연성을 그 지향의 대상으로 한다. 그리고 여기에서 사회의 필연은, 현대 사회의 인간 활동이 대체로 사회적으로 조건 지어지는 만큼 가장 중요한 대상이 된다. 그러나 필연의 세계로 향하는 행위는 사람이 세계에 예속됨을 말하는 것이 아니다. 이에 시사한 대로 사람이 바깥 세계에서 수행해야 하는 작업을 스스로의 필연으로 받아들이려면, 이 세계는 이미 그의 내적 필요를 포함하고 있는 것이어야 한다. 여기에 우리가 이야기하고 있는 것은 사람의 자기 형성 과정 ── 개체로서 또 역사의 공동체적인 기획의 참여자로서의 자기 형성 과정이다. 사람이란, 비록 자기 자신이 만든 것은 아니지만, 사람이 만드는 세계 속에서 스스로를 형성해 가는 존재인 것이다.

이 자기 형성 과정의 내적인 면을 강조하여 이야기할 때 그것이 문화이다. 다시 말하여 문화는 일과 놀이를 통해서 자아와 세계가 태어나게 되는 인간 활동을 말한다. 이 활동에 있어서, 문화는 세상의 실용적인 작업과 별개로 있는 별도의 영역을 형성하지 아니한다. 그것은 모든 실천적 활동 속에 고루 들어가 있다. 모든 사회 제도는 문화적 의미를 갖는다. 문화는 말하자면 인간이 수행하는 모든 작업의 한 형용사적 속성으로서 존재하는 것이다. 그것은 필연의 작업 속에 나타나는 것 또는 일이 놀이로 변하는 과정을 지칭한다.

그러나 다시 한 번 우리는 이것이 이상적 상태에서만 그렇다고 말하여야 할 것이다. 어떤 종류의 일은 결코 놀이가 되지 못한다. 그것은 어디까지나 일 또는 고역이기를 그치지 않는다. 그리고 어떤 고급문화의 소산은 그것이 현실 세계의 작업이나 똑같은 자원의 투자와 노력을 요구한다는 점에서, 현실의 작업 세계에 저절로 속할 수 없는 것이다. 그것은 작업 세계로부터의 해방을 전제로 하여 비로소 가능하다. 실용적 세계의 긴급한 요청과 대결하여 어떤 종류의 양보를 하지 않고는 문화의 작업은 생각할 수 없다. 그런 경우, 필요한 것은 적어도 우리가 개운치 못한 양심과 허위 의식의 문화에 만족하지 않으려고 한다면, 양보의 조건을 분명히 하는 것이다. 앞에서 우리는 이미 사회적 작업의 필요는 공동체의 필요로서만 확립되어야 한다고 말하였다. 이와 같이 자유의 영역을 사회 활동의 일부로서 설정하는 경우에도 그것은 공동체적 필요성으로 인정될 수 있는 것이라야 한다. 앞에서 우리가 말한 것은 필연의 자유에의 전환이었는데, 이제 자유의 필연에의 전환이 필요한 것이다. 이것은 사람의 자유로운 놀이의 충동을 단순히 공동체적 축제나 행사로서 표현한다는 것을 말하지는 않는다. 개인적인 자기표현도 구극적으로는 일종의 사회 계약에 의하여 사회의 필요로서 인정되어야 객관화된다. 가장 내면적이고 개인적인 문화 표현도 구극적으로는 사회적 인정에 의하여서만 현실 세계의 밝음을 얻게 되는 것이다.

우리의 자유를 필연으로 바꾸어야 한다는 것은, 사람이 필연의 기율하에 있는 한, 일부의 사람들이 향유하는 자유는 불가피하게 죄의식과 시새움의 씨앗이 되기 때문이다. 이리하여 우리는 자유도 필연의 형상으로 파악하지 않을 수 없게 된다. 그러나 자유의 행위에 죄나 시새움의 문제가 없는 경우라 할지라도 자유의 필연에의 전환은 바람직하다. 사람은 필연의 뒷받침이 없이는 생각에 있어서나 행위에 있어서나 갈피를 잡기가 어려워진다. 완전한 자유의 느낌은 실존 철학자들이 말하는바 무(無)의 심연(深淵) 가에서 느끼는 현기증에 비슷한 것일 것이다. 정치 철학자들까지도 인간 자유의 근거를 인간성이나 자연법칙에서 찾을 필요를 느낀다. 문화가 비록 인간의 자유의 창조물이라고 하더라도 그것도 예술가 개인이나 사회가 받아들이는 인간적 필요의 어떤 이론에 의하여 정당화되어야 한다. 여기서 공동체적 동의는 특히 중요하다. 자유는 이것을 통하여서만 객관적 필연이 된다. 이것은 인식론적인 요구이다. 인간의 주체성의 깊이에서 나오는 행위는 객관적으로 파악하기 어려운 것이다. 그것은 한편으로는 어떤 작품, 물질적 대상 속에 고정될 때 비로소 인식 가능한 것이 된다. 그러나 주체적 행위 자체는 순수한 현실이며 그것만으로 존재하거나 또는 그것을 인지하는 의식 속에서만 존재한다. 그리고 이 의식은 타자의 의식이어야 한다. 보는 사람의 확인 없이 고립된 의식 속에 존재하는 것은 환영과 구별하기 어렵다. 주체적 행위의 객체화된 소산도 자연물처럼 바깥세상에 존재하는 것이 아니다. 그것은 의미로 존재하며, 의미는 사람 사이에만 존재한다. 사실 모든 문화적 표적은 의미로서 존재하며, 공동 주체성 속에서만 객관성을 얻는다. 사람들은 자신의 고통이나 죽음은 견딜 수 있어도 자기에 가까운 사람의 그것은 견디기 어렵다는 느낌을 갖는다. 이것도 감각 현상이 다른 사람과의 교환 속에서 객관적 사실로 변한다는 한 가지 예라고 할 수 있지 않을까? 더 적절한 예는 아마 사랑과 같은 현상일 것이다. 사랑은 상호 인정 속에서만 존재한다. 이 상호성이 없는 곳에서, 사랑은 얼마나 우스꽝스러운 것, 근거 없는 광기처럼 보이게 되는가! 자유로운 창조의 영역으로서의 문화도 이와 같은 면을 가지고 있다. 문화는 상호 관계 속에서 또는 공동체 속에서만 객관화되고 필연적인 것이 된다.

이렇게 볼 때, 사회의 상황이 빈궁을 벗어나지 못하고 있는 것이든 아니든 문화가 정정당당하게 존재할 수 있는 조건은 그것이 공동체의 전체 경제 속에서 불가결한 한 부분으로 인정된다는 것이다. 이것 없이 그것은 가짜나 거짓 ── 적어도 우리의 바른 심미 감각과 도덕 감각에 조화되지 않는 것이 되고 만다. 그런데 공동체적 동의는 사회 전반에 걸쳐 있는 삶의 여러 가지 다른 요청들의 평균으로부터 얻어지는 안녕감의 기초 위에서만 성립할 수 있다. 한 사회에 있어서의 삶의 작업의 우선순위에 대한 공약수적인 느낌이 성립하고, 다시 말하여 이 사회의 인간 경제의 자유와 필연의 배분에 대한 공약수적인 느낌이 성립하고, 이 느낌이 놀이와 아름다움을 허용할 수 있을 때 문화에 대한 공동체적 동의가 주어질 수 있는 것이다. 이 느낌은 사회의 실제적 작업이 어느 정도의 여유를 허용할 수 있는 것이 되고 이 여유가 일과 일의 열매에 대한 공정한 배분에 기초한 것일 때에만 쉽게 성립할 수 있다. 또 이러한 느낌과 동의가 성립하는 데에 있어서 문화 교육의 역할도 고려하여야 한다. 문화를 위한 교육은 문화 표현의 보람을 증명해 보임으로써 자유와 필연의 사회적 배분에서 자유를 좀 더 중시하게 할 수도 있기 때문이다. 문화 교육을 통해서 사회는 문화적 작업을 위하여 보다 적극적인 자원 배분을 하도록 설득될 수도 있는 것이다. 즉 사람은 집단적으로 일을 조금 더 적게 하고 놀기를 조금 더 하기로 결정할 수도 있다는 말이다.

　사회의 경제적 복지감의 공정한 만족은 문화의 토양이 되고 또는 거꾸로 문화는 이 민족의 내용을 변형시킬 수 있는 것이다. 이미 말한 바와 같이 교육은 문화 창조를 위하여 보다 큰 공간을 설정하도록 사회를 설득할 수도 있는데, 이 경우 이러한 교육의 영향이 밖으로부터 부과되는 것이 아니라 안으로부터 작용하는 것이라는 점은 다시 한 번 주의할 필요가 있는 일이다. 문화 교육은 자기 수련으로, 자아를 인정하고 또 거기에 그치는 것이 아니라, 이 자아의 발전에 가치를 부여하는 행위로서 시작한다. 그러나 자아의 발전 가능성을 인정한다는 것은, 있는 그대로의 자아의 가능성이 아니라 인간으로서의 자아의 발전 가능성을 인정하는 것이다. 따라서 문화 교육은 ― 사회 전체의 과정이 아니라 개인의 발전 과정이라는 관점에서 이야기할 때는 교양의 과정이 될 것이다. ― 개체의 주체성 또는 주관성의 계발이 됨과 동시에 규범적 가치 속으로의 사회화를 말하는 것이다. 그러기에 자기 수양 또는 교양은 자기가 속한 사회와 인류의 문화적 유산에 접하여 이를 익히는 것을 내용으로 한다. 개인으로서 발전한다는 것은 자기가 살고 있는 문화, 그 문화의 가장 뛰어난 것, 그것이 나타내는 최선의 인문적 가치에로 발전해 들어간다는 것을 말한다. 다시 말하여, 참다운 의미에서 개체가 된다는 것은 동시에 사회적인 인간이 된다는 것을 말한다. 문화는 개인을 완성하면서 동시에 보편적 가치를 심어 주는 매개체이다. 여기서 보편성이란 공허한 추상 개념이 아니다. 그것은 주체화의 구체적인 과정의 총체이다. 앞에서 말한 바와 같이 그것은 심화된 주체의 체험 ── 처음에는 직접적으로 주어지는 불투영한 감각적 체험으로서 시작한다. 이것은 보다 넓은 발전 과정을 통하여 실존적 구체성의 느낌을 잃음이 없이 다른 구체적 존재들의 상호성의 인정에로, 그리고 그것을 초월하는 인류 전체의 유대감에로 나아간다. 이러한 지평의 확대 과정에서 핵심을 이루는 것은 자아와 공동체와 종(種)으로서의 인간 전부를 관류하고 있는 내적·외적 필연성과 가능성에 대한 인식이다. 이것이 사람을 하나의 개체의 온전함 속에 유지하는 핵심이 되고 또 다른 사람들과 한데 묶어 놓는 끈나풀이 된다.

그런데 우리가 이러한 문화, 교양 또는 교육의 내적 작용에 관하여 말하면서 잊지 말아야 할 또 하나의 사실은 문화의 작업을 통해서 개인적·사회적 필연이 합치고 또 실용적인 것과 미적인 것이 화해될 수 있다고 할 때, 이 화해가 현실 속의 화해이어야 한다는 것이다. 즉 그것은 사람의 마음속에서 이루어지는 것이 아니라 사회 속에 작용하는 것, 이데올로기가 아니라 실천이어야 한다는 말이다. 지금까지 우리는 내적·외적 필연에 대하여 말하였지만, 이 가운데 내적인 필연은 우리 본래 스스로의 것이고 그러니만큼 우리의 개인적인 성장의 과정에 흡수되어 들어오는 데 별다른 문제가 없을 것으로 생각할 수 있다.(물론 가짜의 필연, 가짜의 운명, 가짜의 수요가 범람하는 오늘에 있어 인간의 본래적인 필요를 확인한다는 것 자체가 쉬운 일은 아니다.)

그러나 외적인 필연은 우리의 밖으로부터 오는 것이기 때문에 이상적으로는 결국 우리의 내적인 욕구와 일치하는 것이지만, 상당한 저항과 순치의 과정을 통하여서만, 우리 자신의 욕구로 내면화된다고 할 것이다. 여기에서 강조되어야 할 것은 근본적으로 안과 밖의 필연성이 같은 것이라는 본래의 상정이다. 또 이러한 상정은 실천적으로 현실이 될 수 있어야 된다. 이것은 달리 말하면, 우리 주체의 깊이에서 나오는 것이 사회의 외적인 현실에 작용할 수 있어야 된다는 말이라고 할 수도 있다. 그렇게 되었을 때, 비로소 문화는 단지 우리 마음 가운데 일어나는 주관적인 현상이 아니고, 사회와 사회의 필연과 자유의 제도적 배분과 실용적인 것과 문화적인 것의 사회적 균형을 변화시키는 객관적인 사실이 될 것이다. 이때에 문화는 사람의 개인적·사회적 삶의 잡다한 요구들을 조화하는 매체의 역할을 하는 것이 된다.

현대 문화의 위기는 동서양을 막론하고 흔히 거론되는 화제이다. 오늘날의 문화에 위기가 있다면, 그것은 문화가 사람의 내적 요구와 외적 필연을 조화하여 사람의 소망과 능력에 맞는 세계를 창조하는 종합적인 매개체로서 작용하기를 그쳤다는 데에서 찾아질 수도 있을 것이다. 그리하여 오늘날 도처에서 드러나는 것은 갈등이며 균열이다. 문화의 작업도 실용적 작업과 전혀 별개의 것이 되었다. 사람의 내적 요구의 만족이라는 것과 무관계한 것이 된 사람의 실용적 작업은 오늘날의 사회에서 한없는 자기 소외의 고역이 될 뿐이다. 소외 노동의 불공평한 배분을 딛고 올라서는 문화는 비속하고 과시적이며 내적 의미가 결여되어 있는 것이 된다. 이러한 상황에서 소위 문화라는 것에 종사할 수 있는 사람들, 시인과 예술가 또는 철학자는 사회의 실용적 작업에서 소외되고 문화 전시주의의 공허함에 구역질을 느끼고 자아 속으로 숨어들어 간다. 그들이 어떤 규범적 가치를 가지고 있든지 그것은 순전히 개인적 문화 또는 교양, 더 나아가서는 개인적

취미의 문제가 된다. 이것은 사회에서 강요하는 길이기도 하고 스스로 택하는 길이기도 하다. 하이데거의 말을 빌려, 이들이 "공공의 빛은 어둡게 한다.(Das Licht der Öffentlichkeit verdunkelt.)"라고 느끼는 것은 당연한 것이다. 파괴되어 없어진 것은 내면적 인간과 외적인 세계를 연결하는 교량이다. 이 다리는 문화의 작업을 통해서 일과 놀이에 있어서의 사람의 참다운 필요를 확인 계발하며, 이러한 필요에 정당성을 부여할 수 있는 문화 공동체를 기르고 유지하는 작업을 통해서 축조되었었다. 오늘날의 문화의 위기는 이러한 다리가 없어진 데에 있다.

문화 공동체의 의식을 기르는 전통적인 방법은 이미 말한 대로 공통의 문화유산을 통하여 행해지는 교육이었다. 그러나 이것은 이미 시사한 대로 사회의 실용적인 작업을 해 나가는 데에서 생기는 유대감에서 저절로 따라 나오는 느낌이라고 하는 것이 더 옳을는지 모른다. 오늘날 문화가 위기에 있다면 그것은 바로 이러한 실천적 유대감이 성립할 수 없는 상태가 우리의 일반적인 사회 상태라는 것을 뜻한다.

위기는 문화의 위기라기보다는 사회의 실용적 작업의 위기이다. 그것이 인간의 깊은 삶의 충동에서 유리되어 나간 지 오래이다. 문화 공동체보다 우리는 이 삶의 충동과 작업의 현실을 일치시키는 노력을 우선시켜야 한다. 그리고 일치감에 기초하여 사회 속에서의 인간의 평화 공존을 추구하여야 한다. 이러한 기초 작업 속에서, 비로소 작업 속에서의 인간의 유대감이 생겨날 것이고 그것은 다시 문화 창조의 밑거름이 될 것이다. 요행이라면 요행이고 불행이라면 불행이지만, 사회에 있어서의 유대감은 우리 사회처럼, 역사적으로, 또 오늘날의 국제 관계에서 불리한 위치에 처한 사회에서 쉽게 발생할 수 있다. 왜냐하면 우리 사회가 전체적으로 수행해야 하는 역사적인 작업은 단순히 전래의 삶을 있는 그대로 유지하거나 과거 역사가 만들어 낸 과실(果實)을 나누어 갖는 일에 한정되지 아니하기 때문이다. 그것은 보다 자유롭고 보다 삶의 보람을 느낄 수 있게 해 주는 사회의 건설이라는 작업을 포함한다. 이러한 미래에 대한 희망이 공동체적 작업에 커다란 에네르기와 정신적 고양감을 준다는 것은 누구나 아는 일이다. 이러한 공동체의 실제적인 작업을 생각함에 있어서 가장 중요한 것은 정치이다. 물론 삶의 어떤 사소한 부분도 등한히 할 수는 없는 일이다. 그러나 사회의 물질 및 정신의 경제에 있어서, 자원 배분의 최종적 결정은 정치에서 나오는 것이다. 문화의 관점에서 볼 때 현대 문화가 요청하는 정치는 민주적인 것일 수밖에 없다. 이미 지적한 대로 문화는 공동체적 지원 없이는 거짓 양심이나 허위의식의 문화가 되고 만다. 민주적 자유 없이, 사람의 요구는 적절하게 발설·토의되고 또 집약되어 공동체적 동의가 될 수 없다. 또 민주적 평등 의식 없이, 문화적인 요구는 참으로 공동체 성원 각자의 내적인 요구로 받아들여질 수 없다.

이렇게 말한다는 것은 문화의 작업에 대한 현실적인 결정이 민주적인 절차로 이루어져야 한다는 것만을 말하지는 않는다. 물론 이것도 중요한 실질적 절차이다. 민주적 정치 체제는 문화의 선행 조건이다. 그렇다고 해서 정치가 반드시 문화의 과정에 형식적인 절차를 통하여 개입하여야 한다는 말은 아니다. 정치는 일반적인 안녕감 —— 우리 삶이 자유와 정의의 질서 속에 있으며 사회의 실용적 작업이 대체로 만족할 만하다는 안녕의 느낌을 조성해 내는 근본이 되고 이러한 느낌은 다시 문화의 작업도 사회의 전체적인 경제의 일부로서 정당한 자리를 차지할 만하다는 느낌을 허용한다. 사회의 실용적 작업이 만족할 만하다는 것은 한편으로는 삶의 기본적인 수요가 충족되어 있다는 것을 말하면서도 반드시 높은 정도의 부의 축적이 어우러졌음을 뜻하지는 않는다. 문화는, 적어도 우리가 이 글에서 쓰고 있는 의미에서는, 경제적 풍요와 직접적인 함수 관계에 있지는 않다. 사람의 안녕감은 매우 소박한 것일 수도 조금 더 사치스러운 것일 수도 있다. 어느 쪽이든 문화의 관점에서 중요한 것은 내면적 인간과 외면의 세계 사이에 조화가 있어야 한다는 것이다. 이 조화는 경제의 여러 정도에서 이루어질 수 있다. 그리고 사람이 가지고 있는 타고난 물리적·생물학적·정신적 제약에 비추어 볼 때 일정한 한도를 넘어가는 물질의 퇴적은 행복이란 관점에서는 오히려 부정적인 역할을 할 수도 있다. 순전히 문화의 관점에서 볼 때 사람은 경제 발전의 여러 단계에서 각각 거기에 맞는 조화 있는 삶의 질서, 안녕감, 충족감, 보람 —— 이런 느낌의 미적 업적으로 넘쳐 나는 삶의 질서를 만들어 낼 수 있는 것이다.

우리에게 결여되어 있는 것은 이러한 안녕의 느낌이다. 우리에게 있는 것은 이러한 느낌이 있어야 하겠다는 요청일 뿐이다. 이 요청이 우리 사회의 가짜 문화를 마땅치 않게 보게 한다. 수억을 들어서 이순신 동상을 고쳐 세우자는 논의가 나왔을 때, 또 시청을 새 부지에 좀 더 화려하게 건축하자는 논의가 나왔을 때, 그것이 상당한 거부 반응을 시민들 사이에 일으켰음을 우리는 기억하고 있다. 이러한 거부 반응은 직접적인 의미에서 우리의 생활이 궁핍하기 때문에 나오는 것이라고만은 할 수 없다. 그것은 우리 이웃의 생활에 대한 감각 또 이 모든 생활의 모듬이 만들어 내는 평형 감각에 이어져 나오는 느낌일 것이다. 하여튼 그러한 느낌이 우리의 개인적인 처지에 대한 인식에서 나왔든 공동체 상황 일반에 대한 인식에서 나왔든 우리 삶의 살벌함에 대한 우리의 일반적인 감각은 낭비적 문화 지출을 개운한 마음으로 대하지 못하게 한다. 결국 문화적 요구는 우리의 삶이 살 만한 질서를 이루었을 때 자연스럽게 일어나기 마련이다. 세종문화회관과 거기에서 벌어지는 행사를 두고 우리가 불편스러운 느낌을 가지는 것은 당연한 것이다.

그렇다고 우리가 문화적 건축을 그만 짓거나 시와 미술을 산출하기를 그치지는 아니할 것이다. 역사는 좋든 싫든 이성이나 양식, 특히 미의식의 정연한 발전의 도식이 되지는 아니할 것이다. 역사는 아마 착잡하게 밀고 밀리는 사이에 아름다운 것도 만들고 추한 것들도 만들어 낼 것이다. 그렇다고 우리의 삶을 보다 조화 있고 질서 있는 것이 되게 하려는 노력을 포기해 버릴 수는 없는 일이다. 이상 상태에서 문화의 선행 조건은 사회의 실용적인 작업이 사회 성원의 하나하나와 모두를 위하여 공정하게 수행된다는 것, 또 행해지는 작업은 참으로 사람의 본래적인 요구의 충족을 위하여 필요한 것이어야 한다는 것이다. 이 선행 조건은 정의롭고 민주적인 사회에서만 충족될 수 있다. 오늘날 우리 사회에 생동하는 문화를 창조하는 일에 관심을 가지고 있는 사람들이 받아들일 과제는 민주적 질서의 수립이다. 민주적 질서가 곧 문화적 질서이며, 또 민주적 질서는 문화를 위한 공적인 동의를 부여함으로써 개인과 집단의 창조적 에네르기가 아무런 죄의식이나 부끄러움 없이 발휘될 수 있게 할 것이다. 그때 우리는 얼크러진 생존의 밀림 구석에 처박혀 있는 거대한 문화 기념물을 짓는 것이 아니라, 사회의 삶 전부를 공적 축제와 개척적 심미감의 만족을 위한 공간으로 바꾸어 놓을 수 있을 것이다.

(1980년)

상황과 판단

창조적 주체성의 광장

헤아릴 수 없이 많은 것들이 모여 사람이 어울려 사는 사회를 이룬다. 또 하나의 사회는 될 수 있는 대로 많은 것이 모이고, 많은 것의 모임을 허용할 때 그 안에서 사람의 삶이 풍요한 것으로 살찌는 터전이 된다. 그러나 이러한 다원성과 풍요가 반드시 혼란을 의미하는 것은 아니다. 또 그러한 특징을 가진 사회가 단순하고 선명한 이해와 행동의 대상이 될 수 없는 것도 아니다. 한 사회가 사람다운 삶의 터전이 되려면, 그것은 그 안에서 사는 모든 사람에게 사람으로서의 적어도 최소한도의 위엄을 지킬 수 있는 물질적 생활을 가능하게 하는 것이어야 한다. 이러한 보장은 한편으로는 자연을 개발하고 그것을 인간의 생활에 이용할 수 있게 하는 지혜의 발전에 달려 있고 다른 한편으로 이러한 발전을 모든 사람의 행복과 평화를 위한 것이 되게 계획하고 사용할 수 있게 하는 사회적 공존 질서의 수립에 달려 있다. 그러나 또 한 가지, 생존의 문제의 기술적·사회적 해결만으로 참다운 인간적인 행복과 자기실현은 완성되지 아니한다. 사람은 그의 삶이 그때그때 그의 일생을 통하여 또 과거와 미래로 이어지는 종족적인 지속을 통하여 끊임없이 의미와 가치를 구현하는 것이기를 희망한다. 이 구현을 통해서 사람의 삶은 비로소 어느 정도의 완성을 이룬다.

그러나 이렇게 말하는 것은 인간의 가치에 대한 요구가 기술적·사회적 발전의 끝에 가서야 온다는 뜻은 아니다. 사람이 추구하는 가치는 이런 것과 별개의 것으로 존재하지 아니한다. 그것은 바로 인간의 기술적이고 사회적인 경영도 포함하는 것이다. 다만 여기에서 이것은 단순히 삶의 보존을 위한 수단으로서가 아니라 삶의 향수의 한 가지로 이해된다. 또 사람이 기술적·사회적 발전에 뒤쫓아가는 삶을 누리는 데 만족할 수 없으며, 이러한 발전의 근본 목적이 사람다운 삶의 확보에 있다고 할 때, 또 사람다운 삶의 의미는 그 스스로가 그의 삶에 부여하는 의미와 그 스스로가 창조하는 가치 이외의 아무것도 아니라고 할 때, 인간의 가치에 대한 요구는 최후의 요구일 수 없는 것이다. 현실에 있어서 사람이 스스로의 가치를 창조하고자 하는 노력이 다른 사정에 끌려가는 것일 수밖에 없었다고 하여도 사람이 스스로 창조하겠다는 생각은 적어도 인간의 역사적 투쟁의 이념이었다.

다시 한 번, 조금 다른 의미에서 인간의 가치가 기술적 사회의 역사적 현실을 떠나서 따로 있는 것이 아니란 것을 이야기할 필요가 있다. 그것은 따로 있는 것도 아니고 넘어서서 있는 것도 아니며 기술과 사회적 경영을 포함하는 인간적 경영의 모든 것이다. 이 모든 것은 사람의 실천에서도 드러나지만 무엇보다도 의식 속에서 그러한 것으로 파악된다. 이 의식은 개인의 의식일 수도 있으나 무엇보다도 사회 공동체 의식 또는 공동체의 초개인적 주체성의 의식이다. 이렇게 말하는 것은 개인의 의식도 참으로 효과적인 인간 운명의 활력이 되려면 그것이 공동체 의식 속에 지양되어야 하기 때문이다. 뿐만 아니라 사회에 존재하는 모든 것이 단지 오늘에만 있는 것이 아니라 과거에서 미래에로 연결되는 물질적·사회적 도구의 체제로 존재하듯이 모든 의식도 역사 속에서의 의식으로 존재한다. 오늘날의 개인과 사회의 의식은 과거에서 나와 미래에로 들어간다. 그렇다고 해서 오늘날의 의식이 굳어 있는 틀 속에서 이미 결정되어 있는 것은 아니다. 오늘날의 의식의 특징은 그것이 늘 창조적 변용의 가능성 속에 있다는 데에 있다. 역사적 공동 의식과 개인의 의식은 현재 속에서 창조적 발전을 위한 힘이 된다. 여기에서 사람에게 주어진 모든 것은 단순히 주어진 것이 아니라 하나의 지향(志向), 하나의 과제가 된다. 역사의 창조적 진화의 근원은 바로 인간의 물질적·정신적 생활의 총체가 하나의 새로운 과제로 지양되는 공동 의식의 광장이다.

우리는 우리의 역사가 참으로 창조적인 것이 되기 위하여서는, 우리의 물질적 · 정신적 생활의 모든 것이 교호하여 이루게 되는 공동 의식의 광장을 가장 넓고 가장 활발하게 유지하는 것이 절대 중요하다고 믿는다. 싫든 좋든 우리의 삶에 대한 제약은 여기에서 오며 우리의 가장 큰 보람도 여기에서 온다. 이 광장에서 우리는 우리의 삶이 우리 이웃의 이해와 관용, 또 우리 이웃과 우리의 공동 운명 · 공동 목표의 확인에 전적으로 의지할 수밖에 없음을 배우고 이 의지를 높은 삶의 행복에 연결시켜야 할 것을 깨닫는다.

안정된 시기에 운명과 창조의 공유는 반드시 분명한 의식을 통하여 이루어지지 않아도 된다고 할는지 모른다. 또 그러한 상태가 가장 순수한 행복의 상태일 수도 있을 것이다. 그러나 격동의 시대에 있어서 운명에 대한 주체적인 통제와 그것을 개조할 수 있는 자유로운 창조의 힘은 자칫하면 상실되어 버린다. 이런 때, 감추어져 있던 것은 밝은 의식으로 끌어들여져서 비로소 보존되고, 무비판적으로 받아들여졌던 것은 비판의 대상이 되어 비로소 새로운 힘의 근원이 된다. 그리하여 사람이 스스로의 운명을 이해하고 이것을 새로운 가치로서 창조하는 과정은 보다 쉬워질 수 있을 것이다.

우리는 《세계의 문학》이 비판적 검토와 의식적 수용을 통해서, 우리 사회의 창조적 주체성을 회복하고 그것을 풍부하게 하는 데 기여할 수 있기를 희망한다. 우리의 역사와 사회를 보다 깊고 날카롭게 이해하고 이것이 창조의 원동력이 될 수 있게 하기 위하여, 우리 역사와 사회의 모든 것, 또 우리 사회가 좋든 싫든 이미 세계를 향하여 열려 있는 만큼, 세계의 모든 것을 우리 역량이 미치는 한, 또 우리의 사정이 허락하는 한, 공동 토의의 대상이 되게 하고자 한다. 많은 성원을 바란다.

진실의 언어

간단히 말하여 말의 기능은 두 가지이다. 그것은 사실에 대한 정보를 전달하고 사람과 사람 사이의 의사소통을 가능케 한다. 이 두 기능이 서로 분리된 것은 아니다. 사람과 사람이 주고받는 데에서 닦여진 언어는 사물의 정보를 보다 정확하고 보다 넓은 관련 속에서 전달할 수 있게 한다. 그것이 자연에 관한 것이든 사회에 관한 것이든 또는 자신의 마음에 관한 것이든, 사실적 정보가 의사소통의 가장 기본적인 내용이 되는 것임은 새삼스럽게 말할 필요도 없다.

그러나 오늘날 이러한 말의 기능은 크게 왜곡되어 가고 있다. 우선 지적할 수 있는 것은 틀에 굳어진 말의 범람이다. 그 원인에는 여러 가지가 있다. 생각의 나태함은 굳어진 생각을 낳고 이것은 굳어진 말로 표현된다. 그러나 어떻게 보면 세상의 어떤 것도 단순한 타성으로 인하여 계속 존재하는 것은 없다. 많은 경우 굳은 말, 상투적인 사고는 그러한 것을 유지하는 것이 제 스스로에게 편리한 세력들에 의하여 조장된다. 굳은 말, 판에 박힌 말들의 폐단은 말할 것도 없이 사물이나 현실에 대한 진실을 은폐하고 우리에게 빈 껍질이 된 말들만을 안겨 준다.

판에 박힌 말은 대체로 자각 없이 쓰이는 것이 보통이다. 그런데 오늘날의 사회에서 말은 흔히 고의적으로 사실을 은폐하거나 왜곡하는 일에 봉사하게 된다. 선전이나 광고의 말들은 사실 자체를 겨냥하는 것이 아니라 적당하게 분석된 사실을 이용하여 사람의 마음을 조종하려 한다. 그러나 적어도 광고는 사실을 전달하는 체하는 위선을 가지고 있다. 그러나 많은 사사로운 또는 공적인 홍보 활동에서 사실 전달은 제1차, 제2차의 일이 되고, 말이 만들어 내는 영상, 그것이 끼치는 심리적인 효과, 이러한 것들의 조작만이 목적이 된다. 이러한 활동의 대표적인 것이 선전 공세라는 것이다. 정부나 정부 간에 교환되는 많은 외교적 제안은, 일 그것을 성취시키려는 것보다는 사람들의 마음속의 영상의 조작을 목적으로 한 것이다. 오늘날의 세계의 많은 현안, 동서 냉전의 해빙 문제, 군비 감축 문제, 인권 문제, 또는 우리 한반도만의 문제로서 남북통일 문제 등이 이러한 각도에서 처리되는 것을 우리는 보는 것이다.

필요한 것은 사실에의 충실성을 지키는 일이다. 사실의 세계를 떠나서 사람의 삶이 어떻게 가능하겠는가? 대부분의 사람에게 사실의 세계는 그것 자체로서 존재하지 않는다. 그것은 말을 통하여 매개된다. 이 말은 사람과 사람이 일상적으로 주고받고 일상적으로 쓰는 말이다. 구극적으로 사실의 세계는 우리의 일상적인 언어를 통하여 보통 사람인 우리에게 가용적(可用的)인 것이 되는 것이다. 여기에 기초하여서만 비로소 사람과 사람 사이의 의사소통도 가능하다. 우리가 듣고 우리가 하는 말 사이로 사람이 굳게 발 딛고 서야 할 사실의 세계가 끊임없이 빠져나간다면 우리는 어떻게 말을 믿고 그러한 말을 통하여 이루어지는 사회적 소통의 여러 관계를 믿을 수 있겠는가?

말을 통하여 사실을 겨냥한다는 것은 극히 어려운 일이다. 가장 좋은 의도에서 하는 말도 사실을 말하기보다는 여러 가지 눈치를 보기 위하여 또는 여러 이해 타산에 의하여 채색되는 경우가 많은 것이다. 이것은 말을 쓰는 사람 제 스스로도 가려내기 어려운 일이다. 사실을 말하기 위하여 우리는 늘 스스로를 넘어서야 한다. 또 말의 굳어지는 틀을 깨뜨려야 한다. 물론 이것이 단순한 의식과 언어의 모험이어서는 아니 될 것이다. 언어의 모험은 늘 새로운 사실, 새로운 언어의 질서의 통합을 지향하는 것이어야 한다. 이것은 말이 곧 세계이고 세계 없이 사람의 삶은 생각할 수 없기 때문이다. 언어를 사실에 충실하게 하고, 또 그것을 새로운 사실의 구성을 위한 창조적 도구가 되게 하는 작업에는 말을 사용하는 모든 사람이 참여하는 것이지만, 그중에도 특히 문학에 종사하는 사람이 그러한 작업을 의식적으로 떠맡은 스스로의 임무로서 생각한다고 할 수 있다.

근본에 대한 탐구

《세계의 문학》은 이번 호로 첫돌을 맞고 그 두 번째 해에 들어간다. 이 기회를 빌려 정신과 노력과 물질로써 또 호의와 관심으로써 또 같이 생각하는 노력을 아끼지 않음으로써 일을 이루어 가게 하여 준 많은 분들에게 감사를 드린다. 버티고 지탱하는 일 자체가 어려운 것이 오늘날의 삶의 실정이라면, 버티고 지탱한 것만도 경하할 만한 일일는지 모른다. 그러나 이룩한 바를 돌이켜 볼 때, 뚜렷하게 내놓을 만한 것이 없음을 스스로 비판하지 않을 수 없다.

《세계의 문학》에 던져진 첫 물음의 하나는 그 성격이 무엇이냐 하는 것이었고, 또 뚜렷한 성격을 정립하라는 요청도 빈번히 들려온 이야기의 하나였다. 뚜렷한 성격을 모나게 과시하는 것이 능사가 아니요, 눈에 띄는 성격에 대한 요청이 성격의 상품화에 무관한 일이 아님도 알아야 할 사실이나, 《세계의 문학》에게 분명한 성격을 보여 달라는 요청은 첫째로 독특한 개성들의 유기적인 통일을 통해서 사회가 하나의 공동체가 된다는 인식의 표현이라고 받아들여 마땅할 것이다. 또 분명한 성격에 대한 요청은 시대의 혼란 속에서 분명한 방향 제시야말로 《세계의 문학》과 같은 문화 활동이 떠맡아야 할 무거운 사명이라는 것을 말하는 것이기도 할 것이다. 오늘날의 지적(知的) 양심은 이것도 일리가 있고 저것도 일리가 있다는 두루뭉수리의 태도나, 막연히 일을 위하여 일을 벌이는 안일한 태도를 편안한 자세로 받아들일 수가 없는 것이다. 지난 1년 동안 《세계의 문학》이 성격을 분명히 하지도 못했고 뚜렷한 방향을 제시하지 못했다고 할망정, 우리는 《세계의 문학》이 이러한 시대적 요청에 무감각한 것도 아니요, 방향을 잃고 흘러가는 표류선도 아님을 믿고 싶다.

다만 우리가 짚어 보는 방향이 참으로 쓸모 있는 것이 되려면, 그것은 넓은 고려와 깊은 성찰에서 우러나오는 것이라야 할 것이다. 그리하여 그것은 우리의 삶에 작용하고 있는 숨은 힘이 무엇이며, 사람이 참으로 소망하고 또 아파하는 것이 무엇인가를 확인하고 종합하는 것이라야 한다. 이것은 수평적인 종합과 함께 수직적인 착반(鑿盤)을 아울러서 얻어진다. 세상의 일은 대개 모래처럼 흩어져 널려 있는 것이 아니라 서로 일정한 관련 속에 맺어져 있다. 이러한 관련은 사물의 덩어리에 저절로 겉과 안, 얕은 것과 깊은 것의 구조를 부여한다. 사람의 삶은 겉과 얕은 것, 안과 깊은 것 양쪽에 걸쳐서 영위된다. 그리고 어느 한쪽만을 더 중요하다고 말할 수는 없는 것이다. 그러나 사물에 대한 지적인 탐구에 있어서, 더 근본이 되는 것이 있음은 당연하다. 그때그때의 시급한 일들을 당하여, 일일이 깊은 곳을 가려내어 일을 처리해 나갈 수는 없는 것이지만, 모든 일에는 깊은 관련이 있게 마련이고, 이것을 밝히는 일은 중요한 일이다. 사람이 개인으로서 제 스스로와 하나가 되고 사회적으로는 다른 사람들과 하나가 되고 또 사물이 큰 의미에 있어서 하나가 되는 것은 흔히는 눈에 띄지 않는 근본에 있어서이다. 사회와 세계를 그 부분에 있어서 살피고, 또 그 전체의 관련을 이어 보며, 그것을 다시 한 번 가장 엄격한 자기 성찰을 통해서 사람 자신의 모습에 관련시키는 작업 ── 이 모든 것이 근본을 들추어내는 데 필요하고, 또 우리의 나가야 할 방향을 짚어 보는 데 필요한 것이다.

이러한 작업이 조금 우원하고 오활(迂闊)한 일처럼 보이는 것은 어쩔 수 없는 일이다. 물론 우원하고 오활함이 무슨 자랑스러운 일처럼 정당화될 수는 없다. 삶의 기적은 그것이 지극히 단순하다는 것이다. 사람이 제 몸을 움직여 땅 위를 걷는 것은 얼마나 단순하고 수월한가? 필요한 것은 다시 한 번 삶의 단순성이다. 그러나 사람이 걷는다는 것을 과학적으로 이해하는 것이 복잡해지는 것은 불가피하다. 이러한 이해가 필요한 것은 사람의 영광이 삶을 살 뿐만 아니라 그것을 의식하고 이해하는 데 있기 때문이라고 할 수도 있지만, 조금 더 실용적인 의미에서 그러한 이해는 부자유스러워진 몸을 고치려고 할 때, 또 몸의 기능을 훌륭하게 유지하고 향상시키려고 할 때 필요하다. 사물의 이해가 그 자체로서 우리에게 삶의 큰 보람이 되는 것도 보이지 않는 삶의 지혜의 작용에서 유래되는 것인지도 모를 일이다.

이러한 단순과 복잡의 상호 관계는 사회생활에도 해당된다. 인간 생존에 필요한 사회적 진실의 근본은 단순한 것이다. 삶이 다양하고 그 다양함이 무성해야 하는 것도 사실이지만, 이 다양성은 보다 깊은 근본의 단순함에 뿌리를 내림으로써 가능하다. 혼란의 시기는 이 단순성이 상실된 시기이다. 사람이 사회적으로 어울려 살고 정치적으로 하나의 정치 공동체를 이루며 살 때, 근본적인 단순성이 상실되는 것은 무서운 일이다. 오늘의 시대를 지배하고 있는 여러 가지 형태의 폭력은 그 근본에 있어서 단순성의 회복 또는 그 건설을 위한 움직임이라고 해석될 수 있다. 이 움직임은 삶의 바른 질서와 발전을 지향하는 것일 수도 있고 그러한 움직임을 막아서는 원천적인 의미에 있어서의 폭력일 수도 있다. 그러나 구극적인 의미에서, 삶으로 하여금 자유로운 움직임이며 향수이게 할 수 있는 단순성은, 개인의 관점에서는 내적(內的)인 상상력을 통해서, 사회적으로는 대화의 주고받음을 통해서 이루어져야 한다. 개인적으로나 사회적으로나 삶이 외적으로 부과된 강제력에 의하여 하나가 된다면, 어찌 그것이 하나라고 할 수 있겠는가?

혼란한 시대일수록 생각이 많이 번창하게 된다. 그것은 어지러운 겉을 꿰뚫고 삶의 단순성을 확인하는 하나의 역설적인 방법이다. 그러나 생각 또한 혼란의 한 요인이 될 수 있다. 생각은 힘에 관련되어 있다. 생각이 헛된 백일몽(白日夢)과 같은 것이 아니라면, 그것은 진실을 드러내는 것이고, 진실은 존재의 법칙이나 당위(當爲)를 말하는 것이기 때문에 그 자체로서 구속력을 갖는다. 모든 사람이 그의 생각을 현실의 힘이 되게 하여야 한다고 느끼는 것은 이러한 사실에 근거해 있다. 그리하여 어떤 사람은 이 진실을 위하여 권력이나 반권력(反權力)의 힘도 빌리게 된다. 그러나 구극적으로 우리의 생각이 진실을 나타내고 진실이 존재의 법칙을 나타낸다면, 그러한 생각과 진실은 사물 자체의 있는 대로의 모습이요, 강제력이나 폭력을 통하여 실현되는 것이 아닐 것이다. 도덕적 진실에 대하여 사실의 진실은 특히 존재의 자연스러운 있음 이외의 다른 것을 말하는 것이 아니다. 도덕적 진실도 이상적인 상태에서는 이러한 자연스러운 있음의 단순성에 가까이 갈 수 있다. 이것이 이루어지는 것은 대화의 공간에서이다.

《세계의 문학》은 인간과 사물의 있음과 있어야 함을 넓고 깊게 생각함으로써 이러한 공간의 구성에 기여하고자 한다. 이러한 의도가 창간호에서나 마찬가지로 아직도 《세계의 문학》의 근본 의도로 남아 있음을 우리는 확인하고 싶은 것이다.

민족과 보편의 이념

우리 현대사의 많은 과제들은 자주 민족이라는 말로 또는 민족주의라는 정치적 이념으로 종합되어 표현되어 왔다. 민족의 자주독립을 수호하는 일은 계속적인 외세의 위협 아래에서 가장 중요한 역사적 과업이었다. 또 안으로 눈을 돌려 볼 때 민족이라는 말은 일부 특수 계층 또는 민족의 절단된 일부만이 아니라 민족의 성원 모두가 고르게 참여하는 근대적 민주 국가를 이룩하겠다는, 현대사의 강력한 발전적 충동을 표현하였다. 이러한 민족의 이념은 이미 현대사의 초기에 대두된 것이었으나, 그러한 이념이 현실 속에 완전히 구현되지 못하고 남아 있는 한, 오늘날에도 이룩되어야 할 중요한 역사적 과업을 그대로 집약하는 이념으로 작용하고 있다.

민족은 한편으로 개인에 대비되고 다른 한편으로는 인간 내지 인류에 대비된다. 그것은 사사로운 이해에 의하여 지리멸렬 상태에 떨어질 수 있는 개인이 삶의 유일한 근거임을 부정하고 또 민족을 넘어서는 보편적 인간의 이념이 공허한 관념론에 떨어질 수 있는 것임을 경계한다. 그리하여 그것은 개인의 진실인 자유와 보편적 인간의 원리인 이성에 대하여도 신중한 경계심을 유지한다. 개인과 인간의 보편성에 대한 이러한 적대 관계는, 그것이 바람직한 것이든 아니든, 정치적 현실의 불가피한 실상이라 아니할 수 없다.

그러나 보편적인 인간의 이상으로 이어지지 아니하는 민족의 이념이 참으로 그 이름에 값하는 것이 될 수는 없다. 민족이 개인의 지리멸렬함을 극복한다면, 그것은 단순히 어떤 폭력적 강제력에 의한 것이 아니다. 설령 그렇다고 하더라도 그 강제력은 그것이 조금 더 넓은 일반성, 나아가 보편성을 대표한다는 논리적·윤리적 우위성에 결부되어 있다. 그리고 이러한 우위성은 개인의 생존 자체에 보다 넓은 것으로 넘어서고자 하는 초월적 계기가 포함되어 있기 때문이다. 이상적인 상태에 있어서 민족적 정치 공동체는 그 자체로서 하나의 가치 단위를 이루면서 개인의 가능성과 자유를 보편적 테두리 속에 구현할 것을 보장한다. 민족의 정치 공동체에서 개인의 자유는 그 자의적이고 자기 파괴적인 형태를 넘어서서 자신의 진실에 이르며 또 이러한 개인들의 진실에 내적으로 연결되어서 비로소 민족은 참다운 의미의 공동체, 개인의 퇴적을 넘어서는 실체가 된다. 이렇게 말하는 것은, 민족이 보편성의 움직임의 한 계기로서 성립한다는 말이다. 따라서 이상적인 상태에서 민족이 보편적 인간의 이념에 반드시 적대적일 수만은 없는 것이다. 어떤 이념도 공허하고 추상적인 관념이 아니라 사회와 역사의 현실을 표현하는 것이라야 한다. 모든 특수한 민족 집단을 초월하는 인간 공동체의 이상은 오늘날의 인류 역사의 단계에 있어서 그러한 내용 없는 관념에 그치기 쉽다. 이러한 고려에서 그것은 하나의 유보(留保) 상태에 남아 있게 되는 것이다. 그러면서도 그것은 어디까지나 하나의 지평으로 남아 있다.(모든 아름다운 이상은 그것이 현실적 내용에 의하여 끊임없이 비판적으로 검토되지 아니하는 한 자기 자신에 대해서 또는 남에 대해서 기만의 도구가 되기 쉽다는 것은 여기에도 해당된다.)

　　민족 내지 민족주의의 이념은 비록 그것이 여러 사람, 여러 사회 계층에 의하여 달리 해석된다고 하더라도, 이미 하나의 당위로서 받아들여져 있다. 그러나 흔히 우리가 보는 것은 동어 반복적으로 주장되는 당위성이요,

또 나아가서는 아전인수적(我田引水的)인 왜곡과 침묵의 요청이다. 이런 상황에서 민족의 이념은 개인에서 인류 공동체에까지 연결되는바, 인간 생존의 내면에 움직이는 보편적 지향으로 생각해 보는 것은 의미 있는 일이다. 많은 민족에 대한 이론이 오늘의 현상에 대하여 긍정적인 것이든, 비판적인 것이든, 의아심을 일으키는 것은 그것을 모든 보편성의 이념에서 분리하려는 노력이다. 이 보편성의 이념이 자유, 평등, 정의, 이성 어떤 것이든지 간에 그것이 종종 민족의 특수한 전통과 소망에 대하여 외래적이며 인위적인 관계에 있는 것으로 이야기되는 것을 우리는 보는 것이다. 물론 역사적 현실 속에 결실되는 것이 아닌 관념들이 공허하고 위험한 것이라는 것은 앞에서도 말하였다. 그러나 현실이란 것이 특수하고 개별적인 것만으로 이루어진 것이라는 생각은 민족의 이념에 모순되는 것이다.

우리는 보편적인 것이 인간 경험의 중요한 계기임을 다시 상기하여야 한다. 사실 체험적 현실의 관점에서 볼 때, 현실성은 개인, 민족, 인류—이러한 순서로 부여되는 것이 아니다. 단적으로 어떤 개인에게 자신이 사람이며 또 자기 이웃이 사람이라는 인식은 거의 무반성적(無反省的)인 직접성으로서 주어진다. 물론 이러한 인식이 곧 구체적인 현실적 내용을 얻는 것은 아니다. 그것은 보편적 인간의 이념에 비하면 특수한 것일 수밖에 없는 여러 중간 집단 그리고 민족을 경유하여 비로소 역사적 세력 속에 개입한다. 이러한 현실에의 전환은 복잡한 사회 과정을 필요로 한다. 민족주의의 과제 중의 하나는 이러한 사회화를 이룩하는 일이다. 이 사회화는 자기 보존 본능에 부수할 수 있는 부정적인 정서에 호소하거나 맹목적인 선전이나 여러 가지 수단으로도 이루어질 수 있다.(사람이 이러한 방법으로 쉽게 조종될 수 있다는 것은 인간의 극히 폭넓은 조소성(彫塑性)을 나타낸다.) 그러나 사회와 역사가 방향도 없고 발전도 없는 투쟁의 연속이 아니려면, 민족에로의 사회화는 개체에 내재하는 보편화의 충동에 의하여 매개되어야 한다. 이러한 매개로써 비로소 민족의 이념은 이성적 사고의 대상이 되고 발전적 현실의 일부가 된다. 또 이러한 관점에서 이해될 때 비로소, 그것은 비판적 사고를 무서워할 필요가 없다. 또 그것은 국제 사회에서도 수세적이고 변호적인 입장에 설 필요가 없는 떳떳한 이념이 된다.

미개 사회로부터 고도의 문명 사회에 이르기까지, 많은 민족 집단들은 자기들만이 '인간' 그 자체를 대표한다고 생각하였다. 그리하여 인류학이 들추어내 주듯이 부족이나 민족의 이름까지도 '인간'을 가리키는 말을 붙이기가 일쑤였다. 물론 특수한 민족 집단이 스스로를 보편적 이념을 대표한다고 나설 때, 그것은 오히려 참다운 인간 공동체의 이상을 등지는 결과를 가져올 수 있다. 중화사상(中華思想)이나 근대 서양의 제국주의가 이러한 것이었다. 그러나 이러한 허위의식으로서의 보편 사상도 보편적 인간 이념을 수긍하는 면을 가지고 있고 적어도 그러한 보편 사상을 낳은 민족의 긍지에는 기여하는 것이었다. 오늘날 우리 주변의 어떤 민족주의에 대한 이해들은 우리 민족이 인간의 보편적 이념 — 참다운 의미의 보편성의 이념을 구현할 수 있다는 데에서 긍지를 찾으려는 것이 아니라 오히려 모든 보편성에서 스스로를 차단함으로써 괴팍스러운 뚝심을 보여 주겠다는 태도를 드러내 준다. 다른 모든 것이나 마찬가지로, 우리는 현실적으로 봄과 동시에 널리 보는 것을 잊지 말아야 한다. 어떠한 것을 지나치게 신성시한 나머지 그것을 이성적 언어와 사고의 검토에서 제외한다면, 그것 자체가 빈곤화되는 것이다. 신성화는 곧 빈곤화가 되어 버리고 만다. 사물이나 이념은 개방적으로 맺어지는 다양한 관계를 통하여 비로소 풍부한 구체성을 얻고 또 확대의 에너지를 얻는다. 이것은 민족의 이념의 경우에도 마찬가지다.

물질 시대의 정신

　산업과 문화의 발달이 갖는 의의 중의 하나는 조금씩이나마 사람을 물질의 구속으로부터 해방시켜 준다는 데 있을 것이다. 그러나 실상은 오히려 그것은 사람을 점점 더 물질에 구속시키는 결과를 가져왔다. 적어도 오늘날 우리의 삶을 돌아올 때, 많은 사람들은 이렇게 말하지 않을 수 없을 것이다. 사람들의 하루하루의 움직임은 물질을 만들어 내고 얻어 내는 데 송두리째 바쳐지고 생각은 자나 깨나 물질 획득의 궁리에 골몰한다. 그 결과 사람의 일에서 물질 획득 이외에 대한 관심은 모두 변두리로 밀려나고, 이와 함께 사람의 진정한 행복과 사람 사이의 바르고 고른 관계는 사회 현실과 사상에서 보이지 않게 되어 버리고 만다.

　오늘의 시대의 문제를 생각하는 사람들이 이러한 사태를 걱정하고 소위 물질주의라고 불리는 시대의 병을 가장 중요한 문제의 하나로 생각하는 것은 이해할 만한 일이다. 작금에 자주 듣게 되는 여러 가지 도덕적 훈계는 물질주의에 대한 당연한 반작용의 한 모습인 것이다. 이러한 훈계는 정신 가치를 재확립하는 것이 물질주의의 병을 치료하는 길이라고 한다. 이러한 주장은 흔히 전통적 윤리 규범, 전통적 인간관계, 전 산업 시대의 인생 정조(情調)의 회복을 그 내용으로 한다. 그리하여 청빈과 강직, 사(私)에 앞서는 공(公), 선비의 기상 등등, 유교의 실질적인 공가치(公價値)가 이야기된다. 또는 충효와 같은 사가치(私價値)와 추상적인 큰 병폐가 정서 생활의 고갈에 있음이 지적되고 개인 생활의 정서화, 사회생활에 있어서의 인정(人情)의 실천이 중요하다고 말하여진다.

　정신적인 가치 또는 소위 인간적인 것의 옹호는 서로 다른 정도의 설득력과 실제적인 효과를 가진다. 어떤 종류의 정신 옹호는 허위의식을 조장하고 상투적 관념에 의존하는 대중 조작을 꾀하고자 한다는 면을 가지고 있다. 다른 것은 더러는 비현실적이라는 인상을 주면서도 적어도 시대의 문제에 대한 깊은 우려에서 나온 것이다. 그 동기야 어쨌든지 간에 물질 시대에 정신 옹호는 필요한 일이다. 어떤 조건하에서 물질의 힘 또는 외부의 힘에 대한 반작용의 힘은 정신의 힘밖에 없다는 말을 한 시인이 있거니와, 우리 시대의 조건이 바로 이런 것처럼 여겨지기도 한다. 그러나 그러한 조건이란 어디까지나 역사적·사회적 선택이 불가능하고 개인적인 선택만이 허용되는 상황에서만 성립하는 것이다. 그렇지 않은 경우, 정신 옹호만은 그것으로 충분치 않다. 또 어떻게 보면 그것은 그 동기와 성질이 어떤 것이든지 허위의식을 조작할 위험을 갖는다. 오늘의 물질주의가 물질의 향방에서 유래하는 것이라면 물질의 향방을 연구하고 그것을 적절하게 다스리는 일이, 정신의 타락을 꾸짖거나 그 선양을 이야기하는 것보다 오히려 마땅한 일이 아닌가. 원인을 다스리는 것이 일을 바르게 하는 근본적인 방법이라는 것은 자명한 논리이다.

자명한 것이 자명하지 못하게 되는 데에는 그럴 만한 이유가 있다. 우리의 전통적 사고 속에는 문제의 해결을 윤리적 교정 행위에서 찾으려는 강한 경향이 있다. 또 우리 사회의 의식적·무의식적 위선이나 제도적 고찰에 대한 정치적 금기가 여기에 크게 작용하고 있다. 여러 가지 사정이 있으나다시 한 번 말하여 물질주의의 폐단을 생각하고 그 극복의 방책을 연구한다면, 그것은 물질의 여러 과정에 대한 경험적인 검토 이외의 다른 곳에서 찾아질 수 없는 것이다. 이것은 또 하나의 물질주의에 빠지는 것도 아니고 모든 것을 경제학에 환원하여야 한다는 말도 아니다. 필요한 것은 물질에 대한 그 자체의 지식이 아니라 그것의 향방이 정신의 향방에 어떻게 작용하는가를 따져 보는 일이다. 이것이 정신을 옹호하는 방법이다. 왜냐하면 물질에 대한 연구는 불가피하게 그것이 마땅히 그렇게 있어야 하는 참다운 모습에 대한 사실적인 탐구에 연결될 수밖에 없고 물질의 참다운 모습은 결국 인간 존재의 참다운 모습에 대응하여서만 그 모습을 드러낼 수 있는 것이기 때문이다.

　이러한 이야기는 새삼스럽게 들추어내 말할 필요도 없는 것으로 보일는지 모른다. 이미 앞에서도 말한 바와 같이 우리 시대의 생각은 너무나 물질의 움직임에 침잠하여 있다고 할 수 있다. 물질의 움직임에 대한 사실적 탐구는 정치나 경제나 사회의 분야에서는 새삼스럽게 권장할 필요가 전혀 없는 이야기이다. 사람 사는 일의 외형적 얼개를 생각하고 마련하고자 하는 쪽에서 필요한 것은 그야말로 정신적 존재로서의 사람에 대한 보다 깊은 관심과 경외감이다. 여기에 대하여 오늘의 물질의 문제에 대해서 정신의 괴로움을 말하고 정신적 가치를 옹호하고자 하는 쪽에서 필요한 것이 물질의 향방과 움직임에 대한 깊은 성찰과 검토이다. 흔히들 문학적 사고나 인문적 사고의 시대적 임무는 정신적 가치와 인간적 정서의 옹호로서 생각된다. 이것은 틀리지 않는 일이다. 그러나 그것은 사실에서 출발하여야 한다. 이것은 다시 말하여 인문적 정신도 현실의 사실적·제도적 검토에서 시작하여야 한다는 것을 뜻한다. 인문적 정신도 과학 정신의 일부이다. 적어도 그것이 주관적 가치의 역설일 수는 없는 것이다.

　물질 시대의 정신의 옹호가 현실의 실증적이고 비판적인 검토에서 출발하여야 한다는 것은 바른 논리이며 효과적인 것이라는 의미 외에 또 다른 중요한 정신 옹호를 의미한다. 왜냐하면 진정한 의미에서의 정신의 언어는 사실이기 때문이다. 오늘날은 정치 선전의 시대이다. 오늘날 우리의 정신은 끊임없이 또 어느 곳에서나 우리의 정신에 영향을 주고 그것을 자기편으로 끌어들이려는 도덕적·정신적 언어의 집중 공격을 받고 있다. 이러한 사정하에서 우리의 정신은 그 온전함을 잃기 쉽다. 그러나 한 가지 위안은 비사실적 언어 또는 정신적 언어가 우리의 정신을 일시적으로 현혹할 수는 있지만 오랫동안은 그렇게 할 수 없다는 사실이다. 정신이, 많은 현란한 언어의 교란에도 불구하고 늘 귀 기울이고 있는 것은 사실 세계의 깊이와 우리 자신의 존재의 깊이에서 우러나오는 말이다. 진리란 무엇인가? 그것은 정신이 사실의 세계와 인간 존재의 근원에 동시에 일치한다는 것 이외의 다른 아무것도 아니다. 정신의 지향은 이 진리를 향한 것이다. 정신의 옹호는 이 진리를 확보하는 일이다. 그것은 정신적 가치를 외곬으로 외치는 것이 아니라 사물 자체를 바르게 하는 일이다.

어떤 신학자의 말을 빌리면 "사람은 자기가 뜻하는 바를 행할 수 있지만, 자기가 뜻하는 바를 뜻할 수 없다." 정신은 세계에서 연유한다. 어떤 의미에서 정신은 바깥세상이 시키는 대로 뜻할 수밖에 없다. 그리고 그 뜻대로 행한다. 여기에 정신의 가공할 예속의 가능성이 있고 또 아울러 진리에 대한 열림이 있고 자유의 가능성이 있는 것이다. 바른 사물의 세계에서 정신은 진리 속에 있고 또 자유롭다. 또 정신의 진리와 자유를 위한 투쟁은 이 사물의 세계를 생각하고 개조하려는 투쟁이다. 이러한 투쟁이 물질의 시대에서 정신을 옹호하는 길이다.

비도덕한 세계 속의 도덕적 행동에 대하여

진리와 정의를 위하여 분연히 일어서는 것처럼 고귀한 행동은 없다. 그것은 커다란 용기를 필요로 한다. 그것은 천 갈래 만 갈래로 얼크러진 이해관계 속에 있기 마련인 우리의 나날의 생활의 모든 귀한 것들을 버릴 용의를 한다는 뜻이고 또 극단적인 경우는 삶의 구극적인 조건의 하나인 육신의 연약함과 나아가 삶 그것까지도 넘어서야 한다는 것을 뜻한다.

단호한 도덕적 행동이 어려운 것은 육신이 물려받은 모든 허약함에만 기인하는 것이 아니다. 사람이 진리를 위해서 또는 도덕을 위해서 일어선다고 할 때, 그것은 단지 이미 분명하게 드러나 있는 진리, 누구나 동의할 수 있는 정의를 위하여 육신의 연약함만을 극복한다는 것을 뜻하는 것은 아니다. 진리와 정의를 위한 행동은 진리와 정의 자체에 대한 결단을 필요로 한다. 어느 누구가 이것이 진리요, 이것이 정의요라고 쉽게 말할 수 있겠는가. 특히 어떤 개인이 선택한 진리와 정의가 자신의 선택, 자신의 모든 것을 건 선택에 의하여서만 지탱될 수 있는 것이라고 할 때, 어느 누구가 두려움과 전율을 느끼지 않겠는가? 진리와 정의는 가장 외로운 정신의 어둠 속에서 선택될 수밖에 없는 것이다. 비록 우리가 선택한 진리와 정의에 많은 사람들이 동의하고 참여하는 것이라 할지라도 그것을 위한 행동적 결단을 뒷받침하는 것은 우리 자신의 개체적 실존의 어둠 속에서 일어나는 어떤 믿음에의 도약인 것이다.

진리와 정의의 선택이 가장 삼엄한 선택이라고 할 때, 그러한 선택 자체가 이미 진리의 진리임을, 정의의 정의임을 증언해 준다고 할 수도 있다. 사람이 사사로운 나날의 생활에서 귀중한 모든 것을 버릴 때 비로소 세상의 모든 것들은 가장 뚜렷하게, 있는 그대로의 초연하고 냉엄한 진실로서 드러날 수 있는 것인지 모른다. 뿐만 아니라 진리와 정의를 위한 위대한 결의 그것이 곧 사람의 참모습, 사람의 존재가 가진 진실의 차원을 새로이 밝혀 주는 일이다. 그래서 우리는 그것이 어떤 진리, 어떤 정의인가를 물을 것도 없이 진리와 정의의 행동 앞에 숙연해지는 것이다.

그러나 무시할 수 없는 것은 사람들이 무수하게 다른 진리와 다른 정의를 위해서 삶과 목숨의 갈림길을 한눈으로 바라보며 행동에로 나아갔다는 역사적 사실이다. 사람은 그릇된 진리와 정의를 위하여 죽을 수도 있고 또 서로 달리 믿는 진리와 정의를 위하여 서로 죽일 수도 있다. 무엇이 진리이고 무엇이 정의인가? 이 물음은 나 자신을 위하여서만 묻는 물음이 아니고 다른 사람을 위하여 물어야 하는 물음이다. 왜냐하면 나의 진리와 나의 정의는 곧 다른 사람의 오류와 불의일 수 있고 이러한 차이는 부질없는 갈등과 죽음에 이르는 첩경일 수도 있기 때문이다. 무엇이 진리이고 무엇이 정의인가? 이러한 물음에 답하는 데에는 과학적인 기준과 공동체적 약속에 의존하는 방법이 있다. 성급한 사람들에게는 참을 수 없는 것일는지 모르지만 이러한 기준과 약속의 틀을 검토하는 절차는 사람 사는 데 있어서 간단히 빼어 놓을 수 없는 일이다. 물론 그렇다고 하더라도 진리와 정의를 향한 믿음에의 도약과 실존적 결단의 차원이 있음을 어쩌지는 못할 것이다. 현대의 물리학자들은 자연 과학의 법칙도 절대적이고 필연적인 것일 수는 없고 다만 확률적인 가능성만을 가질 수 있다고 말한다. 더구나 사람이 하는 일에서 확률적 가능성이 작용하게 되는 것은 당연하고 이것은 많은 것이 선택과 결단에 달려 있다는 것을 뜻한다. 진리와 정의를 가늠하기 위한 과학적 기준을 생각하고 공동체적 약속의 틀을 검토한다는 것도 어떤 선험적이고 절대적인 법칙을 찾아낸다는 것보다도 사람의 선택에 있어서 현실적 타당성의 범위를 비교해 본다는 정도의 의미를 갖는 것이라 할 수 있다.

　진리와 정의는 선택과 결단에 의하여서만 진리와 정의가 된다. 다만 한 사회의 통념으로 성립되는 진리와 정의는 그것이 역사적으로 이미 이루어진 선택 또는 다수자의 선택이기 때문에 선택 행위의 긴장을 드러내지 않을 뿐이다. 물론 진리와 정의가 선택에 관계된다고 해서 그것이 완전히 마음대로 아무렇게나 선택될 수 있다는 것은 아니다. 그것은 물리적으로 한정된 범위에서 이루어지는 것이다. 그리고 이 범위 내에서 어떠한 실존적인 도덕적 선택도 가능한 것이지만 그러한 선택이 얼마나 효과적으로 현실 속에 작용하는 것이 되느냐 하는 것은 여러 가지 또 다른 외부 조건에 달려 있는 것이다. 이 조건은 어느 사회가 어떤 관계에서 경제적·사회적으로 허용하여 주는 인간 행동의 범위를 포함하고 또 효과적인 인간 행동이 사회 내에서 이루어지는 것인 까닭에 여러 사람의 의식 상태도 포함한다. 그리고 마지막으로 가장 중요한 조건의 하나는 순전한 힘, 강제 수단의 보유이다. 사실상 유감스러운 일이면서도 사람의 현실은 진리와 정의에 관련이 없이 힘에 의하여서만도 완전히 규정되고 지탱될 수 있는 것이다.

그러나 긴 안목으로 볼 때, 분명코 효과적인 행동의 한 구성 요소에는 정의가 있다. 그것은 사람들이 보여 주는 감동적인 용기의 예를 통하여 우리의 마음을 움직일 수 있고 또 끈질긴 설명과 설득, 분석과 해명을 통하여 다수인의 결정을 자극할 수도 있다. 그러나 이 후자의 경우에 비로소 그것은 역사적인 행동이 된다. 물론 이 후자의 경우에 있어서도 실존적 결단에서와 같이 용기와 결의가 없이는 아무것도 이루어질 수 없다. 다만, 이때에 있어서 각자의 실존적 결단은 곧 다수인의 역사적 결단으로 옮겨 갈 수 있는 가능성 속에서 이루어지는 것이다. 이 가능성이란 언제나 자명하고 현실적인 것이 아니기 때문에, 어떠한 역사적 결단도 외로운 실존적 결단의 양상을 띠지만, 그것은 조만간 다른 사람들의 결단 속에 확산되어 역사적 차원을 얻는다.

어느 역사 철학자는 역사적 행동은 마치 시인이 비유를 사용하는 것에 비슷하다는 말을 한 일이 있다. 시인은 자기가 뜻하는 바를 표현하기 위하여 어떤 비유든지 사용할 수 있는 것이지만 비유의 근거가 되는 사물의 성질을 제 마음대로 부여할 수는 없다. 그는 어떤 사물의 가능성에 자신의 표현을 위하여 뒤틀림을 가할 뿐이다. 양심의 세계에서 진리와 정의는 절대적인 것이다. 또 그것은 어느 때에나 도덕적 결단에 의하여 현실 세계의 행동이 될 수 있다. 그러나 현실 세계는 힘의 세계이다. 이 힘의 세계에서 도덕적 행동은 하나의 상대적인 요소에 불과하다. 그것을 구성하는 것은 강제력을 포함한 여러 외부적 조건이다. 역사적 행동은 이 외부적 조건의 가능성에 진리와 정의의 뒤틀림을 주는 행동이다. 이것을 이루는 데에 도덕적 행동만이 전부인 것은 아니다.

갈등과 그 관리

사람의 영원한 갈망 중의 하나는 평화이다. 누구나 나라와 나라 사이가 평화롭고, 한 사회에 있어서 사람과 사람 사이가 평화롭고, 스스로의 마음이 평화 속에 있기를 갈망한다. 그러나 그러한 갈망은 쉽게 현실적인 결과를 가져오지도 않을 뿐 아니라 그러한 소망을 표현하는 일 자체가 비현실적인 것으로 간주된다. 그리하여 평화에 대한 갈망은 약한 사람이나 약한 국가의 증표로서 생각된다. 그리고 더 나아가 평화를 위한 움직임은 사회적으로 금기의 대상이 되기도 한다. 국가와 국가 간, 집단과 집단 간, 개인과 개인 간의 관계가 힘의 관계로 남아 있고, 한 사람이 자신의 삶에 평화를 가져오는 방법이 억압에 있는 한, 평화의 소망이 비현실적인 것으로 또는 금기의 대상으로 생각되는 것은 이해할 만한 일이다.

물론 이러한 것이 현실이라 하여 그것이 당연한 것이 아님은 물론이다. 삶의 모든 면에서 평화에 대한 소망을 표현하고 또 그것에 현실적인 내용을 부여하는 것은 아무리 어지러운 시대에 있어서도 가볍게 잊어버릴 수 없는 일의 하나이다. 평화는 약한 사람의 표지도 아니며, 활발한 삶의 움직임의 이완도 아니다. 평화는, 특히 사회 내의 평화는 사람이 참다운 의미의, 스스로를 넘어서려는 모든 창조적인 노력의 기본이 되는 것이다. 우리 사회의 여러 면에서 평화와 화해를 위한 토의를 터놓는다는 것은 지금 시점에 있어서 무엇보다도 중요한 일이다.

그런데 이와 동시에 갈등이 삶의 필요한 요소라는 것을 인정하는 것도 중요한 일이다. 이것은 단순히 갈등이 창조와 발전의 어머니이며 활발한 삶의 증표라는 뜻에서만이 아니다. 이것은 맞는 말일 수도 있고 안 맞는 말일 수도 있다. 여기서 갈등의 인정이 중요하다는 것은 이러한 역사 철학적인 또는 단순히 철학적인 뜻에서가 아니라 그것이 평화의 달성에 있어서 중요한 현실적인 계기의 하나라는 뜻에서이다. 당연한 이야기 같지만, 평화가 이루어지지 않는 곳에는 갈등이 있고 갈등은 그럴 만한 원인이 있어서 일어난다. 평화는 단순히 추상적 주장의 되풀이에 의하여서가 아니라 갈등의 원인을 하나씩 인정하고 연구하고 풀어냄으로써 이루어질 수 있다. 이에 대하여 대체로 추상적으로 평화를 말하고 그 이름하에 모든 갈등을 외면하고 또 갈등에 대한 언급조차 불온한 것으로 보는 태도야말로 평화를 진정으로 바라지 않는 태도이다. 물론 이러한 추상적 평화의 주장이 사람들의 정서적인 면에 호소할 수도 있고 어떤 경우는 그것이 강요될 수도 있지만, 그러한 평화가 진정한 평화가 아님은 말할 필요도 없다. 그리고 대부분의 경우 그러한 평화는 폭력적인 현상의 고정화를 위한, 또 다른 폭력의 표현인 경우가 흔한 것이다.

그런데 갈등의 원인을 근원적으로 제거하는 일이야말로, 다시 되풀이하건대, 평화를 이룰 수 있는 현실적인 방법이다. 그렇긴 하나 사람이 어울려 사는 일에서 완전히 갈등을 없애고 평화만이 넘쳐 나게 한다는 것은 불가능한 일일는지 모른다. 개인이 독특한 개체로 남아 있는 한, 사회가 부락 공동체를 넘어 커다란 규모로 확대될 수밖에 없는 한, 또 사회가 발전을 통하여 그 안정된 기반을 벗어나지 않을 수 없는 한, 갈등은 불가피한 것일 것이다. 이러한 조건하에서 사람의 사회 평화에 대한 추구는 갈등의 제거가 아니라 갈등의 관리라는 형태를 취하지 않을 수 없을 것이다. 사회가 이미 있거나 또는 변화의 과정에 일어나는 새로운 갈등을 발견하여 이를 인정하고 합리적인 방법으로 관리 해소해 나가는 일이 필요한 것이다. 이러한 갈등의 관리는 어떤 경우에는 잠재적인 갈등을 적극적으로 자극하여 이를 현재화(顯在化)함으로써 이를 예방적으로 관리하는 일을 포함하고 또 다른 경우에는 서로 갈등을 일으키는 요인들을 적당한 균형 상태로 유도하는 일을 포함한다.

사회 집단 간이나 개인과 개인 사이나 또는 개인 내부에 일어날 수 있는 갈등에 대해서 부정적인 태도를 취해 온 것이 우리 동양의 전통이었다. 모든 면에서 조화만을 지나치게 강조하였던 동양 윤리는 갈등의 경우에 대하여 속수무책이었고 그 해결을 추구하기보다는 명목상의 또는 위선적인 조화에 만족하는 수가 많았다. 예를 들어 자식이 부모에 효도하고 신하가 임금에 충성하고 아내가 남편을 공경하고 제자는 스승을 받들고 등등의 경우만을 생각하였기에, 부모와 자식, 임금과 신하, 스승과 제자, 또는 부부간에 있을 수 있는 갈등의 현실은 무시되고 또 아무런 대책이 없는 채 방치되기가 일쑤였던 것이다.

오늘날 우리 사회가 여러 가지 갈등에 차 있는 것은 어느 누구도 부정할 수 없는 일이다. 국민 총화의 구호를 비롯하여 우리 생활의 공사 여러 면에서 얼른 보아 평화의 구호처럼 보이는 말들이 크게 강조되고 있다는 사실 자체가 사회에 내재하고 있는 갈등의 증거라고 할 수 있다. 그러나 강요된 평화가 진정한 평화를 이루는 방법은 아니다. 우리가 우리 사회에 존재하는 갈등의 원인들을 진지하게 마주 보는 고통을 감내하고 이를 해결하려고 노력하고 적어도 갈등의 현실에 맞으며 평화의 이상에 어긋나지 않는 갈등 관리의 기구를 발전시킬 때 참다운 사회 평화는 이루어질 것이다. 우리의 평화의 전통은 사람의 깊은 소망의 표현이면서도 다분히 미성숙한 태도의 표현이기도 하였다. 그리고 이것은 오늘날의 사회의 부조리를 은폐하는 이데올로기를 보강하여 왔다. 평화의 이상을 잃지 않으면서도 갈등의 현실을 정면으로 바라보는 것을 배우고 이에 대치할 수 있는 사회 제도를 발전시킴으로써, 우리는 보다 성숙한 역사의 단계로 나아갈 수 있을

것이다. 국제적으로 민족적으로 국내적으로 진정한 평화의 소망의 표현을
가능케 하고 이것의 실현을 위하여 갈등의 현실을 직시하는 일이 필요한
것이다.

시인의 가르침

사람의 마음은 어떻게 형성되는 것일까? 어떤 사람들은 얼마의 한정된
정신적인 진리와 도덕적인 교훈이 사람의 마음을 형성한다고 한다. 그리
하여 인간 교육의 과정은 크고 분명한 가르침을 우리의 마음에 새겨 그 틀
을 분명하게 하는 일이라고 한다. 종교적·도덕적 가르침의 중요성은 오히
려 자명한 것이다. 그러나 이러한 가르침의 과정이 강압적인 세뇌 작용으
로 생각되어진다면, 그것은 정신의 자율적인 조화를 목표로 삼는 도덕적
교양의 목적 그 자체를 저버리는 것이 될 것이다.

직접적으로 정신 태도의 문제를 다루지 않는 학문 분야를 담당한 교사
들이 이야기하듯이, 사람의 도덕적 교육은 반드시 과목으로 설정되거나
대상화되어 있는 덕목의 가르침에서만 이루어지는 것이 아니다. 사실적
인 탐구가 요구하는바 객관성, 기율, 무사성(無私性) 등이 정신적 의미를
가진 것임은 말할 필요도 없다. 기술공의 기계나 제품에 대한 태도에도 깊
은 정신적인 요소가 들어 있다. 즉 장인(匠人)의 제품 완성의 본능, 그것이
정신적인 성격을 갖고 있다는 말이다. 어떻게 보면 사실적 탐구를 주안으
로 하는 학문이나 장인의 장인 본능은, 그것이 욕심에 뒤틀린 인간의 의지
가 아니라 사물의 객관적 질서에 충실하려는 것인 까닭에, 또 구극적으로
도덕적·정신적 자세의 의미는 우리를 넘어서는 필연의 질서에 순응하는
데에서 찾아진다고 할 수 있는 까닭에, 직접적으로 도덕적인 태도보다도

오히려 도덕적인 것이라 말할 수 있다. 도덕이 지배와 조종의 저의를 숨겨 가지고 있는 경우는 얼마나 많은가. 이런 의미에서 하나의 사물을 철저히 알아보려는 훈련과 하나의 기술의 훈련은 그 자체로서 훌륭한 인간 형성의 과정이 된다. 다만 이것이 너무 미시적인 데 집착하여, 사물과 사물, 사물과 인간이 서로 어울려 이루는 전체를 보지 못하게 하는 편집광적인 인간을 만들어 낼 수 있는 것도 사실이다. 부분의 진실은 전체 속에서 거짓이 될 수도 있는 것이다. 그러나 부분의 구체로부터 시작하지 않는 전체는 허황한 것이다. 사실이나 사물과의 접촉은 늘 교육적인 의미를 갖지 않을 수 없다.

그런데 사람의 마음이 형성되는 것은 커다란 정신적 가르침이나 과학과 직업의 기율을 통하여서만이 아니다. 우리의 마음은 이런 테두리에 의하여 크게 규정되면서도, 늘 테두리 속에서 다양한 무늬를 이루며 또는 이 테두리를 넘어가며 움직인다. 우리가 일상적으로 보고 느끼고 하는 모든 것이 마음을 움직이고 결국은 마음을 형성한다. 우리가 사는 길거리의 모습, 날로 대하는 또는 우연히 한번쯤 접하게 된 사람들과의 교환이 우리 마음에 영향을 준다. 특히 자연물의 모든 형상들은 우리 마음에 깊은 영향을 준다. 이것은 특히 어린 시절에 있어서 그렇고 어린아이 같은 놀라움의 능력을 잃어버리지 않은 사람에게서 그렇고 또 어떤 사람의 경우에 있어서나 우리가 흔히 무시하려고 드는 기분의 움직임에 있어서 그렇다.

사람은 예로부터 꽃과 나무와 돌과 산과 짐승을 좋아하고 가꾸었을 뿐만 아니라 이것들에서 깊은 정신적인 의미를 발견하였다. 들에 핀 백합화를 보라는 명령은 자연스러운 삶의 평화에 대한 우리의 그리움을 불러일으킨다. 그러나 이러한 그리움 때문으로만 우리는 백합화를 우의적(寓意的)으로 보는 것이 아니다. 실제 식물은 자연 속의 삶을 구현하고 있고 우리에게 그것을 가르쳐 주는 것이다. 우리 선조들은 호랑이를 신령스러운 것으로 생각하였다. 그것이 그들의 공포감에만 기인한 감정이었을까? 우리가 돌과 산에서 느끼는 것은 그 침묵이며 그 영구성이다. 이러한 것들은 모두 다 자연 자체가 가지고 있는 것이다. 어쩌면 크게 대상화하여 이야기하는 정신적·도덕적 진리는 이러한 자연물들의 가르침을 의식화하고 확대한 것에 불과하다고 할 수 있다.

물론 사물의 세계나 자연에는 좋은 것만이 있는 것이 아니다. 그것은 따뜻한 정의 세계가 아니라 냉혹한 법칙의 세계이다. 이 법칙의 세계에서 사람의 애틋한 그리움은 달성되기보다는 좌절되기 쉽다. 그러나 이러한 냉혹함과 좌절에서 사람이 겪는 것은 단지 고통이 아니다. 그것은 삶의 엄숙성이며 이 엄숙성은 우리가 세계에 대해서 아는 중요한 예지의 하나인 것이다. 또 자연에는 우리가 도덕적으로 혐오하는 면도 없지 않다. 문란하고 비열한 것을 개새끼 같다고 하고 탐욕스러운 것을 돼지 새끼 같다고 하고 잔학하고 탐욕스러운 것을 늑대나 이리에 비교하는 것이 우리가 자연에서 좋지 못한 특징을 발견한다는 예가 될 것이다. 그러나 이러한 비교는 대부분의 경우 자연 그 자체의 속성이라기보다는 인간의 사악한 모습을 자연에 투사한 것에 불과한 것이기 쉽다. 개나 돼지나 늑대의 좋지 못한 성질들이 대부분 인간이 만들어 낸 것임은 이러한 동물을 조금만 철저하게 관찰하면 다 알 수 있는 사실이다. 잡초라는 말이 표현하는 경멸감, 자연은 약육강식의 세계라는 인식 — 이러한 것은 다 인간적인 투사이기가 쉽다. 사람은 사람이 훌륭한 만큼밖에 자연의 생물을 훌륭하게 보지 못한다.

하여튼 우리가 보고 접하는 인공적인 사물들, 우리를 에워싸고 있는 자연물들 — 이런 것이 다 사람의 마음에 작용하고 그것을 형성한다. 이런 것들과의 접촉을 통하여 사람은 세상의 평화와 냉혹한 질서를 배우고 거기에 적응해 가는 스스로의 마음을 가꾸어 가는 것이다. 이런 과정이 어쩌면 도덕적인 또는 직업적인 교육에 선행하는 원초적 교육일 것이다. 우리의 교육은 어느 때 어느 곳에서나 그치는 일이 없다. 그리고 이런 교육은 강제적이라기보다는 자연스러운 삶의 일부를 이루는 것이며, 또 대부분의 경우, 악의적인 의지에 의하여 조종되는 것이 아니라면 고통의 경험까지도 포함하여, 삶의 기쁨에 기여하는 것이다.

시인이 우리에게 주는 교육은 바로 이러한 것이다. 시인은 우리에게 사물과 자연과 우리의 기분이 말하여 주는 가르침을 우리에게 전달해 준다. 그의 가르침은 한 편 한 편의 시로만 볼 때, 그렇게 큰 것이 아닐는지 모른다. 마치 한 송이의 꽃, 하루의 갠 날이 가르쳐 주는 것이 별로 큰 것이 아닌 것처럼. 그러나 작은 것들은 모여서 우리의 삶의 전부를 이룬다. 시인은 작게 그리고 전체적으로 자연과 사물의 모습을 우리에게 보여 주고 우리를 훈육한다.

오늘날 이러한 시인의 교육적 기능이 어려운 것이 된 것은 사실이다. 오늘날 사물과 자연과 우리 자신의 모습은 점점 그 참모습을 숨겨 가고 있다. 오늘날의 사회에서 그것은 오로지 금전과 권력에 매개되어서만, 뒤틀어진 상태대로 존재하기 때문이다. 그리하여 시인은 불가피하게 금전과 권력이 만들어 내는 마술적 공간을 벗어나고 그것을 파괴하는 작업에 관심을 가질 수밖에 없다. 그러나 시인의 계시는 여전히 사물과 자연과 사람과의 나날의 교섭의 섬세함을 보여 주는 계시이다.

역사의 민주적 발전

거의 불가피한 것으로 보이는 인간 역사의 방향은 민주화이다. 이 과정에 일시적인 후퇴가 있을 수는 있으나, 장기적인 안목으로 볼 때 그것은 누구나 받아들이지 않을 수 없는 분명한 사실인 것으로 생각된다.

인간 역사에서 거꾸로 갈 수 없는 한 가지 사실이 있다면 그것은 사람이 얻는 지식의 퇴적이다. 한 세대는 그 앞 세대보다도 더 많은 세계와 인간에 대한 지식을 갖게 된다. 옛날에는 더러 통치자의 폭력에 의하여 여러 세대에 걸쳐 쌓인 지식과 지혜가 파괴되어 없어지는 수도 있었지만 오늘날과 같이 세계화되어 가는 환경에서 이러한 파괴적 중단은 오랫동안 계속될 수 없는 것이 되었다. 지식의 퇴적이 가져오는 결과의 하나는 일체의 미신적·신화적·권위주의적 허구의 소멸과 붕괴이다. 비민주적 통치 체제는 미신과 신화 그리고 다른 권위의 상징들의 제도적인 조작에 기초해 있다. 인지의 발달과 더불어 이러한 권위의 상징들은 마멸되어 그 효력을 상실하고 이 상실과 더불어 강제의 기구로서의 권위주의적 제도는 참모습을 노출한다. 그리하여 인간과 인간의 사회생활에 대한 허구의 제도적 지지에 입각한 권력의 유지는 불가능한 것이 되는 것이다. 이 허구가 감추려고 하는 것은 인간의 근본적인 평등이다. 인간이 그 자질이나 필요에 있어서 완전히 평등하다고 할 수 없을는지 모르나, 사람과 사람의 천부적 불평등은 인간의 근본적인 삶의 동질성에 비하면 거의 무시할 만한 것이고 어떤 경우에나 사람의 사람에 의한 폭력적인 지배는 정당화할 만한 것은 되지 못한다.

인간의 지식 또는 더 넓은 의미에서의 정보의 불가역적인 퇴적은 단순히 전문적인 의미에서의 학문이나 과학의 발달에 있어서만 표현되는 것이 아니다. 학문의 발달이 인지 발달의 순수하고 엄격한 형태를 대표하고 있는 것은 사실일는지 모르나 사회적인 의미에 있어서 더욱 중요한 의미를 갖는 것은 일상생활에 있어서의 인지의 발달이다. 현대 세계의 특징으로 우리는 인구의 증가, 경제 활동의 광역화, 기술의 진전, 대중 정보망의 확대, 정치 조직의 광범위화 등을 들어 볼 수 있다. 이러한 현상들은 인간의 지적 유산의 퇴적과 확산의 결과이고 또 이러한 지적 작용을 촉진하는 원인이 된다.

인간 활동이 심화되고 확대된다는 것은 개개 인간의 환경이 복잡해지고 넓어진다는 것을 의미한다. 또 사람들은 누구나 이러한 환경에서 살아나가기 위하여 점점 더 많은 정보의 이용을 필요로 한다. 인간의 인구학적, 경제적, 기술적, 사회적, 정치적 진보는 사회의 전체주의화나 민주화에 다같이 이용될 수 있다. 이러한 진보는 사회의 전체주의적 통제에 매우 편리한 수단을 제공해 줄 수 있는 것이다. 사실 전체주의적인 체제도 민주적 체제와 더불어 현대 기술 사회의 현상임에는 틀림이 없다. 그러나 역설적인 것은 전체주의 체제가 요구하는 국민의 조직화 내지 전체화는 사람과 사람, 사람과 사물의 접촉을 광범위하고 밀접한 것이 되게 하고 그러한 접촉은 장기적으로 볼 때, 사람의 사회적 인식을 증가케 하고 미신, 신화, 권위주의의 유지에 필요한 거리감을 파괴한다는 것이다. 장기적으로 볼 때, 민주화는 역사 과정의 유일한 과정이 될 것이다. 왜냐하면 권위주의나 전체주의의 통제의 강화는 현재적·잠재적 저항 곧 불안정의 다른 이름이기 때문이다.

일상적 차원에서의 정보의 확대, 평등적 인간 이해의 확대는 사회 제도와의 거래에서 사람과의 사귐에서 저도 모르게 태도상의 또는 감정상의 뉘앙스로서 나타난다. 이러한 태도나 감정의 표현은 반드시 의식해서가 아니라 무의식적으로 사람이 살아가는 데 필요한 환경에 대한 적응의 결과 생기는 것이다. 이때 권위주의적 제도와 복종의 문화는 어느 때보다도 견디기 어려운 것이 된다. 이렇다는 것은 그것이 일부 사회 계층의 억압에 기초하여서 존재하는 것이란 뜻에서만이 아니다. 사회 전체에 있어서 제도와 감정이나 태도 사이에 생기는 부조화는 불평, 불만, 불신, 나태 또는 범죄의 온상이 되어 사회 과정의 원활한 진행에 수없는 복병으로서 작용한다. 그리하여 부정적 요소가 넘치는 사회는 어느 누구에게도 행복한 자기실현을 줄 수 없는 곳이 될 뿐만 아니라 구극적으로 비능률적이고 퇴영적인 경직화를 가져오게 되는 것이다.

필요한 것은 사회 발전의 불가피한 추세와 제도를 이성적으로 조정하는 일이다. 이것은 모든 사람이 평등하고 자유로운 입장에서 효율적이며 행복한 사회관계에 들어갈 수 있게 하는 제도의 확보를 말한다. 이러한 제도의 확립을 위하여 이성적 예견과 조정의 작용이 얼마가 허용되느냐에 따라서 한 사회와 역사가 얼마만큼 평화롭고 발전적인 것이 되느냐가 결정된다. 이성의 예견과 조정이 허락되지 않은 경우 불가피한 역사의 방향은 불안과 폭력과 유혈을 통해서 제 갈 길을 가고야 말 것이다.

이성적 계획의 작용에 가장 요긴한 것은 표현의 자유이다. 이렇다는 것은 이미 고전적 자유론들이 지적한 것처럼 어떤 현상의 참된 인식이 자유로운 토론을 통하여 이루어질 수 있다는 뜻에서만이 아니다. 무릇 모든 일에서 특히 사회 현상에 있어서 하나의 이성적 계획이 평화롭고 만족할 만한 인간의 사회적 관계를 한 번에 확정할 수는 없는 일이다. 끊임없이 변화하는 역사의 과정은 인간의 필요와 욕구도 끊임없이 새로운 것이 되게 한다. 또 각각 다른 세력의 영향을 받고 각각 다른 발달 과정에 있는 각각의 사회 구성원들은 서로 다른 필요와 요구를 가질 수밖에 없다. 따라서 사회의 진실의 가장 핵심적인 것이 억압 없는 사회 평화라면 사회에 대한 이성적 진실은 다른 필요와 요구를 가진 사회 성원 또는 사회 집단 간의 상호 조정을 가장 중요한 특징으로 할 것이다. 이것은 자유로운 토의와 타협과 설득의 과정을 통해서만 이루어질 수 있다. 이때의 상호 조정이란 추상적인 의미에서의 다른 의견들의 비교 조정만을 의미하지 않는다. 그것은 생존의 다원적 표현을 제도적으로 조정하는 것을 포함한다.

이러한 조정이 반드시 평화적인 방법으로만 진행되리라고 기대할 수는 없다. 비록 사회가 토의와 설득을 그 기본적인 사회 과정의 수단으로 삼는다고 하더라도 여기에 문제가 되는 것은 어떤 학문적인 소재가 아니라 그 자체로서 하나의 절대적인 가치를 가질 수 있는 구체적 인간 또는 구체적 인간 집단의 생존이다. 이것이 늘 충돌과 알력 없이 하나의 조화 속에 통합될 수 있다고 생각하는 것은 인간 사회의 이해에 있어서 매우 중요한 오류를 범하는 일이다. 이성적 예견과 계획은 이러한 생존 투쟁의 완전한 평정화라기보다는 그것의 최소화를 겨냥하는 것이다. 다만 그것은 갈등을 인정하고 또는 어떤 경우에는 잠재적인 갈등을 현재화하고 이를 구극적으로 해결하는 장치도 포함하는 것이라야 한다.

사회를 서로 다른 이해관계의 조정 기구로 보는 것은 인간 사회를 역설적으로 치열한 생존 경쟁의 전투장으로 파악하고 다른 한편으로는 인간 생존의 의미의 한계를 왜소한 이기적인 욕구에 두는 것처럼 보인다. 그러나 우리는 사회 평화의 목적의 의미를 깊이 생각할 필요가 있다. 그것은 단순히 인간 상호 간의 투쟁을 줄이자는 의미의 평화가 아니다. 그보다 큰 목표는 인간 상호 유대의 강조이다. 또 이러한 유대감의 의미는 인도주의에만 한정되지 아니한다. 사람은 이를 통하여 비로소 인간의 전체성의 이해에 이를 수 있다. 그리고 전체성이란 그것을 넘어서서 다른 전체성에 이르는 것을 의미하는 까닭에 인간 생존의 전체를 의식할 때 우리는 그것에 대립되면서 또 그를 포함하는 자연의 커다란 신비를 느낄 수 있게 된다. 그리고 그러한 신비의 일부로서 인간 운명의 신비를 되찾게 되는 것이다. 역사에 있어서 민주화와 이성의 진전의 의의는 그것이 평화와 행복의 소망을 실현해 준다는 데에만 있는 것이 아니다. 그 의의는 구극적으로 인간과 자연의 신비에 대한 입문이 되고, 보다 깊고 크게 살 수 있는 가능성을 열어 준다는 데에도 있는 것이다.

여러 가지 시대적 증후로 보아 우리는 역사의 중요한 고비에 서 있다. 이 고비가 새로운 역사적 발전과 민주화의 진전에의 하나의 이정표가 되도록 다 같이 노력하여야 할 것이다.

정치적 에네르기와 그 이성적 관리

민주화는 오늘날 시대의 강력한 요청이며, 일반적인 구호가 되었다. 그렇긴 하나 다른 한편으로 많은 사람들의 마음에 민주화의 전망에 대하여 불안과 의구심이 없는 것은 아니다. 민주화란 개인적으로나 집단적으로나 스스로의 운명을 스스로 결정한다는 것을 뜻한다. 그리고 이것은 단순히 실존적 의미에서의 선택이 아니라 스스로의 운명에 관여되는 중요 요인들을 사실적으로 통제한다는 것을 말한다. 따라서 아직도 민주화의 진로에 대하여 불안이 팽배해 있다는 것은 민주화의 움직임의 고삐를 국민 스스로 잡고 있지 못하다는 느낌 이외의 다른 것이 아니다.

그러나 민주화가 시대의 대세임은 분명하다. 설령 이러한 대세의 진로에 역전과 우회가 있다고 하더라도 그것은 일시적인 현상일 것이며, 긴 안목으로 볼 때, 그것이 우리 역사가 가고 있는, 또 가고야 말 방향임은 틀림없는 일일 것이다. 물론 이러한 방향에 어떠한 초인간적인 보장은 없다. 이것을 보장하는 것은 다수 국민의 의지일 뿐이다. 개인적인 선택의 집약이란 뜻에서만, 이 국민의 의지가 역사적 보장이 된다는 것은 아니다. 오늘날 많은 사람들에 의하여 개개인의 느낌으로 또 집단적인 상호 작용으로 확인되는바, 거대한 의지는 대체로 그러한 의지를 발생케 하는 객관적 여건에 대응하는 것이다. 이런 뜻에서 국민의 의지는 객관성을 가지며, 국민의 소리는 하느님의 소리까지는 아니라 하더라도 역사적 상황의 필연을 표현한다. 그러나 다시 한 번, 객관적 여건도 역사의 진전에 대한 보장이 되지는 못한다. 이 단계에서 필요한 것은 이러한 진전을 현실적으로 수행할 수 있는 국민적 의지의 유지이다. 새로운 민주 질서를 국민들 스스로 창조해야겠다는 의지를 견지하는 것만이 역사의 민주적 진로를 보장할 것이다.

이 의지의 유지는 투쟁 속에서만 가능하다. 적어도 지금 시점에서 국민의 민주적 질서에의 열망이 식어 버리거나 약화된 것이 아니란 것을 끊임없이 천명하는 일이 중요하다. 물론 적지 않은 불확실한 요인에도 불구하고 지금 시점에서 기본적인 민주 정치의 질서를 수립할 수 있는 전망이 감추어져 버린 것이 아니다. 어쩌면 이러한 기본적 정치 질서의 틀은 단순한 기다림으로도 이루어질 수 있는 것인지 모른다. 그렇다고 하더라도 흘러가는 세월에 모든 것을 맡길 수는 없는 일이다. 정치가 여러 세력들의 투쟁과 갈등 또는 균형과 조화의 장이란 것은 새삼스럽게 말할 것도 없다. 그것은 작용과 반작용의 역학 세계이다. 민중적 작용이 부재한 곳에 반민주적 반작용이 어찌 없겠는가?

물론 투쟁과 갈등의 상황이 그 자체로서 바람직한 상황이라고 말할 수는 없다. 투쟁과 갈등이 삶의 불가피한 조건이 되기도 하고 또 그 자체가 삶의 고양된 표현이 되기도 하지만, 냉정한 입장으로 볼 때, 그것 자체가 집단적인 삶의 최대한의 가능성을 나타내는 것이라고 보기는 아무래도 어려운 것이다. 그러나 집단적·정치적 의지의 유지와 실현은 투쟁과 갈등을 피할 수 없는 것일 것이다. 도대체 사람의 의지는 선의와 이성의 평화보다도 부정적인 요인들을 자양으로 하여 강인하게 성장하는 것이라 할 수 있다. 정치 변화를 향하는 폭발적인 힘은 적어도 그 중요한 부분이 역사적으로 퇴적되어 온 좌절의 억눌려 있던 에네르기를 나타낸다. 구사회에서 사회적으로나 심리적으로나 암흑 속에 내밀려 숨어 있던 것이 폭발할 때 그것이 반드시 아름다운 것일 수밖에 없는 것임은 당연하다 하겠다.

싫든 좋든 역사는 광명 속에서만이 아니라 어둠 속에서도 창조된다. 문제는 어둠 속에서 솟구쳐 오는 힘이 고양된 삶의 힘으로 어떻게 전환될 수 있느냐 하는 데 있다. 이러한 문제에 대한 답변이 간단한 것일 수는 없다. 그러나 우리가 이 문제에 관련하여 한 가지 생각할 수 있는 것은 맹목적인 에너지의 분출에 대하여 이를 통하여 실제적 작업에 봉사할 수 있게 하는 이성의 원리이다. 이성의 조심스러운 고려는 역사의 위기에 분출되는 에너지를 우선 일정한 정치적 의지로 결정화할 수 있을 것이다. 또 이성에 매개되는 정치적 의지는 보다 실제적인 생활 질서의 새로운 창조에 봉사할 수 있게 될 수 있을 것이다. 이 새로이 창조되어야 하는 생활 질서가 민주적 생활 질서라야 함은 말할 것도 없다. 그리고 이 질서는 적어도 지금 단계에서는 만인의 평등과 자유 또 인간적인 생존을 보장할 수 있는 일상적 생활의 질서이다. 이러한 질서의 확립은 많은 실제적인 문제의 검토와 계산과 고안력을 필요로 한다. 어떻게 보면, 주로 적절한 사회적 제도와 경제적 하부 구조의 수립에 연결되어 있는 일상적 질서의 여러 문제는 폭발적 정치적 움직임에 의해서보다도 조심스럽게 연구되고 시험되는 정책들에 의하여 해결될 것으로 말하여질 수 있다. 다시 말하여, 여기에 요구되는 것은 기술적인 해결이다. 그렇다고 하여 우리 사회가 당면하고 있는 문제가 모두 기술적으로 또는 테크노크라트에 의하여 해결될 수 있다는 것은 천만 아니다. 민주화에의 의지를 강화해 나가고 이의 견지를 위하여 투쟁하는 노력은 어떻게 하더라도 생략할 수 없다. 다만 다시 말하여 폭발적 정치 에네르기를 이러한 의지로 집약하고 또 이를 구극적으로 생활 질서의 창조에까지 밀고 나아가려면, 여러 기술적인 것을 등한시할 수 없다는 것이다. 이것은 어떠한 정치적 전제 위에도 서 있지 않는 사회적·과학적 기술을 말하는 것이 아니라 민주적 국민 생활을 창조하고 지탱해 줄 기술을 요구하는 것이다. 이것이 이미 있는 기술이 아니라 새로이 창조되어야 할 기술이다. 오늘에도 우리 사회에 경제학이 있고 사회학이 있고 정치학이 있고 기타 학문들이 있지만, 민주화의 경제학, 민주화의 사회학, 민주화의 정치학, 또는 일반적으로 민주화를 위한 학문은 든든한 상태로 존재한다고 말할 수는 없다. 이것을 고안하고 실천하는 일은 앞으로 한없이 계속되어야 할 민주화 혁명의 구체적인 내용이 되어 마땅하다. 여기에는 이성의 크고 작은 작용이 필요하다.

그렇다는 것은, 오늘날의 정치 행동의 귀결이 생활 질서의 창조에 있기 때문이다. 이것은 앞에서 이미 말한 바이다. 그러나 여기에서 우리가 추가하여야 할 것은, 이것이 반드시 '왜소하고 영리하고 행복한 사람들'의 질서를 뜻하는 것은 아니라는 점이다. 앞에서 우리는 역사의 창조에 참여하는 어둠의 힘을 말하고 이것의 이성적 전환의 필요를 말하였다. 그러나 이것은 너무 좁게 해석되어서는 아니 될 것이다. 윌리엄 블레이크에 따르면, 모든 에네르기의 표현은 통념적 선악을 초월하여 좋은 것이다. 그가 말한 바를 빌려, 사실 "모든 에네르기는 유일한 생명이며 …… 에네르기만이 영원한 즐거움"이라고 할 수 있다. 다만 문제가 있다면, 그것이 어떤 도덕적 의미를 갖든지 간에, 모든 에네르기를 어떻게 하나의 삶 속에 포용하느냐 하는 것이다. 새로운 민주적 생활 질서를 우리가 말한다면, 그것은 조용하기만 한 낮은 활력의 질서를 말하는 것이 아니라 높은 활력을 팽팽하게 포용하는 질서를 말하는 것이다. 다만 오늘날의 시점에서 행여 정치적 에네르기의 폭발에 휩쓸려, 그 이성적 관리를 위한 노력이 잊히고, 또 오늘의 투쟁의 구극적 목표가 삶의 기본 질서의 건설에 있다는 것을 놓쳐 버린다면, 고양된 삶의 사회의 창조가 더욱 더디어지는 결과가 초래되지 않을까 걱정해 볼 뿐이다.(1976~1980년)

자유의 논리

1970년대 미국의 사회 변화

나는 민주주의가 경제적으로나 보안상으로 극히 안정된 사회에서나 존재
할 수 있다는 사실을 절실히 느낀 적이 있다. 1950년대에 필자가 처음으로 미
국에 갔을 때다. 그 나라의 국민이나 거리, 심지어 산과 들까지도 어쩌면 그렇
게도 안정되어 있더냐?

그 넓고 깨끗한 미국의 대학 교정마다 다람쥐가 젊은 학생들의 뒤를 재롱
스럽게 따라다녔으며, 거리나 사원의 광장에서는 비둘기들이 사람의 어깨나
팔 위에 귀찮을 정도로 날아와서 앉곤 했다······

각박한 무지의 사회에서는 민주주의가 도리어 악용되어 '악의 온상' 노릇
밖에 못하는 것이 아니냐?

— 유치진,《한국일보》,「천자 춘추」(1972년 12월 9일)

1. 머리말: 문제의 발단

극작가 유치진(柳致眞) 씨가 말하는 그림엽서 식의 미국이 1950년대에 존재했는지는 알 수 없지만, 1960년대에서 1970년대에 미국을 방문한 사람은 우리의 극작가가 본 미국과는 상당히 다른 미국을 보았을 것이다. 유치진 씨의 묘사의 초점이 되어 있는 학교를 방문한 사람은 그것이 다람쥐와 사람이 공존하는 목가의 시범장이 아니라 서로 극단적인 대치 상태에 있는 사회 세력과 사회 철학의 날카로운 대결장이 되어 있음을 발견했을 것이다. 1960년대 말에 빈번하던 데모라도 벌어진 뒤였다면, 우리의 방문자는 짓밟힌 잔디, 깨어진 유리창, 여기저기 널린 휴지와 선전 종이의 조각, 그리고 건물이나 보도나 유리창이나 빈 공간이 있는 곳에 아무렇게나 휘갈겨 쓰여 있는 혁명적인 구호나 욕지거리 ── 이런 것들을 보았을 것이다.

오늘날의 미국의 학원에서(사실 1960년대 말에 비하면 많이 '정상화'된 셈이지만) 볼 수 있는 물리적 환경의 퇴화는 학원 밖에서, 특히 도시의 중심 지대 같은 곳에서도 쉽게 눈에 띈다. 그런데 이런 현상은 미국 사회 전체에 퍼져 있는 깊은 문제들의 증후적인 표현이다. 그리고 대부분의 미국 사람들은 이러한 것을 의식하고 있다. 물론 의식의 깊이에는 차이가 있고 특히 여기에 대하여 무엇을 어떻게 하여야 할지에 대해서는 많은 차이가 있지만.

크게 말하여 이 차이는 두 가지로 나눌 수 있다. 한 가지 입장은 미국이 어려운 문제를 가지고 있으나, 이것은 기존 체제의 테두리 안에서 해결될 수 있다고 보는 것이고, 다른 하나는 미국 사회가 가지고 있는 문제들은 기존 체제 자체의 모순 속에서 생겨난 것이므로, 그러한 모순 발생의 어머니인 체제에 그것의 해결의 근본적인 대책이 있을 수 없다고 보는 입장이다. 앞의 경우는 미국의 중도 좌파인 리버럴(liberal)들의 입장이고, 후자는 급진적인 사회 개혁론자 또는 혁명론자들의 입장이다. 지금까지의 상황으로 보아, 현 체제가 '물건을 생산해 주고' 있는 한, 리버럴의 진단이 현실적인 진단처럼 보이나, 국제 경제 체제의 파탄, 그리고 국내에 있어서의 사회 분열의 격화로 위기가 더 심화되면, 급진주의자의 진단이 맞게 될는지도 모른다. 그거야 어찌 되었든, 이 대목에서 내가 지적하려는 것은, 소수의 극우 보수주의자들을 뺀, 대부분의 미국인이 미국 사회가 여러 어려운 문제에 대한 포용성을 넓혀야겠다는 데에는 의견을 모은다는 사실이다. 그들의 대전제는, 사회가 문제에 적응하여 변화하여야 한다는 것이다. 이렇게 볼 때에, 우리는 미국의 민주주의가 그런대로 아직도 살아 있는 정치 원리라는 것을 느끼게 된다. 서양에서 민주주의가 이미 제도화된 뒤에야 비로소 그것을 접하게 된 우리는 민주주의가 어떤 안정된 제도라기보다는 사회 혁명의 원리로서 서양 역사에 등장했다는 사실을 잊어버리기 쉽다. 사실 미국의 중도 좌파나 급진파나, 이들이 서로 현재에 대한 분석과 미래에 대한 전망을 달리하면서도, 이러한 역사의 후계자라는 데에 있어서는 같다.

미국에서, 사회 개혁의 정열이 매우 약화되어 있었던 것은 사실이다. 있었다고 해 보았자, 그것은 미국의 기존 체제의 근본적인 건전성을 인정하고 난 뒤에 여기에 보족적인 추가를 시도하자는 정도의 형태를 취하였었다. 이것은 1930년대 이후의 세계적인 혁명 사상의 퇴조, 1950년대에 있어서의 냉전 체제의 확립, 이데올로기의 끝남을 가져오리라고 생각된 기술주의(technocracy)의 대두, 또 유럽과 미국에서의 자본주의 사회의 두드러진 발전 등으로 설명될 수 있을 것이다. 그러나 1960년대가 깊어 감에 따라, 1950년대를 지배했던 (편한 사람들의 입장에서는) 자기만족적이고 (안 편한 사람들의 입장에서는) 절망적인 사회 체계의 균형 상태는 깨어지기 시작하였다. 몇 가지 사건들이 여기에 주요한 계기가 되었다. 그 하나는 1950년대부터 알고 있던 흑인 운동의 폭력화이며, 또 다른 하나는 베트남 전쟁으로 말미암은 양분 및 양분된 국론의 폭력에 의한 대결이었다. 여기에 덧붙여서 앞의 두 일만큼 극적인 폭발을 불러일으키지는 않았으나, 빈곤의 문제, 이에 관련된 도시 주거 환경의 퇴화, 산업 시설에 의한 자연환경의 파괴, 또 산업 사회에서의 일반적인 소외 따위가 사회 불안의 요인이 되었다. 그리고 학원은 이러한 여러 사회 문제의 첨예화한 대결장이 되었다. 이러한 요인들과 풍토는 한데 뭉쳐져서, 미국의 현상의 근본적인 건전성에 대한 회의를 낳고, 나아가 그것은 하나의 줄기를 잡을 수 있는 비판 운동으로 확대되었다. 그러나 단순히 겹친 사회 문제가 그대로 한 사회에 대한 전면적인 비판 운동이나 이론으로 성장하지는 않는다. 여기에서 우리는 하나의 계기를 생각할 수 있다. 나는 이 계기가 철학적인 성질의 것이라 생각하는데, 오늘날 미국의 비판 운동이 그렇게 광범위하게 되고 또 우리에게 흥미 있게 생각되는 까닭은 이 계기가 추가되었기 때문이 아닐까 한다.

C. 라이트 밀스는 현대에 사람이 자기 자신과 사회의 문제를 적절히 이해하려면 '사회학적인 상상력'이 필요하다고 말하고, 이것을 설명하는 가운데 우리가 흔히 부딪칠 수 있는 문제를 '주변의 개인적인 고민'과 '사회 구조의 공적인 문제'로 나눈 일이 있다. 가령 10만 인구의 도시에서 한 사람이 일터를 못 구하고 있다면, 이것은 개인적인 고민의 씨가 된다. 그 해결은 그 사람, 곧 그의 사람됨, 능력, 그리고 기회 따위에 관련시켜 찾아내어져야 한다. 그러나 5000만의 일꾼이 있는 사회에서 1500만이 일자리를 잃고 있으면, 이것은 사회 구조의 문제로서 그 사회에 있어서 바로 고용 기회의 구조가 무너졌다는 이야기가 된다. 이것의 해결책은 개인에서가 아니라 사회 구조의 분석에서 찾아져야 한다.

위의 밀스의 구분은 좀 더 세분될 수 있다. 어떤 문제가 있어서, 그것이 '공적인 문제'로 밝혀졌을 때에, 우리는 곧 사회 구조에 주의를 돌리고 그 분석에 착수할 것이다. 그런데 이 분석은 좁은 것일 수도 있고 넓은 것일 수도 있다. 곧 앞에 인용된 밀스의 예를 들어 5000만의 고용이 가능한 인구에서 1500만이 실직하였을 때에 사회 구조의 분석은 단지 고용 구조의 분석에 그칠 수도 있고, 또는 더 나아가서, 전반적인 사회 구조의 분석으로 발전할 수도 있다.(밀스의 '사회학적인 상상력'인 후자의 넓은 의미에서의 사회 구조를 파악한다.) 이 전반적인 분석은 양면으로 행해진다. 즉 한쪽으로는 사회 구조를 객관적인 사실로 받아들인 다음에 분석하는 것이고, 다른 한쪽으로는 이를 주관적인 의미의 관점에서 분석하는 것이다. 이 후자의 경우에서 분석의 원리는 사실 사회학의 관점을 벗어나서 철학적인 성격을 띠게 된다. 문제의 해결을 위하여 어떤 분석이든, 그것은 저절로 비판적이 되나, 이 비판의 깊이와 넓이는 이 의미에서 본 철학적 분석에서 가장 클 수 있다. 이 단계에서 사회 구조의 분석은 근본적인 의미에서의 비판 이론이 된다.(물론 참으로 수긍이 가는 비판 이론은 좁은 의미의 사회 구조의 분석 — 이를 행정학적인 분석이라 부르자 — 넓은 의미의 분석 — 이를 사회학적인 분석이라 부르자 — 그리고 철학적인 분석을 다 긴밀한 상관관계 속에 포함하는 것이라야 한다.)

예를 들어, 앞에서 추상적인 말로 도식화한 것을 설명하여 보자. 다시 밀스의 예를 그대로 사용하여, 우리는 1500만의 실직자의 재고용을 위하여 고용 구조를 분석하고 거기에 대한 시정책을 제안할 수 있다. 또는 분석을 더 밀고 나가서 실직자가 나올 수밖에 없는 사회 구조의 역학 관계를 들추어내고 그러한 실직을 낳지 않는 사회 구조를 가설로나마 고안해 낼 수 있다. 이것은 실직을 내는 사회 구조에 대한 매우 강력한 비판을 포함하게 될 것이다. 그러나 여기에서 한 걸음 더 나아가서, 우리는 고용을 목표로 하는, 다시 말하여, 산업 구조 속에 모든 사회 성원을 받아들이며 생산성의 향상을 목표로 하는 일 자체에 대하여 의문을 가질 수 있다. 그리고 이 의문을 출발점으로 하여, 고용과 실직이 다 같이 의미를 잃게 되는, 곧 고용자와 피고용자가 없는 사회를 생각할 수 있다. 여기에서 비판 이론은 비현실적인 공상에 흐를 염려가 없지 않으면서 사물의 뿌리에 이르는 이론이 될 것이다. 한 가지 예만 더 들어 보자. 얼마 전에 서울대학교가 평균 점수의 수준 미달로 600여 명의 학생을 퇴학시켰다. 이것은 문제를 개인적인 각도에서만 다룬 쉬운 예가 될 것이다. 그 많은 수의 학생이 수준 미달이 되었다면, 그것은 개인적인 문제이기도 하나, 사실 구조적인 문제이기도 하다. 문제의 해결은 마땅히 개인적인 책임 추궁과 아울러 그러한 낙제생을 낳는 구조의 사정에서 찾아졌어야 한다. 그러나 여기에서 한 걸음 더 나아가서, 우리는 낙제와 급제의 구분 자체에 대한 질문을 낼 수도 있다. 그러면 이것은 지금의 대학 제도에 대한 수많은 의문을 자아내게 된다. 낙제와 급제의 기준은 어디에 있느냐? 기준에 적용되는 수험 제도는 올바르냐? 수험의 내용이 되는 과목은 적절하냐? 전 사회의 자유와 이성의 발전 또 개인의 발전이라는 안목에서 그 과목은 어떠한 의미를 가지느냐? 또다시 원래의 문제로 돌아가서, 그러면 이러한 과목, 이러한 제도에 있어서의 급제와 낙제의 상벌 제도는 어떤 의미를 갖느냐? 처음에는 조금 환상적으로 보일는지 모르나 어떤 문제에 대한 철학적인 질문은 사회 속에 만들어진 여러 마련에 대한 근본적인 비판의 가능성을 활짝 열어 줄 수 있다.

겹친 문제가 바로 비판 운동이 되지는 않는다고 앞에서 내가 말한 것은 이런 사회 분석의 여러 층을 염두에 두고 한 말이다. 1960년 이후의 미국의 비판 운동의 특징은 그것이 미국 역사의 어느 시기에 있어서보다도 더 철학적이고 근본적인 것이라는 데에 있다. 이것은 저마다 장점과 단점을 가지고 있고, 또 그럴 만한 사정에서 비롯된 것이다. 철학적 분석은 결국 민주주의의 근본적인 재이해를 요구하고 그 이해에서 출발하여, 저절로 사회 체제나 생활의 전면적인 민주화를 요구하게 되며, 쉽사리 미봉책에 만족하지 않는다. 그러나 문제보다는 정신을 더 강조하는 이러한 경향은 단순한 심리적인 저항의 무드(mood)가 되어 더 나은 사회에로의 구체적인 방안을 결여하기 쉽고 또 사회 개혁의 정열이 식음에 따라 흐려져 버릴 가능성을 가지고 있다. 그러나 미국 사회의 현 단계에서 비판 이론이 철학적인 핵심을 되찾았음을 하나의 발전으로 생각된다. 이것은 미국에서의 비판적인 사회 운동의 역사에 비추어 볼 때 특히 그렇다. 왜냐하면 미국의 역사는 특정한 문제와 전반적인 민주 개혁이 반드시 병행되지 아니한다는 것을 보여 주기 때문이다.(물론 이것은 미국 역사에만 한정된 일은 아니다.) 예를 들어 사회 전반의 민주화를 추진하는 세력으로 등장한 노동 운동이 임금 투쟁과 노동 조건 개선이라는 구체적인 문제에 정력을 집중하면서부터 민주화의 정열을 상실한 것은 잘 알려진 사실이다. 흑인 운동에 있어서 국부적인 문제를 중심으로 한 부커 T. 워싱턴(Booker T. Washington)의 흑인 지위 향상 운동이 무사 안일주의가 되어 버린 것도 잘 알려진 사실이다. 19세기 중엽에서 20세기 초에 이르는 여성 운동에 있어서도 이것은 마찬가지다. 처음에 여성 생활의 전면적인 해방을 들고 나온 여성 운동은 중간에 여성 참정권 획득이라는 한 개의 문제에 집중된 묘한 민권 운동으로 변모하면서부터 사실상 의미 있는 사회 개혁 운동이기를 그쳐 버렸다.(이런 점들은 크리스토퍼 래슈(Christopher Lasch)의 『미국 좌파의 고민(*The Agony of the American Left*)』에 잘 밝혀져 있다.)

그렇다고 해서 오늘날 미국의 사회 비판 이론이 반드시 앞에서 이야기한 바와 같은 역사적인 반성에서 출발했다고 할 수는 없다. 차라리 그것은 이른바 '변증법의 정지'라는 말로 설명되는 오늘날의 미국의, 또 유럽의 상황에 대한 반응이라고 보는 것이 옳겠다. 사회 구조의 분석은 비판적인 기능을 가지면서도, 적어도 과학적이라는 명분에 있어서, 규범적이 아니라 기술적인 것임을 주장해 왔다. 봉건 체제에 대한 자유주의 투쟁에 있어서 자유나 이성의 개념은 당위 개념이라기보다는 사실의 개념이라고 말하여진다. 또 고전적인 자본주의 비판은 자본주의가 어떤 방식으로 개조되어야 한다고 주장하지 않고 자본주의 사회는 그 제도가 가지고 있는 자기모순으로 말미암아 스스로 붕괴된다고 주장한다. 이것은 곧 역사가 변증법적인 자기 운동을 가지고 있다는 말이다. 그러니까 사회 분석이 하는 일은 이 운동의 모습을 들추어내는 일이다. 물론 역사의 움직임이 자연 법칙과 같은 엄격한 법칙에 의하여 저절로 실현된다고는 하지 않는다. 역설적으로 역사는 자기 스스로의 법칙을 가지면서 인간의 적극적인 행동이 없이는 진전하지 아니한다. 그것은 필연의 장이면서, 동시에 창조의 장이다. 다시 말해서, 역사에서 법칙의 필연과 인간 행동의 의지는 기묘하게 결합된다. '변증법의 정지'라는 말은 역사에 있어서 법칙의 필연이 알아보기 힘들게 되었다는 이야기이다. 이것은 역사에 이성적인 것이 없다는 말로 해석될 수도 있으나, 다른 각도에서 보면 역사에서 이성의 자리가 객관적인 사건의 변증법으로부터 인간 의식의 안으로 옮겨 갔다는 것을 의미한다고 해석될 수도 있다. 다시 말해서, 앞에서 역사는 법칙적인 필연과 행동 의지의 자유의 결합에서 이루어진다고 했는데, 객관적인 변증법이 정지되었다는 말은 인간의 주체적인 의지의 책임이 어느 때에 있어서보다도 무거워졌다는 것을 뜻한다. 그러나 이 주체성이 전혀 자의적인 것일 수는 없으므로, 그것이 어떻게 하여 역사적인 필연성을 얻게 되느냐는 참으로 중요한 철학적인 탐색의 대상이 된다. 여기에서 이것을 논할 여유는 없고, 내가 지적하고 싶은 것은, 비판 이론의 철학화가 상당히 객관적인 상황과의 관련 속에서 일어난다는 점이다. 그러나 그것은 하나의 반응이면서 또 새로운 출발이라 할 수 있는 것으로서, 앞에서도 말한 바와 같이 그것대로의 강점도 가지고 있다.

2. 몇 가지 개념

어떤 사회 체제를 근본적으로 문제 삼을 때에, 우리는 어떤 특정한 인간 이해를 생각하지 않을 수 없다. 한 사회 체제는 본래의 인간의 모습 또는 인간의 가능성에 비추어 비판된다. 그러니까 어떤 사회 비판 이론에도 분명하게 또는 잠재적으로 철학적인 인간학이 배경으로서 포함되어 있다. 다만 이것이 그 전경을 차지해 버릴 수는 없다. 그러나 앞에서 언급한 사정으로 말미암아 오늘날 미국에서의 반체제 비판 이론 속에서 인간학적인 면은 특히 두드러진다. 이것은 '뉴 레프트'의 이론적인 중심이 되어 온 허버트 마르쿠제에서 그렇고, 또 다른 각도에서 미국 사회 및 서양 역사에 대한 강력한 비판자 노릇을 하고 있는 노먼 브라운(Norman O. Brown)이나 폴 굿맨(Paul Goodman)과 같은 사람의 경우에도 그렇다. 그들은 오늘날의 인간이 본래적인 인간의 가능성에서 벗어나 있으며, 이것은 다분히 산업 사회의 모순으로 말미암은 것이라고 비판한다. 그리고 그들은 이것이 직접적인 착취뿐만 아니라, 심리적인 억압, 산업 조직에 봉사하는 지식 산업에서의 교묘한 조작 따위를 통해서 생기는 일이라고 말한다.

이들의 비판은 현대 사회의 각 부면에 걸친 것이지만, 산업 사회에서의 인간성의 왜곡의 근원은 몇 개의 개념으로 집중되어 설명될 수 있다. 오늘날 미국의 사회 비판의 이론가나 행동가가 반드시 거기에서 직접 영향을 받았다고 할 수는 없으나, 적어도 그 중심적인 생각은 마르크스의 『1844년의 경제 및 철학 원고』에 그 근원을 갖거나 적어도 일치하는 것으로 볼 수 있다. 쓰인 뒤에 거의 100년이 지난 1932년에야 발견되어 출간된 이 초기 저작은, 마르크스가 본래는 시적이고 철학적인 사람이며, 나중의 헤겔적인 이상주의에 대한 그의 공격에도 불구하고, 그가 고전적인 독일 철학과 인문주의적인 전통에 서 있음을 보여 준다. 이 책에서도 그가 모순된 사회 경제 체제를 분석하고 있지만, 이 분석은 주체적인 인간에 대한 철학적인 이해로부터 출발하고 있다. 서양의 사회 철학자들이 『1844년의 경제 및 철학 원고』에서 발견한 가장 중요한 개념은, 이미 우리나라에서도 많이 이야기된 바 있는 '소외(alienation, Entfremdung)'이다.

소외의 개념

소외의 개념은 마르크스의 저작 어느 곳에서나 잠재적인 형태로 들어 있으나, 이 원고에서 가장 핵심적으로 이야기되어 있다고 하겠다. 가장 넓은 의미에서 소외는 사람의 세계가 사람에게 전혀 이질적이고 억압적인 세력으로 나타나는 현상을 말한다. 소외는 경제학적인 관점에서, 자본주의 사회에서 노동자와 그가 만들어 내는 생산품과의 관계에서 발생한다. 즉 분업화된 상품 생산 과정에서, 생산 행위는 생산자의 창조적인 자기표현이 아니고 이질적인 생산 과정과 생산품에 대한 고통스러운 예속 관계로서 경험된다. 다시 말해서 생산자는 자기의 생산품으로부터 또 나아가 생산 행위로부터 소외된다. 이것은 더 크게는 노동자가 전체 경제 조직에 예속되는 관계로 확대되고, 또 그것에 의하여 테두리 지어진다.

이러한 소외 이론은 인간성에 대한 어떤 상정에서 출발한다. 사람은 어떤 '종족적인 본질'을 가지고 있다고 할 수 있는데, 소외된 인간은 이 본래적인 모습에서 이탈된 인간이다. 다시 말해서 소외의 사회에서 사람은 스스로와 다른 어떤 것이 되어 버린다. 그러면 자기 소외가 되지 않은 본래적인 모습의 인간의 본질은 무엇이냐? 역사적으로 말해서, 아마 이것은 근대 서구의 이상인, 모든 능력을 최대한도로 또 최대의 조화 속에 발전시킨 전인이라고 할 수 있을 것이다. 이러한 인간의 무한한 자기 성장과 자기실현의 기본 요건은 그가 스스로의 일을 스스로 거머쥘 수 있는 주체성을 획득하는 데에 있다. 자기가 자기인 까닭은 행동의 주체라는 데에 있기 때문이다. 그러니까 소외의 극복은 이질적인 세력의 지배를 배제하는 것을 그 첫 출발로 한다.

물화의 개념

'소외'에 못지않게 중요한 개념은 '물화(物化, reification, Verdinglichung)'의 개념이다.(여기에서 우리는『1844년의 경제 및 철학 원고』의 범위를 떠난다.) '물화'는 소외와 한짝을 이룬다. 즉 사람의 쪽에서 소외로 나타나는 것은 세계의 쪽에서 물화로 나타난다. 사람이 주체적인 원리로 작용하는 활동과 생성의 끊임없는 과정으로서의 세계가 이질적인 세력으로 변모될 때에, 세계는 인간의 자기 활동 속에 해소될 수 없는 물건처럼 보이게 된다. 이것이 '물화' 현상이다. 이것은『자본론』에서 논의된 '상품 배물주의(commodity fetishism)'의 예로 가장 잘 설명된다. 상품의 제조 및 교환에서의 여러 관계는 물건 상호 간에 저절로 성립하는 것처럼 보이나, 이것은 사람과 사람 사이의 관계의 위장이라는 것이다. 또 흔히 경제학에서 이야기되는 경제 법칙도 물건 사이에 성립하는 법칙으로 보이지만, 그것도 인간 사이의 관계로 환원될 수 있다. 물건 사이의 관계가 감추고 있는 인간관계를 보지 못하고 그것을 절대적인 것으로 받아들일 때에 사람은 '배물주의'에 떨어지게 된다. 사회 비판의 이론이나 실제에 있어서 상품 배물주의와 같은 물화 현상을 본래의 인간 활동으로 환원시키는 일은 중요한 작업이다.

그런데 인간 활동의 결과가 객관적인 사물의 세계를 형성하여 돌아오는 일은 다만 경제 분야에만 국한된 일이 아니다. 모든 사회 제도와 많은 법칙적인 관계도 물화 현상의 소산이기가 쉽다. 우리가 어떤 일을 하다가 제도나 법규에 부딪쳤을 때에, 결국은 사람이 하는 일인데 뭘 그러느냐고 말하는 경우가 있는데, 이런 때에 우리는 제도나 법규가 역사적으로 객체가 된 인간 활동임을 상기하는 것이다. 근원에서 벗어나고 주인과 목적을 잊어버린 제도와 규제의 퇴적은 현대인을 질식하게 하는 가장 큰 질곡 가운데의 하나이다. 더 나아가서, 물화는 경제 관계나 사회관계에서만 발견되는 것이 아니다. 이것은 우리의 관념 활동에까지도 숨어들어 간다. 상품 관계가 지배하는 사회에서 위장된 객체화는 생활의 모든 면에서 일어나는데, 궁극적으로 이것은 현대 사회 과학의 가장 높은 사고 원리인 '객관성', '합리성'의 이상에 집약적으로 표현된다. '합리성'에 대한 비판은 정치적인 좌우를 가릴 것 없이, 19세기 말에서부터 줄곧 계속되어 온 중요한 주제이다.(이를테면 에밀 뒤르켐이나 막스 베버를 생각할 수 있다.) 그러나 합리의 원리를 사회적인 근거와 관련하여 가장 신랄하게 비판한 것으로 1922년에 쓰인 루카치의 물화에 관한 논문을 들 수 있다. 이 글에서 루카치는 합리의 원리의 단편성을 지적하고, 이것이 상품 관계의 일반화에서 온 것이라고 말하고 있다. 상품은 본디 교환 가치라는 관점에서 물건의 개성을 추상화함으로써 가능해진다. 그리고 이런 추상화, 보편화의 과정을 법칙적인 것으로 정립한 것이 합리성이다. 따라서 그것은 근원의 제약을 벗어날 수 없다. 즉 사물의 질 및 존재로부터 추상하고 또 따라서 생성과 변화 과정의 유동적인 전체를 무시하여 정립되는 합리성은 결국 사물의 진실을 왜곡하고 또 그 진실의 주체인 인간을 단편화하게 된다. 이러한 합리성의 정체가 그 본래의 모습대로 ─ 즉 부분적인 진실로서 ─ 인정되지 아니하는 것은 그것이 지배의 이데올로기에 봉사하기 때문이다. 루카치는 물화 현상으로 나타난 합리성에 관련하여, 이 밖에도 여러 가지 빈틈없이 가다듬어진 이론을 전개하고 있는데 주로 그의 공격의 대상이 되어 있는 칸트 이후의 독일 관념론의 전개와 그것에 결부된 사회 체제의 모순이다.

합리성으로 타락한 이성

미국에 대해서, 또 조금 더 직접적으로는 오늘날의 사회 과학에 대해서 같은 분석을 한 사람은 허버트 마르쿠제이다. 『이성과 혁명』에서부터 『에로스와 문명』, 『일차원적인 인간』, 『해방론』에 이르는 동안의 마르쿠제가 걸었던 길은 프랑스 혁명 이후에 새로운 사회의 이념적인 무기가 되었던 '이성'의 개념이 어떻게 부르주아 사회에서 현상을 긍정하는 '합리성'으로 타락했는지를 밝히고, '이성'을 다시 이 타락에서 구제하려는 노력의 궤도였다고 볼 수 있다. 특히 그는 '일차원적인 인간'에서 실증적인 합리성이 어떻게 객관성과 전체적인 진리의 원리로서 작용하지 못하고 지배 체제에 봉사하는 수단이 되었는지를 밝히고 있다. 이러한 바르지 못한 합리의 원리는, 그에 의하면, 분석 철학이나 사회 과학, 그리고 심지어는 수학에서까지도 발견된다. 그리고 '과학적'인 경영으로 조정되는 현대 선진국에서의 생활 형태의 경우도 마찬가지다. 놀라운 사실은 현대의 기술 사회에서의 지배 형태가 생산 구조나 사회 조직을 실제로 지배할 뿐만이 아니라, 이에 덧붙여서 심리적인 조종을 마음대로 할 수 있는 방법을 가지고 있다는 것이다. 현대의 '전적으로 경영되어지는' 삶에서 사람들은 '즐거운 로봇'(밀스의 말)이 된다.

'주인'과 '하인'의 변증법

그러면 사회를 이런 사악한 마술에서 깨어나게 하는 것은 무엇이냐? 이는 모든 '물화 현상'의 소산을 꿰뚫어 보고 이를 타파하는 것이다. 그러나 구체적으로 이것을 이룰 수 있는 것은 무엇이며, 또 누구이냐? 다른 현대의 사회 이론가나 마찬가지로, 마르쿠제 이론의 고민은 사회 변화의 주체를 사회의 역학 관계에서 발견하지 못하고, 정신 분석의 심층 심리나 예술의 부정적인 경향에서만 발견한다는 데에 있다. 이러한 고민이 '변증법의 정지'와 비판 이론의 내면화에 관련된다 함은 앞에서도 언급하였다. 그리고 그것이 난점이 되면서 또 강점이 된다는 것도 말한 바 있다. 다시 말해서, 비판 이론의 철학화·내면화는 실제적으로 결국 민주 정신의 전면적인 해방을 촉진하고, 이론적으로는 인간의 생존에 대해서 더 깊은 통찰을 가능하게 해 준다. 우리는 '소외'와 '물화'에 대해서 말했지만, 이들이 모두 다 경제 현상의 범주이면서 또 동시에 인간 존재의 실존 방식을 설명하는 개념이 되기도 함을 보았다. 이러한 양면적인 설명은, 사상적으로는 마르크스와 헤겔의 재결합으로 이루어진다고 설명될 수 있다.(사실 『1844년의 경제 및 철학 원고』 이후에, 또는 이미 그 이전 루카치와 같은 사람의 업적을 통하여 마르크스의 헤겔화는 허다하게 지적된 바 있다.)

경제 관계의 카테고리에서 사회적인 존재로서의 인간 실존의 카테고리로 확대 해석될 수 있는 소외와 물화에 관련된 다른 또 하나의 개념이 있다. 이것은 헤겔에서 온다. 소외나 물화는, 구체적인 사회 역학 속에서 볼 때에 개인이나 사회 집단 사이의, 흔히 착취라고 불리우는 부정의 가치 분배로 말미암아 발생한다.(또는 거꾸로 소외나 물화로 착취 관계를 쉽게 성립케 하는 경우도 있다.) 착취는 본디 노동 가치의 부당한 탈취라는 경제 관계를 의미하지만, 다른 두 개념과 마찬가지로 주관적인 의미까지를 포함한 더 넓은 의미로 해석될 수 있다. 즉 착취는 반드시 지배·피지배 관계와 병행하거나 후자의 경제적인 표현이라 할 수 있다. 착취의 관계는 물질적인 탐욕의 표현이라고 하기에는 너무나 끈질긴 모양으로 인간 사회에 존재해 왔다. 사실 물질적인 착취는 더 원초적으로 인간과 인간, 또 의식과 의식의 투쟁의 한 양상에 불과하다고 할 수 있다. 착취·피착취 관계의 이면이 지배·피지배 관계임은 일찍이 주목된 일이지만, 이것이 두드러진 인간 실존의 방식으로 드러나게 된 데에는 사르트르와 같은 실존 철학자가 보급시킨 의식의 현상학의 힘이 크다고 하겠다. 그런데 사르트르의 생각은 헤겔의 『정신 현상학』에 그 출처를 갖는다고 하여도 좋다. 여기에 잠깐 언급하는 것은 오늘날 미국 사회의 움직임을 이해하는 데에 도움이 된다.

헤겔은 『정신 현상학』의 제4장에서 두 의식의 관계를 이야기하면서 매우 유명한 비유를 썼다. 그는 두 의식의 관계를 근본적으로는 죽느냐 사느냐의 투쟁 관계로 보는데, 대부분의 경우에 이것은 구체적으로는 '주인'과 '하인'의 관계로서 나타난다. 의식의 특성은 그것이 자신의 절대적인 주체성을 주장하는 데에 있다. 그러니까 그 주체에 대하여 다른 모든 것은 객체가 될 수밖에 없다. 그러나 무의식 사이의 관계는 이것으로 끝나지 아니한다. '주인'은 주체적인 의식이라고는 하나, 다른 의식의 인정에 비추어서만 존재한다. 그러나 이 다른 의식은 불가피하게 자율·자족적인 의식이 되지 못한다. 따라서 '주인'은 스스로를 본질적인 의식으로 소유하지 못한다. 객체가 된 '하인'은 공포와 복종의 부정적인 경험을 통하여 자기 존재의 전체성을 의식하고, '주인'을 통하여 자족·자율적인 의식을 알게 되며, 또 '주인'을 위한 노동에서 스스로의 힘을 의식함으로써 또 한 번 주체적인 자아의식을 이룰 수 있게 된다. 그러니까 '주인'과 '하인' 사이의 주객 관계는 일차적인 표면에 불과하고 그 이면에 있어서는 이 관계가 뒤집어질 수 있다.

여기에서 헤겔에 있어서의 주·종의 변증법을 이야기함은 그 내용의 해설을 위해서도 아니며, 또 그러한 관계가 현대 미국 사회의 일면을 설명하는 데에 꼭 맞아 들어간다는 뜻에서도 아니다. 여기에서 내가 말하고 싶은 것은 지배·피지배의 관계가 단순한 외부적인 관계 이상으로 복잡하다는 것이다. 지배 관계는 서로 미워하며 필요로 하는 기이한 운명의 사슬이다. 이것은 대인 관계에서 그렇고, 또 집단 사이의 관계에서도 그렇다. 지배에 있어서의 착잡한 순환 관계는 지배로부터의 해방을 복잡하게 만든다. 피압제자도 이미 압제자의 존재 방식에 깊이 관련되어 있어서 쉽게 이를 파괴할 수 없다. 압제자는 피압제자의 밖에 존재하면서 동시에 그의 안에 존재한다. 그러므로 압제에 대한 투쟁은 자기 스스로와의 투쟁도 포함한다. 앞에서 말한 지배의 착잡한 논리는 프란츠 파농(Frantz Fanon)의 여러 저서에도 나와 있으나, 특히 튀니지의 유대인 알베르 메미(Albert Memmi)의 『식민지의 초상 및 식민자의 초상(*Portrait du colonisé précédé du Portrait du Colonisateur*)』(1957)에 잘 기술되어 있다. 이것은 또 미국 흑인들의 저서, 가령 리처드 라이트, 엘드리지 클리버, 그리고 H. 랩 브라운(H. Rap Brown)과 같은 사람들의 저서에도 잘 나와 있다.

공동체의 이념

앞에서 우리는 '소외', '물화' 그리고 '주·종의 변증법'에 관해서 간단히 언급하였다. 이와 다른 많은 개념이 사회의 모순과 투쟁하고 인간의 자유를 확보하는 데에 편리한 무기로 사용되겠으나, 위 세 가지 개념은 특히 중요하다. 여기에 집약되어 있는 인간 자유의 이상은 경제, 정치, 그리고 사회에서의 착취나 예속 관계를 부정할 뿐만이 아니라 심리적인 면에서의 지배·피지배도 거부한다. 이 이상 모든 소외를 수반하는 현상 —— 그것이 육체노동에 있어서든, 관리 경영에 있어서든 —— 모든 비인간화를 정당화하는 물화 현상 —— 시장의 법칙이든, 관료주의이든, 또는 사회 과학의 이른바 객관성이든 —— 을 극단적인 회의로 대하고 모든 인간관계 속에서의 지배적인 서열 관계를 예리하게 폭로한다. 여기에서 한 가지 주의할 일은, 이러한 논의에서 강조되어 있는 것이 개인의 자율성 및 그것의 만족할 만한 발전에 대한 이상이지만, 이것이 절대로 개인주의적인 발전을 의미하지는 않는다는 점이다.

말할 나위도 없이, 개인의 발전과 신장이 강조되면 될수록 개인과 사회의 요구 사이에 갈등이 커지는 것은 흔히 있을 수 있는 일이다. 사실 이 갈등과 그 해소는 정치 철학의 영원한 중심 과제로서, 개인 이익의 추구의 총화가 이루는 자연적인 예정 조화를 상정하는 자유방임 체제나, 전체적인 통제에 의한 질서 확립과 그 안에서의 더 큰 개인의 발전을 말하는 전체주의 체제나 모두 이 과제의 실제적인 해결을 찾는 두 방식에 불과하다. 미국의 사회 비판 이론에도 이 과제가 잠재해 있음은 물론이다.

대체로 말해서, 이 개인과 사회의 갈등의 문제는 공동체의 이념에 의하여 해소된다고 할 수 있다. 이상적인 공동체에서 개인과 사회는 상보 관계에 서 있다. 개인은 공동체 속에서 다른 개인과 어울림으로써 그의 힘과 행복을 보강하고, 또 다른 사람들도 그로 하여 힘과 행복의 증폭을 얻는다. 사람과 자연이, 그리고 사람과 사람이 화해되는 사회의 이상은 헤겔도 생각한 바 있고, 또 퇴니스(Tönnies) 이후에 공동 사회(Gemeinschaft)와 이익 사회(Gesellschaft)를 구분하여 생각하게 된 현대 사회학자들의 마음에도 들어 있으나, 오늘날의 미국에서 공동체에 대한 관심은 어느 때보다 더 크다고 하겠다. 권력 분산론, 현대적 기구의 거대화에 대한 비판, 지방주의 그리고 참여 의식의 강조 — 이런 것들은 다 공동체의 중요성을 인식하는 데에서 오는 주장이다. 그러나 이 공동체의 문제는 사회 이론가에 의해서보다(사회 이론가는 대개 사회의 합리적인 기획을 마음에 두고 있는 사람들이고, 이런 기획에서 거대화는 불가피한 현상인 것 같다. 그러나 스스로 '신석기 시대의 보수주의자'임을 자처하는 폴 굿맨에 있어서 권력 분산(decentralization)은 가장 중요한 테마이다. 그의 경우는 예외가 되겠다.) 젊은 실천자들에 의하여 강조된다고 할 수 있다. 하여튼 여기서는 '뉴 레프트(New Left)'와 같은 미국의 사회 비판론에서 개인의 발전이 강조되지만, 이것이 다른 사람이 없는 개인을 말하는 것이 아님을 지적하고, 이 공동체의 실천자들에 대해서는 뒤에 다시 언급하겠다.

다시 한 번 지금까지의 이야기를 돌이켜 보면, 여러 가지로 내용의 차이가 있기는 하나, 미국의 사회 비판 이론이 어느 때보다도 강력히 요구하는 것은 인간의 정치적, 사회적, 경제적, 그리고 심리적인 해방 — 곧 전면적인 해방이다. 이러한 전면 해방에 대한 요구는 앞에서도 언급한 바와 같이 사회 비판의 철학화로 말미암아 일관성을 얻었다고 할 수 있다. 이것이 앞에서 경제나 사회관계의 분석에 그 기초를 두고 있으면서도 인간의 실존에 대한 철학적인 해석을 포함하는 몇 개의 개념에 대해서 설명한 까닭이다. 이러한 개념들이 언제나 공식 그대로 맞아 들어간다고 할 수는 없으나, 적어도 각 방면에서 진행되고 있는 비판 운동의 숨은 추진력이나 배경으로 작용하고 있다고는 말할 수 있을 것 같다. 우리는 다음에서, 반드시 이 개념들이 전개되어 가는 예가 된다는 뜻에서는 아니나, 오늘날 미국 사회의 비판 운동에서 중요한 문제들을 개관해 보겠다.

3. 몇 가지 문제

한 사회의 발전을 재는 척도는 그 사회의 경제 능력이 허락하는 범위 안에서 얼마나 개인의 자기실현과 공공 행복의 실현이 균등하게 확보되느냐이다. 달리 공식적으로 말해서, 이상은 자유이며, 수단은 평등이며, 평등의 근거는 인간의 유대감이라는 ── 이 묵은 프랑스 혁명의 표어는 아직도 한 사회의 질을 재는 데에 그대로 사용될 수 있다. 따라서 이런 이상을 받아들이는 한, 어떠한 사회 개혁의 목표도 일차적으로 사회의 가장 불행한 계층의 상황 개선에로 향할 수밖에 없다. 그러니까 미국의 개혁 운동을 이야기함은 우선 미국 사회의 불우한 계층이나 집단, 즉 흑인 치카노(Chicano)로 불리는 멕시코계 미국인, 아메리카 인디언, 여성 그리고 일반적으로 빈궁한 사람들의 문제를 말함이 될 것이고, 그다음으로 부유한 나라로서의 미국과 덜 불우한 나라와의 사이에 불가피하게 성립하는 계층적인 질서 관계에 언급함이 될 것이고, 마지막으로 이러한 불우한 소수 집단을 위한 여러 선동의 중심지가 되는 학원의 문제를 말함이 될 것이다. 이 글에서는 이러한 여러 문제에 대한 상세한 또는 총괄적인 취급을 시도할 수는 없고, 지금까지의 논지와 관련된다고 생각되는 문제들의 한 단면을 살펴보는 데에 그치겠다.

벽에 붙은 여배우의 사진

지난 세기의 남북 전쟁으로 흑인은 형식적인 해방을 얻었으나 실질적으로는 별로 얻은 바가 없었다. 비록 약간의 전진적인 발전이 있었다고 하더라도 이것은 사회 전체의 발전 속도에 도저히 따를 수 없는 것이었다. 사실 흑인의 상태는 오히려 후퇴했다고 볼 수밖에 없는 적도 있었다. 남부 거주의 흑인은 봉건적인 예속 상태로부터의 이름만의 해방과 함께 최악조건의 소작농의 지위를 얻었다. 북부로 옮겨 간 흑인들은 예속 상태의 안정 대신에 임금 노동자의 불안정을 얻었다. 이들은 약간의 자유를 얻었으나 일정한 빈민가(ghetto)에 갇혀 사회의 맨 밑바닥을 이루며 심한 경제적·사회적인 압박을 견디지 아니하면 안 되었다.

거의 100년 가깝게 일진 일퇴의 완만한 곡선을 그리던 흑인 지위 향상의 노력은 1950년대에 와서야 비로소 민권 운동이라는 더 의식적이고 조직적인 민중 운동을 낳았다. 그러나 1960년대에 들어서면서 마틴 루서 킹의 비폭력 무저항주의에 의하여 지도되던 민권 운동은 곧 걷잡을 수 없이 급진적이고 넓은 정치 운동들로 대치되었다. 이것은 흑인의 동등권 운동이 버스나 식당에 있어서의 형식적인 차별을 철폐하는 데에는 성공했으나, 실질적인 경제 및 사회 문제를 해결하지 못함으로써 오히려 미국 사회에 존재하는 흑인에 대한 벽을 의식하게 한 때문이었다고 할 수 있다.(물론 정치 운동이 가지고 있는 스스로의 가속 작용도 그 한 요인이 되었을 것이다.) 민권 운동이 10년째로 접어드는 1960년대 중반의 통계 가운데에서 한 가지를 보면, 전체의 미국 인구에서 흑인 인구가 7퍼센트 이하임에 비하여, 3000 달러 이하의 소득 기준으로 계산한 전 극빈자 수의 40퍼센트가 흑인으로 추산된다.(이 숫자는 레오 피시먼(Leo Fishman)이 편집한 1966년 예일대학교 출판부 간행의『풍요 속의 빈곤(*Poverty amid Affluence*)』가운데의 허먼 P. 밀러(Herman P. Miller)의 논문에서 따온 것인데, 공식 통계 숫자를 여러 사정을 참작하여 재조정한 것이다.) 여기에서 일일이 다른 지수를 열거하지 않더라도 '풍요한 사회'에 있어서의 흑인의 생활상이 비참하다는 것은 우리에게도 이미 알려진 사실이다. 그러니까 1960년대에 들어선 흑인 운동이 폭력화한 까닭은, 부분적으로 그들이 부딪친 좌절에서 온 것으로 설명될 수 있을 것이다.

그런데 여기에서 한 가지 주목할 것은 흑인 운동이 점차 과격화한 데에는 흑인 이데올로기의 변화도 작용했을 것이라는 점이다. 즉 흑인 운동은 근년에 들어 체제 안에서의 지위 향상보다 체제로부터의 해방을 이야기하게 되고, 여기에 주된 비유로 무력 식민지 해방 전쟁을 자주 사용하게 되는데, 이것은 앞에서 언급한 지배·피지배에 관한 철학적이고 심리적인 반성의 심화에도 그 까닭이 있는 일일 것이다.

랠프 엘리슨은 그의 소설『보이지 않는 사람(*The Invisible Man*)』에서 흑인 주인공의 자각의 과정을 추적하고 있는데, 주인공이 자기 자신과 종족의 부끄러운 그러나 자랑스럽기도 한 유산을 있는 그대로 감출 것 없이 받아들이기로 마음먹으며 '나는 나'라고 외치는 것으로 자기 각성의 정점을 삼는다. 이것은 주체적인 자율성의 자각의 고전적인 표현이 되었다. '블랙 팬더당(Black Panther, 검은 표범)'의 선전상이었던 엘드리지 클리버의 저서『얼음 위의 영혼(*Soul on Ice*)』의 주제의 하나도 이와 비슷한 자율적인 인간으로서의 자기 각성이다. 한 에피소드는 클리버가 감옥에 있을 때에 벽에 붙여 놓았던 여배우의 사진에 관한 것이다. 클리버의 사진을 못마땅하게 생각한 백인 간수가 그의 감방에 와서 사진을 떼어 버리는데, 클리버는 여기에 대해 누를 수 없는 분노를 느낀다. 그러나 그는 그때 비로소 그가 붙였던 사진들이 백인 여배우의 사진이었음을 깨닫고 스스로 크게 부끄럽게 생각하게 된다. 그는 이 사건을 통해서 그의 머리 안에 박혀 있는 여성의 이미지나 심미적인 기준이 얼마나 백인 사회의 세뇌 과정에 의하여 형성된 것인가를 깨닫고 정치적인 해방이 심리적·문화적인 해방과 병행해야 된다는 명제를 깨우치게 된다. 우리가 엘리슨이나 클리버의 예에서 보게 되는 것은 절대적인 주체성에 대한 요구인데, 이러한 요구는 불가피하게 압박자에 대한 관계를 투쟁의 관계로만 보기 때문에 해방을 위한 노력은 저절로 점점 강력한 힘의 대결에로 치닫게 된다. 프란츠 파농은 압제자를 총으로 쏘아 죽일 때에만 피압제자는 인간으로서의 위엄과 자존심을 회복한다고 말한 바 있다. 이것은 이런 경향의 가장 극단적인 표현이라고 하겠는데, 미국의 흑인 운동의 과격화의 심리적인 근거를 설명해 주는 말도 될 것이다.

심리적인 주체성의 요구는 정치적으로는 자주 사용되는 식민지의 비유가 말하듯이 식민 본국으로부터의 해방과 분리를 위한 투쟁으로 연역된다. 그러나 미국의 흑인이 압제의 주체인 미국으로부터 분리하면 어떻게 하겠다는 말인가? 흑인 운동 내부에 있는 강력한 분리주의(separatism)는 문화적인 분리주의로는 일단 수긍이 가지만 그것이 정치적인 분리주의가 될 때에(약소 집단의 경우에 또 정치의 힘에 뒷받침되지 않은 문화적인 자립도 생각하기 어렵다.), 그것을 실현이 가능한 목표와 전략으로 옮기는 일은 참으로 어려운 일인 성싶다. 최근에 와서 분리주의 경향이 강하던 '블랙 팬더'의 수령 바비 실(Bobby Seale)이 미국 정치 투쟁이라는 온건 노선으로 전환한 것은 주체성에 대한 철학적인 요구와 그 정치적인 영역 사이의 모순을 타결하려는 현실주의적 노력의 하나라고 해석될 수 있을 것이다. 그러면 식민주의의 비유를 버리고 사회 혁명의 모델을 적용할 수는 없을까? 이러한 비유도 빈번히 사용되는 수사이지만 흑인과 미국 산업 조직 또는 사회 조직과의 관계가 그렇게 선명하지 못한 한, 이 사회 혁명의 모델을 수사에서 현실에로 번역하는 일은 쉬운 일이 아닐 것으로 보인다.

늠름한 야만인의 지혜

체제 안에서와 밖에서의 투쟁의 문제는 아메리카 인디언의 경우에도 심각한 문제가 된다. 다만 인디언의 경우에는 두 가지 서로 모순된 이유로──즉 그들의 세력이 너무나 작고 걷잡을 수 없이 흩어져 있다는 이유와 또 적어도 어느 정도의 지리적 지반을 가지고 있다는 이유로 문화적인 주체성과 정치적 타협의 모순된 노선이 현실적인 정책으로 성립한다고 하겠다. 다시 말해서, 그들은 너무나 약세이면서 또 미국 사회로부터 어느 정도의 거리를 가지고 있기 때문에 타협 없는 반식민주의 노선을 취하지 않아도 되는 입장에 있다.

그러나 미국 사회의 발전에 있어서 아메리카 인디언의 수난이 흑인의 그것보다도 덜했다는 말은 아니다. 오늘날 미국 사회의 발전은 곧 인디언 사회의 후퇴를 의미했다. 우리가 오늘날 아는 바와 같이 북미 대륙 전체에 백인 사회가 확장되는 데서 인디언은 이른바 인디언 전쟁에서의 가차 없는 대량 학살, 강제 이주(1838년 체로키족이 원주지인 캐롤라이나, 조지아, 앨라배마 등지에서 쫓겨나 수많은 희생자를 내며 오클라호마로 철거당한 것은 그 대표적인 예이다.) 그리고 수많은 기만적인 '조약'의 희생물이 되었던 것이다. 그리하여 인디언들은 조상 전래의 땅에서 밀려나서 주인에서 손님으로, 손님에서 초라한 소수 민족으로 전락하게 되었다. 이러한 수난의 과정에서 놀라운 것은 백인들의 인디언에 대한 야만성이 외부 사람들에게는 물론 미국인들 자신에게도 은폐되어 왔다는 사실이다. 미국의 서부는 빈터로 이야기되기도 하고 더 나아가 우리도 서부 활극 같은 것을 통해서 익히 아는 바이지만, 피해자인 인디언은 대부분의 사람에게 오히려 잔학무도한 평화의 교란자, 도도한 '문명'의 진전을 가로막는 자로 묘사되었다. 이러한 인디언에 대한 이미지 조작의 아이러니의 극단은 인디언의 소년이 서부 활극을 보며 백인의 '좋은 사람'이 승리하는 데에 박수갈채를 보낼 정도가 됐다는 데에 있다. 인디언 사이에 저항 운동이 그친 일이 없지만 인디언의 입장이 일반적인 상식으로 인정되고 미국의 발전사를 인디언의 입장에서 볼 필요가 있다고 생각되기 시작한 것은 비교적 최근의 일이다. 이제 비로소 여러 세기를 통한 인디언의 수난은 미국인의 의식 속에 침투되어, 백인과 인디언 사이의 접촉에 관한 기록이 공평한 입장에서 평가되기 시작하고 있다. 이러한 변화는 흑인의 주체성 투쟁에 의해서도 자극되었고, 또 인디언 내부의 민족주의의 대두에 기인한 것이기도 하다.

주목할 일은 인디언의 역사가 단순히 부정의 역사가 아니라는 사실이다. 오랜 세월의 궤멸 상태에도 불구하고 인디언은 ─ 인디언이라고는 하지만 다른 전통을 가진 수많은 종족이 있다. ─ 그 전통의 정수를 보전해왔다. 인디언 민족주의의 대두와 함께 회복되고 있는 것은 그 수난의 역사뿐만 아니라 인디언 문화의 더 적극적인 요소이다. 흑인의 경우에 비하여 한결 다행한 일이라고 하겠다.(흑인의 경우도 흑인이 신대륙에 온 뒤에 이룩한 독자적인 생활 문화를 인정하여 그들의 역사에 긍정적인 차원을 주려는 노력이 없지는 않다. 예를 들어 흑인 문화의 정수를 영혼의 깊이를 통한 교감으로 정의해 보려는 '솔(Soul)'의 개념 같은 것이 곧 그것이다. 그러나 이것은 스웨덴의 인류학자 울프 한네르츠(Ulf Hannerz)가 지적하고 있듯이 좌절 속의 인간들이 시도하는 '만족스러운 자아상을 세우려는 단편적인 수사의 노력'이라는 인상이 깊다.) 인디언은 18세기 말의 서구 사람들의 상상력 속에, 사회에 짓눌리지 않고, 구김살 없이 뻗은 인간의 이미지로 작용하였었다. 사실 18세기의 '늠름한 야만인(Noble Savage)'의 모습은 종래 생각되었던 것보다는 훨씬 더 인디언 생활의 사실적인 근거에 입각한 것이다. 이제 다시 한 번 이 늠름한 야만인은 미국인의 의식 속에 나타나기 시작하였다. 다만 이번의 그것은 한층 더 경험적인 내용을 가진 것으로 보인다. 인디언 자신이 외부의 문화적인 침략으로부터 지키려 하고 또 미국인 일반의 철학적 상상력을 작용하는 것은 극히 일상적인 사실성을 떠나지 아니하면서 동시에 자연 질서와의 넓은 공감을 보전하는 그런 생활 스타일이다. 또 도덕적으로 그들은 (인디언은 이렇게 주장한다.) 개인의 인격에 대한 엄격한 요구와 절대적인 존중을 발전시켰다. 정치적으로, 그들은 강한 공동체 의식을 가지고 있으면서 또 그것의 자연스러운 발로를 보증하는 지극히 민주적이고 다원적인 자치 조직을 발전시켰다. 또 이런 인디언의 문화는 무슨 추상적인 형태로 정립된 것이 아니라 가장 구체적인 생활의 마련으로 존재한다. 그들의 생활에서 의식, 춤놀이, 축제 따위가 중요하다는 사실은 이를 예시해 준다.

그들의 문화에 있어서 사람과 사람의 유대감은 특히 두드러진 성싶다. 내가 뉴욕 주의 한 인디언 마을을 방문하였을 때에, 내 주인이었던 추장이 강조하는 것도 그 마을에는 모든 것이 나누어 갖게 된다는 것이었다. 그들의 마을에는 큰 빈부의 차이도 없고 (오늘날은 주로 인디언들의 영락한 생활 환경 때문이기도 하겠지만 옛날에도) 권력의 차이도 없다고 했다. 추장이나 지도자는 완전한 봉사의 직위이며 도덕적이고 사회적인 권위밖에 아무런 강제력도 갖고 있지 않다고 했다.(그렇다고 해서 뛰어난 용기와 지혜의 행위가 칭찬의 대상이 되지 않는다는 말은 아니다.) 마을의 건물에서 제일 중요한 것은 '긴 집(Longhouse)'이라는 것인데, 보통 도시의 공회당처럼 공중 집회의 중심이 되고 아무나 이용할 필요가 있는 사람이 이용할 수 있는 그런 집이었다. 나는 토론토대학에 유학한 인디언들이 갖게 되는 한 문제로서, 그들이 경쟁 시험의 개념을 이해하기를 거부한다는 말을 들은 적이 있다. 이들의 생활 감정으로는 어찌하여 개개의 인간이 옆 사람에게 도움을 주지도 받지도 않으며 얼어붙은 분위기에서 시험을 봐야 하는지를 이해할 수 없다는 말이었다.

　앞에서 인디언의 전통에 관해서 극히 추상적이고 산만한 언급을 했지만 그 내용으로만 보아도 그것이 주로 문화적인 것임을 알 수 있다. 이러한 문화적인 내용을 어떠한 정치적인 방안으로 보존하고 옹호하느냐 하는 문제는 간단하지 않다. 투쟁적인 인디언들은 사람이 사는 방식으로의 그들의 문화가 백인의 그것에 비하여 우월하다고 믿는다. 그리고 이 약자가 갖는 우월 의식은 저절로 문화적인 분리주의로 귀결된다. 그러나 이 분리주의를 뒷받침할 수 있는 정치적인 실력은 극히 미약하거나 거의 존재하지 아니한다. 앞에서 말했던 내가 가 본 추장의 집에는 총가(銃架)가 있어서 여러 가지의 장총이 꽂혀 있었고, 마을의 숲에서는 가끔 총소리가 났다. 추장의 말에 의하면 총은 자기들이 미합중국으로부터 독립해 있다는 상징이며, 실제로 자기들의 마을에서 도로 밖까지는 전부 인디언의 땅이기 때문에 순찰 경관이라도 길 밖으로 나오면 발포 대상이 된다고 했다.(범인을 추적해 온 경찰관에 대한 발포 사건이 ― 실제 그 마을에서는 아니지만 발생한 일이 있었다.) 그리고 가끔 들려오는 총소리는 마을의 젊은이들이 사격 연습을 하고 있는 것이라고 했다. 이러한 총포의 시위가 그럴 듯해 보이기는 했지만, 이것이 정말 상징에 불과한 것임은 말할 것도 없다. 오늘날 미국의 인디언들에게는 이 총포를 사용할 힘도 없고, 또 의사도 없다. 인디언이 가지고 있는 '보류지(reservation)'라는 지리적 근거가 있으며, 또 형식적으로 상당수의 인디언 부족이 미합중국 정부의 관할권 밖에 있으나, 그들의 분리주의는 미국 정부에 의하여 용납되지 아니할 것이다. 미국에 있어서의 인디언의 역사는 '제발 우리끼리 살 터이니 내버려두어 주시오.'라는 인디언의 간청이 계속적으로 말살되어 온 역사라 할 수 있는데, 근본적으로 이러한 역사가 바뀌리라는 아무런 징후도 없다고 할 수밖에 없기 때문이다. 결과적으로 인디언 민족주의의 실제는 적어도 오늘날까지에는 천연자원을 찾아 '보류지' 안으로 침범해 오는 회사와 정부에 대한 법정 투쟁이나 상징적인 실력 대결(데모 따위) 외 주로 18세기에서 19세기까지에 맺어진 인디언의 권리 및 영토에 관한 조약을 확인하는 상징적이고 법률적인 투쟁, 인디언의 경제적인 지위 향상을 위한 노력, 그리고 교육 제도의 독립 따위를 통한 문화적인 전통의 보존 — 이러한 부분적인 방책으로 귀착되는 듯하다. 그러나 인디언의 미국 사회에의 영향도 무시하지는 못할 것이다. 인디언의 개인과 공동체를 조화하는 민주적인 생활 방식은 날로 거대해지고 그 관료화하는 미국 사회에 대하여 또 그들의 자연 속의 생활은 산업 시설에 의한 자연환경의 파괴에 대하여 강한 비판으로 작용한다. 이미 미국의 수많은 젊은이들이 — 그들이 얼마나 큰 정치적인 세력이 되는지는 알 수 없지만 — 인디언의 지혜에서 많은 것을 배우기 시작한다.

여성에게 씌워진 올가미

확산된 의식으로는 사회 전반에 침투되면서 분명하게 알아볼 수 있는 정치 세력으로 평가하기는 어려운 또 하나의 사회 운동은 여성 운동이다. 이것은 최근에 매스 미디어를 통해서 유명해졌지만, 많은 경우 우스개조로 이야기되는 것이다. 그런 우스개의 대상이 될 만한 면이 없지 않아 있음은 사실이지만 조롱과 희화화는 어떤 문제를 봉쇄해 버리는 편리한 방법의 하나라는 것도 우리는 알아야 한다. 실제에 있어서 여성 문제는 가장 깊은 역사적인 뿌리를 가지고 있는 예속 관계로 (우리나라에 있어서 고조선의 팔조 금법에서 벌써 문제로 등장한다.) 이것만치 깊은 철학적인 성찰과 현명한 정치적 판단을 요구하는 문제도 드물다. 여성의 자기 해방을 위한 노력은 늘 있어 왔다. 이것은 특히 19세기 이후의 서양에 있어서 민주 정신의 개화와 더불어 계속되어 왔었다. 그러나 이것이 지금의 미국이나 유럽에서처럼 대대적으로 사회 문제화한 일은 없었던 것 같다.

　그러면 지금까지의 여성 운동에 비하여 오늘날의 그것의 특징을 이루는 것은 무엇일까? 일단 막연한 대로 여성들의 해방의 요구가 전면적인 것이 되었다는 것으로 그 특징을 삼을 수 있을 것이다. 종전의 특정한 '문제' 중심의 투쟁 방식에서 탈피한 오늘날의 여성 운동은 가장 내밀한 부면에서부터 가장 공적인 문제에까지 어느 때보다도 날카롭게 세련된 비판의 눈을 돌리고 있는데, 다른 비판 운동에서와 마찬가지로, 이것은 아무래도 해방 이론의 주관화에 크게 힘입었다고 말할 수 있다. 공공의 장에서의 동등한 지위를 확보하기 위한 여성의 집단적인 노력은 19세기부터 줄곧 계속되었다. 참정권, 결혼과 가족 제도의 모순 시정, 교육의 권리, 그리고 직장에서의 남녀 차별 폐지를 위한 노력 —— 이런 것들이 각각 또는 함께 투쟁 목표가 되었었다. 놀라운 일은 이런 목표가 오랫동안에 걸쳐 집요하게 추구되었음에도 불구하고 아직도 그 달성이 요원하다는 점이다.(가장 여성에게 개방적이라는 교육 부분의 한 가지 통계 숫자를 보면, 1920년대에 전체 교사의 68퍼센트를 차지했던 고등학교 여교사 수는 1966년에 46퍼센트가 되었고 대학교수는 1940년의 28퍼센트에서 1966년에 22퍼센트가 되었다.) 이러한 전 세대의 목표들은 그러니까 불가피하게 1960년대의 여성 운동의 투쟁 목표로 채택되었다. 그러나 아무래도 1960년대 여성 운동의 투쟁은 아까도 말한 것처럼 그 투쟁 이데올로기의 전면성, 곧 여성의 실존적 존재 방식에 대한 철저한 비판에 있다고 하겠다. 전면적인 비판은 두 가지 결과를 낳는다. 즉 여성 문제의 철저한 정치화가 그 한 결과이고 사회와 관습에 의하여 정립된 소위 '여성적'인 것에 대한 지식 사회학적인 공격이 그 다른 결과이다.

　19세기 말에도, 가령 입센의 작품 『인형의 집』이나 『로스메르스홀름』 등에서 알 수 있듯이, 이미 가장 내밀하고 주관적인 면에서의 여성의 고민이 논의된 일이 있었다. 그러나 이것은 주로 개인적인 문제로 취급되어 사회 제도와 산업 구조에서의 조직적인 지배 체제와 그것과의 관련은 별로 문제되지 않았고 또 해결책을 찾는 데에서도 조직화된 정치적인 노력은 생각되지 않았었다. 1960년대의 여성 해방 운동자에게는 1970년에 출판되어 일약 여성 운동의 가장 중요한 교과서의 하나가 된 케이트 밀렛(Kate Millett)의『성의 정치학(*Sexual Politics*)』이 그 제목으로 또 그 내용으로 집약적으로 표현하듯이, 여성의 문제는 가장 미세한 일상사나 의식에서부터 남녀 관계 또 사회 구조에 관련되는 면까지 철저하게 정치적인 것이다. 즉 남녀 관계는 한편 본질적으로 지배·피지배의 변증법으로 일관되는 정치적인 관계이고, 또 다른 편으로는 사회 전체의 불평등한 정치 구조에 연관되어 있는 것이다. 여성 운동은 인간관계나 사회관계에 있어서 이러한 지배와 착취의 관계를 적발해 내고 이를 시정하는 투쟁을 벌인다. 그런데 이 투쟁에서 큰 부분을 차지하는 것은 '여성적'인 것이라는 사회 가치의 여러 형태에 대한 이론적인 투쟁이다. 왜냐하면 이들의 생각으로는 '여성적'이라는 것은 많은 경우에 지배 이데올로기의 악질적인 조작으로 여성에게 덮어씌워진 올가미에 불과하기 때문이다.

여성은 만들어진다

'여성적'인 것에 대한 전면적인 비판의 선구가 되는 것은 시몬 드 보부아르의『제2의 성(*Le Deuxiéme Sexe*)』(1949)이다. 우리 시대에서 여성이라는 인간 조건에 대한 가장 투철한 검토의 하나가 되는 이 여성 문제의 고전을 한두 가지 명제로 요약한다는 것은 부당한 일이지만, 그 근본 주제의 하나로, 여성은 태어나는 것이 아니라 만들어지는 것이라는 명제를 지적할 수는 있다.(존재가 본질에 선행한다는 실존주의의 명제가 보부아르의 여성 분석에서처럼 직접적으로 유용한 사회적 기능을 발휘한 예를 달리 찾기 어렵다.) 여성은 만들어진다는 보부아르의 분석은 여러 가지 결과를 낳는다. 대부분의 사회에서 여자는 이등 시민 또는 노예나 소유물의 위치에 남아 있도록 강요받는다. 이것은 제도적인 제약으로 요구되기도 하지만, 더 많은 경우에 보이는 또는 보이지 않는 교육적인 세뇌와 심리적인 암시로 주입되는 '여성적'인 것에 대한 이상으로 조작되어지기도 한다. 이 조작은 현모양처의 이상으로부터 할리우드, 미인 대회, 광고 따위에서 암시되는 여성미의 표본까지에 이른다. 또 이것은 국민학교로부터 교과 과정이나 학교 활동에 알게 모르게 들어 있는 여러 암시 ── 가령, 유치원의 놀이에서 언제나 여자아이는 간호부로 남자아이는 의사로 나오는 것, 고등학교에서 여학생은 가사를 배우며 남학생은 남성적인 것을 요구받는 것 ── 에도 들어 있다.

　이러한 주요 의식의 문제에 있어서의 비판 외에 실제적인 개혁이 없지는 않다. 여성 운동은 의식의 문제에 있어서도 광고에 보이지 않는 압력을 주고, 전 같으면 눈에 띄지 않았을 '여성적'인 요소를 교과서에서 제거하게 하는 실제적인 결과를 낳았다. 그러나 더 실제적인 것으로는 탁아소 설치를 위한 사회 운동과 낙태의 자유에 관한 논의를 들 수 있다. 탁아소 설치에는 기성 정치 세력 사이에도 상당한 호응을 얻어 의회에 법안으로까지 상정되었었다.(이것은 전통적인 가족 제도를 파괴한다는 이유로 닉슨 대통령의 강력한 반대를 받아 폐기되고 말았다.) 낙태는 여성이 자신의 신체에 대하여 자유로울 권리를 가지며 자신의 의사에 관계없이 자녀 부양의 짐을 질 수 없다는 이유에서 여성 운동 단체들의 강력한 지지를 받는 문제로 등장하였는데 뉴욕과 같은 진보적인 주에서는 낙태의 자유화가 이루어졌지만, 아직도 논란이 되고 있는 문제로 남아 있다. 이 밖에도 여성 해방에 있어서 중요한 문제는 많지만 탁아소나 낙태의 문제는 현대 미국의 여성 해방을 이야기하는 데에 증후적인 문제로 생각될 수 있을 것 같다. 뭐니 뭐니 해도 여성의 예속 상태의 핵심을 이루는 것은 매일매일 반복되는 가사에 얽매이는 것과 자녀 부양의 의무에 묶이는 일이다. 이 두 가지로부터의 해방이 없이, 아니면 그것에 대한 공동체 전체의 책임을 재확인하는 일이 없이 여성 해방은 생각할 수 없다.

서양 사회에서의 인간 해방은 일반적으로 말하여, 집안이나 봉건 집단 안에서 사사로이 행해지던 일이 사회화하는 것과 병행되었거나, 아니면 적어도 그것을 전제로 하였다. 이와 마찬가지로 여성 해방은 그들이 집안에서 하는 일이 사회화하는 것과 같이 진전되지 않을까 한다. 그런데 한 가지 다른 과정(가령 노동자의 경우)과 다른 것은 사회화 그것이 그대로 해방을 의미할 수도 있다는 것이다. 그러니까 탁아소의 설치와 같은 것은 바로 이러한 방향에의 첫 출발이라고 할 수 있다. 19세기와 20세기 초의 여성 운동은 일반적으로 말하여 공적 광장에서의 여성의 권리를 확장하려는 데에 그 노력을 집중하였다고 하겠다. 이것은 어떤 의미에서 여성의 예속의 창을 피해 돌아가는 일이었다. 이런 관점에서 볼 때에 여성 문제의 전면적인 비판은 그 투쟁 목표에 있어서 적어도 한결 진보한 것이라고 보겠다.

여성 문제는 가볍게 취급될 수 없다. 그러나 더 구체적인 세력으로서의 여성 운동을 어떻게 볼 수 있을까? 앞에서 여성의 가사 노동의 사회화를 이야기했으나, 이런 것을 조직적인 정치 운동으로 성공시킬 만한 실제적인 역학 관계가 사회 속에 있느냐 하고 물으면 우리는 확실한 답변을 할 수 없다. 여성의 문제는 어떤 추진체에 의하여 담당되지 못하고 여전히 간헐적인 운동이나 의식상의 문제로 남아 있다. 다른 사회 개혁의 세력과의 관계 또한 매우 불분명하다. 상류의 여자와 노동자 계급의 여자가 여자라는 면에서는 어느 정도 같은 문제에 봉착하고, 또 유대감을 가질 수 있다고 하겠으나, 참으로 그들의 이해관계가 그들을 하나의 정치적인 투쟁 속에 묶을 만큼 일치할까? 이러한 의문들에도 불구하고, 여성의 억압은 역사상 가장 뿌리 깊은 부정의의 인간관계로 남아 있다. 여성 문제가 쉬운 정치 분석의 범주를 넘어선다고 하더라도 그것이 가볍게 취급될 수 없다는 것만은 분명하다.

대학에서의 반전 운동

오늘날의 미국 사회에 대한 근본적인 비판과 재검토의 충동을 불러일으킨 것이 베트남 전쟁이라는 것은 앞에서 말한 바와 같다. 전체적인 사회 비판의 시초가 된 전쟁에 대한 반대 운동은 19세기 중엽에 멕시코 전쟁에 반대하여 감옥에 간 소로(Thoreau) 이래에 미국의 전통에 흐르고 있는 반전과 저항, 윤리적인 평화주의, 그리고 전쟁의 손익 계산 ─ 이런 요소들에서 성장하였다. 이 성장 과정 중에 반전 운동에 가담한 많은 사람들은 양심과 민중의 소리에 귀를 기울이지 않는 정부의 민주성과 윤리성을 의심하게 되었다. 또 그런 운동에 참가한 어떤 사람들은 미국과 베트남과 같은 후진국과의 관계를 정부의 냉전 선전과는 다른 각도에서 보게 되었고, 그 관계가 정의와 평화의 이념에 기초한 것만이 아님도 깨닫게 되었다.

반전 운동의 중심이 되고, 이어서 다른 비판 운동의 광장이 된 것은 대학이었다. 대학은 1950년대에 이미 민권 운동에 참가하여 그 사회적 양심을 시험한 바 있었으나, 1960년대의 반전 운동은 그 정도와 질에 있어서 민권 운동에 비교할 것이 아니었다. 흑인의 민권 운동은 적어도 형식적으로는 연방 정부의 감싸 줌 아래에서 행해졌으나 반전 운동은 정부 권력에 맞서는 일이었고, 소박한 애국 시민의 양심에도 거슬리는 것이었다. 그러므로 여기에 가담한 사람들도 한결 과격한 입장을 취하지 않을 수 없었다. 많은 학생과 교수들은 (여기에 줄곧 앞장섰던 언어학자 놈 촘스키와 같은 사람의 역정은 미국 지식인의 사회적인 양심을 증언하는 가장 두드러진 예가 되겠다.) 거리에 나와 데모를 벌이고 계몽 강연을 통한 설득 공작을 벌이기도 하였다. 대학 안에서의 전쟁 지원 행위를 막으려는 노력도 이들의 투쟁 중에 큰 비중을 차지했다. 군대에 초급 장교를 공급하는 ROTC의 철폐, 대학의 교수나 연구

기관에서 도급하여 수행하고 있는 국방 관계 연구 계획의 중단, 그리고 군수 산업 회사의 학원 안에서의 사원 모집 저지 따위가 그 구체적인 투쟁 목표가 되었고, 이 목표는 많은 대학에서 어느 정도까지 달성될 수 있었다.

단면적이고 얼어붙은 이성의 원리

사회의 모든 제도가 의문과 검토의 대상이 되는 마당에 대학만이 무사할 수는 없었다. 전쟁에 대한 반대와 같은 사회적인 목표를 위한 투쟁에서 밝혀진 것은 대학이 기존 체제에 매우 깊이 관련되어 있다는 사실이었다. 따라서 대학 자체가 비판의 대상이 되었다. 비판은 대학의 권력과의 결탁을 대상으로 하여 시작되었으나, 이것은 불가피하게 대학의 근본적인 기능에 대한 물음, 곧 대학이 정말로 사회에 자유와 이성의 진전을 가져오는 기관으로 작용하고 있느냐 하는 물음을 제기했다. 그리고 이것은 또 대학의 운영 체제에도 연결되는 매우 실제적인 물음으로도 발전했다.

우선 대학의 조직 면에서부터 살펴보자. 대학이란 무엇인가? 대학은 학생과 교수와 관리원들이 이루는 하나의 공동체이다. 여기서 이 공동체는 원칙적으로 교수와 학생의 두 계급으로 이루어지는 귀족적인 질서에 바탕을 두고 있다. 모든 다른 분야에 있어서 민주주의 실현의 원동력으로 작용하여야 할 대학이 얼른 보기에 전근대적인 귀족주의를 유지할 수 있는 것은, 첫째 대학에서의 서위 관계가 무력에 의해서가 아니라 도덕적·정신적인 권위에 의해서 결정된 것이고, 그 권위는 어느 누구에게나 그 자신의 역량에 의하여 얻어질 수 있는 것이라는 이유에서이다. 그러니까 그것은 폭력적인 지배 관계는 아니다. 사실, 여기에 지배자가 있다면 이성이 그 지배자인 셈이다. 대학에서의 서위 관계는 이성에 의하여 결정되기 때문이다. 그러나 지금까지 말한 것은 사실일까? 이것은 오히려 현재의 대학 체제를 합리화하는 이데올로기이지 그 실상은 아니라고 할는지 모른다. 다른 관점에 의하면 실제로 대학은 개인적으로나 집단적으로나 이성적이라고만 할 수 없는 착잡한 이해관계에 지배되며, 대학이 거기에 봉사한다는 이성의 원리 또한 지배 체제에 기생하는 왜곡된 이성이기 쉽다. 대학의 밑바탕에 있는 이성의 윤리성을 흔들어 놓은 것은 대학에서 행해지는 전쟁 관계 연구였다. 그러나 단편적이고 얼어붙은 이성의 원리는 전쟁에 관련되어 있지 않는 여러 분야, 곧 사회 및 인문 과학에도 철저하게 침투되어 있다는 것이 논의되기 시작하였다. 마침내 대학은 더 이상적인 역사를 실현하기 위하여 현상을 비판하고 개혁하려는 세력이 아니라, 현상으로부터 명령을 받으며 거기에서 필요로 하는 요원을 양성하는 곳으로서, 대학의 직원은 현상의 요구에 봉사하면서 거기에서 나오는 유형 무형의 보상의 쟁탈에 여념이 없는 성공주의자들의 집단이라는 극단적인 공격도 나왔다.

제 모습을 찾는 대학

이러한 대학에 대한 비판은 두 가지의 재검토를 요구하게 되었다. 하나는 대학의 사회에 대한 기능에 관한 것이고 다른 하나는 대학 안의 조직에 관한 것이었다. 대학이 비판적인 이성의 책임 담당 기관으로 작용하려면 그 기구 및 커리큘럼의 광범위한 개혁이 있어야 한다는 주장이 나왔다. 사실 이것은 오랜 전통적인 학문의 방향을 바로잡는 일이므로 단시일에 이루어질 수 있는 일이 아니고, 또 사회 전체의 개조 없이는 이루어질 수 없다. 그러나 점진적으로 대학에 사회 비판의 내용이 과목으로 설치되기도 하고 전통적인 과목 안에 잠입해 들기도 하게 된 것은 사실이다. 그러한 개혁이 미치지 못한 곳에서도 교수들은 그들의 가르치는 내용이 '현실적인 타당성'이 있느냐 없느냐에 대해서 도전을 받게 되었다.

이러한 학문 자체에 관한 커다란 문제 밖에 심각한 것은 하나의 공동체로서의 학교 안의 조직에 관한 문제였다. 직접적으로는 어떠한 집단에서의 분규의 원인은 공동체 의식의 이완에서 온다고 할 수 있는데, 이것은 구성원이 공동체의 결정에 어느 정도의 의미 있는 참여를 할 수 있느냐 하는 데에 직결되어 있다. 대학의 학교 안에서의 결정에서 학생들은 소외되어 있던 것이 전통적인 대학의 구조였다. 그것은 교수들이 이성의 전달자로 행동한다는 명목에 의하여 어느 정도는 정당화되었던 것이었다. 그러나 대학교수의 결정이 사실은 행정 직원에 의하여 또 비이상적인 이해관계에 의하여 좌우된다면, 대학에서의 불평등한 조직은 본격적인 지배 체제로 변하게 된다고 할 수 있다. 나아가서는 거꾸로 불평등한 관계가 비이성의 지배를 강조하고 허가한다고 할 수도 있을 것이다. 대학 당국은 학생들의 불평을 무마하기 위해 교수와 학생들의 접촉 기회를 늘이고 카운셀링에 있어서의 정신과 의사적인 조언을 제공하기도 하였으나, 앞에서 말한 것처럼 소외는 자율과 참여 없이는 근본적으로 해결될 수 없는 문제이다. 처음에 학생들은 자기들 자신에 직접 영향을 끼치며 또 동시에 그들의 능력으로 충분히 다스릴 수 있는 일들에 있어서의 자유권을 요구하였다. 처음에, 가령 기숙사에 있어서 출입 시간에 관한 학교의 통제와 같은 것이 철폐되었다. 그러나 학생들의 자율권과 참여에 대한 요구는 점점 확대되어 그것은 학사 전반에 걸친 것이 되었다. 그리고 이러한 요구는 많은 대학에서 상당한 정도 관철되었다고 보겠다. 대학에 따라 차이가 있기는 하지만, 오늘날 커리큘럼 위원회, 교수 임명 및 승진 위원회, 장학 위원회 등에 학생들의 대표가 참가하고 있을 뿐만 아니라 또 상당한 영향력을 행사하고 있는 것은 미국의 대학에서 흔히 볼 수 있는 일이다. 그리하여 커리큘럼은 학생들 생각에 좀 더 현실적인 의미를 갖게 되었다.(학생들의 압력으로 희귀한 과목, 가령 점성술, 명상, 신비주의를 결합한 도통의 기술과 같은 것도 등장했지만 다른 한편으로는 참으로 비판적인 과목, 가령 하버드대학에서 1968년에서 1969년까지 말썽의 대상이 되었던 '미국에서의 사회 변화'라는 사회학과의 급진적인 과목과 같은 것도 시험되었고, 또 어느 면에서 보든지 건전한 발전이라고 할 수밖에 없는 과목, 가령 의과 대학에서의 '빈민굴의 사회학과 의학'과 같은 의학의 사회적인 차원에 관한 과목 같은 것도 등장하였다.) 그리고 가르치는 방법에 있어서도 권위주의적 강의가 도전을 받고 좀 더 다원적인 방식이 도입되었다. 또 가르칠 수 있는 사람은 특정한 증명서를 가진 사람이라야 한다는 신화도 도전을 받고, 그 결과로 학생들이 협동적으로 과목을 기획하고 가르치는 일도 시도되었다. 또 교수의 임용 및 승진에 있어서도 전통적으로 공식 기준이던 발표 논문의 숫자와 비공식 기준이던 대학 당국과의 관계 대신에 교실에서의 학생과의 교감이 기준의 일부로 받아들여지기도 했다.

학사에 있어서의 학생들의 개입은 대학에서의 학문과 교실의 질을 저하시켰다는 평가도 있으나, 총괄적으로 볼 때에, 그것이 교육으로 하여금 그 본질을 다시 검토하게 하고 유동적인 적응성을 되찾게 하는 데에 힘이 되었다고 봄은 별로 틀린 이야기가 아닐 성싶다. 고전과 난해한 전문어로 쓰인 전문지의 논문과 이를 해석하고 전파하는 권위자 교수로 이루어졌던 교육이 참으로 소크라테스적인 대화성을 회복하게 된 것만도 큰 업적이라 볼 수 있다. 교육에 있어서 모든 지배적인 관계(교육 외적인 보상을 내걸고 일방적인 세뇌를 강행하는 권위주의적인 강의에서부터, 교수는 학생과 섞이지 않고 교수 식당에서 밥을 먹어야 한다는 것과 같은 서위 질서를 보강하기 위한 여러 의식에 이르기까지)가 많이 사라지고 학교가 참다운 이성과 민주주의의 연습장이 되어야 한다는 이상이 적어도 이상으로 확인될 기회가 있었다는 것도 최근 미국 사회의 학원 불안의 긍정적인 소득의 하나라고 보겠다.

학교가 없어지는 사회

교육에 관한 비판은 대학에만 한정되지는 않는다. 최근 몇 년 동안에 어느 때보다도 활발히 많은 사람들이 교육 제도의 전면적인 개편의 필요를 이야기하였다. 폴 굿맨이나 에드거 Z. 프리든버그(Edgar Z. Friedenberg) 와 같은 이론가나 현지 교사로서 미국 교육의 모순상을 적발해서 보고한 일선 교사들 —— 조너선 코졸(Jonathan Kozol)이나 허버트 콜(Herbert Kohl) 또는 인류학자로서 교육과 더불어 미국 사회에 관한 보고를 쓴 줄스 헨 리(Jules Henry)와 같은 사람이 이러한 토의에 활발했던 사람들로 말하여 질 수 있다. 그들의 미국 교육에 대한 비판의 핵심도 교육이 개인과 사회 의 민주화에 봉사하는 것이 아니라, 현 사회에 편리한 가치를 주입하는 일 —— education이 아니라 indoctrination —— 과 사회적 통제(social control) 를 강화하는 수단으로 사용된다는 점에 있다. 이들의 비판의 업적은 추상 적인 이론보다 교육 수단에 대한 배물주의로부터 교육을 해방시켜 주는 데에 있다. 그중에도 폴 굿맨이나 또 다른 사회 비평가 이반 일리치(Ivan Illich)와 같은 사람의 형식 교육 전반에 대한 회의는 극단적인 것이다.(굿 맨의『신종교 개혁(*New Reformation*)』, 일리치의『학교가 없어지는 사회(*Deschooling Society*)』참조.) 일리치에 의하면, 교육의 참다운 목표가 상실됨에 따라 미국 의 교육은 내용 자체보다는 그 과정을 중시하게 되었다. 그리하여 참다운 의미에서 어떤 교육을 받았느냐보다는 어떤 형식 교육의 과정을 거쳤느냐 가 중요해진다.

이러한 폐해에 대한 교정책으로는 굿맨의 제안이 조금 공상적이면서도 흥미롭다. 그는 모든 학교 교육을 폐지하는 대신에 청소년에게 일정한 생 활비를 보장하고 마음대로 이 직업 저 직업을 옮겨 다니며 실제적인 경험 으로 스스로를 교육하도록 하라고 한다. 그리고 대학은 일정한 작업에 종 사하던 성인이 자기의 일이나 또는 일반적인 사물의 원리에 대하여 이론 적인 호기심을 가지게 될 때에 늦게야 연구를 시작할 수 있는 곳이었으면 좋겠다는 것이다. 비록 이러한 혁명적인 제안이 실현될 가능성은 없다고 하더라도 종전의 형식 교육의 요건들을 완화하는 개혁은 서서히 시험되고 있다. 커리큘럼의 자유와 학교 규율의 완화, 학생과 선생의 서위적인 관계의 후퇴, 학년과 교실 구분의 철폐, 그리고 사회 활동의 강조 —— 이러한 것은 각급 학교에서 조금씩은 실험되는 일들이라 하겠다.

하나의 경향으로서 가장 주목할 만한 것은, 내용 면에 있어서 대부분의 개혁안이 학교와 사회의 구분을 무너뜨리는 방향으로 움직이고 있다는 것이다. 나는 캘리포니아대학이 있는 버클리에서 한 시인이며 영문학 교수인 미국인 친구와 이야기한 일이 있다. 그는 버클리의 새로운 시장에 대하여 이런저런 이야기를 하면서 버클리 시의 새로운 국민학교 교육에 대해서도 언급하였다. 버클리의 국민학생들은 과정의 일부로서 흑인 빈민가를 방문하여 그곳의 생활에 참여하고 또 빈민이나 흑인이 미국 사회에서 당면한 문제를 토의한다고 했다. 이러한 것은 굿맨이나 일리치나 프리든버그와 같은 사람이 주장하는 것을 학교의 테두리 안에서 실험하는 것이라할 수 있다. 다만 그 교육의 내용이 매우 정치적이라는 것이 대부분의 이들 중도적인 교육 이론가의 입장과는 다른 것이다. 그런데 생활과 학교의 관계는 교육 이론에서의 가장 중요한 한 부분일 뿐만 아니라 궁극적으로는 정치적인 의의를 갖는다.

지난 세기말에 존 듀이는 이미 학교와 사회 환경의 구분이 인위적이며 비효과적이라고 역설했다. 이것은 뒤에 생활 교육의 강조라는 형식으로 미국 교육 제도에 흡수되어 —— 특히 환경에 '적응'하는 인간이라는 교육 목표로서 —— 오히려 지금 비판의 대상이 되는 현상의 일부가 되었지만, 듀이의 생각은 본디 현실에 대하여 긍정적인 것이 아니었다. 듀이의 교육 이상은 단순히 교육 기술의 관점에서만 설정된 것도 아니었고, 또 '이미 수립된' 민주주의 제도에 적응하는 인간을 만드는 것을 교육의 목표로 해야 한다는 데에서 나온 것도 아니다.

아무튼, 여기에서 우리는 듀이의 교육에 관한 이론을 자세히 논의할 여유가 없으나, 적어도 그의 이론이 오늘날에도 수긍이 갈 만한 지식 사회학적인 관찰에 연결되어 있다는 것만은 지적하여야 할 것이다. 다시 말해서, 그는 『확실성의 추구(*The Quest for Certainty*)』나 『철학에 있어서의 재구성(*Reconstruction in Philosophy*)』과 같은 저서에서 되풀이하여 생활의 구체와 관념 체계와의 단절이 계급 사회를 유지하기 위한 수단임을 지적하고 있는데, 근본적으로 그의 교육 이론의 뿌리는 여기에 있다. 그리고 오늘날의 미국 사회에서 학교와 생활의 간격을 없애는 경향이 강하다면, 그것은 듀이가 밝힌 바와 같이, 지식 체계와 지배 체계 사이에 긴밀한 연계 관계가 있음을 잘 아는 데에서 오는 경향이다.

교육은, 참으로 깊은 의미에서, 한 사회의 정치적 현재와 미래에 결부되어 있기 때문에, 그것의 병폐는 곧 그 사회의 정치 질서에 그 원인을 가지고 있고, 따라서 그 병폐의 치료도 그 정치 질서의 치료 없이는 불가능하다. 그러나 어떤 한도 안에서는 미국에서의 교육 개혁의 장래는 다른 어떤 분야에서보다 약간은 낙관적인 듯하다. 우선 미국 사회가, 그 정치 질서의 보수화에서 비롯한 격동을 겪고 있다고는 하나, 아직도 동적인 활력을 가지고 있는 민주 전통을 보존하고 있어서 변화를 외면하는 사회는 아니며, 교육의 개혁은 권력 관계의 재조정과는 달리 그 의미와 결과의 급격성이 쉽게 눈에 띄지 않으며, 마지막으로 교육 분야는 학문의 자유와 이성적 토론의 전통을 사회의 다른 어느 분야보다 오래 가져온 분야라는 점과 같은 것이 그 조건으로 지적될 수 있다. 그리고 교육의 사회적인 역할이 크면 클수록 교육에 있어서의 개혁이 사회 전체에 미칠 영향도 클 것으로 예상된다.

사회를 떠난 사람들

지금까지 우리가 살펴본 것은, 강한 분리주의적 경향에도 불구하고, 사회 안에서의 개혁 운동이거나 아니면 적어도 사회 안의 세력 관계에 연결되어 있는 개혁 운동이었다. 그러나 이러한 운동만이 어지러운 사회와 그것을 마땅치 않게 생각하는 사람 사이의 관계의 전부는 아니다. 어떤 경우에는 개인적으로 또는 집단을 이루어 사회를 떠날 수 있다. 이것은 특히 미국 사회처럼 지리적으로 광활하고 또 아무리 조직화를 이야기하지만, 아직도 유동적인 사회 체제를 가지고 있는 사회에서는 특히 쉽게 떠오르는 방안일 것이다.

사회로부터의 물러남은 관능의 세계의 탐색, 신비주의에의 침잠, 약물을 통한 환각적인 세계에로의 비상, 그리고 새로운 유토피아 사회의 건설 따위의 여러 가지 형태를 취할 수 있다. 어떤 종류의 것이든지 간에 사회로부터의 도피는 궁극적으로 인간 유대감의 부정이며 사회 개선의 대열의 쇠퇴를 의미한다는 논자도 있으나 이것은 지나치게 일률적인 판단인 것 같다. 판단은 궁극적인 사회 변혁의 가능성과 그 세력의 크기에 따라서 달라질 수 있을 것이다. 미국처럼 크고 또 급격한 변화의 가능성을 현실적인 것으로 생각할 수 없는 사회에서 사회로부터의 물러남도 그 성질에 따라서 결국에는 적극적인 역사의 흐름에 기여할 수도 있을 것이다. 인류 역사의 많은 창조적인 기여가 사회를 떠난 사람들에 의해서 이루어졌다는 것을 생각할 때에, 그것을 적극적으로 장려할 일은 못되더라도 지나치게 나무랄 필요는 없다. 특히 전체적으로 보아 오늘날 미국 사회에서 앞에서 말한 바와 같은 여러 형태로서 한 발자국 물러선 사람들이 매우 흥미로운 새로운 실험의 전위 노릇을 한다고 볼 수 있는 경우에 특히 그렇다. 미국의 젊은이들이 사회에서 물러난다고는 하지만, 개인 속으로 숨어들어 가겠다는 태도는 아니다. 오히려 오늘날의 산업 사회에서 착실한 일꾼으로 일하고 있는 사람들의 생활을 특징짓고 있는 것이 생활의 개인화라고 할 수 있다. 대부분의 경우에 이들의 공적인 생활은 그 자체로 별로 큰 의미를 갖지 못하고 오히려 사사로운 생활을 지탱하는 수단으로만 마지못해 영위되고 있는 것 같다. 사회에서 물러나는 젊은이들이 찾는 것은 자기 속으로의 도피가 아니라, 더 나은 인간관계를 통한 자기실현이다. 환각제의 실험에까지도 그것이 언뜻 보기에 극단적인 자기 탐닉의 행동인 듯하나 이러한 면이 있다는 것을 인정해야 한다.(환각제의 의학적인 해독은 별개의 문제이다.) 이것은 매스칼린이나 페요테가 인디언의 생활에서 어떻게 사용되었는지를 보면 짐작할 수 있다. 인류학자 험프리 오스먼드(Humphry Osmond)의 인디언 의식에서의 페요테의 사용을 기술한 매우 아름다운 한 글을 보면 우리는 페요테가 인디언의 생활에서 어떻게 인간과 인간의 유대감을 강화하고 또 인간과 자연의 교감을 증대시키는 데에 사용되었는지를 이해할 수 있다.(버나드 애런슨, 험프리 오스먼드가 펴낸 『환각 경험(*Psychedelics*)』(1960)에 실려 있는 인류학 관계 논술 참조.)

물론 인디언 문화에 있어서의 페요테나 환각 촉진 버섯(psilocybemushroom)의 사용과 미국 청년들의 환각제 사용의 문화적인 테두리가 다르므로, 그 의미도 다르다는 것을 무시할 수는 없다. 결국 현대인이 환각제에 의지하여 사회 문제를 해결한다는 것이 전혀 몽상적인 일임은 말할 것도 없다. 다만 여기에서 말하려는 것은 환각제와 같은 것도 단순한 자기 탐닉 행위로만은 볼 수 없다는 것이다.

새로운 마을

지속적인 사회 형태로 남을 가능성은 별로 없으나, 환각제의 사용보다 조금 더 적극적인 형태의 실험은 이른바 '코뮌(commune)'이라고 불리는 공동 생활을 통한 이상적인 공동체의 추구이다. 가장 흔한 형태의 '코뮌'은 대학 근처에서 일종의 공동 하숙식으로 번창하는 것인데, 여기에서 생활하는 학생들은 모든 것을 서로 나누어 가지며 행동함으로써 소유적이고 소외적인, 핵가족을 비롯한 개인주의적인 생활 스타일을 극복한다고 말한다. 조금 더 영속적이고 주목할 만한 코뮌의 실험은 뉴멕시코나 콜로라도의 벽지에 집단 부락을 발전시키고 있는 사람들의 경우일 것이다. 즉 현존 사회 체제에서 벗어 나간 사람들이 풍치가 좋은 곳에 터를 마련하고 제 손으로 집을 짓고 취락을 형성하는 경우이다.

이들은 모든 것을 제 손으로 할 수 있음을 믿는다. 그렇게 하여 노동의 가치를 배우고 또 점차적으로 미국 사회에서 독립한 사회 토대를 이룬다고 한다. 경제적으로 이들의 생활 토대는 주로 농업이지만, 의식적으로 전자본주의적인 수공업에도 종사한다. 그러나 이들이 진정한 의미에서 전근대적인 농민이 아니라는 점은 그들의 경제 형태가 아직까지는 미국 자본주의 경제에 기생하고 있다는 기본적인 사실밖에 이들이 매우 의식적인 사람이라는 사실 때문일 것이다. 이것은 그들의 생활에 약간 가짜적인 요소를 부여하는 점도 되지만 또 좋은 점도 된다.

나는 콜로라도의 로키 산맥 가운데에서 발전되고 있는 '코뮌'에 관한 보고회에 나간 적이 있다. 여러 가지 흥미로운 일들이 많았으나, 대체로 말해서, 슬라이드를 보면서 눈에 띈 것은 이들 '코뮌' 거주자의 생활에 심미적인 요소가 두드러진다는 것이었다. 우선 그들의 집들은 내가 본 어떤 주택보다도 창의적인 것이었다. (전문적인 건축사의 창의가 아니라, 자기 집을 짓고 살아 보겠다는 보통 사람의 창의와 노력이 역력하게 나타난) 슬라이드에 담긴 집들 가운데에서 한 집을 이야기하면, 그것은 전망이 좋은 산중턱에 천연으로 있는 큰 바위를 집의 중심에 끌어넣어 그 주변으로 원형의 벽과 마루를 두른 것이었다. 2층의 마루는 대개 이 옴팔로스(배꼽)가 되는 바위의 높이와 비슷한데, 팔각으로 짠 2층의 창문은 동쪽을 향하여 수천 피트 저쪽의 먼 계곡으로 열리는 것이었다. 여름 아침이면 해가 창문의 가운데로 떠오르도록 설계되어 있다고 했다.

이 집의 주인은 젊은 대학원 중퇴자로, 그의 여자 친구와 살고 있었다. 이 부부의 아침은 동틀 무렵 촛불 아래에서 주로 영감적인 문학의 고전을 읽는 일로 시작되었다. 대개 하루의 일은 미완성의 집을 완성하는 일을 하고 농사를 짓는 일이었다. 여기에는 이들을 멀리에서 찾아오는 친구들의 도움을 받기도 하고, 또 동네 사람들의 협동 작업을 얻기도 하였다. 동네 사람들은 서로 숲에 가려서 안 보일 정도로 떨어져서 살았지만 서로를 의식하고 있었다. 어떤 동리에서는 좀 더 많은 협업 체제를 발전시키고 자위를 위한 무장까지 연구하고 있다고도 했다. 또 이들은 공회당을 짓고 마을의 일을 토의하고 반은 종교적이고 반은 문학적 모임을 갖기도 한다고 했다. 이들은 완전한 유대감과 자연에 대한 공감과 노동의 가치를 깨우치는 그런 일에 기초한 공동체를 발전시키고 있었다. 이들의 모델은 일부는 인디언의 부족(tribe) 제도, 일부는 19세기에 미국에서 많이 시험되었던 푸리에(Fourier) 식의 유토피아 사회, 또 현대의 다른 공동 생활의 여러 양식 따위에서 취한 것이다. 이들의 실험이 사회 전체에 어떤 직접적인 영향을 끼칠 것 같지는 않으나 적어도 인간 생활의 유토피아적인 가능에 대한 구체적인 실험으로 어떤 시사적인 가치는 가질 것이다.

4. 맺는 말

앞에서 마지막으로 나는 미국 사회의 동력의 중심에서 가장 멀리 떨어져 있는 일을 이야기하였지만, 그 앞에서, 미국 사회를 비판적으로 보고 이를 개조하려는 몇 가지 노력도 살펴보았다. 그러나 이 노력도 대부분 소수파의 지위 향상 운동이거나 또는 정치적으로 직각적이고 직접적인 영향을 가져올 수는 없는 부면에 있어서의 개혁 운동이라는 사실을 상기할 필요가 있다. 이러한 운동이 아무리 치열해도 그것 자체로서 사회의 전면적인 개혁의 가능성으로 연결될 수 없다. 역사적으로 사회의 전면적인 개혁은 다수의 사람들에 의하여 행해지는 것이 보통이라고 할 수 있다. 그러나 소수 인간에 의한 사회 변화가 불가능한 것은 아니다. 다만 그런 때 그 소수는 대표적인 소수, 다시 말해서 다수를 위한 일정한 목표와 전략을 가지고 있는, 따라서 소수이면서 다수로 전환할 수 있는 가능성을 가지고 있는 소수이어야 한다. 뿐만 아니라 사회 변화는 정치의 문제이다. 다시 말해서 그것은 힘의 상관관계에 의하여 결정된다. 이것은 사회 변화를 시작하는 소수가 구질서 속에서도 이미 전체에 대하여 협상권을 행사할 수 있는 전략적인 위치에 있어야 한다는 말이다.

흑인의 불우한 처지가 미국 사회 전반의 모순을 드러내 준다고 하지만 너무나 분명하게 규정된 소수 민족인 흑인의 이해가 미국 사회 전체의 문제로 보편화하기는 힘들 것으로 생각된다. 그리고 흑인의 대부분이 미숙련 노동자를 구성하는데 고도로 발달한 산업 조직에 있어서의 미숙련자의 탈락은 흑인들의 사회적인 역할을 점점 희미하게 하여, 그들이 산업 조직에서 전략적인 위치를 차지할 가능성은 점점 엷어져 간다고 할 수 있다. 흑인 운동의 주된 비유가 식민주의와 사회 혁명 사이를 갈팡질팡하는 것도 이러한 사정에 기인하는 것일 것이다.

흑인의 사정에 관해서 앞에 말한 것은 대개 멕시코계 미국인이나 인디언에게도 적용될 수 있다. 여성의 경우에 여성 의식의 어떤 집단적인 사회의식이 된다든지 또 여성이 집단적인 정치 세력으로 성장한다는 것은 너무나 막연한 미래의 가능성에 속하는 일임은 앞에서 시사한 바와 같다. 대학이나 교육에 있어서의 분규는 미국 사회 조직의 내부에 조금 더 긴밀히 관계되는 일이라고 하겠다. 고등학교나 대학을 거쳐 나오는 젊은이들이 곧 산업 사회의 기간 요원이 되기 때문이다.

사회 개혁은 사회의 부와 특권을 이미 얻은 자와 이를 얻지 못한 자와의 갈등을 그 동력으로 하고, 이 갈등이 타협으로 해소될 수 있는 길이 없을 때에 폭력 대결로 폭발한다. 기득권의 고집은 세대적으로 볼 때에, 기성세대의 고집과 일치한다. 이에 대하여 젊은 세대는 그 배경에 관계없이 어느 정도까지는 아직도 기득권자가 되지 못한 세대이며, 따라서 새로운 변화를 좀 더 쉽게 받아들일 수 있는 세대이다. 그러니까 폭력적인 사회 개혁에 있어서도 폭력은 과거와 기성세대를 그 대상으로 하고 미래와 자라는 세대에 대해서는 만인의 화해가 계획된다.

　궁극적으로 어떤 사회 개혁의 지속성이든지 새로운 가능성을 향한 젊은 세대의 개방성에 달려 있다. 미국에서의 사회 비판 운동은 압도적으로 젊은 사람들의 운동이다. 이들은 산업 조직의 밖에 있으나 불가피하게 산업 조직이 필요로 하는 요원들이다. 그러니까 기성 산업 조직은 적어도 의식 면에서 스스로의 소외를 산업 사회에 대한 적의적인 이해로 지양한 젊은이들을 그 일꾼으로 맞이하게 된 것이다. 비록 의식이 사회의 물질 질서의 압력에 이겨 나가기는 어렵다고 하더라도, 무엇인가 달라질 것은 있을 성싶다. 어떻게 어느 정도 달라질 수 있느냐는 미국 사회의 경제력의 자세한 분석과 연결해서만 조금이라도 예견할 수 있을 것이다.

　지금까지 미국 사회에 있어서 현상을 타파하려는 세력의 전망에 대해서 이야기했으나, 여기에 대한 언급은 미국 사회의 중심부에 적극적인 변화를 담당할 수 있는 세력이 부재하다는 커다란 배경에 비추어서 논의되어야 한다. 즉 전통적으로 사회 변혁의 중심 세력으로 말하여졌던 노동자들이 적어도 표면적인 증후로는 현상에 접촉하는 보수 세력을 구성하여 미국이라는 배에 커다란 안정 세력으로 작용하고 있다는 사실 말이다. 마르쿠제는 미국의 산업 노동자 계급을 주관적으로는 잠들어 있으나, 객관적으로는 사회 변화의 주체라고 말하고 크리스토퍼 래슈의 분석에 의하면, 미국의 산업 노동조합은 사회의 최하층을 조직함으로써가 아니라 배제로써 성장하고 발전하였으므로 원래부터 보수화의 성향을 가졌었다고 한다. 아무튼 당장에 이들이 큰 보수 안정 세력을 형성하고 있음은 사실이다. 이런 상태가 계속되는 한, 미국 사회에서 큰 변화는 먼 이야기인 것 같고, 불우한 소수파의 문제는, 그것이 폐쇄적인 구조로 인한 것이라는 진단이 맞다면 쉽게 해결될 수는 없을 것이다.

　그러면 이러한 미국 사회의 움직임이 한국의 우리에게 갖는 의미는 무엇일까? 그것은 전체적으로 선진 산업 사회와 후진국 간의 정치, 경제, 그리고 문화의 비대칭적인 관계라는 테두리에서 결정된 것이다.(미국의 거대한 경제 규모가 지금 정도에 유지되는 데에 외국 무역과 투자는 필수 조건이 되어 있으므로, 사실 미국 자체도 이 선진국 후진국의 관계에 크게 영향된다.) 이 관계를 규명하는 것은 이 글의 범위를 벗어나는 또 다른 작업이 될 것이다.

(1973년)

1부 꽃과 고향과 땅

산업 시대의 욕망과 미학과 인간, (전반부) 「산업 시대의 물건과 욕망」,《뿌리깊은 나무》제13호
　　(1977년 3월호); (후반부) 「보이는 것과 보이지 않는 것 ─ 산업 시대의 미학과 인간」,《뿌리깊은
　　나무》제24호(1978년 2월호)

산업 시대의 문학,《문학과 지성》제37호(1979년 가을호)

문학의 현실 참여,《세계의 문학》제10호(1978년 겨울호)

꽃과 고향과 땅, 구중서 외,『환상과 현실 사이에서』(전예원, 1977)

2부 시·현실·행복

시·현실·행복,《신동아》제167호(1978년 7월호)

시의 상황,《심상》제40호(1977년 1월호)

예술과 초월적 차원,《세계의 문학》제5호(1977년 가을호)

예술 형식의 사회적 의미에 대하여, 김우창 엮음,『예술과 사회』(민음사, 1979)

언어와 의미 창조 ─ 한국 시의 영역 수상(1977), 출처 미상

비평과 이데올로기,《대학신문》(1980년 3월 3일)

문학과 과학 ─ 그 사회적 연관을 중심으로,《과학과 기술》제10권 6호(1977년 6월호);《문학과 지
　　성》제29호(1977년 가을호)

문학의 보편성과 과학의 보편성,《대학신문》(1976년 6월 21일)

문학의 비교 연구와 세계 문학의 이념 ─ 범위와 방법에 대한 서론(1979), 출처 미상

3부 괴로운 양심의 시대의 시

일체유심 ─ 한용운의 용기에 대하여,《실천문학》제1호(1980년 3월호)

한용운의 믿음과 회의 ─ 「알 수 없어요」를 읽으며,《문학사상》제80호(1979년 7월호)

서정적 모더니즘의 경과 ─ 이한직 시집을 읽고,《심상》제43호(1977년 4월호)

김현승의 시 ─ 세 편의 소론(1979), 원출처 미상, 숭실어문학회 엮음,『다형 김현승 연구』(보고사,
　　1996)에 재수록

감각과 그 기율 ─ 김종길 시선집『하회에서』,《한국문학》제48호(1977년 10월호)

순수와 참여의 변증법 ─ 천상병의 시,《창작과 비평》제51호(1979년 봄호)

민족 문학의 양심과 이념,《세계의 문학》제6호(1978년 여름호)

남성적 사회의 여성 ─ 이정환의 한 단편을 중심으로, 이정환,『겨울 갈매기』(문리사, 1976)

서민의 살림, 서민의 시 ─ 임홍재의 시, 임홍재,『청보리의 노래』(임홍재 시전집, 문학세계, 1980)

시의 언어, 시의 소재 ─ 김명수 시집『월식』, 김명수,『월식』(민음사, 1980)

4부 오늘의 문화적·사회적 상황

오늘의 문화적 상황 ─ 산업 사회의 개인주의와 권위주의,《고대문화》제17호(1977년 5월호)

문화의 획일화와 다양화(1979), 출처 미상

남북 분단과 문화의 변증법(1979), 출처 미상

민주적 문화의 의미 ─ 1980년대 문화의 과제,《신동아》185호(1980년 1월호)

문화 공동체의 창조 ─ 문화 창조의 조건에 대한 성찰, 「문화 공동체의 창조 ─ 우리 문화의 목표」,

《문예진흥》제57호(1980년 3월호)를 개고

상황과 판단,《세계의 문학》1976~1980년 머리말을 모음

창조적 주체성의 광장(창간호, 1976년 가을호), 진실의 언어(2~4호, 1977년 호), 근본에 대한 탐
구(제5호, 1977년 가을호), 민족과 보편의 이념(제6호, 1977년 겨울호), 물질 시대의 정신(제7호,
1978년 봄호), 비도덕한 세계 속의 도덕적 행동에 대하여(제8호, 1978년 여름호), 갈등과 그 관리
(제10호, 1978년 겨울호), 시인의 가르침(제12호, 1979년 여름호), 역사의 민주적 발전(제14호,
1979년 겨울호), 정치적 에네르기와 그 이성적 관리(제16호, 1980년 여름호)

자유의 논리 ─ 1970년대 미국의 사회 변화(1973), 출처 미상

김우창

1936년 전라남도 함평 출생. 서울대학교 문리과대학 정치학과에 입학해 영문학과로 전과했다. 미국 오하이오 웨슬리언대학교를 거쳐 코넬대학교에서 영문학 석사 학위를, 하버드대학교에서 미국 문명사 박사 학위를 취득했다. 서울대학교 영문학과 전임강사, 고려대학교 영문학과 교수와 이화여자대학교 학술원 석좌교수를 지냈으며 《세계의 문학》 편집위원, 《비평》 발행인이었다. 현재 고려대학교 명예교수, 대한민국예술원 회원으로 있다.

저서로『궁핍한 시대의 시인』(1977), 『지상의 척도』(1981), 『심미적 이성의 탐구』(1992), 『풍경과 마음』(2002), 『자유와 인간적인 삶』(2007), 『정의와 정의의 조건』(2008), 『깊은 마음의 생태학』(2014) 등이 있으며, 역서『가을에 부쳐』(1976), 『미메시스』(공역, 1987), 『나, 후안 데 파레하』(2008) 등과 대담집『세 개의 동그라미』(2008) 등이 있다. 서울문화예술평론상, 팔봉비평문학상, 대산문학상, 금호학술상, 고려대학술상, 한국백상출판문화상 저작상, 인촌상, 경암학술상을 수상했고, 2003년 녹조근정훈장을 받았다.

김우창 전집 2

지상의 척도 :현대 문학과 사회에 관한 에세이

1판 1쇄 펴냄 1981년 4월 10일
2판 1쇄 찍음 2015년 11월 27일
2판 1쇄 펴냄 2015년 12월 14일

지은이   김우창
발행인   박근섭·박상준
펴낸곳   (주)민음사

출판등록 1966. 5. 19. 제16-490호
주소   서울시 강남구 도산대로 1길 62(신사동)
         강남출판문화센터 5층 (우편번호 06027)
대표전화 515-2000 | 팩시밀리 515-2007
홈페이지 www.minumsa.com

ⓒ김우창, 1981, 2015. Printed in Seoul, Korea

ISBN 978-89-374-5542-1 (04800)
ISBN 978-89-374-5540-7 (세트)